“十一五”国家重点图书　化学与应用化学丛书
普 通 高 等 教 育 化 学 类 专 业 规 划 教 材

华东理工大学出版社优秀教材出版基金资助图书

有机化学（上册）

龚跃法 ◎主　编
聂　进 ◎副主编

華東理工大學出版社
EAST CHINA UNIVERSITY OF SCIENCE AND TECHNOLOGY PRESS

图书在版编目(CIP)数据

有机化学(上册)/龚跃法主编.—上海:华东理工大学出版社,2009.7

普通高等教育化学类专业规划教材

ISBN 978-7-5628-2549-4

Ⅰ.有… Ⅱ.龚… Ⅲ.有机化学—高等学校—教材 Ⅳ.062

中国版本图书馆CIP数据核字(2009)第073981号

"十一五"国家重点图书·化学与应用化学丛书·

普通高等教育化学类专业规划教材

有机化学(上册)

……………………………………………………………

主　　编 / 龚跃法

副 主 编 / 聂　进

责任编辑 / 陈新征

责任校对 / 李　晔

封面设计 / 陆丽君

出版发行 / 华东理工大学出版社

社　址:上海市梅陇路130号,200237

电　话:(021)64250306(营销部)　(021)64252253(理工事业部)

传　真:(021)64252707

网　址:www.hdlgpress.com.cn

印　　刷 / 上海展强印刷有限公司

开　　本 / 787 mm×1092 mm　1/16

印　　张 / 15.75

字　　数 / 413千字

版　　次 / 2009年7月第1版

印　　次 / 2009年7月第1次

印　　数 / 1—4 000册

书　　号 / ISBN 978-7-5628-2549-4/O·203

定　　价 / 39.00元

“十一五”国家重点图书·化学与应用化学丛书·
编委会成员名单

“十一五”国家重点图书《化学与应用化学丛书》联系邮箱 hxyyyhx@163.com

本书是按照化学与化工学科教学指导委员会制定的《普通高等学校本科化学专业规范》中涉及的知识要点编写的。有机化学课程是化学与化工专业的一门重要基础课，也是生命科学、药学、医学和环境科学的必修课程之一。有机化学的基础知识包括有机化合物的命名、结构、性质以及结构与性质的内在联系。有机化学的教学目标在于让学生能够牢固地掌握有机化学的基础理论知识，培养学生运用这些知识去解决相关问题的能力，以及培养自我更新知识、获取知识的能力。学生创新能力的培养已经成为当前高等教育的重要任务。随着科学技术的不断进步和发展，有机化学涉及的内容不断丰富，在强调基础理论知识教学的同时，适当地结合学科前沿以及发展趋向也是十分必要的。

目前国内使用的有机化学教材种类颇多，但总体上而言，内容的编排大致上都是以化合物的类型为主线进行的，即绪论、烷烃、环烷烃、烯烃、炔烃和多烯烃、芳烃、卤代烃、醇酚、醚、醛酮、羧酸及其衍生物、含氮有机化合物、糖、氨基酸与蛋白质、核酸等。有些教材中还涉及有机合成的基础内容。在介绍化合物类型的章节中，都涉及化合物的命名、结构、物理性质和化学性质以及化合物的制备方法。这种编排方式已经使用了数十年，普遍应用在国内高等院校的有机化学教学中。这种教学模式的可操作性强、易于讲解，其合理性和科学性不容置疑。不过，我们利用这种编排模式从事有机化学教学过程中，也遇到了一些问题，特别是有些本来有密切关联的知识点分散在不同的章节中，使部分学生学习时难以进行有机的联系。譬如化合物的物理性质、碳氢键的卤代反应，等等。因此，近年来逐渐产生了以另一种模式编排有机化学教材的欲望，虽几经犹豫，但在各位朋友和同事的大力支持下，最终下决心将其付诸实施，编写了这套有机化学教材。

这套有机化学教材分上、下册，共二十二章。上册为第 1 章至第 12 章，下册为第 13 章至第 22 章。总体而言，这套教材可以分成几个板块:1)分类与命名；2)基础理论；3)物理性质与分子间弱相互作用；4)常见的有机基团的化学行为；5)异构现象；6)波谱知识；7)含氧与含氮天然有机化合物的介绍；8)有机合成基础；9)精细有机化学品。具体情况作如下说明。

为了让学生尽快了解常见有机化合物的类型，在第 1 章中，集中介绍了各种有机化合物的分类和命名。鉴于有机化学基本理论在有机化学学习过程中的重要性，本书设置了有机化合物的结构理论（第 2 章）、有机化学中的取代基效应（第 4 章）、有机化合物的酸碱性（第 5 章）等章节，因此不再另行设置绪论一章。有机化合物的物理性质与有机分子间的弱相互作用力的大小有较密切的联系，特别是目前有机分子间的弱相互作用已经成为一个重要的研究方向，因此专门设置了第3章介绍有机分子的弱相互作用与物理性质。

有机化学中的反应很多，本书以反应基团为中心，介绍了中心基团的反应特性以及取代基对该基团反应性的影响规律。考虑到有机化学中常见的化学反应主要集中在碳氢键、烯键、炔键、芳环、碳卤键、羟基、氨基和羰基等基团上，本书设置了碳氢键的化学（第6章）、简单烯键与炔键的化学（第8章）、共轭烯键的化学（第9章）、芳环的化学（第10章）、碳卤键的化学（第11章）、羟基的化学（第13章）、氨基的化学（第14章）、羰基的化学（第15章）等章节。另外，近年来有关碳氮双键及张力环的化学引起了人们的关注，因此本书将含氮不饱和键的化学（第16章）和张力环与芳香杂环的化学（第17章）作为这一部分的补充内容也作了介绍。

同分异构是有机化学中存在的普遍现象，本书将构造异构、构象异构和构型异构等问题集中在第7章中作了介绍。另外，四大波谱对有机化合物的结构表征起着十分重要的作用，本书第12章介绍了有机化合物的结构表征方法。

糖、脂类化合物、氨基酸与蛋白质、核酸、生物碱等都是十分重要的含氧或含氮的天然有机化合物，本书集中在第18章和第19章中进行了简要的介绍。

为了加深了解有机化合物的制备方法和有机合成的基础，本书在第20章中介绍了主要元素有机化合物的种类、性质及其应用，在第21章中对各种有机分子的骨架和官能团的形成方法进行了介绍，同时还简要介绍了有机合成的一些基本概念和方法。在22章中，介绍了一些重要的有机精细化学品，以加深了解有机化学知识的应用范围。

参加本书编写的人员包括冯文芳（第1、15章）、唐乾（第3章）、聂进（第5、6、20章）、郑炎松（第7、22章）、李桂玲（第8、9、13章）、罗钒（第10、14章）、袁红玲（第11、18章）、俞开潮（第12章）、陈东红（第17、19章）和龚跃法（其余各章）。

由于编者的水平和经验有限，书中难免存在不妥之处，恳请广大读者批评指正。

编 者

于华中科技大学

2009.4

第1章 有机化合物的分类和命名

第2章 有机化合物的结构理论

第3章 有机分子的弱相互作用与物理性质

第4章 有机化学中的取代基效应

第5章 有机化合物的酸碱性

第6章 碳氢键的化学

第7章 有机化学中的同分异构现象

第8章 简单烯键与炔键的化学

第9章 共轭烯键的化学

第10章 芳环的化学

第11章 碳卤键的化学

第12章 有机化合物的结构表征方法

第1章 有机化合物的分类和命名

有机化合物种类繁多,数目庞大,且同分异构现象非常普遍,这就需要一套完整的命名方法。有机化合物的命名一直是有机化学的一项重要内容,目前经常使用的是普通命名法和国际纯粹与应用化学联合会(International Union of Pure and Applied Chemistry)命名法,简称 IUPAC 命名法。中国化学会结合我国文字特点在 1960 年修订了《有机化学物质的系统命名原则》,在 1980 年又加以补充,出版了《有机化学命名原则》增订本。在本章内容中,我们将对各类有机化合物的命名加以全面综合的介绍,并简单介绍相关的英文命名,以方便大家学习和查阅。

1.1 烃类化合物

分子中仅含有碳和氢两种元素的化合物称为烃(hydrocarbon)。烃可以看作是其它有机化合物的母体。根据结构的不同,烃类化合物可分为脂肪烃和芳香烃。按照碳的连接方式不同,脂肪烃可进一步细分为直链脂肪烃和脂环烃;按照碳链的饱和程度不同,也可将脂肪烃分为饱和烃和不饱和烃。烷烃(alkane)属于饱和烃,烯烃(alkene)和炔烃(alkyne)属于不饱和烃。芳香烃(aromatic hydrocarbon)按照结构的不同分为苯型芳香烃和非苯型芳香烃。

1.1.1 烷烃

1. 普通命名法

简单的无支链烷烃常采用普通命名法。词尾都用“烷”字,含 1～10 个碳原子数的词首用甲、乙、丙、丁、戊、己、庚、辛、壬、癸表示,11 个碳原子以上用汉字数字表示。英文名称中烷烃词尾用-ane,碳原子数用 meth-、eth-、prop-、but-、pent-等词头表示。表 1.1 列出了一些直链烷烃的中英文名称。

表 1.1 直链烷烃的名称

构造式	中文名	英文名	构造式	中文名	英文名
CH_4	甲 烷	methane	$CH_3(CH_2)_6CH_3$	正辛烷	*n* - octane
CH_3CH_3	乙 烷	ethane	$CH_3(CH_2)_7CH_3$	正壬烷	*n* - nonane
$CH_3CH_2CH_3$	丙 烷	propane	$CH_3(CH_2)_8CH_3$	正癸烷	*n* - decane
$CH_3(CH_2)_2CH_3$	正丁烷	*n* - butane	$CH_3(CH_2)_9CH_3$	正十一烷	*n* - undecane
$CH_3(CH_2)_3CH_3$	正戊烷	*n* - pentane	$CH_3(CH_2)_{10}CH_3$	正十二烷	*n* - dodecane
$CH_3(CH_2)_4CH_3$	正己烷	*n* - hexane	$CH_3(CH_2)_{11}CH_3$	正十三烷	*n* - tridecane
$CH_3(CH_2)_5CH_3$	正庚烷	*n* - heptane	$CH_3(CH_2)_{18}CH_3$	正二十烷	*n* - eicosane

为了区分同分异构体,普通命名法中常用正、异、新等词头来表示,如“正(normal, *n* -)”表示直链烷烃,“异(iso, *i* -)”表示具有$(CH_3)_2CH—$结构的异构体,“新(neo)”表示具有

$(CH_3)_3CCH$—结构的异构体。例如：

$(CH_3)_2CHCH_3$ 异丁烷（isobutane） $(CH_3)_4C$ 新戊烷（neopentane）

用正、异、新可以区别烷烃具有五个碳原子以下的同分异构体，如六个碳原子的化合物就有五种同分异构体，除用正、异、新表示其中的三种化合物外，尚有两种无法加以区别，故此命名法一般只适用于简单的烃化合物。

2. IUPAC命名法

IUPAC命名规则是在1892年日内瓦国际化学会上拟定的“系统命名法”的基础上修订的，最近一次修订是在1979年。它的主要规则有：

规则1 选择一条最长的碳链作为主链，按这条链所含的碳原子数称为某烷，以此作为母体（parent）。

规则2 主链的碳原子编号从靠近支链（side chain）的一端开始依次用阿拉伯数字标出，使支链序号最小。支链又称取代基（substituent）。

规则3 依次列出取代基的序号，名称及母体名称。注意在取代基的序号和名称之间加一短横线，但与母体之间不需用横线隔开。例如：

```
  1   2   3   4
CH3 CH2 CH2 CHCH2 CH3
            |5   6    7    8
            CH2 CH2 CH2 CH3
```

上述结构的母体为辛烷，称为4-乙基辛烷（4-ethyloctane）。

表1.2列出了一些常见烷基的普通命名法及IUPAC命名法。这些烷基的普通命名在IUPAC命名法中也保留使用。

表1.2 一些常见烷基的中英文名称

烷基	普通命名法			IUPAC命名法		
	中文名	英文名	简写	中文名	英文名	简写
CH_3—	甲基	methyl	Me	甲基	methyl	Me
CH_3CH_2—	乙基	ethyl	Et	乙基	ethyl	Et
$CH_3CH_2CH_2$—	正丙基	*n*-propyl	*n*-Pr	正丙基	propyl	Pr
$(CH_3)_2CH$—	异丙基	*iso*-propyl	*i*-Pr	1-甲基乙基	1-methylethyl	*i*-Pr
$CH_3(CH_2)_3$—	正丁基	*n*-butyl	*n*-Bu	正丁基	*n*-butyl	Bu
$CH_3CH_2CH(CH_3)$—	仲丁基	*sec*-butyl	*s*-Bu	1-甲基丙基	1-methylpropyl	
$(CH_3)_2CHCH_2$—	异丁基	*iso*-butyl	*i*-Bu	2-甲基丙基	2-methylpropyl	
$(CH_3)_3C$—	叔丁基	*tert*-butyl	*t*-Bu	1,1-二甲基乙基	1,1-dimethylethyl	
$CH_3(CH_2)_4$—	正戊基	*n*-pentyl	(*n*-amyl)	戊基	pentyl	
$(CH_3)_2CHCH_2CH_2$—	异戊基	*iso*-pentyl	*i*-pentyl	2-甲基丁基	3-methylbutyl	
$(CH_3)_3CCH_2$—	新戊基	neopentyl		2,2-二甲基丙基	2,2-dimenthylpropyl	

表1.2中有些取代基前的“仲（二级，*sec*-）”、“叔（三级，*tert*-）”等词头是按照与主链相连的第一个碳原子的种类给予命名的。下面化合物中含有四种不同的碳原子：

```
           (1)   (1)
           CH3   CH3  H
   (1)      |     |   |    (1)
   CH3 —— C ——— C —— C —— CH3
        (4) |     |(3) |(2)
           CH3    H   H
           (1)
```

(1)与一个碳相连,是一级碳原子,用 1°C 表示(伯碳,primary)。1°C 上的氢为伯氢,用 1°H 表示。(2)是二级碳原子,用 2°C 表示(仲碳,secondary,简写 *sec* -, *s* -)。2°C 上的氢为仲氢,用 2°H 表示。(3)是三级碳原子,用 3°C 表示(叔碳,tertiary,简写 *tert* -, *t* -),3°C 上的氢为叔氢,用 3°H 表示。(4)是四级碳原子,用 4°C 表示(季碳,quaternary)。

规则 4 如果分子内含有几个相同的取代基,则在名称中合并列出。取代基前加上二、三、四、五、六等中文数字来表明取代基的数目,表示取代基位置的几个阿拉伯数字之间应加一逗号。如有几个不同的取代基,它们的排列顺序依据中国化学会“有机化学命名原则”的规定,按顺序规则中序号较小的取代基优先列在前,较大的列在后。例如:

```
                       CH3
  1    2     3   4   5|
CH3 CH2 CHCH2 CCH2 CH2 CH2 CH2 CH3        3,5,8-三甲基-5-戊基十一烷
             |       |6   7    8   9   10   11
           CH3      CH2 CH2 CHCH2 CH2 CH3  3,5,8-trimethyl-5-pentylundecane
                             |
                            CH3
```

```
 1    2    3    4   5    6   7    8    9   10        4-甲基-6-乙基癸烷
CH3 CH2 CH2 CHCH2 CHCH2 CH2 CH2 CH3
             |       |                                 6-ethyl-4-methyldecane
            CH3    CH2CH3
```

在英文命名中,一、二、三、四、五、六数字相应的词头依次为 mono、di、tri、tetra、penta、hexa。取代基(或原子、基团)列出的顺序按其名称的第一个英文字母的顺序先后列出,上述表示取代基数目的英文数字词头不参加字母顺序排列,但表示取代基结构差异的 iso、neo、cyclo 等词头参加字母排序,而斜体词头 *n* -, *i* -, *s* -, *t* -则不参加名称字母排序。

顺序规则(Priority rule):为了表达某些化合物的立体化学关系,需确定相关原子或基团在空间的相对排列顺序,其方法称为***顺序规则***。顺序规则主要内容如下:

(1) 单原子取代基按原子序数大小排列,原子序数大的序号大,同位素中质量高的序号大。有机化合物中常见的原子由大到小排序如下:

$$I > Br > Cl > S > P > F > O > N > C > D > H$$

(2) 多原子基团按逐级比较的原则,若第一个原子相同,则比较与它相连的其它原子,比较时按原子序数排列,先比较最大的,仍相同,再顺序比较居中的、最小的。如—CH_2Cl 与—CHF_2,第一个均为碳原子,再按顺序比较与碳相连的其它原子,在—CH_2Cl 中为—C(Cl、H、H),在—CHF_2 中为—C(F、F、H),Cl 比 F 大,故—CH_2Cl 顺序大。如果有些基团仍相同,则沿取代链逐次相比。

(3) 含有双键或叁键的基团,可看作连有两个或三个相同的原子。例如下列基团排列顺序大小为

$$—C≡CH > —C(CH_3)_3 > —CH=CH_2 > —CH(CH_3)_2 > —CH_2CH_3 > —CH_3$$

```
    ||            ||            ||            ||            ||         ||
(C)(C)           CH3        (C)(C)           CH3            H          H
 |  |             |          |  |             |             |          |
—C—C—H          —C—CH3      —C—C—H          —C—CH3        —C—CH3     —C—H
 |  |             |          |  |             |             |          |
(C)(C)           CH3         H  H             H             H          H
```

此外，如苯基 ≡ $H_2C(C)(C)CH$ （(C)），醛基 —C(H)=O ≡ —C(H)—O（O (C)），

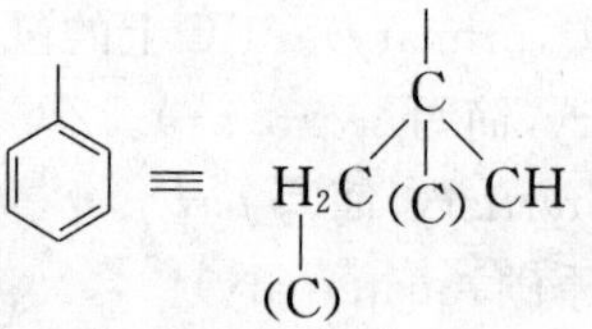

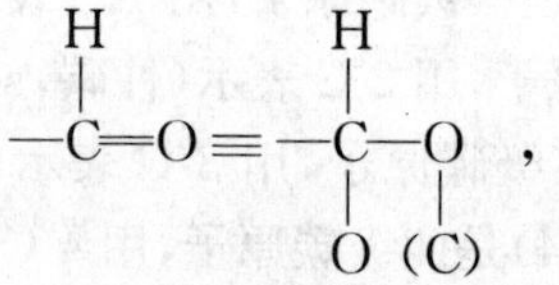

氰基 —C≡N≡ —C—N（(N)(C)(N)(C)），等等。

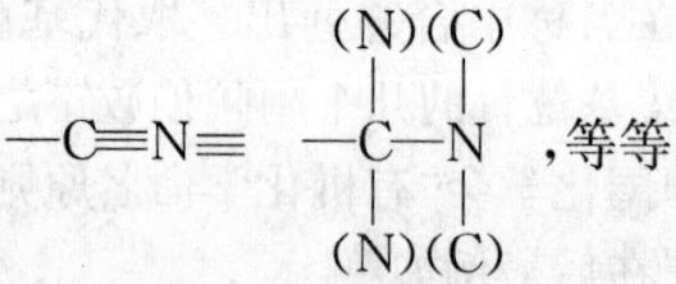

规则5 如果两个不同取代基所在的位置从两端编号均相同时，中文命名法按顺序规则从顺序较小的基团一端开始编号，对于此种情况，英文命名法则按取代基名称的第一个英文字母的顺序较前的先编号。例如：

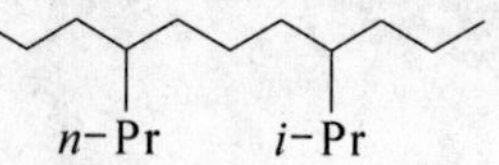

n-Pr i-Pr

4-丙基-8-异丙基十一烷
4-isopropyl-8-propylundecane

规则6 如支链上还有次级取代基，则从主链相连的碳原子开始，将支链的碳原子依次按1′，2′，3′，…编号，支链上取代基的位置就由这个编号所得的序号表示。把次级取代基的序号和名称用括号括起来写在支链序号的后面和支链名称的前面，并用短横线隔开。例如：

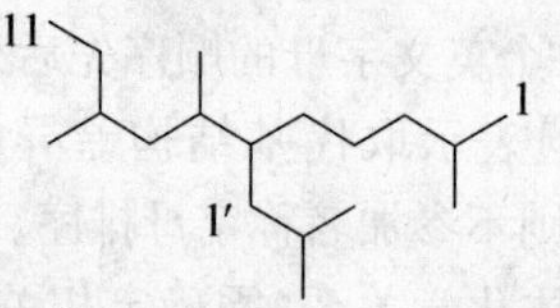

11 1 1′

2,7,9-三甲基-6-(2′-甲丙基)十一烷
2,7,9-三甲基-6-异丁基十一烷
2,7,9-trimethyl-6-(2′-methylpropyl)undecane
6-isobutyl-2,7,9-trimethylundecane

规则7 对具有两个或两个以上相同长度碳链的复杂分子，可按下列原则选择主链：

(1) 选取代基数目最多的碳链为主链：

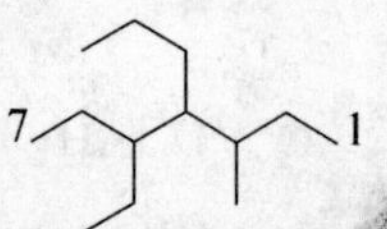

7 1

3-甲基-5-乙基-4-丙基庚烷
5-ethyl-3-methyl-4-propylheptane

上例分子中有三种等长的碳链，命名时一般选择支链最多的主链编号命名。

(2) 选取代基序号最小的主链：

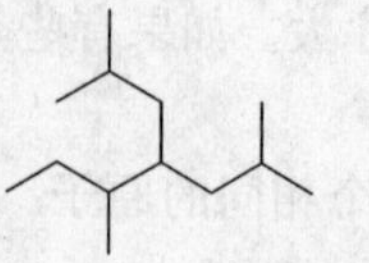

2,5-二甲基-4-(2′-甲丙基)庚烷
2,5-dimethyl-4-(2′-methylpropyl)heptane

上例有两个长度相同的碳链，应优先选取取代基编号较小的为主链。

1.1.2 环烷烃

碳原子以单键方式连接成的环状化合物，叫做环烷烃(cycloalkane)，又称为脂环烃(alicyclic compounds)。它们在性质上与链状烷烃有许多相似之处，所有各类脂环化合物都可看作是环烷烃的衍生物。环烷烃按环的大小，可以分为①小环(三、四元环)，②普通环(五至七元环)，③中环(八至十一元环)，④大环(十二元环以上)。按分子内所含环的数目，可分为单环烷烃、双环烷烃和多环烷烃。在双环和多环烷烃中，环与环共用一个碳原子连接的称为螺环烷

烃(spiro hydrocarbon),其共用的碳原子称为螺原子。按含螺原子的数目又可分为有单螺、二螺、三螺……环烷烃等。环与环共用两个或以上碳原子的称为桥环烷烃(bridged hydrocarbon),共用的碳原子称为桥头碳,两个桥头碳之间可以是碳链,也可以是一个碳,称为桥。将桥环烃变为链状化合物时,需要断两次碳链的桥环烃称为二环(bicyclo),断三次的称为三环(tricyclo)。

命名这些环烷烃时,按环上碳原子的数目称为环某烷,英文名称在烷烃名称前加一词头"cyclo",对环母体编号时要使取代基的序号最小。例如:

环丁烷 cyclobutane

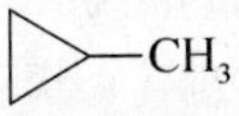

甲基环丙烷 methylcyclopropane

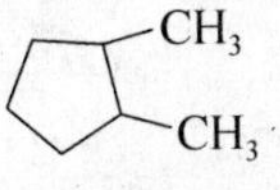

1,2-二甲基环戊烷 1,2-dimethylcyclopentane

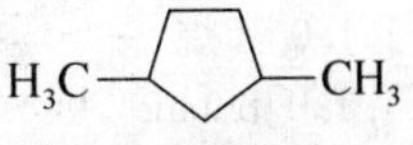

1,3-二甲基环戊烷 1,3-dimethylcyclopentane

环状化合物上的支链较小时,一般以环作为母体。如果分子内有大环与小环,以大环作母体,将小环看作取代基。对于取代基比较复杂的化合物,或环上所带的直链基团不易命名时,环也可以充当取代基。两个相同的环连接在一起时,可以在前面加"联"来命名(bi 为双或联的意思)

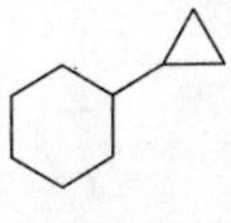

环丙基环己烷 cyclopropylcyclohexane

$CH_3CH_2CH_2CH(C_4H_7)CH(CH_3)CH_2CH_3$

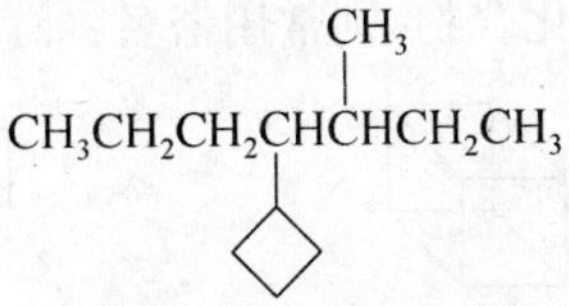

3-甲基-4-环丁基庚烷 4-cyclobutyl-3-methylheptane

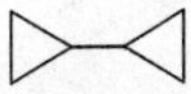

联环丙烷 bicyclopropane

此外环烷烃还存在顺反异构体,两个取代基在环平面同侧的称"顺";在反侧的称"反"。英文命名中分别用 *cis*(拉丁文,"在同一边"的意思)和 *trans*(拉丁文,"不在同一边"的意思)表示。

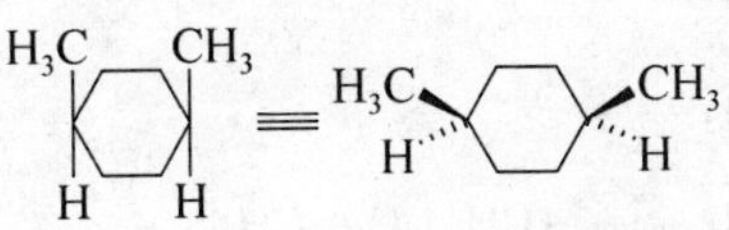

顺-1,4-二甲基环己烷 *cis*-1,4-dimethylcyclohexane

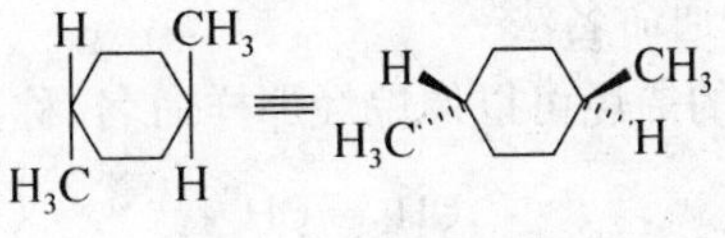

反-1,4-二甲基环己烷 *trans*-1,4-dimethylcyclohexane

根据螺环上碳原子的总数,螺环烃的命名为螺某烃。螺环的编号是从螺原子邻位的碳原子开始,沿小环顺序编号,由第一个环烃螺原子顺序编到第二个环。命名时先写词头螺,再在方括弧内按编号顺序写出除螺原子外的环碳原子数,数字之间用圆点隔开,最后写出包括螺原子在内的碳原子数的烷烃名称。如有取代基,在编号时应使取代基序号最小,取代基序号及名称列在整个名称的最前面。例如:

螺[4.5]癸烷 spiro[4.5]decane

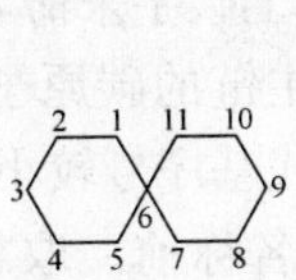

螺[5.5]十一烷 spiro[5.5]undecane

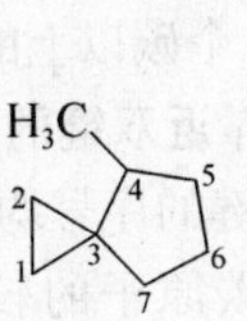

4-甲基螺[2.4]庚烷 4-methylspiro[2.4]heptane

桥环烃的命名，以环数为词头，如二环、三环等，然后将桥头碳之间的碳原子数(不包括桥头碳)由多到少的顺序列在方括弧内，数字之间在右下角用圆点隔开，最后写上包括桥头碳在内的桥环烃碳原子总数的烷烃的名称。例如：

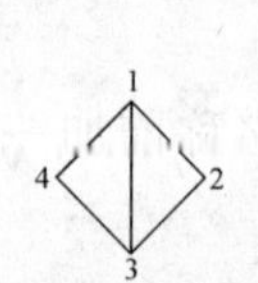
二环[1.1.0]丁烷
bicyclo[1.1.0]butane

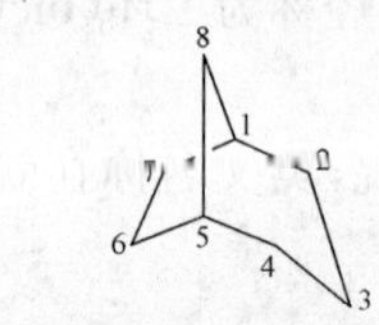
二环[3.2.1]辛烷
bicyclo[3.2.1]octane

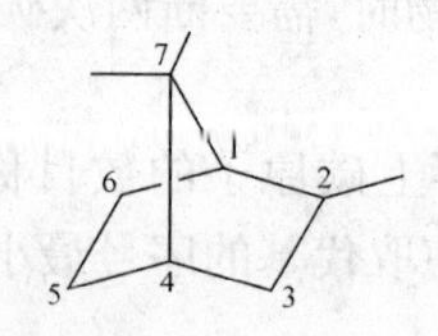
2,7,7-三甲基二环[2.2.1]庚烷
2,7,7-trimethylbicyclo[2.2.1]heptane

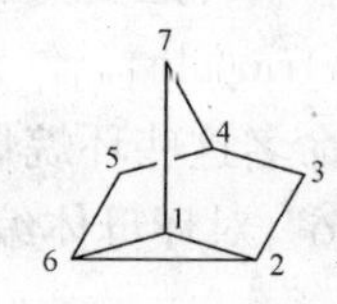
三环[2.2.1.$0^{2,6}$]庚烷
tricyclo[2.2.1.$0^{2,6}$]heptane

如桥环烃上有取代基，则列在整个名称的前面。桥环烃的编号是从其一个桥头碳开始，从最长的桥编到第二个桥头碳，再沿次长的桥回到第一个桥头碳，再按桥渐短的次序将其余的桥编号。如编号可以选择，则使取代基的序号最小。

上式三环庚烷2,6位中间无碳原子，可用零表示，在零的右上角标明序号，序号中间用逗号隔开。

对于一些结构复杂的环状化合物，则常用俗名：

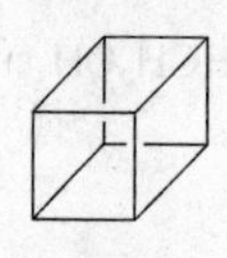
立方烷
cubane

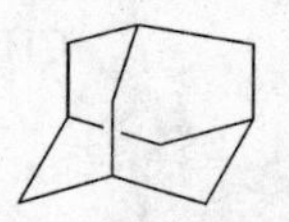
金刚烷
adamatane

1.1.3 烯烃

1. 单烯烃

1) 普通命名法

简单的烯烃可以像烷烃那样命名，称某烯。例如：

$CH_2=CH_2$	$CH_3CH=CH_2$	$(CH_3)_2C=CH_2$
乙烯	丙烯	异丁烯
ethylene	propylene	isobutylene

英文的普通命名中将烷的词尾“ane”改成“ylene”就可。

2) IUPAC命名法

复杂的烯烃，一般用IUPAC法命名，具体规定如下：

(1) 选取含双键的最长碳链作为主链，并按主链中所含的碳原子数命名为某烯，英文用“ene”作词尾。十个碳以上的烯烃用汉字，再加上碳字来命名，如十二碳烯。

(2) 从主链靠近双键的一端开始，依次把主链的碳原子编号，使双键的碳原子编号较小。当从两端编号双键的序号均相同时，选取使取代基序号较小的那一端开始编号。

(3) 把双键碳原子的较小编号写在母体名称前。取代基的序号和名称依次写在某烯之前。

(4) 对于烯烃的顺反异构体，当两个双键碳原子上连接有相同的原子或基团时，用顺/反标记法表示,在顺、反字样前标明该双键的序号后,写在全名的最前边。对于双键的两个碳原子上连接有不同的原子或基团的顺反异构体,一般可用 Z/E 标记法表示。按照顺序规则,将两个原子序数较大的原子(或基团)连接在双键同一侧的叫做 Z 型(德文,Zusammen,在一起之意);在反侧的,叫做 E 型(德文,Entgegen,相反之意)。

$CH_3CH_2CH{=}CH_2$	$CH_3CH{=}CHCH_3$	$CH_3CH_2CH(CH_3)CH{=}CH_2$
1-丁烯	2-丁烯	3-甲基-1-戊烯
1-butylene	2-butylene	3-methyl-1-pentene

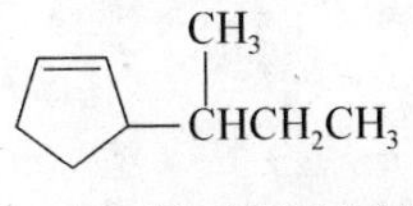

3-(二级丁基)环戊烯
3-(*sec*-butyl)cyclopentene

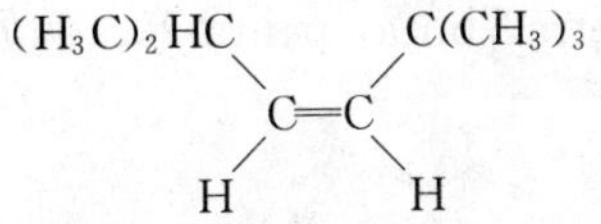

(*Z*)-或顺-2,2,5-三甲基-3-己烯
(*Z*)-或 *cis*-2,2,5-trimethyl-3-hexene

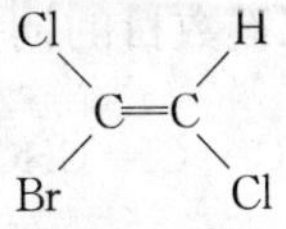

(*E*)-或反-1,2-二氯-1-溴乙烯
(*E*)-或 *trans*-1-bromo-1,2-dichloroethene

烯烃去掉一个氢原子后的基团称为某烯基。烯基的编号从连接主链的第一个碳原子开始。烯基的英文名称用词尾"enyl"代替烷基的词尾"yl"。例如:

	$CH_2{=}CH-$	$CH_3CH{=}CH-$	$CH_2{=}CHCH_2-$
普通命名法	乙烯基 vinyl	丙烯基 propenyl	烯丙基 allyl
IUPAC 命名法	乙烯基 ethenyl	1-丙烯基 1-propenyl	2-丙烯基 2-propenyl

有两个自由价的基称为亚基,$R_2C{=}$型亚基用词尾"ylidene"代替烷基的词尾"yl"。例如:

	$H_2C{=}$	$CH_3CH{=}$	$(CH_3)_2C{=}$
普通命名法与	亚甲基	亚乙基	亚异丙基
IUPAC 命名法	methylene or methylidene	ethylidene	isopropylidene

对于$-CH_2CH_2-$型亚基,则用以下方法命名:

	$-CH_2CH_2-$	$-CH_2CH_2CH_2-$	$-CH_2CH_2CH_2CH_2-$
普通命名法与	1,2-亚甲基	1,3-亚丙基	1,4-亚丁基
IUPAC 命名法	ethylene	trimethylene	tetramethylene

2. 双烯烃及多烯烃

含有两个碳碳双键的碳氢化合物称为双烯烃或二烯烃。根据两个双键的相对位置不同,双烯烃可分为三类。两个双键连在同一个碳原子上的二烯烃称为累积二烯烃(cumulative diene),这类化合物的立体化学很有意义。两个双键被两个或两个以上单键隔开的二烯烃称为孤立二烯烃(isolated diene),它们的性质与简单烯烃相似。两个双键被一个单键隔开的二烯烃称为共轭二烯烃(conjugated diene),它们具有一些独特的物理性质和化学性质。

$H_2C{=}C{=}CH_2$	$H_2C{=}CHCH_2CH_2CH{=}CH_2$	$H_2C{=}CH{-}CH{=}CH_2$
丙二烯	1,5-己二烯	1,3-丁二烯
(累积二烯烃)	(孤立二烯烃)	(共轭二烯烃)

分子中含有两个或两个以上双键的碳氢化合物称为多烯烃。二烯烃属于多烯烃。分子中单双键交替出现的体系称为共轭体系,含共轭体系的多烯烃称为共轭烯烃。共轭烯烃是最重要的多烯烃。

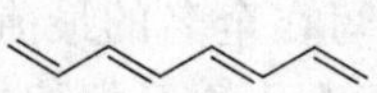

1,3,5,7-辛四烯
（共轭四烯）

多烯烃命名时，选含双键最多的最长碳链作为主链，母体称为某几烯。主链碳原子的编号从离双键较近的一端开始，双键的位置由小到大排列，写在母体名称前，并用一短线相连，其它步骤同于单烯烃的命名。如果是顺、反异构体，则要在整个名称前标明双键的 *Z*、*E* 构型和相应序号。

二烯烃的英文名称以“diene”为词尾代替相应烃的词尾。其它多烯烃则在“ene”前加上相应于主链所含双键数目的词头，如 tri，tetra，buta，penta 等。例如：

$H_2C=C=CHCH_3$
1,2-丁二烯
1,2-butadiene

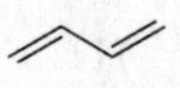

1,3-丁二烯
1,3-butadiene

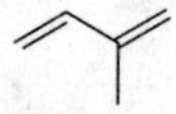

2-甲基-1,3-丁二烯
2-methyl-1,3-butadiene

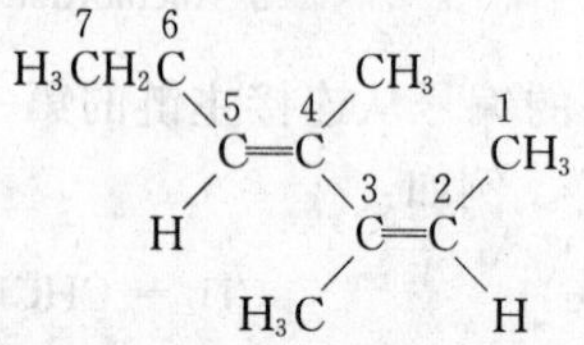

(2*Z*,4*E*)-3,4-二甲基-2,4-庚二烯
(2*Z*,4*E*)-3,4-dimethyl-2,4-heptadiene

某些复杂的天然产物，含有多个共轭双键，如胡萝卜素及维生素 A 等。这些化合物一般都用俗名命名。如：

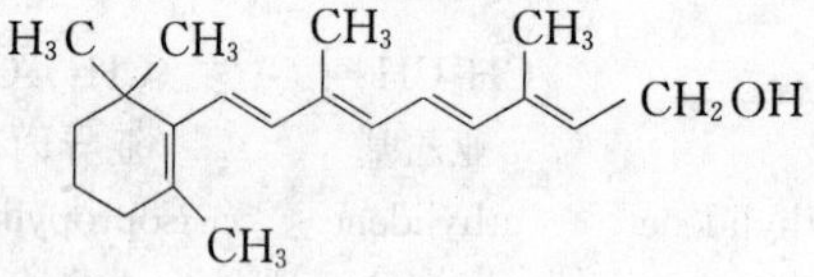

维生素 A
vitamin A

1.1.4 炔烃

炔烃命名与烯烃相似，最简单的是含两个碳原子的炔烃，称为乙炔。在普通命名法中，一些简单的炔烃可以作为乙炔的衍生物来命名。例如：

$HC\equiv CH$	$CH_3CH_2C\equiv CH$	$H_3C—C\equiv C—CH_3$
乙炔	乙基乙炔	二甲基乙炔
acetylene(俗名)	ethylacetylene	dimethylacetylene

复杂的炔烃，用 IUPAC 命名法命名，命名规则基本与烯烃相同。炔的英文名称是将相应烷烃中的词尾“ane”改为“yne”。若分子中同时含有双键与叁键，可用烯炔作词尾，英文名称用“en-yne”代替烷中的“ane”，具体的写法参照下面的例子。令双键或叁键的编号尽可能小，如果序号有选择时，使双键序号比叁键小，书写时先烯后炔。例如：

$CH_3CH_2C\equiv CCH_3$		$H_3CHC=CHC\equiv CH$	$HC\equiv CCH_2CH=CH_2$
2-戊炔	5-甲基-6-氯-2-庚炔	3-戊烯-1-炔	1-戊烯-4-炔
2-pentyne	6-chloro-5-methyl-2-heptyne	3-penten-1-yne	1-penten-4-yne

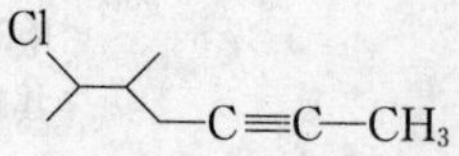

一烯一炔（enyne）、二烯一炔（dienyne）、三烯一炔（trienyne）、一烯二炔（endiyne）、二烯

(diene)、二炔(diyne)的英文名称用括号中的词尾代替相应烷烃中的“ane”。在烷烃名称中表示数目的词头如 buta(四)、penta(五)、hexa(六)、hepta(七)、octa(八)、nona(九)、deca(十)等与“ane”加在一起时,就有两个 a 连在一起,故删去一个 a,但在上述烯炔化合物中,这个 a 仍保留以利于发音。例如:

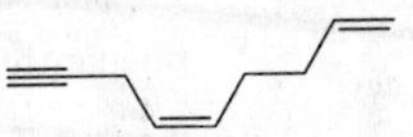

(*Z*)-1,5-壬二烯-8-炔
(*Z*)-1,5-nonadien-8-yne

去掉炔烃中叁键碳上的氢原子,即得炔基,用“ynyl”代替烷基相应的词尾“yl”。例如:

	$CH\equiv C-$	$CH_3C\equiv C-$	$CH\equiv CCH_2-$
IUPAC 命名法	乙炔基 ethynyl	1-丙炔基 1-propynyl	2-丙炔基 2-propynyl
普通命名法		丙炔基	炔丙基

有时炔基可以作为词首,例如,乙炔基环戊烷(ethynylcyclopentane)。

1.1.5 芳香烃

1. 分类

芳香环是芳香族化合物(aromatic compounds)的母体结构。根据其结构上是否含有苯环单元,可分为苯型芳香烃(benzenoid)和非苯型芳香烃(nonbenzenoid)。

1) 苯型芳香烃

按照所含苯环的数目可分为单环芳香烃和多环芳香烃。根据苯环的连接方式不同,多环芳香烃又可细分为多苯代脂肪烃、联苯、联多苯和稠环芳香烃等。

(1) 多苯代脂肪烃是脂肪烃分子中两个或多个氢原子被苯基所取代的化合物,它们在命名中常常将苯环视作取代基,脂肪烃链为母体。如:

$(C_6H_5)_2CH_2$	$(C_6H_5)_3CH$	$C_6H_5CH_2CH_2C_6H_5$
二苯甲烷	三苯甲烷	1,2-二苯乙烷
diphenylmethane	triphenylmethane	1,2-diphenylethane

(2) 联苯和联多苯是分子中两个或多个苯环直接以单键相连的化合物。如:

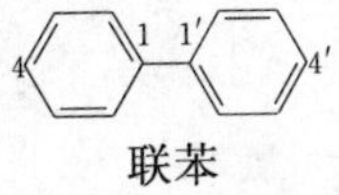

联苯
biphenyl

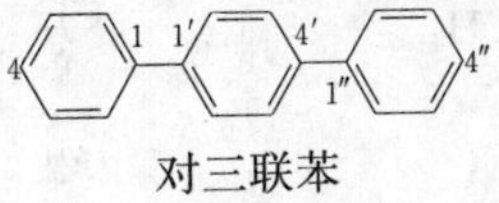

对三联苯
p-terphenyl

联苯类化合物的编号总是从苯环和单链的直接连接处开始,第二个苯环上的编号分别加上“′”符号,第三个苯环上的号码分别加上“″”符号,其它依次类推。苯环上如有取代基,编号的方法应使取代基位置尽可能小,命名时以联苯为母体。例如:

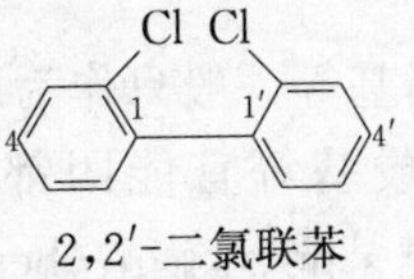

2,2′-二氯联苯
2,2′-dichlorobiphenyl

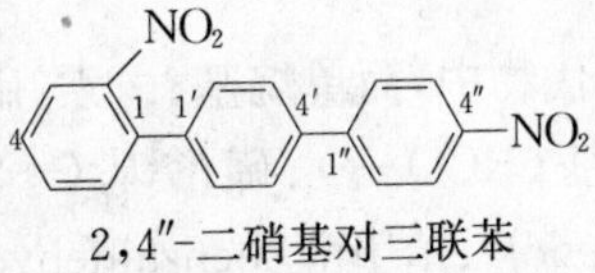

2,4″-二硝基对三联苯
2,4″-dinitro-*p*-terphenyl

(3) 稠环芳香烃是分子中两个相邻苯环共用相邻的两个碳原子的化合物。常见的有两个苯环稠合的萘以及三个苯环稠合的蒽和菲,这几个稠环芳香烃的母体有相对较固定的编号。

萘 naphthalene　　蒽 anthracene　　菲 phenanthrene

当稠环母体上有取代基时，在遵从环的编号顺序的同时尽量使取代基编号最小，如下面右边的化合物应该叫9-溴蒽而不是10-溴蒽：

2-萘磺酸 2-naphthalene sulfonic acid　　9-溴蒽 9-bromoanthracene

2）非苯型芳香烃

非苯型芳香烃是分子中不含苯环，但具有芳香性(aromaticity)的化合物，包括一些有芳香性的离子、杂环芳香化合物(heteroaromatics)等。杂环芳香化合物按照杂环的数目和连接方式也可分为单环和稠环杂环芳香烃，单环杂环芳香烃主要分为五元杂环和六元杂环两大类。它们的命名在下面详细介绍。

2. 命名

1）苯的衍生物的命名

苯的一元衍生物只有一种，命名的方法有两种。一种是将苯(benzene)作为母体。取代苯环上氢的基团作为取代基，称为××苯；另一种是将苯作为取代基，称为苯基(phenyl，简写为Ph-)，它是苯分子减去一个氢原子后剩下的基团，取代苯环上氢的部分作为母体称为苯(基)××。例如：

苯为母体：甲苯 toluene　　异丙苯 isopropylbenzene　　氯苯 chlorobenzene　　硝基苯 nitrobenzene

苯为取代基：苯乙烯 phenyl ethylene　　苯乙炔 phenyl acetylene　　苯甲醛 benzaldehyde　　苯乙酸 phenyl acetic acid

在苯的一元取代物中，简单烷基、卤素、硝基、亚硝基等一般只作为取代基而不作为母体。而氨基、羟基、酰基(RCO—)、磺酸基(—SO_3H)、羧基等官能团都作为母体，称为苯胺(aniline)、苯酚(phenol)、苯甲醛(benzaldehyde)或苯基某酮、苯磺酸(benzenesulfonic acid)、苯甲酸(benzoic acid)等。在英文名称中，甲苯称为"toluene"。烷氧基既可作为取代基，称烷氧基苯，也可与苯一起作为母体称为苯基烷基醚。较复杂的烃基可以作为母体，称为苯基某烷。另外，苯环侧链上含有官能团时，苯基总是作为取代基。例如：

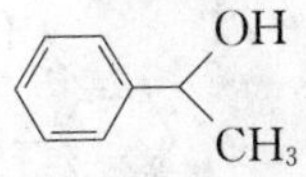

1-苯基乙醇
1-phenylethanol

苯的二元取代物有三种异构体,它们是由于取代基团在苯环上相对位置的不同而产生的,命名时分别用"邻(*ortho*-, *o*-)"表示两个取代基团处于邻位,用"间(*meta*-, *m*-)"表示两个取代基团处于中间相隔一个碳原子的两个碳上,用"对(*para*, *p*-)"表示两个取代基团处于对角位置,邻、间、对也可用"1,2-、1,3-、1,4-"的数字编号表示。例如:

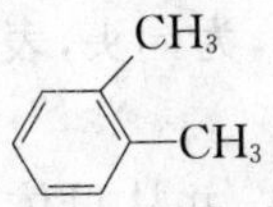

邻二甲苯(*o*-二甲苯)
1,2-二甲苯
o-dimethylbenzene

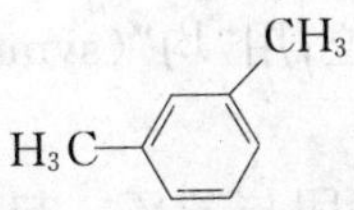

间二甲苯(*m*-二甲苯)
1,3-二甲苯
m-dimethylbenzene

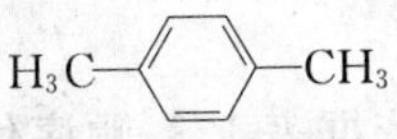

对二甲苯(*p*-二甲苯)
1,4-二甲苯
p-dimethylbenzene

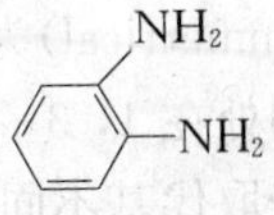

邻苯二胺
o-phenylene diamine
(CA: *o*-benzenediamine)

表 1.3　常见官能团的词头、词尾的中英文名称及优先顺序

基团	词头名称		词尾名称	
	中文	英文	中文	英文
$-COOH$	羧基	carboxy	酸	—carboxylic acid —oic acid
$-SO_3H$	磺酸基	sulfo	磺酸	—sulfonic acid
$-COOR$	烃氧羰基	R-oxycarbonyl	酯	R…carboxylate R…oate
$-COX$	卤甲酰基	halo carbonyl	酰卤	—carbonyl halide —oyl halide
$-CONH_2$	氨基甲酰基	carbamoyl	酰胺	—carboxamide —amide
$-CN$	氰基	cyano	腈	—carbonitrile —nitrile
$-CHO$	甲酰基 氧代	formyl oxo	醛	—carbaldehyde —al
$>C=O$	氧代	oxo	酮	—one
$-OH$	羟基	hydroxy	醇酚	—ol
$-NH_2$	氨基	amino	胺	—amine
$-OR$	烃氧基	*R*-oxy	醚	—ether
$-R$	烃基	alkyl		
$-X$(X=F, Cl, Br, I)	卤代	halo(fluoro chloro bromo iodo)		
$-NO_2$	硝基	nitro		
$-NO$	亚硝基	nitroso		

若两个取代基不同,按表 1.3 中列出的顺序,顺序优先的官能团为主官能团,与苯环一起作母体,另一个则作为取代基。例如:

对硝基氯苯 间羟基苯甲酸 邻氨基苯甲醛 邻氯苯甲醚

p - nitrochlorobenzene *m* - hydroxy benzonic acid *o* - aminobenzaldehyde *o* - chloro anisole

当苯环上有三个或更多的取代基时，异构体的数目与取代基的类别数有关。若苯环上的三个取代基相同，常用"连"(vicinal)为词头，表示三个基团处于1，2，3位；用"偏"(unsymmetrical)为词头，表示三个基团处于1，2，4位；用"均"(symmetrical)，为词头，表示三个基团处在1，3，5位。

若取代基不同，命名时依据表1.3，顺序优先的基团与苯环一起作为母体，并从母体官能团所在碳原子开始编号，编号时取代基的序号尽可能小。例如：

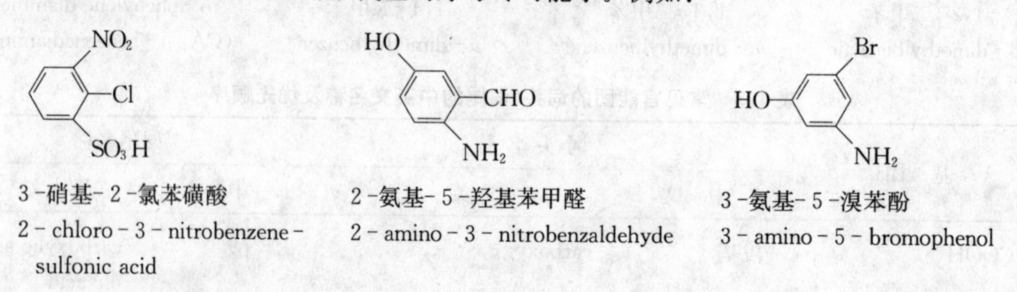

3-硝基-2-氯苯磺酸 2-氨基-5-羟基苯甲醛 3-氨基-5-溴苯酚

2 - chloro - 3 - nitrobenzene - sulfonic acid 2 - amino - 3 - nitrobenzaldehyde 3 - amino - 5 - bromophenol

2）杂环芳香烃的命名

杂环化合物的命名比较复杂。目前通常按照IUPAC命名原则规定，保留特定的45个杂环化合物的俗名和半俗名并作为命名的基础。我国采用音译法，按照英文名称的读音，选用同音汉字加上"口"字旁来表示杂环的名称。

(1) 特定杂环母体的俗名 含一个杂原子的五元单杂环的名称及编号：

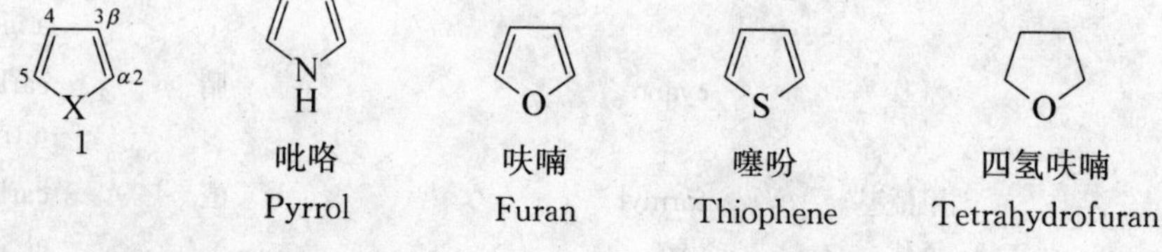

吡咯 Pyrrol 呋喃 Furan 噻吩 Thiophene 四氢呋喃 Tetrahydrofuran

含两个杂原子的五元单杂环的名称及编号：

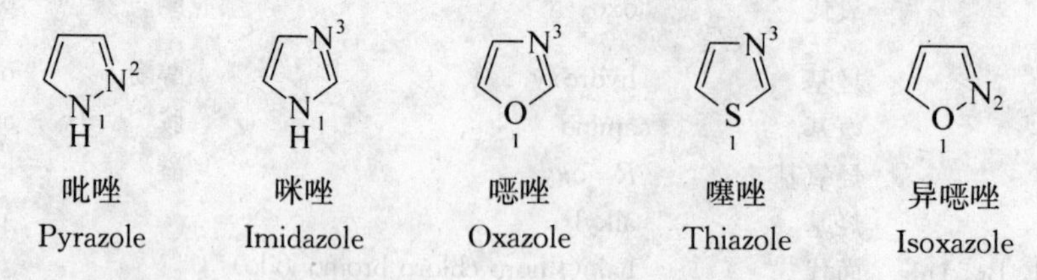

吡唑 Pyrazole 咪唑 Imidazole 噁唑 Oxazole 噻唑 Thiazole 异噁唑 Isoxazole

含一个杂原子的六元单杂环的名称及编号：

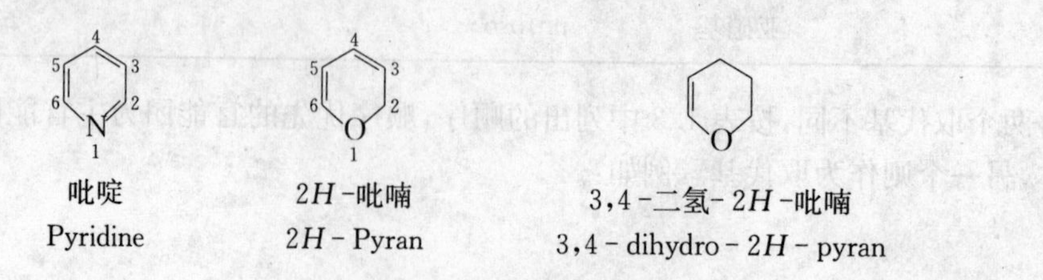

吡啶 Pyridine *2H*-吡喃 *2H* - Pyran 3,4-二氢-*2H*-吡喃 3,4 - dihydro - *2H* - pyran

含两个杂原子的六元单杂环的名称及编号：

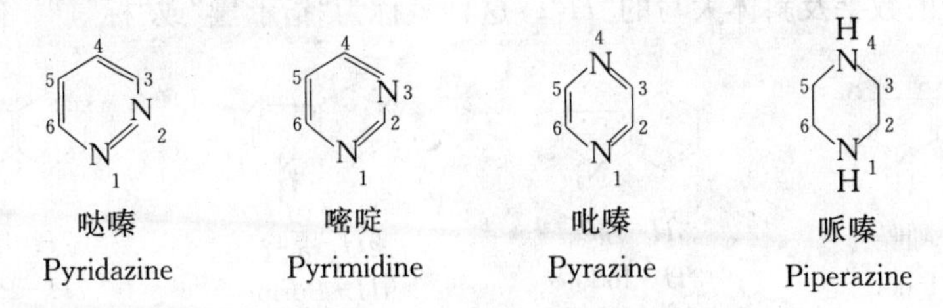

哒嗪 Pyridazine　　嘧啶 Pyrimidine　　吡嗪 Pyrazine　　哌嗪 Piperazine

五元及六元稠杂环的名称及编号：

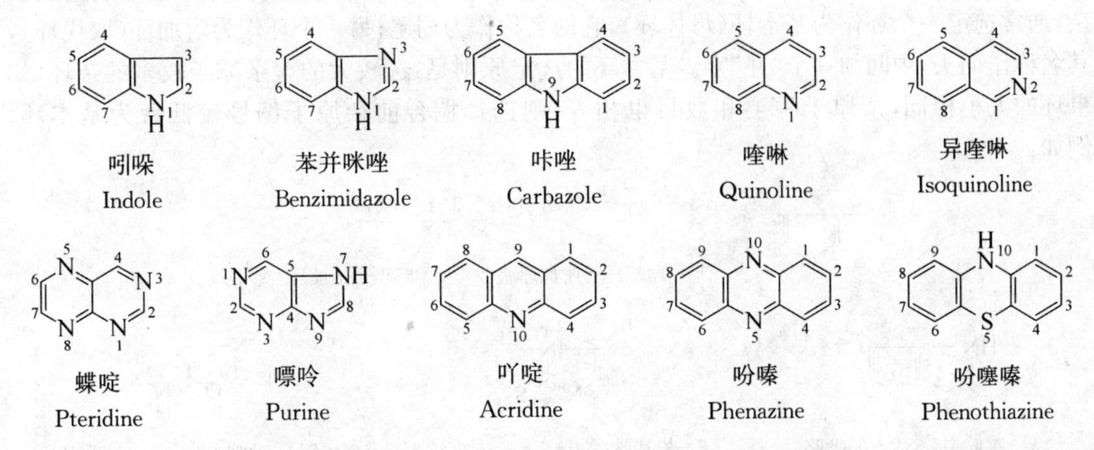

吲哚 Indole　　苯并咪唑 Benzimidazole　　咔唑 Carbazole　　喹啉 Quinoline　　异喹啉 Isoquinoline

蝶啶 Pteridine　　嘌呤 Purine　　吖啶 Acridine　　吩嗪 Phenazine　　吩噻嗪 Phenothiazine

(2) 特定杂环的命名规则　对单杂环而言，一般从杂原子开始顺着环编号，尽量使环上其它杂原子的序号较小，并按 O、S、—NH—、—N═的顺序决定优先的杂原子。若环上有取代基，尽量给其较小编号。例如：

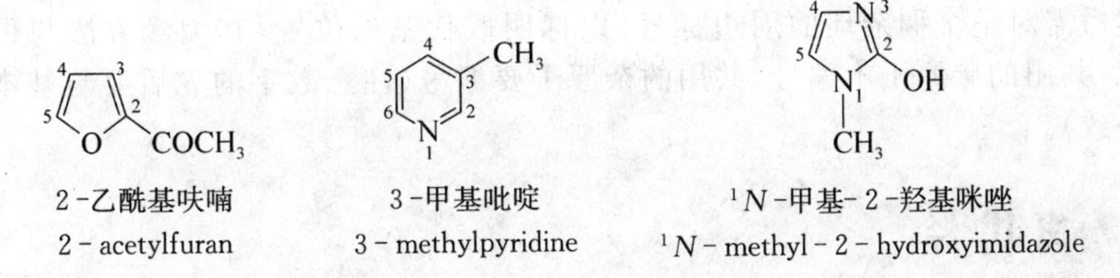

2-乙酰基呋喃 2-acetylfuran　　3-甲基吡啶 3-methylpyridine　　^{1}N-甲基-2-羟基咪唑 ^{1}N-methyl-2-hydroxyimidazole

环上只有一个杂原子时，有时也从靠近杂原子的碳开始用 α、β、γ…编号。例如，α，α'-二甲基呋喃。

有特定名称的稠杂环一般有固定编号，通常从杂原子开始顺环依次编号，稠环的共用碳原子一般不编号。编号时同样使杂原子编号最小且遵守不同杂原子的优先顺序。嘌呤是个特例，其共用碳原子参与编号，编号顺序也与众不同。

8-羟基喹啉-5-磺酸
8-hydroxyquinoline-5-sulfonic acid

1,3,7-三甲基嘌呤-2,6-二酮
1,3,7-trimethylpurine-2,6-dione

如果有两种或多种异构体，为了区别，必须标明环上一个或多个氢原子所在的位置，即在名称前加上标位的数字及斜体大写的“*H*”。这种氢称为“指示氢”或“标氢”。例如：

1*H*-吲哚　　3*H*-吲哚　　9*H*-嘌呤　　7*H*-嘌呤
1*H*-Indole　　3*H*-Indole　　9*H*-Purine　　7*H*-Purine

(3) 无特定名称的稠杂环母环的命名规则　对于没有上述特定名称的稠杂环命名比较复杂，通常选定一个环作为基本环（母体环），它的名称作为词尾；另一个环作为附加环（取代环），其名称作词头，中间加一个“并”字。基本环的选定原则是：选较大的含杂原子较多的杂环，如果环的大小相同，杂原子种类和数目也相等，则选择稠合前杂原子编号较低者为基本环。例如：

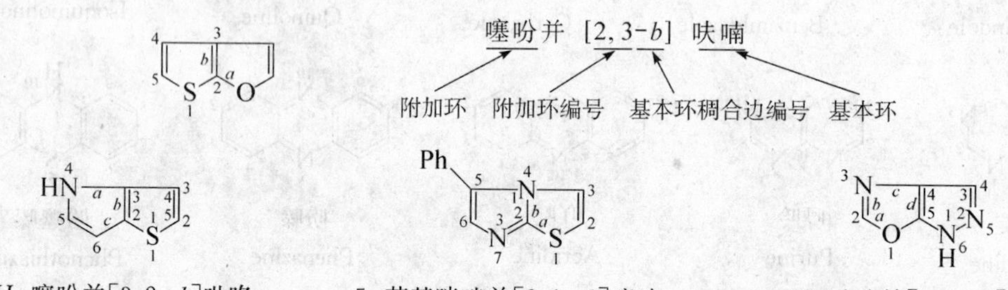

4*H*-噻吩并[3,2-*b*]吡咯　　5-苯基咪唑并[2,1-*b*]噻唑　　6*H*-吡唑并[4,5-*d*]噁唑
4*H*-Thieno[3,2-*b*]pyrrole　　5-Phenylimidazolo[2,1-*b*]thiazole　　6*H*-Pyrazolo[4,5-*d*]oxazole

编号时基本环用英文字母 *a*、*b*、*c*、…表示各边（1，2 原子之间为 *a*；2，3 原子之间为 *b*…），附加环用数字 1、2、3、…标注各原子；当有选择时，应使稠合边编号尽可能较小。然后需对整个稠杂环的周边标号，以标明取代基的位置，其编号方法与稠环芳香烃相似，共用的碳原子不编号，共用的杂原子要编号（注意数字的先后要与基本环边的走向一致）。

1.2　卤代烃

卤代烃（halohydrocarbon）是指烃分子中一个或几个氢原子被卤素原子取代而成的化合物。根据卤素原子的种类不同，卤代烃可分为氟代烃、氯代烃、溴代烃和碘代烃；根据分子中所含卤素原子的数目不同，可分为一卤代烃和多卤代烃；按烃基结构的不同，可分为卤代烷烃、卤代烯烃和卤代芳香烃；按卤原子连接的饱和碳原子的类型，还可将卤代烃分为伯(1°)、仲(2°)、叔(3°)卤代烃等。

1.2.1　普通命名法

简单的一元卤代烃以相应的烃为母体，称为卤（代）某烷或卤（代）某烯等，或看作是烃基的卤化物。英文名称是在烃基基团名称之后，加上氟化物（fluoride）、氯化物（chloride）、溴化物（bromide）或碘化物（iodide）。例如：

$CH_3CH_2CH_2CH_2Cl$	$(CH_3)_2CHCH_2F$	$CH_3CH_2CH(Br)CH_3$	$(CH_3)_3C—I$
正氯丁烷	异氟丁烷	仲溴丁烷	叔碘丁烷
正丁基氯	异丁基氟	仲丁基溴	叔丁基碘
n - butyl chloride	isobutyl fluoride	*sec* - butyl bromide	*tert* - butyl iodide

$CH_2=CHCl$	$CH_3CH=CHCl$	$CH_2=CHCH_2Cl$
乙烯基氯	丙烯基氯	烯丙基氯
vinyl chloride	propenyl chloride	allyl chloride

有些多卤代烷给以特别的名称,如 $CHCl_3$ 称为氯仿(chloroform),CHI_3 称为碘仿(iodoform)。

1.2.2 IUPAC 命名法

卤代烷可看作是烷烃的衍生物,把烷烃作为母体,卤原子作为取代基,同样按取代基最小编号原则编号,按顺序规则列出基团。英文命名时,卤原子用词头表示:氟(fluoro)、氯(chloro)、溴(bromo)和碘(iodo)。例如:

CH_3CH_2Br 溴乙烷(bromoethane) CH_3CHICH_3 2-碘丙烷(2-iodopropane)

不饱和复杂卤代烃的命名,将含有卤素和不饱和键的最长碳链作为主链,把不饱和烃看作母体,尽量使双键或叁键的序号最小。例如:

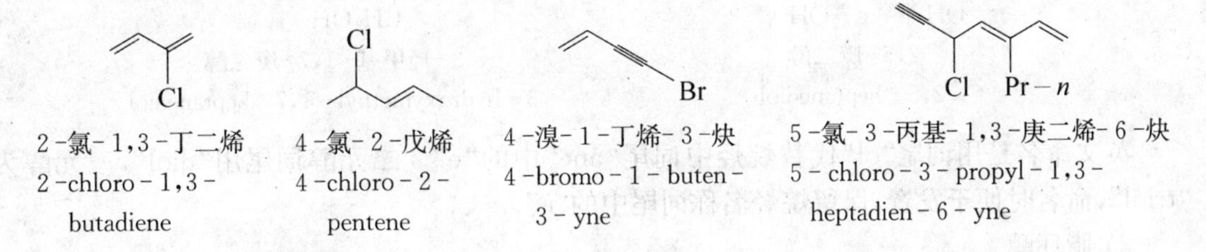

2-氯-1,3-丁二烯 2-chloro-1,3-butadiene　　4-氯-2-戊烯 4-chloro-2-pentene　　4-溴-1-丁烯-3-炔 4-bromo-1-buten-3-yne　　5-氯-3-丙基-1,3-庚二烯-6-炔 5-chloro-3-propyl-1,3-heptadien-6-yne

脂环烃、芳香烃及杂环的卤代物,分别以脂环烃、芳香烃、杂环化合物为母体,把卤原子作为取代基,按照卤原子在脂环、芳环或杂环上的位置来命名。含有不饱和脂环或杂环的卤代物,命名时应尽量使不饱和键的序号最小。如有顺反异构,在名称前标明。例如:

Cl CH$_3$ H H　　Cl ···CH$_2$Cl

顺-5-甲基-3-氯环己烯 *cis*-3-chloro-5-methylcyclohexene　　反-3-氯甲基-6-氯环己烯 *trans*-6-chloro-3-chloromethylcyclohexene

1.3 醇、酚、醚、硫醇

1.3.1 醇

醇(alcohol)是众多的有机化合物中人们最熟知和常用的一类物质,它可以看成是烃基与羟基相连而成的化合物。醇的分类与卤代烃类似,可按羟基的数目分为一元醇、二元醇和多元醇;也可按羟基所连的碳原子的种类分为伯、仲、叔醇。

1. 普通命名法

此法按烷基的普通名称命名，即在烷基后面加一个“醇”字，英文加“alcohol”：

CH_3CH_2OH	$CH_3CH_2CH_2OH$	$(CH_3)_2CHOH$	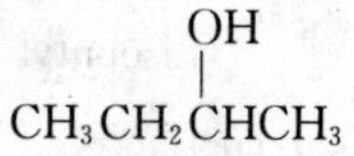 $CH_3CH_2CH(OH)CH_3$	$(CH_3)_3COH$
乙醇	正丙醇	异丙醇	仲丁醇	叔丁醇
ethyl alcohol	*n* - propyl alcohol	isopropyl alcohol	*sec* - butyl alcohol	*tert* - butyl alcohol

2. IUPAC命名法

1）开链烃基醇

选择含羟基的最长碳链为主链，按碳原子数称为某醇。从靠近羟基的碳原子一端开始编号。如：

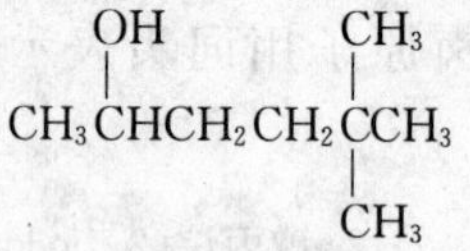

$CH_3CH(OH)CH_2CH_2C(CH_3)_2CH_3$

5,6-二甲基-2-己醇

5,6 - dimethyl - 2 - hexanol

$H_3CHC{=}CHCH_2CH_2OH$

3-戊烯-1-醇

3 - penten - 1 - ol

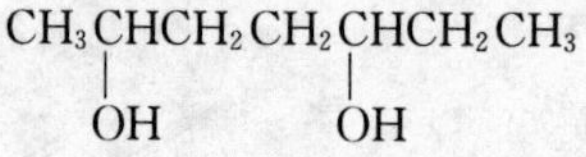

$CH_3CH(OH)CH_2CH_2CH(OH)CH_2CH_3$

2,5-庚二醇

2,5 - heptanediol

$HOCH_2CH_2CH(CH_2OH)CH_2CH_2CH_2CH_2OH$

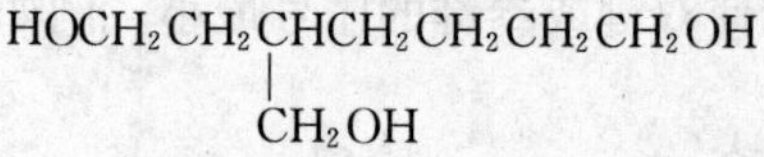

3-羟甲基-1,7-庚二醇

3 - hydroxymethyl - 1,7 - heptanediol

英文命名是用词尾“ol”代替烷烃中词尾“ane”中的“e”。二元醇词尾用“diol”，三元醇为“triol”，命名时便于发音，保留烷烃名称词尾中的“e”。

2）脂环醇

羟基与脂环上的碳原子直接相连的化合物以脂环醇为母体命名，并从羟基所连接的碳原子开始编号。例如：

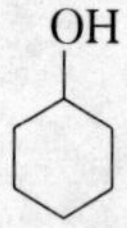

环己醇

cyclohexanol

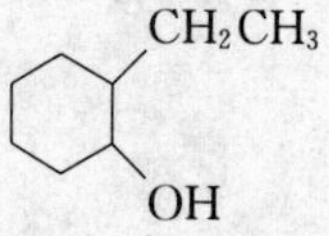

2-乙基-1-环己醇

2 - ethyl - 1 - cyclohexanol

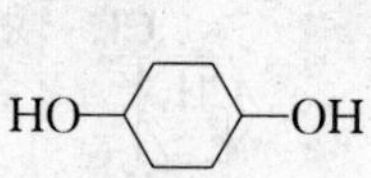

1,4-环己二醇

1,4 - cyclohexanediol

多环醇的命名只需在多环烃名称之后加一“醇”字，并在“醇”字之前用阿拉伯数字1,2,3,……来表示醇的位置。例如：

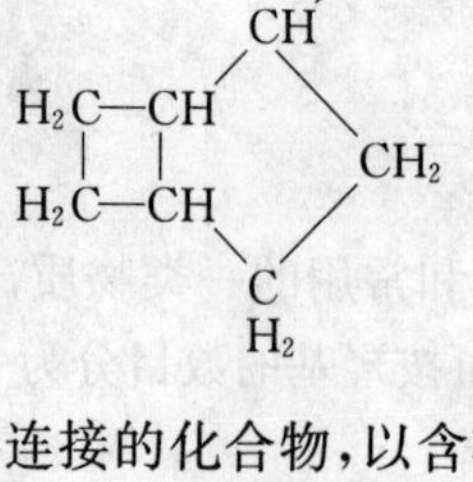

二环[3.2.0]庚(烷)-2-醇

bicyclo[3.2.0]heptan - 2 - ol

羟基与脂环直接连接的化合物，以含有羟基的最长开链烃基作为母体，把脂环看作取代基。环连接有一个带末端官能团的链，而此链中无杂原子和重键(双键或叁键)时，在 IUPAC 系统命名中可用连接命名法，即将两者的名称连接起来命名此化合物。如下面列出的环己甲醇是把 cyclohexane 与 methanol 连接起来，作为它的英文名称。例如：

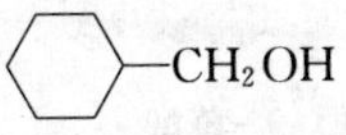

环己甲醇
cyclohexane methanol

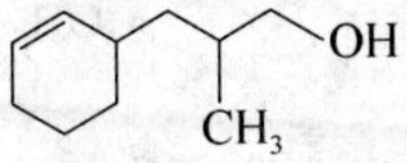

3-(2-环己烯基)-2-甲基-1-丙醇
3-(2-cyclohexenyl)-2-methyl-1-propanol

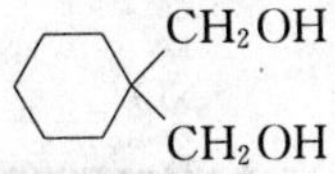

1-羟甲基环己基甲醇
(1-hydroxymethyl-cyclohexyl)-methanol

3) 芳醇

羟基在芳环侧链上的化合物叫做芳醇。与脂肪醇的命名相似，芳基被看作是取代基。例如：

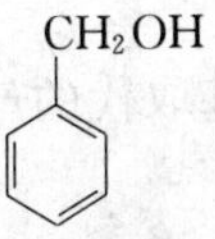

苯甲醇
phenyl methanol

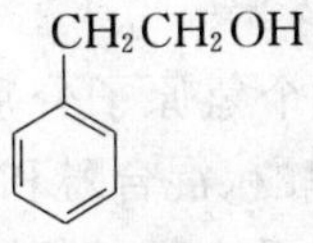

2-苯乙醇
2-phenyl ethanol

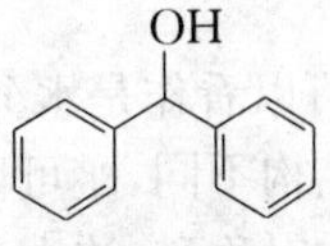

二苯甲醇
diphenyl methanol

1.3.2 酚

羟基直接连在芳环上的化合物叫做酚(phenol)。命名时，一般以苯酚作为母体，若苯环上连接有其它取代基，则可看作是苯酚的衍生物。按芳环上所连接的羟基数目的多少，又可分为一元酚和多元酚。命名时只需在"酚"字前面用二、三等数字表明羟基的数目，并用阿拉伯数字1, 2, 3,……来表明羟基和其它基团所在的位次即可。苯酚(phenol)属于一元酚。其它多元酚示例如下：

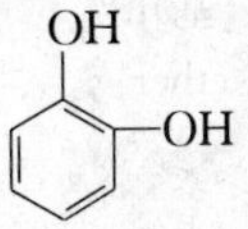

邻苯二酚　*o*-benzenediol
1,2-苯二酚　1,2-benzenediol
俗名　焦儿茶酚　pyrocatechol

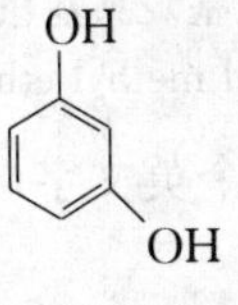

间苯二酚　*m*-benzenediol
1,3-苯二酚　1,3-benzenediol
俗名　树脂酚、雷锁辛　resorcinol

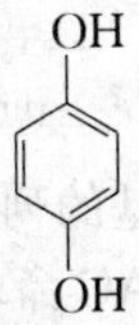

对苯二酚　*p*-benzenediol
1,4-苯二酚　1,4-benzenediol
俗名　氢(化苯)醌　hydroquinone

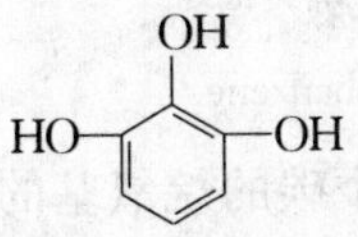

连苯三酚　*vic*-benzenetriol
1,2,3-苯三酚　1,2,3-benzenetriol
俗名　没食子酚　pyrogallol

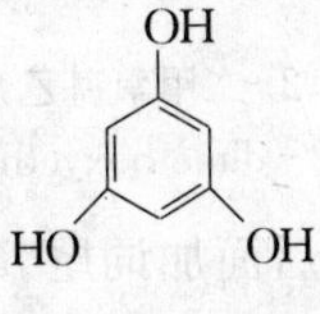

均苯三酚　*sym*-benzenetriol
1,3,5-苯三酚　1,3,5-benzenetriol
俗名　根皮酚　phloroglucinol

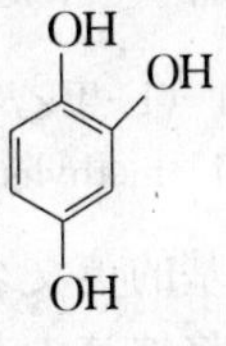

偏苯三酚　*unsym*-benzenetriol
1,2,4-苯三酚　1,2,4-benzenetriol
俗名　羟基氢醌
hydroxy hydroquinone

其它酚类及衍生物：

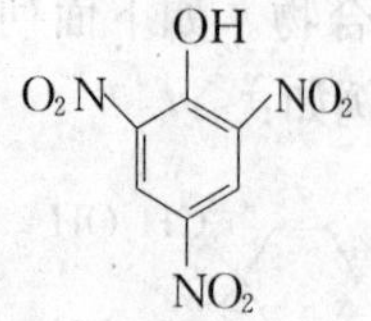

2,4,6-三硝基苯酚(苦味酸)
2,4,6-trinitrophenol (picric acid)

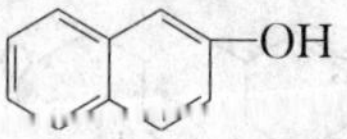

2-萘酚
2-naphthalenol (2-naphthol)

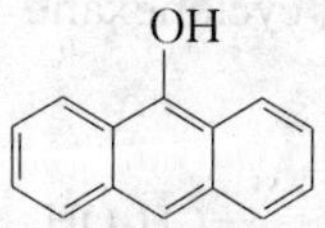

9-蒽酚
9-anthrol

当苯环上所连接的其它取代基团按官能团的优先次序排列规则(表1.2)在酚羟基之前时，则将酚羟基视作取代基，不再以苯酚为母体。例如：

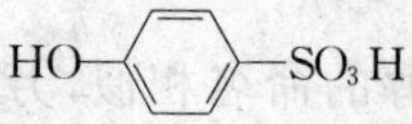

4-羟基苯磺酸
4-hydroxy benzenesulfonic acid

1.3.3 醚

醚(ether)可以看作是水分子中的两个氢原子分别被两个烃基取代的产物。根据醚分子的两个烃基的结构不同，醚可以分为简单醚、混合醚和环醚。

简单醚又称对称醚，连在氧原子上的两个烃基相同，通式为R-O-R或Ar-O-Ar。混合醚又称不对称醚，连在氧原子上的两个烃基不同，通式为R-O-R′，或Ar-O-Ar′或R-O-Ar。环醚中氧原子是环的一部分。在环醚中，三元环醚性质比较特殊，称为环氧化合物(epoxide)。

1. 无环醚

1) 普通命名法

简单醚只要在相同的烃基名称前写上“二”字，然后写上醚，习惯上“二”字也可以省略不写。混合醚按顺序规则将两个烃基分别列出，序号小的写在前面，然后写上醚字，下列名称中括号中的基字可以省略：

CH_3OCH_3	$CH_3OCH_2CH_3$	$H_2C{=}CHCH_2OC{\equiv}CH$
二甲(基)醚或甲醚	甲(基)乙(基)醚	烯丙(基)乙炔(基)醚
dimethyl ether	ethyl methyl ether	allyl ethynyl ether

混合醚中烃基的列出顺序则按烃基中第一个英文字母的顺序排列。

2) IUPAC命名法

取较长的烃基作为母体，把余下的碳数较少的烷氧基团作为取代基。若存在不饱和烃基时，选不饱和程度较大的烃基作为母体。

$(CH_3)_2CHOCH_2CH_2CH_3$	$CH_3OCH_2CH_2OCH_3$	
1-(1-甲乙氧基)丙烷	1,2-二甲氧基乙烷	环戊氧基苯
1-(1-methylethoxy)propane	1,2-dimethoxyethane	cyclopentyloxybenzene

烷氧基的英文名称在相应烷基名称后面加词尾“氧基”即“-oxy”，低于5个碳的烷氧基的英文名称将烷基中英文词尾“-yl”省略。常见的烃氧基的中英文名称如下：

$CH_3O—$	$C_2H_5O—$	$(CH_3)_2CHO—$	$(CH_3)_3CO—$	$PhCH_2O—$	$CH_2{=}CHCH_2O—$
甲氧基	乙氧基	异丙氧基	叔丁氧基	苄氧基	烯丙氧基
methoxy	ethoxy	*i*-propoxy	*t*-butoxy	benzyloxy	allyloxy

如果烃基上含有其它取代基时,亦可按此IUPAC命名法来命名。例如:

$CH_3CH_2OCH_2CH_2Br$ 1-溴-2-乙氧基乙烷
1-bromo-2-ethoxyethane

由两个或多个脂肪族二羟基化合物衍生的含有两个以上—O—基的直链多醚,可将氧原子作为开链中的杂原子,从靠近氧杂原子的一端开始用阿拉伯数字把碳链编号,命名时,连同氧原子的位次、数量一起作为词头来命名。"氧杂"的"杂"字可省略。例如:

$HO—CH_2CH_2—O—CH_2CH_2—O—CH_2CH_2OH$
3,6-二氧辛烷-1,8-二醇 俗称三甘醇(或二缩三乙二醇)
3,6-dioxaoctane-1,8-diol triethleneglycol

$H_3C—O—CH_2CH_2—O—CH_2CH_2—O—CH_2CH_3$
2,5,8-三氧(杂)癸烷
2,5,8-trioxadecane

多醚也可以将较长碳链的烷烃作为母体,RO—作为取代基来命名。例如:

$CH_3O(CH_2)_3CH_2OCH{=}CH_2$
1-甲氧基-4-(乙烯氧基)丁烷
1-methoxy-4-(vinyloxyl)butane

$CH_3CH_2OCH_2CHCH_2OCH_2CH_3$ (C-2 上连 OCH_2CH_3)
1,2,3-三乙氧基丙烷
1,2,3-triethoxypropane

当多羟基化合物中的一部分羟基被衍生为醚时,它们既可按系统命名法命名,也可在多羟基化合物名称之后,在"醚"字之前,加上醚化的烷基及其位次来命名。例如:

CH_2OCH_3—$CHOH$—CH_2OH
3-甲氧基-1,2-丙二醇 3-methoxy-1,2-propanediol
或 丙三醇-1-甲基醚 glycerol-1-methyl ether
亦称作1-*O*-甲基丙三醇 (1-*O*-methylglycerol)

2. 环醚

(1) 环氧化合物 当一个氧原子和烃基上相邻的两个碳原子或链上非相邻的两个碳原子相连接而形成环形体系时,称环氧化合物,命名时用环氧(epoxy)作词头,写在母体烃名称之前。较大环的环氧化合物可看作是含氧杂环,习惯上以杂环来命名。

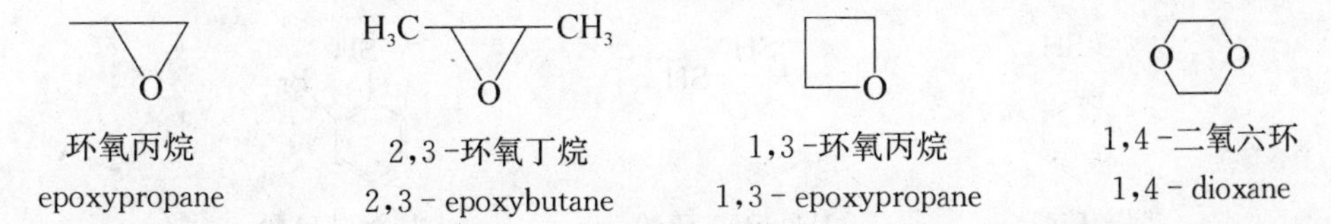

环氧丙烷 epoxypropane　2,3-环氧丁烷 2,3-epoxybutane　1,3-环氧丙烷 1,3-epoxypropane　1,4-二氧六环 1,4-dioxane

(2) 冠醚 含有多个氧的大环醚,因其结构很像王冠,称为冠醚(crown ether)。命名时用"冠"表示冠醚,在"冠"字前面写出环中的总原子数(碳和氧),并用短线隔开,在"冠"字后表示环中的氧原子数,也用短线隔开得全名。例如:

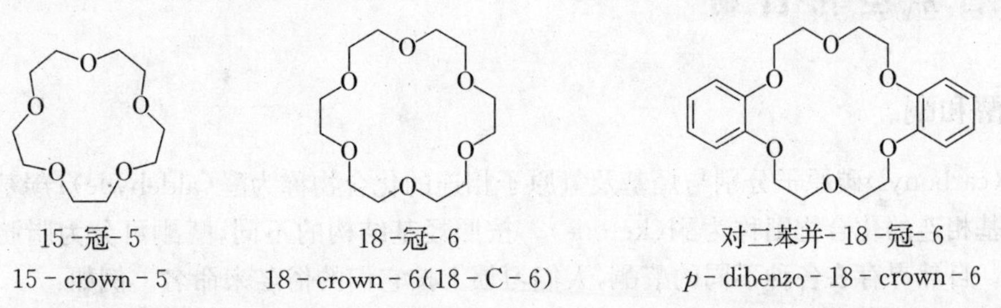

15-冠-5 15-crown-5　18-冠-6 18-crown-6(18-C-6)　对二苯并-18-冠-6 *p*-dibenzo-18-crown-6

1.3.4 硫醇

醇羟基的氧原子被硫原子置换后形成的化合物，叫做硫醇(thiol 或 mercaptan)。命名时，可在相应的醇化合物名称的“醇”字之前加一“硫”字来称呼。英文名称可用“thiol”、“dithiol”、“trithiol”等作字尾，直接连在相应的—SH 基所取代的化合物的名称之后来命名。例如：

CH_3CH_2SH 乙硫醇 ethanethiol

$HSCH_2CH_2SH$ 1,2-乙二硫醇 1,2-ethanedithiol

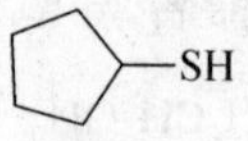

环戊硫醇 cyclopentanethiol

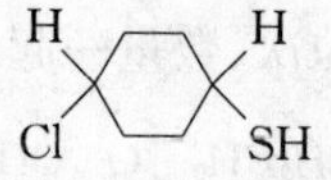

4-氯-环己硫醇 4-chloro-cyclohexanethiol

当—SH 连接在母体化合物的支链上时，可将母体名称、支链名称和“硫醇”字尾连缀在一起来称呼。例如：

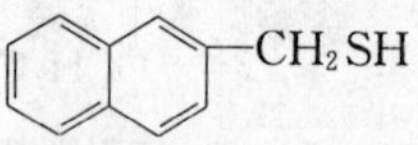

2-萘甲硫醇 2-naphthalenemethanethiol

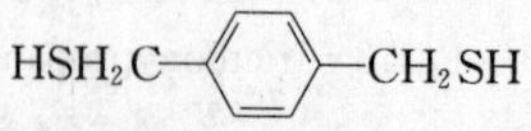

$HSH_2C-C_6H_4-CH_2SH$ 对-二甲苯-α, α′-二硫醇 *p*-xylene-α, α′-dithiol

当—SH 不是作为主官能团时，可用“巯基”或“氢硫基”(mercapto-)做词头连接在母体化合物名称之前来表示。例如：

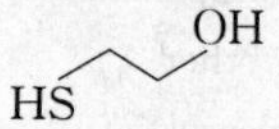

2-巯基乙醇 2-mercaptoethanol

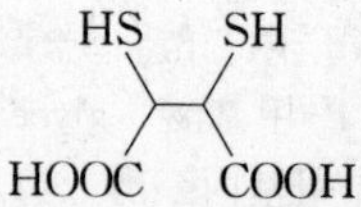

2,3-二巯基丁二酸 2,3-dimercaptobutyric diacid

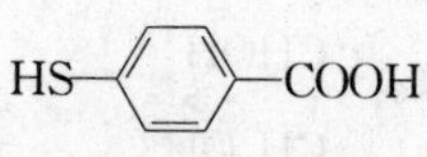

对巯基苯甲酸 *p*-mercaptobenzoic acid

当—SH 基作为主官能团与苯环上的碳原子直接相连接时，可看作是酚羟基中的氧原子被硫原子所置换，一般在酚的俗名“酚”字之前加一“硫”字，称为“某硫酚”。英文名称可将“thio-”作词头，连缀在酚名之前来称呼。例如：

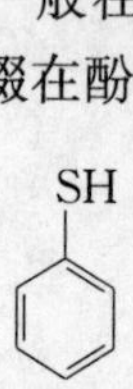

苯硫酚 thiophenol

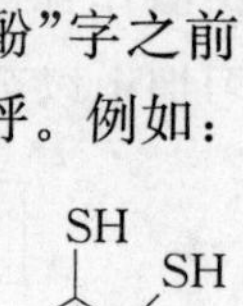

1,2-苯二硫酚 1,2-benzenedithiol

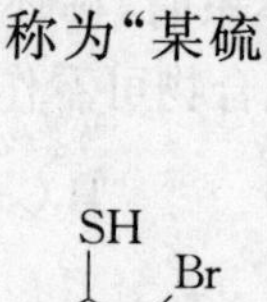

2-溴苯硫酚 2-bromothiophenol

1.4 含羰基化合物

1.4.1 醛和酮

羰基(carbonyl)碳原子分别与烃基及氢原子相连的化合物称为醛(aldehyde)；羰基碳原子与两个烃基相连的化合物则称为酮(ketone)。按照烃基结构的不同，醛酮可分为脂肪醛酮和芳香醛酮。自然界存在各种不同的醛酮，人们习惯上按它们的俗名来命名。例如：

巴豆醛　　肉桂醛　　茉莉酮　　樟脑　　薄荷酮　　麝香酮

1. *普通命名法*

简单的醛和酮可以用普通命名法来命名,醛按氧化后所生成的羧酸的名称,将相应的"酸"改成"醛"字,碳链可以从醛基相邻碳原子开始,用α、β、γ、……编号。酮通常按羰基所连接的两个烃基的名称来命名,按顺序规则,简单在前,复杂在后,然后加"甲酮",下面括号中的"基"字或"甲"字可以省去,但对于比较复杂的基团的"基"字则不能省去。

$CH_3COCH_2CH_3$	$CH_2=CHCHO$	$BrCH_2CH_2CHO$	$C_6H_5COCH_3$
甲乙酮	丙烯醛	β-溴丙醛	苯甲酮
butan-2-one	propenal	3-bromopropionaldehyde	1-phenylethanone

英文名称醛将相应羧酸中基本词尾"ic acid"去掉,然后加 aldehyde,酮用 ketone 做母体,两个烃基按名称的字母顺序先后列出,在书写时均需隔开。酮与苯基相连时,称为酰(基)苯,将羧酸词尾"ic acid"去掉(成为酰基的名称)后加上"-ophenone"。

2. IUPAC *命名法*

选择含羰基的最长碳链为主链,醛从醛基的碳原子一端开始编号;酮从靠近羰基的一端编号使羰基的序号最小。如含有两个以上羰基的化合物,可以用二醛、二酮等。醛作取代基时,可用词头"甲酰基"或"氧代"表示;酮作取代基时,用词头"氧代"表示。脂环酮的羰基在环内,称环某酮,如羰基在环外,则将环作取代基,含羰基的脂链作母体,按脂肪族酮的命名法命名。

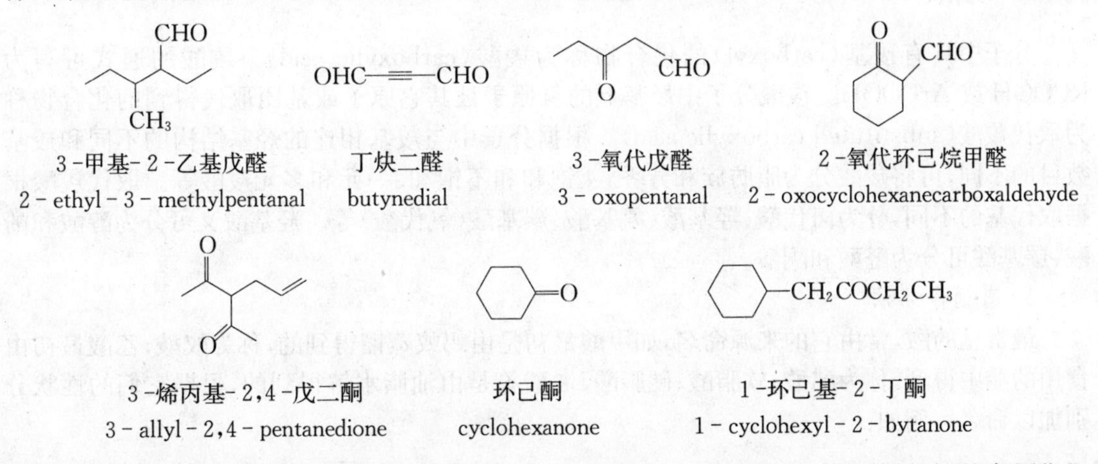

3-甲基-2-乙基戊醛　2-ethyl-3-methylpentanal

丁炔二醛　butynedial

3-氧代戊醛　3-oxopentanal

2-氧代环己烷甲醛　2-oxocyclohexanecarboxaldehyde

3-烯丙基-2,4-戊二酮　3-allyl-2,4-pentanedione

环己酮　cyclohexanone

1-环己基-2-丁酮　1-cyclohexyl-2-bytanone

英文命名将相应烃的字尾"e"去掉,醛加"al",酮加"one",多元醛、酮则保留烃的字尾"e",再加"dial"(二醛)"tricarbaldehyde"(三醛),"dione"(二酮)"trione"(三酮),并标明序号。对于复杂化合物,醛基作词头用"formyl"(甲酰基),有时用作词尾"- carboxaldehyde"(甲醛),羰基作取代基时用"oxo"(氧代)表示。

1.4.2 醌

醌(quinone)是共轭的环状二酮,而不是芳香族化合物。当芳香族化合物的两个或四个 CH 基被转换为 C═O 基,双键重排为醌型结构,可将"醌"或"二醌"作为字尾加在芳香族化合物名称之后来命名，英文名称中按普通命名法称为“quinone”，按 IUPAC 命名法则以二酮“dione”为词尾。例如：

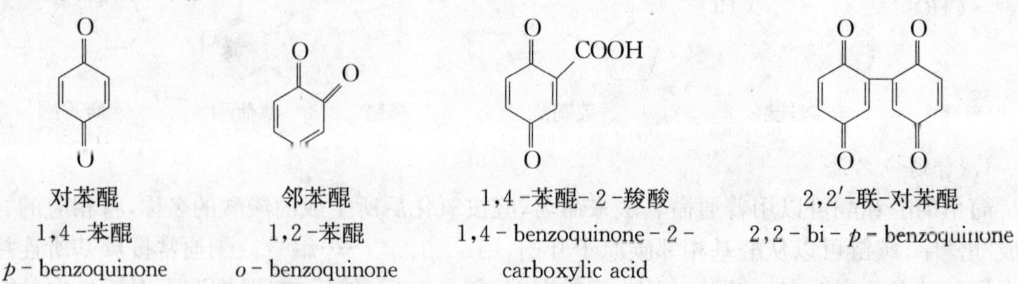

对苯醌 1,4-苯醌 *p*-benzoquinone　　邻苯醌 1,2-苯醌 *o*-benzoquinone　　1,4-苯醌-2-羧酸 1,4-benzoquinone-2-carboxylic acid　　2,2′-联-对苯醌 2,2-bi-*p*-benzoquinone

除苯醌外，还有萘醌、蒽醌、菲醌等。例如：

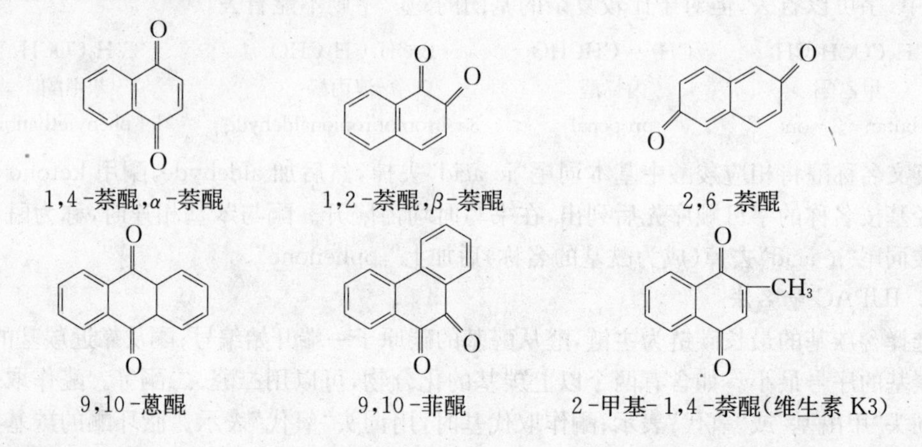

1,4-萘醌，α-萘醌　　1,2-萘醌，β-萘醌　　2,6-萘醌

9,10-蒽醌　　9,10-菲醌　　2-甲基-1,4-萘醌(维生素 K3)

1.4.3 羧酸

分子中具有羧基(carboxyl)的化合物称为羧酸(carboxylic acid)。羧酸的通式可写为 RCOOH 或 ArCOOH。羧酸分子中烃基上的氢原子被其它原子或基团取代得到的化合物称为取代羧酸(substituted carboxylic acid)。根据分子中与羧基相连的烃基结构的不同和羧基数目的不同，可将羧酸分为脂肪族和芳香族、饱和和不饱和、一元和多元羧酸等。取代羧酸根据取代基的不同，分为卤代酸、羟基酸、氨基酸、羰基酸(氧代酸)等。羟基酸又可分为醇酸和酚酸，羰基酸可分为醛酸和酮酸。

1. 普通命名法

最常见的酸，常由它的来源命名，如甲酸最初是由蚂蚁蒸馏得到的，称为蚁酸；乙酸最初由食用的醋中得到，称为醋酸；软脂酸、硬脂酸、油酸等是由油脂水解得到的，根据它们的性状分别加以命名。例如：

CH_3COOH 醋酸 Acetic acid　　$CH_3(CH_2)_{16}COOH$ 硬脂酸 Stearic acid　　$H_3C(CH_2)_6CH_2$ $CH_2(CH_2)_6COOH$ 油酸 Oleic acid

COOH / OH 乳酸 Lactic acid　　COOH / COOH / HO / OH 酒石酸 Tartaric acid　　COOH 肉桂酸 Cinnamic acid

其它简单的酸常以普通命名法命名，选含有羧基的最长的碳链为主链，取代基的位置从羧基邻接的碳原子开始，用希腊字表示依次为α、β、γ、δ、ε等，最末端碳原子可用ω表示。

β-甲基戊酸
β-methylvaleic acid

γ-环己基丁酸
γ-cyclohexylbutyric acid

在普通命名法中，酸的英文名称常用俗名。

2. IUPAC命名法

选含羧基的最长的碳链作为主链，从羧基的碳原子开始编号再加上取代基的名称。二元酸则选包括两个羧基在内的主链，称二酸，其它基团作为取代基。如羧基直接连在脂环或芳环上，在脂环烃或芳香烃名称后面加上"羧酸"(carboxylic acid)、"二羧酸(dicarboxylic acid)、"三羧酸"(tricarboxylic acid)。如羧基连接在脂环(或芳环)的侧链上，可将环作取代基。对于复杂的化合物，"羧基(carboxy)"也可作词头。

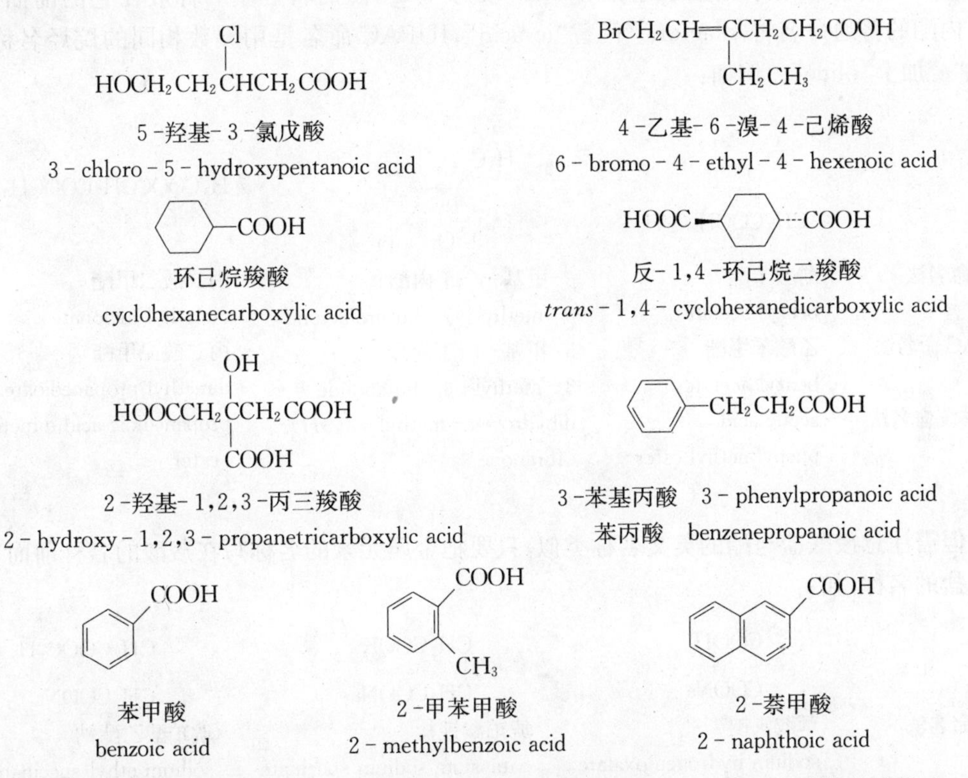

5-羟基-3-氯戊酸
3-chloro-5-hydroxypentanoic acid

4-乙基-6-溴-4-己烯酸
6-bromo-4-ethyl-4-hexenoic acid

环己烷羧酸
cyclohexanecarboxylic acid

反-1,4-环己烷二羧酸
trans-1,4-cyclohexanedicarboxylic acid

2-羟基-1,2,3-丙三羧酸
2-hydroxy-1,2,3-propanetricarboxylic acid

3-苯基丙酸　3-phenylpropanoic acid
苯丙酸　benzenepropanoic acid

苯甲酸
benzoic acid

2-甲苯甲酸
2-methylbenzoic acid

2-萘甲酸
2-naphthoic acid

一元羧酸的英文名称用"-oic acid"代替相应烃中的字尾"e"。二元、三元羧酸在"-oic acid"前面加-di,-tri等词头，并保留烃的字尾"e"。formic acid, acetic acid以及benzoic acid虽然是普通命名法(俗名)，但因使用非常普遍，因此在IUPAC中保留使用。

当环上连接有两个以上完全相同的含有羧基的支链时，一般将环烃的名称与脂肪酸的名称连接起来命名，并用二、三等数字表明羧酸的数目。例如：

1,2-苯二乙酸
1,2-benzenediacetic acid

当环上所连接的两个或多个含有羧基的支链不相同时，则将环烃的名称与作为主链的羧酸的名称连接起来，余下的含有羧基的支链作为词头来命名。例如：

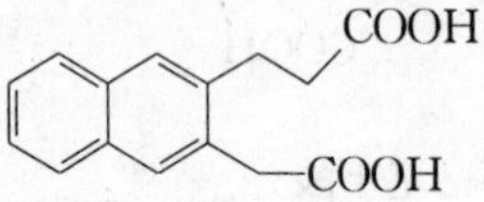

3-(羧甲基)-2-萘丙酸
3-(carboxymethyl)-2-naphthalenepropionic acid

1.4.4 羧酸酯

酯(ester)可看作是羧酸的羧基氢原子被烃基取代的产物，是羧酸的一类衍生物。命名时把羧酸名称放在前面，烃基名称放在后面，再加一个“酯”字。分子内的羟基和羧基失水，形成内酯，用“内酯”两字代替“酸”字，普通命名用β、γ、δ……，IUPAC命名用2、3、4……标明羟基的位次。脂肪酸与多元醇形成的酯，也有将醇名称放在前面，将羧酸名称放在后面来称呼的，这常用于普通命名法。

酯的英文名称是将羧酸的词尾“ic acid”改为“ate”，然后将烃基名称放在它的前面，并隔开。内酯的普通命名将“olactone”代替“ic acid”，IUPAC命名是用碳数相同的烷烃名称去掉字尾“e”加上“olide”。例如：

	$CH_3COCH_2C_6H_5$ (C=O)	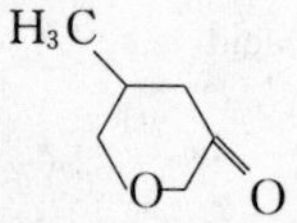 H_3C-(内酯环)	$H_3COOCCH_2COOCH_3$
普通命名法	醋酸苄酯 benzyl acetate	β-甲基-γ-丁内酯 β-methyl-γ-butyrolactone	丙二酸二甲酯 dimethyl malonate
IUPAC命名法	乙酸苯甲酯 benzyl acetate	3-甲基-4-丁内酯 3-methyl-4-butanolide	丙二酸二甲酯 dimethyl propanedioate
CA系统命名法	acetic acid phenylmethyl ester	dihydro-4-methyl-2(3*H*)- furanone	propanedioic acid dimethyl ester

但需注意羧酸盐与酯的英文名称类似，只要把金属元素的名称写在羧酸的名称前面，即为有机盐的名称，如：

	COOH–COONa	CH_2COOK–CH_2COONa	$CH_2COOC_2H_5$–CH_2COONa
普通命名法	草酸氢钠 sodium hydrogen oxalate	琥珀酸钾盐 patassium sodium succinate	琥珀酸乙酯钠 sodium ethyl succinate
CA系统命名法	ethanedioic acid monosodium salt	ethanedioic acid potassium sodium salt	ethanedioic acid monoethyl ester sodium salt

1.4.5 羧酸酐

羧酸酐(anhydride)可以看作两分子羧酸失去一分子水后的产物，是羧酸的衍生物之一。若两分子羧酸是相同的，为单酐，命名时在羧酸名称后加“酐”字，并把羧酸的“酸”字去掉；若两分子羧酸是不同的，为混酐，命名时把简单的酸放在前面，复杂的酸放在后面，再加“酐”字并把“酸”字去掉。二元酸分子内失水形成环状酸酐，命名时在二元酸的名称后加“酐”字去掉“酸”

字。例如：

	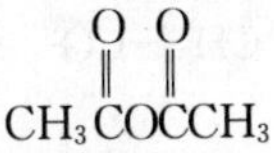 $CH_3\overset{O}{\overset{\|}{C}}O\overset{O}{\overset{\|}{C}}CH_3$	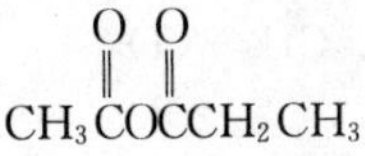 $CH_3\overset{O}{\overset{\|}{C}}O\overset{O}{\overset{\|}{C}}CH_2CH_3$	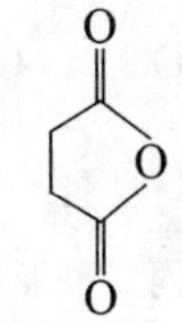
普通命名法	醋(酸)酐 acetic anhydride	乙丙酐 acetic propionic anhydride	琥珀酐 succinic anhydride
IUPAC 命名法	乙(酸)酐 acetic anhydride	乙丙酐 acetic propanoic anhydride	丁二酸酐 butanedioic anhydride

酸酐的英文名称是在羧酸的词尾"-oic acid"去掉"acid"后，加上"anhydride"，混酐中羧酸名称按英文字母顺序先后列出。

1.4.6 酰卤

酰卤(acyl halide)从结构上看作是一分子羧酸和一分子卤化氢失水形成的酸酐，是混合酸酐。在命名时看作是酰基的卤化物，用酰基名称后加卤素名称来命名。例如：

	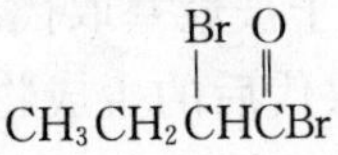 $CH_3CH_2\overset{Br}{\overset{\mid}{C}}H\overset{O}{\overset{\|}{C}}Br$	 $Cl\overset{O}{\overset{\|}{C}}\overset{O}{\overset{\|}{C}}Cl$	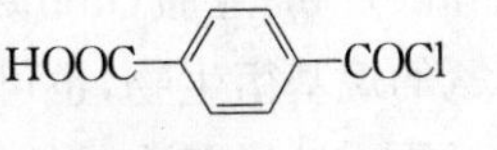 $HOOC-C_6H_4-COCl$
普通命名法	α-溴丁酰溴 α-bromobutyryl bromide	草酰氯 oxalyl chloride	对(氯甲酰)苯甲酸 *p*-(chloroformyl)benzoic acid
IUPAC 命名法	2-溴丁酰溴 2-bromobutanoyl bromide	乙二酰二氯 ethanedioyl dichloride	4-(氯甲酰)苯甲酸 4-(chlorocarbonyl)benzoic acid

酰卤的英文名称是用词尾"yl"代替羧酸名称的词尾"ic acid"，隔开加上"bromide，chloride"等，若化合物中有一优先主官能团而酰卤作为取代基时，酰卤作词头称卤甲酰(haloformyl 或 halocarbonyl)，二酰用相应的烷烃加"dioyl"表示。

1.4.7 酰胺

氮原子直接与酰基相连称为酰胺(amide)，命名时将相应羧酸的"酸"字改为"酰胺"即可。二酰胺也类似。二元羧酸的二价基与 NH 基或取代的 NH 基相连接的环状化合物叫做酰亚胺。酰亚胺的命名，可将"二羧酸"字尾改作"二甲酰亚胺"或将俗名字尾"酸"改作"酰亚胺"。当酰胺氮上氢原子被优先官能团取代时，则酰胺作为取代基称酰氨基(acylamino)。当酰胺氮上有取代基但不太复杂时，用"*N*"来标明取代基的位置。

	$(CH_3)_2CH\overset{O}{\overset{\|}{C}}NH_2$	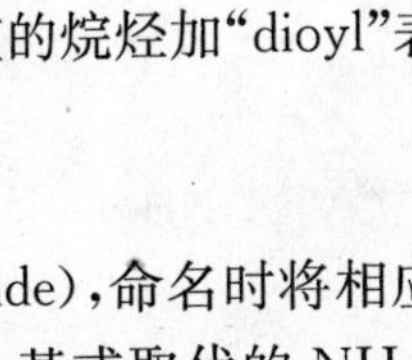 COOH NHCOCH₃	$CH_3CH_2\overset{CH_3}{\overset{\mid}{C}}HCH_2\overset{O}{\overset{\|}{C}}N(CH_3)_2$
普通命名法	异丁酰胺 isobutyramide		*N*,*N*,β-三甲基戊酰胺 *N*,*N*,β- trimethylvaleramide
IUPAC 命名法	2-甲基丙酰胺 2-methyl propanamide	4-乙酰氨基-1-萘羧酸 4-(acetamino)-1-naphthalene carboxylic acid	*N*,*N*,3-三甲基戊酰胺 *N*,*N*,3- trimethylpentanamide

丙二酰亚胺 malonimide　　琥珀酰亚胺 succinimide（1,4-丁二酰亚胺）　　N-甲基琥珀酰亚胺 N-methylsuccinimide

英文的普通命名法是将羧酸的词尾“ic acid”改为“amide”，IUPAC 命名法将该酸“oic acid”改为“amide”，二酰胺用“diamide”，酰亚胺用“imide”。

1.5 含氮有机化合物

1.5.1 胺

氨分子中去掉一个氢原子或两个氢原子后所剩下的基团（$-NH_2$ 或$=NH$）作为取代基时，分别叫做“氨基（amino-）”和“亚氨基（imino-）”。当它们作为母体时，分别叫做“胺（amine）”和“亚胺（imine）”。胺可以看作是氨分子中的氢原子被烃基取代后所生成的化合物，即氨的烷基衍生物，也可看作是烃分子中的氢原子被氨基取代后的生成物。氨分子中只有一个氢原子被烃基取代的称为伯胺，即 RNH_2（primary amine）；氨分子中有两个氢原子被烃基取代的称为仲胺，即 $RR'NH$（secondary amine）；氨分子中的三个氢原子全被烃基取代的称为叔胺，即 $RR'R''N$（tertiary amine）。胺根据其氮原子所连烃基的种类又可分为脂肪胺和芳香胺。

1. 普通命名法

简单的胺，可用氨基作为官能团，把它所含烃基的名称和数目写在前面，按简单到复杂的顺序列出，后面加上胺字。例如：

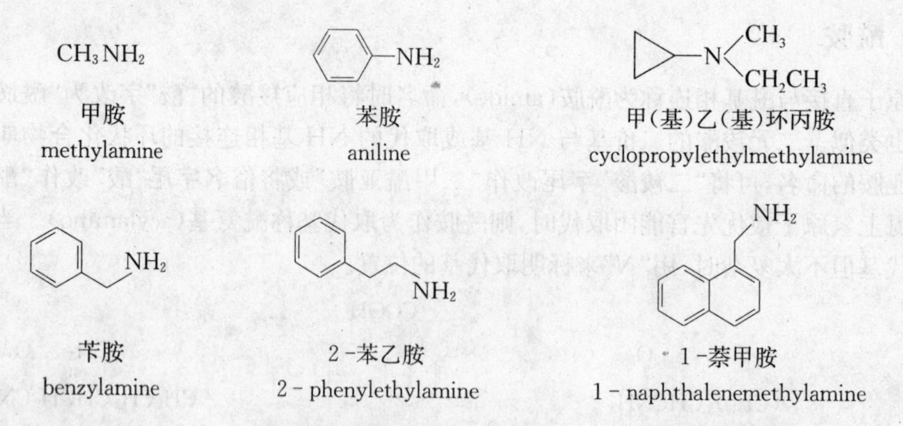

甲胺 methylamine　　苯胺 aniline　　甲(基)乙(基)环丙胺 cyclopropylethylmethylamine

苄胺 benzylamine　　2-苯乙胺 2-phenylethylamine　　1-萘甲胺 1-naphthalenemethylamine

胺的英文名称用 amine 写在烃基名称后面，烃基按第一个字母顺序先后列出。

2. IUPAC 命名法

选含氮最长的碳链作为母体，称某胺，氮上其它烃基作为取代基，并用“N”定其位。比较复杂的胺则以烃作母体，氨或取代氨基作取代基命名。英文名称胺用词尾“amine”代替烃名称中的字尾“e”。二胺、三胺可用“diamine”，“triamine”作词尾连在烃基名称之后。亚胺用

"imine"代替烃名称中的字尾"e"。例如:

CH_3NH_2 甲胺 methanamine

$H_3C-C_6H_4-N(CH_3)(CH_2CH_3)$ *N*,4-二甲基-*N*-乙基苯胺 *N*-ethyl-*N*,4-dimethylbenzenamine

$C_2H_5NHCH_2CH_2NH_2$ *N*-乙基乙二胺 *N*-ethyl-1,2-ethanediamine

环己胺 cyclohexylamine 或 cyclohexanamine

2-萘胺 2-naphthylamine 或 2-naphthalenamine

2-苯并呋喃胺 2-benzofuranamine

二元伯胺和多元伯胺,当它们的所有氨基是连接在脂肪族开链上或直接连接在环上时,可将"二胺""三胺"等作字尾连缀在母体化合物名称之后或多价基团名称之后来命名。例如:

$\overset{3}{C}H_3-\overset{2}{C}H(NH_2)-\overset{1}{C}H_2-NH_2$ 1,2-丙二胺 1,2-propanediamine 或1,2-亚丙基二胺 propylenediamine

$NH_2-\overset{4}{C}H_2-\overset{3}{C}H_2-\overset{2}{C}H_2-\overset{1}{C}H_2-NH_2$ 1,4-丁二胺 1,4-butanediamine 或 四亚甲基二胺 tetramethylenediamine

复杂的直链多元胺可用二价的亚乙基(ethylene)、三亚甲基(1,3-亚丙基)、四亚甲基(1,4-亚丁基)等基团名称放在相应的胺名之前来命名,也可将氮原子作为杂原子来命名。例如:

$H_2NCH_2CH_2NHCH_2CH_2NHCH_2CH_2NH_2$ 三亚乙基四胺 triethylenetetraamine

$H_2N\overset{11}{C}H_2\overset{10}{C}H_2\overset{9}{N}H\overset{8}{C}H_2\overset{7}{C}H_2\overset{6}{N}H\overset{5}{C}H_2\overset{4}{C}H_2\overset{3}{N}H\overset{2}{C}H_2\overset{1}{C}H_2NH_2$ 3,6,9-三氮杂十一(烷)-1,11-二胺 3,6,9-triazaundecane-1,11-diamine

1.5.2 亚胺

无环或环状化合物中连接有═NH基的,可将"亚胺"(-imine)作为字尾连在相应的化合物名称之后来命名;如有其它优先的作为主官能团的基团同时存在时,则可作为词头"亚氨基"(imino-)来命名。CH═NH称为甲亚胺(methylenimine),有时称为偶氮甲碱(azomethylene)。具有RR′C═NR″结构的化合物可视作偶氮甲碱或甲亚胺类的衍生物来命名。具有R—CH═N—R′型的化合物通称"希夫碱(Schiff base)"。例如:

$CH_3CH_2CH_2CH_2CH═NH$ 1-戊亚胺 1-pentanimine 或亚戊基胺 pentylideneamine

$CH_3—CH═N—CH_3$ *N*-亚乙基甲胺 *N*-ethylidenemethyl amine

$\overset{1}{CH_3}—\overset{2}{C}(=O)—\overset{3}{CH_2}—\overset{4}{C}(=NH)—\overset{5}{CH_3}$ 4-亚氨基-2-戊酮 4-imino-2-pentanone

HN═⟨环己烷⟩═NH 1,4-环己烷二亚胺 1,4-cyclohexanediimine

⟨环己烷⟩═$NCH_2CH_2CH_3$ *N*-亚环己基-1-丙胺 *N*-cyclohexylidene-1-propanamine

1.5.3 季铵盐

当氨上的氮原子与四个烃基相连成为一价正离子后，可以与 Cl^-、HSO_4^- 等形成季铵盐(quarternary ammonium salt)，也可以与 OH^- 形成季铵碱。季铵盐和季铵碱统称为四级铵化合物。另外，伯、仲、叔胺作为有机碱，可以和无机酸或者有机酸分子结合生成相应的铵盐。它们的命名如下所示：

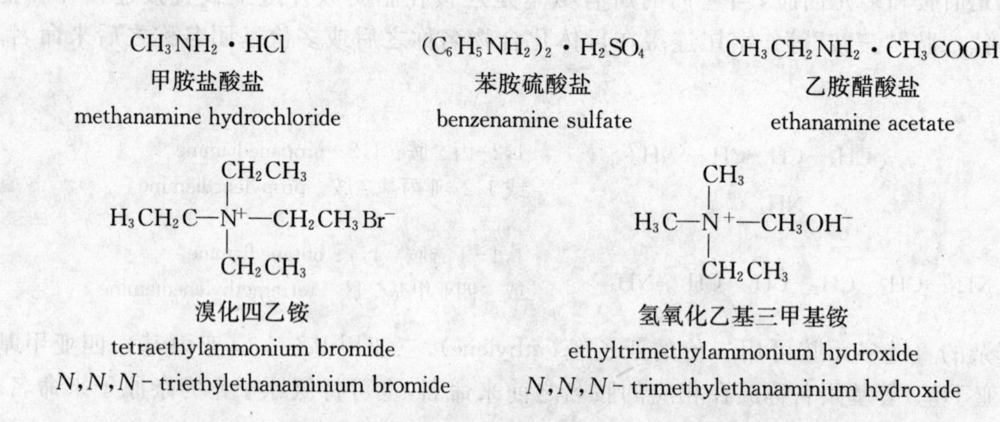

在有机化学中，“氨”、“胺”、“铵”三字用法常很混淆。作为取代基时称“氨基”，如—NH_2 称“氨基”，CH_3NH—称“甲氨基”；作为官能团时称“胺”，如 CH_3NH_2 称“甲胺”；氮上带有正电荷时称“铵”，如 CH_3NH_3Cl 称为“氯化甲(基)铵”，如写成 $CH_3NH_2 \cdot HCl$ 时称“甲胺盐酸盐”。磷、硫也有类似情况。

在用铵作为母体，带正电荷的氮上有不同烃基取代基而不用“*N*”标明其取代位置时，这些烃基取代基在命名时先后列出顺序，按顺序规则先大后小，这样可避免误认为顺序小的基团为顺序大的基团的取代基。胺在类似情况下最好用“*N*”定位。

1.5.4 硝基化合物

烃分子中的氢原子被硝基(—NO_2)取代所形成的化合物叫硝基化合物(nitro compounds)。一元硝基化合物的通式是 RNO_2 或 $ArNO_2$。硝基化合物包括脂肪族、芳香族及脂环族类别；亦可根据分子中所连硝基的多少分为一硝基或多硝基化合物。硝基化合物与亚硝酸酯是同分异构体。

硝基化合物的命名与卤代烃类似，都是以烃为母体，硝基作为取代基。例如：

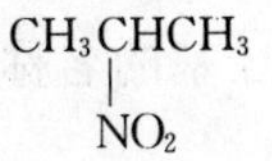

$$\underset{\displaystyle NO_2}{\overset{}{CH_3\underset{|}{C}HCH_3}}$$

2-硝基丙烷
2-nitropropane

$$H_3C-\underset{\underset{\displaystyle NO_2}{|}}{\overset{\overset{\displaystyle CH_3}{|}}{C}}-CH_3$$

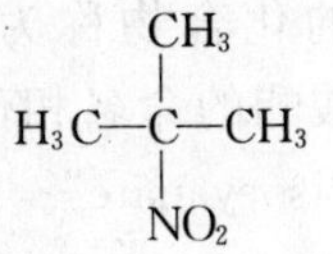

2-甲基-2-硝基丙烷
2-methyl-2-nitropropane

$H_3C-C_6H_4-NO_2$

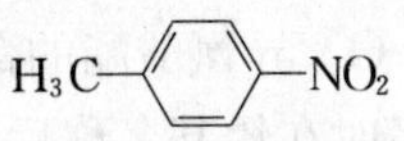

4-硝基甲苯
4-nitrotoluene

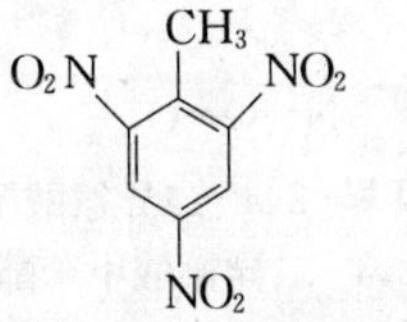

2,4,6-三硝基甲苯
2,4,6-trinitrotoluene

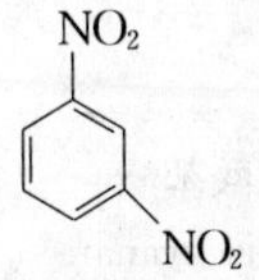

1,3-二硝基苯
1,3-dinitrobenzene

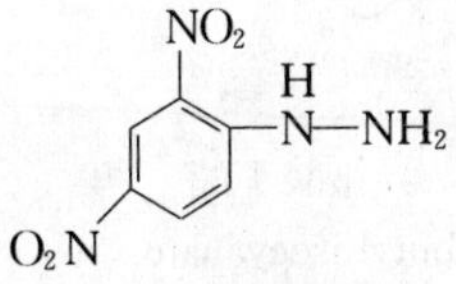

2,4-二硝基苯肼
2,4-dinitrophenylhydrazine

1.5.5 腈

腈(nitrile)命名时要把—CN中的碳原子计算在某腈之内,并从—CN的碳开始编号。如"—CN"作为取代基,则写成氰基,氰基碳原子不计在内。例如:

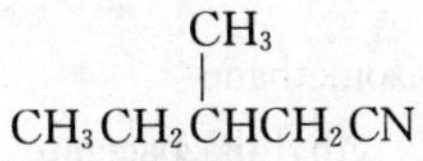

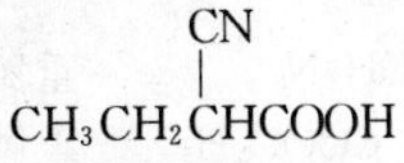

	$CH_3CH_2CH(CH_3)CH_2CN$	$CH_3CH_2CH(CN)COOH$	$NC(CH_2)_4CN$
普通命名法	β-甲基戊腈 β-methyl valeronitrile	α-氰基丁酸 α-cyanobutyric acid	己二腈 adiponitrile
IUPAC命名法	3-甲基戊腈 3-methylpentanenitrile	2-氰基丁酸 2-cyanobutanoic acid	己二腈 hexanedinitrile

英文名称在普通命名法中是把"oic acid"或"ic acid"换作"onitrile",IUPAC命名法是在相应烷烃之后加上"nitrile"或"dinitrile",氰基作为取代基则用词头"cyano-"表示。

1.5.6 异腈和异腈酸酯

异腈(isonitrile)又称胩,它的通式为RNC。腈与异腈是同分异构体。在腈分子中,氰基的碳原子和烃基相连,而在异腈分子中,是氮原子和烃基相连。异腈的结构可用下列共振式来表示:

$$R-\overset{+}{N}\equiv\overset{-}{C}: \longleftrightarrow R-\ddot{N}=C:$$

异腈的命名是按照烷基中所含碳原子的数目而称为某胩(或异氰基某烷)。其英文名称的词尾常用"isocyanide"或"isonitrile",异氰基作为取代基时词头是"isocyano-"。例如:

CH_3NC
甲胩(异氰基甲烷)
methyl isocyanide (isocyanomethane)

C_2H_5NC
乙胩(异氰基乙烷)
ethyl isocyanide (isocyanoethane)

一般认为氰酸和异氰酸是互变异构体,在平衡时以生成异氰酸为主:

$$\underset{\text{氰酸}}{HO-C\equiv N} \rightleftharpoons \underset{\text{异氰酸}}{O=C=N-H}$$

烃基取代异氰酸的氢原子形成的化合物称为异氰酸酯(isocyanate),它的结构为:R—N═C═O。异氰酸酯的命名与羧酸酯的命名相似,按照所连烃基的名称称为异氰酸某酯,英文命名时在烃基名称后加上词尾"isocyanate"。例如:

$CH_3CH_2CH_2CH_2C$—N═C═O

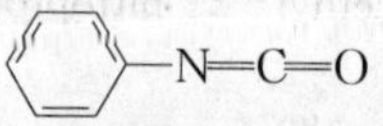

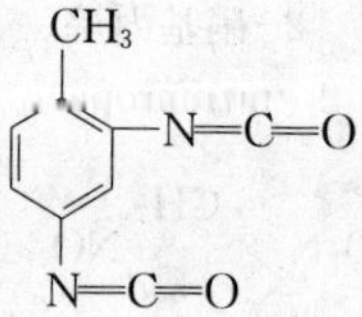

异氰酸丁酯 butyl isocyanate

C_6H_5—N═C═O

异氰酸苯酯 phenyl isocyanate

甲苯-2,4-二异氰酸酯 (2,4-二异氰酸甲苯酯) toluene-2,4-isocyanodiate

1.5.7 重氮与偶氮化合物

1. 重氮化合物(diazo compounds)

重氮基(—N≡N)只有一端与烃基直接相连的化合物 RCH═N≡N 叫做重氮化合物。具有这种结构的化合物的命名,可将重氮作词头连接在相应的母体化合物名称之前来称呼。例如:

CH_2N_2 重氮甲烷 diazomethane

N_2CH—$COOC_2H_5$ 重氮乙酸乙酯 ethyl diazoacetate 或 diazoethyl acetate

N_2CH—CO—C_6H_5 ω-重氮苯乙酮 ω-diazoacetophenone

含有芳香烃基的重氮化合物叫芳香重氮盐,它们的结构为 $[Ar—N≡N]^+ X^-$ (或写作 $ArN_2^+X^-$),中文名称可将"重氮"连在母体名称前,再加上"某酸盐"来命名;英文名称则以"-diazonium"作词尾,连在母体名称后再加上"某酸盐"的英文名即可。例如:

C_6H_5—$N_2^+Cl^-$ 重氮苯盐酸盐 benzenediazonium chloride (或氯化重氮苯)

$[O_2N$—C_6H_4—$\overset{+}{N}$≡N$]Cl^-$ 对硝基重氮苯盐酸盐 p-nitrobenzenediazonium chloride

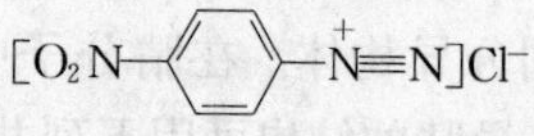

$C_6H_5\overset{+}{N_2}\overset{-}{H}SO_4$ 重氮苯硫酸氢盐 benzenediazonium bisulfate

具有 RN═NX 结构的化合物,X 基可以是—OH、—CN、—SO_3Na、—OM(M 代表金属如—ONa)等。它们的命名,中文一般可将×基名和"重氮"基连接在烃名之前来命名(酸及盐类的×基名放在重氮烃名之后);英文则将"diazo"和×基连接在一起,作字尾加在烃名之后来命名。例如:

C_6H_5—N═N—OH 氢氧化重氮苯 benzenediazo hydroxide

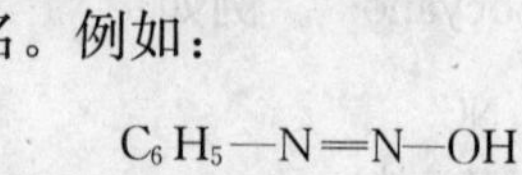

Cl—C_6H_4—N═N—CN 对氯氰化重氮苯 p-chloro benzenediazo cyanide

C_6H_5N═N—SO_3Na 重氮苯磺酸钠(或苯重氮磺酸钠) sodium benzenediazosulfonate

2. 偶氮化合物

偶氮化合物是指偶氮基"—N═N—"的两端与两个烃基直接相连的化合物。常见的有只含一个偶氮基的单偶氮化合物和含有两个偶氮基的双偶氮化合物。

1）单偶氮化合物

两端对称的单偶氮化合物，可将"偶氮"作词头放在母体分子名称之前来命名。如果母体分子中还含有其它取代基时，可按取代基的优先次序来定为词头或词尾。例如：

$C_6H_5—N=N—C_6H_5$ 偶氮苯 azobenzene

1′ 2′ N=N 1 2

1,2′-偶氮萘
1,2′- azonaphthalene

HO
O_2N 4′ 1′ N=N 1 4 4 1 OH

2,4-二羟基-4′-硝基偶氮苯
2,4 - dihydroxy - 4′- nitroazobe nzene
或4-(对硝基苯偶氮)雷琐酚
4-(*p* - nitrophenylazo)resorcinol

COOH 2 1 N=N 4′ N CH_3 CH_3

4′-二甲(基)氨基偶氮苯-2-羧酸
4′- dimethylaminoazobenzene - 2 - carboxylic acid
或甲基红 methyl red

CH_3 CH_3 N 4′ N=N 4 SO_3Na

4′-二甲氨基偶氮苯-4-磺酸钠
sodium - 4′- dimethylaminoazo benzene - 4 - sulfonate
或甲基橙 methyl orange

两端不对称的单偶氮化合物 RN=NR′，可将"偶氮"作词中，放在两个母体分子的中间，并将大的、复杂的母体分子写在前面来命名。例如：

COOH 1 2 N=N

1-羧基萘-2-偶氮苯
1 - carboxynaphthalene - 2 - azobenzene

CH_3 2′ 4′ Cl N=N 1 NH_2 2

2-氨基萘-1-偶氮-(4′-氯-2′-甲基苯)
2 - aminonaphthalene - 1 - azo -
(4′- chloro - 2′- methylbenzene)

2）双偶氮化合物

当双偶氮化合物 R—N=N—R′—N=N—R 两端的 R 相同、R 上基团较多，并含有次序优先的官能团作为字尾时可将—N=N—R′—N=N—名称放在两个相同的 R 之间，组合起来命名。例如：

N=N 4′ 1′ 1 4 N=N

4,4′-双(苯偶氮基)联苯
4,4′- bis(phenylazo)biphenyl

OH OH
$C_6H_5—N=N$ 7 8 1 2 $N=N—C_6H_5$

2,7-双(苯偶氮基)-1,8-萘二酚
2,7 - bis(phenylazo)- 1,8 - naphthalenediol

通常双偶氮化合物名称较复杂，我们一般采用它们的俗名。

习 题

1-1 写出下列化合物的结构式，并分别指出有几个异丙基（i-Pr）、异丁基（i-Bu）、二级丁基（s-Bu）和三级丁基（t-Bu）。

(1) 2,2-二甲基戊烷　　(2) 2,4-二甲基-3-乙基己烷

(3) 2,2,4-三甲基-4-乙基辛烷　　(4) 2-甲基-5-(1,2-二甲丙基)-壬烷

1-2 写出下列化合物的结构式，并用IUPAC规则命名。

(1) 二甲基正丁基甲烷　　(2) 异戊烷

(3) 异丁基二级丁基正戊基甲烷　　(4) 乙基异丙基异丁基甲烷

(5) 1,2,3-三氯甲基环丙烷　　(6) 反-1-甲基-4-三级丁基环己烷

(7) 环己基环癸烷　　(8) 1,4-二环己基环辛烷

1-3 写出 $C_5H_{11}Br$ 的可能的异构体，给出IUPAC命名，指出各异构体中与Br相连的碳原子的级数（可用1°、2°、3°和4°表示）。

1-4 用IUPAC命名法（中英文）命名下列化合物。

(1) 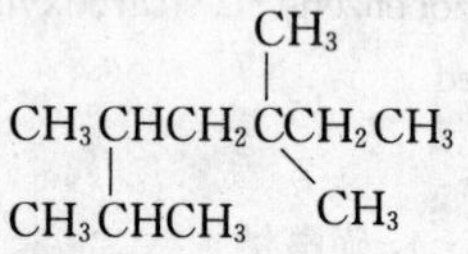 $CH_3CH(CH(CH_3)CH_3)CH_2C(CH_3)_2CH_2CH_3$
（原图：$CH_3CHCH_2CCH_2CH_3$，CH 上连 CH_3CHCH_3，C 上连两个 CH_3）

(2) 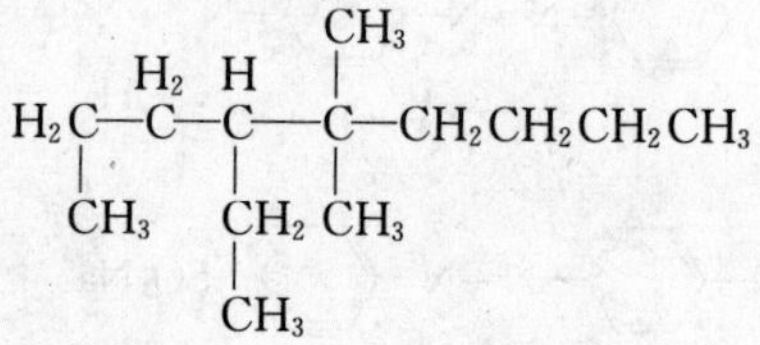 $H_2C(CH_3)$—$C(H_2)$—$C(H)(CH_2CH_3)$—$C(CH_3)_2$—$CH_2CH_2CH_2CH_3$
（原图：$H_2C-C(H_2)-C(H)-C(CH_3)_2-CH_2CH_2CH_2CH_3$，$H_2C$ 下连 CH_3，CH 下连 CH_2CH_3）

(3)

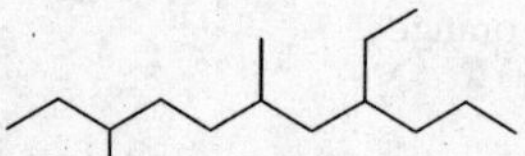

(4)

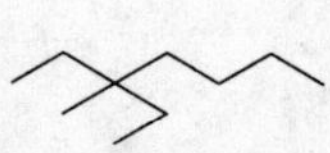

(5) 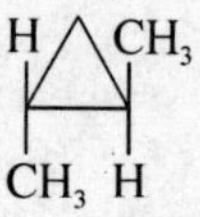 H, CH_3, CH_3, H

(6) 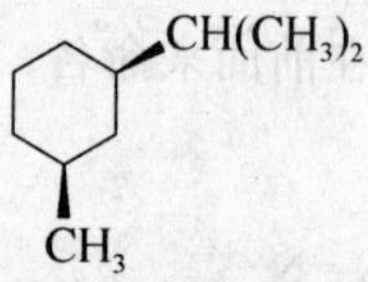 $CH(CH_3)_2$, CH_3

(7) 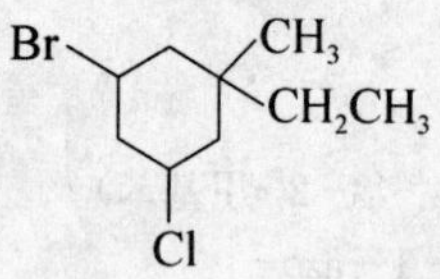 Br, CH_3, CH_2CH_3, Cl

(8) 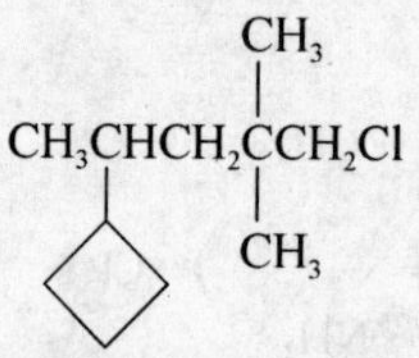 $CH_3CHCH_2CCH_2Cl$（C 上连两个 CH_3）

(9) 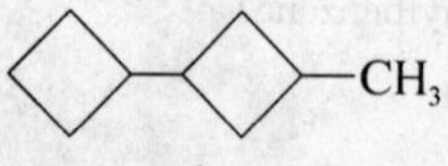 —CH_3

(10)

(11)  Br

1-5 写出下列化合物或基团的结构式。

(1) 异丙烯基　　(2) 2-丁烯基

(3) 2-己基-3-丁烯基　　(4) 3-亚乙基环己烯

(5) (Z)-2-溴-2-戊烯　　(6) (E,E)-2-氯-2,4-庚二烯

(7) 反-3,4-二甲基环丁烯　　(8) 1-溴-1-丁炔

(9) 乙烯基乙炔　　(10) 3-甲基-3-戊烯-1-炔

(11) 异戊二烯　　(12) 1,5,5,6-四甲基-1,3-环己二烯

(13) 4-丁基-1,4-庚二烯　(14) 1-phenylheptane

(15) 3-propyl-*o*-xylene　(16) 2,3-dimethyl-1-phenyl-1-hexene

(17) 3-phenyl-1-propyne　(18) 3-penten-1-yne

(19) 2-methyl-1,3-pentadiene　(20) 2-propenyl

1-6 写出下列结构式的中英文名称。

(1) 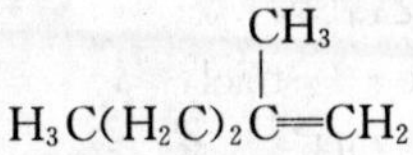 $H_3C(H_2C)_2C(CH_3)=CH_2$　(2) $H_2C=CHCH_2Br$

(3) $HC\equiv CCH(CH_3)_2$　(4) $H_3CHC=C=C(CH_3)_2$

(5) 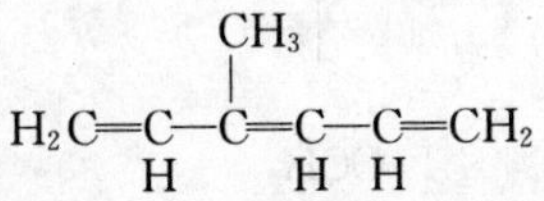 $H_2C=CH-C(CH_3)=CH-CH=CH_2$　(6) 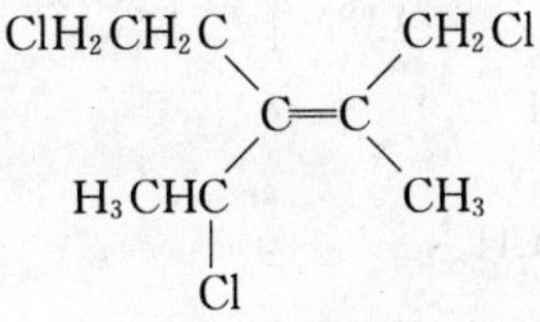 $(ClH_2CH_2C)(H_3CHClC)C=C(CH_2Cl)(CH_3)$

(7) 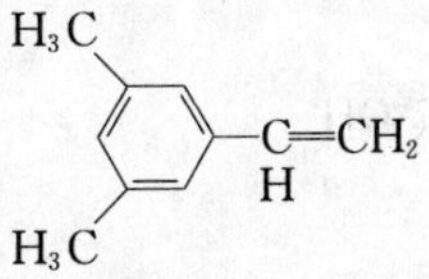 H_3C, H_3C (3,5-位), $-CH=CH_2$　(8) 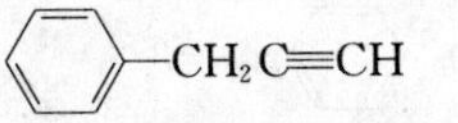 $C_6H_5-CH_2C\equiv CH$

1-7 写出下列结构式的 IUPAC 名称。

(1)  N H　(2) 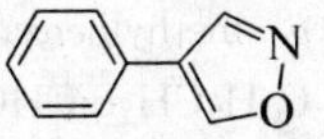 N O　(3)

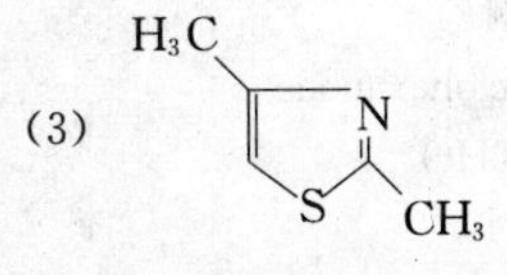

(4) 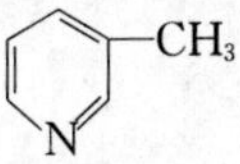 CH_3 N　(5) 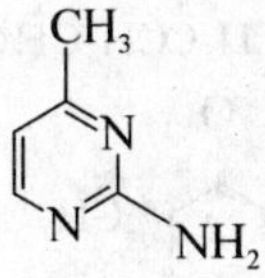 CH_3 N N NH_2　(6)

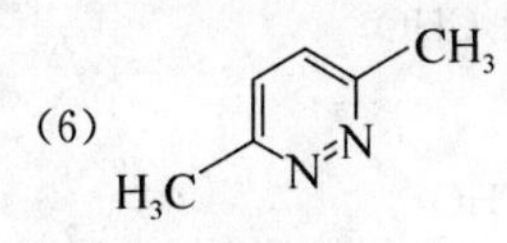

(7) 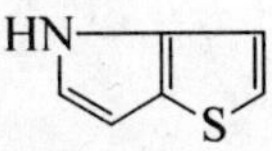 HN S　(8) 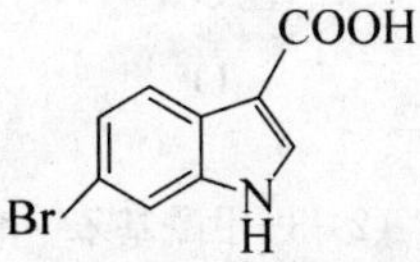 COOH Br N H　(9)

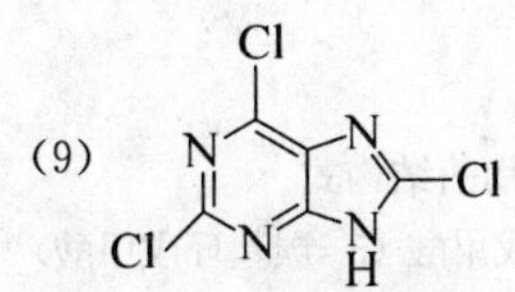

1-8 写出下列化合物的结构式。

(1) 邻氯甲苯　(2) 三苯甲烷

(3) *α*-萘酚　(4) 1,5-二硝基萘

(5) 1,1′-联二苯　(6) 2,5-二氢呋喃

(7) 2-甲基-5-苯基吡嗪　(8) 2-硝基噻唑

(9) *N*-甲基-4-苯基-4-乙氧羰基六氢吡啶(杜冷丁)

(10) 1-甲基-2-(3-吡啶基)四氢吡咯(尼古丁)

(11) 1-甲基-7-氯异喹啉　(12) 7-甲基-6-氨基嘌呤

(13) 3-吲哚基乙酸(*β*-吲哚乙酸)

1-9 按 IUPAC 规则写出下列化合物的结构式或名称。

(1) 异氯丁烷　(2) *α*-氯丙烯

(3) 三级溴戊烷　(4) 新戊基氯

(5) 氯仿　(6) 异己基氟

(7) benzyl bromide　(8) isopentyl chloride

(9) 2-chloro-1,3-butadiene　(10) bromocyclohexane

(11) $(CH_3)_2CHCH_2CH_2Cl$ (12) $CH_2=CH—C_6H_5Br$

1-10 写出下列化合物的结构式及英文名称或根据结构式写出名称。

(1) 二乙基异丙基甲醇 (2) 6-甲基-2,5-庚二醇

(3) (*Z*)-3-戊烯-2-醇 (4) 对甲氧基苄醇

(5) 三苯甲醇 (6) 甲基异丁基醚

(7) 2,3-二甲氧基丁烷 (8) 2,2-二甲基-3-乙氧基丁烷

(9) benzyl mercaptan (10) (*Z*)-2-pentene-2-thiol

(11) 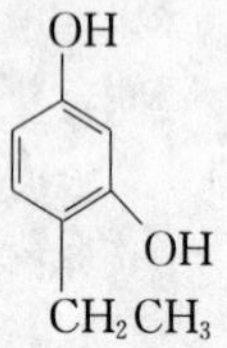 OH, OH, CH_2CH_3 (12) 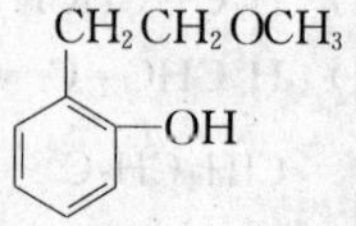 $CH_2CH_2OCH_3$, OH (13) 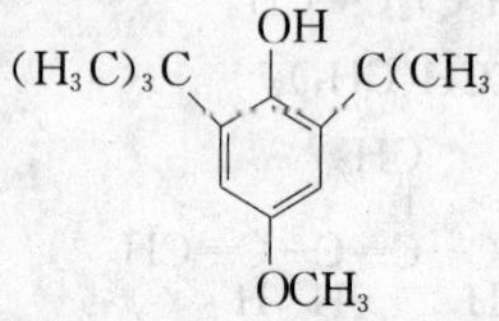 $(H_3C)_3C$, OH, $C(CH_3)_3$, OCH_3

(14) 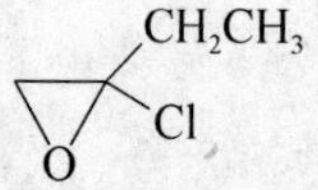 CH_2CH_3, Cl, O (15) 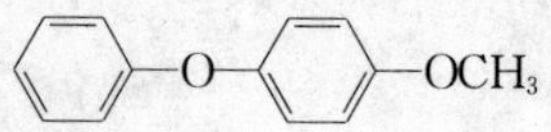 O, OCH_3

(16) 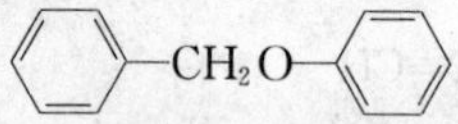 CH_2O (17)  H_3C, OH

1-11 写出下列化合物的结构式或给结构式以 IUPAC 命名。

(1) *β*-甲基丁醛 (2) 甲基异丙基酮

(3) 乙基苯基酮 (4) 甲基乙烯基酮

(5) 4-ethylcyclohexanone (6) *α*-methylbenzaldehyde

(7) $C_6H_5CH_2CHO$ (8) $C_6H_5CH=CHCHO$

(9) $HOCH_2CH_2CHO$ (10) $CH_3\overset{O}{\overset{\|}{C}}CH_2CH(CH_3)_2$

(11) 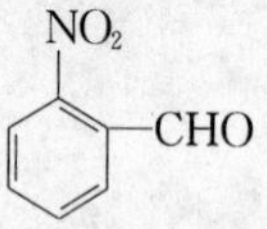 NO_2, CHO (12) 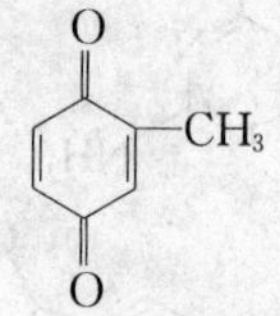 O, CH_3, O

1-12 写出下列化合物的结构式。

(1) 3-氧代环戊甲酸(3-羰基环戊甲酸) (2) 3-甲酰基苯甲酸

(3) (*E*)-4-羟基-2-戊烯酸 (4) *α*-甲基-*γ*-甲氧基戊酸

(5) 5-丁炔酸 (6) 亚油酸[(*Z*,*Z*)-9,12-十八碳二烯酸]

(7) 顺-1,2-环戊二甲酸 (8) 肉桂酸(苯基-2-丙烯酸)

(9) 3-甲氧羰基环己甲酸 (10) *β*-甲基戊酰溴

(11) 4-甲酰基己酸乙酯 (12) *N*-溴代乙酰胺

(13) 3-甲基环己甲酰胺 (14) 苯甲酸酐

(15) glycol diacetate (16) *N*-methyl-*N'*-vinylbutanediamide

(17) benzoic anhydride (18) 2-octenedioic acid

(19) 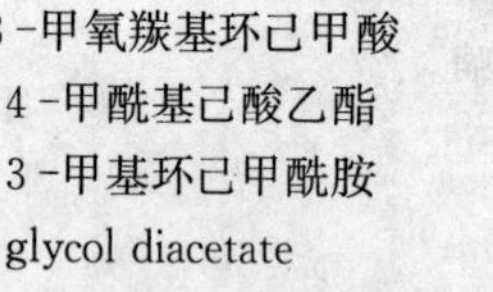 I, CH_2COOH, HO (20) 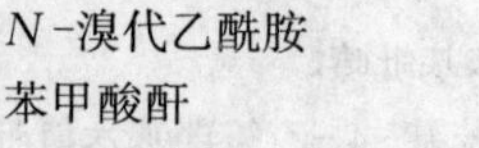 HO—⟨苯环⟩—$NHCOCH_3$

(21) $CH_3CH_2\underset{CH_3}{\overset{CH_2Cl}{CHCH}}COOH$ (22) 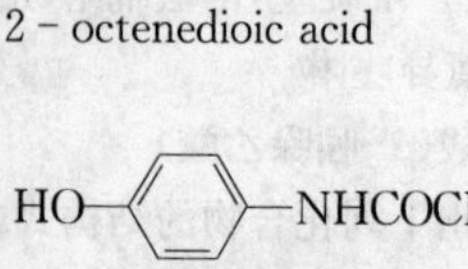 H_3C, COOH, O_2N

(23) $CH_2COOC_2H_5$
$|$
CH_2COONa

(24) Cl O O

(25) $CH_3\underset{}{\overset{Cl}{CH}}CH_2CH_2COOCH_3$

(26) $CH_3\overset{O}{\overset{\|}{C}}\overset{O}{\overset{\|}{C}}CH_2CH_3$

(27) $CH_3CH_2\underset{CONH_2}{CH}CH_2CH_2COCl$

(28) $C_6H_5COOC(CH_3)_3$

1-13 写出下列化合物结构式或IUPAC名称。

(1) *N*-甲基对亚硝基苯胺

(2) 4-乙基-3′-甲基偶氮苯

(3) 2-(*N*, *N*-二甲基氨基)丁烷

(4) 甲基苯丙腈

(5) 烯丙腈

(6) 3-异氰基丙烯

(7) tributylamine

(8) acetonitrile

(9) phenyl isocyanate

(10) CN CH_3

(11) NH_2 N CH_3

(12) $CH_3CH_2CH_2N(CH_3)_3^+Cl^-$

(13) H_3C N H_3C —N=N— —OH

(14) —N=N—OH

第2章 有机化合物的结构理论

从有机化合物的分类方法中，可以看出同分异构现象在有机化学中占有相当重要的地位。同分异构体有相同数目、相同种类的原子，但原子间连接的次序和空间取向不同，即结构上的不同使分子式一样的化合物有着不同的结构组成。因此，有机化学的学习研究必须从结构上着手才能抓住本质而不致误入歧途。结构问题如得不到正确认识和解决，那就像 Wöhler 在 1835 年所说的："有机化学是充满最特殊事物的热带丛林，却又是一个恐怖的无边际的丛林，无人敢进去，因为相像得找不到出路。"不解决结构问题，就不可能学习研究有机化学和有机化合物本身。

1857 年，Kekulé 指出每一种原子都有一定的化合力，这种化合力就是价，碳原子的价为四价。可以说有机化学的结构学说就是在此基础上发展起来的。1913 年，Bohr 提出的原子结构理论产生了原子价的电子学说，标志着经典的结构理论已经过渡到结构的电子理论了。

形成分子的驱动力是因为分子比原子稳定，原子形成分子后能量得到释放。分子中化学键的形成使体系能量降低，而化学键的断裂总是需要吸收能量。但是，原子又是如何结合起来才形成分子的呢？要正确回答这个问题就比较困难了。1917 年 Kossel 和 Lewis 分别提出，化学键由电子组成，可分为离子键和共价键两大类。反应时，原子将失去或得到电子，使其结构接近惰性气体的结构。化学变化仅仅涉及核外的电子即价电子的反应，表示键的短线即是一对成对电子，这些观点已经成为现代价键理论的基础。1926 年，Schrödinger 等提出了说明原子结构中的电子运动的量子力学理论，而绝大多数化学家都运用了 Schrödinger 的波动方程理论，使我们对有机化合物结构问题的探索和了解也具有了现代量子理论基础。

2.1 原子轨道

描述原子中单个电子运动状态的波函数叫做原子轨道(atomic orbital)。例如氢原子，若将原子核定为坐标原点，则单个电子在空间运动状态可由正坐标系 x, y, z 或球极坐标系 r, θ, ϕ 来确定。那么，描述该电子在空间运动状态的波函数，即原子轨道，可用 $\phi(x, y, z)$ 或 $\phi(r, \theta, \phi)$ 来表示。

Schrödinger 方程是表述微观物体运动的方程。用 Schrödinger 方程求解氢原子中电子运动状态时，得到主量子数 n，副量子数 l，磁量子数 m 三个量子数。

主量子数 n 是用来描述原子中电子出现概率最大区域离核的远近，或者说它是决定电子层数的，主量子数 n 的取值为 1, 2, 3 等正整数。$n=1$ 代表电子离核的平均距离最近的一层，即第一电子层；$n=2$ 代表电子离核的平均距离比第一层稍远的一层，即第二电子层。

副量子数 l 又称角量子数。当 n 给定时，l 可取值为 0, 1, 2, 3, …, $n-1$。在每一个主量子数 n 中，有 n 个副量子数，其最大值为 $n-1$。副量子数 l 的物理意义之一是表示原子轨道(或电子云)的形状，其二是表示同一电子层中具有不同状态的亚层。例如，$n=3$ 时，l 可取值为 0，1，2。即在第三层电子层上有三个亚层，分别为 s，p，d 亚层。为了区别不同电子层上的亚层，在亚层符号前面冠以电子层数。例如，2s 是第二电子层上的亚层，3p 是第三电子层上的 p 亚层。表 2.1 列出了主量子数 n，副量子数 l 及相应电子层、亚层之间的关系。

表 2.1　主量子数 n，副量子数 l 及相应电子层、亚层之间的关系

n	电子层	l	亚层
1	1	0	1s
2	2	0	2s
		1	2p
3	3	0	3s
		1	3p
		2	3d
4	4	0	4s
		1	4p
		2	4d
		3	4f

磁量子数 m 决定原子轨道(或电子云)在空间的伸展方向。当 l 给定时，m 的取值为 －1～＋1的一切整数(包括 0 在内)，即 0，±1，±2，±3，…，±l，共有 $2l+1$ 个取值。即原子轨道(或电子云)在空间有 $2l+1$ 个伸展方向。

三个量子数的每一种组合代表电子的一种运动状态，即一个原子轨道。例如，$l=0$ 时，m 只能有一个值，即 $m=0$，说明 s 亚层只有一个轨道为 s 轨道，该轨道电子云呈球形对称分布，没有方向性。当 $l=1$ 时，m 可有 －1，0，＋1 三个取值，说明 p 电子云在空间有三种取向，即 p 亚层中有三个以 x，y，z 轴为对称轴的 p_x，p_y，p_z 轨道。当 $l=2$ 时，m 可有五个取值，即 d 电子云在空间有五种取向，d 亚层中有五个不同伸展方向的 d 轨道。各种常见原子轨道的形状与空间取向如下所示。

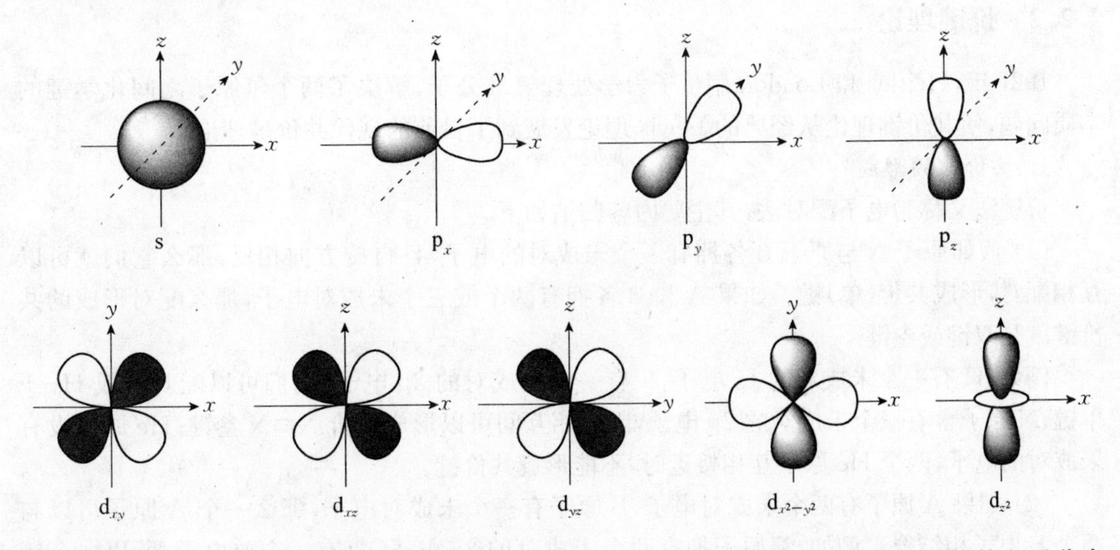

根据原子光谱实验的结果和对元素周期系的分析、归纳，总结出基态原子中核外电子分布需要遵守三个基本原理。

(1) Pauli不相容原理　在同一个原子中，不可能有四个量子数完全相同的电子存在。每一个轨道内最多只能容纳两个自旋方向相反的电子。

(2) 能量最低原理　多电子原子处在基态时，核外电子的分布在不违反Pauli原理的前提下，总是尽先分布在能量较低的轨道，以使原子处于能量最低的状态。

(3) Hund规则　原子在同一亚层的等价轨道上分布电子时，将尽可能单独分布在不同的轨道，而且自旋方向相同(或称自旋平行)。这样分布时，原子的能量较低，体系较稳定。

在有机化学中，了解碳原子的原子轨道状态以及成键方式是极为重要的。碳原子的原子序数为6，原子核外存在6个电子，它们分别填充在1s、2s和2p轨道上，其电子构型为$1s^2 2s^2 2p_x^1 2p_y^1 2p_z$，其中1s轨道属于内层原子轨道，其中的两个电子一般认为不参与成键。

2.2 共价键理论

2.2.1 路易斯(Lewis)理论

1916年，美国的Lewis提出了共价键理论。认为分子中的原子都有形成稀有气体电子结构的趋势，而达到这种稳定结构，并非通过电子转移形成离子键来完成，而是通过共用电子对来实现。

这种理论很好地解释了氢原子通过共用一对电子，使每个H均成为He的电子构型，由此形成稳定的氢气分子。

$$H\cdot + H\cdot \longrightarrow H:H$$

Lewis的贡献在于提出了一种不同于离子键的新的成键方式，解释了电负性差别比较小的元素之间原子的成键事实。但Lewis没有说明这种键的实质，适应性不强，特别是难以解释BH_3、BCl_3等未达到稀有气体结构的分子的成键方式。

2.2.2 价键理论

1927年，Heitler和London用量子力学处理氢气分子，解决了两个氢原子之间化学键的本质问题，使共价键理论从经典的Lewis理论发展到了目前的现代共价键理论。

1. 共价键的形成

价键法又称为电子配对法，其主要内容归纳如下。

(1) 假如原子A与原子B各拥有一个未成对的电子，且自旋方向相反，那么它们就可以互相配对，形成共价(单)键。如果A和B各拥有两个或三个未成对电子，那么配对形成的共价键就是双键或叁键。

例如，H有一个未成对的1s电子，F有一个未成对的2p电子，它们可以配对构成H—F单键；N原子含有三个未成对的2p电子，因此相互间可以形成共价N≡N叁键；He原子没有未成对的电子，两个He原子互相接近时，不能形成共价键。

(2) 如果A原子有两个未成对电子，B原子有一个未成对电子，那么一个A原子可以与两个B原子相结合。例如，氧原子拥有两个未成对的2p电子，氢有一个单电子，所以一个氧可以和两个氢结合形成H_2O。因此，原子内含有的未成对的价电子数，通常就是它的原子价数。

(3) 一个电子与另一个自旋相反的电子配对以后，就不能再与第三个电子配对。例如，氢原子拥有一未成对的电子，它们能配对形成 H_2 分子，后者与第三个 H 原子接近，就不能再结合成为 H_3 分子。这说明共价键的形成具有饱和性。

(4) 两个电子配对也就是它们的原子轨道的重叠。原子轨道重叠越多，形成的共价键越强。因此，原子轨道要尽可能在电子云密度最大的方向叠加，即共价键的形成具有方向性。

氢原子的 1s 轨道呈球型分布，无方向性，而氟原子的 2p 轨道呈哑铃型分布，电子云在其对称轴(z 轴)上电子云密度最大，即具有方向性。当氢与氟的原子轨道叠加时，只有沿 z 轴方向接近时，才能发生最大程度的重叠而形成稳定的共价键，其它方向接近都不能获得最大的重叠。

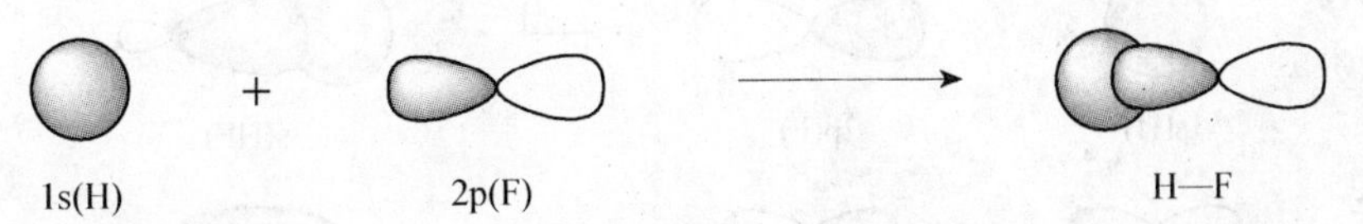

(5) 能量相近的原子轨道，可以进行杂化，组成能量相等的杂化轨道，这样可以使成键能力增强，体系的能量降低，而成键后可达到最稳定的分子状态。具体方式在下一节中详述。

2. 共价键的方向性和饱和性

共价键的数目由原子中未成对的电子数来决定(包括原有的和激发而生成的)。例如，氧原子拥有两个未成对电子，氢原子拥有一个未成对电子，可以结合形成水分子，即氧原子只能形成两个共价键。而碳原子拥有四个未成对的价电子(激发生成)，能与四个氢原子形成四个共价单键。原子中未成对电子的数目决定了共价键的数目，这就是共价键的饱和性。

各原子轨道在空间具有固定的分布方向，为了满足轨道的最大重叠，原子间形成共价键时，显然具有方向性。例如，氯的 $3p_z$ 轨道和 H 的 1s 轨道重叠，要沿着 z 轴重叠，从而保证最大重叠，而且不改变原有的对称性。

氯的 $3p_z$ 轨道自身叠加，也需要保持对称性和最大重叠。下面“头碰头”的重叠方式是有效的，而“头碰腰”的重叠方式是无效的。

3. 共价键的键型

成键的两个原子核间的连线被称为键轴。按成键方向与键轴之间的关系，共价键的键型主要分为两种：即σ键和π键。

(1) σ键的特点 将成键轨道，沿键轴方向旋转任意角度，图形及符号均保持不变。即成键轨道围绕键轴呈圆柱型对称分布。例如：

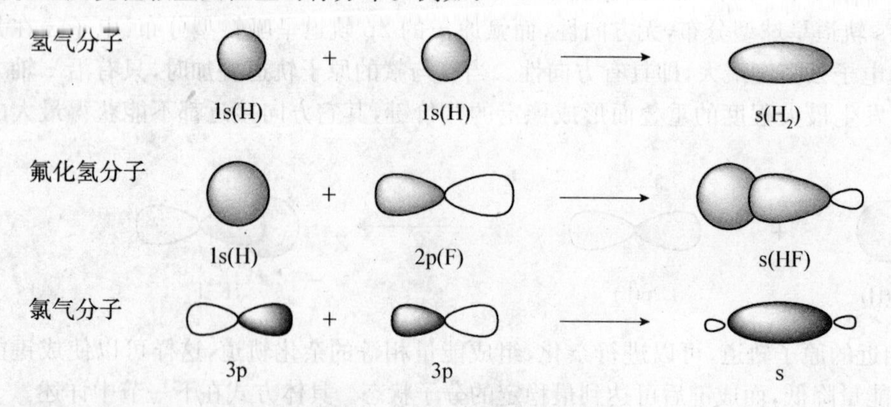

σ键的成键方式，可以用"头碰头"的形象化表述来描述。

(2) π键的特点 成键轨道围绕键轴旋转180°时，图形重合，但符号相反，即键的对称性对通过键轴的节面呈现反对称分布。例如，氮气分子的两个氮原子沿 x 轴方向形成σ键($2p_x$ 轨道头碰头叠加)的同时，$2p_y$ 轨道和 $2p_z$ 轨道则以"肩并肩"的方式进行叠加，形成两个π键。

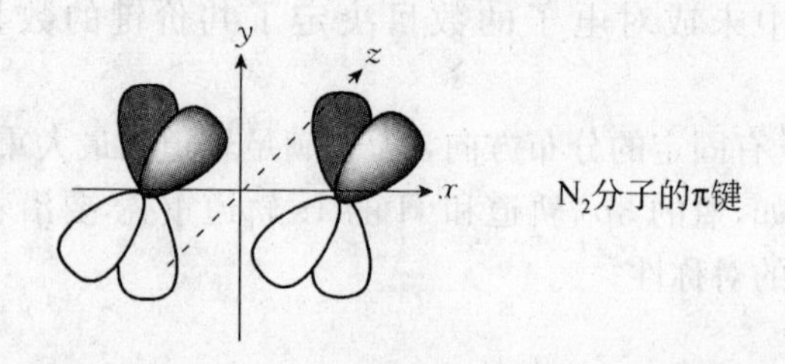

N_2分子的π键

4. 共价键参数

化学键的形成情况，完全可由量子力学的计算来进行定量描述。不过，人们习惯上仍用几个物理量加以描述，这些物理量被称为共价键的参数。

(1) 键能 以共价键结合的分子在气体状态下裂解成原子(或原子团)时所吸收的能量称为该共价键的解离能。

$$A-B(g) \longrightarrow A(g)+B(g)+\Delta H$$

对于双原子分子，共价键的解离能即等于键能；但对于多原子分子，则要注意解离能与键能的区别与联系。例如，甲烷的四个碳氢键的解离能分别为：

$$CH_4 \longrightarrow CH_3+H+435.1\ kJ/mol$$
$$CH_3 \longrightarrow CH_2+H+443.5\ kJ/mol$$
$$CH_2 \longrightarrow CH+H+443.5\ kJ/mol$$
$$CH \longrightarrow C+H+338.9\ kJ/mol$$

键能则为它们的平均值，即为415.3 kJ/mol。

(2) 键长 成键的两个原子核之间的距离，叫键长，一般以pm为单位。键长通常与成键原子的性质以及成键类型紧密相关。一般来说,原子半径小的原子间形成的共价键的键长较短。对两个相同原子的成键,单键键长最长,双键次之,叁键最短。一般键长越短,键能越高。另外,键长还与成键原子杂化轨道的状态有关,杂化轨道中 s 轨道的成分越高,键长越短。例如,通常 $C(sp^3)$—H 的键长为 110 pm,$C(sp^2)$—H 的键长为 107 pm,而 C(sp)—H 的键长只有 106 pm。

在不同化合物中,相同键的键长和键能也会有所不同。例如,甲醇和甲烷中的碳氢键的键长和键能是不同的。

(3) 键角　分子中一个原子与另外两个原子形成的两个共价键在空间形成的夹角,被称为键角。键角的大小与中心原子的性质直接相关,同时还和与中心原子成键的原子的性质有一定的关系。例如,水分子 H—O—H 的键角是 104.5°,氨分子中 H—N—H 的键角是 107.3°,甲烷分子是四面体结构,H—C—H 的键角为 109.5°。与水分子有所不同,H_2S 分子的 H—S—H 的键角为 92°,甲醇分子的 C—O—H 的键角是 108.9°。

5. 共价键的极性

分子中不同原子间形成的共价键,若两个原子吸引电子的能力不同,那么共用电子对会偏向吸引电子能力较强的原子一方,导致吸引电子能力较弱的原子一方相对地显正电性。这样的共价键叫做极性共价键,简称极性键。键的极性大小取决于成键的两个原子的电负性差值,差值越大,键的极性就越大。表 2.2 给出了各种元素的电负性数据。

表 2.2　元素的电负性

元素	Li	H	B	Al	C	Si	N	P	O	S	F	Cl	Br	I
电负性	1.0	2.1	2.0	1.5	2.5	1.8	3.0	2.1	3.5	2.5	4.0	3.0	2.8	2.5

相同原子间形成的共价键,属于非极性共价键,简称非极性键。仅含有非极性键的分子,属于非极性分子。但是,含有极性键的分子,不一定是极性分子,如四氯化碳和二氧化碳。

2.3　碳原子的成键方式与杂化轨道理论

杂化轨道理论是 Pauling 于 1931 年提出的,其实验基础是许多分子的键角不等于原子轨道间夹角。例如,氧原子与氢原子组成的水分子 H—O—H 的键角是 104.5°,不等于氧的 $2p_y$ 与 $2p_z$ 轨道间的夹角 90°。类似的,NH_3 分子中 H—N—H 的键角也不等于 90°,实际测得为 107.3°。实验测得甲烷分子 CH_4 是四面体结构,H—C—H 键角为 109.5°。

杂化轨道理论指出,上述分子中的氧原子、氮原子和碳原子并不是简单地以 2p 轨道与氢原子的 1s 轨道成键,而是在成键前氧、氮和碳原子的 2s 轨道和 2p 轨道先进行了杂化。所谓杂化(hybridization)是一个能量的均化过程。经过了能量均化后的杂化轨道,在形成共价键时其形状更有利于轨道间的重叠,从而形成能量更低和更稳定的共价键。下面以碳氢化合物为例进行说明。

碳原子在成键时,通常由能量较低的 2s 轨道与能量较高的 3 个 2p 轨道进行杂化,形成 4 个简并(即能量相同的)的 sp^3 杂化轨道(sp^3 - hybrid orbital)。每个 sp^3 杂化轨道含有 1/4 的 s 轨道成分、3/4 的 p 轨道成分,其能量高于 2s 轨道,低于 2p 轨道。

E 2s 2p_x 2p_y 2p_z 激发 2s 2p_x 2p_y 2p_z sp^3杂化 sp^3 sp^3 sp^3 sp^3

碳的原子轨道　　碳的sp^3杂化轨道

sp^3 杂化轨道的形状如图 2.1 所示，四个简并的 sp^3 杂化轨道采取相互尽可能远离的方式在空间排布，从而减少电子间的相互排斥作用，即形成四面体结构，sp^3 杂化轨道间的夹角为 109.5°。每个 sp^3 杂化轨道上各排布一个自旋平行的电子。

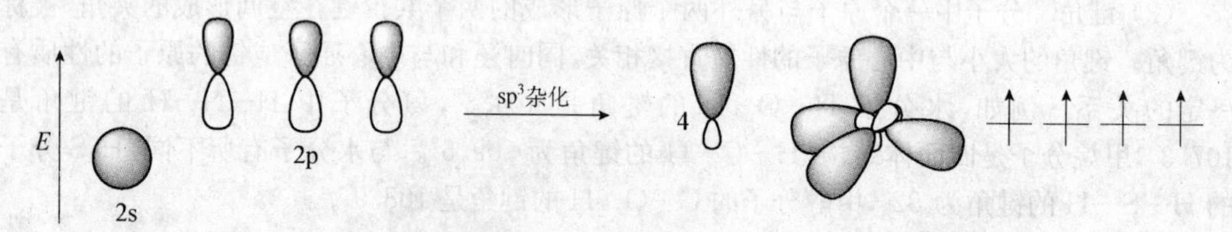

图 2.1　碳原子的 sp^3 杂化

例如，甲烷分子中，碳原子以 sp^3 杂化轨道与氢原子的 1s 轨道成键。所形成的键是沿轨道的轴向方向叠加的，形成的键轴向对称，称为 σ 键（σ bonds）。4 个 C—H 键的键角等于碳的 sp^3 杂化轨道的键角，即 109.5°。整个甲烷分子的形状为四面体，甲烷分子的轨道成键图如图 2.2(a)所示。

乙烷分子中有 2 个碳原子和 6 个氢原子。其中 2 个碳原子均以 sp^3 方式杂化，各以 1 个 sp^3 杂化轨道相互连接形成 C—C σ 单键，每个碳上的另外 3 个 sp^3 杂化轨道与氢原子的 1s 轨道形成 3 个 C—H σ 键，其轨道成键图如图 2.2(b)所示。

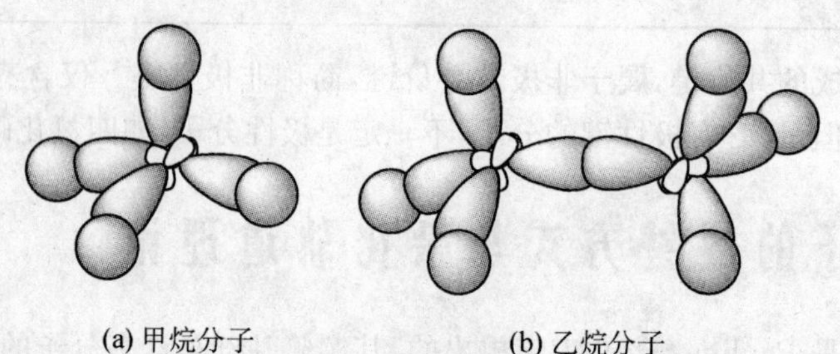

(a) 甲烷分子　　(b) 乙烷分子

图 2.2　甲烷分子和乙烷分子的轨道成键图

根据杂化轨道理论，碳的 2s 和 2p 轨道还可以进行 sp^2 杂化，即一个 2s 轨道和两个 2p 轨道杂化，形成三个简并的 sp^2 杂化轨道（sp^2 - hybrid orbital）。每个 sp^2 杂化轨道含有 1/3 的 s 轨道成分、2/3 的 p 轨道成分，其能量高于 2s 轨道，低于 2p 轨道。单个 sp^2 杂化轨道的形状类似于 sp^3 杂化轨道。

E 2s 2p_x 2p_y 2p_z 激发 2s 2p_x 2p_y 2p_z sp^2杂化 sp^2 sp^2 sp^2 2p_z

碳的原子轨道　　碳的sp^2杂化轨道

由于电子间的相互静电排斥作用，三个 sp^2 杂化轨道处于相互远离的方向，即分别伸向平面三角形的三个顶点，因此轨道间夹角为 120°，处于同一个平面上。余下一个 2p_z 轨道垂直于

sp^2 杂化轨道平面。三个 sp^2 杂化轨道与一个 $2p_z$ 轨道的空间排布如图 2.3(a)所示。

乙烯分子中的碳原子就是以 sp^2 杂化轨道成键的。两个碳原子各以一个 sp^2 杂化轨道相互重叠形成一个碳碳 σ 键，其余的 sp^2 杂化轨道分别与氢原子的 1s 轨道形成 4 个碳氢 σ 键，这样，两个碳原子与四个氢原子处于同一个平面上。两个碳原子 $2p_z$ 轨道上的电子则在垂直于分子平面的方向上侧面重叠成键，形成 π 键(π bond)。由此形成的 π 键不同于 σ 键，其电子云分布于乙烯分子平面的上下两侧，不是轴向对称的。乙烯分子的成键情况如图 2.4(a)所示。

(a) sp^2杂化

(b) sp杂化

图 2.3　杂化轨道空间排布

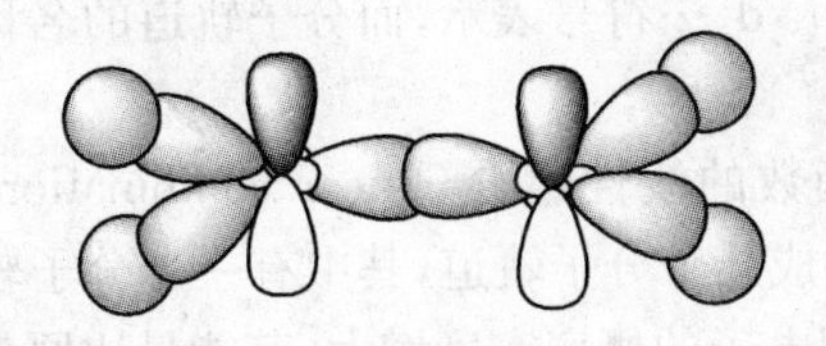

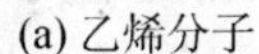

(a) 乙烯分子

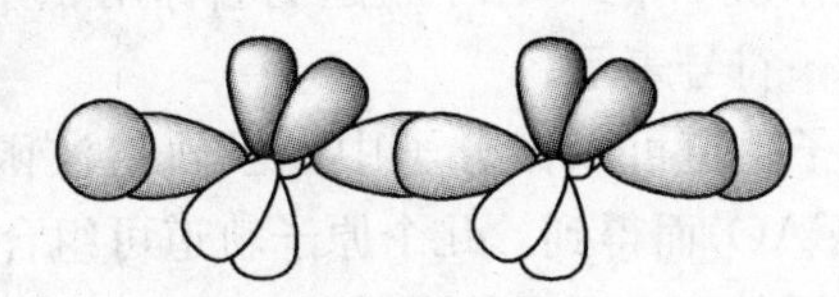

(b) 乙炔分子

图 2.4　乙烯和乙炔的成键情况

乙烯分子 C═C 双键中的两个键是不等同的，一个是由 sp^2-sp^2 正面重叠形成的 σ 键，这种方式的轨道重叠程度较高，因此键的强度较强；另一个是由 p－p 侧面重叠形成的 π 键，这种方式的轨道重叠程度较低，键的强度较弱。

碳原子还可以进行 sp 杂化，即由一个 2s 轨道与一个 2p 轨道杂化形成两个 sp 杂化轨道(sp-hybrid orbital)。每个 sp 杂化轨道含有 1/2 的 s 轨道成分、1/2 的 p 轨道成分，其能量高于 2s 轨道，低于 2p 轨道。sp 杂化轨道的形状类似 sp^3 杂化轨道。

E　2s　$2p_x$　$2p_y$　$2p_z$　激发→　2s　$2p_x$　$2p_y$　$2p_z$　sp杂化→　sp　sp　$2p_y$　$2p_z$

碳的原子轨道　　　　碳的sp杂化轨道

由于电子间的相互排斥作用，这两个轨道处于相互远离的方向，即轨道间夹角为 180°，处于同一直线上。余下两个 $2p_y$、$2p_z$ 轨道与两个 sp 杂化轨道所在的直线相互垂直。sp 杂化碳原子的轨道如图 2.3(b)所示。

乙炔分子中两个碳原子之间相互以 sp－sp 杂化轨道形成一个 σ 键，并各自用一个 sp 杂化轨道与氢原子的 1s 形成一个 σ 键，这样形成一个直线型分子。同时两个碳原子之间分别以 $2p_y-2p_y$，$2p_z-2p_z$ 侧面重叠形成两个相互垂直的 π 键，这两个 π 键分别处于碳碳 σ 键的上下两方和前后两方。乙炔的成键情况如图 2.4(b)所示。

2.4　分子轨道理论

价键理论着眼于成键原子间最外层轨道中未成对的电子在形成化学键时的贡献，能成功地解释共价分子的空间构型，因而得到了广泛的应用。但如能考虑成键原子的内层电子在成键时的贡献，显然更符合成键的实际情况。1932 年，美国化学家 Mulliken 和德国化学家

Hund提出了一种新的共价键理论——分子轨道理论(molecular orbital theory),即MO法。该理论考虑到了分子的整体性,因此能更好地说明多原子分子的结构。该理论在现代共价键理论中占有很重要的地位。

分子轨道理论的要点有以下五点。

(1) 原子在形成分子时,所有电子都有贡献,分子中的电子不再从属于某个原子,而是在整个分子空间范围内运动。在分子中电子的空间运动状态可用相应的分子轨道波函数 ψ(称为分子轨道)来描述。

分子轨道和原子轨道的主要区别在于以下两点。第一,在原子中,电子的运动只受一个原子核的作用,原子轨道是单核系统;而在分子中,电子则在所有原子核势场的作用下运动,分子轨道是多核系统。第二,原子轨道的名称用s、p、d、…符号表示,而分子轨道的名称则相应地用 σ、π、δ、…符号表示。

(2) 分子轨道可以由分子中原子轨道波函数的线性组合(linear combination of atomic orbitals, LCAO)而得到。几个原子轨道可组合成几个分子轨道,其中有一半分子轨道分别由正负符号相同的两个原子轨道叠加而成,两核间电子的概率密度增大,其能量比原来的原子轨道能量低,有利于成键,称为成键分子轨道(bonding molecular orbital),如 σ、π 轨道(轴对称轨道);另一半分子轨道分别由正负符号不同的两个原子轨道叠加而成,两核间电子的概率密度很小,其能量比原来的原子轨道能量高,不利于成键,称为反键分子轨道(antibonding molecular orbital),如 σ^*、π^* 轨道(镜面对称轨道,反键轨道的符号上常加"*"以便与成键轨道区别)。若组合得到的分子轨道的能量跟组合前的原子轨道能量没有明显差别,则所产生的分子轨道叫做非键分子轨道。

(3) 原子轨道线性组合的原则(分子轨道是由原子轨道线性组合而得的)包括:对称性匹配原则、能量近似原则和轨道最大重叠原则。

对称性匹配原则:只有对称性匹配的原子轨道才能组合形成分子轨道。

原子轨道有s、p、d等各种类型,从它们的角度分布函数的几何图形可以看出,它们对于某些对称元素拥有不同的空间对称性。对称性是否匹配,可根据两个原子轨道的角度分布图中波瓣的正、负号相对于键轴(设为 x 轴)或对于含键轴的某一平面的对称性决定。

进行线性组合的原子轨道1s和1s分别相对于 x 轴呈圆柱形对称,属于对称性匹配(a);参加组合的原子轨道2p和2p分别相对于 xy 平面呈反对称,它们属于对称性匹配,可以组合形成分子轨道(b);可是,若参加组合的两个原子轨道2p和2p相对于 xy 平面一个呈对称而另一个呈反对称时,则两者属于对称性不匹配,不能有效组合形成分子轨道(c)。

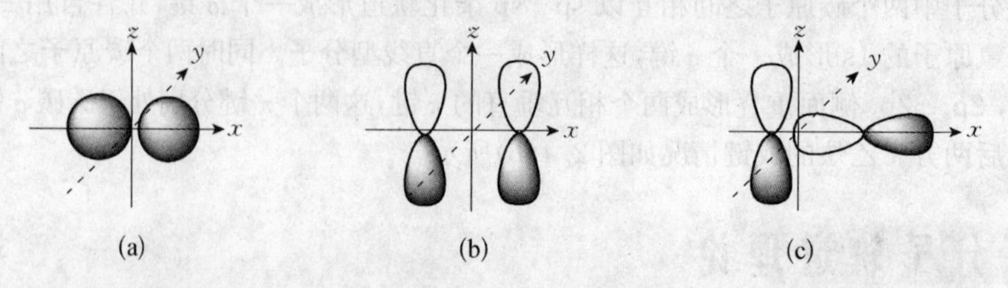

(a) (b) (c)

符合对称性匹配原则的几种简单的原子轨道组合是:假设 x 轴是成键方向,2s-2s、2s-$2p_x$、$2p_x$-$2p_x$ 可以有效地进行"头碰头"叠加,组合形成 σ 分子轨道,如图2.5所示。$2p_y$-$2p_y$、$2p_z$-$2p_z$ 可以有效地进行"肩并肩"叠加,组合形成 π 分子轨道,如图2.6所示。对称性匹配的两原子轨道组合成分子轨道时,因波瓣符号的异同,有两种组合方式:波瓣符号相同(即++重叠或--重叠)的两原子轨道组合成成键分子轨道;波瓣符号相反(即+-重叠)的两原子轨道组合成反键分子轨道。

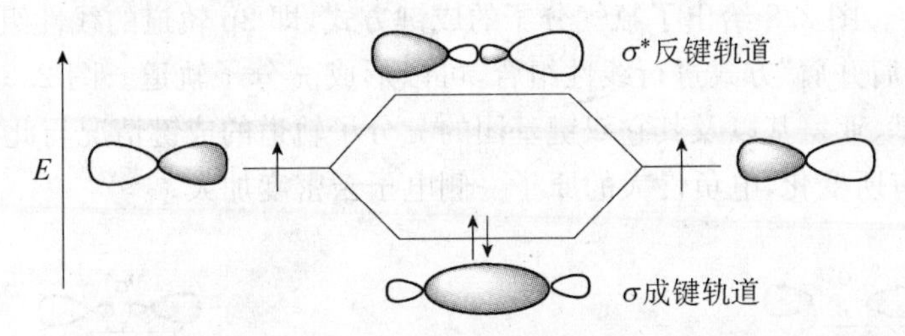

图 2.5 对称性匹配的两个原子轨道组合成 σ 分子轨道示意图

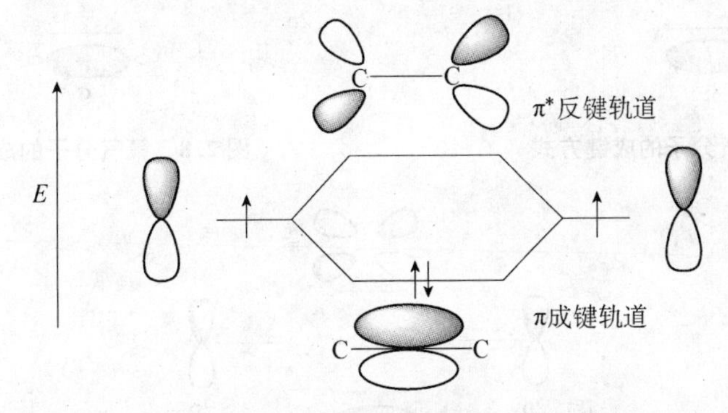

图 2.6 对称性匹配的两个原子轨道组合成 π 分子轨道示意图

能量近似原则:在对称性匹配的原子轨道中,只有能量相近的原子轨道才能组合成有效的分子轨道,而且能量愈相近愈好。

轨道最大重叠原则:对称性匹配的两个原子轨道进行线性组合时,其重叠程度愈大,则组合成的分子轨道的能量愈低,所形成的化学键愈牢固。

在上述三条原则中,对称性匹配原则是首要的,它决定原子轨道有无组合成分子轨道的可能性。能量近似原则和轨道最大重叠原则是在符合对称性匹配原则的前提下,决定分子轨道组合的效率。

(4) 电子在分子轨道中的排布也遵守原子轨道电子排布的同样原则,即 Pauli 不相容原理、能量最低原理和 Hund 规则。具体排布时,应先知道分子轨道的能级顺序。目前这个顺序主要借助于分子光谱实验来确定。

(5) 在分子轨道理论中,用键级(bond order)表示键的牢固程度。

键级的定义是:键级=(成键轨道上的电子数—反键轨道上的电子数)/2

键级也可以是分数。一般说来,键级越高,键越稳定;键级为零,则表明原子不可能结合成分子,键级越小(反键数越多),键长越大。

2.5 常见有机官能团的分子轨道

对饱和化合物而言,分子内各原子是通过原子轨道的线性组合形成 σ 分子轨道的。对称性匹配的两原子轨道组合成分子轨道时,波瓣符号相同的两原子轨道组合成成键分子轨道;波瓣符号相反的两原子轨道组合成反键分子轨道。

1. 简单分子的成键情况

由s轨道、p轨道线性组合，可以形成σ分子轨道。图2.7给出了氢气分子的成键方式，即s轨道的线性组合。图2.8给出了氟气分子的成键方式，即2p轨道的线性组合。

由p轨道以“肩并肩”方式进行线性组合，可以形成π分子轨道。图2.9给出了乙烯分子的成键方式。羰基、亚氨基以及其它双键基团的π分子轨道的成键情况与此类似。但是，电子云密度的分布会有所变化，电负性大的原子一侧电子云密度加大。

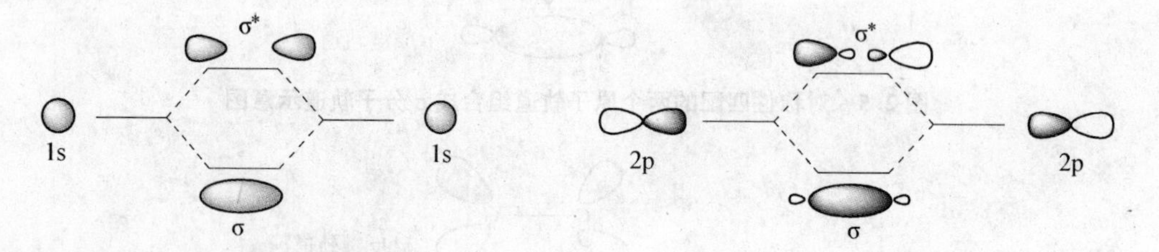

图2.7 氢气分子的成键方式　　图2.8 氟气分子的成键方式

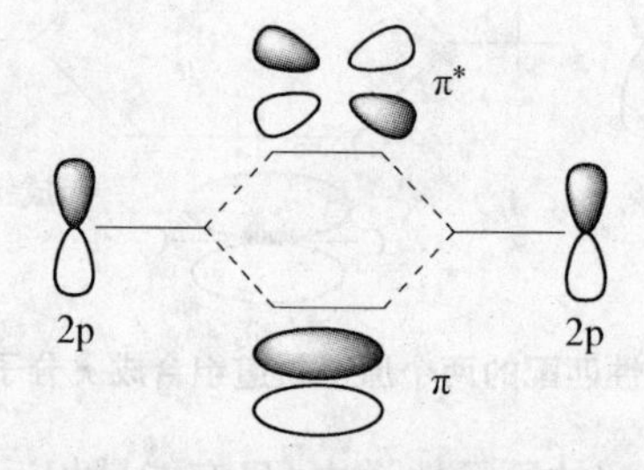

图2.9 乙烯分子π键的成键方式

2. 直链共轭分子体系的π分子轨道

图2.10和图2.11给出了典型的直链共轭分子体系，1,3-丁二烯和1,3,5-己三烯的π分子轨道的形成情况。其中1,3-丁二烯的π_1和π_2轨道能级水平低于碳的2p轨道，属于成键π分子轨道。1,3,5-己三烯的π_1、π_2、π_3轨道也属于成键π分子轨道。1,3-丁二烯的π_1分子轨道的能级水平相应要高于1,3,5-己三烯的π_1分子轨道，处于1,3,5-己三烯的π_1和π_2之间。

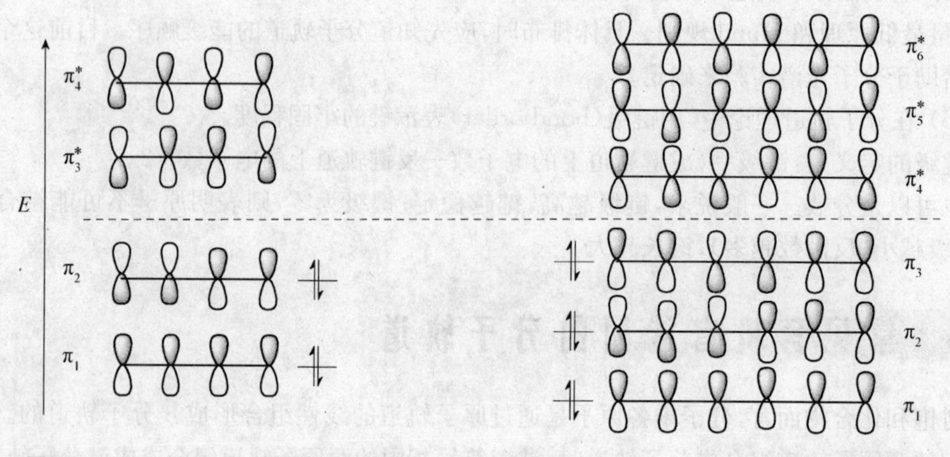

图2.10 1,3-丁二烯π键的成键情况　　图2.11 1,3,5-己三烯π键的成键情况

3. 单环共轭分子体系的 π 分子轨道

图 2.12 给出的是典型的芳香烃分子苯的 π 分子轨道的形成情况。其中 π_1 为能级水平最低的成键 π 分子轨道，π_2 和 π_3 是两个兼并轨道，能级水平低于碳的 2p 轨道，属于成键 π 分子轨道。

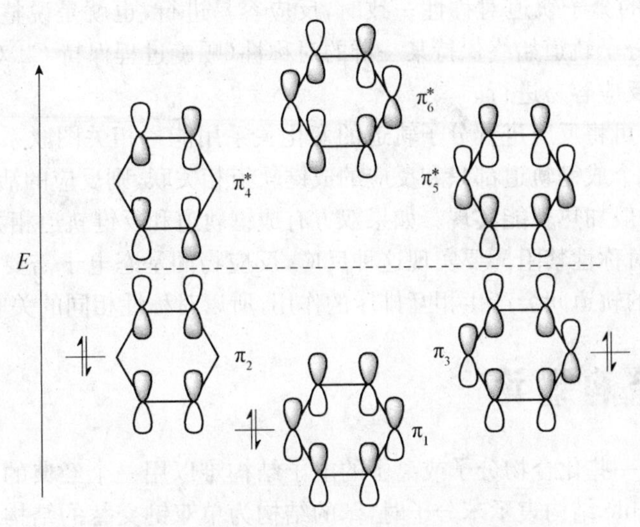

图 2.12　分子苯的 π 分子轨道的形成情况

2.6　前线轨道理论

原子轨道线性组合成分子轨道。分子轨道可分为成键轨道、反键轨道和非键轨道。每一个分子轨道都与一个确定的能值相对应，有能量高的未占分子轨道，也有能量低的已占分子轨道。在电子占据的分子轨道中，能量最高的分子轨道叫做最高占有分子轨道(highest occupied molecular orbital, HOMO)。在电子未占据的分子轨道中，能量最低的分子轨道叫做最低未占有分子轨道(lowest unoccupied molecular orbital, LUMO)。例如，氢气分子的 HOMO 是 σ 轨道，LUMO 是 σ^* 轨道；乙烯分子的 HOMO 是 π 轨道，LUMO 是 π^* 轨道；苯分子的 HOMO 是 π_2 和 π_3 轨道，LUMO 是 π_4^* 和 π_5^* 轨道。

20 世纪 50 年代，福井谦一在研究芳香烃的亲电取代反应时指出，这些分子的 HOMO 上，电荷密度最大的位置最易发生反应；而芳香亲核取代反应中 LUMO，假想正电荷聚集数最大的位置反应活性最大。后来他又进一步提出，HOMO 与 LUMO 相互作用时，不仅是电荷的分布，而且是这些轨道的对称性决定反应的选择性，只有轨道对称性匹配时，反应才能进行。

前线轨道理论认为两种分子间的相互作用主要来自 HOMO 与 LUMO 之间的作用，该理论评论化学反应活性时，就得出前线轨道之间作用愈大，过渡态愈稳定，反应势垒愈小，反应速率愈快的结论。

在定性讨论中，我们可以根据这些前线轨道的对称性质，来判断反应的可行性。当反应物分子相互作用时，若它们的前线轨道的重叠是对称性匹配的，那么此反应在动力学上是可能的，即是“对称性允许”的；反之，则是“对称性禁阻”的。“对称性允许”的反应，一般加热反应条件下即可进行。而“对称性禁阻”的反应，分子在基态很难进行反应，需要经光照形成激发态，才能使反应进行。

2.7 分子轨道对称守恒原理

分子轨道对称守恒原理是将整个分子轨道一起考虑，即在一步完成的化学反应中，若反应物分子和产物分子的分子轨道对称性一致时，反应容易进行，也就是说整个反应体系从反应物、中间态到产物，分子轨道始终保持某一群的对称性(顺旋过程保持C2对称轴对称，对旋过程保持镜面对称)，反应容易进行。

根据这一考虑，可将反应进程分子轨道的变化关系用能量相关图联系起来。在能量相关图中，如果产物的每个成键轨道都只和反应的成键轨道相关联，则反应的活化能低，易于反应，称作对称性允许，一般加热就能实现。如果双方有成键轨道和反键轨道相关联，则反应活化能高，难于反应，称作对称性禁阻。要实现这种反应，反应物的基态电子需要先吸收能量进入激发态。对称性相同的轨道间会产生相互排斥的作用，所以对称性相同的关联线不相交。

2.8 共振结构理论

在有机化学中，一些化合物分子或离子的电子结构难以用一个经典的 Lewis 结构式准确表达。例如，用 Kekulé 结构表示苯分子时，苯的结构为单双键交替的结构，但实际上，苯分子内所有 C—C 键的键长是相同的，显然单一的 Kekulé 结构并未准确表达其真实结构。事实上，这种情况普遍存在于 π 电子或 p 电子发生共轭离域的分子体系中。例如，羧酸阴离子、共轭烯烃、α，β-不饱和羰基化合物、烯丙基离子等。

Kekulé 为了解释苯分子内所有 C—C 键的键长是相同的这一事实，提出了共振结构的概念。认为苯分子的真实结构介于下述两个经典的结构之间，这两个经典的结构是苯分子的两个共振结构：

由于这两个结构中的任何一个都不能准确表达苯分子的真实电子结构，通常被称为共振极限结构式(resonance contributors)。下面这种结构可以合理地说明苯分子的等六边形结构，因不符合经典共价键理论的规定，故被称之为非经典结构，共振杂化结构(resonance hybrid)。

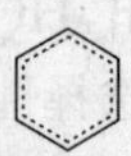

这里需要强调的是，共振杂化结构客观表达了这些分子或离子的真实结构，而每个共振极限结构是不存在的，它只存在于人们的想象中。然而，共振极限结构能较清楚地表明分子内电子的分布情况，因此在分析具体的有机化学反应机理过程中仍常加以使用。

由此可见，所谓共振结构(resonance structures)，是指用于表达某一分子、自由基或离子真实电子结构时所采用的两个或两个以上的经典共价键结构。例如：

$CH_2^+ \longleftrightarrow H_2^+C\ \ CH_2$

$$\text{H}_3\text{C}-\text{C}(=\text{O})\text{O}^- \longleftrightarrow \text{H}_3\text{C}-\text{C}(=\text{O})\text{O}^-$$

在上述三个实例中，每个共振极限结构式的能量是完全相同的，因此它们对于共振杂化结构的贡献是相同的。在另外一些实例中，可能出现共振极限结构式能量不相等的情况。例如，丙酮分子中的氧质子化后的结构可以用两个共振极限结构表示，由于这两个结构的能量差别较大，它们对共振杂化结构的贡献也不同。

$$(\text{H}_3\text{C})_2\text{C}{=}\text{OH}^+ \;(\text{I}) \longleftrightarrow \text{HO}-\text{C}^+(\text{CH}_3)-\text{H}_3\text{C} \;(\text{II})$$

结构式Ⅰ中C与O以双键相连，正电荷在氧原子上，这里每个原子都达到外层8电子的稳定构型，所以能量较低。而结构式Ⅱ中，C与O以单键相连，正电荷在碳原子上，该碳原子的外层只有6个电子，所以能量较高。因此，这两个结构对真实结构的贡献不同，能量较低者的贡献更大，即氧原子上分布的正电荷密度应高于碳原子上分布的正电荷密度。

与此类似，α,β-不饱和醛的碳碳双键与碳氧双键共轭，可以用共振结构表示如下：

$$\text{CH}_2{=}\text{CH}-\text{CH}{=}\text{O} \;(\text{I}) \longleftrightarrow \text{CH}_2{=}\text{CH}-\text{C}^+\text{H}-\text{O}^- \;(\text{II}) \longleftrightarrow {}^+\text{CH}_2-\text{CH}{=}\text{CH}-\text{O}^- \;(\text{III})$$

结构式Ⅰ中每个原子都达到外层8电子的稳定构型，且没有电荷分离，所以能量较低，而结构式Ⅱ和Ⅲ中，碳原子上带有正电荷，氧原子带有负电荷，体系能量较高。因此，结构式Ⅰ对真实结构的贡献明显要大于结构式Ⅱ和Ⅲ，实际上氧原子上带有一定的负电荷，而羰基碳原子和β-碳原子上带有一定的正电荷。

一般来说，可以依据以下基本原则判断不同极限结构的稳定性以及相应对体系能量的贡献大小：①全部原子的外层电子构型为八隅体稳定构型者比较稳定；②结构中的共价键数目较多者比较稳定；③没有电荷分离的结构式比较稳定。

习　题

2-1　指出下列每个分子中各原子参与共价键成键的原子轨道的类型。

CH_3CH_3　　CH_3NH_2　　CH_3OH　　CH_3SH

CH_3F　　CH_3Cl　　CH_3Br　　CH_3I

2-2　给出下列化合物中碳卤键的键能大小顺序。

(1) $F—CH_3$　　$I—CH_3$　　$Cl—CH_3$　　$Br—CH_3$

(2) $H_2C{=}CHCl$　　CH_3CH_2Cl　　C_6H_5Cl

2-3　指出下列分子中除氢原子外的其它原子的杂化轨道类型。

$HC{\equiv}C—CH_3$　　$H_2C{=}C{=}CH_2$　　（环氧乙烷）　　（环丙基）—CHO

（吡啶，N）　　（咪唑，NH、N）　　（2H-吡喃，O）　　（环戊二烯）

2-4　写出下列化合物分子的 HOMO 和 LUMO 类型。

CH_3CH_2Cl　$CH_2=CHCH_3$　$CH=CH-CH=CHCH_3$　CH_3CHO 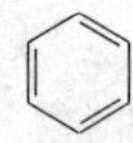

2-5 判断下列各组化合物中C—X键(X为杂原子)的相对长短。

(1) CH_3OCH_3 和 $CH_2=CHOCH_3$

(2) $CH_3CH=O$ 和 $C_6H_5CH=O$

(3) CH_3NH_2 和 $C_6H_5NH_2$

(4) C_6H_5Cl 和 CH_3CH_2Cl

2-6 画出下列结构式的共振结构式,并说明它们对真实分子的相对贡献大小。

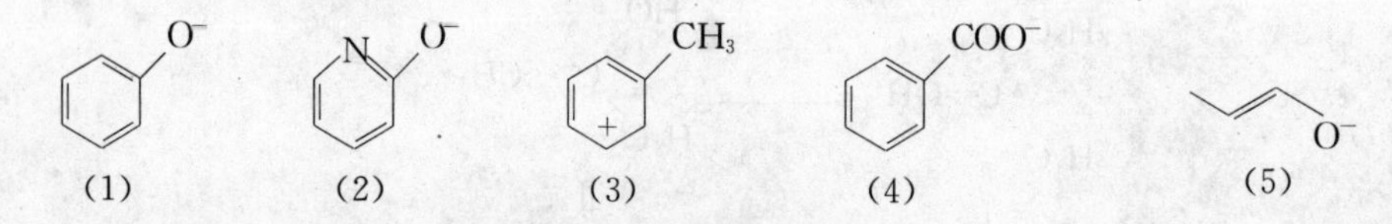

2-7 指出下列化合物分子中杂原子的杂化类型和成键方式。

$(CH_3CH_2)_3Al$　$(CH_3CH_2)_3B$　$(CH_3CH_2)_3N$　CH_3SCH_3　$Si(CH_3)_4$

2-8 给出下列化合物中特定X—H键的键长大小。

CH_3CH_2-H　$CH_2=CH-H$　$CH\equiv C-H$　$CH_2=CHCH_2-H$

CH_3NH-H　CH_3O-H　CH_3S-H　CH_3PH-H

2-9 指出下列各组结构式中哪些属于共振结构,并作简单说明。

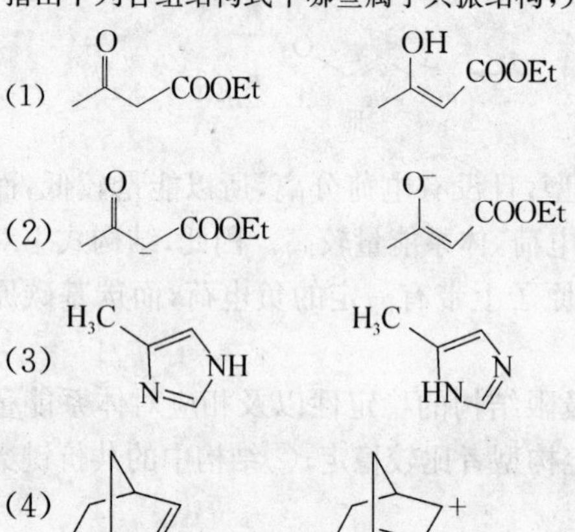

第3章 有机分子的弱相互作用与物理性质

现代化学是基于对化学键的理解逐渐完善和发展起来的。自从1916年Lewis提出共价键的理论以来,人们对共价键的认识已经相当深刻。此外,现代量子化学从头算起理论对共价键结合的分子的电子结构的计算结论与实验数据相当吻合。

然而随着化学与生物学等学科的发展,人们渐渐发现,仅仅考虑化学键的作用很难解释生物大分子体系所拥有的特殊性质。实际上,分子(或基团)间的弱相互作用(weak interaction)是一类自然界普遍存在的且对物质的物化性质有重要影响的作用方式。分子(或基团)间的弱相互作用在维持生物大分子的二、三、四级等高级结构中起着重要的作用。这些弱相互作用的加和与协同、分子间相互作用的方向性和选择性决定了分子识别、分子组装、组装体的特定结构和功能。生物分子通过共价键连接结构部件形成直链聚合物,而大量的弱相互作用是将其独特的三维结构维持在一个动态的水平不可缺少的力量。生命科学的进展也表明弱相互作用在构筑生命体系(如细胞膜、DNA双螺旋)及酶识别、药物/受体识别等方面起到了重要作用。一旦这些弱作用方式被破坏或者改变则容易引起蛋白质结构和功能的变化,所以了解这些弱相互作用具有重要的意义。随着科学技术的发展,目前这些弱相互作用的研究已经引起人们的极大关注。

3.1 分子间的弱相互作用方式

一般认为,分子间作用力比化学键力(离子键、共价键、金属键)弱得多,其作用能在几到几十(kJ/mol)范围内,比化学键能(通常为200～600 kJ/mol)小一、两个数量级;作用范围远大于化学键,称为长程力;不需要电子云重叠,一般无饱和性和方向性。

分子间作用力本质上是静电作用,一种是静电吸引作用,如永久偶极矩之间的作用、偶极矩与诱导偶极矩间的作用、非极性分子的瞬间偶极矩间的作用;另一种是静电排斥作用,它在分子间的距离很小时才能表现出来。分子间的实际作用力是吸引作用和排斥作用之差。而通常所说的分子间相互作用及其特点,主要指分子间的引力作用,常称作范德瓦尔斯(Van de Waals)作用力。

范德瓦尔斯力的主要形式有三种。①取向力,存在于极性分子的偶极-偶极间的相互作用力。②诱导力,包括偶极-诱导偶极间的相互作用力。③色散力,非极性分子因为电子与原子核的相对运动,互相感应产生随时间变化的瞬间偶极矩间的相互作用力,这种引力普遍存在于所有分子中。

除上述物理作用力外,在分子间作用力和化学键作用之间还存在一些较弱的化学键作用,这种作用有饱和性和方向性,但作用力比化学键力小得多,键长较长,现在归属为分子间的弱键相互作用。这类作用主要包括氢键、分子间的配位键作用(如π-π相互作用、阳离子-π吸附、给体-受体相互作用等)等。

3.1.1 氢键作用

氢键是一类重要的弱相互作用。它是指分子中与一个电负性很大的元素相结合的 H 原子,还能与另一分子中电负性很大的原子产生一定的结合力而形成的键,用式子表示即为:X—H…Y,其中 X,Y 代表 F,O,N 等电负性大且半径小的原子。由电负性原子与氢原子形成共价键时,σ 键的电子云分布会明显偏向电负性大的原子核,使得氢核周围的电子云分布减少,氢核带有明显的正电荷分布。这种氢核与另一个电子云密度高且电负性强的原子接近时,相互间会产生较强的静电吸引,这种作用称为氢键作用。因此,一般都认为氢键的本质实际上是一种静电作用力。

氢键的键能比化学键的键能小且具有较强的方向性和饱和性。氢键的静电作用的本质可成功地解释氢键的一些性质,例如:①氢键键能一般为 20～30 kJ/mol,这与理论计算的偶极-偶极或偶极-离子的静电作用能基本相当;②不同类型氢键的键能随 X,Y 原子电负性的增大或半径的减小而增大;③氢键的几何构型一般为直线型或稍有弯曲,以使 X,Y 间静电斥力最小。

表 3.1 一些氢键的键能和键长

氢 键	化合物	键能/(kJ/mol)	键长/pm
F—H…F	气体$(HF)_2$	28.0	255
	固体$(HF)_n$,$n>5$	28.0	270
O—H…O	水	18.8	285
	冰	18.8	276
	CH_3OH,CH_3CH_2OH	25.9	270
	$(HCOOH)_2$	29.3	267
N—H…F	NH_4F	20.9	268
N—H…N	NH_3	5.4	338

氢键作用的范围非常广泛,它直接影响着许多物质重要的物理性质,如熔点、沸点、溶解度等。氢键作用存在于一些无机分子之间、无机分子和有机分子之间、有机分子之间以及许多有机分子的内部,特别是存在于生物有机大分子,如蛋白质、核酸等分子体系中。氢键的作用虽比共价键、离子键等化学键作用力要弱得多,但却是许多物理化学和生物现象发生的主要原因。在生命科学领域,许多生物结构的存在和生物反应的发生,氢键都起着关键作用。蛋白质肽链上的羰基氧和酰胺氢之间形成的氢键,是维持蛋白质二级结构的主要作用力,大多数蛋白质之所以采取 α-螺旋、β-折叠等折叠方式,便是为了能使主链肽基的羰基氧和酰胺氢之间形成最大数目的分子内氢键。在维持蛋白质三级结构的作用力中,氢键也起着举足轻重的作用,与此同时保持大部分能成氢键的侧链处于蛋白质分子的表面可与水相互作用。此外,在另一类重要的生物大分子——核酸中,也是由于氢键的作用,使四种碱基形成特异的配对关系。虽然氢键的作用弱于化学键,但明显强于范德瓦尔斯力,使得这种结合既有一定的稳定性又有一定的弹性,从而为核酸包含生物体的遗传信息,并参与遗传信息在细胞内的表达,促成并控制代谢过程提供了可能。因此,氢键是维持生物系统结构的重要作用力之一。

此外,人们在研究强氢键的同时,也开始关注另一类更弱的相互作用,特别是 C—H…O 键的作用。弱相互作用 C—H…O 被认为广泛存在于一些重要的生物体系如核酸、蛋白质中,从而成为生物体系研究的热点。与 O—H…O、N—H…O 等强氢键相比,C—H…O 弱相互作用能相对低得多,大约为几个单位(kJ/mol)。另外,形成 C—H…O 弱氢键的两个原子间的距离也要比强氢键大。与传统氢键相比,C—H…O 弱相互作用的表现行为有所不同。例如,形成强氢键的基团的键长变长,伸缩振动的频率向低波数移动,发生红移现象,而形成弱氢键时,它们的 C—H 键长会变短,伸缩振动的频率会向高波数移动,发生蓝移现象。因此,这类氢键又被称为蓝移氢键、反氢键。

氢键可分为分子间氢键和分子内氢键两大类。分子间氢键广泛存在于有机化合物中,它常常被用来解释一些实验现象,如氢氟酸的弱酸性、醇类物质的高沸点等。如果分子中同时含有氢键供体和氢键受体,而且两者位置合适,则可以形成分子内氢键。分子内氢键一般具有环状结构,由于键角等原因,通常情况下以六元环最为稳定,五元环次之。如果氢键供体或受体间既能形成分子内氢键又能形成分子间氢键,那么在相同条件下,分子内氢键的形成是优先的,尤其是能形成六元环的情况。两者虽然本质相同,但前者是一个分子的缔合体而后者是两个或多个分子的缔合。一般来说,分子内氢键在非极性溶剂的很稀溶液中也能存在,而分子间氢键几乎很难形成,因为此时两个或两个以上分子的互相接近变得较为困难。因此,浓度的改变对分子间氢键的形成有很大的影响,对分子内氢键则影响不大。

3.1.2 范德瓦尔斯作用

分子间存在着一种强度只有化学键键能约 1/100～1/10 的弱作用力,它最早由荷兰物理学家范德瓦尔斯提出,故称范德瓦尔斯力。这种力对物质的物理性质,如沸点、溶解度、表面张力等有重要影响。当分子接近到一定距离时,分子间会产生范德瓦尔斯吸引力,其吸引能与距离的六次方成反比,随距离的增大很快衰减。例如脂肪分子的烃链之间就存在着这类作用力,它是维持细胞膜的一种重要作用。

对任何分子来说,分子内都存在永久的或瞬间的正、负电荷中心,这是产生范德瓦尔斯力的本质原因。在外界电场作用下,分子都有电荷中心发生变化的可能。这个电场可以是宏观的外界电场,也可以是微观的另外一个分子的电场对另外一个分子的作用。范德瓦尔斯力一般可以细分为三种情况。

(1) 色散力(dispersion force) 由于瞬时偶极而产生的分子间相互作用力为色散力。

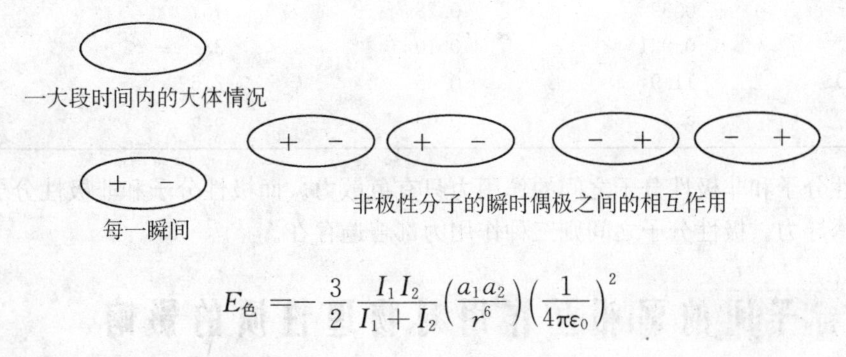

$$E_{色}=-\frac{3}{2}\frac{I_1 I_2}{I_1+I_2}\left(\frac{a_1 a_2}{r^6}\right)\left(\frac{1}{4\pi\varepsilon_0}\right)^2$$

式中,I_1 和 I_2 为分子 1 和 2 的电离能。

(2) 诱导力(induction force) 诱导偶极与固有偶极之间产生的分子间相互作用力为诱导力。决定诱导力强弱的因素包括极性分子的偶极矩以及非极性分子的极化率。极性分子的偶极矩愈大,诱导力愈强;非极性分子的极化率愈大,诱导力愈强。

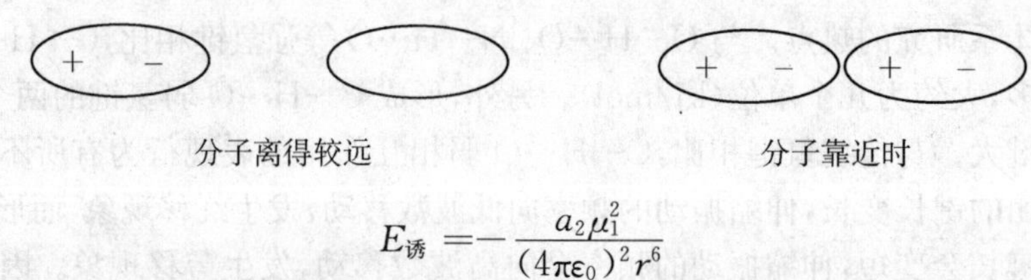

$$E_{诱} = -\frac{a_2\mu_1^2}{(4\pi\varepsilon_0)^2 r^6}$$

式中，μ_1 为分子1的偶极矩，a_2 为分子2的极化率。

(3) 取向力(orientation force) 极性分子之间固有偶极的取向所产生的吸引力为取向力。两个极性分子相互靠近时，由于同极相斥、异极相吸，分子发生转动，并按异极相邻状态取向，分子进一步相互靠近。

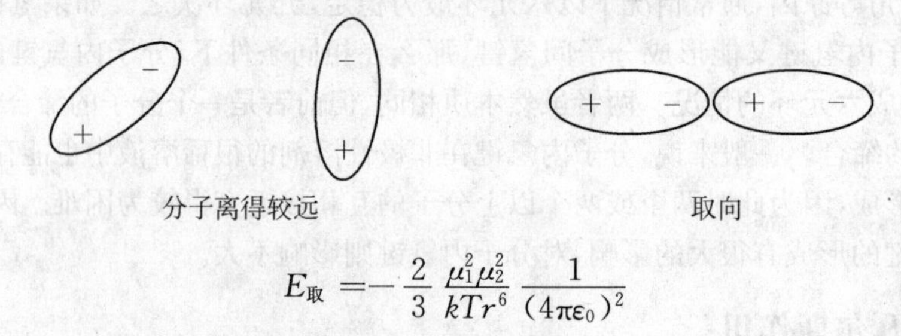

$$E_{取} = -\frac{2}{3}\frac{\mu_1^2\mu_2^2}{kTr^6}\frac{1}{(4\pi\varepsilon_0)^2}$$

式中，μ_1 和 μ_2 分别是两个相互作用分子的偶极矩；r 是分子质心间的距离；k 为 Boltzmann 常数；T 为绝对温度；$E_{取}$ 负值代表能量降低。

表 3.2 分子间的吸引作用($\times 10^{-22}$ J)

分子	取向能($E_{取}$)	诱导能($E_{诱}$)	色散能($E_{色}$)	总和
He	0	0	0.05	0.05
Ar	0	0	2.9	2.9
Xe	0	0	18	18
CO	0.000 21	0.003 7	4.6	4.6
CCl_4	0	0	116	116
HCl	1.2	0.36	7.8	9.4
HBr	0.39	0.28	15	16
HI	0.021	0.10	33	33
H_2O	11.9	0.65	2.6	15
NH_3	5.2	0.63	5.6	11

非极性分子和非极性分子之间的作用力只有色散力。而极性分子和非极性分子之间则有色散力和诱导力。极性分子之间则三种作用力都普遍存在。

3.2 分子间的弱相互作用对物理性质的影响

有机化合物的结构对其物理性质有决定性的影响。在介绍有机化合物的物理性质时，我们经常涉及熔点、沸点、溶解度等物理参数。实际上，这些物理参数的变化规律与分子间的各种弱相互作用是密不可分的。

在有机化学中，纯粹的有机化合物一般都有固定的熔点和沸点。熔点是固体将其物态由固态转变(熔化)为液态的温度,在这一温度下,分子将拥有足够的能量摆脱晶格束缚。在一定压力下,固液两相之间的变化是非常敏锐的,初熔至全熔的温度一般不超过 0.5～1℃(熔点范围或称熔距、熔程)。而沸点是在一定压力下,某物质的饱和蒸气压与大气压力相等时对应的温度。饱和蒸气压是指在一定温度下,与液体或固体处于相平衡的蒸气所具有的压力。

有机分子间的弱相互作用使得微观分子聚集在一起,从而将系统能量降到最低,其表现为物质以液体或固体状态存在。一般而言,在一定大气压下,物质的熔点与有机分子的对称性以及分子间的弱相互作用力密切相关。分子的对称性越好,在固体状态下其堆积密度越高,产生的晶格能也越高,有利于熔点的升高;此外,分子间的作用力增大,也有利于熔点的升高。另一方面,在一定大气压下,有机化合物的沸点在很大程度上取决于分子间的弱相互作用的大小。在特定温度下,有机分子自身拥有一定的动能,它总是试图让自身摆脱其它分子的束缚,成为气相中的自由分子。分子间的弱相互作用力越大,分子由液相进入气相所需要的能量将越高,即沸点越高。表 3.3 给出了部分简单的正烷烃的物理参数。

表 3.3 部分简单的烷烃的物理参数

化合物	熔点/℃	沸点/℃	密度/(g/cm^3)	化合物	熔点/℃	沸点/℃	密度/(g/cm^3)
甲烷	−182.6	−161.6	0.424(−160℃)	庚烷	−90.5	98.4	0.684(20℃)
乙烷	−183	−88.5	0.546(−88℃)	辛烷	−56.8	125.7	0.703(20℃)
丙烷	−187.1	−42.1	0.582(−42℃)	壬烷	−53.7	150.7	0.718(20℃)
丁烷	−138	−0.5	0.597(0℃)	癸烷	−29.7	174.1	0.730(20℃)
戊烷	−129.7	36.1	0.626(20℃)	十一烷	−25.6	195.9	0.740(20℃)
己烷	−95	68.8	0.659(20℃)	十二烷	−9.7	216.3	0.749(20℃)

从表 3.3 中的数据可以发现,正烷烃的熔点和沸点随着这一同系物的碳原子数目的增加而增加。密度数据基本上也是随着碳原子数目增加而增加。我们怎么解释这种现象呢?首先,烷烃分子的极性非常弱,分子间的作用主要以色散力为主,随着分子的相对分子质量增大,分子间的瞬间作用力也随之增强,从统计结果上看就是分子间的作用力更强,其相应的宏观表现的熔沸点就更高。

另一方面,相对于分子自身的尺度来说,在环境温度下,为达到能量最低,分子和分子之间的距离要大得多,那么在单位空间内相对分子质量大的化合物在宏观上就应该更“重”些,其宏观表现是密度要更大一些。

要说明的是,在上面的例子中我们选择的是结构最简单的化合物,如果结构上有更多复杂变化和作用力需要考虑的时候,那么影响熔沸点的因素也会复杂得多。

直链烷烃的熔点也随着碳原子数的增加而升高,但变化的规律性还是和沸点的有些不同。已经发现,含偶数碳原子的直链烷烃的熔点升高幅度大于含奇数碳原子的升高幅度。在同分异构体之间,熔沸点高低也有不同,对称性较好的异构体熔点高。观察一下戊烷的三个异构体的沸点和熔点(表 3.4),可发现两者的差异十分明显。

表 3.4 戊烷异构体的沸点和熔点

	正戊烷	异戊烷	新戊烷
沸点/℃	36	28	9.5
熔点/℃	−130	−160	−17

烷烃的熔点与沸点的差异，在于熔点不仅和分子间的作用力有关，还与分子中晶体的排列密度有关。分子越对称，其在晶格中排列越紧密，熔点越高。戊烷的三个异构体中，新戊烷高度对称，因此熔点最高。X射线衍射研究证明，偶数碳原子的烷烃分子具有较好的对称性，导致其熔点高于相邻奇数碳原子烷烃的熔点。

烯烃分子含有一个双键，相对分子质量相当的直链烯烃的沸点通常会低于相对应的直链烷烃。直链烯烃通常比支链烯烃的沸点高。此外，双键的存在使得烯烃存在顺反异构体，通常顺式异构体的沸点比反式的高，但其熔点则比反式的低。这是因为顺式异构体的偶极矩比反式的大，液态下，偶极矩大的分子之间引力较大，故顺式异构体的沸点较高；而反式异构体比顺式异构体在晶格中排列更紧密，因而呈现出较高的熔点，见表3.5。这些结构对熔沸点的影响规律也适用于其它类型的有机化合物。

表3.5 烯烃的物理参数

化合物	熔点/℃	沸点/℃	密度/(g/cm³)	化合物	熔点/℃	沸点/℃	密度/(g/cm³)
乙烯	−169.1	−103.7	0.610	顺-2-丁烯	−139.0	3.7	0.621
丙烯	−185.2	−47.4	0.610	反-2-丁烯	−105.5	0.9	0.604
1-丁烯	−185.3	−6.1	0.625	2-甲基丙烯	−140.3	−6.9	0.600

在有机化学中，一些含氧原子的化合物，如醇和醚类化合物、醛和酮类化合物，因其结构上的差别显示出明显不同的物理性质。表3.6列出了一些常见的含氧有机化合物的物理参数。

表3.6 一些常见的含氧有机化合物的物理参数

化合物	熔点/℃	沸点/℃	密度/(g/cm³)	化合物	熔点/℃	沸点/℃	密度/(g/cm³)
乙醇	−117.3	78.3	0.789	四氢呋喃	−108	66	0.889
丙醇	−126.0	97.8	0.804	乙醛	−123	21	—
丁醇	−89.6	117.7	0.810	丙烯醛	−87	53	—
乙二醇	−12.6	197.5	1.113	丙酮	−95	56	—
甲醚	−140	−24	—	环已酮	−47	155	—
乙醚	−116	34.6	0.734				

可以发现，在相对分子质量接近的情况下，醚类化合物的熔沸点较烷烃的高。然而，比较几种同分异构体的物理参数后可以发现，醇的沸点明显高于相应的醚。这是由于氢键的存在强烈地影响了化合物分子间的相互作用力。对醇分子而言，要想将分子由液态变成一个个孤立的气态分子，除了要克服分子之间相对于烷烃要强得多的范德瓦尔斯力，而且还要克服分子之间氢键的引力，因而需要更高的温度。另外，比较相对分子质量接近的烷烃和醛酮的参数，也可以发现醛酮的沸点明显要高，这是因为醛酮分子间存在相当强的偶极-偶极相互作用所致。此外，醛、酮以及醚分子虽然自身无法形成氢键，但与含有强极性氢的分子之间可以形成一定强度的氢键，这有助于这类化合物之间的相互溶解。但是，随着碳链长度的增加，相互溶解性能也随之发生明显的变化。

如表3.7所示，常温下 C_1～C_9 的直链饱和一元羧酸为液体，高级脂肪酸常温下为蜡状无味固体，脂肪族二元酸和芳香酸均为固体。羧酸的熔点也随碳原子数的增加呈锯齿状上升，偶数碳原子羧酸的熔点比它前后相邻两个奇数碳原子同系物的熔点高，这可能也是对称性因素导致的。羧酸的沸点要高于相近分子量的醇,这是因为多数羧酸能通过分子间氢键缔合成二聚体或多聚体,如甲酸、乙酸即使在气态时都保持双分子聚合状态。

表 3.7 羧酸和酯的物理参数

化合物	熔点/℃	沸点/℃	密度/(g/cm³)	化合物	熔点/℃	沸点/℃	密度/(g/cm³)
甲酸	8.4	100.5	—	乙酸甲酯	−98.7	59.1	
乙酸	16.6	118	—	乙酸乙酯	−83.6	77.1	0.901
丙酸	−22	141	—	乙酸丙酯	−95	101.6	
丁酸	−4.7	162.5	—	丙酸乙酯	−73.9	99.1	
苯甲酸	122	249		苯甲酸乙酯	−34.7	212.4	
苯乙酸	78	265		乙二酸二乙酯	−41.5	186.2	
乙二酸(草酸)	189	>100(升华)	—	丁二酸二甲酯	18.2	196	
丁二酸	185	235(失水)	—	邻苯二甲酸二乙酯		289.6	
己二酸	151	330(分解)		对苯二甲酸二乙酯	44	302	
甲酸甲酯	−99.8	32	0.974				

一元脂肪酸随着碳原子数目增加水溶性降低。低级羧酸可以与水混溶,高级一元酸不溶于水,但能溶于有机溶剂。多元酸的水溶性大于相同碳原子数目的一元酸。

酯的沸点比相应的酸和醇要低,比较接近于含相同碳原子数醛酮的沸点。酯在水中的溶解度较小,但可以溶于一般的有机溶剂。此外,还有一个有趣的事实,就是挥发性的酯常常含有芬芳的气息,许多花果的香气就是由酯引起的。有些酯可以作为实用香料。例如:乙酸异戊酯、戊酸异戊酯和丁酸丁酯分别具有与香蕉、苹果和菠萝相似的香气。

表 3.8 中列出了一些有机胺类化合物的物理参数。脂肪胺中,甲胺、乙胺、二甲胺和三甲胺在室温下为气体,其它的低级胺为液体。N—H 键是极化的,但极化程度要比 O—H 键低,氢键 N—H…N 也比 O—H…O 弱。因此,伯胺的沸点高于相对分子质量接近的烷烃而明显低于相应的醇。立体位阻在一定程度上会妨碍氢键的生成,伯胺分子间形成的氢键比仲胺强,叔胺分子间不能生成氢键,所以在碳原子相同的胺中,伯胺沸点最高,仲胺次之,叔胺最低。

表 3.8 胺类化合物的物理参数

化合物	熔点/℃	沸点/℃	密度/(g/cm³)	化合物	熔点/℃	沸点/℃	密度/(g/cm³)
甲胺	−93	−7		三丁胺		213	
乙胺	−81	17		苄胺		185	
丙胺	−83	49		苯胺	−6	184	
丁胺	−50	77.8		*N*-甲基苯胺	−57	196	
二甲胺	−96	7		*N*,*N*-二甲基苯胺	2	194	
二乙胺	−42	56		二苯胺	54	302	
三甲胺	−117	3.5		乙酰胺	82	221	1.159
三乙胺	−115	90					

胺分子中氮原子上的孤对电子能接受水或者醇分子中羟基的氢,生成分子间氢键,因此,含6~7个碳原子的低级胺能溶于水,胺在水里的溶解度略大于相应的醇,高级胺与烷烃类似,不溶于水。

芳香胺是高沸点液体或者低熔点固体，蒸气压不大，有特殊气味，在水中的溶解度比相应的酚稍低。它的毒性很大，液体芳香胺能透过皮肤而被吸收，长期吸入会发生中毒。

酰胺可以发生和羧酸类似的缔合，且强度更大，酰胺的沸点高于相应的酸，除甲酰胺外，其它非取代酰胺在室温下为固体，N 上的氢被烃基取代，使缔合程度减小，沸点降低。

在讨论氢键对分子沸点影响的时候，还要注意是形成的分子内氢键还是分子间氢键，最典型的例子就是邻硝基苯酚和对硝基苯酚(表 3.9)。

表 3.9 不同取代位置的硝基苯酚的沸点

	沸点(0.009 MPa)/℃	溶解度/(g/100 g 水)
邻硝基苯酚	100	0.2
间硝基苯酚	194	1.4
对硝基苯酚	分解	1.7

邻硝基苯酚通过分子内氢键，形成六元环状结构，阻碍其与水形成氢键，水溶性降低，挥发性增大；而对硝基苯酚分子之间通过氢键缔合，挥发性小，不能随水蒸出。因此借助于这种性质可以水蒸气蒸馏方式分离这两种化合物。氢键的形成也对分子的稳定构象产生影响，以使分子体系的内能降低。

在有机化学中，化合物之间的相互溶解能力也与其分子结构具有密切的联系。这方面已总结出一条经验规律，即所谓的相似相溶规律。这个规律的核心内容就是极性相似的化合物之间拥有良好的相互溶解能力，而极性差别很大的化合物之间则相互溶解能力较差。这条规律体现了各种分子间的弱相互作用大小。此外，在化合物溶解过程中，氢键的存在与否对溶解性能有很大的影响。表 3.10 给出了一些实验室常用化合物的相对极性大小和溶解性能参数。

表 3.10 实验室常用化合物的相对极性和溶解性能

常见溶剂	极性	沸点/℃	溶 解 性 能
异戊烷	0.00	30	
戊烷	0.00	36	与乙醇、乙醚等多数有机溶剂混溶
石油醚	0.01	30～60	不溶于水，与丙酮、乙醚、乙酸乙酯、苯、氯仿及甲醇以上高级醇混溶，与低级烷烃相似
己烷	0.06	69	甲醇部分溶解，与比乙醇高的醇、醚、丙酮、氯仿混溶
环己烷	0.10	81	与乙醇、高级醇、醚、丙酮、烃、氯代烃、高级脂肪酸、胺类混溶
异辛烷	0.10	99	
三氟乙酸	0.10	72	与水、乙醇、乙醚、丙酮、苯、四氯化碳、己烷混溶，溶解多种脂肪族、芳香族化合物
三甲基戊烷	0.10	99	
环戊烷	0.20	49	
庚烷	0.20	98	与己烷类似
四氯化碳	1.60	77	与醇、醚、石油醚、石油脑、冰醋酸、二硫化碳、氯代烃混溶
丙醚	2.40	68	
甲苯	2.40	111	不溶于水，与甲醇、乙醇、氯仿、丙酮、乙醚、冰醋酸、苯等有机溶剂混溶
对二甲苯	2.50	138	不溶于水，与醇、醚和其它有机溶剂混溶

(续表)

常见溶剂	极性	沸点/℃	溶解性能
氯苯	2.70	132	能与醇、醚、脂肪烃、芳香烃和有机氯化物等多种有机溶剂混溶
邻二氯苯	2.70	180	
乙醚	2.90	35	微溶于水,易溶于盐酸,与醇、醚、石油醚、苯、氯仿等多数有机溶剂混溶
苯	3.00	80	难溶于水,与甘油、乙二醇、乙醇、氯仿、乙醚、四氯化碳、二硫化碳、丙酮、甲苯、二甲苯、冰醋酸、脂肪烃等大多有机物混溶
异丁醇	3.00	108	
二氯甲烷	3.40	40	与醇、醚、氯仿、苯、二硫化碳等溶剂混溶
丁醇	3.90	117	与醇、醚、苯混溶
乙酸丁酯	4.00	126	优良有机溶剂,广泛应用于医药行业,还可以用作萃取剂
丙醇	4.00	98	
四氢呋喃	4.20	66	优良溶剂,与水混溶,能很好地溶解乙醇、乙醚、脂肪烃、芳香烃、氯化烃
乙醇	4.30	79	与水、乙醚、氯仿、酯、烃类衍生物等有机溶剂混溶
氯仿	4.40	61	与乙醇、乙醚、石油醚、卤代烃、四氯化碳、二硫化碳等混溶
二氧六环	4.80	102	能与水及多数有机溶剂混溶
吡啶	5.30	115	与水、醇、醚、石油醚、苯、油类混溶,能溶解多种有机物和无机物
丙酮	5.40	57	与水、醇、醚、烃混溶
硝基甲烷	6.00	101	与醇、醚、四氯化碳、DMF 等混溶
乙酸	6.20	118	与水、乙醇、丙酮混溶
乙腈	6.20	82	与水、甲醇、乙酸甲酯、乙酸乙酯、丙酮、醚、氯仿、四氯化碳、氯乙烯及各种不饱和烃混溶,但是不与饱和烃混溶
苯胺	6.30	184	稍溶于水,易溶于乙醚、醇、酯、苯、酮等
DMF(二甲基甲酰胺)	6.40	153	与水、乙醇、丙酮混溶
甲醇	6.60	65	与水、乙醚、醇、酯、卤代烃、苯、酮混溶
乙二醇	6.90	197	与水、乙醇、丙酮、乙酸、甘油、吡啶混溶,与氯仿、乙醚、苯、二硫化碳等难溶,对烃类、卤代烃不溶,溶解食盐、氯化锌等无机物
二甲亚砜	7.20	189	与水、甲醇、乙醇、乙二醇、甘油、乙醛、丙酮、乙酸乙酯、吡啶、芳香烃混溶
水	10.20	100	

3.3 分子间的弱相互作用与分子自组装

长久以来,有机化学的研究主要围绕分子层次展开,系统地研究了不同的化学反应,发展出各种各样的合成方法和策略,创造出丰富多彩的以碳原子为核心的共价键化学。迄今化学家们已经合成出了 4 000 多万个有机化合物,在现代文明的发展史中写下了光辉的一页。所有这一切辉煌成就的取得，始终围绕着一个中心，即共价键的生成和断裂。大自然同样是一位巧夺天工的合成大师，一个个结构极其复杂的天然产物分子让人叹为观止。当人们为大自然如此强大的驾驭共价键的能力所折服的时候，也开始关注分子间的非共价相互作用。依赖分子间的弱相互作用，大自然仅仅利用几种为数不多的基本组成单元，如核酸、蛋白质、糖就创造了如此丰富多彩的物质世界。

3.3.1 疏水亲脂作用

疏水亲脂相互作用广泛存在和表现于各种生命过程中，它是宇宙中导致生命现象的最基本的分子间作用力之一。实际上，生命体中细胞膜的形成，蛋白质在水溶液中二级、三级构象的形成及其稳定性，生命现象中极为重要的功能高分子酶催化功能的发挥等，都与疏水亲脂相互作用存在着密切的关系。因此，它与静电作用、氢键、范德瓦尔斯力等分子间的相互作用一样，也被认为是分子间一种重要的相互作用方式。

表面活性剂的表面活性源于其分子的两亲结构，亲水基团使分子有进入水的趋势，而憎水基团则竭力阻止其在水中溶解而从水的内部向外迁移，有逃逸水相的倾向，而这两种倾向平衡的结果使表面活性剂在水的表面富集，亲水基伸向水中，疏水基伸向空气，其结果是水表面好像被一层非极性的碳氢链所覆盖，从而导致水的表面张力下降。

表面活性剂在界面富集吸附一般的单分子层，当表面吸附达到饱和时，表面活性剂分子不能在表面继续富集，而憎水基的疏水作用仍竭力促使疏水基分子逃离水环境，于是表面活性剂分子则在溶液内部自聚，即疏水基在一起形成内核，亲水基朝外与水接触，形成最简单的胶团。表面活性剂分子在溶剂中缔合形成胶束的最低浓度即为临界胶束浓度。当溶液达到临界胶束浓度时，溶液的表面张力降至最低值，此时再提高表面活性剂浓度，溶液表面张力不再降低而形成大量胶团。

有机分子溶解于水后，水分子要保持原有的结构而排斥有机分子的倾向称为疏水作用，而有机分子之间的范德瓦尔斯吸引力称为亲脂作用。一般情况下，疏水作用和亲脂作用同时并存，很难将两者分开来定量分析，通常认为两者中疏水作用具有相对的重要性，然而在一定条件下它们也可以独立存在。

疏水亲脂相互作用驱动的簇集和自卷曲是非极性或弱极性有机分子普遍存在的一种物理现象，也是形成聚集体、胶束、囊泡、生物膜，甚至细胞等更高级结构或体系的基础。

簇集(aggregation)的定义是：在水溶液或水和有机溶剂的混合体系中，非极性或者极性很小的中性长链有机分子受疏水亲脂相互作用力的驱动，相互靠近并形成分子集合体的现象。由上述现象形成的集合体称为简单分子簇集体，简称簇集体(Ag)。如果参与簇集的有两种或两种以上分子，称为共簇集(co-aggregation)，形成的分子集合体称为共簇集体。

与胶束相比，组成簇集体或共簇集体的平均分子数目要小得多，一般为几个到十几个。有机分子形成簇集体或共簇集体所需要的最低浓度称为临界簇集浓度(CAgC)或临界共簇集浓度(CoAgC)，它们是反映分子内在性质的主要参数之一，代表有机分子簇集或共簇集倾向性的大小，其数值越小，则有关分子的簇集有机分子自卷曲和超分子自组装的一些研究或共簇集的倾向性越大。与簇集相类似的是分子的自卷曲，在水或水-有机溶剂混合体系中，中性长链有机分子由于受到疏水亲脂相互作用，发生"自我簇集"，即碳氢链像发夹一样自卷起来，这一现象称为分子自卷曲。自卷曲可以使水分子对碳氢链的排斥作用减小，在能量上比较有利。通常含有10～12个碳原子以上的碳氢直链的有机分子才会发生自卷曲。分子发生自卷曲后，分子中原来相距较远的部分被拉近，这一现象已被成功运用于大环的合成。如 α,ω-葵二醇肉桂酸二酯在乙腈中光照后生成大环产物的产率仅为 6%～7%，但在含有 30%水的 DMSO 体系中，生成大环产物的产率可以提高到 90%。

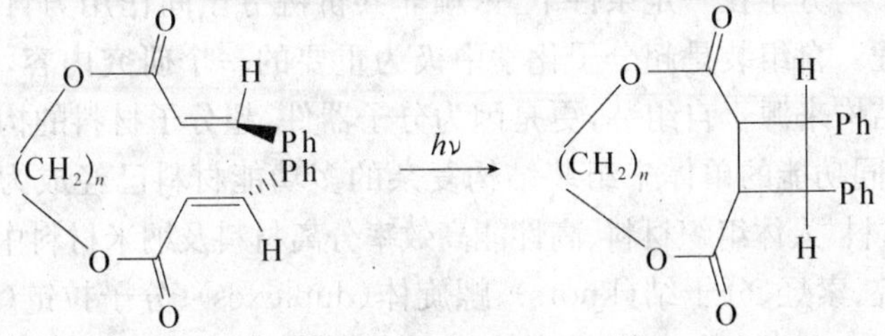

疏水亲脂相互作用是一种对溶剂性质依赖很强的分子间作用力，因此，溶剂组成的改变必定会引起有机分子簇集倾向性的变化。溶剂的促簇能力反映了溶剂体系促使有机分子簇集的能力，其值越大，则有机分子在溶剂中的疏水亲脂相互作用就越强，分子的簇集倾向性就越大。由于中性有机分子在水中的溶解度往往非常有限，因此经常使用有机溶剂和水的混合体系来进行簇集和自卷的研究，显然，在特定的混合体系中，水所占比例越大，则溶剂的促簇能力就越强。此外，分子的形状也是影响簇集的根本因素之一，一般来说，带有较长碳氢链和较小亲水基的分子具有较大的簇集倾向性，“多臂”分子中每一条链的共簇集倾向性要比相应的“单臂”分子大。对于不同的几何构型，其簇集倾向性顺序为直链分子＞支链分子＞环状分子，分子的形状越接近“球形”则簇集能力越弱。此外温度和盐效应也会影响分子的簇集能力。

在我们日常生活中，洗衣粉分子的强极性的亲水基倾向于和同样极性的水结合在一起，而疏水基则倾向于和衣料中的脏东西结合，随着自然扩散和人手或者洗衣机的机械搅拌作用力，赃物就被从衣服中带出来进入水中洗去。这也是利用了化学键力和弱相互作用共同作用的结果。

3.3.2　分子识别与自组装

近几十年来，尤其是在 Lehn、Cram 和 Pederson 由于对冠醚类化合物的工作而获得了诺贝尔化学奖之后，分子间的弱相互作用越来越引起化学家们的重视。而在此之前，分子间弱相互作用力的研究对象就已经拓展到了分子识别和主客体作用，诞生了超分子化学。今天，超分子化学被定义为“研究分子组装和分子间作用力的化学”。它的研究内容是超越分子水平之上的。它更侧重于研究两个或更多的化学分子组成的复杂大分子，以及组成这些大分子所依赖的分子间作用力。

超分子化学是一门高度交叉的科学，它涵盖了比分子本身复杂得多的化学物种的化学、物理和生物学特征，并通过分子间(非共价)键合作用聚集、组织在一起。超分子化学主要包括以下两个方面：分子识别(molecular recognition)和自组装(self-assembly)。分子识别的早期研究起源于冠醚对金属离子的配合研究，早期也称为主体-客体(host-guest)化学。分子识别是一种人工受体和小分子之间的选择性相互结合，而不是单纯的分子间相互作用。指导这一研究的基本思路是由 Fischer 提出的“Lock - Key”原理，指出选择性来自主体-客体分子间的几何互补性。

分子识别原理已经在很多方面被广泛应用，最成功的例子莫过于模板合成法，利用模板法合成一些大环化合物如冠醚，与不用模板相比，产率可提高十几倍，而对于轮烷(rotaxanes)，索烃(catenanes)等相互锁链的化合物,产率的提高更是显著得惊人——高达上千倍。分子识别在药物设计中的作用是显而易见的,因为药物与药物受体间作用首先是识别与被识别的过程。此外,化学传感器的设计,基于膜传输的分离,也依赖于分子识别原理。

自组装是指分子与分子在一定条件下,依赖非共价键分子间作用力自发连接成结构稳定的分子聚集体的过程。自组装是超分子化学中极为重要的一个研究内容,这不仅是因为为数众多的生物超分子结构来源于自组装,更是因为分子器件、超分子材料的构筑都是以自组装为基础的,利用具有不同功能的单体来组装结构复杂的多功能材料已经成为材料研制的一个新方向。它将在光电材料、人体组织材料、高性能高效率分离材料及纳米材料中发挥作用。新型的超分子组装体如轮烷、索烃、分子结(knots)、螺旋体(duplexes)、分子拉链(molecularzippers)、分子折叠体(foldamers)、超分子微球体(supramole cular microsphere)、玫瑰型聚集体(supramole cular rosette)、氢键纳米管(nanotubes)等不断地被报道发现。这些结构新奇的超分子组装体不但展示出化学家卓越的想象力,也进一步开阔了化学学科的研究范围。同时,有关超分子组装原理研究的不断深入和完善,也为进一步利用超分子体系作为平台研究学科本身的一些重要现象提供了新的可能。

分子自组装的一个天然例子就是蚕丝的自组装。蚕丝的丝蛋白单元长度大约是 1 μm,但是单根蚕丝可通过单元的自组装生成超过 1 km 长的丝质材料,这大约是蚕丝蛋白单元的两百万倍。如此惊人的自组装工程是目前人类技术无法实现的。又如每个核苷酸单元约是 0.34 nm,人体内的第 22 条染色体通过自组装能延伸至大约 1.2 cm,是单体的 3 500 万倍。

分子自组装的原理是利用分子与分子或分子中某一片段与另一片段之间的分子识别,相互通过非共价作用形成具有特定排列顺序的分子聚合体。分子自发地通过无数非共价键的弱相互作用力的协同作用是发生自组装的关键。非共价键的弱相互作用力维持自组装体系的结构稳定性和完整性。并不是所有分子都能够发生自组装过程,超分子形成不必输入高能量,不必破坏原来分子结构及价健,主客体间无强化学键,这就要求主客体之间应有高度的匹配性和适应性,不仅要求分子在空间几何构型和电荷,甚至亲疏水性的互相适应,还要求在对称性和能量上匹配。这种高度的选择性导致了超分子形成的高度识别能力。如果客体分子有所缺陷,就无法与主体形成超分子体系。由此可见,从简单分子的识别组装到复杂的生命超分子体系,尽管超分子体系千差万别,功能各异,但形成基础是相同的,这就是分子间作用力的协同和空间的互补。这些作用力的实质是永久多极矩、瞬间多极矩、诱导多极矩三者之间的相互作用。这些弱相互作用还包括疏水亲脂作用力、氢键,作用的协同性、方向性和选择性决定着分子与位点的识别。经过精心设计的人工超分子体系也可具备分子识别、能量转换、选择催化及物质传输等功能,其中分子识别功能是其它超分子功能的基础。

迄今研究较多的人工合成主体分子主要包括冠醚、环糊精、杯芳烃、环蕃、卟啉等大环化合物。

冠醚最早是 Pedersen 在杜邦公司工作时发现的。由于其实际结构形似皇冠,因此才形象地称为冠醚。冠醚主要用威廉逊合成法合成。

Cl O O Cl + HO O O O O HO —KOH→ (冠醚:六个 O 的大环)

在此反应中，反应生成的化合物其腔体体积大小可以成为一个选择性的配位中心，从而起到选择性地和金属离子发生配位的作用。例如上述反应产物体积就和钾离子比较匹配，而钠离子则不合适。相应的，在上述反应进行时，选择 KOH 加入，其中的钾离子可以起到模板的作用，有利于产物的生成。

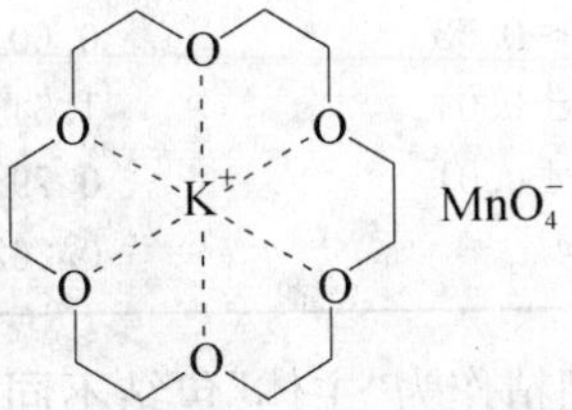

O O O K+ O O O MnO4-

上图显示的是钾离子、18-冠-6和高锰酸钾生成的配合物，它能够溶解于苯，并呈紫红色。因此，可以把不溶于非极性的高锰酸钾带入到非极性溶液中。

如何设计对单一金属离子具有高选择性，即识别某一离子的冠醚，一直是人们所面临的具有挑战性的课题。由此人们致力于对各种碱(土)金属、重金属离子及稀土金属离子具有高选择性的功能化合物的设计及其合成，这对于金属离子的选择萃取、分离、输送以及检测具有重要的应用价值，而以冠状化合物发展起来的晶体工程、离子通道、分子/离子器件等展示了其广阔的应用前景。无论是由最初的对称性冠醚到低对称性冠醚、穴醚、臂式冠醚、双冠醚还是组装和自组装，分子识别都是大环化学的核心概念，而对于高选择性的冠醚设计尺寸匹配概念仍起主导性作用。

环糊精(cyclodextrins, CDs)是一类由 D-吡喃葡萄糖单元通过 α-1,4 糖苷键首尾连接而成的大环化合物，常见的 α-、β-和 γ-环糊精分别有 6、7 和 8 个葡萄糖单元(表 3.11)。各葡萄糖单元均以 1,4-糖苷键结合成环，由于连接葡萄糖单元的糖苷键不能自由旋转，环糊精不是圆筒状分子而是略呈锥形的圆环。其中，环糊精的伯羟基围成了锥形的小口，而其仲羟基围成了锥形的大口。所有的仲羟基即葡萄糖单元的 2 位和 3 位羟基均处于截锥状结构的次面(较阔端)，而所有的伯羟基即葡萄糖单元的 6 位羟基构成了截锥状结构的主面(较窄端)。内腔表面由 C3 和 C5 上的氢原子和糖苷键上的氧原子构成，故内腔呈疏水环境，外侧因羟基的聚集而呈亲水性。

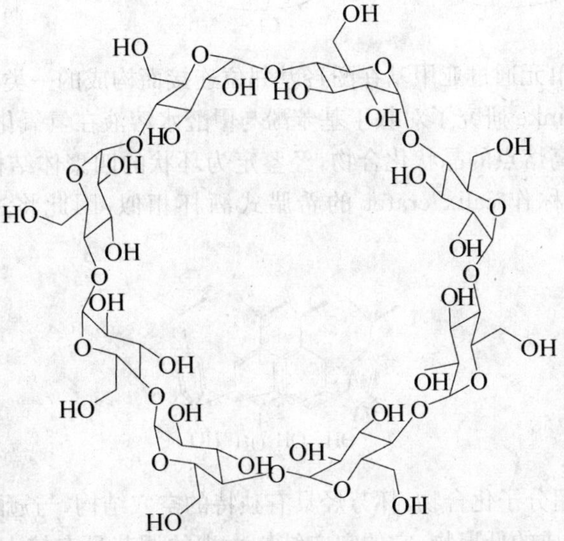

β-环糊精的结构

表 3.11 α-、β-与 γ-CD 的结构参数

	α-CD	β-CD	γ-CD
葡萄糖残基数	6	7	8
相对分子质量	972	1 135	1 297
空穴小口直径/nm	0.47～0.53	0.60～0.65	0.75～0.83
空穴大口直径/nm	1.46±0.04	1.54±0.04	1.75±0.04
空穴高度/nm	0.79±0.01	0.79±0.01	0.79±0.01
空穴体积/nm^3	0.174	0.262	0.427

这一独特的两亲结构可使环糊精作为“主体”包结不同的疏水性“客体”化合物，因而受到了科学工作者的广泛关注。从本质上看，主客体化学的基本意义源于酶和底物间的相互作用，这种作用常被理解为锁和钥匙之间的相互匹配关系，即主体和客体分子间的结构互补和分子识别关系。显然，作为主体的 CDs 与客体分子形成包合物的一个基本要求是尺寸的匹配，即对体积的选择性。

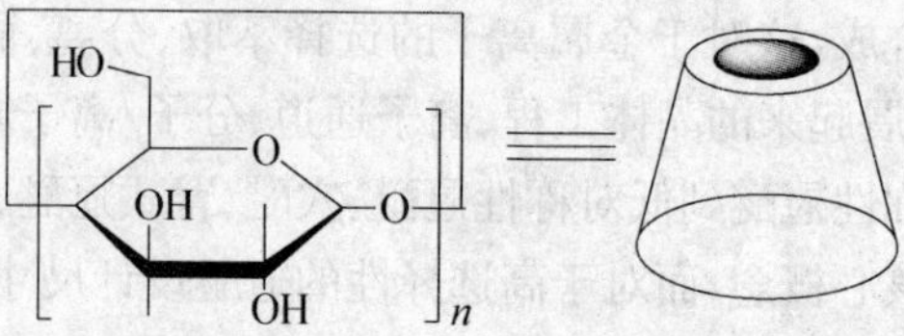

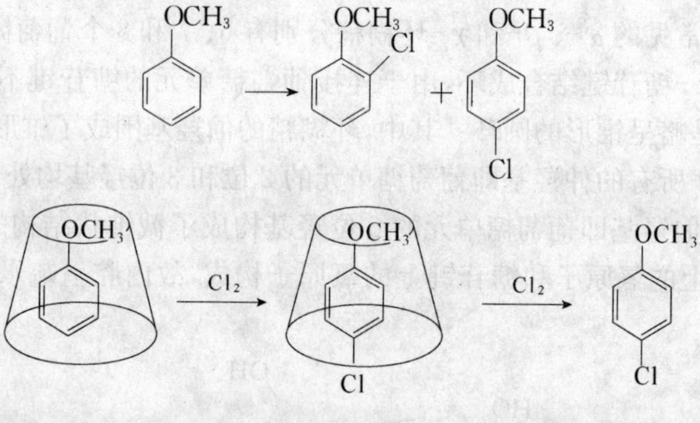

HO OH O O OH n

OCH_3 → OCH_3 Cl + OCH_3 Cl

OCH_3 Cl_2 → OCH_3 Cl Cl_2 → OCH_3 Cl

杯芳烃是由苯酚单元通过亚甲基在酚羟基邻位连接而构成的一类环状低聚物，20 世纪 40 年代，奥地利化学家 Zinke 研究了对叔丁基苯酚与甲醛水溶液在氢氧化钠存在下的反应，在此过程中分离得到一种高熔点的晶状化合物，经鉴定为环状的四聚体结构。由于其环四聚体的分子模型在形状上与称作 calix crater 的希腊式酒杯相似，因此将这类化合物命名为“杯芳烃”。

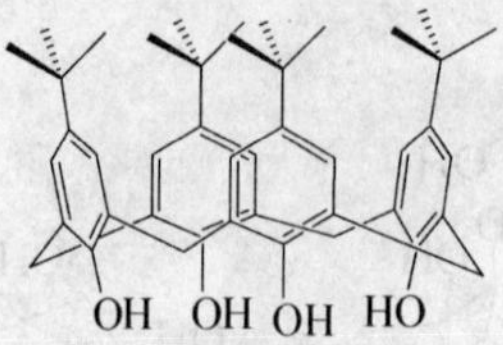

OH OH OH HO

作为第三代主体超分子化合物，杯芳烃具有独特的空穴结构，与冠醚和环糊精相比具有如下特点：①它是一类合成的低聚物，它的空穴结构大小的调节具有较大的自由度；②通过控制

不同反应条件及引入适当的取代基,可固定所有需要的构象;③杯芳烃的衍生化反应,不仅在杯芳烃下缘的酚羟基、上缘的苯环对位,而且连接苯环单元的亚甲基都能进行各种选择性功能化,这不仅能改善杯芳烃自身水溶性差的不足,而且还可以改善其分子配合能力和模拟酶活力;④杯芳烃的热稳定性及化学稳定性好,可溶性虽较差,但通过衍生化后,某些衍生物具有很好的溶解性;⑤杯芳烃能与离子和中性分子形成主客体包结物,集冠醚和环糊精两者之长;⑥杯芳烃的合成较为简单,可望获得较为廉价的产品,事实上现在已有多种杯芳烃商品化。

杯芳烃实质上是一种特殊的环番(metacyclophane),从上文可以看到这类大环化合物具有结构灵活多变(尤其是构象变化)、易于修饰的特点。在环的上缘和下缘引入适当的功能基团所得到的主体,能借助于氢键、静电作用、范德瓦尔斯力、疏水作用、阳离子-π作用、π-π堆积作用及诱导契合等非共价键协同作用来识别客体分子,从而实现配位、催化和能量转换等特殊功能。在杯芳烃上下缘引入各种基团的功能化杯芳烃,可以构成以杯环为骨架的带有亲脂性、亲水性和离子载体的受体,能与不同大小、不同性质的客体分子相匹配,如与有机分子、阳离子以及阴离子形成主客体或超分子配合物。识别配位作用取决于杯环大小、构象及环上取代基的性质。杯环的柔韧性使其具有特别良好的诱导契合能力。

杯芳烃的上述特点使得杯芳烃化学在近20年来得到迅速发展,特定结构的杯芳烃可以识别各种不同结构的有机小分子,形成固态配合物。对叔丁基杯芳烃能识别和包结氯仿、苯、甲苯、二甲苯和茴香醚等有机小分子。杯芳烃主体还可以识别较大的有机分子,如与多种醌、二茂铁、甾体、氯化铁血红素、核黄素、维生素 B_{12} 等均能形成稳定的包结物。

我们合成的富勒烯 C_{60} 里面常常混杂有其它的杂质,利用杯芳烃可以用来提纯 C_{60}。富勒烯具有π电子球壳,杯芳烃具有π电子内表面的空腔结构,它们可以通过彼此的π-π作用形成主客体包合物。X射线衍射数据表明:范德瓦尔斯力是连接 C_{60} 与杯芳烃的主要作用力。

杯芳烃具有疏水空腔,同时可以在其上缘或下缘导入有序排列的功能基。因此,杯芳烃衍生物可以模拟生物酶的催化功能。在杯芳烃的上缘导入吡啶和咪唑基,与锌或铜的双核配合物作为核酸酶模型化合物,左边的化合物使RNA模拟底物2-羟丙基对硝基苯基磷酸二酯的磷酯键裂解和环化反应加速 2.3×10^3 倍,右边的化合物加速 1.0×10^4 倍,这是迄今催化活性最高的人工核酸酶。

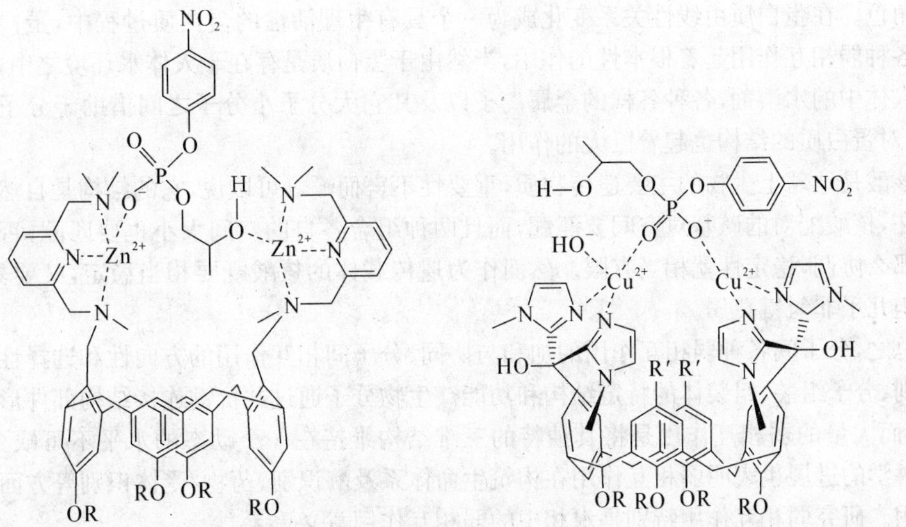

NO_2 P O O^- O N Zn^{2+} N N H O Zn^{2+} N N N OR RO OR RO

H—O O O P O NO_2 O O^- HO^- Cu^{2+} Cu^{2+} N N N N N N N N HO OH R′ R′ OR RO OR RO

综上所述，上述主体化合物利用分子间的弱相互作用，与其它客体分子能够形成稳定的不同于普通分子的超分子体系。由弱相互作用引发的分子自组装行为的不断理解有助于人们更深刻地了解生物大分子如DNA那样的自组装行为，揭示生命的奥秘。

3.4 生物大分子的弱相互作用

自从Staudinger开创大分子的概念以来，我们的社会和这些大分子几乎已经分不开了。我们生活中的很多材料，包括我们的食物都是大分子。这些大分子化合物中有的是由人工合成的，有的则是自然界生物合成的。这里主要介绍和人类密切相关的三大生命物质中的弱相互作用：糖、蛋白质以及核酸。

借助于光合作用，把太阳能以糖的形式转化成为化学能。糖是地球上绝大多数生物的能量来源。现在发现，糖绝不仅仅只是人类的能量源泉，实际上它参与了生命活动中非常多的生理作用。随着蛋白质和核酸（主要是基因的研究）中更多的奥秘被人类知晓，糖类的重要性也浮出水面，将成为生命科学研究中的新热点。多糖及其聚合物在生命活动的过程中贮存着各种生物信息，像细胞的耳目捕获细胞间各种相互作用的信息，又像细胞的手脚，联系着其它细胞，在细胞内外之间传递各种物质。多糖中的糖单体有多种连接点，可以形成不同构型的直链和支链的结构；经计算4种不同的单糖形成各种四糖同分异构体的可能性为35 560种，而蛋白质中的氨基酸和核酸中的核苷酸仅能以一种方式相互连接，4种氨基酸只能形成24种同分异构体。

由于糖分子本身的复杂性以及糖链功能和调控复杂性，加上缺少研究糖类分子的有效工具，糖原学研究还处在初步发展阶段。虽然可以相信氢键在糖的高级结构里面一定起着非常重要的作用，但是目前对糖类化合物的分子内的相互作用的认识还非常肤浅。

蛋白质是由氨基酸单体构成的，氨基酸的不同排列组合形成各种各样的蛋白质，完成人体中的大多数反应。蛋白质由一条或多条多肽链通过二硫键、氢键、疏水键等相互作用力结合而成；而多肽链则由多种氨基酸通过肽键连接而成。虽然肽链与核酸一样都是由相似的单位（分别是氨基酸残基和核苷酸残基）线性连接而成的大分子，但作为直接发挥生物功能的一类分子，蛋白质还需要有特定的三维结构，而氢键在蛋白质结构从一维到三维的飞跃中也扮演了重要的角色。在蛋白质由线性关系变化成为一个具有生理活性的蛋白质过程中，蛋白质分子内部的各种弱相互作用起着根本性的作用，当然由于蛋白质是存在于人体水环境之中，所以蛋白质和人体中的水溶剂，各种各样的金属离子以及其它大分子小分子之间借助于分子间的相互作用，对蛋白质的结构也起着巨大的作用。

核酸是地球上生物的主要遗传物质，重要性不言而喻。可以说，它的结构是自然进化的极致所在，核酸配对的碱基对空间要匹配，而且两种组合各自的空间大小也要匹配，否则链条就不是那么协调，稳定性就相当有限。然而作为遗传载体的核酸既要相当稳定，又要具有弹性，此重担几乎非氢键莫属。

总之，分子间各种弱相互作用的加和与协同、分子间相互作用的方向性和选择性决定了分子识别、分子组装、组装体的特定结构和功能。生物分子通过共价键连接结构部件形成直链聚合物，而大量的弱相互作用是将其独特的三维结构维持在一个动态的水平不可缺少的力量。生命科学的进展也表明弱相互作用在构筑生命体系及酶识别、药物/受体识别等方面起到了重要作用。研究弱相互作用特别是水相中的弱相互作用意义重大。

习 题

3-1 指出形成氢键的必要条件,并列出能够形成氢键的主要元素。

3-2 举例说明氢键对于生命的重要性。

3-3 指出下列化合物分子存在的主要弱相互作用方式。

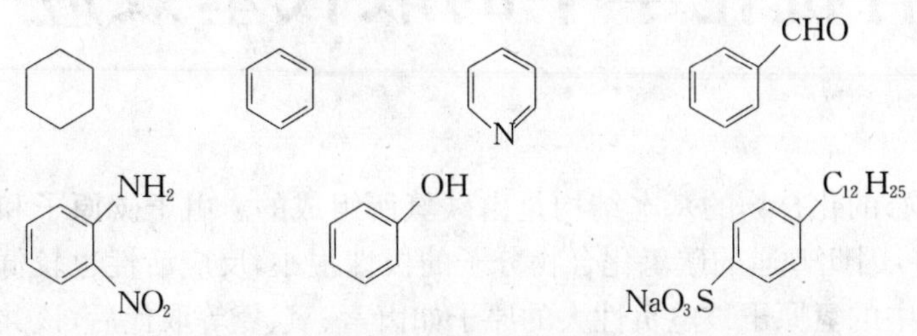

3-4 指出下列化合物中哪些存在氢键作用,哪些存在分子内氢键作用?

CH_3CH_2OH　CH_3CHO　$CH_3CH_2OCH_3$　CH_3COCH_3

CH_3COOH　CH_3CONH_2　HOOCCOOH　$HOCH_2CH_2OH$

3-5 判断下列各组化合物的沸点高低。

(1) 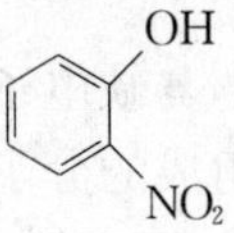 OH / NO_2 和 NO_2 / HO

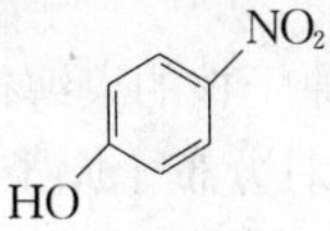

(2) 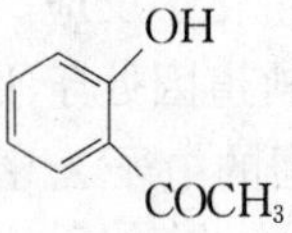 OH / $COCH_3$ 和 $COCH_3$ / HO

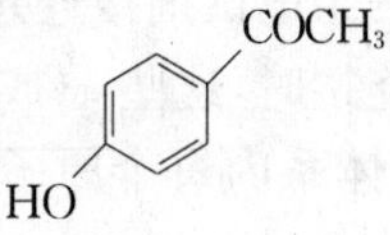

(3) 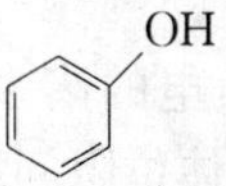 OH 和 OCH_3

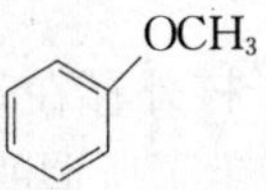

(4) CH_3CONH_2 和 $CH_3CON(CH_3)_2$

3-6 判断下列各组化合物的熔点高低。

(1)  和

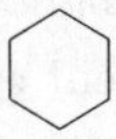

(2) CH_3COOH 和 $CH_3COOC_2H_5$

(3) CH_3CONH_2 和 $CH_3CH_2NH_2$

(4) $(CH_3)_4C$ 和 $(CH_3)_2CHCH_2CH_3$

3-7 指出冠醚的结构特征,解释冠醚作为相转移催化剂的作用。

3-8 下面化合物按沸点由低到高排序。

(1) 正己烷　异己烷　丁酮　丁酸

(2) 乙醇　丁醇　甲酸　丁酸　乙二酸　乙酸乙酯

(3) 丙酮　丙醇　丁烷　乙醚　丙胺　乙酸

3-9 解释冬天使用甘油防止脸部干燥的原因。

3-10 对甲基苯磺酸和对氨基苯磺酸的相对分子质量几乎完全一样,但是它们的熔沸点差别却很大。试预测它们的熔沸点高低,并检索一下化学文献看看你预测的是否正确。

3-11 预测氯仿和丙酮混合时的热效应,并加以说明。

3-12 举例说明环糊精在促成特异性化学反应时的作用。

第4章 有机化学中的取代基效应

在有机化学中,人们最关心的化合物的基本结构是由碳氢所组成的。由于碳原子和氢原子的电负性分别为2.2和2.1,因此普通的碳氢化合物分子的极性很小,反应活性也较低。但是,一旦某个碳氢化合物分子中的氢原子被电负性大的原子如卤素、氧、氮等取代后,该共价键的共用电子对会发生偏移,导致电负性大的原子周围的电子云密度增加,而碳原子周围的电子云密度降低,即共价键发生了极化。共价键的极化会引起碳原子的反应活性的显著变化。例如,溴甲烷与富电子的亲核试剂烷氧负离子间易发生化学反应,但是甲烷与任何亲核试剂都不会发生化学反应。

由于σ共价键的电子对分布于两个原子核之间,受原子核的束缚很强,与缺电子的亲电试剂接近并发生化学反应的难度相当大。π共价键的电子对分布于原子核组成的分子平面的上下两侧,受原子核的束缚相对较弱,较易与缺电子的亲电试剂接近并发生化学反应。当某π键与其它π键或与含有p电子对的原子或原子团相连接时,这些π(或p)轨道因处于平行状态,π(或p)电子就有机会离域到其它原子上,引起分子体系内每个原子周围的电子云密度发生变化,导致有机分子的化学性质的变化。

原子和原子团在分子内占据一定的空间体积,同时原子核外存在带负电的诸多电子。这些因素决定了原子或原子团在空间中不能过于接近,这就产生了所谓的立体位阻问题。

综上所述,有机化学中普遍存在着原子和原子团间的相互影响。为了更好地了解这种影响的大小,我们通常将有机分子的反应部位称为反应中心,而将与反应部位相连接的基团称为取代基。这些取代基对反应部位产生的影响称为取代基效应(substituent effect)。

实际上,取代基效应主要分为两个方面:①电子效应(electronic effect),主要包括诱导效应和共轭效应,它是通过影响分子中电子云的分布而起作用的;②立体效应,也称为位阻效应(steric effect),它是通过取代基的体积大小或形态所产生的排斥或阻碍起作用的。

4.1 共价键的极性与诱导效应

在有机化合物分子中,形成共价键的两个原子的电负性相同或相近时,成键的共用电子对在两个原子核外出现的概率基本一致,这种共价键的极性很低,称为非极性共价键。常见的非极性共价键包括C—H、C—C、C═C和C≡C键等。

如果形成共价键的两个原子的电负性差别较大,那么成键电子对出现在电负性大的原子核周围的概率会大于出现在电负性小的原子核周围的概率,这样就使得该共价键呈现极性。常见的极性共价键包括C—X(碳卤键)、C—O、C═O、C—N、O—H、N—H、C═N、C≡N、N═O等。

若一个非极性碳氢分子中的氢原子被一个电负性明显不同的原子Y或基团取代后,会导致共价键C—Y发生极化,这种极化作用会进一步引起分子中其它成键轨道中电子云密度的分布发生变化，这种效应叫诱导效应(inductive effect)。例如，1-氯丁烷中与氯原子较接近的碳原子将带有部分正电荷。

δ− δδ+ Cl δδδ+ δ+

共价键的极性是有机化合物分子的一种内在性质，诱导效应则是与这种内在性质密切相关的一种现象。其重要特征是这种成键电子云的偏移是沿着 σ 键传递的，并随着碳链的增长而快速减弱乃至消失。诱导效应中电子移动的方向一般用箭头“→”表示，诱导效应是一种短程的电子效应，一般经过三个 σ 键后影响就很小了。

比较各种原子或原子团的诱导效应大小时，通常以氢原子为标准。吸引电子能力(电负性较大)比氢原子强的原子或原子团(如卤素—X、—OH、$—NO_2$、—CN 等)具有吸电子的诱导效应(负的诱导效应)，用−I 表示，整个分子的电子云偏向取代基。吸引电子能力比氢原子弱的原子或原子团(如硅基)具有给电子的诱导效应(正的诱导效应)，用+I 表示，整个分子的电子云背向取代基。例如：

Br　　$Si(CH_3)_3$

4.2 π 电子的离域与共轭效应

有机分子中，π 键是通过两个原子的 p 轨道在垂直于它们的 σ 键平面方向侧向重叠形成的。对乙烯分子而言，π 键的两个 p 电子的运动范围局限在两个碳原子之间，这叫做电子的定域运动。对 1,3-丁二烯而言，两个 π 键以单键相连接后，一个经典 π 轨道中的电子就会运动到另一个经典的 π 轨道中去，这种现象叫做电子的离域(delocalization)。

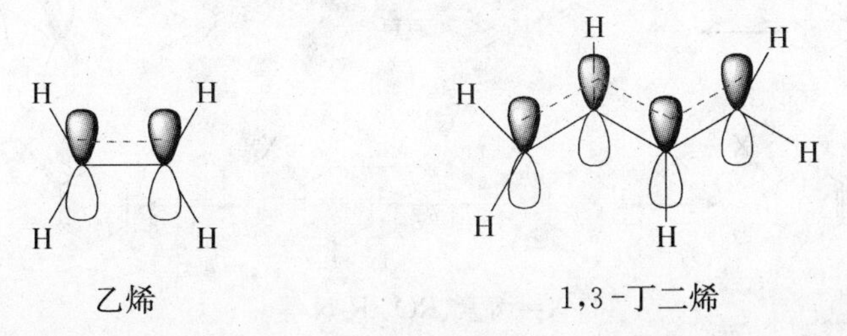

乙烯　　1,3-丁二烯

这种离域作用使得分子内的 π 电子不再局限在两个碳原子之间，从而使分子内的电子云密度发生变化，这种效应称为共轭效应(conjugated effect)。共轭效应的最重要特点是 π 电子云沿共轭体系传递时不受距离的限制。

共轭效应会使分子的结构和性质发生变化，具体表现在：①单双键交替部分的键长均匀化，即 C—C 键键长缩短，C═C 键键长伸长；②形成 C═C 键的各个碳原子趋于共平面；③分子体系的能量降低，趋于稳定化；④表现出特殊的化学反应行为，例如，乙烯与溴易发生加成反应，而 1,3-丁二烯、苯等共轭体系可以与溴发生不同的反应，即共轭加成或取代反应：

$$H_2C═CH_2 + Br_2 \longrightarrow BrCH_2CH_2Br$$

$$CH_2=CH-CH=CH_2 + Br_2 \longrightarrow BrH_2C-CH=CH-CH_2Br + CH_2=CH-CHBr-CH_2Br$$

1,4-加成　　1,2-加成

$$C_6H_6 + Br_2 \xrightarrow{Fe} C_6H_5Br + HBr$$

根据离域电子所处的轨道性质不同,共轭效应可进一步细分为:π-π共轭效应、p-π共轭效应和p-p共轭效应。

π-π共轭是指两个或两个以上双键(或叁键)以单键相连接时所发生的π电子的离域作用。这种共轭体系内电子云的偏移程度与各原子的电负性和参与形成π键的p轨道的半径大小有关。对1,3-丁二烯分子,π电子的离域使得C1—C2以及C3—C4原子间的电子云密度有所降低,而C2—C3之间的电子云密度有所提高。对含有杂原子的共轭分子,如丙烯醛($CH_2=CH-CH=O$),由于氧原子的电负性很大,使得π电子云明显偏移到氧原子周围,从而降低了分布于C1周围的电子云密度,C1周围的电子云密度的降低通过共轭体系又进一步传递到C3。

$$H_2C=CH-CH=O \longleftrightarrow H_2C=CH-CH^{+}-O^{-} \longleftrightarrow {}^{+}CH_2-CH=CH-O^{-} \equiv \overset{\delta+}{C}H_2=CH-\overset{\delta+}{C}H=\overset{\delta-}{O}$$

p-π共轭是指某一个带有p电子对(或称n电子)的原子,如O、N、S或卤素X,直接与简单的π体系相连接时,分子体系中的p电子和π电子可以在p轨道与π轨道间进行离域运动。烯胺分子只有两个碳原子和一个氮原子,却有两个π电子和一对p电子参与共轭体系,即构成了三原子四电子体系,被称为多电子共轭效应。这种p-π共轭一般会导致杂原子周围的电子云密度下降,C2原子周围的电子云密度上升。实际上,烯胺化合物的C2具有明显的亲核能力。

$$CH_2=CH-\ddot{N}R_2 \longleftrightarrow {}^{-}CH_2-CH=N^{+}R_2 \equiv \overset{\delta-}{C}H_2=CH-\overset{\delta+}{N}R_2$$

$$C_6H_5-X \longleftrightarrow \text{(}X^{+}\text{, ring } ^{-}\text{ ortho)} \longleftrightarrow \text{(}X^{+}\text{, ring } ^{-}\text{ para)} \longleftrightarrow \text{(}X^{+}\text{, ring } ^{-}\text{ ortho')}$$

X=卤素、RO、R_2N等

另一种类型的p-π共轭在碳正离子或自由基化学中经常出现。烯丙基正离子和苄基正离子体系中都存在一个缺电子的p轨道与π体系间的共轭作用,使得正电荷可以分散于离域中其它不饱和碳原子上。因此,这两种碳正离子的稳定性要高于相应的饱和碳正离子。同样地,烯丙基自由基和苄基自由基因存在p-π共轭作用而得以稳定化。

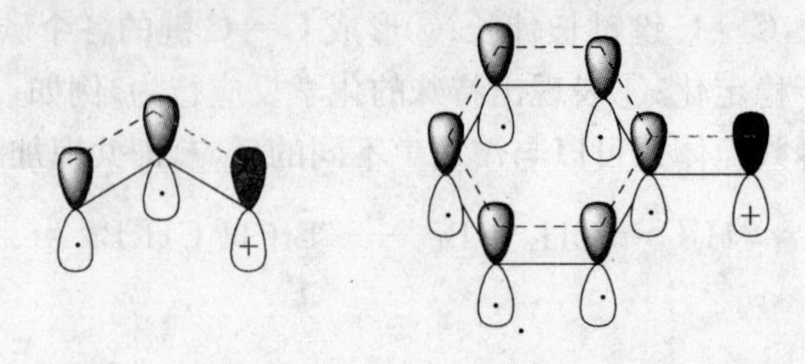

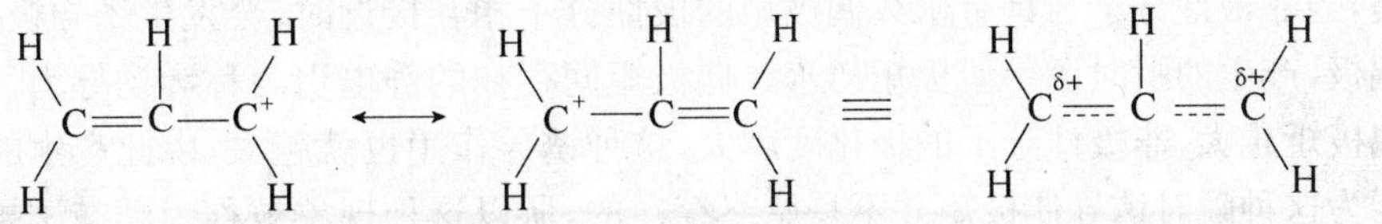

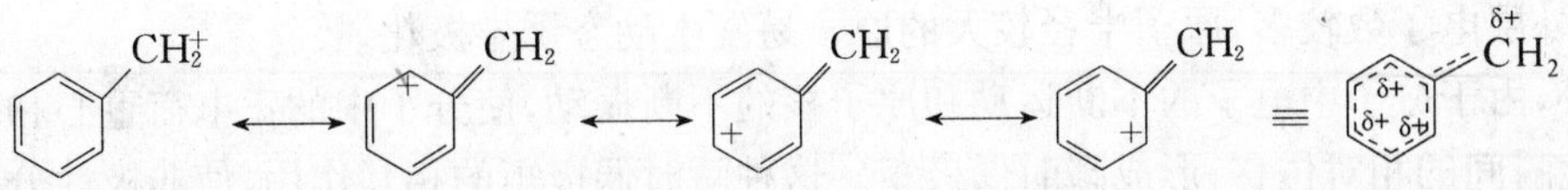

p－p共轭是指一个缺电子的p轨道与含有一对电子(n电子)的p轨道间产生的共轭离域作用。例如,氯甲基甲基醚极易发生水解反应,是因为形成了由于p－p共轭作用而稳定化了的甲氧基甲基正离子。

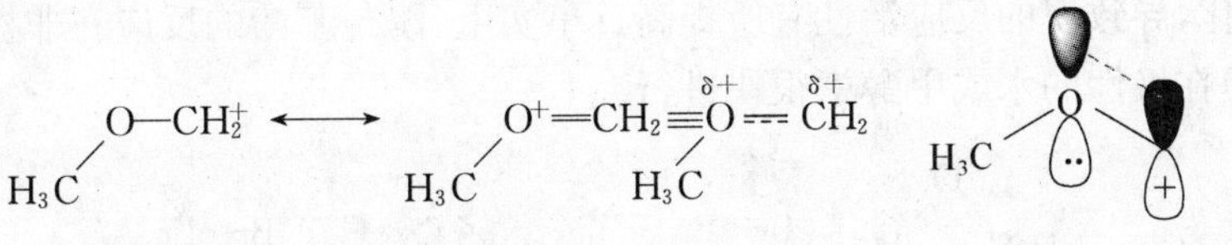

事实上,碳正离子与N、O和S等含有孤电子对的原子相连时,稳定性明显会提高。

4.3 超共轭效应

超共轭效应(hyperconjugation)又称σ－π或σ－p共轭,主要是指由一个碳氢σ成键轨道与邻近的π轨道或空p轨道互相重叠而产生电子部分离域的一种共轭现象。超共轭效应普遍存在于连接有烷基的不饱和碳氢化合物中,烷基在超共轭效应中是给电子的,其大小与所含的碳氢键数目有关,其顺序为:$—CH_3$>$—CH_2R$>$—CHR_2$>$—CR_3$。超共轭效应比通常的共轭效应要弱得多。例如,乙基存在超共轭效应,而甲基则不能发生:

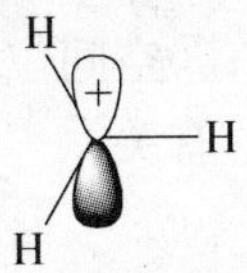

甲基正离子 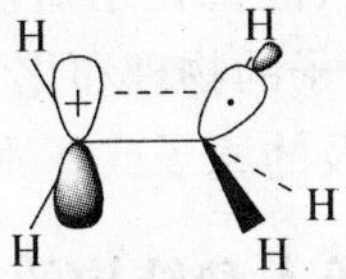　　乙基正离子

由于超共轭效应是两根化学键的电子云以一定角度部分叠加,而不是肩并肩地进行叠加,这种轨道的重叠程度很小。因此,超共轭效应中的"超"实际上是很小的意思。

在简单的碳正离子中,存在碳氢σ成键轨道与缺电子的碳原子的空p轨道之间的超共轭效应,即σ－p共轭。这种超共轭效应的大小与碳正离子所含的α-碳氢键的数目直接相关。因此,简单碳正离子的稳定性顺序为:叔丁基正离子>异丙基正离子>乙基正离子>甲基正离子。

4.4 动态诱导极化效应

在极性分子中,一个极性分子的正端与另一个极性分子的负端之间会产生静电的吸引作用。这种作用称为偶极-偶极相互作用。在非极性分子中,因不存在极性键,所以分子间不会发生偶极-偶极相互作用。

但是，当非极性分子与具有永久偶极矩的极性分子相互接近时，会发生诱导极化，形成瞬时诱导偶极，产生的瞬时诱导偶极矩与永久偶极矩间存在的静电引力称为诱导力。极性分子的永久偶极矩越大，非极性分子的极化度越大，这种诱导作用也就越大，由此产生的诱导力也越大。因为这种瞬时诱导偶极矩并不是始终存在的，所以这种现象被称为动态诱导极化。一般而言，外层电子数较多，原子半径较大的原子易发生动态诱导极化。

此外，由于分子中电子的不断运动和原子核的不断振动，使分子中的正电荷重心和负电荷重心发生瞬间的相对位移，形成瞬时偶极矩。这种瞬时偶极矩的相互作用，使非极性分子间也存在一种静电引力，即色散力。

分子间的诱导极化产生的瞬时偶极矩，会引起原来不带电荷的反应中心原子的反应性显著变化，这种作用称为动态诱导极化效应。例如，溴分子属于非极性分子，在极性介质中易发生动态诱导极化，导致溴的反应活性有所提高。事实上，溴与苯酚的反应在非极性的四氯化碳中十分缓慢，但在极性的水或甲醇中很快进行。

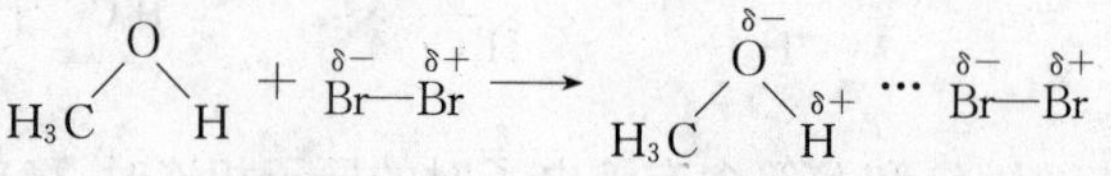

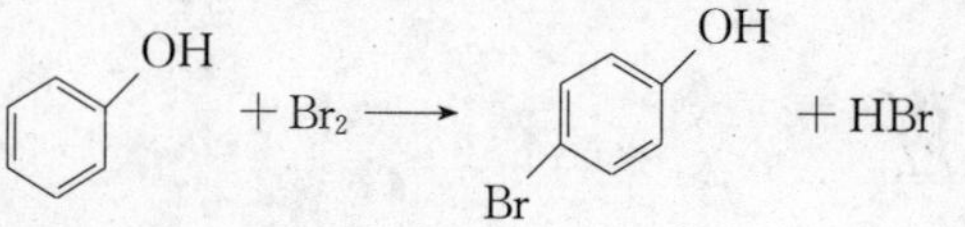

$$H_3C-O-H + \overset{\delta-}{Br}-\overset{\delta+}{Br} \longrightarrow H_3C-\overset{\delta-}{O}-\overset{\delta+}{H}\cdots\overset{\delta-}{Br}-\overset{\delta+}{Br}$$

$$C_6H_5OH + Br_2 \longrightarrow p\text{-}BrC_6H_4OH + HBr$$

4.5 立体效应

简单而言，因分子内各个原子或基团客观上都占据了一定的空间体积，由此产生了诸多影响，这种作用称为立体效应。基团的立体位阻是产生立体效应的重要因素。立体效应的主要表现形式包括：①空间位阻（范德瓦尔斯排斥作用）所引起的分子结构变化，如键角和键长变形；②空间位阻所引起的分子的物理和化学性质的变化；③空间位阻所引起的分子的稳定构象的变化等。这些作用与涉及的原子或基团在空间的位置有关。

4.5.1 立体效应对分子本身结构的影响

官能团之间在空间上的相互排挤使得分子所处状态的能量水平升高，基态分子为了保持能量最低的状态，总设法使得这种排挤作用降低到最小，结果会使分子内特定共价键的键角或键长发生变化。例如，单取代苯的苯环一般保持良好的平面性，但是，邻三甲苯的苯环平面为了减少三个甲基间的相互空间位阻作用明显发生扭曲。甲烷分子的键角为 109°28′，而连接不同基团的饱和碳氢化合物的键角一般都会在一定程度上偏离这个数值。特别值得一提的是，两个苯环直接相连时，通常会处于同一分子平面中，这样有利于相互间产生共轭作用。但是，一旦苯环邻位上的氢原子被其它体积较大的基团取代后，为了避开这些基团间的立体排挤作用，两个苯环常处于不同平面中。

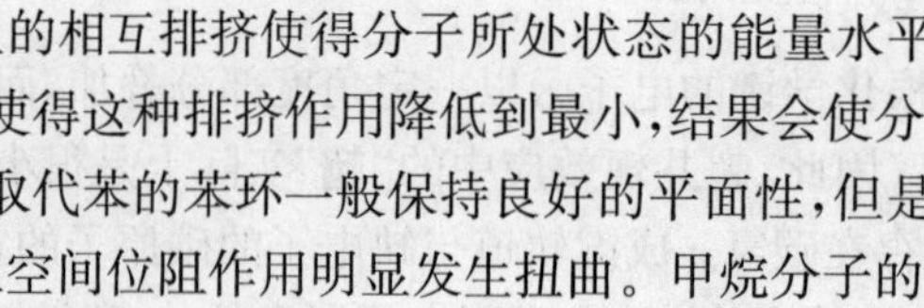

H H H H COOH H_3C H_2N COOH

4.5.2 立体效应对分子的稳定构象的影响

当一个有机分子中的各基团绕C—C σ单键旋转时，两个碳原子上的三个基团间的空间距离会发生显著变化，这就产生了所谓的最低能量构象的问题。对简单分子而言，其最低能量状态可以由构象分析来确认。例如，反-1,4-二甲基环己烷的最低能量状态为(Ⅰ)而不是(Ⅱ)。

(Ⅰ)　　(Ⅱ)

对于复杂分子，如蛋白质的稳定构象，则需要借助计算机进行分析。

4.5.3 立体效应对分子的反应性的影响

化学反应一般通过分子间的相互有效碰撞才能发生，也就是说，两种分子只有在空间上相互接近到能形成共价键的距离，才能进行有效的共价结合。因此，一种分子的反应中心原子在接近另一分子的反应中心位置时，若遇到来自两个分子中其它基团很大的空间排挤，那么两者间发生化学反应的难度明显增大。因此，分子的立体位阻效应将会降低特定官能团的反应活性。例如，就与乙醇钠发生的取代反应而言，溴甲烷的反应速率明显要比立体位阻较大的溴代叔丁烷快。

$$C_2H_5ONa + RBr \longrightarrow ROC_2H_5 + NaBr$$

4.5.4 立体效应对反应的立体化学的影响

取代基的立体位阻对许多有机反应的立体化学能产生很重要的影响。例如，醛与亲核试剂HY的反应可以按下述两种方式(a)和(b)进行，形成一组对映异构体。当R基团为简单的烃基时，HY从醛基平面的上方和下方接近羰基碳原子所遇到的立体位阻是相同的，因此，反应形成两种对映异构体的概率是相等的。

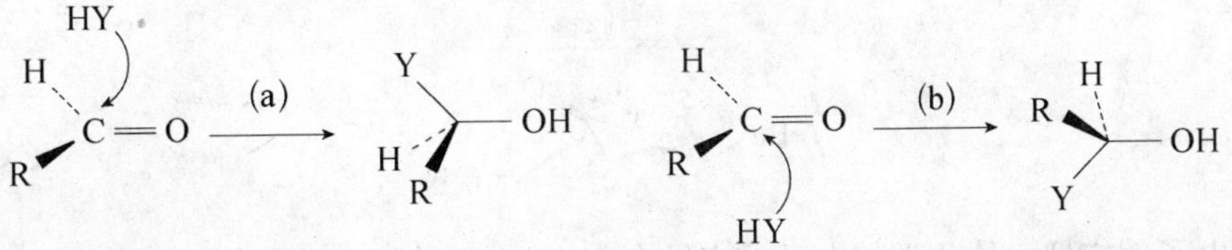

然而，当R基团具有手性碳中心原子时，其中L、M、S代表大体积、中等体积和小体积的基团，HY从醛基平面的外侧(a)接近羰基碳原子所遇到的立体位阻比从内侧(b)接近时要小，因此，反应会形成对映异构体(Ⅱ)占优势的产物。

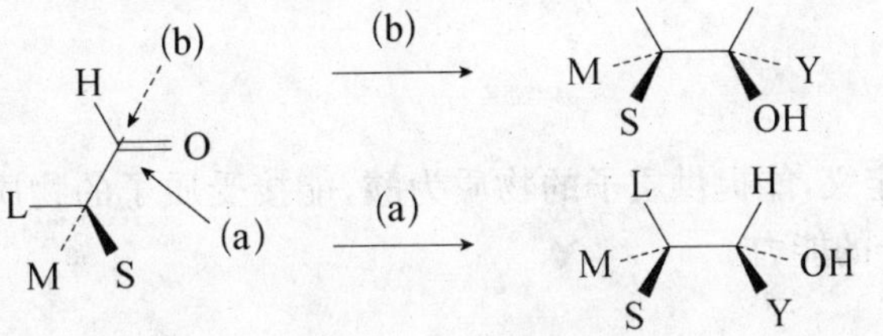

(Ⅰ)

(Ⅱ)

不对称催化是合成光学活性化合物的重要手段，其基本理论依据是利用手性环境造成的一个底物分子反应中心位置两侧的立体位阻不同，这样进攻试剂可以优先从位阻小的一侧进攻底物，生成某一种立体异构体占优势的产物。

4.5.5 立体效应对分子的电子对空间配置的影响

分子特有的电子状态依赖于分子的几何构型，由分子的立体结构引起电子的轨道变化而产生的效应，称为立体电子效应(stereoelectronic effect)。立体电子效应研究的是反应物成键或未成键电子对的空间配置及其离域作用对反应的影响。

立体异构体或构象异构体之间在反应性能上的差异主要在于它们反应时形成过渡态的稳定性。过渡态的稳定性又取决于空间效应和立体电子效应。空间效应是指立体障碍(范德瓦尔斯排斥作用)、键角和键长变形而产生的张力、静电作用与氢键等，这些作用与涉及的原子或基团在空间的配置有关。例如，2-氯-4-叔丁基环己酮的两种立体异构体(A)和(B)占优势的构象为椅式。异构体(A)的C═O键与C—Cl键的空间趋向处于近似平行，氧原子与氯原子间的静电排斥较大，导致这两个原子周围的电子云密度降低，C—Cl键的长度缩短。另一方面，异构体(A)和(B)与亲核试剂发生氯原子的取代反应时，由于立体电子效应的影响，异构体(A)的反应速率明显快于异构体(B)。

t-Bu O Cl H　　t-Bu O H Cl

(A)　　(B)

4-叔丁基环己酮与亲核试剂的加成反应也受到立体电子效应的影响。对于较大体积的亲核试剂，因为空间位阻较小，进攻主要发生在平伏键位置；对于体积较小的亲核试剂，反应主要发生在竖键位置。这是由于除立体位阻外，还需要考虑立体电子效应，即羰基的π^*轨道与C2—C3和C5—C6的σ轨道之间的相互作用，使得π^*变形，与键σ作用强的一侧轨道伸展较大，有利于亲核试剂的进攻。

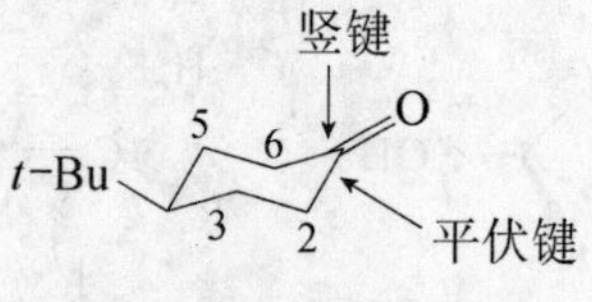

竖键 t-Bu 5 6 O 3 2 平伏键

立体电子效应把立体化学和电子效应结合起来，在深入了解有机分子的反应性能上起着重要作用。

4.6 取代基效应对有机化合物性质的影响

4.6.1 酸碱性

根据Brönsted酸碱定义，能提供质子的物质为酸，能接受质子的物质为碱。酸碱强度取决于它们提供或接受质子的能力。

在有机化合物中,与酸性相关联的基团主要有—OH、>NH、>CH 和—SH。鉴于这些基团的酸性受到与之相连的取代基的影响规律基本一致,这里仅以—OH 为例,简单地介绍取代基的影响方式。

1. 诱导效应的影响

乙酸是弱酸($pK_a=4.76$),当乙酸分子中的 α-H 被电负性比氢强的氯原子取代后,会使整个分子的电子云向氯原子偏移,结果引起羟基中氢原子周围电子云密度下降,酸性增强。事实上,氯乙酸的 pK_a 为 2.86,酸性明显比乙酸强。

Cl ← δ+ ... O—H
O

2. 共轭效应的影响

乙醇的 pK_a 约为 17,而同为羟基化合物的苯酚的 pK_a 约为 10。也就是说,苯酚的酸性明显大于乙醇。这是由于苯酚分子内存在的苯环的大 π 键与羟基氧原子的 p 轨道间存在较大程度的 p-π 共轭,导致氧原子的 p 电子云偏移到苯环的碳原子上,进而诱导羟基 O—H 键的 σ 电子对偏移到氧原子一侧,导致氢原子周围电子云密度的降低,酸性增强。

O
H

3. 超共轭效应的影响

邻硝基甲苯侧链 α 氢的酸性明显强于简单的烷烃分子中的氢的酸性,是因为前者的 α 位 C—H σ 键与苯环之间存在 σ-π 超共轭效应。

$^{-}$O
N^{+}
O
H
H
H

此外,立体位阻对化合物的酸碱性也有一定程度的影响。

4.6.2 自由基的稳定性

自由基通常是指含有未成对电子的非金属物质。根据未成对电子所在中心原子的不同,可以分为碳自由基、氧自由基和氮自由基等。在有机化学中,碳自由基作为反应中间体,其稳定性大小对反应的速率以及产物分布都会产生重要影响。

虽然取代基的诱导效应对自由基稳定性也会产生一定程度的影响,但共轭效应的影响更为显著。

1. 超共轭效应的影响

在简单烷基自由基中,人们已经发现它们的相对稳定性次序为:叔丁基自由基>异丙基自由基>乙基自由基>甲基自由基。

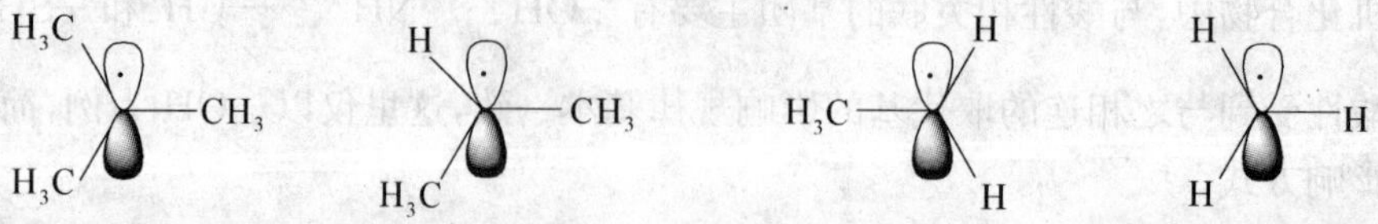

这是因为叔丁基自由基含一个未成对电子的 p 轨道能与 9 个 α 位 C—H σ 键之间产生 σ p超共轭效应。与此相对照,异丙基自由基只有 6 个 α 位 C—H σ 键,乙基自由基只有 3 个 α 位 C—H σ 键,甲基自由基不含有 α 位 C—H σ 键。这种稳定性的差别导致烷烃分子在发生卤代反应时,叔氢最易被取代。

2. 共轭效应的影响

与饱和碳氢化合物相比,一些具有 α-H 的不饱和烃,如丙烯、甲苯等,更易与卤素发生自由基取代反应。这些化合物的 α-H 被卤素原子攫取后,形成的烯丙基自由基和苄基自由基分子内存在有效的 p-π 共轭,因此,分子能量体系要明显低于饱和烷基自由基。

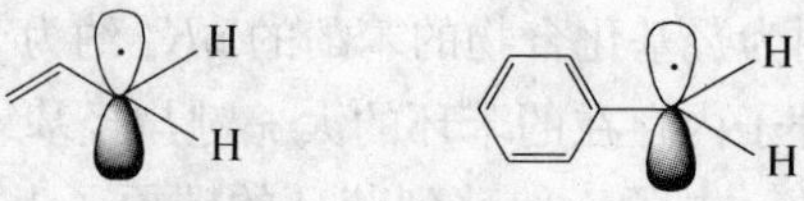

另外,立体位阻大的自由基的稳定性明显较高,因为大的立体位阻将不利于自由基之间的偶联反应。

4.6.3 碳正离子稳定性

碳正离子是有机化学反应过程中常见的中间体,有关碳正离子的化学的研究也相当多。这里简单介绍一下取代基对碳正离子稳定性的影响方式。

1. 诱导效应的影响

碳正离子的稳定性受取代基诱导效应的影响相当明显。以甲基正离子为参照物,氢原子被其它吸电子的取代基替代后,碳正离子的稳定性降低,反之亦然。例如,下述碳正离子的稳定性的大小次序为:

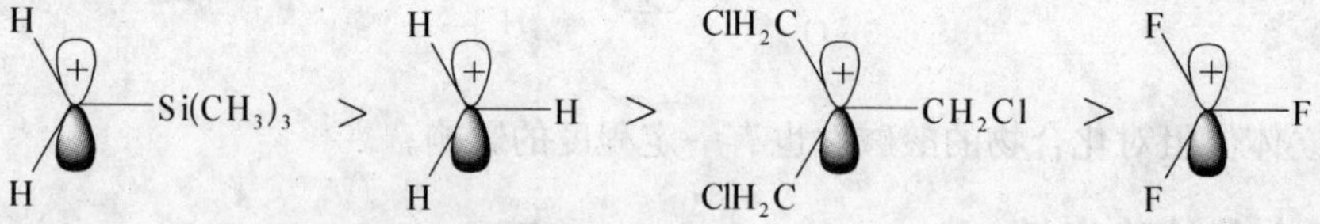

有强吸电子诱导效应的代表性取代基包括三氟甲基和三氯甲基。氯甲基、甲氧基甲基等属于有弱吸电子诱导效应的取代基。事实上,2,2,2-三氟乙基碳正离子的稳定性远低于乙基碳正离子的稳定性。

仅有诱导效应的给电子取代基较少,主要是一些电负性小于氢原子的原子团,如三烷基硅基等。

2. 共轭效应的影响

共轭效应对碳正离子的稳定性影响很大。在 4.2 节中已经提及,烯丙基和苄基正离子存在很强的 p-π 共轭,因此稳定性明显高于简单饱和烷基正离子。实际上,在有机化合物中,有很多诱导效应和共轭效应并存的情况,其中不少取代基具有吸电子的诱导效应和给电子的共轭效应。下面简单介绍各类取代基的情况。

对乙烯基和苯基型不饱和基团，它们与碳正离子相连接的碳原子属于 sp^2 杂化，电负性高于 sp^3 杂化的饱和碳原子，因此会显示出弱的吸电子诱导效应。另一方面，这些基团的 π 体系与碳正离子的 p 轨道间会产生强给电子的 p－π 共轭效应。两种效应的叠加结果是乙烯基和苯基型不饱和基团是强的给电子取代基。

对羰基和氰基型不饱和基团，它们与碳正离子相连接碳的原子属于电负性较高的 sp^2 杂化，同时，氧原子和氮原子的电负性较大，会进一步使该碳原子上的电子云密度下降，从而显示出强吸电子诱导效应。这些基团的 π 体系虽然与碳正离子的 p 轨道间会产生给电子的 p－π 共轭效应。但是，两种效应的叠加结果使羰基和氰基型不饱和基团是强的吸电子取代基，即 $+C<-I$。

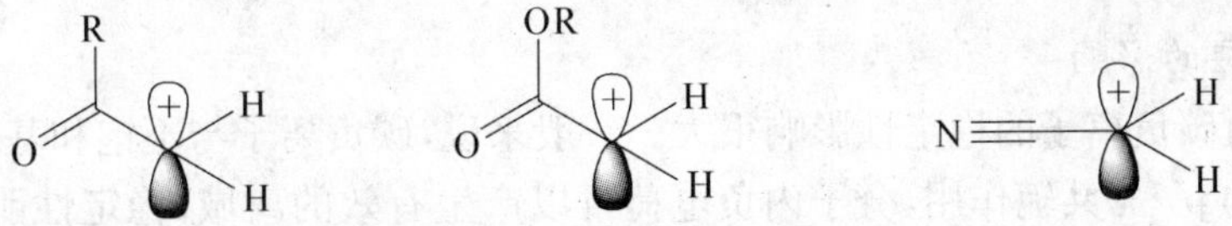

$+C<-I$

对含有孤电子对的原子或原子团，如卤素、烷氧基、氨基和巯基等，它们与碳正离子相连时，孤电子对所在的 p 轨道与碳正离子的空 p 轨道间能有效地产生 p－p 共轭，形成一种特殊的 π 体系。因此，显示出相当强的给电子共轭效应。另一方面，这些原子的电负性比碳原子的大，因而会施加一定大小的吸电子的诱导效应。两种效应的叠加结果则仍然显示出给电子效应，其作用大小则与杂原子的性质密切相关，一般而言，大小次序为：氨基＞巯基＞烷氧基＞卤素。

$+C<-I$

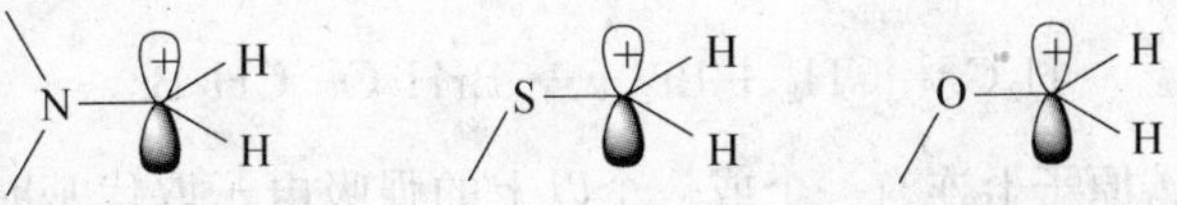

$+C>-I$

3. 超共轭效应的影响

对一些简单的烷基碳正离子，其稳定性与中心碳原子所连接的烷基的性质和数目有关。在通常情况下，一般认为烷基为给电子取代基。实际上，碳原子的电负性大于氢原子，其给电子的作用不可能产生于简单的诱导效应，而是来源于其超共轭效应。因此，叔丁基正离子的稳定性高于甲基正离子的稳定性的主要影响因素是空 p 轨道与 α 位 C—H σ 键间的超共轭效应。

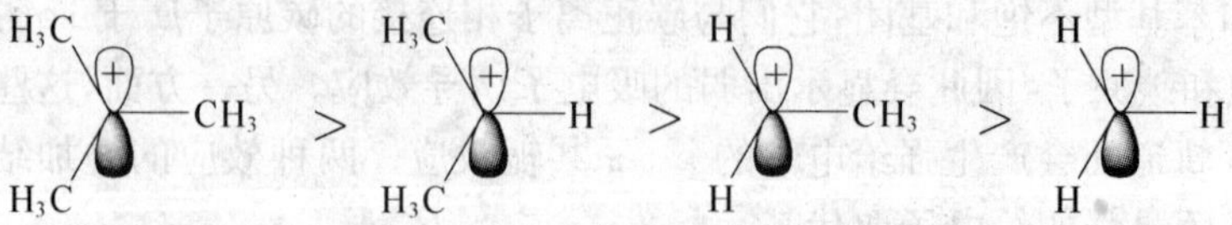

$$\text{(H}_3\text{C)}_2\text{C}^+\text{CH}_3 > \text{(H}_3\text{C)}_2\text{C}^+\text{H} > \text{H}_2\text{C}^+\text{CH}_3 > \text{H}_2\text{C}^+\text{H}$$

立体位阻对碳正离子的稳定性也有较大的影响。中心碳原子周围的位阻增大,碳正离子的稳定性相应增加。

4.6.4 碳负离子稳定性

1. 诱导效应的影响

电负性原子或原子团与碳负离子相连,可以使碳原子上的负电荷密度有所降低,热稳定性提高。例如,甲基负离子很难利用强碱与甲烷间的质子交换反应来制备,而三个氢原子被卤素取代后的三卤甲基负离子,很容易由三卤甲烷与氢氧化钾或醇钠反应而产生。

$$CHX_3 + NaOH \longrightarrow NaCX_3 + H_2O$$

2. 共轭效应的影响

共轭效应对碳负离子的稳定性影响很大。一般来说,碳负离子与不饱和基团相连时,因两者间存在强烈的 p-π 共轭作用,分子内负电荷可以产生有效的离域,稳定性明显提高。缺电子的不饱和基团,如硝基、羰基和氰基等,对负电荷的稳定化作用要明显高于富电子的苯基和乙烯基。

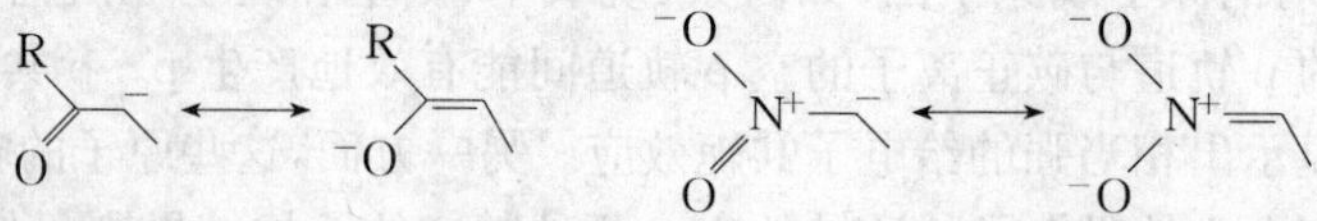

$$\text{RC(=O)CH}_2^- \longleftrightarrow \text{RC(O}^-\text{)=CH}_2 \qquad {}^-\text{O-N}^+\text{(=O)-CH}_2^- \longleftrightarrow {}^-\text{O-N}^+\text{(O}^-\text{)=CH}_2$$

此外,一些价电子层存在空轨道的原子,如硼(2p)、硅(3d),与碳负离子直接连接,也可以发生负电荷的离域作用,使碳负离子稳定性增加。

4.6.5 化合物的反应方式

取代基的存在对官能团的反应方式有很大的影响。普通的烯烃因碳碳双键的电子云密度大且分布于分子平面上下侧,易受到缺电子的亲电试剂的进攻而发生亲电加成反应。例如,乙烯在室温下极易与溴发生亲电加成。

$$H_2C{=}CH_2 + Br_2 \longrightarrow BrH_2C{-}CH_2Br$$

但当烯烃的双键碳原子上连有一个或一个以上的强吸电子取代基时,因 π 电子可以有效地发生离域,使分布于碳碳双键上的电子云密度明显降低,与亲电试剂间的亲电加成反应变得较难进行。例如,虽然四氟乙烯与三氧化硫可以发生加成,形成磺酸内酯,但是几乎不与普通的亲电试剂发生加成反应。该反应已经成为制备全氟磺酸盐的重要方法。

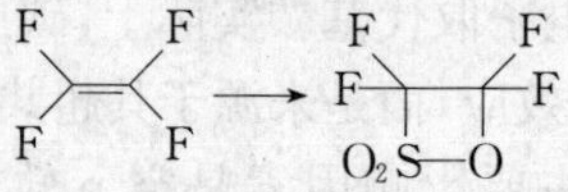

$$F_2C{=}CF_2 \longrightarrow \text{F}_2\text{C}{-}\text{CF}_2\ (\text{O}_2\text{S}{-}\text{O ring})$$

与此形成鲜明对照的是,这些双键上连接有强吸电子取代基的烯烃化合物,因双键上电子云密度降低,通常易与富电子的亲核试剂发生加成反应。例如,丙烯酸甲酯、丙烯腈等可以与硫醇、伯胺或烯胺等亲核试剂发生 1,4-共轭加成。

$$\text{CH}_2=\text{CHCOOEt} + \text{RSH} \xrightarrow{\text{碱}} \text{RSCH}_2\text{CH}_2\text{COOEt}$$

同样,芳环分子因存在富电子的大π体系,一般易于进行亲电取代反应。一旦环上连有一个或一个以上的强吸电子取代基如硝基等,亲电取代反应变得难以进行。另一方面,若这些强吸电子取代基的邻对位存在良好的离去基团如卤素等,亲核取代反应就易进行。例如,2,4-二硝基氯苯与六氢吡啶间的亲核取代反应:

$$2,4\text{-}(O_2N)_2C_6H_3\text{—Cl} + \text{H—N}(\text{CH}_2)_5 \longrightarrow 2,4\text{-}(O_2N)_2C_6H_3\text{—N}(\text{CH}_2)_5$$

空间效应亦能对反应类型产生影响。例如,α-碳上无支链的伯卤代烷与亲核性强的试剂主要起 S_N2 反应,而α-碳上有支链时则容易进行消除反应,这是因为α-碳上的烃基对亲核试剂从背面接近该碳原子产生很大的空间位阻。例如:

$$CH_3Br + C_2H_5O^- \longrightarrow C_2H_5OCH_3 + Br^-$$

$$(CH_3)_3C\text{—}Br + C_2H_5O^- \longrightarrow (CH_3)_2C=CH_2 + C_2H_5OH + Br^-$$

4.6.6 化合物的反应活性及其产物分布

碳碳双键上的取代基的性质决定了烯烃的反应活性与速率。给电子基团能增大双键碳原子上的电子云密度,使亲电加成反应速率加快;反之,吸电子基团或原子会降低亲电加成反应的速率。就亲电加成反应而言,常见的烯烃的反应活性大小顺序为:2-丁烯>丙烯>乙烯>氯乙烯>丙烯酸甲酯。

取代基是活化还是钝化苯环上发生的亲电取代反应,主要看其存在是使苯环的电子云密度增大还是降低,以及使碳正离子中间体的稳定性提高还是降低。就亲电取代反应而言,常见的取代苯的反应活性大小顺序为:苯胺>苯酚>烷基苯>苯>卤苯>硝基苯。

醛、酮分子内的烃基结构对羰基的反应性影响颇大。影响亲核试剂对羰基加成的反应活性的主要因素包括烃基的电子效应和立体效应。不饱和烃基如乙烯基和苯基,与羰基直接相连时,它们之间存在有效的π-π共轭作用,导致分布于羰基碳原子上的正电荷密度降低,与亲核试剂反应的活性下降。烃基的体积增大,亲核试剂接近羰基碳原子的立体位阻也随之增加。此外,小环酮分子,特别是环丙酮,分子内存在明显的角张力,同时立体位阻较小,因此通常显示出更高的反应活性。

羧酸及其衍生物可以看作是羰基与杂原子或原子团直接相连的一类化合物。若将羰基上连接的这些杂原子或原子团看作取代基,利用这些取代基的电子效应大小,可以清楚地分析羧酸及其衍生物的反应活性。这些基团与羰基之间同时存在吸电子的诱导效应和给电子的共轭效应,就给电子能力而言,它们综合作用的结果是:氨基>羟基>烷氧基>酰氧基>卤素。

$$\text{R—C(=O)—}\ddot{\text{X}} \quad (-\text{I}) \qquad\qquad \text{R—C(—O}^-\text{)=X}^+ \quad (+\text{C})$$

因此,羧酸衍生物与亲核试剂反应的活性大小顺序一般为:酰卤>酸酐>酯>酰胺。

对亲核取代反应而言,卤代烷的反应活性与烷基的结构紧密相关。对 S_N2 反应,与卤素相连的中心碳原子的立体位阻愈小,反应愈易进行。一般而言,常见的卤代烷的反应活性大小顺序为: $CH_3X > C_2H_5X > (CH_3)_2CHX > (CH_3)_3CX > (CH_3)_3CCH_2X$。对 S_N1 反应,碳卤键异裂产生的碳正离子的稳定性越高,反应越易进行。因此,卤代烷的反应活性大小顺序为: $CH_3X < C_2H_5X < (CH_3)_2CHX < (CH_3)_3CX$。

取代基的性质不仅影响化合物的反应活性,而且有时还可以直接影响产物的分布。取代基电子效应的作用是产生芳环亲电取代反应的定位规律的内在因素,具体内容将在后续章节中会进一步详述。

4.6.7 化合物的光谱性质

取代基的作用方式及大小可以直接反映在化合物的光谱性质上。

对共轭分子体系,分子的共轭程度越大,体系中 π 电子发生电子能级的跃迁所需要的能量越低,其相应的电子吸收光谱的吸收峰的波长往长波方向移动,即所谓的红移。例如,苯的 B 吸收带波长为254nm,苯酚的同一吸收带移到270nm,氯苯移到265nm,苯胺移到280nm。

有机化合物的红外吸收光谱也受化合物的取代基的影响。电子效应通过影响特征吸收基团的极性和键力常数,导致吸收频率发生变化。以羰基为例,卤素原子的吸电子诱导作用会使碳氧双键极性增加、键力常数增大,进而使吸收频率向高波数移动。如 RCOR 的特征吸收波数为 1 705 cm^{-1},RCOCl 的波数为 1 802 cm^{-1},而 $COCl_2$ 和 COF_2 的波数则位移到 1 828 cm^{-1} 和 1 928 cm^{-1}。共轭效应也会使基团的特征频率发生较大位移。当羰基与碳碳双键、叁键或苯环相连时,分子内产生有效的 π-π 键共轭作用,使 π 电子云分布趋于平均化,造成羰基的键力常数减小,特征吸收频率降低。

在核磁共振谱中,化合物的化学位移也受取代基的电子效应的影响。具体内容将在后续章节中详述。

习 题

4-1 指出下列分子的极性大小。

(1) CH_3Cl CH_3F CH_3Br CH_3I

(2) 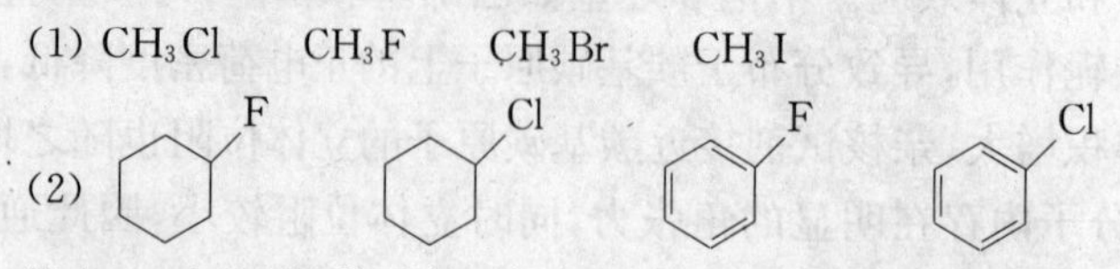

4-2 指出 1-硝基丙烷分子中三个碳原子上的电子云密度高低。

4-3 指出下列分子中所存在的共轭体系类型,并比较双键碳原子上的电子云密度高低。

$CH_2=CHCH_2CH=CHCl$ $CH_2=CHCH=CHCH_2Cl$ $CH_3CH=CH\overset{+}{C}H_2$

4-4 比较下列结构中饱和碳上所连接的氢原子的活泼性,并说明原因。

$CH_3CH=CH_2$ $CH_2=CHCH_2CH=CH_2$ $CH_2=CHCH(CH=CH_2)CH=CH_2$

4-5 在 Cl_2、Br_2、I_2 分子中,哪一个更容易产生诱导极化效应?

4-6 排列下列分子中指定键角的大小,并用立体效应解释。

4-7 将下列各组物质的酸性由强到弱排列成序。

(1) CH_3COOH　　$BrCH_2COOH$　　$Cl_2CHCOOH$　　$ClCH_2COOH$

(2) 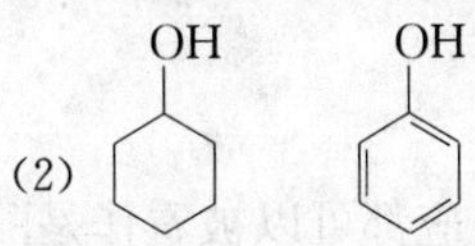

(3) $ClCH_2CH_2COOH$　　$CH_2=CHCOOH$　　CH_3CH_2COOH

4-8 比较下列各组结构的稳定性。

(1) $CH_3\dot{C}HCH_3$　　$CH_3\dot{C}H_2$　　$CH_3\dot{C}CH_3$（中心碳上连 CH_3）

(2) 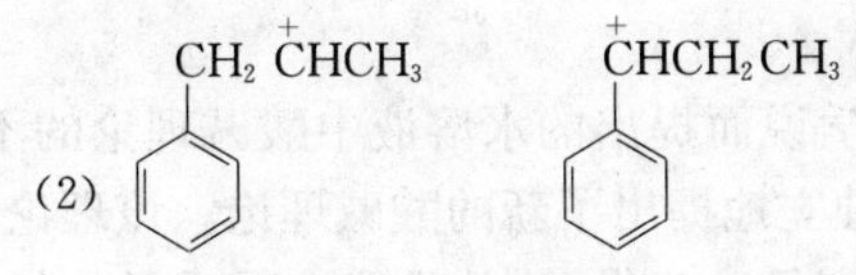

(3) $CH_3CO\overset{+}{C}H_2$　　$CH_3O\overset{+}{C}H_2$　　$CH_3CH_2\overset{+}{C}H_2$

(4) $CH_3\overset{-}{C}H_2$　　$\overset{-}{C}H_2NO_2$

4-9 指出下列各组化合物与亲电试剂 Br_2 反应的相对活性大小。

(1) 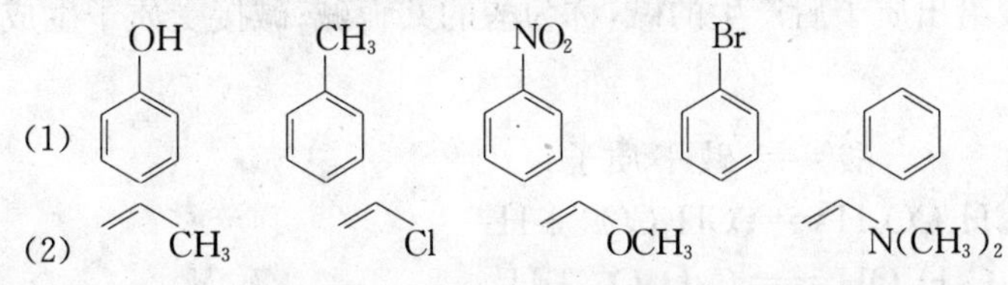

(2) CH3　　Cl　　OCH3　　N(CH3)2

4-10 指出下列各组化合物与亲核试剂氰根负离子(CN^-)反应的相对活性大小。

(1) CHO　　CHO　　CHO

(2) O　　CHO　　O Cl　　O N(CH3)2

4-11 指出下列化合物中特定的 C—H 键与氯原子发生攫氢反应的相对反应速率。

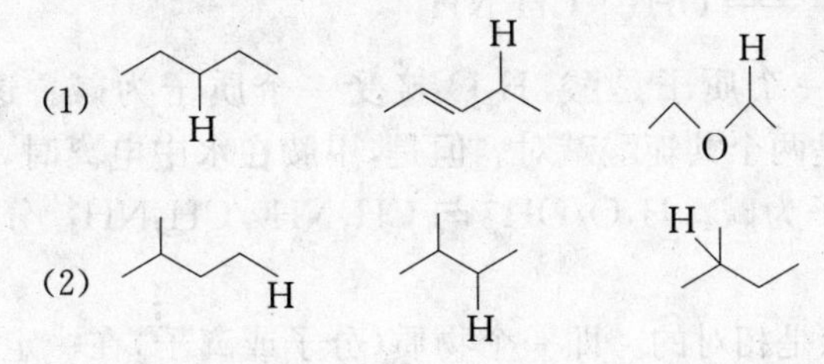

第5章 有机化合物的酸碱性

酸碱是化学中的重要概念，从广义的角度讲，多数的有机化学反应都可以被看作是酸碱反应。因此，酸碱的概念在有机化学中有着重要的应用，在学习有机化学的时候，学习与了解有机化合物的酸碱性是十分必要的。

5.1 Brönsted 酸碱理论

1923年，为了弥补 S. A. Arrehenius 依据电离学说而提出的水溶液中酸碱理论的不足，丹麦的 J. N. Brönsted 和英国的 J. M. Lowry 分别独立地提出了新的酸碱理论。该理论给出的酸碱定义为：凡是能给出质子的任何物质（分子或离子），叫做酸；凡是能接受质子的任何物质，叫做碱。简言之，酸是质子的给予体，碱是质子的接受体。因此，Brönsted 酸碱理论又称为质子酸碱理论。

依据 Brönsted 酸碱理论，酸给出质子后产生的碱，称为酸的共轭碱；碱接受质子生成的物质就是它的共轭酸，即：

$$\text{酸} \rightleftharpoons \text{碱} + \text{质子}$$

$$CH_3CO_2H \rightleftharpoons CH_3CO_2^- + H^+$$

$$C_2H_5OH \rightleftharpoons C_2H_5O^- + H^+$$

可以看出，CH_3CO_2H 给出质子是酸，生成的 $CH_3CO_2^-$ 则是碱。这样的一对酸碱，称为共轭酸碱对。C_2H_5OH 和 $C_2H_5O^-$ 也是如此。酸、碱的电离可以看作是两对酸碱的反应过程。例如：

$$CH_3CO_2H + H_2O \rightleftharpoons CH_3CO_2^- + H_3O^+$$

$$\text{酸}_1 + \text{碱}_2 \rightleftharpoons \text{碱}_1 + \text{酸}_2$$

$$H_2O + CH_3NH_2 \rightleftharpoons OH^- + CH_3NH_3^+$$

醋酸在水中的电离，CH_3CO_2H 给出一个质子是酸，H_2O 接受一个质子为碱。这里，$CH_3CO_2H/CH_3CO_2^-$ 与 H_2O/H_3O^+ 分别是两个共轭酸碱对。但是，甲胺在水中电离时，H_2O 给出一个质子是酸，CH_3NH_2 接受一个质子为碱。H_2O/OH^- 与 $CH_3NH_2/CH_3NH_3^+$ 分别是两个共轭酸碱对。

由此可见，Brönsted 理论中的酸碱概念是相对的。即一个物质（分子或离子）在一定条件下是酸，而在另一种条件下则可能是碱。这种情况在有机化学中经常遇到。例如，丙酮在硫酸中是碱，但在甲醇钠的二甲亚砜中则是酸：

$$H_3C-\overset{O}{\overset{\|}{C}}-CH_3 + H_2SO_4 \rightleftharpoons H_3C-\overset{OH^+}{\overset{\|}{C}}-CH_3 + HSO_4^-$$

$$H_3C-CO-CH_3 + CH_3ONa \rightleftharpoons H_3C-CO-CH_2^- + CH_3OH$$

同样，醋酸遇到浓硫酸时表现为碱，而弱碱性的苯胺遇到强碱 $NaNH_2$ 则显示为酸。

另一方面，共轭酸碱的强度也是相对的。对 Brönsted 酸碱来说，酸愈强，则其共轭碱愈弱；碱愈强，则其共轭酸愈弱。而在酸碱反应中，质子总是由较弱的碱转移到较强的碱上。Brönsted 提出的"共轭酸碱对"的概念，将酸碱理论从以水为溶剂的体系推广到质子溶剂体系，但是却不适用于非质子溶剂体系。

5.1.1 酸碱强度的测定

Brönsted 认为，酸碱的强度可以用给出和接受质子的能力来衡量，强酸具有强给出质子的能力，强碱具有强接受质子的能力。一般情况下，可根据电离常数的大小来对不同物质的酸碱性进行比较。例如，CH_3CO_2H 和 H_2O 在 25℃时：

$$K_a = \frac{[H^+][CH_3CO_2^-]}{[CH_3CO_2H]} = 1.7 \times 10^{-5} \qquad pK_a = 4.5$$

$$K_a = \frac{[H^+][OH^-]}{[H_2O]} = 1.8 \times 10^{-16} \qquad pK_a = 15.7$$

可见，CH_3CO_2H 给出质子的能力强于 H_2O，则 CH_3CO_2H 酸性比 H_2O 大。

共轭酸碱在水溶液中的解离常数具有如下关系：

$$K_aK_b = K_w$$

式中，K_a、K_b 和 K_w 分别为酸、碱和水的解离常数。依据上述公式，共轭酸碱的强度是呈反比关系的。即酸越强，其对应的共轭碱就越弱，反之亦然。通过 $K_w = 1 \times 10^{-14}$，可以根据某个酸的酸常数来计算其共轭碱的碱常数，或从它的碱常数计算其共轭酸的酸常数。因此，要比较不同酸碱强度的大小，可以通过测量它们的解离常数 K_a、K_b(常用其负对数 pK_a、pK_b 表示)来进行。为便于比较，酸碱的强度可以统一用 pK_a 表示。表 5.1 和表 5.2 分别列出了在 25℃时一些常见有机酸以及有机碱的共轭酸在水中的 pK_a。通常 K_a 越大或 pK_a 越小，表示酸性越强，其共轭碱的碱性就越弱，反之亦然。

表 5.1 一些常见有机酸的 pK_a 值(或 pK_{a1} 值)

名 称	pK_a	名 称	pK_a	名 称	pK_a
甲酸	3.75	二氯乙酸	1.30	对硝基苯酚	7.15
乙酸	4.76	三氯乙酸	0.64	乳酸	3.86
丙酸	4.87	三甲基乙酸	5.08	乙二醇	14.22
n-丁酸	4.83	苯酚	9.99	甲烷	40
n-戊酸	4.84	邻甲基苯酚	10.26	乙烷	42
n-己酸	4.86	间甲基苯酚	10.00	乙烯	36.5
氯乙酸	2.86	对甲基苯酚	10.26	乙炔	25
溴乙酸	2.90	邻硝基苯酚	7.23	脂肪酮	20～21
碘乙酸	3.18	间硝基苯酚	8.40	苯甲酸	4.21

（续表）

名称	pK_a	名称	pK_a	名称	pK_a
苯乙酸	4.31	反式肉桂酸	4.44	酪氨酸	9.11
苯磺酸	0.70	丁二酸	4.21	抗坏血酸	4.30
邻甲基苯甲酸	3.91	顺丁烯二酸	1.94	丙三醇	14.15
间甲基苯甲酸	4.27	反丁烯二酸	3.02	环丙烷	39
对甲基苯甲酸	4.37	甘氨酸	9.78	环己烷	45
邻硝基苯甲酸	2.17	色氨酸	9.39	苯	37
间硝基苯甲酸	3.49	组氨酸	9.17	甲苯	35
对硝基苯甲酸	3.44	赖氨酸	10.53	环戊二烯	16
顺式肉桂酸	3.88				

数据选自《化学用表》（江苏科技出版社，1979）和 Advanced Organic Chemistry.（J. March New York：1977 Mc. Graw-Hill）。

表 5.2 一些常见有机碱的共轭酸的 pK_a 值（或 pK_{a1} 值）

名称	pK_a	名称	pK_a	名称	pK_a
甲胺	10.66	联苯胺	3.57(30℃)	间氯苯胺	3.46
乙胺	10.63	乙酰胺	0.63	对氯苯胺	4.15
丙胺	10.71(20℃)	嘌呤	2.30(20℃)	甘氨酸	2.35
n-丁胺	10.77	8-羟基嘌呤	2.56(20℃)	丙氨酸	2.35
二甲胺	10.73	甜菜碱	1.83(0℃)	色氨酸	2.43
三甲胺	9.81	吗啡	8.21	苏氨酸	2.09
二乙胺	10.93	苯胺	4.63	胱氨酸	1.65
三乙胺	11.01	邻甲基苯胺	4.44	脯氨酸	1.95
吡咯烷	11.27	间甲基苯胺	4.73	丝氨酸	2.19
N-甲基吡咯烷	10.32	对甲基苯胺	5.08	酪氨酸	2.20
吡啶	5.18	间硝基苯胺	2.45	精氨酸	1.82
环己胺	10.66	对硝基苯胺	1.00	缬氨酸	2.29
喹啉	4.90(20℃)	邻氯苯胺	2.65		

数据选自《化学用表》（江苏科技出版社，1979）。

需要指出的是，pK_a 仅可作为粗略衡量酸碱强度的标准，因为表 5.1 和表 5.2 中的 pK_a 是在稀的水溶液中测定的，而溶剂的性质和其它因素（如温度）对 pK_a 的大小和次序是有显著影响的。尽管如此，pK_a 仍是描述有机化合物酸碱性的重要参数。

L. H. Hammett 为了测定强酸介质的酸度，采用了一系列弱碱指示剂，并引入酸度函数（H_0）的概念代替 pH 来表示酸度。要测定酸性介质的酸强度，实际上就是测定酸性介质给出质子的能力，这可以通过采用一系列的弱碱指示剂来进行。

首先，配制一定酸度的弱碱指示剂溶液，由于指示剂在酸性介质中被质子化，因而测量的是其共轭酸的酸度：

$$B_1H^+ \rightleftharpoons H^+ + B_1$$

$$K_{a1} = \frac{a_{H^+}a_{B_1}}{a_{B_1H^+}} \qquad pK_{a1} = -\lg\frac{a_{H^+}a_{B_1}}{a_{B_1H^+}}$$

式中,B_1 为弱碱指示剂;BH^+ 为质子化碱,即碱的共轭酸;a 为活度。经过整理,pK_{a1} 的式子可以写为:

$$pK_{a1} = \lg \frac{a_{B_1H^+}}{a_{B_1}} - \lg a_{H^+} \tag{5-1}$$

在稀水溶液中,活度即为浓度,此时方程式(5-1)变成:

$$pK_{a1} = \lg \frac{[B_1H^+]}{[B_1]} + pH$$

如果弱碱 B_1 和质子化碱 BH^+ 的光谱是已知的(实验可测),则可以利用可见-紫外光谱法,在已知 pH 的水溶液中测定$[B_1H^+]/[B_1]$的值,从而确定 pK_{a1}。

确定 pK_{a1}之后,就可以在同一溶液中测定另一弱碱指示剂的 pK_{a2}:

$$B_2H^+ \rightleftharpoons H^+ + B_2$$

$$pK_{a2} = \lg \frac{a_{B_2H^+}}{a_{B_2}} - \lg a_{H^+} \tag{5-2}$$

将式(5-1)减去式(5-2),并以浓度表示,可得:

$$pK_{a1} - pK_{a2} = \lg \frac{[B_1H^+]}{[B_1]} - \lg \frac{[B_2H^+]}{[B_2]} + \lg \frac{\gamma_{B_1H^+}\gamma_{B_2}}{\gamma_{B_1}\gamma_{B_2H^+}} \tag{5-3}$$

式中,γ 为活度系数。Hammett 假设,若上述两个碱具有相同的电荷和相似的结构,则它们的活度系数的比值相等,即:

$$\lg \frac{\gamma_{B_1H^+}\gamma_{B_2}}{\gamma_{B_1}\gamma_{B_2H^+}} = 0 \tag{5-4}$$

这时,式(5-3)变为:

$$pK_{a1} - pK_{a2} = \lg \frac{[B_1H^+]}{[B_1]} - \lg \frac{[B_2H^+]}{[B_2]} \tag{5-5}$$

由于 pK_{a1}为已知,而式(5-5)右边的各项都是可以通过实验测定的,这样就可以确定 pK_{a2}。

依此类推,利用此重叠指示剂法可以在不同酸度的溶液中测定不同弱碱的 pK_a。这样,就可以建立一个标度,用来估量不同介质给出质子的能力,这将比 pH 的应用更为广泛。凡是符合式(5-4)的碱,称为 Hammett 碱或 Hammett 指示剂,它们可以很好地应用于强酸体系,包括浓硫酸的水溶液。

对式(5-1)进行整理后,并写为一般式,得:

$$pK_a = \lg \frac{[BH^+]}{[B]} - \lg a_H + \frac{\gamma_B}{\gamma_{BH^+}} \tag{5-6}$$

Hammett 定义为:

$$H_0 = -\lg a_H + \frac{\gamma_B}{\gamma_{BH^+}}$$

则:

$$H_0 = -\lg a_H + \frac{\gamma_B}{\gamma_{BH^+}} = pK_a - \lg \frac{[BH^+]}{[B]} \tag{5-7}$$

H_0 对于任何一个溶剂体系都是一个定值,表示溶剂介质给出质子的能力,称为 Hammett 酸度函数。由式(5-7)可知,在稀水溶液中活度系数等于1,则 $H_0 = pH$。

需要指出的是,用 H_0 来表示介质的酸强度,也有它的局限性。同时,以上所讨论的测定酸度的方法,主要依据酸、碱的解离平衡,被称为热力学酸度,只适用于估计平衡的位置。此外,还有所谓的动力学酸度。有关 Brönsted 酸强度的测定,研究人员已经进行了大量的工作,提出了若干不同的测量方法与酸碱标度。除了液相酸度外,还有在气相测定的酸度等。总而言之,一种能够适用各种类型的溶剂体系,而且既可以适用于平衡状态,又可适用于动力学场合的绝对酸碱标度是没有的。

5.1.2 影响酸碱强度的主要因素

Brönsted 酸碱强度的影响因素有很多,但溶剂、分子结构等的影响最大。

1. 溶剂化作用

溶剂的溶剂化能力对有机化合物的酸碱强度有很大的影响。溶剂的介电常数越高,存在于其中的离子对的静电能就越低,离子在溶液中的稳定性就会增加,因而离子就容易生成。另一方面,溶液中的离子会将其周围的溶剂分子强烈地极化,使得离子的表面包积一层溶剂分子(称为离子溶剂化作用),这种溶剂化使离子的电荷分散或离域化而稳定。一般说来,离子越小、电荷越多,受到的溶剂化作用就越强。

以常用的水溶剂为例,由于具有很高的介电常数和很强的离子溶剂化能力,水是一种很好的溶剂化介质。这主要是水分子比较小,很容易被极化,因而它对正负离子都能够起稳定作用。由于能够产生"氢键"型溶剂化作用,水的溶剂化效应对负离子尤为有效。

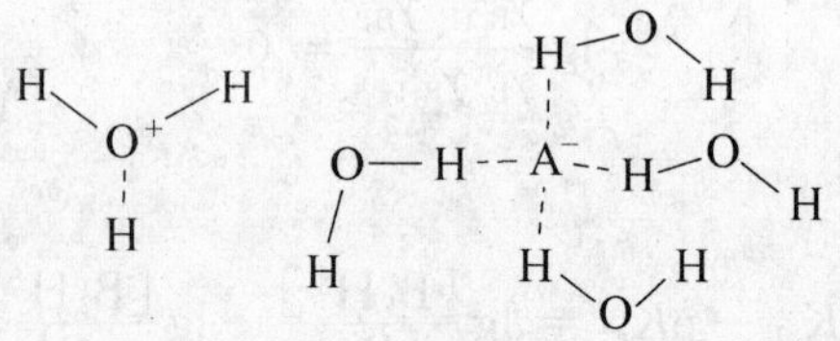

一些结构、性能与水相似的质子性溶剂,如 CH_3OH、C_2H_5OH 等,也有类似的作用。

溶剂化作用对酸碱性的影响的典型例子,就是酸碱在气相和液相中的强度有很大的差异。例如,苯酚和乙酸在水中的 pK_a 值相差5左右,而在气相时,它们的 pK_a 值相近。这是因为在水中,$CH_3CO_2^-$ 能够被有效地溶剂化,在气相时由于没有溶剂化作用而使其酸性降低。对于苯酚负离子 $C_6H_5O^-$,由于其负电荷可以通过共轭离域而分散,因而在水中的溶剂化作用较 $CH_3CO_2^-$ 弱,所以苯酚酸性在水中比乙酸弱很多。另一个例子是,人们测得取代甲胺化合物在气相中的碱性强弱次序为:

$$Me_3N > Me_2NH > MeNH_2 > NH_3$$

由于甲基具有+I的诱导效应,随着甲基的增多,胺的碱性也增大。但在水溶液中,它们的碱性强弱的次序被发现是:

$$Me_2NH > MeNH_2 > Me_3N > NH_3$$

这是由于分子中的氮原子接受质子后生成的铵离子会与水产生氢键型溶剂化而稳定。氮原子上的氢越多,溶剂化的作用就越强。但这种溶剂化作用导致的碱性次序与甲基的增加所导致的碱性次序是相反的，这两种因素的协同作用，就导致了水溶液中上述取代甲胺的碱性次序。另外，在非质子性溶剂(如氯仿、乙腈等)中，由于可以避免氢键的影响，测得的取代甲胺化合物的碱性次序与气相中测得的结果一致。从这里可以看出，气相中测定的酸碱度是由分子自身结构决定的，是内在的酸度。而在液相中测定酸度，存在溶剂化效应的影响，与分子的结构(大小、电荷分布等)及溶剂的性质等多种因素有关。

2. *有机化合物结构对酸碱性的影响*

有机化合物的结构可以通过多种因素来影响其酸碱性。对于一个有机分子而言，通常都存在两种或两种以上的影响因素，要严格区分单一因素影响的大小不是很容易的。

1) 诱导效应

具有－I诱导效应的原子或基团，在分子中增强酸性；反之，具有＋I诱导效应的原子或基团，在分子中减弱酸性。比较下列乙酸衍生物的酸性大小：

	HCH_2CO_2H	ICH_2CO_2H	$BrCH_2CO_2H$	$ClCH_2CO_2H$	Cl_2CHCO_2H	Cl_3CCO_2H
pK_a	4.76	3.18	2.90	2.86	1.30	0.64

可以看出，将卤原子引入乙酸的 α-位后，其酸性显著地增强。随着卤原子电负性的增大，－I的诱导效应增强，氯乙酸的酸性比乙酸强约100倍。另外，随着乙酸的 α-位的卤原子的数目的增加，酸性大大增强，三氯乙酸的酸性比乙酸强约10 000倍。再对下列羧酸衍生物的酸性进行比较：

	HCO_2H	CH_3CO_2H	$CH_3CH_2CO_2H$	$CH_3(CH_2)_2CO_2H$	$(CH_3)_3CCO_2H$
pK_a	3.75	4.76	4.87	4.83	5.08

可见，由于甲基是具有＋I诱导效应的基团，从甲酸、乙酸到三甲基乙酸，分子的酸性逐渐减小。但从乙酸、丙酸及丁酸的数据看，烷基碳链的增长，对分子酸性的影响不大。

2) 共轭效应

与诱导效应的作用相似，具有－C共轭效应的原子或基团，将使分子的酸性增强而减弱碱性；反之，具有＋C共轭效应的原子或基团，将使分子的碱性增强而减弱酸性。但一般情况下，共轭效应往往与诱导效应等共同影响着分子的酸碱性。比较苯酚衍生物的酸性：

	OH	OH, CH_3	OH, CH_3	OH, CH_3	OH, NO_2	OH, NO_2	OH, NO_2
pK_a	9.99	10.26	10.0	10.26	7.23	8.40	7.15

甲基是具有＋I诱导效应的基团，所以甲基取代的苯酚的酸性都比苯酚的弱。而邻、对位取代的酸性较间位取代的更弱，是因为在邻对位上，甲基既有＋C的 σ－p 超共轭效应，又有＋I的诱导效应；而间位上仅有＋I的诱导效应。同理，对于硝基取代的苯酚，因为硝基的强吸电子作用，硝基取代的苯酚的酸性都要比苯酚强很多。由于邻、对位上硝基既有－C的共轭效应，又有－I的诱导效应，故其酸性要增强很多。但邻硝基苯酚的酸性弱于对硝基苯酚，这是由于邻硝基苯酚会生成分子内氢键的结果。

同样，共轭效应和诱导效应对取代苯胺的酸碱性，也有相似的影响。

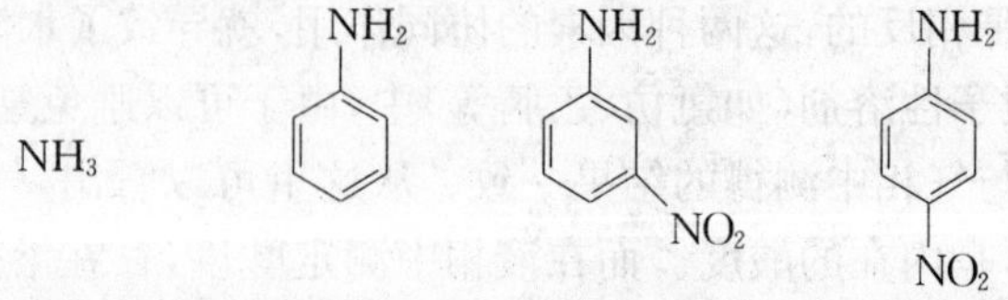

	NH_3	苯胺	间硝基苯胺	对硝基苯胺
pK_b	4.70	9.37	11.55	13.0

共轭效应的影响使得苯胺的碱性比氨弱很多，而硝基的强吸电子作用(−C 和−I)使得硝基苯胺的碱性显著减弱。

3）场效应

场效应是由分子中带偶极的极性键产生的，有人习惯上认为它也是诱导效应。但通过精细的实验可以区分诱导效应与场效应。例如，人们测定了下面两个化合物的 pK_a：

	H, CO_2H	Cl, CO_2H
pK_a	6.04	6.25

氯代酸的酸性不但未增强反而减弱了，这是因为氯原子上负电荷的电场对羧基上氢原子的影响阻止了氢原子变成带正电荷的质子离去。

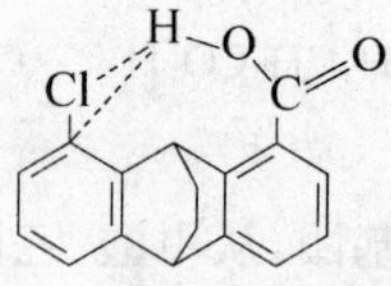

4）立体效应

质子本身很小，在质子的转移过程中很少发生直接的立体位阻，但分子中的立体位阻会通过影响共轭效应，间接地影响酸碱的强度。例如：邻叔丁基苯甲酸的酸性比对叔丁基苯甲酸的强 10 倍，这是因为大体积的叔丁基把羧基挤得偏离了苯环平面，从而减小了共轭效应的影响。

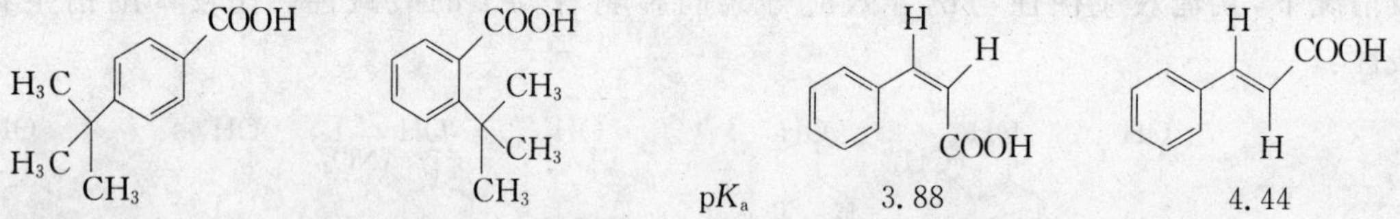

	顺式肉桂酸	反式肉桂酸
pK_a	3.88	4.44

另外，对于 α，β-不饱和酸的顺反异构体，当较大的基团与羧基处在同一侧时，由于两个靠近而产生的空间上的挤压与排斥，使得羧基与双键间的共轭效应受到影响，从而减少了烯键的+C 共轭效应，结果导致顺式肉桂酸的酸性比反式的更强。

5）氢键键合

如果有机分子可以形成分子内的氢键，则会对其酸碱性产生影响。如顺丁烯二酸 pK_{a1} 是 1.94，反丁烯二酸是 3.02。这是因为顺丁烯二酸负离子中，CO_2^- 可以与 CO_2H 形成分子内的氢键，电荷的离域使得负离子的稳定性增大，因而其酸性较强。因为分子内氢键的形成，使得顺丁烯二酸 pK_{a2} 要小于反丁烯二酸，分别是 6.22 和 4.38。

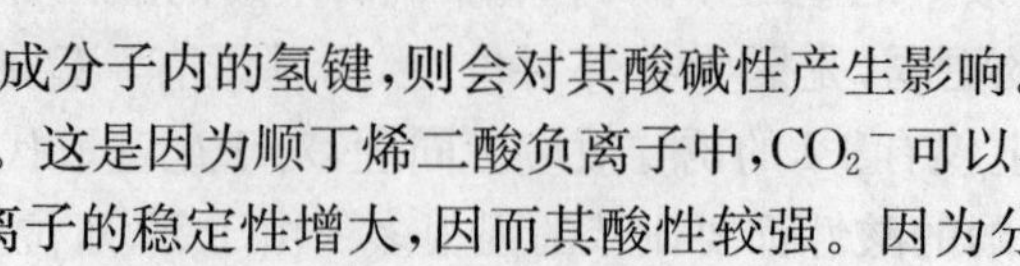

6）元素在周期表中的位置和轨道杂化情况

按照周期表中元素电负性的变化规律，同一周期的元素从左至右酸性依次增加，碱性降低。如：

$$\text{酸性}\quad HF > H_2O > NH_3 > CH_4$$
$$\text{碱性}\quad CH_3^- > NH_2^- > OH^- > F^-$$

而同一族的元素由上自下虽然电负性逐渐降低，但酸性却依次增加，碱性降低。这是因为 I^- 的半径比 F^- 的大，F^- 的电荷更集中易于与质子作用。

$$HI > HBr > HCl > HF$$

从甲烷到乙炔的 pK_a 值可见，虽然它们都是极弱的酸，但随着碳原子杂化轨道中的 s 轨道成分比例的增加，酸性逐渐增强。

	H—CH₃	H—CH═CH₂	H—C≡CH
pK_a	40	36.5	25
C 的轨道杂化	sp^3	sp^2	sp

除了有机化合物的结构和溶剂外，温度对 Brönsted 酸碱的强度也有较大的影响，在给出 pK_a 时需指出测定的温度（一般为 25℃）。此外，当温度不同时，酸碱强度的排序也可能会变化。

5.2 Lewis 酸碱理论

1923 年，G. N. Lewis 以化学键理论为基础，提出了酸碱的电子理论。该理论对酸碱的定义是：凡是能够接受电子对的物质（分子、离子或原子）是酸，凡是能够给出电子对的物质就是碱；换句话说，酸是电子对的接受体，碱是电子对的给予体，而酸碱反应则是酸碱共享电子对的作用。

从上述酸碱定义可知，Lewis 酸碱理论突破了其它理论所要求的某一种离子、元素（如氢元素）或溶剂，而是基于组分和电子对的授受，将更多的物质用酸碱的概念联系了起来，极大地扩展了酸碱的范围。因此 Lewis 酸碱理论又称电子理论，或称为广义酸碱理论。按照电子理论，酸与碱的反应就是在酸碱之间共享电子对，也就是生成配位共价键的过程。

$$\text{酸} + \text{碱} \longrightarrow \text{酸碱加合物}$$
$$BF_3 + NH_3 \longrightarrow F_3B:NH_3$$

该中和反应通过配位作用生成配合物或称酸碱加合物。在酸碱加合物中，BF_3 是酸，NH_3 是碱。酸碱加合物几乎无所不包，凡是正离子或金属离子都是酸，能够与之结合的无论是负离子还是中性分子都是碱。

因此，大多数的无机化合物（如盐、金属氧化物及配合物等），不论处于液态、固态或溶液中，都可看作是酸碱加合物。有机化合物也是如此，依据它们的性质可以设想将有机化合物分解为“酸”和“碱”两个部分。例如，醇（ROH）可以分解为烷基正离子 R^+（酸）和羟基负离子 OH^-（碱）；烷烃也可以认为是由烷基负离子 R^-（碱）和质子 H^+（酸）组成的；还可以把有机分子中电子密度高的原子、重键、芳环等看作是碱，等等。因此，Lewis 酸碱的范围是极为广泛的。例如，在有机化学中，按照电子理论，亲电试剂(E^+)就是 Lewis 酸，而亲核试剂(Nu^-)就是 Lewis 碱。对于卤代烃的亲核取代反应，实际上就是 Lewis 碱的置换反应：

$$CH_3 \vdots X + Nu^- \longrightarrow CH_3 \vdots Nu + X^-$$

酸 碱₁ 碱₂ 酸 碱₂ 碱₁

而芳环上的亲电取代反应，如氯代反应，则可看作是 Lewis 酸的置换反应：

$$Cl_2 + FeCl_3 \longrightarrow Cl^+ + FeCl_4^-$$

$$Cl^+ + C_6H_5 \vdots H \longrightarrow C_6H_5 \vdots Cl + H^+$$

酸₁ 碱 酸₂ 碱 酸₁ 酸₂

Lewis 酸碱理论在有机化学中十分重要，其概念已经成为了解有机化合物和运用有机反应的基础。但是，Lewis 酸碱理论不像 Brönsted 酸碱理论那样，有一个统一的 pK_a 值作为定量比较酸碱强度的标准。虽然人们已经知道，Lewis 酸碱的强弱与反应的对象密切相关，吸(给)电子的能力越强，酸(碱)性就越强，但到目前为止，还未有一个统一的用于定量衡量 Lewis 酸碱强弱的标准。

5.3 软硬酸碱(HSAB)理论

1963 年美国科学家 G. M. Pearson 在研究 Lewis 酸碱的反应活性线性自由能关系和酸碱加合物在水溶液中的稳定性的基础上，通过对大量的热力学、动力学数据的分析和总结，提出了所谓“软”、“硬”酸碱的概念。

(1) 硬酸 受体原子的体积小，具有较高的正电荷，极化度低，用分子轨道理论描述是 LUMO 的能量高。

(2) 软酸 受体原子的体积大，具有较低或零正电荷，极化度高，LUMO 的能量低。

(3) 硬碱 给体原子的体积小、电负性高，极化度低，不易被氧化，其 HOMO 的能量低。

(4) 软碱 给体原子的体积大、电负性低，极化度高，易被氧化，其 HOMO 的能量高。

一般认为，硬性与离子键有关，而软性则与共价键有关。Pearson 总结出的软硬酸碱原理是：硬酸倾向于与硬碱相结合，软酸则倾向于与软碱相结合。简言之就是，“硬亲硬、软亲软，软硬交界就不管”。

与共价键可通过极性键连续过渡到离子键一样，酸碱也可以由很软的酸碱连续过渡到很硬的酸碱。但从前文的介绍可知，软硬酸碱理论是大量实验数据的概括，没有统一的定量标准。因此，有关酸碱的软硬划分，也不是很严格的，是相对的，不是绝对的。表 5.3 列出了一些常见的软硬酸碱。

表 5.3 一些常见的软硬酸碱

硬 酸	交 界	软 酸
H^+，Li^+，Na^+，K^+，	Fe^{2+}，Co^{2+}，Ni^{2+}，Cu^{2+}，Zn^{2+}，	Pd^{2+}，Pt^{2+}，Pt^{4+}，Cu^+，
Be^{2+}，Mg^{2+}，Ca^{2+}，Sr^{2+}，	Rh^{3+}，Ir^{3+}，Ru^{3+}，Os^{2+}，	Ag^+，Au^+，Cd^{2+}，Hg^{2+}，
Sc^{3+}，La^{3+}，Ce^{4+}，Gd^{3+}，	$B(CH_3)_3$，GaH_3，	BH_3，$Ga(CH_3)_3$，GaI_3，
Lu^{3+}，Ti^{4+}，Cr^{6+}，Fe^{3+}，Al^{3+}，	R_3C^+，$C_6H_5^+$，Pb^{2+}，Sn^{2+}，	$:CH_2$，HO^+，RO^+，

(续表)

硬　酸	交　界	软　酸
BF_3, $AlCl_3$, CO_2, SO_3, RCO^+, NC^+, RSO_2^+	NO^+, Bi^{3+}, SO_2,	Br_2, I_2, O, Cl, Br, I, N, M(金属原子)
硬　碱	**交　界**	**软　碱**
NH_3, RNH_2, N_2H_4, H_2O, OH^-, ROH, RO^-, R_2O, $CH_3CO_2^-$, CO_3^{2-}, NO_3^-, SO_4^{2-}, ClO_4^-, F^-, Cl^-	$C_6H_5NH_2$, C_5H_5N, N_2, NO_2, SO_3^{2-}, Br^-	H^-, R^-, CH_2CH_2, C_6H_6, CN^-, CO, RNC, R_2S, RSH, RS^-, I^-

软硬酸碱理论中的“亲”有两层意思，一是指生成的产物的稳定性高，二是指这样的反应速率快。但需要注意的是，酸碱的软与硬不等同于强和弱，即，软和硬与酸碱的强弱不同，不能把它们相提并论。

软硬酸碱理论已经被广泛地应用于无机化学和有机化学中，可以用来说明和解释许多化学现象，比如溶解度的规律、配体选择、催化剂的选择、有机化合物的稳定性以及反应的选择性等，这是该理论最成功的地方。以下举几个例子，说明软硬酸碱理论在有机化学中的应用。

(1) 将有机化合物作为酸碱加合物。按照 Lewis 酸碱理论，多数的有机化合物都可以被看成是酸碱加合物，也就是有机化合物是由 Lewis 酸和 Lewis 碱两部分组成的。如，乙酸乙酯 $CH_3COOC_2H_5$，可以看作是由乙酰基正离子 CH_3CO^+(硬酸)和乙氧基负离子 $^-OC_2H_5$(硬碱)组成的。由表 5.4 知，它们是硬-硬结合。

(2) 说明 CH_3COF 与 CH_3COI 的稳定性。利用软硬酸碱理论，可以判断有机化合物的稳定性。CH_3CO^+ 为硬酸，F^- 为硬碱，而 I^- 为软碱。依据软硬酸碱理论，可以得出 CH_3COF 比 CH_3COI 稳定。同理，可用 HSAB 理论说明 RSI 的稳定性大于 RSF。

(3) 解释有机反应。

$$ClCH_2CH_2Cl \begin{cases} \xrightarrow{EtO^-} CH_2{=}CHCl \\ \xrightarrow[C_6H_5S^-]{} C_6H_5SCH_2CH_2SC_6H_5 \end{cases}$$

1,2-二氯乙烷当 EtO^- 作试剂时发生消除反应，这是因为 EtO^- 是硬碱，而硬碱与质子(硬酸)作用，所以发生消除反应；$C_6H_5S^-$ 是软碱，它进攻碳原子发生 S_N2 亲核取代反应而将 Cl^- 取代。

5.4 超强酸

常见的无机酸和有机酸的酸强度都要比硫酸的弱，100%硫酸的 Hammett 酸函数值为 −11.9，是酸性很强的无机酸。实际上，已经发现有许多的无机酸和有机酸的酸强度要强于硫酸。例如，氟磺酸FSO_3H就被认为是目前最强的质子酸，它的$H_0=-15.6$，还没有其它的质子酸能够使其质子化。因此，人们就把酸性比100%硫酸还强的酸(即$H_0<-11.9$的酸)，叫做超强酸简称超酸(superacid)。FSO_3H能自身进行质子解，负离子FSO_3^-十分稳定：

$$2FSO_3H \rightleftharpoons FSO_3H_2^+ + FSO_3^-$$

当与高价氟化物反应时有：

$$MF_5 + 2FSO_3H \rightleftharpoons FSO_3H_2^+ + MF_5 \cdot FSO_3^-$$

结果表明，将一些强的Lewis酸特别是金属的高价氟化物，如SbF_5，AsF_5和TaF_5等加入到FSO_3H或HF中，可以大大增强其酸性。FSO_3H和SbF_5混合物的酸性要比硫酸强约1亿倍，它可以将放置于其中的蜡烛分解掉。由于蜡烛是高级饱和脂肪烷烃的混合物，性质十分稳定，人们认为能够与蜡烛作用的介质一定有未知的特性，因而称之为魔酸(magic acid)。不过，魔酸也是超酸的一种。表5.4给出了一些质子酸的H_0。

表5.4 一些质子酸的H_0

酸	CF_3CO_2H	HNO_3	HF	H_2SO_4	$C_6F_{13}SO_3H$
H_0	−3.0	−6.3	−10.8	−11.9	−12.3
酸	$ClSO_3H$	$HClO_4$	$C_2F_5SO_3H$	CF_3SO_3H	$H_2S_2O_7$
H_0	−12.8	−13.0	−14.0	−14.1	−14.4
酸	HF/SbF_5(7∶1)	FSO_3H	FSO_3H/SbF_5(1∶1)	HF/SbF_5(1∶1)	FSO_3H/SbF_5(1∶4)
H_0	−15.3	−15.6	−18	−20	−20.6

可见，多数的超酸特别是有机超酸都含有氟原子。一般根据性状，可将超酸分为液体酸和固体酸两类，通常固体超酸的酸性要比液体超酸弱。此外，还有无机超酸和有机超酸之分等。

超酸具有极强的给质子能力，能够使很弱的碱质子化。这种性质使得超酸无论在理论上，还是在实际应用上都具有重要的价值。由于在超酸溶液中只存在很弱的亲核试剂，因而可以生成长寿命、稳定的碳正离子。1962年，G. A. Olah等利用^1H NMR技术，在FSO_3H和SbF_5混合体系中首次观测到了叔丁基碳正离子的存在。从此，使人们对碳正离子(如CH_3^+)、非经典碳正离子(如CH_5^+，见图5.1)等有了深入的认识，解决了一些长期以来化学界争论的问题，为有机化学理论的发展作出了贡献。Olah也由于他在碳正离子方面的出色工作，获得了1994年诺贝尔化学奖。

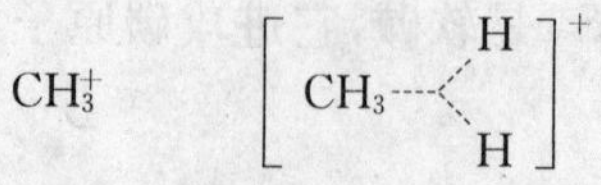

CH_3^+ $\left[CH_3 \cdots \begin{matrix} H \\ H \end{matrix} \right]^+$

图5.1 经典与非经典碳正离子

另一方面，超酸作为高效的催化剂，在工业上已经应用于饱和烃的降解、聚合、异构化、硝化、氧化等反应中。有关超酸的理论和应用研究，一直都受到化学家的重视，已开展了广泛的研究与探索。值得一提的是，近年有关含氟有机超酸的研究，也有了很大的进展。图5.2给出了近年来研究得比较多的几类含氟超酸的代表例子：

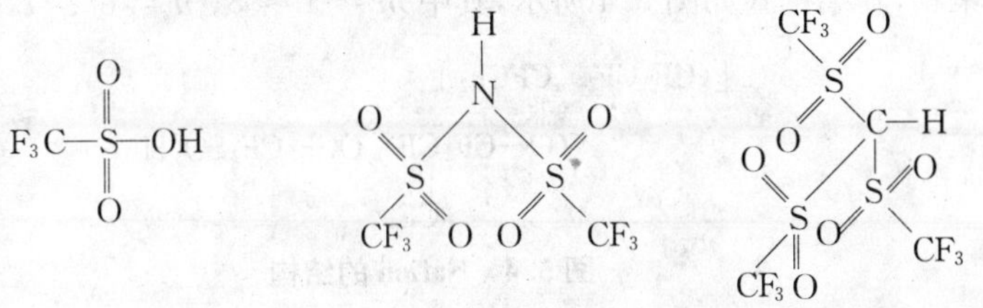

HOT_f　　HNT_{f2}　　HCT_{f3}

图 5.2　含氟有机超酸

它们分别是三氟甲基磺酸 HOT_f、双(三氟甲基磺酰基)亚胺 HNT_{f2} 以及三(三氟甲基磺酰基)甲烷 HCT_{f3}(T_f 代表三氟甲基磺酰基 CF_3SO_2)。这几类化合物又有人称之为含氟氧超酸、氮超酸以及碳超酸。可以看出，这些分子中都含有三氟甲基磺酰基，该取代基具有很强的 —C 共轭效应，可以使中心原子上的负电荷高度地离域而分散在整个离子中。图 5.3 以亚胺阴离子为例，说明负电荷的离域情况。

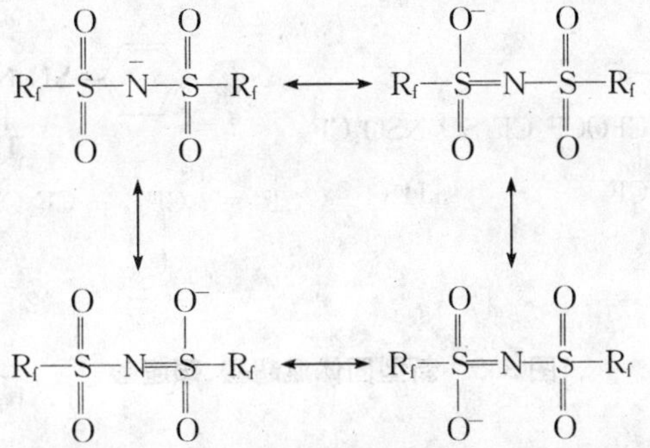

图 5.3　全氟烷基(R_f)磺酰亚铵阴离子共振结构式

由于负电荷的高度离域和分散，这些化合物的阴离子十分稳定(称为弱配位有机阴离子，weakly coordinating organic anion)，它们的中性分子就具有很强的给质子能力，因而表现出极强的 Brönsted 酸性。I. A. Koppel 等测定了这些化合物的气相 Brönsted 酸强度，得出了以下次序：

$$(C_4F_9SO_2)_2NH > (CF_3SO_2)_3CH > (CF_3SO_2)_2NH > CF_3SO_2OH$$

结果显示，$(C_4F_9SO_2)_2NH$ 是在这些有机超酸中最强的 Brönsted 酸性。而在三氟甲基磺酰基 CF_3SO_2 取代的超酸中，碳超酸的酸性强于氮超酸，而氮超酸的酸性又强于氧超酸(即三氟甲基磺酸)。

CF_3SO_2OH 作为全氟烷基磺酸的代表，其本身以及它的衍生物已经在有机合成、有机催化以及材料化学等方面得到了广泛的研究与应用。近年来，有关含氟氮超酸和碳超酸的研究报道也在不断地增多。由于这些大体积、弱配位的有机阴离子展现出了十分优越的化学和电化学稳定性，因而除了它们自身作为 Brönsted 酸应用外，其衍生物在新型、高效 Lewis 酸催化剂、锂离子电池电解质材料以及高性能离子液体的合成制备等方面，也显示出了十分诱人的应用前景。

另一方面，以 Nafion 为代表的有机固体超酸也有很大的发展。Nafion 是 1973 年由美国杜邦公司开发的全氟烷基磺酸树脂(Nafion H 树脂),是一种四氟乙烯与全氟-2-(磺酸乙氧基)丙基乙烯基醚的共聚物,其结构式如图 5.4 所示,其中 $m=1\sim3$, $n=6\sim7$, x 约为 1 000。

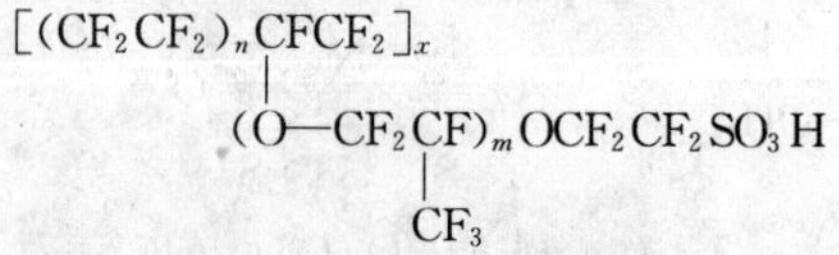

$$\left[(CF_2CF_2)_nCFCF_2\right]_x \quad (O-CF_2CF(CF_3))_mOCF_2CF_2SO_3H$$

图 5.4 Nafion 的结构

Nafion 树脂具有很高的热稳定性(<280℃)和很强的酸性 ($H_0\approx-12$),与 100%硫酸相当,是一类有机固体超强酸(氧超酸)。用全氟烷基磺酸树脂制成的离子交换膜在电解工业、燃料电池以及强酸催化剂等方面已经得到应用。

最近,人们在不断改进和提高 Nafion 树脂性能的同时,也在研发新型的固体有机含氟氮超酸、碳超酸。图 5.5 中的1是与 Nafion 结构相似的有机固体氮超酸。化合物2、3是分别将含氟氮超酸和碳超酸接到聚苯乙烯骨架上形成的有机固体超酸。它们具有很高的化学稳定性和热稳定性,作为新型固体酸催化剂已经应用于许多的有机合成反应,并取得了很好的效果。其中,3被认为是目前最强的有机固体酸。

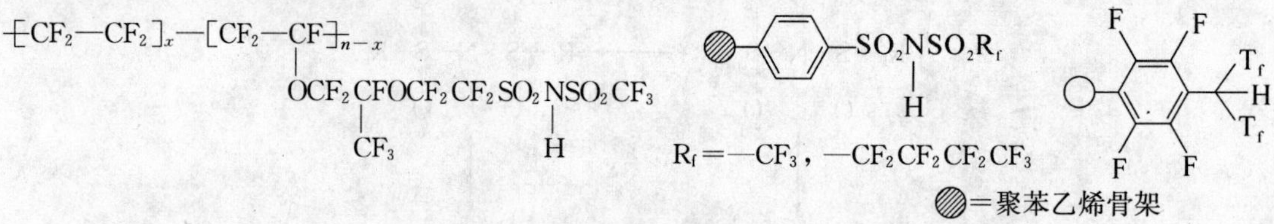

$$\left[CF_2-CF_2\right]_x-\left[CF_2-CF(OCF_2CF(CF_3)OCF_2CF_2SO_2NHSO_2CF_3)\right]_{n-x}$$

1

2: ●—C₆H₄—$SO_2NHSO_2R_f$, $R_f=-CF_3,\ -CF_2CF_2CF_2CF_3$

3: ○—C_6F_4—$CH(T_f)_2$

●=聚苯乙烯骨架

图 5.5 新型固体氮超酸、碳超酸

习 题

5-1 试比较下列化合物的酸性大小。

(1) 乙酸 乙醚 苯酚 碳酸

(2) 乙酸 氨水 水

(3) 乙醇 乙酸 环戊二烯 乙炔

(4) 苯酚 邻硝基苯酚 间硝基苯酚 2,4-二硝基苯酚

(5) HCOOH CH_3COOH $(CH_3)_2CHCOOH$ $(CH_3)_3CCOOH$

(6) FCH_2COOH $ClCH_2COOH$ $BrCH_2COOH$ ICH_2COOH

(7) m-甲氧基苯甲酸 p-甲氧基苯甲酸与苯甲酸

5-2 试比较下列化合物的碱性大小。

(1) 胺 乙胺 二乙胺 二苯胺

(2) NH_4Cl $(CH_3)_2NH$ NH_3 CH_3NH_2

(3) CH_3^- CH_3O^- $HC\equiv C^-$

(4) CH_3O^- $(CH_3)_3CO^-$ $(CH_3)_2HCO^-$

5-3 指出下列化合物中,哪些是 Lewis 酸,哪些是 Lewis 碱?

NH_3 CH_3O^- BF_3 Et_2O $AlCl_3$ $^+NO_2$

5-4 试将下列有机化合物分为酸和碱两个部分。

乙醇 乙酸 环戊二烯 乙炔

5-5 试用 HSAB 理论解释。

(1) 为什么 CH_3COOR 比 CH_3COSR 稳定？

(2) CF_3^+、CH_3^+、F^-、I^- 这些正负离子间，哪些可以形成稳定的化合物，为什么？

(3) $$RMgX \begin{cases} \xrightarrow{ClCN} RCN + MgXCl \\ \xrightarrow{ICN} RI + MgXCN \end{cases}$$ 为什么？

第6章 碳氢键的化学

烷烃分子由C—C和C—H两种σ键连接而成，这两种共价键的平均键能相当高，分别为347.3 kJ/mol和414.2 kJ/mol，因此具有很高的热稳定性和化学稳定性。烷烃分子在一般条件下不易分解，只有在高温下才会发生C—C σ键的均裂，这种过程称为高温裂解。高温裂解反应是炼油工业的基本反应，可以将原油中碳链较长的烷烃裂解成日常生活中更需要的汽油组分(C_6～C_9)。裂解一般在5 MPa及500～600℃下进行。在室温下，烷烃与许多化学试剂，包括强酸、强碱以及强氧化剂，都不会发生化学反应。因此，一些低沸点的饱和烷烃，如石油醚和正己烷等，常可以作为溶剂使用，而沸点较高的饱和烷烃则可以作为润滑剂使用。饱和烷烃只有在光照或催化剂存在下，才能发生一些化学反应。

尽管烷烃分子内的C—H键相当稳定，一般不易发生化学反应。但C—H键一旦与其它杂原子或不饱和键相连接时，由于受到这些基团的电子效应的影响，其热稳定性和化学性质都将发生显著的变化。例如，醚类化合物的α-氢易发生自氧化反应，烯丙位和苄位的氢原子易发生自由基取代反应，羰基化合物的α-氢因具有较强的酸性，易与碱发生质子交换反应等。

另一方面，碳原子的杂化轨道性质对碳氢键的性质也有很显著的影响。与p轨道相比较，s轨道上的电子更接近原子核。一个杂化轨道的s成分愈多，则此杂化轨道上的电子也愈靠近原子核。实际上，乙炔的C—H键的键长(0.106 nm)比乙烯和乙烷的C—H键的键长(分别为0.108 nm和0.110 nm)要短一些。由于sp杂化轨道较靠近碳原子核，sp杂化的碳原子表现出较强的电负性。因此，碳原子以sp杂化轨道参与组成的C—H共价键的电子云更偏向碳原子核一边，使得乙炔比乙烯具有更强的酸性。

为了清楚地了解碳氢键的化学性质以及不同基团的影响规律，本章将分别介绍不同结构类型的碳氢键的化学反应行为。

6.1 与烷基相连的碳氢键

由于碳原子与氢原子的电负性十分接近(分别为2.2和2.1)，饱和碳氢化合物的C—H键的极性很小，这些氢原子显示出很弱的酸性，一般不易与碱发生酸碱反应。

6.1.1 卤代反应

烷烃与氯气在光照或高温下可以迅速反应，导致其分子中的氢原子被氯原子所取代。这种氢原子被卤素取代的反应叫做卤代反应(halogenation)。

工业上已经利用甲烷的氯代反应来生产甲烷的各种氯代产物。甲烷与氯气虽然在黑暗中不发生反应，但在强日光照射下会产生猛烈的放热反应，甚至发生爆炸，生成氯化氢和碳。在漫射光或热引发下，甲烷与氯气则能以可控的氯代反应形成氯甲烷和氯化氢。

$$CH_4 + Cl_2 \longrightarrow CH_3Cl + HCl$$

氯甲烷在反应过程中能进一步发生氯代反应,生成二氯甲烷、三氯甲烷(氯仿)和四氯化碳。

$$CH_3Cl + Cl_2 \longrightarrow CH_2Cl_2 + CHCl_3 + CCl_4 + HCl$$

混合产物中这四种氯代烷烃的组成在很大程度上受到反应条件以及起始原料的物质的量配比的影响。使用过量的氯气会导致多氯代烃的比例上升。

甲烷的氯代反应被认为是一种由自由基引发的反应。首先,氯气分子在光照或加热下吸收能量后发生裂解,形成氯原子。

$$Cl_2 \longrightarrow 2Cl\cdot$$

这种组成共价键的原子各带一个电子的裂解方式,称为均裂。由均裂产生的含一个未成对电子的原子或原子团,称为自由基或游离基。氯自由基非常活泼,具有强烈地获取一个电子形成八隅体电子层结构的倾向。因此,它一经产生,在与甲烷分子碰撞过程中,会夺取甲烷分子中的一个氢原子,形成氯化氢和另一个新的自由基,即甲基自由基。

$$CH_4 + Cl\cdot \longrightarrow CH_3\cdot + HCl$$

甲基自由基比氯原子更加活泼,在与氯气分子碰撞时,易夺取一个氯原子形成氯甲烷和新的氯原子。

$$CH_3\cdot + Cl_2 \longrightarrow CH_3Cl + Cl\cdot$$

新的氯原子又可以重复进行攫氢反应,新产生的甲基自由基也可以重复发生攫氯反应。像这种每一步基元反应都产生一个新的自由基,因而一经引发,反应就可以不断重复进行下去的反应过程,称为链式反应。由自由基引发产生的链式反应,又称为自由基链式反应(Radical chain reaction)。

链式反应一般由链的引发(initiation)、增长(propagation)和终止(termination)三个阶段组成。在甲烷的氯代反应中,氯原子的产生过程属于链的引发阶段,氯原子的攫氢反应和甲基自由基的攫氯反应属于链的增长或传递阶段。一旦反应体系中起始原料被大量消耗后,自由基之间的碰撞概率就会增加,两个自由基间的碰撞会形成新的共价分子,这种过程称为自由基的偶联反应(coupling reaction)。例如,氯原子与甲基自由基自身和相互间的偶联反应可导致氯气、氯甲烷或乙烷的生成。

$$Cl\cdot + Cl\cdot \longrightarrow Cl_2$$

$$CH_3\cdot + Cl\cdot \longrightarrow CH_3Cl$$

$$CH_3\cdot + CH_3\cdot \longrightarrow CH_3{-}CH_3$$

这种自由基的偶联反应会很快消耗掉反应体系中的自由基,使链式反应无法继续,进入终止阶段。

与甲烷类似,其它碳氢化合物与氯气也可以发生类似的自由基链式反应。由于伯、仲、叔碳相对应的碳氢键的离解能不同,这些氢原子在反应时会显示出不同的反应活性。例如,丙烷的氯代反应可以生成两种单氯代丙烷。尽管丙烷分子内伯氢与仲氢的数目之比为 3∶1,相应的取代产物物质的量比却为 43∶57。

$$CH_3CH_2CH_3 + Cl_2 \xrightarrow[CCl_4,\ 25℃]{光照} \underset{43\%}{CH_3CH_2CH_2Cl} + \underset{57\%}{CH_3CHClCH_3}$$

与此类似，异丁烷的氯代反应也可以生成两种单氯代产物。异丁烷分子中伯氢与叔氢的数目之比为 9∶1，单氯代产物的物质的量比却为 64∶36。

$$(CH_3)_3CH + Cl_2 \longrightarrow \underset{64\%}{ClCH_2CH(CH_3)_2} + \underset{36\%}{(CH_3)_3CCl}$$

为了更确切地比较伯、仲、叔三种氢的相对反应活性，可以假设伯氢原子的活性为 1，仲氢原子和叔氢原子的相对活性分别为 x_1 和 x_2。由于伯、仲、叔三种氢的数量不同，x_1 和 x_2 可以由下式计算。

因为 $2x_1/6 = 57/43$，所以 $x_1 = 3.98$；同样的，因为 $x_2/9 = 36/64$，所以 $x_2 = 5.06$。

		键离解能(kJ/mol)	相对活性
伯氢	$CH_3CH_2CH_2—H$	410	1
仲氢	$(CH_3)_2CH—H$	395	4
叔氢	$(CH_3)_3C—H$	380	5

由此可见，烷烃中氢原子的反应活性大小顺序是：叔氢＞仲氢＞伯氢。

烃类化合物与氟气会发生爆炸性放热反应，反应很难控制。而与碘基本上不发生反应。在光、热和自由基引发剂的作用下，烃类化合物也可以与溴发生较缓慢的溴代反应。溴的反应活性比氯低，因而在与不同类型的氢原子发生取代反应时，显示出更高的位置选择性。因此，溴代反应在有机合成中有更多的应用。例如，异丁烷与溴反应时，几乎只发生了叔氢的取代反应，形成占绝对优势的溴代叔丁烷。

$$(CH_3)_3CH + Br_2 \xrightarrow[127℃]{日光} \underset{>99\%}{(CH_3)_3CBr} + \underset{<1\%}{(CH_3)_2CHCH_2Br}$$

6.1.2 热裂反应

烷烃分子中的碳氢键与碳碳键在高温及无氧条件下会发生均裂反应，这一反应称为热裂反应。例如：

$$CH_3—CH(H)—CH_2(H) \xrightarrow{(a)} CH_3CH=CH_2 + H_2$$

$$CH_3—CH(H)—CH_2(H) \xrightarrow{(b)} CH_4 + CH_2=CH_2$$

催化裂化是在热裂化工艺上发展起来的，是提高原油加工深度，生产优质汽油、柴油最重要的工艺操作。原料油主要是原油蒸馏或其它炼油工艺的 350～540℃馏分的重质油，催化裂化工艺由三部分组成：原料油催化裂化、催化剂再生、产物分离。催化裂化所得的产物经分馏后可得到气体、汽油、柴油和重质馏分油。有部分油返回反应器继续加工称为回炼油。

6.1.3 氧化反应

通常情况下,绝大多数烷烃与氧气不发生反应。如果点火引发,烷烃可以燃烧生成二氧化碳和水,同时放出大量的热,是一种优良的燃料。

$$C_nH_{2n+2} + \frac{3n+1}{2}O_2 \xrightarrow{\text{燃烧}} nCO_2 + (n+1)H_2O + \text{热量 } Q$$

$$C_6H_{14} + 9\frac{1}{2}O_2 \longrightarrow 6CO_2 + 7H_2O + 4\,138\ \text{kJ/mol}$$

烷烃分子中 C—H 键的氧化较难进行。目前,已经知道一些有机酸锰盐或钴盐可以催化饱和脂肪烃的氧化反应,分子氧或空气中的氧气作为氧化剂。例如,长链烷烃在锰盐催化下,可以被氧气氧化,形成高级脂肪酸,其中 C_{10}～C_{20} 的脂肪酸可以代替天然油脂制取肥皂。

$$RCH_2CH_2R' \xrightarrow[\text{Mn 盐},1.5\sim3\ \text{MPa}]{O_2,\ 120^\circ C} RCOOH + R'COOH$$

从 20 世纪 80 年代起,发达国家就开始大量从事碳氢化合物的选择性氧化的研究,直至目前它仍是全球许多化学家面临的具有挑战性的难题。不过,近年来有关这方面的研究已取得一定的进展。在特定过渡金属催化剂作用下,控制一定的反应条件,也能使烷烃进行选择性氧化,这一过程可用于工业上生产含氧衍生物的化工原料。例如,环己烷的液相氧化反应可以用于合成环己酮以及己二酸。一些过渡金属盐,如铁、钴或锰盐的存在可以明显加速烃类化合物的氧化反应过程。在这些液相氧化反应中,氧化一般被认为是按自由基反应历程进行的。

环己烷 $\xrightarrow[\text{Fe 系催化剂}]{O_2}$ 环己醇(OH) $\longrightarrow$ 环己酮(O) $\longrightarrow$ 己二酸(CO_2H, CO_2H)

此外,异丁烷与氧气在溴的存在下共热,会形成应用较广的叔丁基过氧化氢,反应是通过自由基历程进行的。

6.1.4 酶促氧化反应

尽管烷烃的选择性催化氧化在实验室中较难实现,目前已发现在甲烷单加氧酶的催化下,甲烷可以高选择性地氧化成甲醇。

对于某些特定的烃类化合物,用化学氧化剂很难进行的选择性氧化,利用生物氧化的方法,则可以得到高区域选择性和立体选择性的氧化产物。例如在药物分子可的松的合成中,孕酮 11 位碳氢键在微生物催化下易发生高区域选择性羟基化反应,在黑根霉菌(*rhizopus nigrieans*)作用下可得到 11-α-羟基化合物,而在布氏小克银汉菌(*cunnighamilla blakesloaus*)作用下则得到 11-β-羟基化合物。

11-β-羟基孕酮 $\xleftarrow{\textit{cunnighamilla blakesloaus}}$ 孕酮 $\xrightarrow{\textit{rhizopus nigrieans}}$ 11-α-羟基孕酮

光学活性的β-羟基异丁酸是一些维生素、香料和抗生素的合成原料，目前已经可以通过微生物催化的异丁酸的不对称羟化反应来制备，其中假丝酵母属(*candida*)微生物具有良好的催化性能。

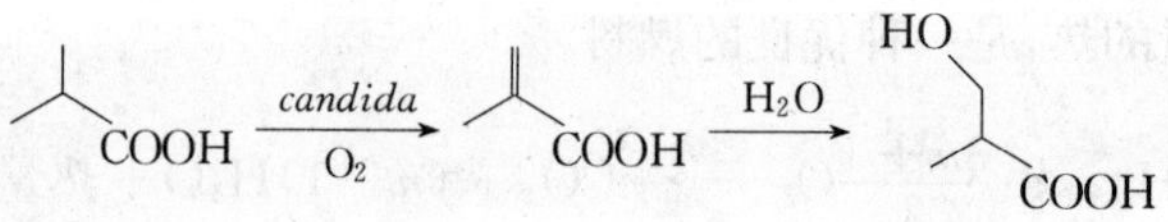

恶臭假单胞菌(*pseudomonas*)在室温下可以催化2-乙基苯甲酸的生物氧化，得到高光学纯度的内酯化合物。

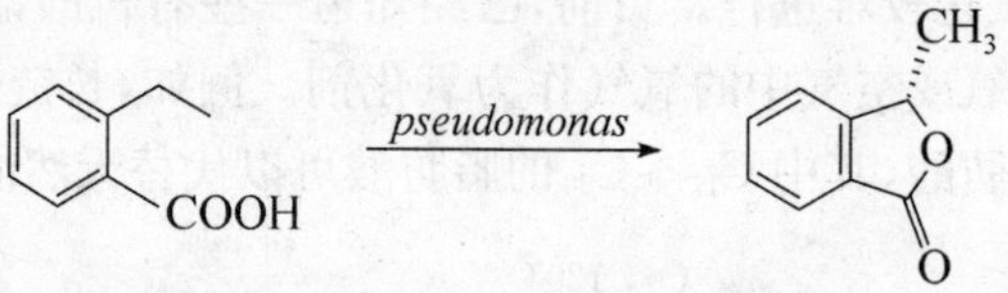

另外，目前已经发现，在地层浅处存在一种以石油这种烃类化合物为食物的细菌。这种细菌对烃类化合物具有很好的氧化能力，故被称为烃氧化菌。迄今，烃氧化菌的氧化机理尚不清楚。由此可见，虽然烃类化合物很难被通常的化学氧化剂选择性氧化，但是自然界确实存在一些能在温和条件下氧化碳氢化合物的微生物。

6.2 与杂原子相连的碳氢键

杂原子的存在对C—H键的化学性质有较大的影响。对电负性较大的杂原子而言，其吸电子诱导效应的作用结果是促使C—H σ键的电子云密度和键能降低，使C—H键更易发生异裂和均裂反应。

6.2.1 与碱的反应

仅与一个中性杂原子相连的C—H键的氢原子酸性相当弱，通常不易与碱直接发生质子交换反应。与一个带正电荷的杂原子，如硫或磷，连接的C—H键的氢原子酸性较强，可以与NaH、$NaNH_2$或丁基锂等强碱发生酸碱反应。与两个含有空3d轨道的中性杂原子，如硫，连接的C—H键的氢原子也可以被上述强碱夺取。例如：

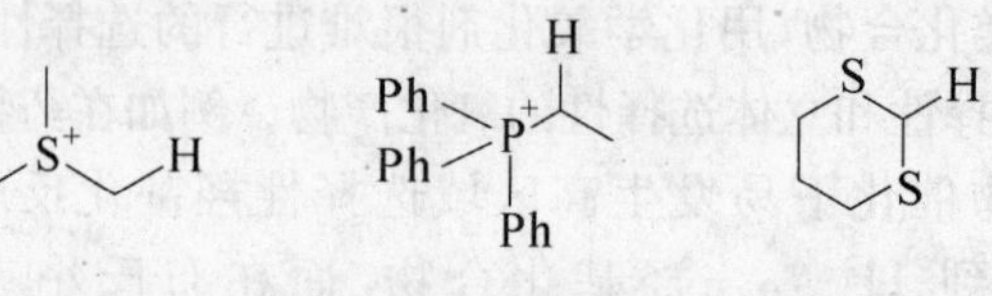

仅与两个卤素原子相连的C—H键的氢原子酸性相当弱。例如，二氯甲烷通常很难与碱发生质子交换。但是，与三个卤素连接的C—H键的氢原子酸性明显增强。卤仿的氢原子可以被NaOH等强碱夺取，形成三卤甲基负离子。

6.2.2 卤代反应

与一个中性杂原子相连的C—H键因键能较低，其氢原子易被各种自由基攫取，形成碳中心自由基。这种自由基可以与杂原子的p或d轨道发生离域作用，稳定性有所提高。因此，在与卤素发生自由基链式反应时,处于杂原子 α 位的碳氢键的反应活性明显高于普通的碳氢键。例如,1,1-二氯乙烷与氯气进行氯代反应时,可以选择性地形成 1,1,1-三氯乙烷为主的产物。

$$Cl_2CHCH_3 + Cl_2 \longrightarrow Cl_3CCH_3 + HCl$$

由于上述原因,利用烷烃的卤代反应制备单取代的卤代烷时,一般需要使用过量的烷烃。

6.2.3 自氧化

人们发现,乙醚或四氢呋喃在空气中放置时间较长时,会产生过氧化物。这是因为醚键中的氧原子的吸电子诱导效应使 α 位的 C—H 键的氢原子活性增加,在空气中的氧气作用下,易发生氧化反应,其 C—H 键自动地被氧化成 C—O—O—H 基团,这种过程被称为自氧化反应(autooxidation)。异丙醚比乙醚更容易发生自氧化反应。

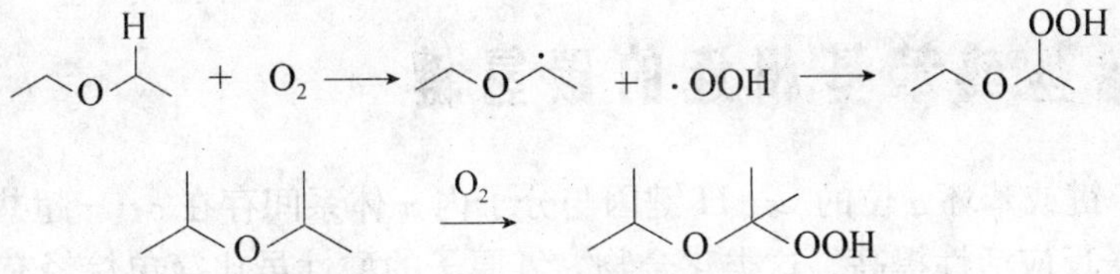

H O + O_2 ⟶ O· + ·OOH ⟶ O OOH

O $\xrightarrow{O_2}$ O OOH

这种过氧化物不稳定,受热时易分解而发生强烈爆炸。因此醚类一般存放在深色的玻璃瓶内,或加入对苯二酚等抗氧化剂保存。在蒸馏乙醚时注意不要蒸干,蒸馏前必须检验是否有过氧化物。常用的检查方法是用碘化钾淀粉试纸,若存在过氧化物,试纸显蓝色。除去乙醚中过氧化物的方法是向其中加入硫酸亚铁或亚硫酸钠等还原剂以破坏过氧化物。

6.2.4 1,2-消除反应

当杂原子连结在 C—H 键的 β 位上时,在特定反应条件下会发生 1,2-消除反应。例如,卤代烃、醇及其衍生物在酸碱催化下会发生消除反应,形成烯烃。例如:

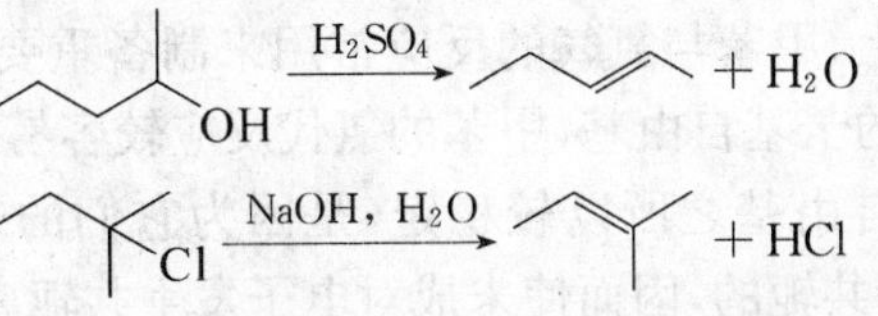

OH $\xrightarrow{H_2SO_4}$ + H_2O

Cl $\xrightarrow{NaOH,\ H_2O}$ + HCl

这种发生在相邻两个碳原子上的消除过程称为 1,2-消除反应,其一般反应过程可以下述方程式表示。

碱催化:

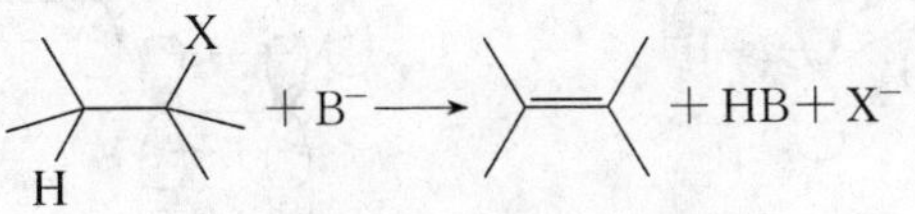

X H + B^- ⟶ + HB + X^-

酸催化:

X H $\xrightarrow{H^+}$ + HX

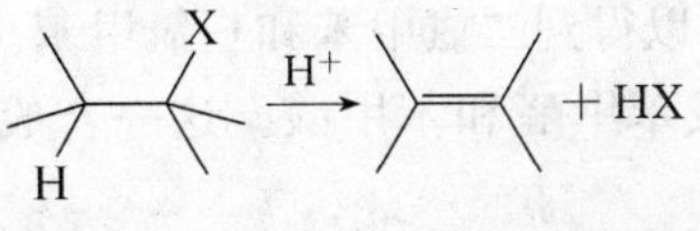

卤代烃在碱催化下易发生消除反应,根据反应机理的不同,消除反应可以细分为单分子消

除反应(E1)和双分子消除反应(E2)。

E1 机理：

X, H ⟶ H $+ X^- \longrightarrow$ $+ HX$

E2 机理：

$B+$ X, H ⟶ X, B---H ⟶ $+ HB^+ + X^-$

在酸催化下，醇易发生 1,2-消除反应，也称为脱水反应。根据具体情况，反应可以分别按 E1 或 E2 机理进行。

醇的衍生物，如羧酸酯或磺酸酯，则较易在碱催化下发生消除反应。

6.3 与烯基或苯基相连的碳氢键

处于 C═C 键或苯环 α 位的 C—H 键因与分子内 π 体系间存在 σ-π 超共轭作用，键能有所降低，α 氢原子反应活性提高。这类化合物 α 氢原子的酸性虽比简单烷烃有所增加，但仍然很弱。而在自由基反应中，这类 C—H 键的反应活性明显高于简单烷烃的 C—H 键。

6.3.1 卤代反应

与烯键或芳环等不饱和键相连的碳氢键，其反应活性比简单烷烃的碳氢键更高。工业上，丙烯与氯气的反应常用来制备重要的化学中间体烯丙基氯。反应被认为是按自由基链式机理进行的。由于 α-氢原子被氯原子夺取后，可以形成较稳定的烯丙基自由基。

$$CH_2 = CHCH_3 + Cl_2 \longrightarrow CH_2 = CHCH_2Cl$$

具有 α-氢的烷基苯在较高温度或光照射下，与氯气可以发生侧链氯代反应，反应也是按自由基链式机理进行的。工业上，甲苯与氯气的反应常用来制备重要的化学中间体氯化苄。由于反应过程中形成了较稳定的苄基自由基，甲苯的氯代反应较容易控制在一氯代产物阶段。

烯丙基自由基与苄基自由基之所以较稳定，是因为它们的未成对电子所处的 p 轨道与 C═C键或苯环的大 π 键是共轭的，因而使未成对电子发生共轭离域。

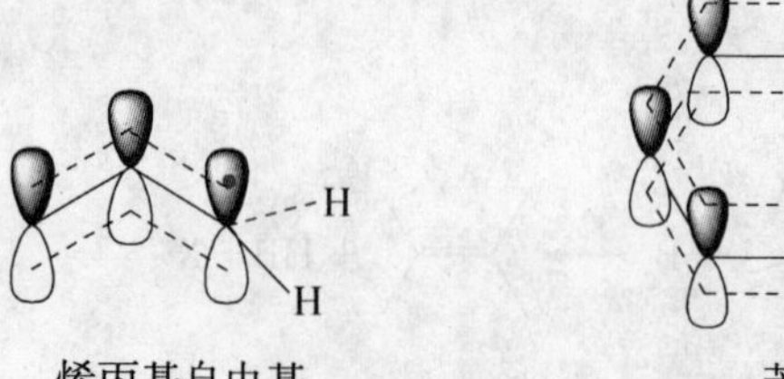

烯丙基自由基　　　　苄基自由基

甲苯与过量的氯气反应，可以得到二氯甲苯和三氯甲苯。二氯甲苯和三氯甲苯分别在碱作用下可以发生水解反应，形成苯甲醛和苯甲酸。这一合成工艺已经在工业化生产中得到应用。

除了溴外，N-溴代琥珀酰亚胺(NBS)是实验室制备溴代烃的常用试剂。在过氧化苯甲酰或偶氮二异丁腈等自由基引发剂作用下,NBS可以与许多含α-活泼氢的烯烃和芳香烃化合物发生自由基链式溴代反应。例如:

$$CH_3CH{=}CH_2 + \text{NBS} \xrightarrow[CCl_4]{(PhCO_2)_2} BrCH_2CH{=}CH_2 + \text{(succinimide) N—H}$$

$$\text{4-}H_3C\text{-}C_6H_4\text{-}COOH + \text{NBS} \xrightarrow[CCl_4]{(PhCO_2)_2} \text{4-}BrH_2C\text{-}C_6H_4\text{-}COOH + \text{(succinimide) N—H}$$

具体反应过程如下所示。

引发阶段:

$$(PhCO_2)_2 \xrightarrow{\text{加热}} 2PhCOO\cdot$$

$$PhCOO\cdot + \text{(succinimide) N—Br} \longrightarrow PhCOOBr + \text{(succinimide) N}\cdot$$

增长阶段:

$$\text{(succinimide) N}\cdot + CH_2{=}CHCH_3 \longrightarrow \text{(succinimide) N—H} + CH_2{=}CHCH_2\cdot$$

$$CH_2{=}CHCH_2\cdot + \text{(succinimide) N—Br} \longrightarrow CH_2{=}CHCH_2Br + \text{(succinimide) N}\cdot$$

终止阶段:

$$\text{(succinimide) N}\cdot + CH_2{=}CHCH_2\cdot \longrightarrow \text{(succinimide) N—}CH_2CH{=}CH_2$$

NBS的反应活性比溴低,在通常条件下不能用于与简单烷烃的溴代反应。

6.3.2　自氧化

处于C═C键或苯环α位的C—H键较易受到自由基的进攻,发生自氧化。例如,油酸分子含有双键,在空气中长期放置时能发生自氧化作用,局部转变成含羰基的物质,有腐败的哈喇味,这是油脂变质的原因。

$$CH_3(CH_2)_7CH{=}CHCH_2(CH_2)_6COOH \xrightarrow{O_2} CH_3(CH_2)_7CH{=}CH\underset{}{\overset{OOH}{C}}H(CH_2)_6COOH$$

$$\xrightarrow{-H_2O} CH_3(CH_2)_7CH{=}CHC(=O)(CH_2)_6COOH \xrightarrow{ROOH} CH_3(CH_2)_7\text{—}CH(\text{—O—})CH\text{—}C(=O)\text{—}(CH_2)_6COOH$$

植物油分子中含有大量的C═C双键，易发生自氧化反应被认为是其氧化稳定性差的主要原因。尤其是含2～3个双键的亚油酸或亚麻酸组分，在氧化初期就被迅速氧化，同时对以后的氧化反应起引发作用。油酸的自氧化过程形成了较稳定的烯丙基自由基。植物油的自氧化也是一种链反应。在光、热和金属催化剂的作用下，少数被活化的酯基首先与氧作用，生成强氧化能力的过氧化物或过氧化自由基，过氧化自由基夺取C═C上α-位上的氢，生成氢过氧化物ROOH及烷基自由基R·。烷基自由基很快又与氧反应生成另一过氧自由基，从而形成链式反应过程。加入酚类抗氧剂，可提供一个活泼的氢原子给氧化初期生成的活泼过氧自由基，从而生成较稳定的酚氧自由基，使链反应终止。

由于氧气分子是自然界最绿色环保的氧化剂，烃类化合物的自氧化反应已经在工业上得到很好的应用。例如，异丙苯液相自氧化反应形成异丙苯基过氧化氢，后者在酸催化下可以转化为苯酚和丙酮，这一反应是工业上合成苯酚的方法之一。

$$C_6H_5CH(CH_3)_2 \xrightarrow{O_2} C_6H_5C(CH_3)_2OOH \xrightarrow[H_2O]{H_2SO_4} C_6H_5OH + CH_3COCH_3$$

6.3.3 氧化反应

与饱和烃相比，处于不饱和键α-位的碳氢键的氧化反应较易发生。烷基苯与一些强无机氧化剂，如高锰酸钾、重铬酸盐等反应时，侧链烷基易被氧化成羰基或羧基。例如：

$$C_6H_5COCH_3 \xleftarrow[90℃]{(NH_4)_2Ce(NO_3)_6/HNO_3} C_6H_5CH_2CH_3 \xrightarrow[加热]{KMnO_4} C_6H_5COOH$$

$$o\text{-}C_6H_4(CH_3)_2 \xrightarrow[加热]{10\%HNO_3} o\text{-}CH_3C_6H_4COOH$$

$$C_6H_5CH_3 \xrightarrow{CrO_3/Ac_2O} C_6H_5CH(OAc)_2 \xrightarrow{H_2O} C_6H_5CHO$$

$$C_6H_5CH_3 \xrightarrow[回流]{(NH_4)_2Ce(NO_3)_6/HOAc} C_6H_5CH_2OCOCH_3$$

在特定条件下，烯烃的α-氢原子可以被氧气氧化。例如：

$$CH_2{=}CH\text{—}CH_3 + O_2 \xrightarrow[370℃]{CuO} CH_2{=}CH\text{—}CHO + H_2O$$

$$CH_2{=}CH\text{—}CH_3 + 3/2\ O_2 \xrightarrow[400℃]{MoO_3} CH_2{=}CH\text{—}COOH + H_2O$$

丙烯的另一个特殊氧化反应是在氨的存在下的氧化反应，称为氨氧化反应，它是工业上制备丙烯腈的重要方法。

$$CH_2=CH-CH_3+NH_3+3/2\ O_2 \xrightarrow[470℃]{磷钼酸铋} CH_2=CH-CN+3H_2O$$

烯丙位 α-氢能被过量的 CrO_3-吡啶配合物(Collins 试剂)氧化成 α,β-不饱和酮。例如:

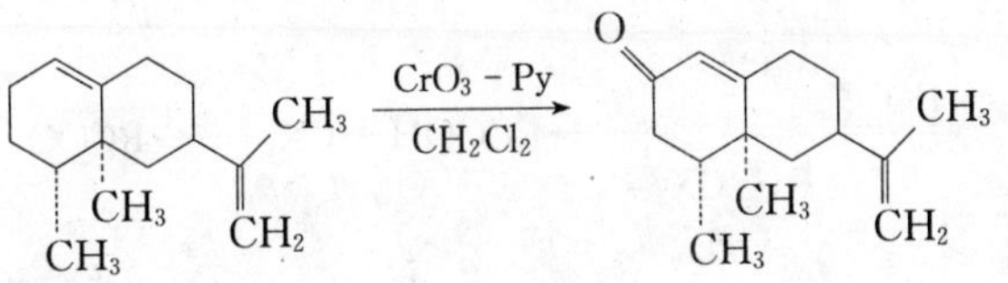

$$\xrightarrow[CH_2Cl_2]{CrO_3-Py}$$

6.4 与羰基相连的碳氢键

6.4.1 与碱的反应

由于羰基的强吸电子效应的作用,许多羰基化合物的 α-氢都显示出一定的酸性,可以与碱反应形成相应的碳负离子。硝基为吸电子能力更强的取代基,硝基甲烷的 pK_a 值高达 11。这些碳负离子作为常见的亲核试剂,可以参与各种类型的亲核取代反应或亲核加成反应。

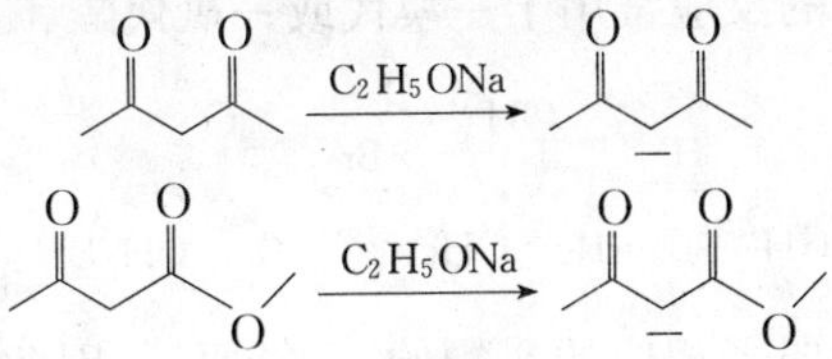

$$\xrightarrow{C_2H_5ONa}$$

$$\xrightarrow{C_2H_5ONa}$$

6.4.2 亲电卤代反应

具有 α-氢的醛、酮以及羧酸与卤素分子在酸碱催化下可以发生 α-卤代反应。在这类反应中,卤素分子作为亲电试剂参与反应,所以称为亲电卤代反应。例如:

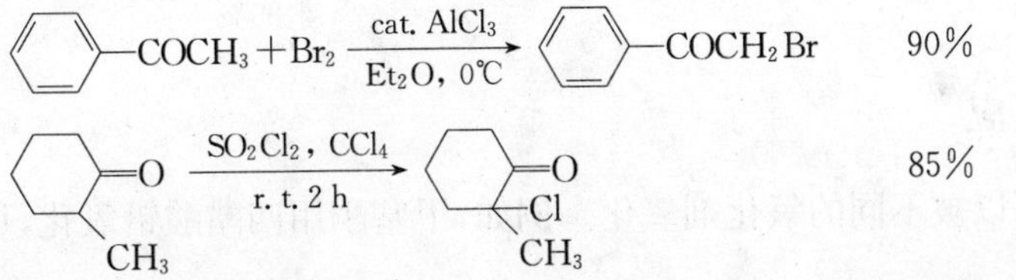

$$C_6H_5COCH_3+Br_2 \xrightarrow[Et_2O,\ 0℃]{cat.\ AlCl_3} C_6H_5COCH_2Br \qquad 90\%$$

$$\xrightarrow[r.t.\ 2\ h]{SO_2Cl_2,\ CCl_4} \qquad 85\%$$

在碱性条件下,醛、酮可迅速地与卤素作用生成卤代醛、酮。碱的作用是加速烯醇负离子的形成,进而再与卤素加成生成 α-卤代物。例如:

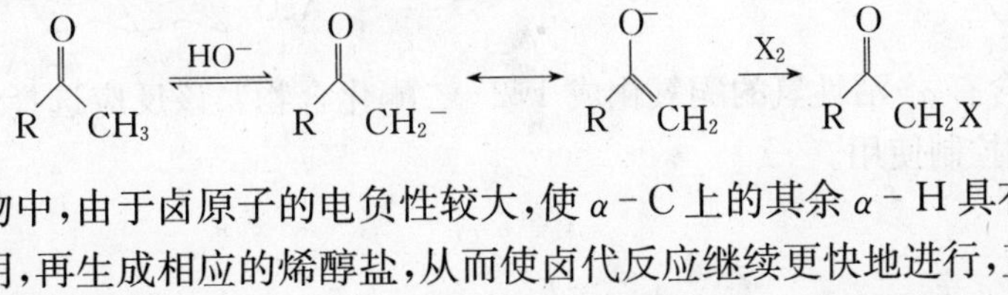

$$RCOCH_3 \overset{HO^-}{\rightleftharpoons} RCOCH_2^- \longleftrightarrow RC(O^-)=CH_2 \xrightarrow{X_2} RCOCH_2X$$

在生成的一卤代物中,由于卤原子的电负性较大,使 α-C 上的其余 α-H 具有更强的酸性,就会进一步与碱作用,再生成相应的烯醇盐,从而使卤代反应继续更快地进行,直至 α-C 完全被取代为止。乙醛和甲基酮与足量的 $X_2/NaOH$ 反应,最终生成三卤代乙醛、酮。由于三卤甲基对羰基强烈的-I 效应使羰基碳原子缺电子程度更为强烈,易与氢氧根负离子迅速发生亲核加成，经消除后，最后形成少一个碳原子的羧酸和卤仿 CHX_3。由于反应过程中生成了卤仿，故这一反应又称为卤仿反应。

$$RCOCH_2X \xrightleftharpoons{HO^-} RCOCHX^- \xrightarrow{X_2} RCOCHX_2 \xrightarrow{X_2} RCOCX_3$$

$$RCOCX_3 \xrightleftharpoons{HO^-} RC(O^-)(OH)CX_3 \longrightarrow RCOOH + CX_3^- \longrightarrow RCOO^- + CHX_3$$

如果所用的卤素为碘，则生成碘仿（黄色沉淀），反应现象十分明显，可用于甲基酮与其它酮类化合物的鉴别，故又称为碘仿反应。由于在碱溶液中卤素与碱作用可生成次卤酸盐，后者可将仲醇氧化为酮，所以有羟乙基结构（CH_3CHOH）的醇也可以发生碘仿反应。

卤仿反应还可用于制备特殊结构的羧酸。当用卤仿反应制取少一个碳原子的羧酸时，常使用价廉的次卤酸钠碱溶液。

在酸性条件下，醛、酮可缓慢地与卤素作用生成一卤代醛、酮。酸可以加速醛酮的烯醇化反应速率，形成的烯醇与卤素发生亲电加成生成一卤代物。由于卤原子的电负性较大，使一卤代物的烯醇式的电子云密度下降，不利于进一步与卤素发生亲电加成反应。因此，在酸催化下醛、酮与溴或氯气在冰醋酸中的反应常用于一溴代或一氯代醛、酮的制备。

$$RCOCH_3 \xrightleftharpoons{H^+} RC(OH){=}CH_2 \xrightarrow{Br_2} RCOCH_2Br + HBr$$

羧酸的 α-氢原子的酸性弱于相应的醛酮的 α-氢原子，因此在通常情况下不易形成烯醇式结构，影响其与卤素的亲电取代反应。通常需用三卤化磷或赤磷作催化剂，使之转化成 α-氢原子酸性较大的酰卤，才能使卤代反应顺利进行。酸酐的 α-氢原子也可被卤素取代。

$$C_4H_9CH_2COOH + Br_2 \xrightarrow[100℃,\ 6\ h]{P} C_4H_9CHBrCOOH + HBr \quad 89\%$$

6.4.3 氧化反应

酮的 α-氢可以被不同的氧化剂氧化。例如，甲基酮用四醋酸铅氧化，可以形成 α-乙酰氧基酮。

$$\text{AcO-甾体-}COCH_3 \xrightarrow[25℃]{Pb(OAc)_4/BF_3,\ Et_2O/PhH} \text{AcO-甾体-}COCH_2OAc$$

二氧化硒可以将含有 α-活性氢的酮氧化成1,2-二酮化合物。该反应选择性好，但是二氧化硒的毒性较大，应控制使用。

$$PhCOCH_3 \xrightarrow[回流]{SeO_2/\text{二氧六环}} PhCOCHO$$

6.5 不饱和碳氢键

6.5.1 与碱的反应

与不饱和碳原子相连的氢原子的酸性相对较高。例如,乙炔可以与氨基钠反应形成乙炔钠。近年来,人们也发现一些杂原子取代的苯(如硝基苯)的邻位氢原子可以与丁基锂发生质子交换反应,形成取代苯基锂。例如:

(邻位 H 的苯甲醚,OCH_3) + n-BuLi ⟶ (邻位 Li 的苯甲醚,OCH_3) + n-BuH

6.5.2 自氧化反应

许多醛(如乙醛、苯甲醛等)在空气中易发生自氧化反应。例如,苯甲醛置于空气中就得到苜甲酸的白色晶体。

$$PhCHO \xrightarrow{O_2} PhC(O)\cdot \xrightarrow{O_2} PhC(O)OO\cdot$$

$$PhC(O)OO\cdot + PhCHO \longrightarrow PhC(O)OOH + PhC(O)\cdot$$

$$PhC(O)OOH + PhCHO \longrightarrow 2\ PhC(O)OH$$

因此,为了防止醛类化合物的自氧化反应的发生,应该将其保存在深色瓶子内尽量避免接触空气和金属化合物杂质。

6.5.3 亲电取代反应

芳香烃上的 C—H 键与卤素在 Lewis 酸催化下,易发生亲电卤代反应。有关内容将在第10章详细介绍。与此类似,一些烯键上的 C—H 键也会通过亲电加成-消除的方式进行反应。

习　题

6-1　比较乙烷、乙烯和乙炔分子中 C—H 键的键能,解释不同类型 C—H 键的化学稳定性与反应性的差异。

6-2　通过查阅相关共价键的键能,预测氯气与丙烷反应的主要产物,解释反应中 C—H 键比 C—C 键容易发生断裂的原因。

6-3　指出 CH_3NO_2、CH_3CHO、CH_3COOCH_3 在相同碱性条件下形成的碳负离子的碱性强弱,并说明它们与亲电试剂反应的活性大小。

6-4　指出下列化合物分子中哪一种 C—H 键易与氧气发生自氧化反应?为什么?

(1) H_c CH_3 H_a H_b H_3C O

(2) H_b CH_3 CH_3 H_a CH_3 H_b

(3) H_c H_a H_3C $COOCH_3$ H_b

6-5 异丁烷与卤素在光照下发生卤代反应，可以得到两种不同的单卤代产物，若欲高选择性地得到叔丁基卤，宜选用氟、氯和溴中的哪一种？为什么？

$$(CH_3)_2CHCH_3 + X_2 \xrightarrow{h\nu} (CH_3)_2CXCH_3 + (CH_3)_2CHCH_2X$$

6-6 指出1-丁烯衍生的下述三种自由基结构，哪一种最稳定，为什么？

$CH_2=CHCH_2\dot{C}H_2$　　$CH_2=CH\dot{C}HCH_3$　　$CH_2=\dot{C}CH_2CH_3$

6-7 若用 *N*-氯代琥珀酰亚胺代替 *N*-溴代琥珀酰亚胺(NBS)作为自由基卤代的试剂，有何利弊？

6-8 植物油中含有过氧化物，食用后对人体有较大危害。试设计一种检验并除去植物油中过氧化物的方法。

6-9 乙醛和甲基酮可发生碘仿反应，乙酸可以吗？为什么？

6-10 完成下列反应。

(1) $C_6H_5CH(CH_3)_2 \xrightarrow[\triangle]{KMnO_4}$

(2) $CH_3CH_2CH_2COOH + Br_2 \xrightarrow{P}$

(3) $CH_3CH_2CH_2CH=CH_2 + Br_2 \xrightarrow[\triangle]{(PhCO_2)_2}$

6-11 合成下列化合物。

(1) 由丙烯合成丙烯腈；

(2) 由2-戊酮合成丁酸。

第7章 有机化学中的同分异构现象

同分异构现象是指有机化合物具有相同的分子式,但具有不同结构的现象。由于碳原子特殊的成键方式,使得有机化学中存在着普遍的同分异构现象。依照结构上的差异,同分异构体可以被分为两大类:构造异构体和立体异构体。

构造异构体是指具有相同的分子式,但各原子间以共价键连接的顺序不同而产生的异构体。立体异构体则是指具有相同的分子式,各原子间具有相同的连接顺序,但各原子或原子团在空间排列的相对位置不同所产生的异构体。

7.1 有机化学中的构造异构

构造异构体按照其结构的特点又可以进一步细分为以下三种常见的类型:碳链异构、位置异构和官能团异构。

碳链异构是指由于分子中碳链形状不同而产生的异构现象。这种异构体的数量随着分子中碳原子数的增加快速增加,构成数量庞大的有机化合物。具有1～3个碳原子的烷烃没有构造异构体,而4个碳原子的烷烃包含正丁烷和异丁烷两种异构体。戊烷包含3种构造异构体,己烷的异构体有5种,庚烷有9种,癸烷有75种。

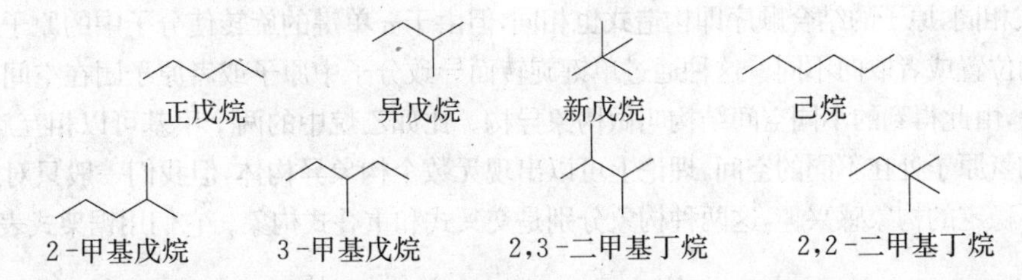

位置异构是指由于取代基或官能团在碳链上或碳环上的位置不同而产生的异构现象。这种异构现象普遍存在于烯烃、炔烃、醇、酚、酮等具有官能团的有机化合物中。例如:

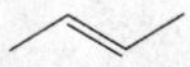

2-丁烯 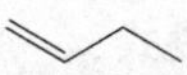　1-丁烯　2-丁炔　1-丁炔 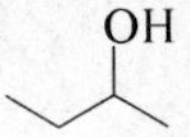　2-丁醇

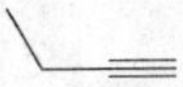

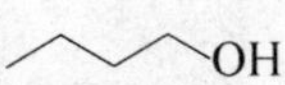

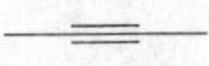

1-丁醇 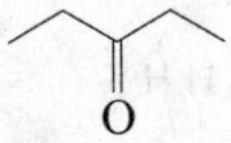　3-戊酮 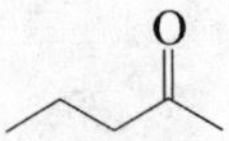　2-戊酮 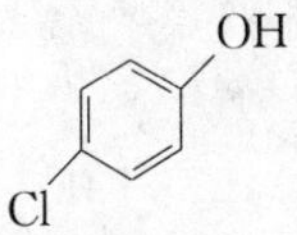　4-氯苯酚 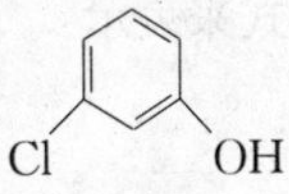　3-氯苯酚

官能团异构是指由于分子中官能团的不同而产生的异构现象。单烯烃与环烷烃、炔烃与二烯烃、醇与醚、醛与酮、烯醇与酮、酯和羧酸、酚和芳香醇等都属于官能团异构。例如:

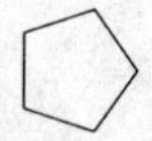

环戊烷 　1-戊烯 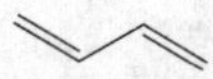　1,3-丁二烯 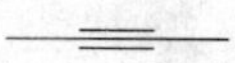　2-丁炔 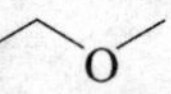　甲乙醚

1-丙醇 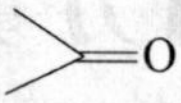　丙酮 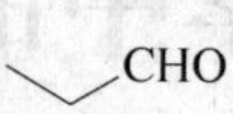　丙醛 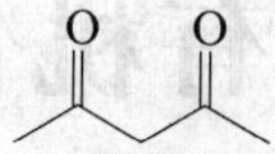　1,3-戊二酮 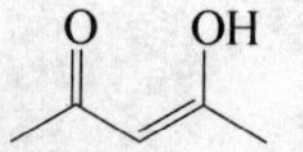　4-羟基-3-戊烯酮

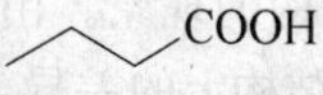

丁酸 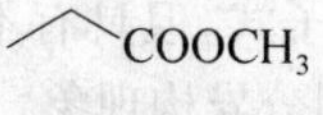　丙酸甲酯 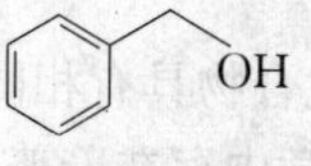　苯甲醇 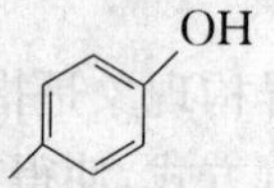　对甲苯酚

7.2 有机化合物的立体异构现象

1874年,年轻的物理化学家范霍夫(J. H. Van't Hoff)和勒贝尔(J. A. Le Bel)根据有机分子的旋光性等实验事实,分别独立地发表论文提出碳的四价是指向四面体的四个顶点,即碳原子的四面体理论,打破了有机分子的平面结构理论,开创了有机分子立体结构的先河。以碳原子的四面体理论为基础的现代立体化学理论已经有了高度的发展和更加丰富的内涵。

立体异构体主要包括构象异构、几何异构和对映异构三大类。几何异构现象主要发生在环状烃和烯烃分子中,对映异构则主要发生在具有手性特征的分子中,主要包括对映异构和非对映异构两类异构体。

7.2.1 构象异构

分子式相同,原子的结合顺序即构造式也相同,但由于σ单键的旋转使分子中的原子或者原子团在空间的位置或者取向不同。这种通过单键旋转而导致分子中原子或者原子团在空间的不同取向叫做构象,由此得到的不同空间结构叫做构象异构。比如乙烷中的两个甲基可以相互旋转,可以使甲基上的氢原子处在不同的空间,理论上可以出现无数个构象异构体,但我们一般只对最稳定的构象和最不稳定的构象感兴趣,这两种构象分别是交叉式和重叠式构象。它们用锯架式表示如下:

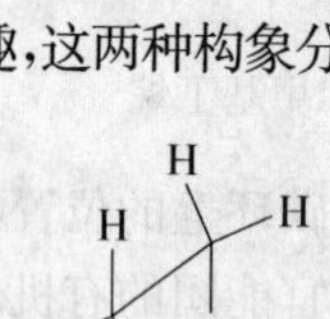

交叉式 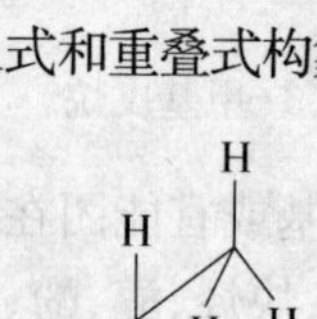　重叠式

有时为了更加清楚地表示出原子和原子团之间交叉和重叠的情况,常用纽曼(Newman)投影式来表示:

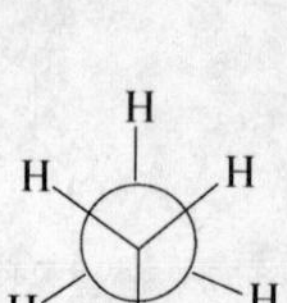

交叉式 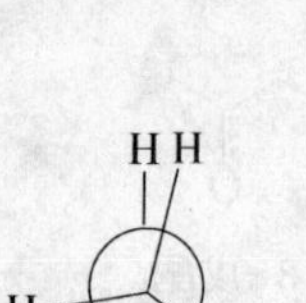　重叠式

在纽曼投影式中,旋转的 C—C 单键垂直于纸平面,用三个碳氢键的交叉点表示在纸平面上面的碳原子,用圆圈表示在纸平面下面的碳原子,连接在碳上的氢原子随着 C—C 单键的旋转可以处于不同位置。当处于交叉式时,两个碳原子上的氢原子间的排斥力最小,因而能量最低,是乙烷的最稳定构象。当处于重叠式时,两个碳原子上的氢原子间的排斥作用最大,因而能量最高,是乙烷的最不稳定构象形式。其它构象的能量都介于这两者之间,如图 7.1 所示。

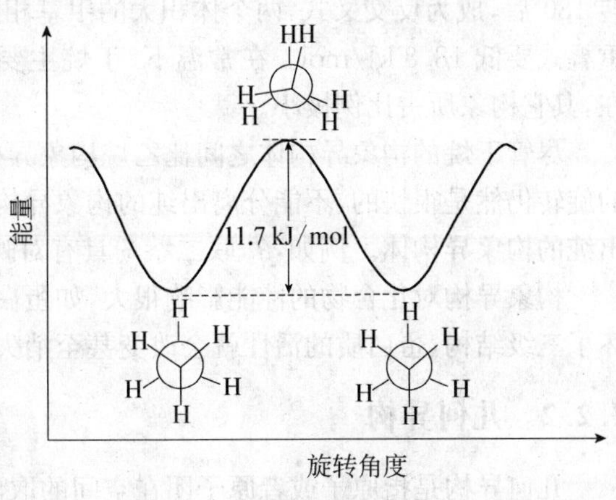

图 7.1 乙烷不同构象能量大小图

乙烷从交叉式构象旋转到重叠式构象,能量相差约为 11.7 kJ/mol,这个位能差或者势垒是很小的,所以乙烷的构象之间很容易转化,一般分离不出纯的构象异构体。但从构象异构体的位能可以知道,最稳定的构象所占比例最大,最不稳定的构象所占比例最小,因此在乙烷中,交叉式构象出现的概率最多,所占比例最大,为优势构象。

丁烷比乙烷多两个 C—C 单键,其构象异构体更多,更复杂。从丁烷中间的 C—C 键旋转看,相当于乙烷的每个碳上的氢被一个甲基取代,具有如下四种典型的构象异构体。

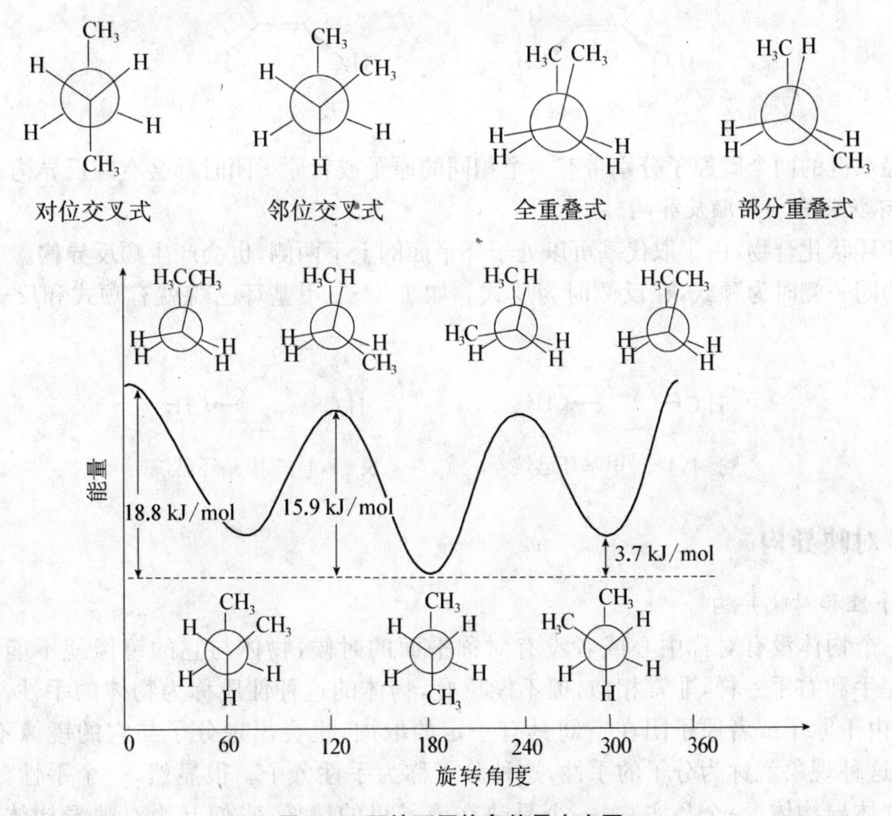

图 7.2 丁烷不同构象能量大小图

从图 7.2 可知,全重叠式的两个甲基之间距离最小,范德瓦尔斯斥力最大,位能最高。旋转180°后，成为反交叉式，两个体积大的甲基相距最远，空间排斥力最小，位能达到最低，比全重叠式要低18.8 kJ/mol。在常温下，丁烷主要以反交叉式(63%)和顺交叉式(37%)构象存在，其它构象所占比例极小。

尽管丁烷的构象异构体之间比乙烷构象异构体之间的位能差要大一些，但在常温下单键的旋转仍然是很快的，不能分离出纯的构象异构体。但如果单键旋转的阻力很大，则可以分离出纯的构象异构体。例如，β-联二萘酚具有对映异构体。

构象异构对化合物的性能影响很大，如蛋白质的三级结构实际上是一个构象异构，如果破坏了三级结构，蛋白质的活性就会改变甚至消失。

7.2.2 几何异构

几何异构是指原子或者原子团在空间的取向不同，但这种不同的空间取向不是由于单键的旋转而是分子的刚性造成的，因此如果没有键的断裂，几何异构体之间是不能相互转换的。这种分子的原子或者原子团在空间的排列方式叫做构型。几何异构主要包括烯烃的顺反异构以及环状化合物的顺反异构。

1. 烯烃的顺反异构

烯烃的双键不能自由旋转，因而会有顺反异构。如2-丁烯分子，两个甲基可以在双键的同一侧，也可以分别在双键的两侧。前者叫做顺-2-丁烯，后者叫做反-2-丁烯。

H H H_3C CH_3 H CH_3 H_3C H

顺-2-丁烯　　反-2-丁烯

烯烃双键的两个碳原子分别带有一个相同的原子或者原子团时都会有顺反异构。

2. 环状化合物的顺反异构。

对于环状化合物，由于取代基可以处于环平面的上下两侧，也会产生顺反异构。取代基在环平面的同一侧时为顺式，在反侧时为反式。如1,4-二甲基环己烷就有顺式和反式两种异构体。

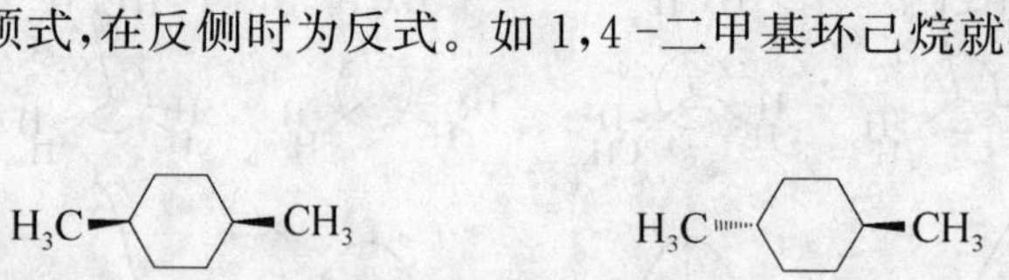

H_3C CH_3 H_3C CH_3

顺-1,4-二甲基环己烷　　反-1,4-二甲基环己烷

7.2.3 对映异构

1. 手性和对映异构

当一个物体没有对称中心或者没有对称平面的时候，物体与它的镜像就不能重合，就像人的左手和右手一样，非常相似，但不能重叠，物体的这种性质称为物体的手性。许多有机分子，由于原子或者原子团在空间具有一定的取向，也会出现分子与它的镜像不能重叠的情况，这种现象就称为分子的手性，这种分子称为手性分子。很显然，一个手性分子至少有两种立体异构体，一个是实物，一个是映在镜子里的镜像，它们互为对映异构体，简称对映体。这种由于分子和它的镜像不能重叠而产生的立体异构叫做对映异构。如乳酸分子的两种对映体如下：

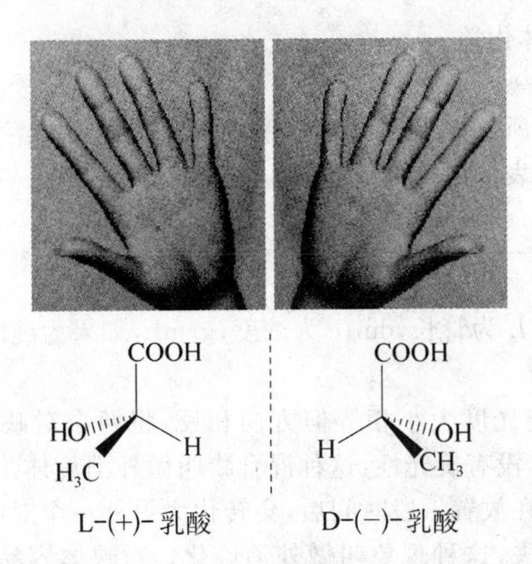

对映异构体在宏观性能上表现出的最大差别是生理活性不一样以及旋光性不同，其它一般性能如沸点、熔点、溶解度、极性甚至反应活性都是相同的。由于旋光性是容易测定的，因此，测定旋光性是研究对映异构体最重要和最早的方法，因此对映异构也叫旋光异构，对映异构体也叫光学异构体。

2. 旋光性

普通白光是由不同波长组成的电磁波，光波的振动方向与其前进方向互相垂直。单色光，如从钠光灯发射出来的黄光，则具有单一的波长 ($\lambda = 589$ nm)，但仍有垂直于前进方向上的振动。若使普通光通过尼科尔(Nicol)棱镜，则只有振动方向和棱镜的晶轴平行的光线才能通过。这种只在一个平面上振动的光叫做平面偏振光，简称偏振光。偏振光振动所在的平面叫做偏振面。

当在两个平行放置的尼科尔棱镜之间放置某些液体或溶液，如葡萄糖溶液，发现从一个尼科尔棱镜产生的偏振光不可以通过另一个尼科尔棱镜，必须将后面的尼科尔棱镜旋转一定的角度才能使偏振光完全看到。这就说明这些溶液使偏振光的偏振面发生了偏转，溶液的这种使偏振光发生偏转的性质叫旋光性，也叫具有光学活性，旋转的角度叫做旋光度。如果使偏振光向右偏转，用(＋)标记；如果向左偏转，用(－)标记，如图 7.3 所示。

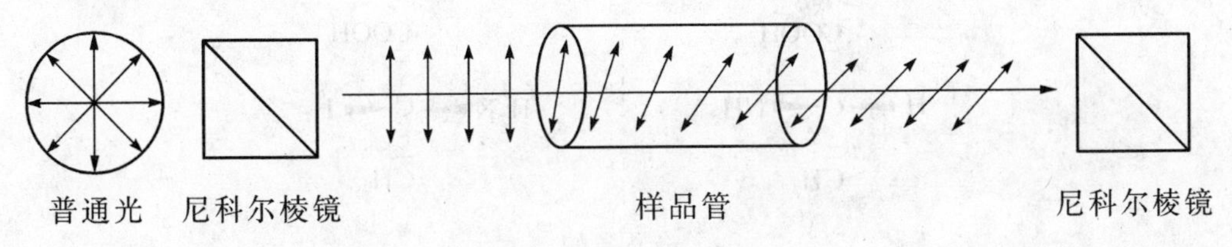

图 7.3　旋光仪的工作原理

1848 年巴斯德借助显微镜用镊子将外消旋的酒石酸钠铵晶体分离成两个对映体，一个将偏振光朝左旋，一个将偏振光朝右旋，因此他提出分子有旋光性即有光学活性的性质是由分子的不对称性引起的，左旋和右旋的酒石酸盐为实物和镜影的关系，相互不能重叠。但直到 1874 年，年轻的物理化学家范霍夫和勒贝尔才分别独立地发表论文提出碳的四面体理论，分子的旋光性是由不对称碳原子造成的，并进一步预言，某些分子如丙二烯衍生物即使没有不对称碳原子，也应该有旋光异构体存在，这个预言在六十年以后为实验所证实。因此，正是因为研究旋光性，才产生了立体化学。

3. 比旋光度

旋光度的大小和管内所放物质的浓度、温度、旋光管的长短及溶剂的性质有关。为了便于比较，一般用比旋光度[α]表示物质的旋光能力大小和旋光方向。

$$[\alpha]_\lambda^t = \frac{\alpha_\lambda^t}{Lxc}$$

式中，α_λ^t 为测定的旋光度；L 为管长，dm；c 为浓度，g/mL，如果为纯的液体则浓度改换成相对密度(g/cm^3)。

由于两个对映体的旋光度大小相等但方向相反，将两个对映体等量混合所得到的溶液，其旋光能力相互抵消，没有旋光性，这种混合物叫做外消旋体。一些纯的对映异构体在酸碱、高温等条件下甚至在放置一段时间后，会转化为另外一个对映体，当两个对映体的量相等时，其旋光性也会消失，这种现象叫做外消旋化。对映体容易外消旋化会影响对映体的旋光性和纯度，但若能将没用的对映体转化为另一个有用的对映体，在合成上是有应用价值的。

与外消旋体不同，内消旋体是指分子内具有两个或多个非对称中心，同时又存在其它对称因素，如对称面，因而整个分子不具有旋光性的化合物。内消旋体是单一分子，没有对映体存在，通常以 *meso* 表示。

4. 分子的对称性与手性

只有手性分子才能分离出纯的对映体而显示光学活性，如何判断一个化合物是否具有手性，最好的办法是判断化合物分子是否具有对称性，如果一个分子没有对称面或者对称中心，这个分子与它的镜像不能重叠，分子具有手性。这里分几种情况进行讨论。

1) 具有一个不对称碳原子的手性分子

当分子中的一个碳原子连接四个不同的原子或者原子团时，这个分子是不对称的，具有手性，这个碳原子叫做不对称碳原子，也叫做手性碳原子。如下图所示的 α-丙氨酸即为手性分子，α 碳上有四个不同的取代基，分子与其镜像不能重叠，有两个对映体。左边的对映体即为天然的 L-丙氨酸。

COOH | H—C—NH_2 | CH_3 COOH | H_2N—C—H | CH_3

α-丙氨酸

如果碳原子上有两个相同的原子或者原子团，则分子有一个对称面，不具有手性。例如，丙酸具有一个由 H—C—H 组成的对称面，因此没有手性。

2) 具有两个或两个以上不对称碳原子的手性分子

当分子含有两个以及两个以上的不对称碳原子时，对映体的数目会急剧增加，情况变得复杂。如果一个分子内两个不对称碳原子是不相同的，即两个不对称碳原子上所连接的四个取代基不完全一样，这个分子会有四种不同的立体构型，即存在四种旋光异构体。例如，3-氯-2-丁醇，有两个不同的不对称碳原子，可以形成下述四个旋光异构体，它们的对映和非对映关系可图示如下。

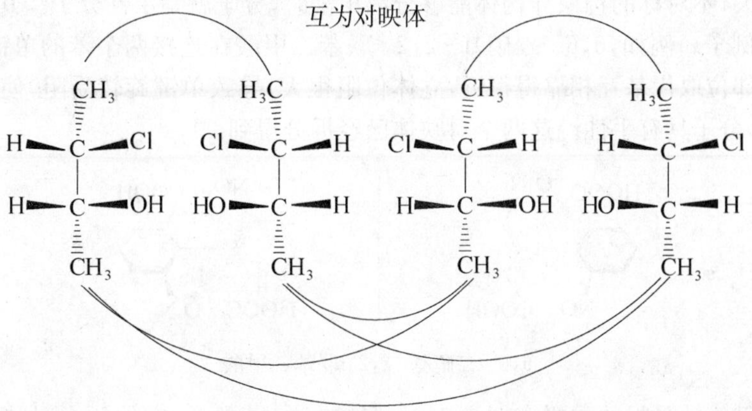

互为对映体

互为非对映体

从上面推断旋光异构体的方法中可以知道,如果分子中有 n 个不相同的不对称碳原子,则会有 2^n 个旋光异构体。其中对映体总是成对出现,非对映体会有很多。

如果一个分子具有两个相同的不对称碳原子,旋光异构体的数目和性质会与上述的不一样。例如,酒石酸只有三个立体异构体,分别为 D-酒石酸、L-酒石酸和内消旋酒石酸。内消旋酒石酸虽然有不对称碳原子,但分子内有一个对称平面,因而没有手性和旋光性。内消旋体用 *meso* 标记。

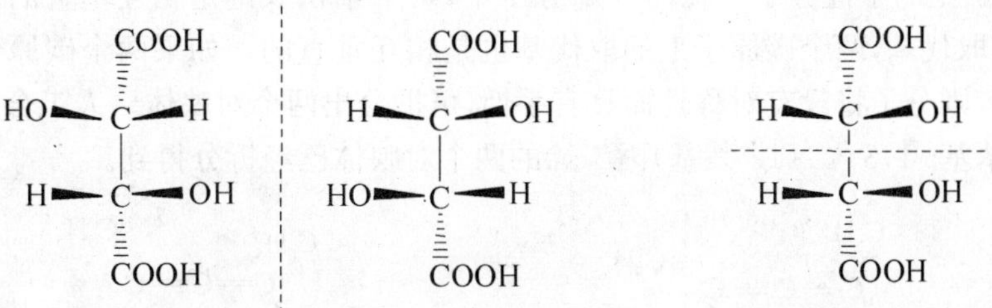

D-(−)-酒石酸　　L-(+)-酒石酸　　*meso*-酒石酸

L-(+)-酒石酸为天然产物,D-(−)-酒石酸是人工合成的,它们两个互为对映体,有相同的熔点(170℃),在 120 mL 水中都能溶解 139 g,酸性强度也相同,比旋光度大小相同,方向相反。*meso*-酒石酸与 D-或者 L-酒石酸性能完全不同,与 D 和 L 的外消旋体也不相同,虽然内消旋体和外消旋体都没有旋光性。内消旋体是一个单一分子,由于分子内有一个对称平面而没有旋光性;而外消旋体是两个对映体的等量混合物,可以分离为两个旋光性相反的化合物。从理论上讲,凡含有两个相同的不对称碳原子的化合物都有三种立体异构体,一对对映体和一个内消旋体。

3) 没有不对称碳原子的手性分子

分子含有不对称碳原子是判断分子是否具有手性的一个重要条件,但不是充分和必要条件。分子含有不对称碳原子可能没有手性,如内消旋体;分子没有不对称碳原子也可以具有手性,只要整个分子是不对称的。

(1) 联苯型的化合物　很多具有构象异构体的分子应该具有手性,因为当单键旋转到一定角度的时候,分子就会呈现不对称性。但由于很多分子单键旋转的能垒很低,构象异构体之间相互转化很快，各个手性构象呈现出的手性性能相互抵消，最终不能表现出手性。但当单键旋转的能垒很大，不对称的构象异构体能够分离出来时，分子就是手性分子。其中联苯型化合物就是典型的例子。例如，6,6′-二硝基-2,2′-联苯二甲酸在连接两个苯的单键旋转时，由于两个苯环上的邻位取代基互相靠得很近，立体位阻很大，导致单键旋转受阻，使得两个苯环不在一个平面上，分子具有手性。这两个对映体已经拆分得到。

HOOC O_2N NO_2 COOH

NO_2 COOH HOOC O_2N

6,6′-二硝基-2,2′-联苯二甲酸

另一个单键旋转受阻的重要实例是1,1′-联二-(2-萘酚)。它的两个对映体在对映异构体的不对称合成中是非常有名的，常被用作催化剂的手性配体，得到的选择性很高。

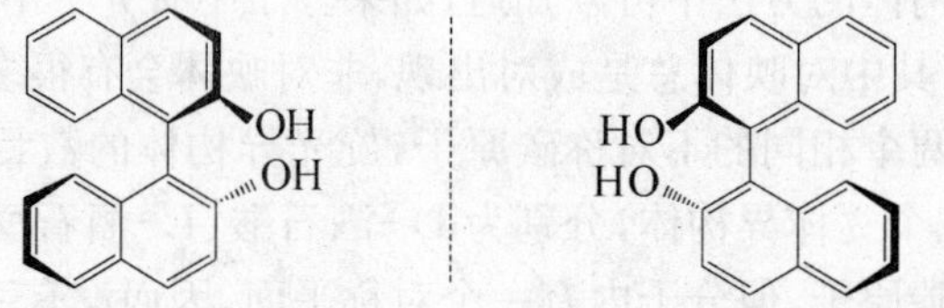

OH OH HO HO

右旋1,1′-联二(2-萘酚) 左旋1,1′-联二(2-萘酚)

(2) 丙二烯型的手性分子 在丙二烯分子中，两个累积双键是相互垂直的。如果在两边的碳原子上有取代基，两个碳原子上的取代基也是相互垂直的。如果两个碳原子上分别连接不同的取代基，则分子将没有对称性而具有手性，可拆分出两个对映体。人工合成的丙二烯衍生物1,3-二苯基-1,3-二(1′-萘基)丙二烯的两个对映体已经拆分得到。

C_6H_5 C=C=C C_6H_5 C_6H_5 C=C=C C_6H_5

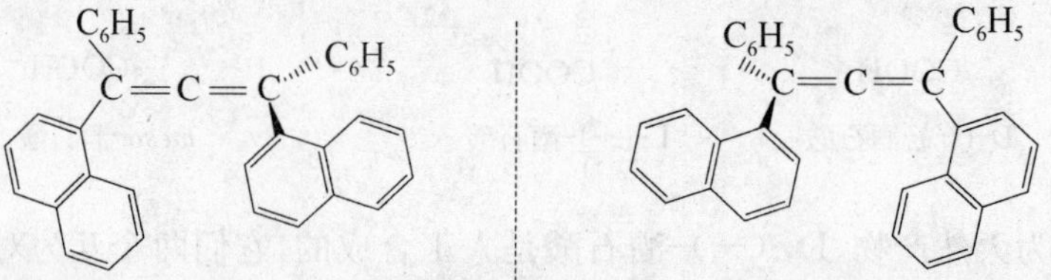

(3) 其它的手性分子 氮、磷以及硫等原子连接四个不同的取代基时，分子没有对称面或者对称中心，也具有手性。叔胺有三个不同取代基时，氮的孤对电子占据锥形的顶点，分子是不对称的，也应该能够得到旋光异构体，但由于氮的孤对电子位阻较小，构型之间很易翻转相互转化，不能得到对映体。但叔膦、亚砜和季铵盐化合物能够分离出纯的对映体。例如：

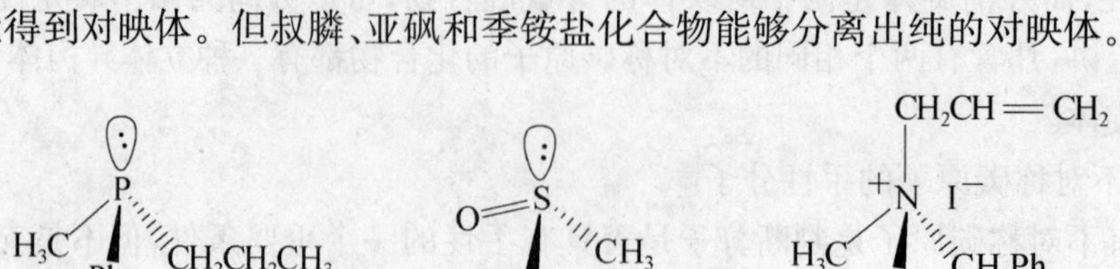

P H_3C Ph $CH_2CH_2CH_3$　　O=S Ph CH_3　　$CH_2CH=CH_2$ $\overset{+}{N}$ I^- H_3C Ph CH_2Ph

当一个分子的骨架上有不同的取代基时，也会造成分子的不对称而具有手性。如在杯芳烃的下端连接取代基后，可以分离出杯芳烃的对映体。

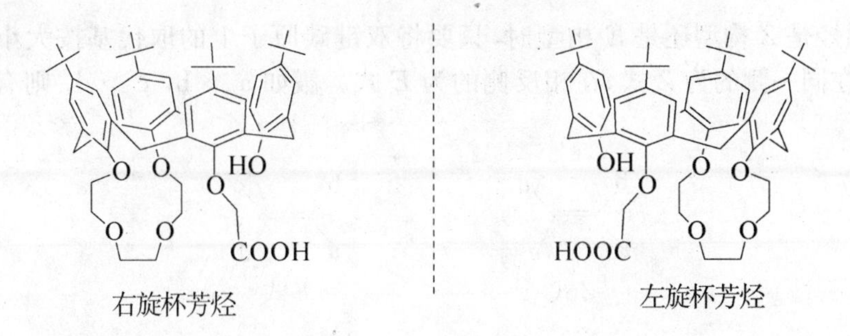

右旋杯芳烃　　　　左旋杯芳烃

7.2.4 立体异构体的命名法

1. 顺反异构

1) 环状化合物

当原子或者基团在环的同一面为顺式，在相反的面为反式。例如：

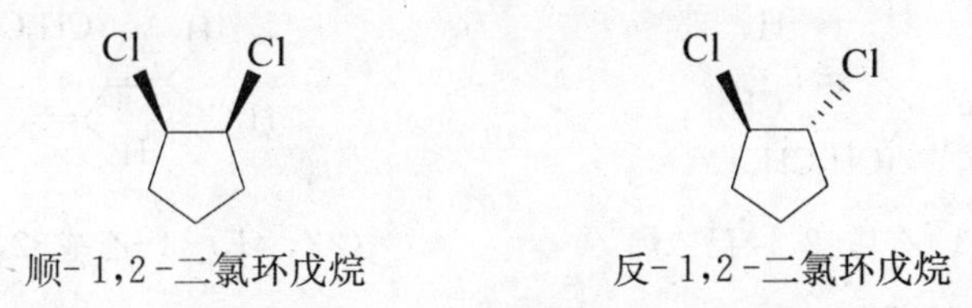

顺-1,2-二氯环戊烷　　　　反-1,2-二氯环戊烷

2) 烯烃

当烯烃的双键上两个碳原子分别连接相同的原子或者原子团时，可以用顺/反标记的方法来命名。两个相同的原子或者基团在同一侧为顺式，在不同侧为反式。

当两个双键碳原子上没有共同的原子或原子团时，不再适合用顺/反标记法表示构型，而采用 Z/E 法标记。

2. Z/E 构型标记法

Z/E 构型标记法是根据原子或者原子团的顺序大小来命名的。根据系统命名法，顺反异构体的构型分别用 Z(德文 Zugammen，同侧)和 E(德文 Entgegen，异侧)来表示。如果两个最大的原子或者基团处于同一侧，为 Z 式；处于反侧，则为 E 式。

原子或者原子团的大小次序规则如下。

(1) 在原子团或者取代基中，与分子骨架直接相连的原子按原子序数或者原子量大小排列，原子序数或者原子量大的优先。常见元素的原子的大小次序排列如下：

$$Br > Cl > S > P > Si > F > O > N > C > B > Li > T > D > H$$

(2) 如果取代基中与分子骨架直接相连的原子大小顺序相同时，应用外推法顺次比较第二、第三个原子的大小顺序，直到能够确定较优的基团为止。例如：

$$(CH_3)_3C{-} > (CH_3)_2CH{-} > CH_3CH_2{-} > CH_3{-}$$

(3) 确定不饱和基团的大小次序时，应把不饱和键的成键原子看作是以单键分别和相同的原子相连接。例如，C═C 键可以看成一个碳原子分别以单键与两个碳原子相连接，一个羰基可以看成一个碳原子分别以单键与两个氧原子相连接：

$$-C{=}C- \longrightarrow -\underset{C}{\overset{C}{C}}- \qquad -C{\equiv}C- \longrightarrow -\underset{C}{\overset{C}{C}}-C \qquad -C{=}O \longrightarrow -\underset{O}{\overset{O}{C}}$$

要决定烯烃是Z构型还是E构型时，只要将双键碳原子上的取代基按大小次序规则排列，较大基团在同一侧的为Z式，在相反侧的为E式。假如 a > b，c > d，则有如下的一般Z/E构型式。

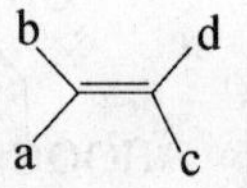

Z式 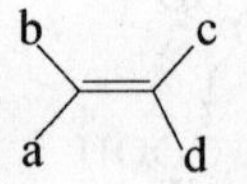　　　　E式

下面为两个实例：

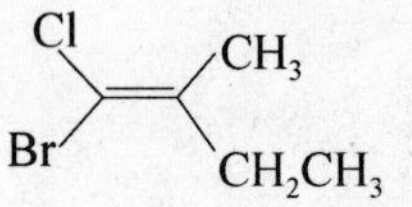

Z-2-甲基-1-氯-1-溴-1-丁烯 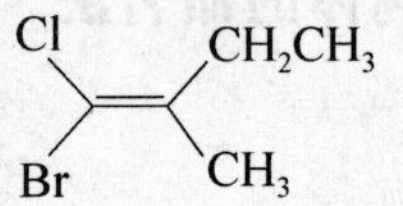　　　　E-2-甲基-1-氯-1-溴-1-丁烯

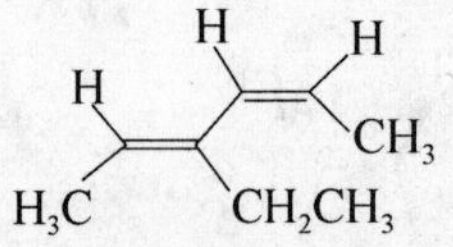

(2E，4Z)-3-乙基-2,4-己二烯 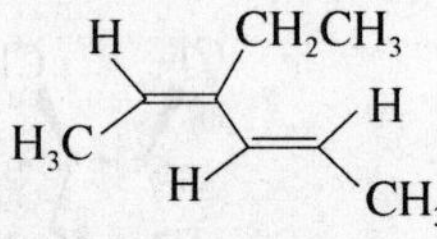　　　　(2Z，4E)-3-乙基-2,4-己二烯

3. D/L 相对构型标记法

在20世纪初光学异构体的绝对构型通常是不清楚的。为了确定其它手性分子的相对构型，费歇尔(E. Fisher)选择D-甘油醛作为构型联系的标准物。把D-甘油醛所具有的立体结构，即与不对称碳原子相结合的氢原子处在费歇尔投影式左边，编号最小的原子处在顶端，这样一种结构称为D-构型，其对映体为L-构型。

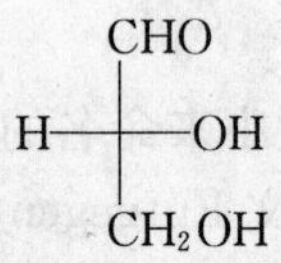

D-(+)-甘油醛 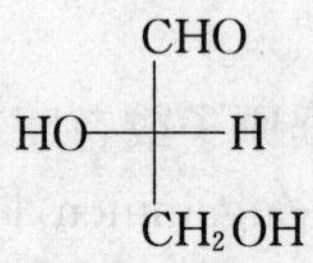　　　　L-(−)-甘油醛

其它旋光化合物的构型以甘油醛为标准比较得到。凡是由D-甘油醛通过化学反应得到的化合物或可转变为D-甘油醛的化合物，只要在转变过程中原来的手性碳原子构型不变，其构型即为D型。同样，与L-甘油醛相关的即为L型。例如：

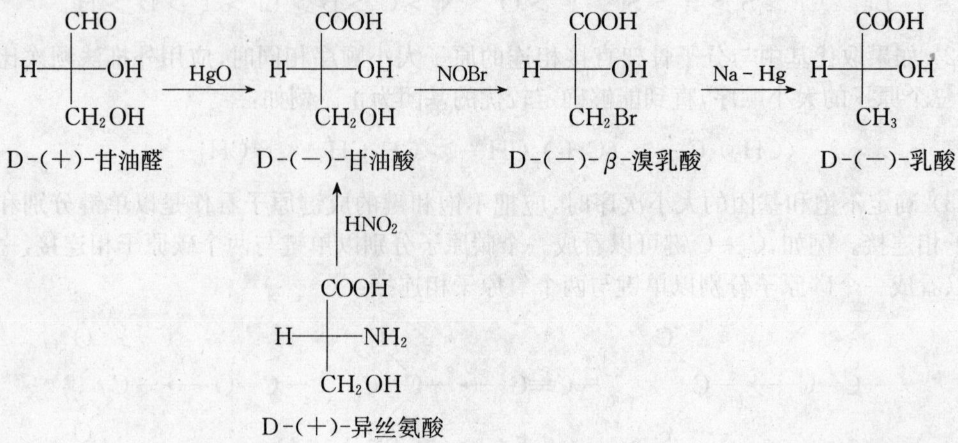

D-(+)-甘油醛 —HgO→ D-(−)-甘油酸 —NOBr→ D-(−)-β-溴乳酸 —Na-Hg→ D-(−)-乳酸

D-(+)-异丝氨酸 —HNO_2→ D-(−)-甘油酸

从上述转化中可以看到,D 型或者 L 型与化合物旋光方向没有对应关系,D 型化合物旋光度可以是正值或负值。后来通过用 X 射线衍射法测得右旋酒石酸铷钠的绝对构型,证明费歇尔选择的 D-甘油醛的构型为真实的绝对构型,其它化合物以甘油醛为标准确定的构型也就是实际构型,不需要再改变。

4. *R*/*S* 绝对构型标记法

D/L 构型标记法只适合标记与甘油醛结构类似的化合物,而如糖类、氨基酸类。但对其它没有类似结构或者结构复杂的化合物,是很难用 D/L 构型标记的。实际上,用这种 D/L 构型标记也不便于记忆和书写化合物的立体结构。因此,另外一种更加方便的命名方法,即 *R*/*S* 标记法,已被广泛采用。

R/*S* 命名法是将手性碳原子上四个不同的取代基中最小的基团放在离观察者最远的地方,其它三个基团按照从大到小的顺序数下去,如果为顺时针方向,则为 *R* 构型;如果为逆时针方向,则为 *S* 构型,如图 7.4 所示(其中取代基 a>b>c>d)。

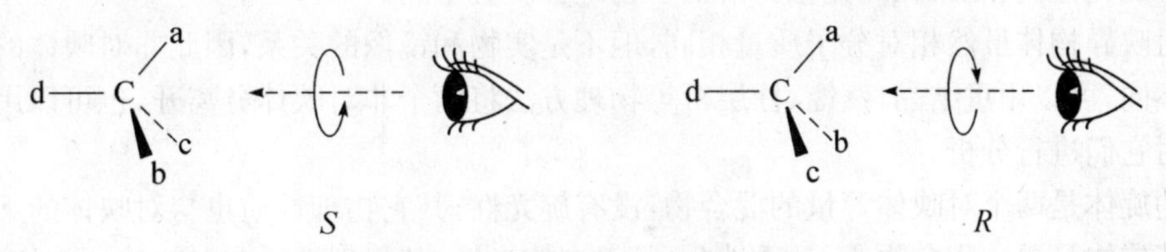

图 7.4　确定 *R*/*S* 构型的方法

在书写立体构型时,既可用透视式表示,如图 7.5 所示的方法,这样的书写比较直观,也可用费歇尔投影式表示。费歇尔投影式是将分子的四面体棍球模型按一定规则在纸面上投影。其投影规则是:手性碳原子为投影中心并位于纸平面上,以横线相连的两个原子或原子团在纸平面的前方,以竖线相连的两个原子或原子团在纸平面的后方,横竖两线的交点代表手性碳原子,这种书写简便快捷,见图 7.5。

	透视式		费歇尔投影式
(*R*)-(−)-乳酸	COOH (上), H—C—OH, CH_3 (下)	═══	COOH (上), H—┼—OH, CH_3 (下)
(S)-(−)-苯基乙胺	CH_3 (上), H—C—NH_2, Ph (下)	═══	CH_3 (上), H—┼—NH_2, Ph (下)

图 7.5　立体构型的书写方式

从书写这些结构可知,如果任意调换两个原子或者原子团的位置,则分子的构型改变。

命名含有多个手性碳原子的化合物时,应将每个手性碳原子的构型依次标出,并把手性碳原子的编号和构型符号一起放在化合物名称前的括号内。例如用 *R*/*S* 命名 D-和 L-酒石酸。

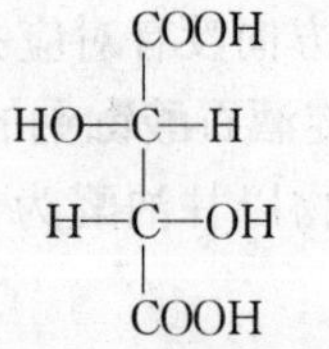

D-(−)-酒石酸 L-(+)-酒石酸

(2S, 3S)-2,3-二羟基丁二酸 (2R, 3R)-2,3-二羟基丁二酸

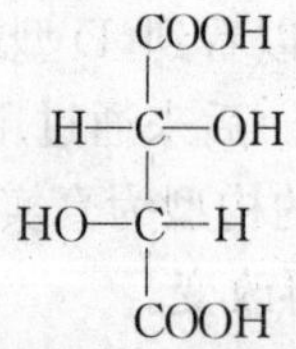

7.2.5 立体异构体的性质

1. 物理性质

两个对映体的一般物理性质相同，如溶解度、熔点、沸点、折光率、极性等，所以不能用这些性质区分一对对映体，也不能用相应的分离方法将一对对映体分离。但在手性条件下，如偏振光照射下旋光方向相反，在旋光性的溶剂中物理性质会不同。

非对映异构体虽然相对分子质量相同，但不是实物和镜像的关系，因此非对映体的物理性质完全不同，可以用重结晶、蒸馏、柱层析等物理方法将两个非对映体分离开，也可以用这些物理方法对它们进行分析。

外消旋体是两个对映体等量的混合物，没有旋光性，其它物理性质也与对映体的不同。

内消旋体是单一化合物，不是手性分子，没有旋光性，其物理性质与对映体、非对映异构体及外消旋体都不同。

2. 化学性质

在手性条件下，例如使用手性试剂，或者在偏振光的照射下，两个对映体的化学性质可以表现出差异。在一般的非手性条件下，两个对映体的化学性质完全相同。

3. 生物活性

在生命体内，两个对映体往往表现出不同的生理性能，最著名的例子是在20世纪60年代德国一家制药公司开发的一种治疗孕妇早期不适的药物——酞胺哌啶酮(thalidomide)，商品名叫反应停，其中*R*-构型对映异构体是强力镇定剂，*S*-构型对映异构体是强烈的致畸剂，但由于当时对此缺少认识，将反应停以外消旋混合物出售，虽然药效很好，但很多服用了反应停的孕妇生出的婴儿是四肢残缺，引起了轩然大波。此外，许多其它对映异构体的生物或者生理性能也是相差很大的，如表7.1所示。

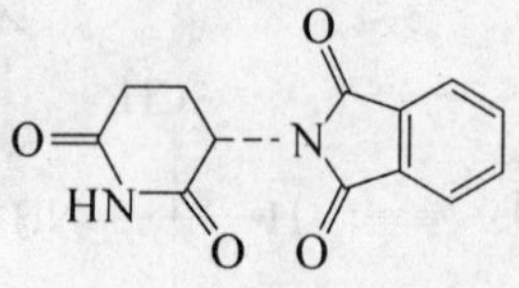

S-thalidomider 反应停，致畸 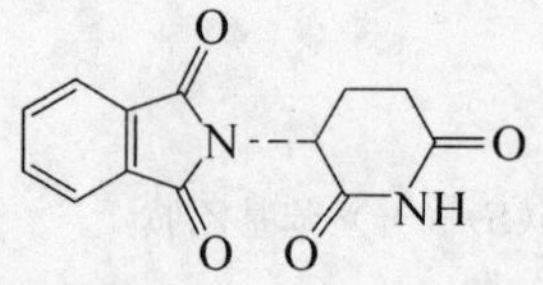 *R*-thalidomider 反应停，镇定

表7.1 手性分子不同异构体不同的生物或者生理性能

名 称	结 构	一种对映异构体性能	另一种对映异构体性能
多巴 (Dopa)	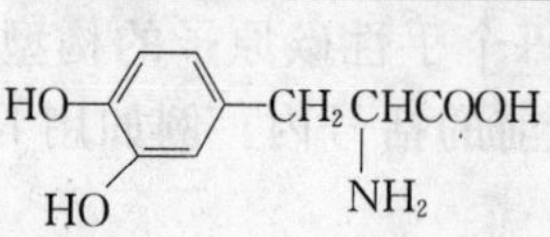 (HO)$_2$C$_6$H$_3$—$CH_2CH(NH_2)COOH$	(*S*)-异构体，治疗帕金森病	(*R*)-异构体，严重副作用

(续表)

名称	结构	一种对映异构体性能	另一种对映异构体性能
氯胺酮(Ketamine)	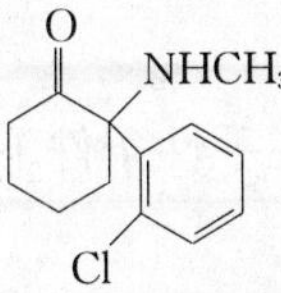 O, $NHCH_3$, Cl	(*S*)-异构体,麻醉剂	(*R*)-异构体,致幻剂
青霉胺(Penicillamine)	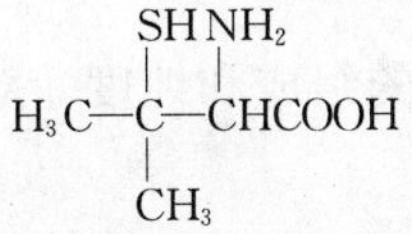 $H_3C-C(SH)(CH_3)-CH(NH_2)COOH$	(*S*)-异构体,治疗关节炎	(*R*)-异构体,突变剂
乙胺丁醇(Ethambutol)	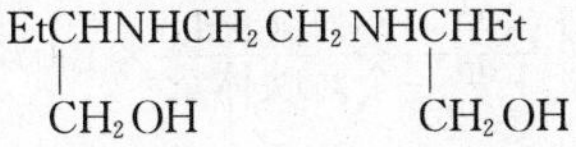 $EtCH(CH_2OH)NHCH_2CH_2NHCH(CH_2OH)Et$	(*S*)-异构体,治结核病	(*R*)-异构体,致盲
门冬酰胺(Asparagine)	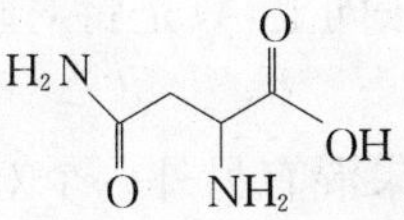 H_2N, O, OH, O, NH_2	(*S*)-异构体,苦的	(*R*)-异构体,甜的
丙氧芬(Propoxyphene)	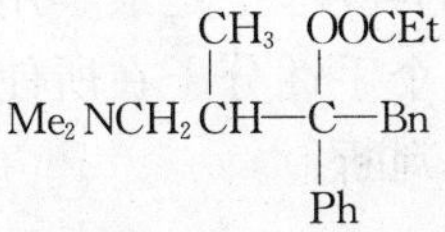 $Me_2NCH_2CH(CH_3)-C(OOCEt)(Ph)-Bn$	(*S*)-异构体,止痛	(*R*)-异构体,止咳
噻吗洛尔(Timolol)	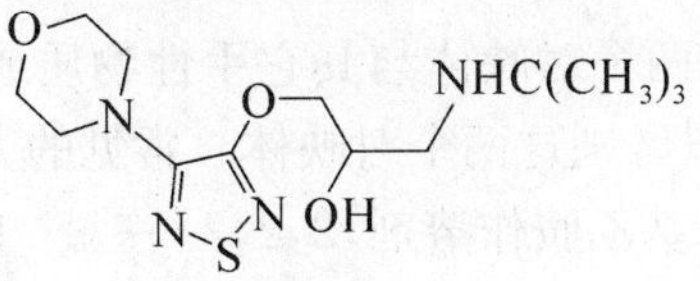 O, N, O, $NHC(CH_3)_3$, N, S, N, OH	(*S*)-异构体,肾上腺素阻断剂	(*R*)-异构体,无效
普萘洛尔(Propranolol)	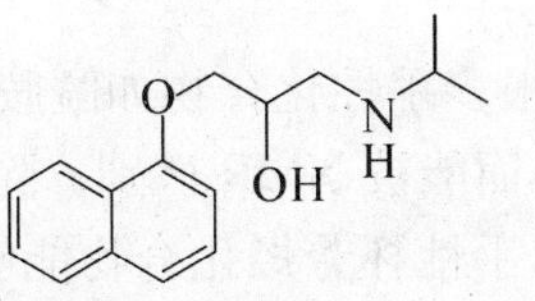 O, OH, N, H	(*S*)-异构体,β-受体阻断剂,治疗心脏病	(*R*)-异构体,作为β-受体阻断剂,只有(*S*)-异构体约1%的疗效
萘普生(Naproxen)	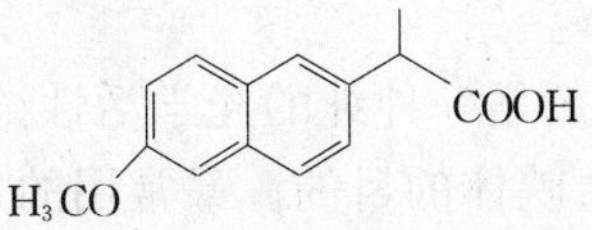 COOH, H_3CO	(*S*)-异构体,抗炎药	(*R*)-异构体,只有(*S*)-异构体1/28的疗效
吡氟禾草灵(稳杀得,Fluazifop-butyl)	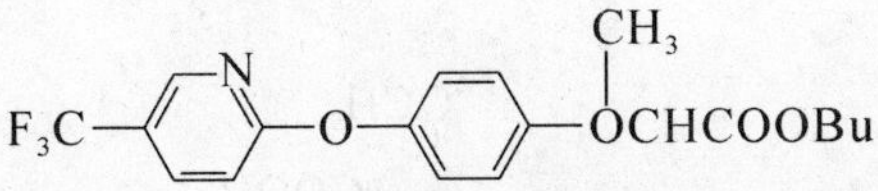 F_3C, N, O, CH_3, $OCHCOOBu$	(*S*)-异构体,除草剂	(*R*)-异构体,无效
氰戊菊酯(Asana)	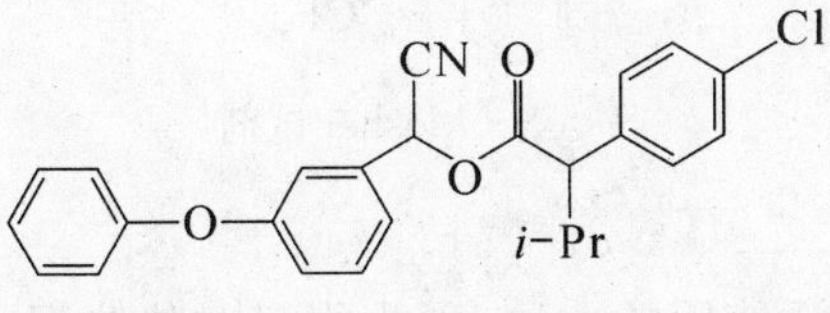 Cl, CN, O, O, O, *i*-Pr	一个异构体是强力杀虫剂	另三个异构体对植物有毒

对映体之所以表现出不同的生物活性,是因为生命体是一个手性的环境。在生命的产生和演变过程中,自然界往往偏爱于某种对映体。例如,构成生命的糖为D-型,氨基酸为L-型,蛋白质和DNA的螺旋结构又都是右旋的,因此整个生命体处在高度不对称的环境中。当某种外消旋体进入生命体后,只有与生命体中不对称受体在空间构型上相匹配的那种对映异

构体才能表现出活性，所以不同的构型会产生不同的生物活性和药理作用。因此，要得到性能可靠的化学物质，就必须制备出具有单一构型的对映异构体。

7.2.6 单一对映体的制备方法

在非手性条件下，不能得到单一的对映体。只有在手性条件下，才能区分和分离对映异构体。对映异构体的区分也叫手性识别。

1. 对映体组成和纯度的测定

合成单一对映体时，必须要测定产物中对映体的组成和纯度。对映体纯度一般用对映体过量的百分数来表示，记为 ee(enantiomer excess)。

$$\text{对映体过量}\ \% = \frac{\text{一个对映体量} - \text{另一个对映体量}}{\text{一个对映体量} + \text{另一个对映体量}} \times 100\%$$

非对映体过量(diastereomer excess, de)的计算方法同上，只是将对映体转换成非对映体。

1) 旋光度的测定

一个纯的对映体具有最大的旋光度绝对值，如果混有另外一个对映体，其旋光度绝对值会减小。工业上一般通过测定旋光度来判断对映体的纯度，也是最早用于分析对映体纯度的方法，用测旋光度得到的纯度也叫光学纯度。如果一个手性分子在所使用的波长范围内没有吸收，则它的对映异构体纯度不能通过测定旋光性来判断。

2) 核磁共振的测定

NMR 一般不能区别两个对映体，但当这两个对映体与其它手性物质或者环境有作用时，这两个对映体实际上成为非对映体，因此可以区别这两个对映体。常见的方法包括：

(1) 使用手性溶剂。例如，用(−)-α-苯基乙胺作溶剂，2,2,2-三氟-1-苯基乙醇的两个对映体可以用^{19}F NMR 谱区别开来。

(2) 使用位移试剂。手性镧系配合物能与很多手性化合物如酰胺、胺、酯、酮和亚砜等含有孤对电子的原子配位，使对映体成为非对映体而能被 NMR 区别。除了手性镧系配合物外，一些手性主体化合物也能用作位移试剂。例如，手性杯芳烃化合物能够有效地区别扁桃体酸的两个对映异构体。

(3) 使用手性衍生化试剂。手性衍生化试剂是一种纯的光学活性试剂，它与被测的对映体反应后，使之成为非对映体而达到区别两个对映体的目的。最常用的是 Mosher 试剂，它有一个羧基，能和醇或者胺生成酯或者酰胺。

OCH_3 CF_3 COOH　　　　OCH_3 COOH CF_3

R-Mosher 试剂　　　　*S*-Mosher 试剂

3) 用手性色谱柱确定组成

用手性色谱柱确定对映体的组成是广泛使用的方法，因为很多对映体都可用手性色谱柱分开。对于低沸点的手性分子，一般小于 260℃，或者在高温下稳定的手性分子，可用气相色谱来分析；对于高沸点的手性分子，或者在高温下不稳定的手性分子，可用液相色谱来分析。

2. 化学拆分法

将外消旋化合物分离成两个纯的对映体叫做对映体的拆分。可以将外消旋化合物与一旋光性试剂反应,得到两个非对映体,利用非对映体物理性能的差别将两个非对映体分开,然后将试剂除掉,即可得到纯的对映体。如果外消旋体是酸或者碱,可以用一个旋光性的碱或者酸与之反应生成盐,盐为非对映体,溶解度不一样,通过重结晶可以分离,然后用无机碱或者酸使对映体游离出来。例如,用天然的 L-(+)-酒石酸拆分 α-苯乙胺:

(*RS*)-α-苯乙胺 + L-酒石酸 ⟶ (*R*)-α-苯乙胺-L-酒石酸 + (*S*)-α-苯乙胺-L-酒石酸

L-(+)-酒石酸和 α-苯乙胺生成的盐(*R*)-α-苯乙胺-L-酒石酸盐和(*S*)-α-苯乙胺-L-酒石酸盐为非对映体,(*S*)-α-苯乙胺-L-酒石酸盐的溶解度较小,先沉淀出来并过滤后,用稀氢氧化钠中和,游离出(*S*)-(−)-α-苯乙胺;而母液用稀氢氧化钠中和可得到(*R*)-(+)-α-苯乙胺。

常用于外消旋碱拆分的还有樟脑磺酸、扁桃体酸、柠檬酸等;用于酸拆分的有生物碱奎宁、马钱子碱、辛可宁等。用于拆分对映体的这些光学活性试剂也叫拆分试剂。

如果外消旋体既不是酸又不是碱,可以引入一个羧基或者氨基,然后用上述方法进行拆分。对于外消旋的醇,可让它与一个旋光性的酸反应生成非对映异构的酯,利用极性不同用色谱进行分离。也可用旋光性的色谱柱直接分离外消旋体,这时外消旋的两个对映体与色谱柱内填充的旋光性物体生成非对映体复合物,复合物的稳定性不同,稳定性小的异构体优先洗脱出来。

3. 物理拆分法

物理拆分法是在外消旋体的过饱和溶液中,加入少量的某一对映体的晶体,也叫晶种,与晶种相同的对映体的过饱和度会加大,从而优先结晶出来。由于原外消旋体就是过饱和的溶液,所以晶种结晶出来时会将相同的对映体一同结晶出来,并可超出晶种的一倍。过滤后,溶液中就是另一对映体过量,再加外消旋体,加热溶解,冷却后另一对映体就优先结晶析出。这样加少量一种对映体,就可以把两种对映体分离出来,非常节省拆分试剂。在氯霉素的工业生产中使用这种方法可以将氯霉素同另外一种无效的对映体分开。

4. 动力学拆分

前面两种对映体的拆分方法是利用溶解度及极性的大小来实现的。如果在手性催化剂的存在下,外消旋体中的两个对映体反应速率相差很大,一个对映体能完全转化为一种旋光产物,另外一个对映体不能转化或者转化很少,从而将两种对映体分离,这种方法叫做动力学拆分。

生物酶常用于动力学拆分,因为酶的活性和选择性都非常高。例如可以利用内酯水解酶对外消旋体 DL-泛酸内酯选择性水解,D-泛酸内酯水解为 D-泛酸,L-泛酸内酯保留下来,酸和内酯容易分开,可得到选择性大于 90%的 D-泛酸。

DL-泛酸内酯 —内酯水解酶→ L-泛酸内酯 + D-泛酸

D-泛酸为B族维生素，广泛用于食品和饲料添加剂中，也用作药物，但L-泛酸不能被生命体吸收，必须使用纯的D-泛酸，日本富士药业公司用酶拆分法每年生产D-泛酸3千吨左右。

现在很多人工合成的手性催化剂也像生物酶一样具有很高的催化活性和选择性，甚至也可以用于外消旋体的动力学拆分。例如Sharpless环氧化手性催化剂可以用于烯丙醇的环氧化动力学拆分。

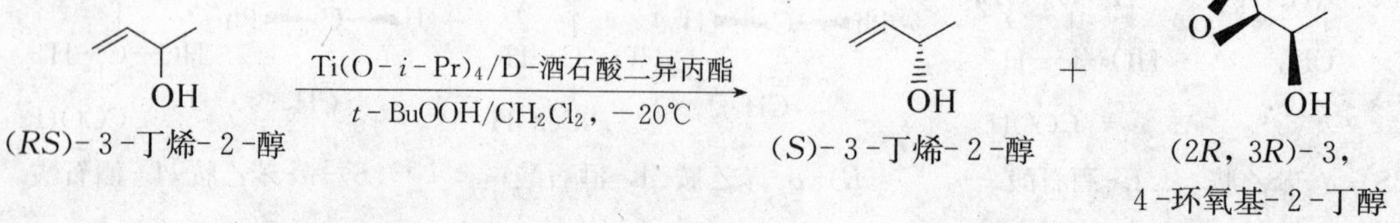

(RS)-3-丁烯-2-醇 $\xrightarrow[t\text{-BuOOH/CH}_2\text{Cl}_2,\ -20^\circ\text{C}]{\text{Ti(O-}i\text{-Pr)}_4\text{/D-酒石酸二异丙酯}}$ (S)-3-丁烯-2-醇 + (2R, 3R)-3,4-环氧基-2-丁醇

Sharpless环氧化手性催化剂为钛酸异丙酯和D-(+)-酒石酸异丙酯的混合物，用叔丁基过氧化氢作环氧化试剂，在二氯甲烷和-20℃下进行。外消旋体中的(R)-3-丁烯-2-醇被环氧化，而(S)-3-丁烯-2-醇由于反应很慢保留了下来。(S)-3-丁烯-2-醇的沸点比环氧化物的低，先蒸馏出去，从而将两种异构体分开。得到的(2R, 3R)-3,4-环氧基-2-丁醇是合成药物以及天然产物非常有用的手性原料。如它可用作合成新型抗癌药物埃博霉素(Epothilone)的手性砌块。

5. 不对称催化反应

手性拆分的方法虽然很容易将外消旋体转化为旋光性的对映体，但最多只有50%能够转化为有用的对映体，另一个对映体如果不能通过外消旋化转化为有用的对映体，就要扔掉。如果使用手性催化剂将非手性的原料直接转化为纯的对映体，原料的利用率就能大幅度提高，这种通过手性催化剂将非手性原料转化为单一的对映体或者某一对映体过量的合成方法叫做不对称合成。现在不对称催化合成已经广泛地用于药物和天然产物的合成中。例如治疗帕金森病的L-多巴，就是通过不对称合成在工业上进行生产的。

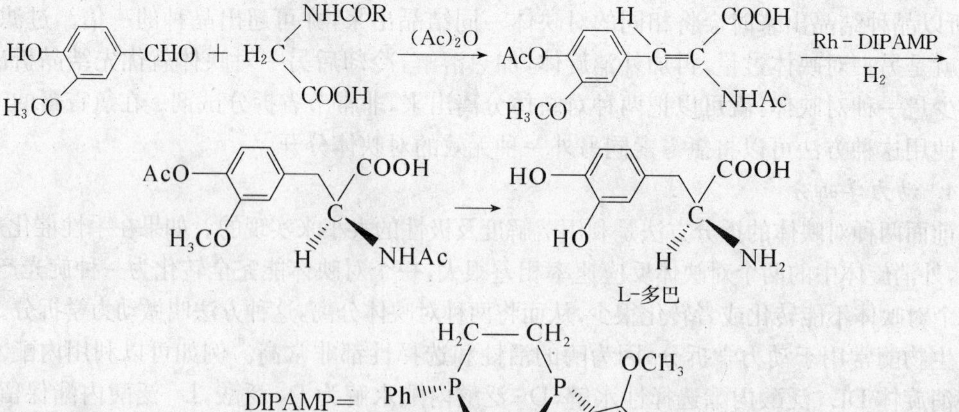

HO-, H_3CO-苯-CHO + H_2C(NHCOR)(COOH) $\xrightarrow{(Ac)_2O}$ AcO-, H_3CO-苯-CH=C(COOH)(NHAc) $\xrightarrow[H_2]{\text{Rh-DIPAMP}}$ AcO-, H_3CO-苯-CH_2-C(H)(COOH)(NHAc) $\longrightarrow$ HO-, HO-苯-CH_2-C(H)(COOH)(NH_2)

L-多巴

DIPAMP= (H_2C—CH_2 桥连的两个P，各连Ph及邻甲氧基苯基 OCH_3 / H_3CO)

关键的步骤是对α-乙酰氨基苯基丙烯酸的不对称催化氢化反应，通过这一步能够得到选择性大于94%的L-对映体双键氢化产物。这里使用手性叔膦铑的配合物作手性催化剂，最后脱去保护基团得到纯的L-多巴。这条生产路线由Knowles开发出来，孟山都公司用于工业生产中。

在这个烯烃的氢化反应中，起反应的活性中心是双键，双键的碳原子为 sp^2 杂化的平面结构，加氢后转化为 sp^3 杂化的四面体结构，产生一个手性碳原子。由于手性碳原子是由前面的平面转化而来的，前面的平面也叫前手性面。很显然前手性面有上下两个面，当某一面对着观察者，中心原子上连接的原子或者原子团的大小是顺时针旋转时，这个面称作 *Re* 面，如果是逆时针旋转则称作 *Si* 面。

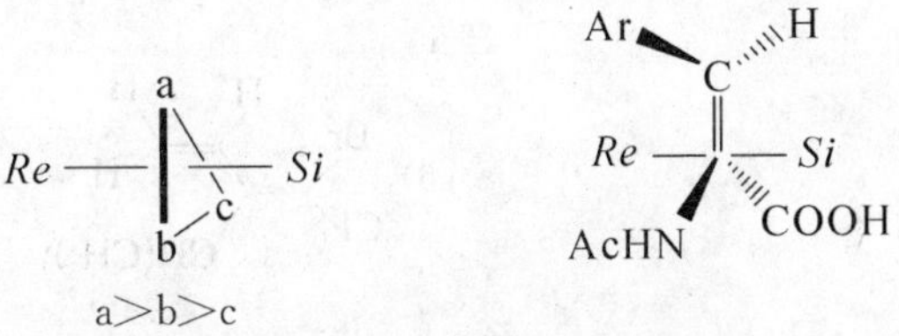

$a>b>c$

用金属催化氢化时，氢气会吸附到金属表面，烯烃也能配位到金属表面，从而能催化氢化反应。如果金属上没有旋光性配体存在，烯烃用 *Re* 面和 *Si* 面与金属配位的机会相等，得到两个等量的配合物对映体，它们与氢原子反应的活性相等，得到的手性氢化产物 *R* 和 *S* 构型各占 50%，是一个外消旋体，没有旋光性。当金属上连接旋光性配体 DIPAMP 后，烯烃用 *Re* 面和 *Si* 面与金属配位得到的配合物是两个非对映体，非对映体与氢原子反应的活性不同，得到 *S* 构型过量 94%的氢化产物。

2001 年 10 月，美国的威廉·S·诺尔斯(William S. Knowles)、日本的野依良治(Ryoji Noyori)和美国的巴里·夏普雷斯(K. Barry Sharpless)因为他们找到了有机合成反应中的高效手性催化剂和不对称合成反应的方法，获得了当年的诺贝尔化学奖。

现在，有越来越多的由单一对映体构成的，疗效好、毒副作用小、生物相容性好的手性化合物(chiral drug)在医药、农药、材料等领域得到应用。

6. 生物催化反应

生物酶的催化中心是具有旋光性的，反应底物用 *Re* 面和 *Si* 面与酶接触生成的两个复合物是两个非对映体，与试剂的反应活性不一样，具有立体选择性。由于生物酶是经过自然界长期筛选的产物，其催化活性及立体选择性都特别高。如将醛转化为旋光性的氰醇，可用氰醇酶进行不对称催化。

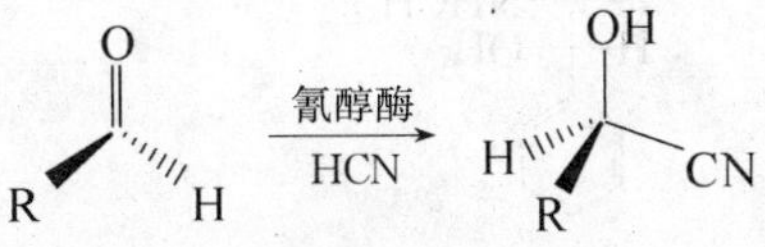

从水果杏中提取的氰醇酶可以得到 *R*-氰醇，从微生物中分离的氰醇酶可用于合成 *S*-氰醇，选择性大于 99%。

习 题

7-1 什么是构造异构、顺反异构、构象异构？举例说明。

7-2 什么叫手性分子？对映异构体？非对映异构体？光学异构体？它们之间有什么联系和区别？

7-3 试解释手性、手性中心、旋光性、外消旋、内消旋、对称轴、对称面、对称中心等概念。

7-4 写出分子式为 C_7H_{16} 的烷烃化合物所有构造异构体，并用系统命名法命名。

7-5 写出正戊烷、异戊烷、新戊烷的结构。

7-6 用 *Z*/*E* 法给下列烯烃命名，并将那些可用顺/反法命名的烯烃用顺/反法命名。

(1) H_3C, CH_2CH_3, $H_3CH_2CH_2C$, $CH(CH_3)_2$ (C=C)

(2) $H_3CH_2C(H_3C)HC$, CH_2CH_3, $H_3CH_2CH_2C$, $CH(CH_3)_2$ (C=C)

(3) F, F, H, Cl (C=C)

(4) Cl, F, Br, Cl (C=C)

(5) Ph, Ph, H_3C, $COCH_3$ (C=C)

(6) Br, H, H, Cl, H, $CH(CH_3)_2$

7-7 写出1,2,5-三氯环己烷所有可能的顺反异构体以及所有椅式和船式构象。

7-8 用R/S法命名下列光学活性化合物。

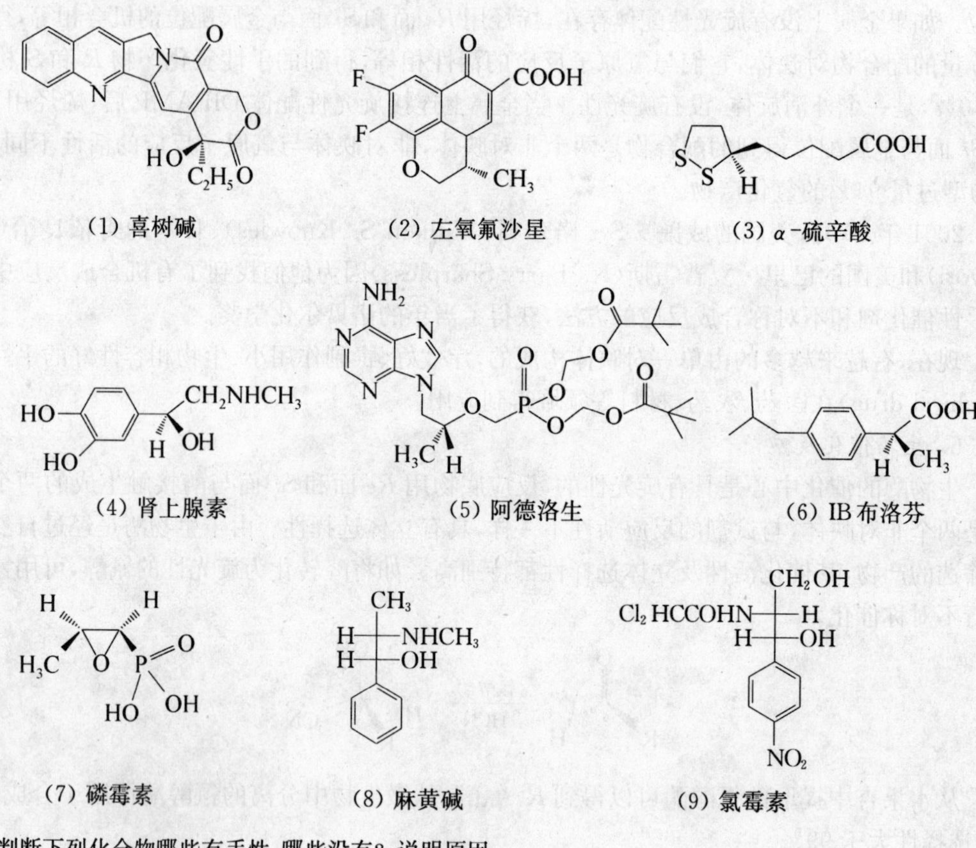

(1) 喜树碱　(2) 左氧氟沙星　(3) α-硫辛酸

(4) 肾上腺素　(5) 阿德洛生　(6) IB布洛芬

(7) 磷霉素　(8) 麻黄碱　(9) 氯霉素

7-9 判断下列化合物哪些有手性，哪些没有？说明原因。

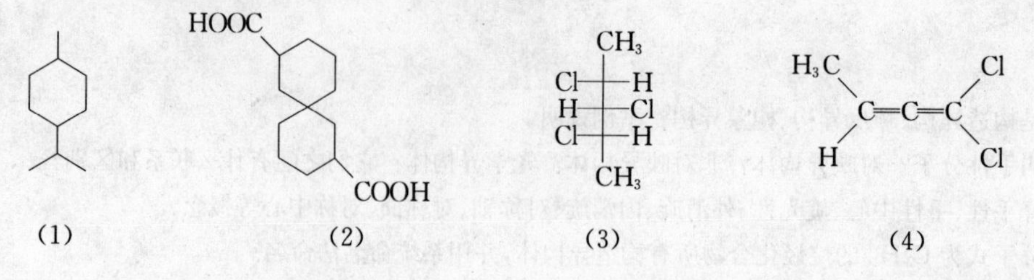

(1)　(2)　(3)　(4)

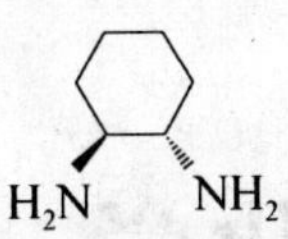

(5) 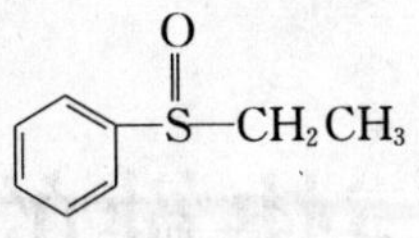　(6) 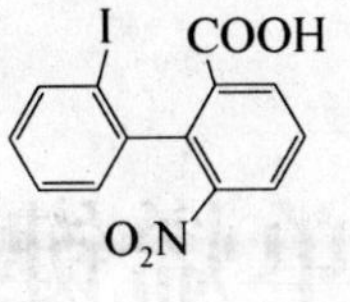　(7) 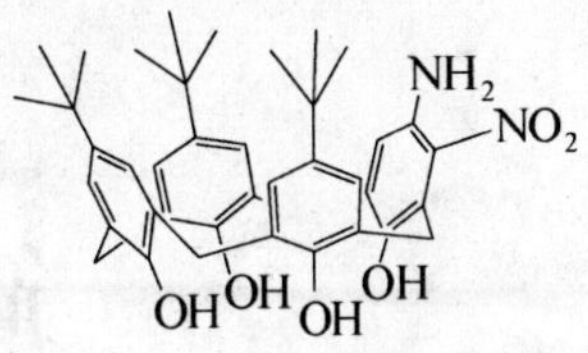　(8)

7-10　将下列外消旋体拆分成光学纯的单一对映体，写出拆分路线和步骤。

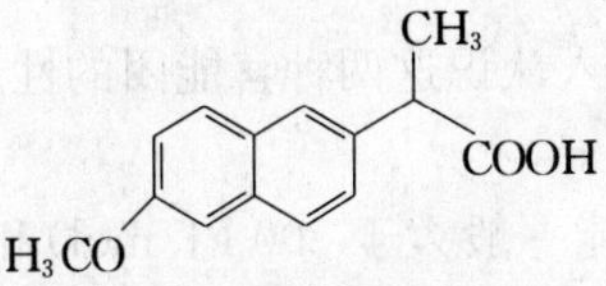

(1) 外消旋萘普生 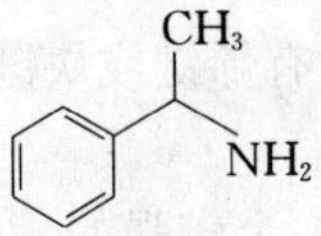　(2) 外消旋 1-苯乙胺 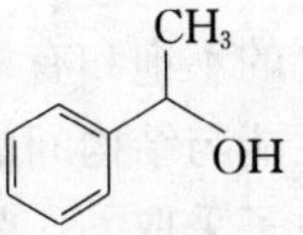　(3) 外消旋 1-苯乙醇

7-11　什么叫动力学拆分？举例说明。

7-12　什么叫不对称合成？举例说明。

第8章 简单烯键与炔键的化学

许多重要的不饱和有机化合物都含有烯键或炔键，要深入认识这两种官能团的性质，必须了解其反应性能与结构间的内在联系。

烯键碳原子采取 sp^2 杂化，双键由一个较强的 σ 键(键能一般大于 300 kJ/mol)和一个较弱的 π 键(键能为 263.5 kJ/mol)所组成。根据分子轨道理论，烯烃分子在基态时，它的两个 π 电子填充在成键轨道上，反键轨道是空着的(图 8.1)，意味着 π 键是分子中容易与其它试剂发生化学反应的活泼位置。烯键结构呈平面几何形状，其 π 电子云分布在平面上下方且离核较远，因此易受到缺电子物种的进攻，导致 π 键的断裂，最终生成多种官能团的加成产物。另一方面，具有一个未成对电子的物种，如自由基，也可以进攻 π 键发生自由基加成或聚合反应。

烯键两端的基团对烯烃的化学性质影响很大。取代基的电子效应将导致 π 键电子云密度发生显著变化，进而影响其反应的机理。取代基的空间位阻也会造成不同结构的烯烃的反应性不同。

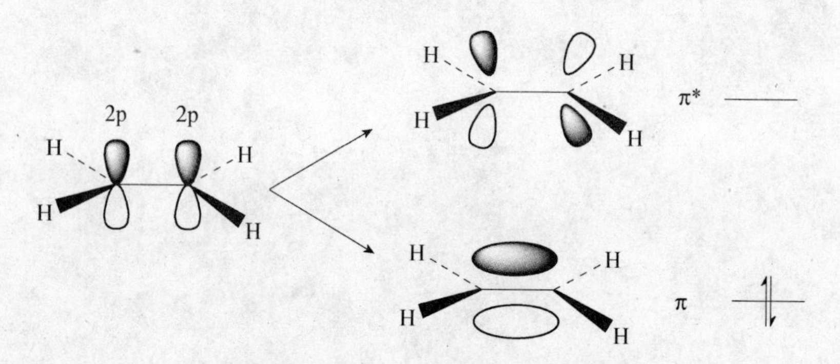

图 8.1　乙烯分子 π 键成键示意图

炔键碳原子为 sp 杂化，炔键由一个 σ 键和两个成键方向互相垂直的 π 键组成。乙炔分子的 π 键如图 8.2 所示。

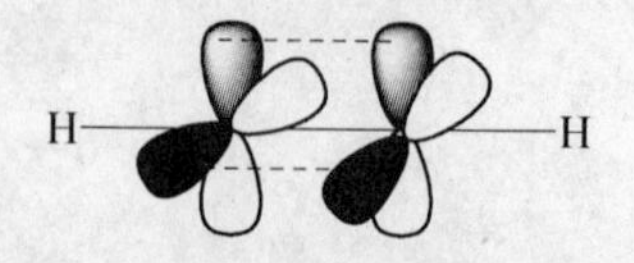

图 8.2　乙炔分子 π 键示意图

与 sp^2 或 sp^3 杂化的碳相比，sp 杂化碳含有较多的 s(50%)成分。较多的 s 成分意味着 sp 杂化轨道较靠近原子核，sp 杂化轨道中的电子受原子核的束缚力也较大，即 sp 杂化状态的碳原子电负性较强。各种不同杂化状态的碳原子的电负性顺序为：

$$sp > sp^2 > sp^3$$

因此,末端炔的碳氢键极性较强。炔键两对 π 键的电子云围绕 σ 键轴呈圆筒状分布,不易极化,虽然有两个 π 键,却不像烯烃那样容易给出电子,使得炔烃的亲电加成反应一般要比烯烃慢。反之,炔键的亲核加成却比烯键的快。

8.1 烯键的主要化学性质

鉴于烯键的结构特征,烯键的主要化学反应主要包括:过渡金属催化加氢,亲电试剂诱导的加成和聚合,自由基诱导的加成和聚合等类型。

8.1.1 催化加氢反应

在无催化剂存在下,烯烃与氢气的反应活化能很高,反应很难发生。但在 Pt、Pd、Ni 等 d^8 副族过渡金属催化下,烯烃能与氢气顺利发生加成反应,该过程称为催化加氢反应(catalytic hydrogenation),是目前制备烷烃的重要方法。

用 Pt、Pd、Ni 等金属粉末作催化剂,可以大大降低加成反应的活化能,使反应顺利发生。高度分散的金属粉末有极高的表面活性,能与吸附在金属表面的烯烃分子和氢分子作用,促使 C═C 中的 π 键和 H—H 的 σ 键断裂,从而相互反应形成产物,具体过程如图 8.3 所示。

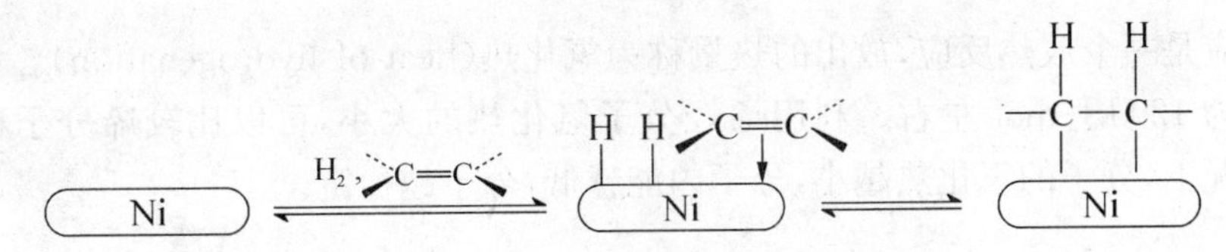

图 8.3　烯烃催化加氢过程示意图

烯烃这种靠催化剂才能顺利进行加氢的反应原理,可以从分子轨道前线理论加以解释。前线轨道理论认为,反应中起决定作用的轨道是两种反应物分子中一个分子的 HOMO 和另一个分子的 LUMO,反应时电子从 HOMO 进入 LUMO。如果一个分子的 HOMO 和另一个分子的 LUMO 能够发生同位相重叠,则反应是对称允许的,可以进行;如果一个分子的 HOMO 与另一个分子的 LUMO 位相相反,则反应是对称禁阻的,不能进行。

由于乙烯分子的 HOMO 与氢分子的 LUMO,或者乙烯分子的 LUMO 和氢分子的 HOMO,都是对称性禁阻的,所以很难直接发生加成反应。但是,如图 8.4 所示,当用催化剂如 Ni 催化时,Ni 的 HOMO 轨道(3d 轨道)与氢的 LUMO 轨道(σ^* 轨道)是对称允许的,电子从 Ni 的 3d 轨道流入 H_2 的 σ^* 轨道,使 H_2 裂解,然后与乙烯的 LUMO 轨道(π^* 轨道)发生对称性允许的叠加。

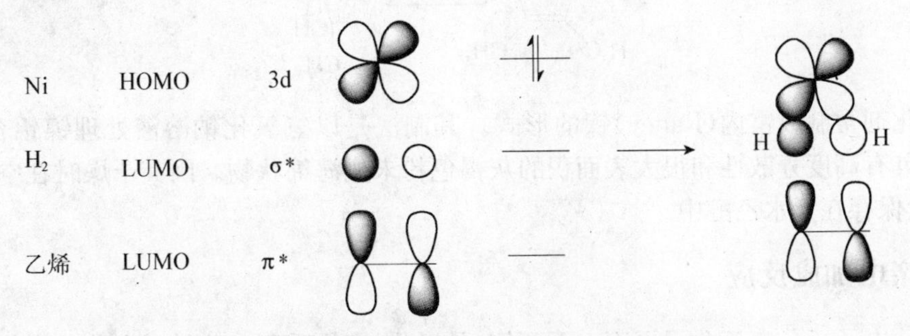

图 8.4　Ni、氢气和乙烯的对称性允许催化加氢

在实验室中，因采用的催化剂的活性一般较高，加氢反应通常可以在常温常压下进行。其操作是将烯烃、催化剂分别溶解于溶剂(如乙醇或乙酸等)，搅拌下再将催化剂加入烯烃溶液并通入氢气。而在工业生产中，由于使用的价廉催化剂(铁、铬、铜、钴等)的催化活性一般较低，反应需在加热(200～300℃)加压(＞10 MPa)下进行。

通常烯键上的取代基越大、取代基数目越多，烯烃越不容易被吸附在催化剂的表面，加氢反应也就越不容易进行。因此，加氢反应速率一般可表示为：

$$R_2C=CR_2 < R_2C=CHR < RCH=CHR < RCH=CH_2 < CH_2=CH_2$$

利用烯烃结构对加氢活性的影响，可以实现选择性地加氢。例如，选择一定的催化条件，可将苧烯中位阻较小的侧链双键氢化，保留环内双键，从而得到蓋烯：

苧烯 $\xrightarrow[PtO_2]{H_2}$ 蓋烯

近年来，随着可溶于有机溶剂的均相催化剂的发现，如氯化铑或氯化钌与三苯基膦的配合物$(Ph_3P)_3RuCl$、$(Ph_3P)_3RhCl$等，使得有机合成中的催化加氢技术得到进一步发展。值得注意的是，使用不同的反应条件(如催化剂、溶剂、压力等)，会对氢化反应的顺、反加成产物的比例产生影响。

加氢反应是一个放热反应，放出的热量称为氢化热(heat of hydrogenation)。单个双键的氢化热大约为120 kJ/mol左右。利用烯烃分子氢化热的大小，可以比较烯分子稳定性的高低。一般情况下，分子的氢化热越小，分子内能越低，分子越稳定。

	反-2-丁烯	顺-2-丁烯	2-甲基丙烯	1-丁烯
氢化热/(kJ/mol)	−126	−119	−117.6	−114.7

以上氢化热数据表明，双键碳原子上连接的烷基越多，烯烃就愈稳定，即烯烃的稳定性顺序一般可以总结如下：

$$R_2C=CR_2 > R_2C=CHR > RCH=CHR > RCH=CH_2 > CH_2=CH_2$$

另外，氢化反应是定量进行的，所以通过测定加氢时消耗氢气的体积，还可以估算化合物中所含双键的数目。

烯键的催化加氢一般都是以同面加成方式进行的，即两个氢原子是从双键的同侧加上去的。例如，1,2-二甲基环戊烯的加氢反应，只得到顺-1,2-二甲基环戊烷。

1,2-二甲基环戊烯 $\xrightarrow{H_2,\ Ni}$ 顺-1,2-二甲基环戊烷 (CH_3, CH_3)

镍催化剂常制成雷内(Raney)镍的形式。其制法是以氢氧化钠溶液处理镍铝合金，铝溶解后得到具有高度分散性和很大表面积的灰褐色粉末或海绵状物。因其干燥时在空气中能自燃，故一般保存在无水乙醇中。

8.1.2 亲电加成反应

烯键π电子云分布于分子平面上下两侧，易极化，容易受到一些带正电荷或带部分正电荷的亲电试剂的进攻而发生加成反应。常见的亲电试剂包括卤素(Cl_2、Br_2)、无机酸(H_2SO_4、HX、HOX)及有机酸等质子酸，由亲电试剂进攻而引起的加成反应叫亲电加成反应(electrophilic addition)。

与烷烃的自由基取代反应不同，烯烃的亲电加成反应总是伴随着共价键的异裂，形成碳正离子中间体。因此，烯烃的亲电加成是离子型反应，且反应是分步进行的。其反应机理图示如下：

$$\mathrm{>C=C<} + \overset{\delta+\ \delta-}{\mathrm{E\text{-}Nu}} \xrightarrow{\text{慢}} \mathrm{>\overset{+}{C}-C(E)<} + \mathrm{Nu^-}$$

$$\mathrm{>\overset{+}{C}-C(E)<} + \mathrm{Nu^-} \xrightarrow{\text{快}} \mathrm{>C(Nu)-C(E)<}$$

反应中的第一步是 E^+ 用外电子层的空轨道与烯烃的 π 轨道相互作用，牵涉到 π 键的断裂和 σ 键的生成，这一步反应速率通常较慢，是决定整个反应速率的一步。由于反应中断裂了一个较弱的 π 键，形成了两个较强的 σ 键，此反应往往是热力学有利的放热反应。以下将分别讨论烯烃与多种亲电试剂(水、质子酸、卤素、硼烷等)间的亲电加成反应。

1. 水合反应

在强酸(常用 H_2SO_4、H_3PO_4 等)催化下，活泼性较大的烯烃可以和水反应生成醇，此反应也叫烯烃的水合(hydration)，是低分子醇的制备方法之一。反应条件一般要求较高。

$$CH_3-CH=CH_2+H_2O \xrightarrow[195℃,\ 20\ MPa]{H_3PO_4} CH_3-\underset{\displaystyle OH}{\underset{|}{CH}}-CH_3$$

在水合反应中，烯烃首先与水合质子 H_3O^+ 作用生成碳正离子，此步反应速率较慢；碳正离子再与水作用得到质子化的醇，接着质子化的醇与水交换质子，后两步反应速率都较快。

$$CH_3-CH=CH_2+H_3O^+ \xrightleftharpoons{\text{慢}} CH_3-\overset{+}{C}H-CH_3+:\ddot{O}(H)-H$$

$$CH_3-\overset{+}{C}H-CH_3+:\ddot{O}(H)-H \xrightleftharpoons{\text{快}} CH_3-\underset{CH_3}{\overset{H}{C}}-\overset{+}{O}(H)-H$$

$$CH_3-\underset{CH_3}{\overset{H}{C}}-\overset{+}{O}(H)-H+:\ddot{O}(H)-H \xrightleftharpoons{\text{快}} CH_3-\underset{CH_3}{\overset{H}{C}}-OH+H_3O^+$$

烯烃与水的加成符合马尔科夫尼可夫(Vladimir Markovnikov，俄国化学家)规则，即不对称烯烃与质子性试剂(如 H_2O)反应时，质子首先与含氢较多的碳原子相连。因此除乙烯外，烯烃水合反应的主产物一般都不是伯醇。

$$CH_3-CH=CH_2+H_3O^+ \longrightarrow \begin{cases} CH_3-\overset{+}{C}H-CH_3 & \text{I} \\ CH_3-CH_2-\overset{+}{C}H_2 & \text{II} \end{cases}$$

烯烃亲电加成反应的这种马氏加成规律，可以从比较反应生成的碳正离子中间体Ⅰ和Ⅱ的稳定性得到解释：

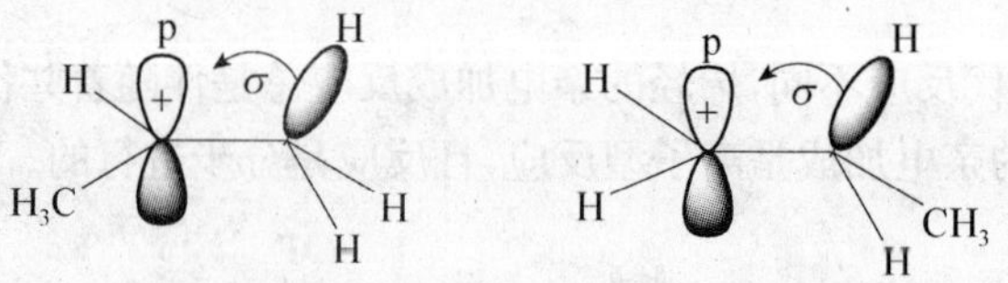

Ⅰ　　　　Ⅱ

在碳正离子Ⅰ中，2个甲基的6个碳氢σ轨道可以与碳正离子的p轨道产生给电子的σ-p超共轭效应，使得正电荷获得较大分散。而碳正离子Ⅱ只有一个甲基的3个碳氢σ轨道能参与σ-p超共轭效应，其正电荷的分散程度不如Ⅰ。由于正电荷越分散的碳正离子越稳定，所以稳定性是Ⅰ>Ⅱ，即2-丙醇为主要产物。

在实际反应过程中，第一步生成的碳正离子也可以和水溶液中其它物质(如硫酸氢根等)作用生成不少副产物，所以这种直接水合方法缺乏制备结构复杂醇的工业价值。

2. 与质子酸的反应

无机质子酸(如HX等强酸)能直接与烯烃发生加成反应，而有机质子酸(如乙酸、醇等)需要强酸催化。

烯烃与卤化氢、硫酸、有机酸以及醇等质子酸试剂发生反应，分别生成卤代烷、硫酸氢烷基酯、有机酸烷基酯和烷基醚。具体过程示意如下：

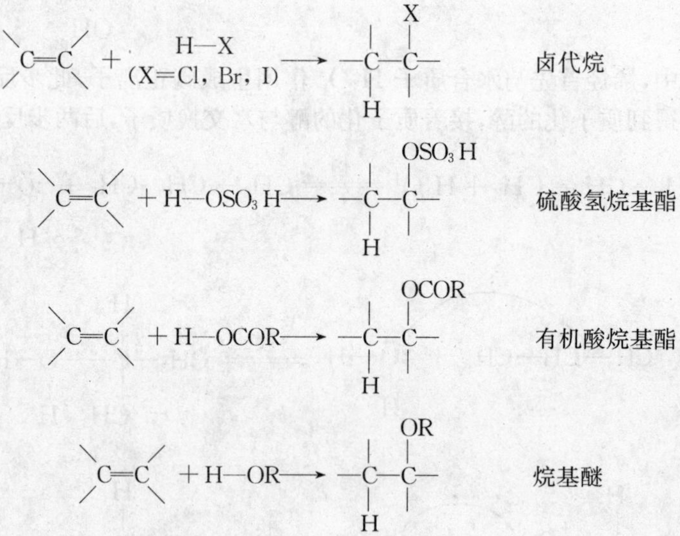

$$\mathrm{>C{=}C<} + \underset{(X=Cl,\ Br,\ I)}{H{-}X} \longrightarrow -\underset{H}{C}-\overset{X}{C}- \quad \text{卤代烷}$$

$$\mathrm{>C{=}C<} + H{-}OSO_3H \longrightarrow -\underset{H}{C}-\overset{OSO_3H}{C}- \quad \text{硫酸氢烷基酯}$$

$$\mathrm{>C{=}C<} + H{-}OCOR \longrightarrow -\underset{H}{C}-\overset{OCOR}{C}- \quad \text{有机酸烷基酯}$$

$$\mathrm{>C{=}C<} + H{-}OR \longrightarrow -\underset{H}{C}-\overset{OR}{C}- \quad \text{烷基醚}$$

与质子酸的加成反应机理与烯烃的水合相类似，现以乙烯与HBr的反应为例加以说明。受烯键上π电子的影响，极化的HBr分子中带部分正电荷的H靠向π键，生成带正电荷的碳正离子中间体，活泼的碳正离子中间体，很快与Br^-结合生成溴代烷：

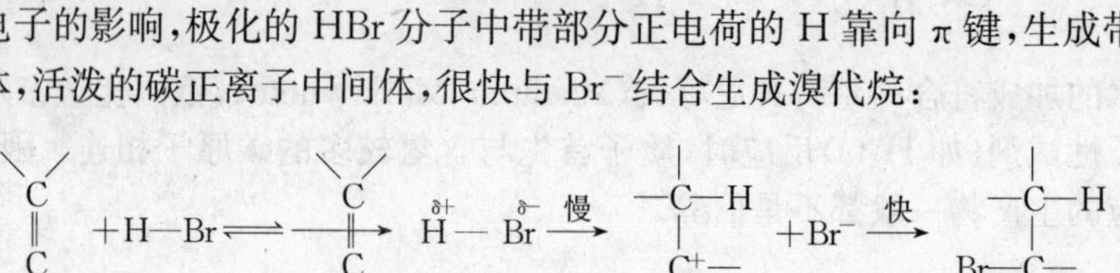

$$\mathrm{C{=}C} + H{-}Br \rightleftharpoons \mathrm{C{=}C}\ \overset{\delta+}{H}\cdots\overset{\delta-}{Br} \xrightarrow{\text{慢}} \begin{matrix}-C-H\\ |\\ C^{+}-\end{matrix} + Br^- \xrightarrow{\text{快}} \begin{matrix}-C-H\\ |\\ Br-C-\end{matrix}$$

同上所述，质子进攻π键形成碳正离子是反应的关键步骤，生成的碳正离子中间体越稳定，反

应的活性越高。实际上,多数烯烃与 HBr 的主要加成产物是由稳定的碳正离子中间体生成的,有时甚至是唯一的产物。例如:

$$CH_3CH_2CH{=}CH_2 + HBr \xrightarrow{HOAc} CH_3CH_2CH_2CH_2Br\ (20\%) + CH_3CH_2CHBrCH_3\ (80\%)$$

$$(CH_3)_2C{=}CH_2 + HBr \xrightarrow{HOAc} (CH_3)_2CHCH_2Br\ (10\%) + (CH_3)_3CBr\ (90\%)$$

$$\text{1-甲基环戊烯}(-CH_3) + HBr \xrightarrow{HOAc} \text{1-甲基-1-溴环戊烷}(CH_3, Br)\quad 100\%$$

利用碳正离子稳定性的大小,还可以解释烯烃与酸性质子反应过程中形成的重排产物。例如,3,3-二甲基-1-丁烯与氯化氢在硝基甲烷溶液中反应,主要产物为2,3-二甲基-2-氯丁烷,其原因是生成的仲碳正离子通过甲基带着一对电子发生1,2-迁移,重排成更稳定的叔碳正离子。

$$CH_2{=}CH{-}C(CH_3)_2{-}CH_3 + HCl \xrightarrow[H^+]{CH_3NO_2} CH_3{-}\overset{+}{C}H{-}C(CH_3)_2{-}CH_3$$

$$CH_3{-}\overset{+}{C}H{-}C(CH_3)_2{-}CH_3 \xrightarrow{Cl^-} CH_3{-}CH(Cl){-}C(CH_3)_2{-}CH_3 \quad \text{2,2-二甲基-3-氯丁烷}\ (17\%)$$

$\downarrow$ 重排

$$CH_3{-}CH(CH_3){-}\overset{+}{C}(CH_3){-}CH_3 \xrightarrow{Cl^-} CH_3{-}CH(CH_3){-}C(CH_3)(Cl){-}CH_3 \quad \text{2,3-二甲基-2-氯丁烷}\ (83\%)$$

除了甲基迁移外,还有1,2-负氢迁移。例如,3-甲基-1-丁烯与HCl的反应,其反应产物是2-甲基-3-氯丁烷和2-甲基-2-氯丁烷的混合物:

$$(CH_3)_2CHCH{=}CH_2 + HCl \longrightarrow (CH_3)_2CHCHClCH_3 + (CH_3)_2CClCH_2CH_3$$

烯烃与卤化氢等酸性试剂的反应活性,对于烯烃来讲,双键碳原子上有斥电子基团时,可使 π 电子云密度提高而有利于反应;反之,有吸电子基团时,则使 π 电子云密度降低而降低反应活性。其反应活性顺序可表示为:

$$R_2C{=}CR_2 > R_2C{=}CHR > RCH{=}CHR > RCH{=}CH_2 > CH_2{=}CH_2 > CH_2{=}CHCl$$

例如,异丁烯与63%的浓硫酸就可以发生反应,而丙烯需要80%的浓硫酸,乙烯则需要98%的加热浓硫酸反应方能发生。

利用烯烃与硫酸的酯化反应,可以从某些混合物里去除微量烯烃。酯化产物经水解反应最后结果是烯烃双键上加入了一分子水，所以又叫间接水合作用。

$$\text{CH}_2\text{=CHCH}_3 + H_2SO_4 \longrightarrow \text{CH}_3\text{CH(OSO}_3\text{H)CH}_3 \xrightarrow{H_2O} \text{CH}_3\text{CH(OH)CH}_3$$

对于质子酸而言，酸性越强，越有利于碳正离子形成，即烯烃与卤化氢加成反应时卤化氢的活性顺序为：HI>HBr>HCl。浓氢碘酸、浓氢溴酸和烯烃能在 CS_2、石油醚或冰醋酸等低极性溶剂中进行，浓盐酸则一般要借助催化剂（$AlCl_3$）的帮助。例如工业上制备氯乙烷，常将乙烯与氯化氢混合，并加入无水三氯化铝等 Lewis 酸催化剂以提高反应速率。

3. 与卤素的反应

烯烃与卤素的加成，生成邻二卤代物，反应不需光和热就能顺利进行。例如，将溴的四氯化碳溶液与烯烃混合，溴的棕红色很快消失。因此，常利用此反应检验烯烃。

$$\text{>C=C<} + X_2 \longrightarrow \text{—CX—CX—}$$

将乙烯与溴的 NaCl 水溶液混合后，得到 1,2-二溴乙烷和 1-氯-2-溴乙烷的混合产物：

$$H_2C=CH_2 + Br_2 \xrightarrow{NaCl} H_2C(Br)—CH_2(Br) + H_2C(Br)—CH_2(Cl)$$

1-氯-2-溴乙烷的生成说明溴分子的两个溴原子不是同时加到双键的两端，而是分步进行的。一般认为，第一步是溴分子与烯烃接近，受烯烃的 π 电子影响发生极化，进而形成不稳定的 π 配合物。继续极化，溴-溴键发生断裂，形成环状的活性中间体——溴鎓离子（bromonium ion）和溴负离子，这一步较慢。

$$\text{>C=C<} + Br—Br \rightleftharpoons \text{>C=C<}\rightarrow \overset{\delta+}{Br}—\overset{\delta-}{Br} \xrightarrow{\text{慢}} \text{(溴鎓离子)} \overset{+}{Br} + Br^-$$

$$Br^- + \text{(溴鎓离子)} \xrightarrow{\text{快}} \text{—C(Br)—C(Br)—}$$

溴鎓离子中间体的存在，通常认为是由溴的未成键的 p 电子对，与缺电子的碳原子的空 p 轨道从侧面重叠而成。由于这两个 p 轨道不是沿键轴方向重叠，故此键并不太稳定，易受到溴负离子从背面的进攻。

由于第一步反应的速率一般要比第二步慢，活性中间体溴鎓离子的形成是决定反应速率的步骤。在决速步骤中，进攻碳碳双键的是带有部分正电荷的溴原子，因此，烯烃与卤素的加成反应也是离子型的亲电加成反应。

卤素的电负性越大，吸引电子的能力越大，因此卤素的亲电性大小顺序是：$Cl_2 > Br_2 > I_2$。像 $AlCl_3$、$ZnCl_2$ 和 BF_3 等 Lewis 酸能诱导卤素分子的极化作用，提高其反应活性。

因氟与烯烃的反应很猛烈，往往可使 C=C 键断裂，副反应多，而碘与烯烃一般不反应，所以有实际意义的卤素与烯烃的加成反应主要为氯和溴与烯键的反应。与溴原子和碘原子相比,氯原子的体积较小而电负性较大,所以氯与烯烃的加成反应存在链状和环状两种正离子间的平衡,其平衡比例与中间体的稳定性有关。

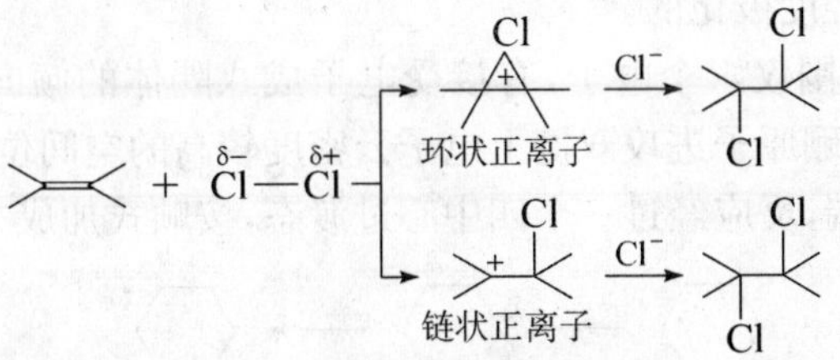

环状正离子

链状正离子

简单烯烃与溴的加成反应为立体选择性反应,即只生成某一种立体异构体的反应。例如,在环己烯与溴的反应中只得到反-1,2-二溴环己烷。

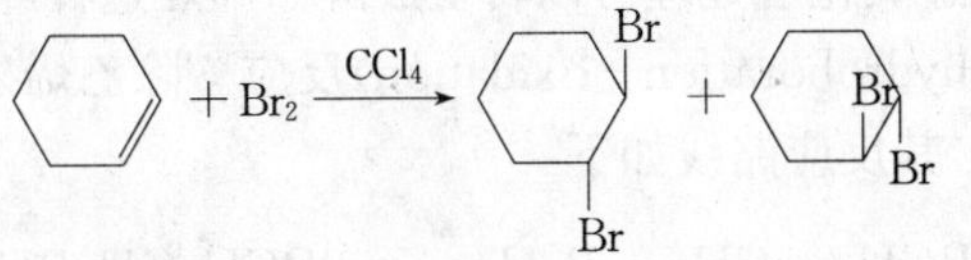

$$\text{环己烯} + Br_2 \xrightarrow{CCl_4} \text{反-1,2-二溴环己烷（两种对映体）}$$

烯烃与卤素和水发生加成反应,通常写作烯烃与次卤酸(HOX)的反应,产物为卤代醇。即:

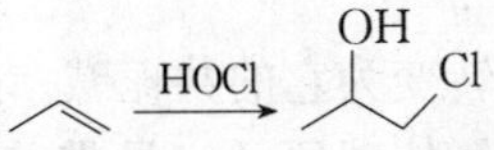

$$CH_2{=}CHCH_3 \xrightarrow{HOCl} CH_3CH(OH)CH_2Cl$$

反应的第一步是卤素先与烯烃加成,所得活性中间体再与大量的水反应,生成卤(代)醇。因此,加次卤酸的反应主要为反式加成反应。例如,依据烯烃与次卤酸的亲电加成机理,可以预料顺-2-丁烯与溴水反应得到(*R*, *R*)-和(*S*, *S*)-3-溴-2-丁醇外消旋体,而反-2-丁烯与溴水反应则得到(*S*, *R*)-和(*R*, *S*)-3-溴-2-丁醇的外消旋化合物。

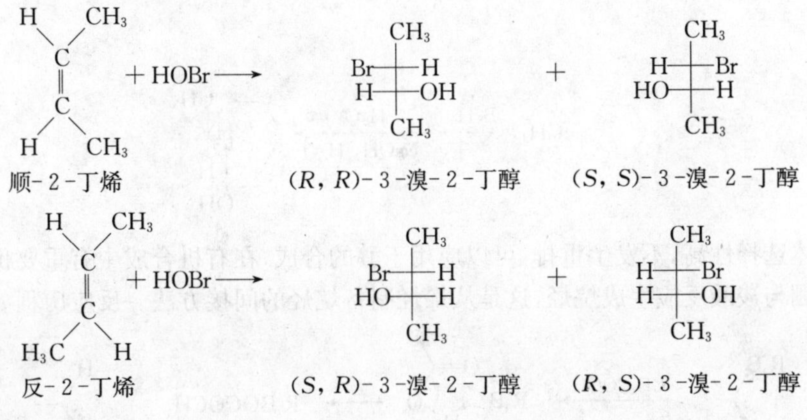

顺-2-丁烯 + HOBr ⟶ (*R*, *R*)-3-溴-2-丁醇 + (*S*, *S*)-3-溴-2-丁醇

反-2-丁烯 + HOBr ⟶ (*S*, *R*)-3-溴-2-丁醇 + (*R*, *S*)-3-溴-2-丁醇

8.1.3 硼氢化反应

烯烃与硼氢化合物在醚(如四氢呋喃,THF)溶液中反应生成烷基硼烷,此反应称为硼氢化(hydroboration)反应。硼氢化合物又叫硼烷,最简单的硼氢化合物为甲硼烷(BH_3)。通常,两个甲硼烷分子互相结合生成二聚体乙硼烷:

$$2BH_3 \rightleftharpoons B_2H_6$$

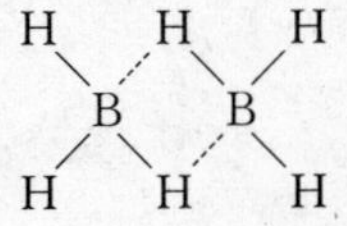

乙硼烷是一种在空气中能自燃的气体，有毒，一般不预先制好，而是把氟化硼的醚溶液加到硼氢化钠与烯烃的混合物中，使 B_2H_6 一旦生成立即与烯烃反应。由于氢的电负性(2.1)比硼(2.0)略大，硼氢键是轻度极化的。

sp^2 杂化的硼原子外围仅六个电子，有接受电子成八隅体的倾向，是个很强的亲电试剂。当与不对称烯烃加成时，硼原子进攻双键上电子云密度较高的空间位阻较小的碳原子，氢原子则同时加在双键的另一端，反应经过一个四中心过渡态，按顺式加成方式形成烷基硼：

H—BR₂ δ+ → H—BR₂ → H BR₂

三烷基硼在碱性条件下用过氧化氢处理可以转变成醇。烯烃这种经硼氢化和氧化转变成醇的反应又称为硼氢化-氧化(hydroboration - oxidation)反应。除乙烯外，只有末端烯烃可通过硼氢化-氧化反应制得伯醇。其反应路线如下：

$$2RCH=CH_2 + B_2H_6 \longrightarrow 2RCH_2CH_2BH_2$$
$$RCH_2CH_2BH_2 + RCH=CH_2 \longrightarrow (RCH_2CH_2)_2BH$$
$$(RCH_2CH_2)_2BH + RCH=CH_2 \longrightarrow (RCH_2CH_2)_3B$$

过氧化氢有弱酸性，它在碱性溶液中转变为它的共轭碱。此共轭碱进攻缺电子的硼原子，在生成的中间产物中含有较弱的O—O键，使碳原子容易带着一对电子转移到氧上。若迁移的烷基具有手性中心，其产物的构型保持不变。

R_2B —HOO^-→ $R_2\bar{B}$—O—OH —$-HO^-$→ R_2B—O

例如：

—CH_3 —B_2H_6→ —H_2O_2, NaOH, H_2O→ CH_3, H, H, OH

这类反应立体选择性高，不发生重排，可以应用于醇的合成，在有机合成中有重要价值。

三烷基硼与羧酸反应生成烷烃，这是从烯烃制备烷烃的间接方法。反应历程如下：

R_2B —CH_3COOH→ R_2B, O, O, H → $R_2BOCOCH_3$ + H

由于反应过程中与碳相连的原子或原子团的位置没有发生变化，因此，所得产物的构型保持不变。例如：

—R_2BH→ BR_2 —CH_3COOH→ H

8.1.4 自由基加成反应

在过氧化物存在时,不对称烯烃与溴化氢的加成反应不按照马氏加成规律进行:

$$RCH{=}CH_2 + HBr \xrightarrow{ROOR} \underset{(主要产物)}{RCH_2CH_2Br} + \underset{(次要产物)}{RCHBrCH_3}$$

这是因为过氧化物分解产生的自由基容易从 HBr 中攫取氢原子后产生 Br· 自由基,然后 Br· 自由基再与烯烃发生加成反应,其历程为:

$$ROOR \longrightarrow 2RO\cdot$$

$$RO\cdot + HBr \longrightarrow ROH + Br\cdot$$

$$Br\cdot + RCH{=}CH_2 \longrightarrow \underset{\text{I}}{R\dot{C}HCH_2Br} + \underset{\text{II}}{RCHBr\dot{C}H_2}$$

$$R\dot{C}HCH_2Br + HBr \longrightarrow RCH_2CH_2Br + \dot{B}r$$

由于反应中生成的自由基Ⅰ的稳定性比Ⅱ高,反应主要生成反马氏加成产物。

不过,过氧化物难以将 HCl、H_2O、H_2SO_4 等转化成自由基,而 HI 生成的碘自由基反应性较低,与双键的加成反应远比自身偶联成为碘分子的反应慢。因此,只有在过氧化物的参与下,HBr 与烯烃的加成反应才能顺利进行,生成反马氏规则的加成产物。

8.1.5 聚合反应

在催化剂、引发剂或光照条件下,许多烯烃小分子通过加成的方式互相结合,生成高分子化合物,这种类型的反应叫做聚合反应。如乙烯、丙烯可分别生成聚乙烯、聚丙烯等,其中 n 为聚合度。

$$nCH_2{=}CH_2 \xrightarrow[200℃,\ 200\ MPa]{O_2} \text{[}CH_2{-}CH_2\text{]}_n \quad 聚乙烯$$

$$nCH_3CH{=}CH_2 \xrightarrow{O_2} \text{[}\underset{\displaystyle CH_3}{\underset{|}{CH}}{-}CH_2\text{]}_n \quad 聚丙烯$$

聚合反应分为连锁聚合和逐步聚合。烯类单体的聚合大多属于连锁聚合,活泼中间体可以是自由基、碳正离子、碳负离子或配合物,因此连锁聚合又分为自由基聚合、阳离子聚合、阴离子聚合与配位聚合。各种聚合反应使用的引发剂(即用来产生聚合反应活泼中间体的化合物)与反应条件也各不相同。

1. 自由基聚合

常用过氧化物或偶氮异丁腈作为自由基引发剂。反应包括链引发、链增长和链终止三个过程。

链引发: $引发剂 \longrightarrow R\cdot$

链增长: $R\cdot + CH_2{=}CH_2 \longrightarrow RCH_2CH_2\cdot$

$RCH_2CH_2\cdot + nCH_2{=}CH_2 \longrightarrow R(CH_2CH_2)_nCH_2CH_2\cdot$

链终止: $2R(CH_2CH_2)_nCH_2CH_2\cdot \longrightarrow 聚乙烯$

$R(CH_2CH_2)_nCH{=}CH_2 + R(CH_2CH_2)_nCH_2CH_3 \longrightarrow$

$$R(CH_2CH_2)_nCH_2CH_2CH_2CH_2(CH_2CH_2)_nR \quad 等$$

若烯烃的双键碳上连有其它基团，如 CN、Ph、X 等，其聚合反应有的比乙烯还容易。

2. 阳离子聚合

通常以 $AlCl_3$、BF_3 等 Lewis 酸为引发剂，产生活泼的碳正离子中间体进行连锁反应，最终得聚合物。例如，聚异丁烯的生成过程。

链引发：

$$BF_3 + H_2O(\text{微量}) \rightleftharpoons H^+ + BF_3(OH)^-$$

$$H^+ + (CH_3)_2C{=}CH_2 \rightleftharpoons (CH_3)_2C^+{-}CH_3$$

链增长：

$$(CH_3)_2C^+{-}CH_3 + n(CH_3)_2C{=}CH_2 \rightleftharpoons (CH_3)_3C{\left[CH_2C(CH_3)_2\right]}_nCH_2{-}C^+(CH_3)_2$$

链终止：

$$(CH_3)_3C{\left[CH_2C(CH_3)_2\right]}_nCH_2{-}C^+(CH_3)_2 \xrightarrow{-H^+} \text{聚异丁烯}$$

3. 阴离子聚合

聚合反应引发方式主要有单电子转移引发以及负离子加成引发。单电子转移引发主要以碱金属或萘钠作为引发剂，负离子加成引发主要以丁基锂或者氨基钠(钾)等作为引发剂。两种引发剂均是先产生活泼的碳负离子中间体，然后按连锁聚合方式完成聚合反应。例如，苯乙烯的聚合反应。

链引发：

$$C_6H_5CH{=}CH_2 \xrightarrow{NaNH_2} C_6H_5CH(Na){-}CH_2NH_2$$

链增长：

$$C_6H_5CH(Na){-}CH_2NH_2 + C_6H_5CH{=}CH_2 \longrightarrow NaCH(C_6H_5){-}CH_2{-}CH(C_6H_5){-}CH_2NH_2$$

$$NaCH(C_6H_5){-}CH_2{-}CH(C_6H_5){-}CH_2NH_2 + n\,C_6H_5CH{=}CH_2 \longrightarrow NaCH(C_6H_5){-}CH_2{\left[CH(C_6H_5){-}CH_2\right]}_{n+1}NH_2$$

链终止：

$$NaCH(C_6H_5){-}CH_2{\left[CH(C_6H_5){-}CH_2\right]}_{n+1}NH_2 + NH_3 \longrightarrow NaNH_2 + \text{聚苯乙烯}$$

4. 配位聚合

配位聚合常用三乙基铝和四氯化钛组成的配位引发剂，在无水、无氧、无二氧化碳的情况下进行。由于催化剂钛等过渡性金属具有空的 3d 轨道，因此可以和烯键上的 π 电子发生配位，使烯烃按一定位置络合在催化剂的表面上并使双键活化。然后烯烃分子插入到过渡金属-烷基键上进行链增长，这样反复进行后得到立构规整的高聚物。在这种催化剂存在下，乙烯可在较低压力和温度下聚合成低压聚乙烯，其性能与高压聚乙烯不同。配位聚合反应机理大致如下：

$$TiCl_4 + Et_3Al \longrightarrow EtTiCl_3 + Et_2AlCl$$

$$EtTiCl_3 + CH_2{=}CH_2 \longrightarrow \underset{=\!|\!=}{EtTiCl_3} \xrightarrow{\text{转移}} Et\cdots TiCl_3 \xrightarrow{\text{插入}} TiCl_3{-}CH_2CH_2Et \xrightarrow{nCH_2=CH_2} \text{聚乙烯}$$

三乙基铝和四氯化钛组成的配位引发剂是由德国化学家齐格勒(K. Ziegler)和意大利化学家纳塔(G. Natta)于20世纪50年代分别独立完成的,故又称齐格勒-纳塔催化剂,二人共同获得了1963年的诺贝尔化学奖。

利用这些反应制备聚合物还要注意聚合反应的各种条件,如单体的纯度、引发剂的选择和用量、外界条件(如温度、压力、溶剂、氧等)对聚合反应的影响。同时不是任何烯烃都可以聚合成聚合物,一般只有乙烯及其一取代或1,1-二取代衍生物才能聚合成聚合物。

一般说来,双键上有吸电子基团的烯烃,容易发生自由基聚合和负离子聚合;双键上有给电子基团的烯烃,一般易发生正离子聚合。

8.1.6 氧化与环氧化反应

碳碳双键的活泼性还表现为容易被氧化。氧化时首先是双键中的 π 键被打开,条件强烈时,σ 键也可断裂。

1. 与 $KMnO_4$ 及 $K_2Cr_2O_7$ 等的反应

烯烃很容易被高锰酸钾等氧化剂氧化,如在冷的稀高锰酸钾中性(或碱性)水溶液中,$KMnO_4$ 的紫色褪去,生成褐色二氧化锰沉淀,烯烃的 π 键断裂,被氧化成为邻二醇。

$$RCH=CH_2 + KMnO_4 \xrightarrow[\text{或 } OH^-]{H_2O} \underset{\large OH\quad OH}{RCH-CH_2} + MnO_2\downarrow + KOH$$

从立体化学的角度考查,$KMnO_4$ 把烯烃氧化成邻二醇的反应是顺式加成,形成的中间体是环状高锰酸酯。

$$\text{(H)(R)C=C(H)(R')} + KMnO_4 \longrightarrow \left[\text{R,H-C(-O)-C(-O)-R',H; O,O-Mn(=O)_2}\right]^- \xrightarrow{H_2O} \text{R(H)C(OH)-C(OH)(H)R'}$$

在酸性条件下,$KMnO_4$ 氧化能力增强,使双键断裂生成较低级的羧酸、酮、二氧化碳等。

$$R_2C=CHR' \xrightarrow[H^+]{KMnO_4} R_2C=O + R'COOH$$

$$RCH=CH_2 \xrightarrow[H^+]{KMnO_4} RCOOH + CO_2 + H_2O$$

根据氧化产物结构的测定结果,可以推测出原烯烃双键的位置。例如:

$$\text{(1,3-二甲基-1,3-环己二烯)} \xrightarrow[H^+]{KMnO_4} CH_3COCH_2COCH_3 + CH_2(COOH)_2$$

这个反应常用于不饱和化合物结构的测定。

2. 臭氧化

在完全干燥的情况下,将含臭氧(6%~8%)的氧气通入液体烯烃或者烯烃的非水溶液,烯烃可以迅速、定量地与臭氧作用形成不稳定且易爆炸的臭氧化物,此反应叫臭氧化(ozonolysis)反应。

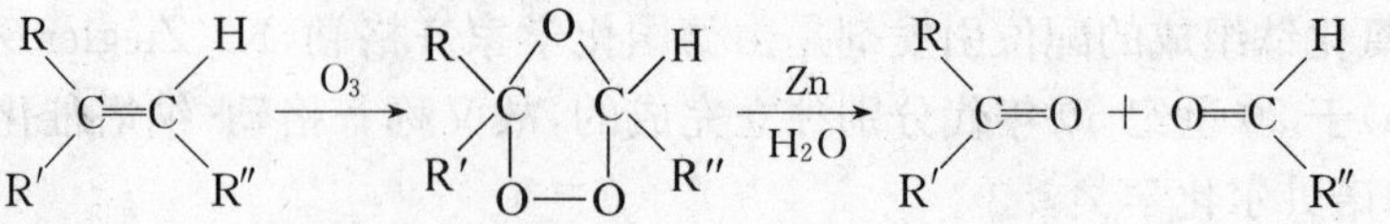

$$RR'C{=}CHR'' \xrightarrow{O_3} \text{臭氧化物} \xrightarrow[H_2O]{Zn} RR'C{=}O + O{=}CHR''$$

臭氧化物用锌粉还原水解中产生的过氧化氢，可以使反应产物停留在醛或者酮的阶段，也可以用二甲硫醚、Pd/H_2 等代替 Zn 粉。臭氧化物若用 $LiAlH_4$ 或 $NaBH_4$ 还原则得到醇。若无还原剂时，醛则被氧化成酸。用臭氧化方法测定烯烃的结构，结果更为可靠。

反应中得到的臭氧化物可能来自下述历程：

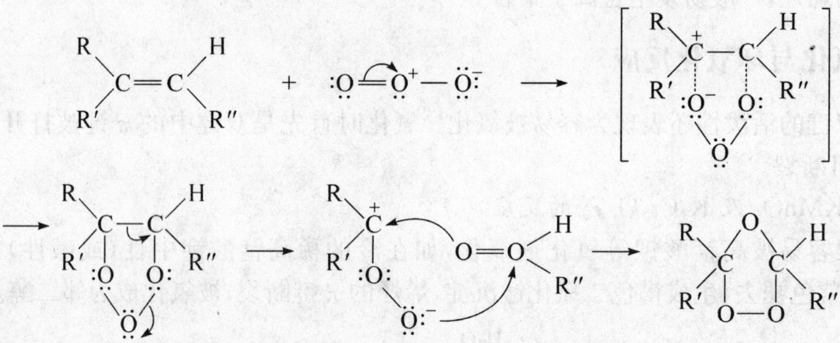

$$RR'C{=}CHR'' + :\ddot{O}{=}\ddot{O}^{+}{-}\ddot{O}:^{-} \longrightarrow [\ldots] \longrightarrow \ldots \longrightarrow \text{臭氧化物}$$

3. 催化氧化

若用氯化钯作为催化剂，乙烯、丙烯可以分别被氧化生成乙醛和丙酮：

$$2CH_2{=}CH_2 + O_2 \xrightarrow[100\sim125℃]{PdCl_2-CuCl_2} 2CH_3CHO$$

$$2CH_3CH{=}CH_2 + O_2 \xrightarrow[120℃]{PdCl_2-CuCl_2} 2CH_3COCH_3$$

4. 环氧乙烷的生成

乙烯在活性银催化剂(含有 CaO、BaO 和 SeO 等)的催化下，可以被空气中的氧气氧化为环氧乙烷：

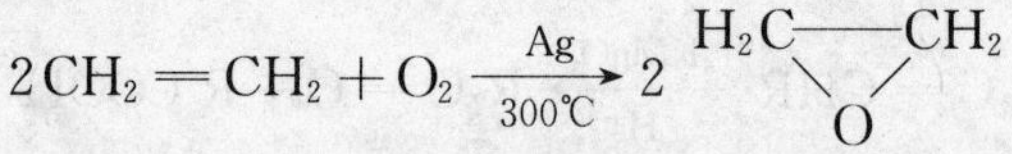

$$2CH_2{=}CH_2 + O_2 \xrightarrow[300℃]{Ag} 2\ H_2C{-}CH_2\ (\text{环氧})$$

这是工业上生产环氧乙烷的常用方法。此反应必须严格控制反应温度，若超过 300℃，双键中的 σ 键也会断裂，生成二氧化碳和水。在实验室中，通常用过氧乙酸、过氧苯甲酸等作为环氧化试剂。烯烃与有机过氧酸反应，形成环氧化物的反应机制如下：

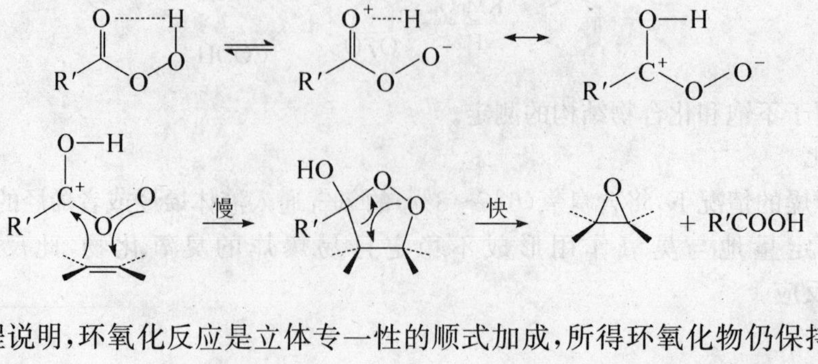

$$R'C(=O\cdots H)OO \rightleftharpoons R'C(=O^{+}\cdots H)OO^{-} \longleftrightarrow R'C^{+}(OH)OO^{-}$$

$$R'C^{+}(OH)OO + C{=}C \xrightarrow{慢} \text{HO, R'} \ldots \xrightarrow{快} \text{环氧化物} + R'COOH$$

上述反应历程说明，环氧化反应是立体专一性的顺式加成，所得环氧化物仍保持原烯烃的构型。例如,顺-2-丁烯与过氧乙酸反应(约40%的过氧乙酸溶液可以由乙酸酐与70%的过氧化氢混合得到)只得到顺-1,2-二甲基环氧乙烷,而反-2-丁烯的反应则只得到反-1,2-二甲基环氧乙烷。由于反应过程中有羧酸产生,需加入碳酸钠等弱碱中和产生的大量醋酸,以防止环氧化物的开环。

$$\text{顺-2-丁烯} + CH_3COOOH \xrightarrow{Na_2CO_3} \text{顺-1,2-二甲基环氧乙烷}$$

$$\text{反-2-丁烯} + CH_3COOOH \xrightarrow{Na_2CO_3} \text{反-1,2-二甲基环氧乙烷}$$

另外,环氧化反应还存在区域选择性。对烯烃来说,通常连有给电子基团的烯键或位阻小的烯键环氧化反应较快;对于有机过氧酸而言,有吸电子基团的反应快,如三氟过氧乙酸比过氧乙酸的反应快。

$$\text{(H, }CH_3\text{-环戊烯)} + C_6H_5CO_3H \xrightarrow{Na_2CO_3} \underset{70\%}{\text{产物}} + \underset{30\%}{\text{产物}}$$

近年来,烯键的不对称环氧化反应的研究取得了很大的进展。例如,在钛酸异丙酯和D-(+)-酒石酸异丙酯组成的手性试剂催化下,用叔丁基过氧化氢作环氧化试剂,烯丙醇类化合物可以立体选择性地氧化成相应的环氧化合物,该反应称为Sharpless环氧化反应。

$$\text{RR}'C{=}CHCH_2OH \xrightarrow[t\text{-}BuOOH/CH_2Cl_2,\ -20^{\circ}C]{Ti(O\text{-}i\text{-}Pr)_4/\text{D-酒石酸二异丙酯}} \text{环氧化物(R, R}', H, CH_2OH)$$

8.1.7 与卡宾的反应

卡宾(carbene)又称碳烯,亚甲基是最简单的卡宾。由于卡宾与烯烃的反应生成了三元环,所以又称为环丙烷化反应。卡宾是一种非常活泼的亲电试剂,其制备方法主要有以下几种。

重氮甲烷(CH_2N_2)在液态加热或光照条件下可以分解得到电子自旋方向相反的卡宾,即单线态卡宾:

$$[\,\bar{:}\ddot{N}{=}\overset{+}{N}{=}CH_2 \longleftrightarrow :N{\equiv}\overset{+}{N}{-}\bar{\ddot{C}}H_2\,] \xrightarrow[\triangle\text{或}h\nu]{} N_2 + \downarrow\uparrow H_2C\langle$$

单线态卡宾的碳原子为sp^2杂化,三个sp^2杂化轨道中,两个被其它原子占据,一个被孤对电子占据。碳原子的空2p轨道垂直于三个sp^2杂化轨道组成的平面。

单线态卡宾上的两个孤对电子与烯烃的两个π电子通过三元过渡态,形成立体专一的顺式加成产物。

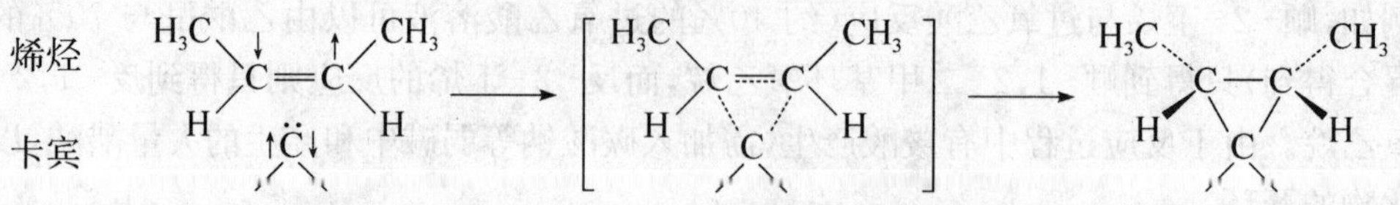

烯烃 卡宾

若重氮甲烷在光敏剂二苯甲酮存在下光照,产生三线态卡宾。三线态卡宾的碳原子为sp杂化,未杂化的两个2p轨道互相垂直,各有一个自旋平行的电子。三线态卡宾与烯烃会生成顺、反式加成的混合物。

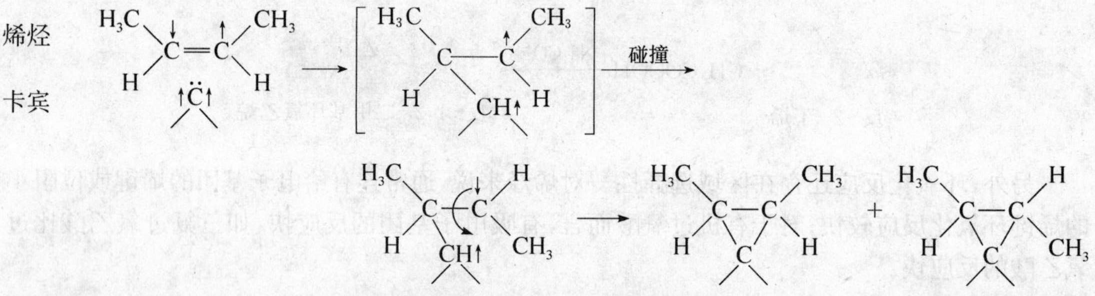

烯烃 卡宾 碰撞

其原因是两个自旋平行的电子中,只能有一个与自旋方向相反的π电子成键,剩下的两个电子需等到因碰撞导致一个电子自旋方向发生改变后方能成键。而与此同时,碳碳单键也能发生旋转。

用以上方法制得的卡宾进行双键环丙烷化存在两个缺点,一是重氮甲烷毒性大且容易爆炸,二是产生的卡宾活性太强,以至于它既能插入C═C双键,又能插入C—H键,使反应产生一些副产物。

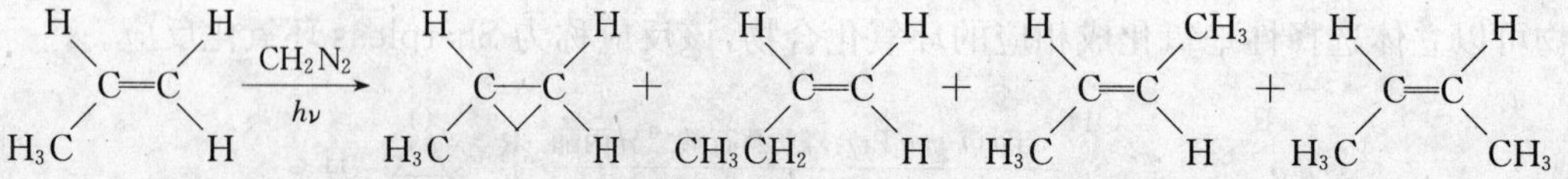

$\xrightarrow[h\nu]{CH_2N_2}$

实际上,卡宾可以通过CH_2I_2与锌-铜齐在加热条件下来制备。此方法比重氮甲烷法的副反应少,该方法被命名为Simmons-Smith反应。

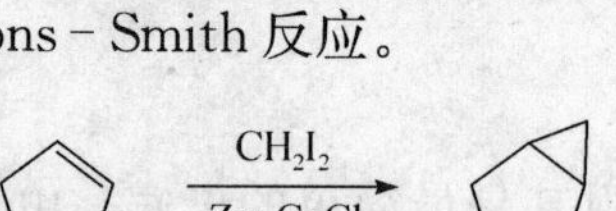

$\xrightarrow[Zn\text{-}CuCl]{CH_2I_2}$

此外,卤仿在碱作用下可以通过α-消除反应形成二卤卡宾。例如:

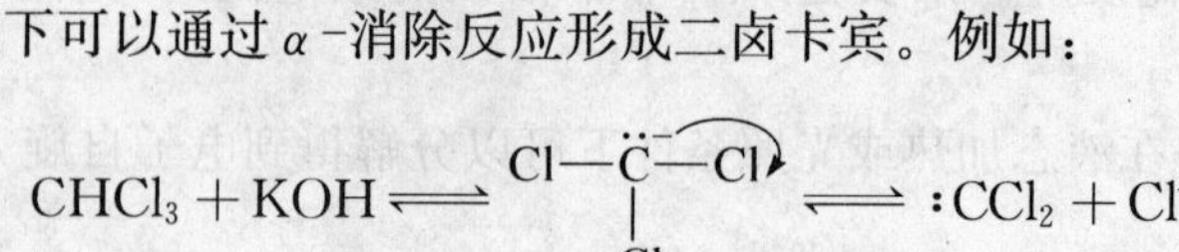

$$CHCl_3 + KOH \rightleftharpoons Cl-\ddot{C}^{-}(Cl)-Cl \rightleftharpoons :CCl_2 + Cl^-$$

由于卤素和氢是从同一个碳上脱去的,此反应又叫α-消除反应。用这种方法进行环化,制备的是保留原烯键立体结构的环丙烷化产物。

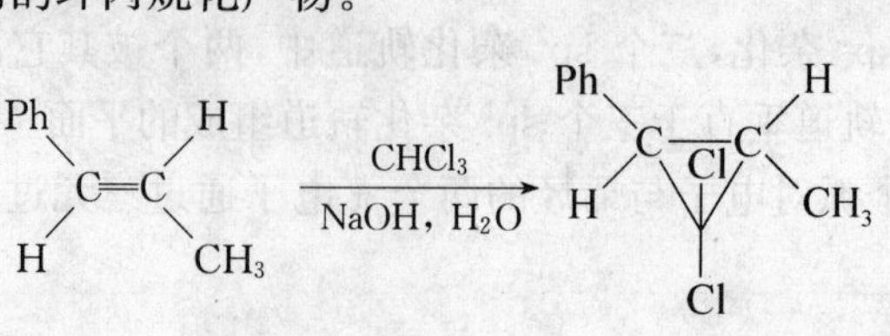

$\xrightarrow[NaOH,\ H_2O]{CHCl_3}$

$$\text{Ph(H)C=C(H)CH}_3 \xrightarrow[\text{NaOH, H}_2\text{O}]{\text{CHCl}_3} \text{Ph(H)C—C(H)CH}_3 \text{ (环丙烷, CCl}_2\text{)}$$

8.2 取代基对烯键反应性的影响

连接在烯键上的烷基属于给电子基团，它会在一定程度上增加烯键碳原子的电子云密度，提高烯键与亲电试剂的反应活性。

杂原子取代基对烯键的性质影响很大。像氨基、烷氧基、烷硫基、乙酰氨基、乙酰氧基等含有N、O或S等杂原子中心的取代基与烯键直接相连时，杂原子与烯键间同时存在吸电子的诱导效应(−I)和给电子的共轭效应(+C)，净结果是−I明显小于+C。因此，连接这类取代基的烯键的C2原子上分布的电子云密度显著升高，可以与一些较弱的亲电试剂发生反应。例如：

$$\text{1-NEt}_2\text{-环戊烯} + CH_2{=}CHCN \longrightarrow \text{(}N^+Et_2\text{=环戊基)}-CH_2\bar{C}H-CN \xrightarrow{H_3O^+} \text{2-}(CH_2CH_2CN)\text{环戊酮}$$

然而，当卤素等电负性较大的杂原子连接在烯键上时，卤素原子的吸电子诱导效应(−I)要比给电子的共轭效应(+C)强，因此，卤代烯烃与亲电试剂反应的活性明显降低。另一方面，烯键上连有多个卤素原子，特别是连接氟或氯原子时，烯键碳原子上的电子云密度显著降低，此时反而与亲核试剂显示出良好的反应性。四氟乙烯可以与各种亲核试剂发生取代反应，例如：

$$F_2C{=}CF_2 + CH_3SNa \longrightarrow F_2C{=}CF(SCH_3) + NaF$$

8.3 炔烃的主要化学反应

炔烃除了可以进行与烯烃相同的加成、氧化、聚合等反应外，炔烃还具有自己的特殊性质，如可以与强碱反应生成盐，可以发生取代反应等。

8.3.1 催化加氢

因炔烃对催化剂的吸附作用比烯烃强，因此催化加氢比烯烃容易进行。炔烃在催化剂Pt、Pd、Ni等存在下加氢，主要生成相应的烷烃，难以停留在烯烃阶段。

$$CH_3C\equiv CCH_2CH_2CH_3 \xrightarrow{H_2/Ni} CH_3CH_2CH_2CH_2CH_2CH_3$$

但若使用特殊处理的催化剂，可以实现碳碳叁键的部分氢化，使生成物停留在双键阶段。常用的催化剂为：①Lindlar 催化剂，是将金属钯沉积在碳酸钙上，再用醋酸铅处理而得；②P-2催化剂，是用硼氢化钠还原醋酸镍制备得到；③将金属钯沉积在硫酸钡等载体上再加些喹啉。利用这种方法可以使石油裂解得到的乙烯中所含的微量乙炔转化为乙烯，以提高乙烯的纯度。利用上述催化方法加氢，可以得到顺式烯烃。

$$CH_3C\equiv C-C(CH_3)=CHCH_2CH_2OH \xrightarrow[\text{喹啉}]{Pd\text{-}CaCO_3} (H)(H_3C)C=C(H)-C(CH_3)=CHCH_2CH_2OH$$

若用液氨中的碱金属(Na、K、Li)、$LiAlH_4$ 等还原，则主要得到反式烯烃：

$$C_4H_9C\equiv CC_4H_9 \xrightarrow[\text{液氨}]{Na,\ NH_3} C_4H_9CH=CHC_4H_9 + NaNH_2$$

(*E*)-5-癸烯

其反应机理如下：

$$Na + NH_3(\text{液氨}) \longrightarrow \cdot Na + e^-(NH_3)$$

蓝色溶液

$$RC\equiv CR' + \cdot Na \longrightarrow [R\bar{C}=\dot{C}-R'] + \overset{+}{Na}$$

$$[R\bar{C}=\dot{C}-R'] + H-\ddot{N}H_2 \longrightarrow (H)(R)C=C(\cdot)(R') + (H)(R)C=C(R')(\cdot) + \bar{N}H_2$$

$$(H)(R)C=C(R')(\cdot) + \cdot Na \longrightarrow \overset{+}{Na} + (H)(R)C=C(R')(:^-) \xleftarrow{H-\ddot{N}H_2} \longrightarrow (H)(R)C=C(R')(H) + NH_2^-$$

8.3.2 与强碱的反应

与单键及双键碳相比较，炔碳原子的电负性比较强，使 C—Hσ 键的电子云更靠近碳原子一侧，增加了碳氢键的极性，氢原子比较容易离解。炔烃氢离解后生成的负离子也比较稳定。因为碳负离子的未共用电子对处在 sp 轨道上，它更接近原子核，因而能量更低、更稳定。

sp^3 sp^2 sp

即三种碳负离子的稳定性顺序是：甲基负离子＜乙烯基负离子＜乙炔基负离子。与烷、烯烃相比，末端炔烃呈现一定的弱酸性，乙炔的 pK_a 为 25，而乙烯为 40。

乙炔的弱酸性使其在特定条件下才能够与氨基钠、烷基锂、格氏试剂等强碱反应，形成金属炔化物：

$$RC\equiv CH + NaNH_2 \xrightarrow{\text{液氨}} RC\equiv \bar{C}\overset{+}{Na} + NH_3$$

$$RC\equiv CH + n\text{-}C_4H_9Li \longrightarrow RC\equiv CLi^+ + n\text{-}C_4H_{10}$$

$$RC\equiv CH + C_2H_5MgBr \longrightarrow RC\equiv CMgBr + C_2H_6$$

炔化物可以作为强亲核试剂与卤代烷等进行取代反应得到高级炔烃。由于炔钠的碱性非常强,若与仲卤烷或叔卤烷反应,将发生消除反应。

$$CH_3C\equiv \bar{C}Na^+ + C_2H_5Br \longrightarrow CH_3C\equiv CCH_2CH_3$$

乙炔或一元取代炔烃与硝酸银或氯化亚铜的氨溶液可立刻生成炔化银的白色沉淀或炔化亚铜的红色沉淀:

$$RC\equiv CH + Ag(NH_3)_2^+(NO_3)^- \longrightarrow \underset{\text{炔化银}}{RC\equiv CAg\downarrow} + NH_4NO_3 + NH_3$$

$$HC\equiv CH + 2Cu(NH_3)_2^+Cl^- \longrightarrow \underset{\text{炔化亚铜}}{CuC\equiv CCu\downarrow} + 2NH_4Cl + 2NH_3$$

反应很灵敏,常用于末端炔烃的定性检验。由于炔化银或炔化亚铜在干燥状态下,受热或震动容易爆炸,所以实验完成后应加入稀硝酸使其分解。

8.3.3 亲电加成

1. 与卤素的加成

乙炔与卤素的加成反应比乙烯难。反应时先加入一分子卤素,生成二卤乙烯,卤素过量时继续反应得四卤化物:

$$CH_3CH_2CH_2-C\equiv C-CH_3 + Cl_2 \xrightarrow{CCl_4} \underset{(E)\text{-2,3-二氯-2-己烯}}{CH_3CH_2CH_2-C(Cl)=C(Cl)-CH_3} \xrightarrow[CCl_4]{Cl_2} \underset{\text{2,2,3,3-四氯己烷}}{CH_3CH_2CH_2CCl_2CCl_2CH_3}$$

若控制反应条件,可使反应停留在二卤代烯阶段:

$$H_3C-C\equiv C-CH_3 \xrightarrow[25℃]{2Br_2} CH_3CBr_2CBr_2CH_3$$

$$H_3C-C\equiv C-CH_3 \xrightarrow[-20℃]{Br_2} (H_3C)(Br)C=C(Br)(CH_3)$$

如果分子中同时存在叁键和双键,卤素一般先加到双键上。如在低温下慢慢向1-戊烯-4-炔中加入溴,可保留叁键:

$$CH_2=CH-CH_2-C\equiv CH + Br_2 \xrightarrow[CCl_4]{\text{低温}} \underset{\text{4,5-二溴-1-戊炔(90\%)}}{H_2C(Br)-CH(Br)-CH_2-C\equiv CH}$$

炔烃与溴反应的低活性,还可理解为与环状溴鎓离子难于形成有关。

2. 加卤化氢

氢卤酸的性质对其与炔烃的加成反应影响很大,活性次序是 HI>HBr>HCl。炔烃与HCl的加成较困难,需在催化剂存在下完成。不对称炔烃加卤化氢时仍服从马氏规则。例如:

$$HC\equiv CH + HCl \xrightarrow{HgCl_2\text{ 或 }Cu_2Cl_2} \underset{\text{氯乙烯}}{H_2C=CHCl} \xrightarrow[HCl]{HgCl_2} \underset{\text{1,1-二氯乙烷}}{CH_3CHCl_2}$$

氯乙烯主要用于生产聚氯乙烯，具有高致癌性，加上所使用的汞盐毒性大，故此法已经逐渐被由乙烯为原料的方法所代替。

通过考查炔烃亲电加成的反应机理，可以解释炔烃发生亲电加成反应速率较慢的原因。炔烃加成的第一步形成的是烯基碳正离子，其稳定性较差。

$$R-C\equiv C-H+E^+ \longrightarrow R-\overset{+}{C}=C\begin{matrix}E\\H\end{matrix} \Longrightarrow$$

(π键；空2p轨道；120°)

这是因为烯基碳正离子的中心碳原子为 sp 杂化，比 sp^2 杂化碳原子有较强的电负性，即比烷基碳正离子更难容纳正电荷，更不稳定。同时从烯基碳正离子的电子结构考虑也不如烷基碳正离子稳定。烷基碳正离子的中心碳原子是 sp^2 杂化状态，三个 σ 键处于同一平面，呈 120°夹角，相距较远，排斥力较小。另外一个 2p 轨道是空轨道，影响较小，体系较为稳定。而烯基碳正离子的中心碳原子是 sp 杂化状态，两个 σ 键在同一直线，键角 180°。虽然相距较远，但余下的两个相互垂直的 2p 轨道只有一个是空轨道，其中形成 π 键的 2p 轨道是电子占有轨道，它和两个 σ 键呈 90°，相距较近，排斥力较大，故体系不如烷基碳正离子稳定。

在过氧化物存在下，溴化氢和炔烃的加成反应与烯烃相似，加成方向亦是反马氏规则的。

3. 水合反应

炔烃在汞盐和少量酸的催化下，与水发生加成反应。反应时首先形成不稳定的中间体——烯醇式，烯醇立刻进行分子内重排，羟基的氢原子转移到双键另一个碳原子上，形成碳氧双键：

$$RC\equiv CH+H_2O \xrightarrow[\text{稀 }H_2SO_4]{HgSO_4} \left[\begin{matrix}RC=CH_2\\ | \\ OH\end{matrix}\right] \rightleftharpoons RCOCH_3$$

烯醇式

除乙炔与水反应生成乙醛以外，其它炔烃一般都生成酮。此反应是工业上用来制醛、酮和醋酸（乙醛氧化得到）的一个重要方法。不过由于剧毒的汞盐会引起严重的环境污染，因此，有关非汞催化剂的研究已经取得了很大进展，所用催化剂主要有锌盐、铜盐等。

8.3.4 硼氢化反应

如同烯烃，炔烃也可以进行硼氢化反应。例如，炔烃硼氢化后酸化可以得到顺式加氢产物——顺式烯烃。

$$3CH_3CH_2-C\equiv C-CH_2CH_3 \xrightarrow{1/2B_2H_6}$$

$$\left[\begin{matrix}CH_3CH_2 & & CH_2CH_3\\ & C=C & \\ H & & \end{matrix}\right]_3 B \xrightarrow{3CH_3COOH} \begin{matrix}CH_3CH_2 & & CH_2CH_3\\ & C=C & \\ H & & H\end{matrix}$$

若先硼氢化而后氧化水解则得到间接水合产物：

$$CH_3CH_2CH_2-C\equiv CH \xrightarrow{1/2B_2H_6} \xrightarrow[H_2O,\ OH^-]{H_2O_2} \begin{matrix}CH_3CH_2CH_2 & & H\\ & C=C & \\ H & & OH\end{matrix} \xrightarrow{\text{重排}} CH_3(CH_2)_3CHO$$

炔烃硼氢化后再氧化水解为醛,这是硼氢化-氧化水解方法的特点。

8.3.5 亲核加成

虽然炔烃进行亲电加成不如烯烃活泼,但进行亲核加成却比烯烃容易进行。在碱的催化下,乙炔或其一元取代物可与具有羟基、巯基、氨基、氰基、羧基等基团的有机化合物发生亲核加成反应,生成含有双键的烯烃产物。因此,这一反应又称为烯基化反应。

$$CH_3C\equiv CH+\begin{bmatrix}RO-H\\RCOO-H\\NC-H\end{bmatrix}\xrightarrow{OH^-}\begin{bmatrix}CH_3CH=CHOR & \text{丙烯基烷基醚}\\CH_3CH=CHOOCR & \text{羧酸丙烯基酯}\\CH_3CH=CHCN & \text{2-丁烯腈}\end{bmatrix}$$

上述反应历程可以理解为:在碱性试剂作用下,含有活泼氢原子的试剂离解为负离子,负离子进攻炔键碳原子生成的碳负离子中间体,后者再夺取一个质子。由于炔烃容易进行亲核加成反应,使得重要的化工原料丙烯腈的制备变得相对简单:

$$HC\equiv CH\xrightarrow[H_2O]{NaCN}NCCH=\overset{-}{C}H\xrightarrow{H^+}NCCH=CH_2$$

8.3.6 氧化反应

1. 燃烧

炔烃燃烧生成一氧化碳和水,并放出浓烟。乙炔与空气的混合物遇火会发生爆炸。乙炔燃烧时放出大量的热,可产生 3 000℃高温,用于切割和焊接金属。

2. 与氧化剂的反应

炔烃和氧化剂反应,往往可以使碳碳叁键断裂,最后得到完全氧化的产物——羧酸或二氧化碳。例如:

$$RC\equiv CH\xrightarrow[H_2O]{KMnO_4}RCOOH+CO_2$$

在比较缓和的条件下,二取代炔烃的氧化,可停止在二酮阶段。例如:

$$CH_3(CH_2)_7C\equiv C(CH_2)_7COOH\xrightarrow[pH\approx 7.5]{KMnO_4,\ H_2O}CH_3(CH_2)_7\overset{\overset{O}{\|}}{C}-\overset{\overset{O}{\|}}{C}(CH_2)_7COOH$$

此类反应的产率一般都比较低,一般不适宜作为羧酸或二酮的制备方法。当烯、炔键共存时,因炔键较难给出电子,故双键先被氧化:

$$HC\equiv C(CH_2)_7CH=C(CH_3)_2\xrightarrow{CrO_3}HC\equiv C(CH_2)_7COOH+CH_3COCH_3$$

3. 与臭氧反应

炔烃的臭氧化反应与烯烃相似,不过,产物会很快分解为羧酸,因此也可用于测定炔烃叁键的位置:

$$RC\equiv CR'\xrightarrow{O_3}\text{(臭氧化物:}RC-CR'\text{,以 O 桥及 O—O 相连)}\xrightarrow{H_2O}R\overset{\overset{O}{\|}}{C}-\overset{\overset{O}{\|}}{C}R'$$

$$RC(=O)-C(=O)R' \xrightarrow{H_2O_2} RCOOH + R'COOH + H_2O$$

8.3.7 偶联反应

与烯烃相比，炔烃较难聚合，一般生成仅有几个分子偶联的产物。例如，在不同条件下乙炔可生成链状的二聚体或三聚体。这类反应可看作是乙炔的自身加成反应：

$$HC\equiv CH + HC\equiv CH \xrightarrow[H_2O]{CuCl_2,\ NH_4Cl} \underset{\text{乙烯基乙炔}}{CH_2=CH-C\equiv CH}$$

$$CH_2=CH-C\equiv CH + HC\equiv CH \xrightarrow[H_2O]{CuCl_2,\ NH_4Cl} \underset{\text{1,2-二乙烯基乙炔}}{CH_2=CH-C\equiv C-CH=CH_2}$$

其中乙烯基乙炔是合成氯丁橡胶单体的重要原料。它与浓盐酸在催化剂($CuCl_2$ - NH_4Cl)作用下，转化成 2-氯-1,3-丁二烯：

$$\overset{\delta+}{CH_2}=CH-C\equiv\overset{\delta-}{CH} + \overset{\delta+}{H}-\overset{\delta-}{Cl} \xrightarrow[50℃]{CuCl_2,\ NH_4Cl}$$

$$CH_2(Cl)-CH=\overset{\delta+}{C}=CH_2 \xrightarrow{\text{重排}} CH_2=CH-C(Cl)=CH_2$$

若将乙炔用氮气稀释，可避免加压易爆的危险。在特殊催化剂作用下，乙炔也能聚合成环状的三聚物或四聚物。

$$3HC\equiv CH \xrightarrow{Ni(CO)_2\cdot[(C_6H_5)_3P]_2} \text{苯}$$

1971 年日本科学家发现乙炔高聚物具有高度的导电性。

8.4 烯与炔的金属复分解反应

Yves Chauvin(法国)、Robert H. Grubbs(美国)和 Richard R. Schrock(美国)共享了 2005 年诺贝尔化学奖，三位都是研究催化剂与催化反应的科学家。他们的杰出贡献在于创新性地提出并证实了烯烃复分解反应源于金属卡宾的催化作用的反应机理，并且在寻找、设计和制备新型、实用的金属卡宾催化剂的研究中将烯烃复分解催化反应拓展到了有机化学的许多方面，使其发展成为合成复杂有机分子的标准方法。

现已发现烯烃和炔烃都可发生复分解反应。反应中烯烃分子的碳碳双键在金属卡宾催化剂作用下断裂，然后又组合生成了新的烯烃分子。

$$RCH=CHR' + R''CH=CHR''' \xrightleftharpoons{M=CR'} RCH=CHR'' + R'CH=CHR''' + RCH=CHR''' + R'CH=CHR''$$

式中,$M=CR'$为金属卡宾催化剂,反应的本质是烯烃分子的碳碳双键在金属卡宾作用下发生断裂-重组的过程。利用这一反应机理,近几年在金属卡宾催化烯、炔烃反应中出现了交叉复分解、多组分关环复分解、开环复分解、非环二烯复分解聚合以及烯炔复分解等。这些新的合成方法更加简单、快捷和高效,有力地推动了有机合成化学向绿色化学的发展。

习 题

8-1 用反应式或结构式解释下列术语。

(1)离子型机理和自由基机理;(2)亲电加成反应和亲核加成反应;(3)溴鎓离子;(4)马氏加成规则;(5) Lindlar 试剂;(6)过氧化物效应;(7)碳正离子重排;(8)自由基聚合、阴离子聚合、阳离子聚合、配位聚合。

8-2 排列下列碳正离子中间体的稳定性顺序。

(1) a. $CH_2=CH-C^+HCH_3$　b. $CH_3C^+HCH_2CH=CH_2$　c. $CH_3CH_2CHC^+H_2$

d. $CH_3CH=CH-C^+H-CH=CH_2$

(2) a.　b.　c.

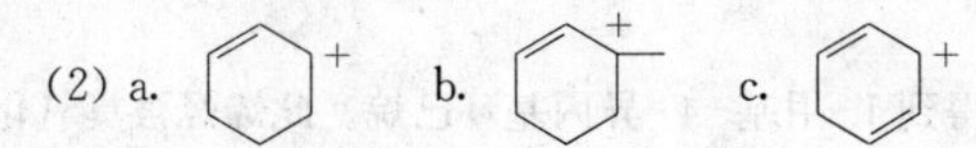

8-3 写出下列反应的主要产物(包括立体化学)。

(1) 1-丁烯$+H_2/Pt$

(2) (*E*)-1-甲氧基-3-苯基-2-丁烯$+H_2/Pt$

(3) $+$过量 H_2/Pt

(4) 反-2,3-二氯-2-丁烯$+H_2/Pt$

8-4 比较下列两组亲电试剂的活性大小。

(1) HI　HBr　HCl　HF

(2) I_2　Br_2　Cl_2　ICl

8-5 排列下列化合物与 HBr 反应的活性顺序。

(1) 丙烯　2-甲基丙烯　2-甲基-2-丁烯

(2) 2-丁烯　1-丁烯　3-氯丁烯　3,3,3-三氯丙烯

(3) 2-甲氧基丙烯　丙烯　丙炔

(4) 乙烯基乙醚　丙烯酸甲酯　三氟丙烯

8-6 推测下列反应的主要产物。

8-7 当乙烯和溴的水溶液反应时,若加入 NaI 或 $NaNO_3$ 时,有 CH_2BrCH_2I 或 $CH_2BrCH_2ONO_2$ 生成,但却没有 CH_2ICH_2I 或 $CH_2(ONO_2)CH_2(ONO_2)$生成,为什么?

8-8 写出 3,3-二甲基-1-丁烯与稀 H_2SO_4 反应得到 2,3-二甲基-2-丁醇和少量 2,3-二甲基-2-丁烯的反应机理。

8-9 HCl 与 1,2-二甲基环己烯的加成产物是顺式和反式异构体的混合物,而不是立体选择性的,为什么?

8-10 解释下面反应得到中间体和产物结构的原因。

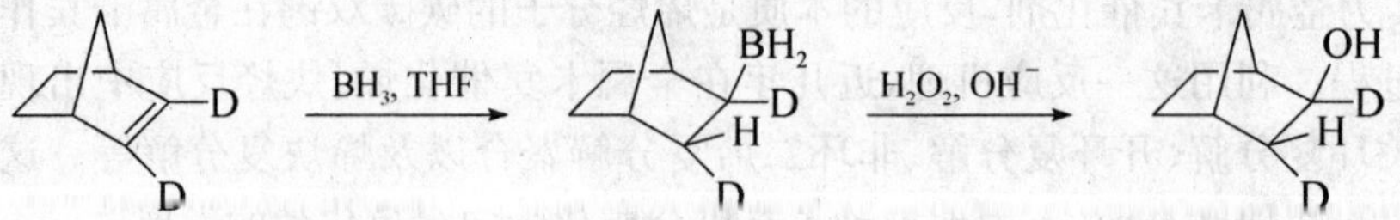

氘标记的降冰片烯 $\xrightarrow{BH_3, THF}$ 烷基硼烷 $\xrightarrow{H_2O_2, OH^-}$ 降冰片烯(外消旋混合物)

8-11 推测下列反应的主要产物,包括可能的立体异构体。

(1) 1-甲基环戊烯 $\xrightarrow{BH_3, THF}$? $\xrightarrow{H_2O_2, OH^-}$?

(2) 反-4,4-二甲基-2-戊烯 $\xrightarrow{BH_3, THF}$? $\xrightarrow{H_2O_2, OH^-}$?

(3) 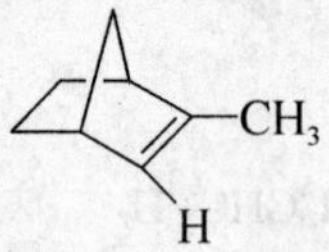 (降冰片烯,双键碳上分别连有 CH_3 和 H) $\xrightarrow{BH_3, THF}$? $\xrightarrow{H_2O_2, OH^-}$?

8-12 分别写出(*Z*)-3-甲基-3-己烯和(*E*)-3-甲基-3-己烯先进行硼氢化然后氧化时,生成异构体产物的 *R*、*S* 构型,并指出异构体之间的关系。

8-13 一未知烯烃,经催化加氢消耗了3 mol的氢气,得到1-甲基-4-异丙基环己烷。此烯烃被臭氧化还原得到如下产物:HCHO、$HCOCH_2COCOCH_3$、CH_3COCH_2CHO,推断该烯烃的结构。

8-14 化合物A,经铂催化加氢可以吸收5 mol的氢气生成 *n*-丁基环己烷。A用硝酸银的乙醇溶液处理,生成白色沉淀。A用过量臭氧处理,随后加入Zn还原剂得到以下产物:$HCOCH_2CH(CHO)_2$、HCOCOH、HCOCOOH、HCOOH,请推测化合物A的结构。

8-15 推测下列反应的主要产物。

(1) 环己烯+$CHCl_3$,50%NaOH/H_2O

(2) 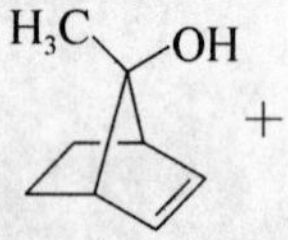 (7位连有 H_3C 和 OH 的降冰片烯) $+ CH_2I_2$, Zn(Cu)

(3) Br_2CHCH_2—(环己烯基) +50%NaOH/H_2O

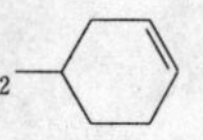

8-16 完成下列转化。

(1) 反-2-丁烯 $\xrightarrow{?}$ 反-1,2-二甲基环丙烷

(2) 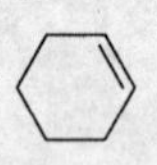 环己烯 $\xrightarrow{?}$ (7-碘双环[4.1.0]庚烷)

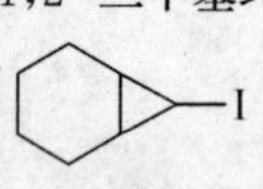

(3) 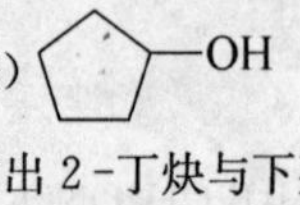 环戊醇(—OH) $\xrightarrow{?}$ (6,6-二氯双环[3.1.0]己烷)

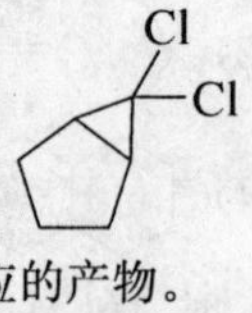

8-17 写出2-丁炔与下列化合物反应的产物。

(1) H_2, Pt (2) H_2, Lindlar催化剂 (3) Na/液氨 (4) H_2, P-2催化剂

8-18 末端炔能否被 Na^+ 液氨还原成烯烃或烷烃?为什么?

8-19 写出1-己炔与下列物质反应生成物的结构式。

(1) 1 mol Br_2 (2) 2 mol HCl (3) H_2O, $HgSO_4/H_2SO_4$ (4) $[Ag(NH_3)_2]NO_3$ (5) C_2H_5MgBr (6) $KMnO_4/H^+$ (7) 先与 B_2H_6 反应,然后用 H_2O_2 碱性溶液处理

8-20 以乙炔和少于4个碳的有机化合物为原料,合成下列化合物。

(1) 1-戊炔 (2) 2-己炔 (3) 顺-2-己烯 (4) 反-2-己烯 (5) 1,1-二溴戊烷 (6) 丁醛

8-21 用乙炔和乙基溴以及必要的无机试剂合成下列化合物。

(1) *meso*(内消旋)-3,4-己二醇 (2) (±)-3,4-己二醇

8-22 一旋光化合物 C_8H_{12}(A),用铂催化剂加氢得到没有手性的化合物 C_8H_{16}(B),(A)用 Lindlar 催化剂加氢得到手性化合物 C_8H_{14}(C),但用金属钠在液氨中还原得到另一个没有手性的化合物 C_8H_{14}(D)。试推测(A)的结构。

8-23 有三个化合物 A、B、C,都具有分子式 C_5H_8。它们都能使溴的四氯化碳溶液褪色,A 与硝酸银的氨溶液作用生成沉淀,B、C 则不能;当用热的高锰酸钾氧化时,A 得到 $CH_3CH_2CH_2COOH$ 和 CO_2,B 得到乙酸和丙酸,C 得到戊二酸。指出 A、B、C 的构造式。

8-24 指出下列单体能否聚合?用什么方法聚合?

(1) $CH_2=C(CH_3)-Ph$

(2) $CH_3CH=CHCH_3$

(3) $NCCH=CHCONH_2$

(4) $CH_2=C(COOCH_3)_2$

(5) $HOOCCH=CHCCl_3$

(6) $CHCl=CHCl$

第9章 共轭烯键的化学

前一章所讨论的烯键性质，大多限于孤立双键的化合物，很少涉及具有单、双键交替出现的情况。实际上，由于烯键间共轭体系的存在，使得共轭烯烃具备了自身体系特有的性质。例如，共轭烯烃较为稳定，其稳定性顺序为：共轭烯烃＞孤立烯烃＞累积烯烃。共轭烯烃的特殊稳定性与π电子云的离域分布有密切联系。

9.1 共轭烯键的共轭加成

共轭二烯烃除了可以发生孤立烯烃的亲电加成、氧化和聚合等反应外，还能进行共轭加成，即1,4-加成反应。例如，1,3-丁二烯与一分子溴化氢反应得到两种产物：1,2-加成产物和1,4-加成产物。

HBr → (Br) + CH_2Br

−80℃	80%	20%
40℃	15%	85%

前者由一分子HBr加在同一个双键的C1和C2上生成，后者则分别加在共轭体系的C1和C4上。在进行1,4-加成时，分子中两个π键均打开，同时在原来碳碳单键（即C2－C3之间）生成了新的双键，这是共轭体系特有的加成方式，故又称为共轭加成（conjugate addition）。

共轭二烯和溴化氢的反应历程与烯烃和溴化氢的加成一样，是分两步完成的亲电加成。第一步，极性溴化氢分子进攻一个双键，主要生成较稳定的烯丙型碳正离子Ⅰ，它比Ⅱ稳定。

4 3 2 1 $\xrightarrow{H^+}$ + Ⅱ

Ⅰ

在碳正离子Ⅰ中，由于p－π共轭效应、甲基的σ－p超共轭效应，引起C2的正电荷离域，不仅使C2上带部分正电荷，且C4上也带有部分正电荷，因此，在第二步反应时，溴负离子若进攻C2，就生成1,2-加成产物；若进攻C4，则生成1,4-加成产物。

↓Br^-　↓Br^-

Br　Br

1,2-加成　1,4-加成

很显然，1,2-加成和1,4-加成是同时发生的，两种产物的比例取决于反应物的结构、试剂的性质、产物的稳定性以及反应条件,如温度、催化剂和溶剂的性质等。一般情况下,低温有利于1,2-加成产物的生成。如果反应混合物后来被允许加热,或者反应直接被加热(或使用催化剂)时,则以1,4-加成产物为主。例如:

$$\text{CH}_2\text{=CH-CH=CH}_2 \xrightarrow{Cl_2} \text{CH}_2\text{=CH-CH(Cl)-CH}_2\text{Cl} + \text{ClH}_2\text{C-CH=CH-CH}_2\text{Cl}$$

<0℃	67%	33%
70℃	20%	80%

1,2-加成和1,4-加成是两个相互竞争的反应。考查反应的第二步反应能量曲线(图9.1)有助于解释低温下反应倾向于1,2-加成产物,而高温下以1,4-产物为主的原因。

(1) 在温度较低时,反应为动力学控制 由于1,2-加成是溴负离子进攻较稳定的烯丙基型的仲碳正离子,1,4-加成是溴负离子进攻烯丙基型的伯碳正离子,即1,2-加成的过渡态活化能比1,4-加成的低,所以1,2-加成反应较快。其次,由于第二步是一个强放热过程,其逆反应的活化能很大,在较低温度下碳正离子中间体与溴负离子的加成实际上是不可逆的。因此,此时1,2-加成和1,4-加成产物的量主要决定于这两个反应的速率。1,2-加成反应的活化能较小,反应速率较大,1,2-加成产物生成的就较多。对于两个互相竞争的不可逆反应,产物的量决定于反应速率,这样的反应称为受动力学控制的反应。

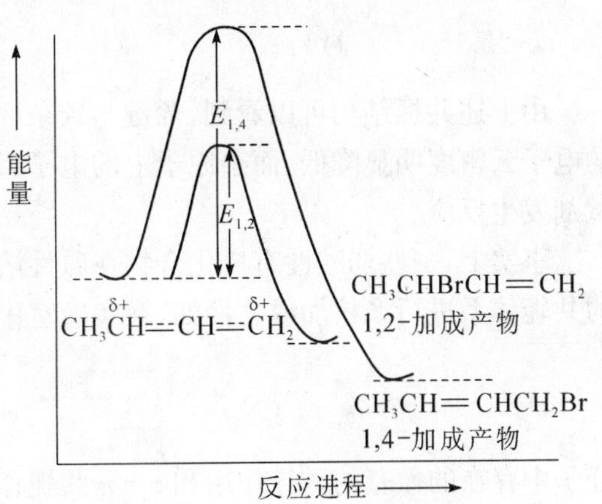

图9.1 1,2-和1,4-加成反应位能图

(2) 当温度较高时,反应为热力学控制 由于温度升高,上述碳正离子与溴负离子的加成变为可逆。这时生成的1,2-加成产物和1,4-加成产物可以互相转变,两者处于共存的平衡状态。1,4-加成产物分子中的超共轭作用较强、能量较低、稳定性高于1,2-加成产物,因此最后形成的1,4-加成产物较多。对于两个相互竞争的可逆反应,到达平衡时,产物的量决定于它们的稳定性。这样的反应也称为受热力学控制的反应。

一种反应物能向多种产物方向转变,在反应未达到平衡前,速率控制可以通过缩短反应时间或降低温度来实现,而平衡控制一般通过延长反应时间或提高反应温度,使它到达平衡点而达到目的。

溶剂对加成产物比例的影响也很大。例如,加成反应若在极性溶剂中进行,反应主要是1,4-加成,而在非极性溶剂中,则主要得到1,2-加成产物。

$$\text{CH}_2\text{=CH-CH=CH}_2 \xrightarrow{Br_2} \text{CH}_2\text{=CH-CH(Br)-CH}_2\text{Br} + \text{BrH}_2\text{C-CH=CH-CH}_2\text{Br}$$

在正己烷中	62%	38%
在氯仿中	33%	67%

9.2 亲核加成反应

烯键与其它含有杂原子的不饱和键，例如羰基、氰基、硝基、酯基等直接相连接时，相互间也可以发生共轭离域作用，使得烯键碳原子上分布的电子云密度下降。

由上述共振结构可以看到，烯键与碳杂原子不饱和键共轭的结果是导致烯键β-碳原子上的电子云密度明显降低，而杂原子上的电子云密度明显升高。因此，这类烯键更倾向于和亲核试剂发生反应。

事实上，一些弱酸性有机化合物在碱性溶液中，很容易与烯键和强吸电子的不饱和键形成的共轭体系进行亲核加成。例如，在实验室中，常利用丙烯腈与氨的反应来合成β-丙氨酸：

$$CH_2{=}CHCN + NH_3 \xrightarrow{\text{二苯胺}} H_2N{-}CH_2CH_2{-}CN \xrightarrow[H_2O]{H^+} H_2N{-}CH_2CH_2{-}COOH$$

分子中存在的氰基的诱导作用和π-π共轭作用，使得带有孤对电子的氨基作为亲核试剂进攻带有部分正电荷的双键碳，生成C—N单键，这一步是可逆的，被认为是速率控制的一步，然后质子进攻带负电荷的碳原子。

$$NH_2^- + CH_2{=}CHCN \rightleftharpoons H_2N{-}CH_2\overset{-}{C}H{-}CN \xrightarrow{H^+} H_2N{-}CH_2CH_2{-}CN$$

反应的结果是丙烯腈中的烯键部位与亲核试剂NH_3完成了1,2-加成反应。事实上，在碱性试剂催化下，丙烯腈还可以与含有活泼氢的化合物如水、醇、硫醇、酚、醛、酮、酯、胺以及脂肪族硝基化合物等发生上述加成反应，可用通式表示如下：

$$CH_2{=}CH{-}C{\equiv}N + H{-}Nu \xrightarrow{\text{碱}} NuCH_2{-}CH_2{-}C{\equiv}N$$

上述过程可以看成是在亲核试剂上引入了一个氰乙基，因此该反应又叫氰乙基化反应。由于氰乙基化反应可在亲核试剂中引入至少两个碳原子，同时氰基经水解或还原可转变成其它官能团，所以在有机合成上具有重要意义。比如，维生素B_1的中间体3-甲氧基丙腈可由丙烯腈和甲醇在其钠盐的存在下作用而得：

$$CH_2{=}CH{-}CN + CH_3OH \xrightarrow{CH_3ONa} CH_3OCH_2{-}CH_2{-}CN$$

当亲核试剂具有一个活泼的亚甲基或甲基时，若不控制反应条件，丙烯腈可以发生二氰乙基化或三氰乙基化反应。例如：

$$2CH_2{=}CHCN + CH_2(COOC_2H_5)_2 \xrightarrow{C_6H_5CH_2N^+(CH_3)_3OH^-} (NCCH_2CH_2)_2C(COOC_2H_5)_2$$

对于连接有强吸电子基团的烯键,还容易与 HX 进行亲核加成反应:

$$CH_2{=}CH{-}CH{=}O \xrightleftharpoons{HCl} \left[CH_2{=}CH{-}CH{=}O^{+}H \leftrightarrow {}^{+}CH_2{-}CH{=}CH{-}OH\right] \xrightarrow{Cl^-} ClCH_2{-}CH{=}CH{-}OH \longrightarrow ClCH_2CH_2CHO$$

质子先与羰基氧结合形成烯醇化的碳正离子,然后亲核试剂(负离子)进攻碳正离子,不稳定的烯醇式转变成酮式,完成了双键加成(实际是 1,4 -共轭加成)反应。

能形成碳负离子的化合物与上述缺电子的共轭烯键间发生的加成反应称为 Michael 加成反应。为了将亲核试剂转变成碳负离子,反应通常在碱性催化剂作用下进行。常用的碱为:氢氧化钠(钾)、乙醇钠、三乙胺、六氢吡啶、季铵碱等。氢氧化苄基三甲基铵在有机溶剂中有较好的溶解度,在 Micheal 加成反应中它是一个较普遍使用的催化剂。例如:

$$CH_3CH{=}CH{-}NO_2 + CH_3CHO \xrightarrow[2)\ H^+]{1)\ OH^-} CH_3CH(CH_2CHO){-}CH_2{-}NO_2$$

如上所述,Michael 反应不是简单的双键加成,在质子进攻一步中,质子先转移到氧上形成烯醇,然后通过烯醇式-酮式互变再转移到碳上,其历程如下:

$$CH_2{=}CH{-}CH{=}O \xrightarrow{Nu^-} NuCH_2{-}CH{=}CH{-}O^- \xrightarrow{H^+} NuCH_2{-}CH{=}CH{-}OH \rightleftharpoons NuCH_2CH_2CHO$$

下面是 Michael 加成的几个典型实例:

$$H_2C{=}CH{-}CN + CH_3COCH_2COCH_3 \xrightarrow[2)\ t\text{-}BuOH,\ 25℃]{1)\ (C_2H_5)_3N} CH_3COCH(CH_2CH_2CN)COCH_3$$

$$H_2C{=}CH{-}CN + CH_3COCH_2COCH_3 \xrightarrow[2)\ t\text{-}BuOH,\ 25℃]{1)\ (C_2H_5)_3N} CH_3COC(CH_2CH_2CN)_2COCH_3$$

$$PhCH{=}CH{-}CO{-}Ph + CH_3CO{-}CH(Ph){-}COOC_2H_5 \xrightarrow{PhCH_2N^+(CH_3)_3OH^-} CH_3CO{-}C(Ph)(COOC_2H_5){-}CH(Ph){-}CH_2{-}CO{-}Ph$$

对于后一个实例,即含有 α、β 不饱和羰基共轭结构的烯烃,与含有活泼氢的羰基化合物进行 Michael 加成后再进行酸性水解,能得到 1,5 -二羰基化合物。

9.3 聚合反应

共轭烯烃比一般的孤立烯烃更容易聚合,主要形成含有双键结构单元的 1,4 -加成物。

$$n\,\text{CH}_2\!=\!\text{CH}\!-\!\text{CH}\!=\!\text{CH}_2 \xrightarrow{n\text{CH}_2=\text{CHCN}} \left[\text{CH(CN)}-\text{CH}_2-\text{CH}_2-\text{CH}=\text{CH}-\text{CH}_2\right]_n \quad \text{丁腈橡胶}$$

$$\xrightarrow{\text{Na}} \left[\text{CH}_2-\text{CH}=\text{CH}-\text{CH}_2\right]_n \quad \text{聚丁二烯}$$

$$\xrightarrow[\text{TiCl}_4]{\text{Et}_3\text{Al}} \left[\text{CH}_2-\text{CH}=\text{CH}-\text{CH}_2-\text{CH}_2-\text{CH}=\text{CH}-\text{CH}_2\right]_n \quad \text{顺丁橡胶}$$

$$\xrightarrow{n\,\text{C}_6\text{H}_5\text{CH}=\text{CH}_2} \left[\text{CH(C}_6\text{H}_5)-\text{CH}_2-\text{CH}_2-\text{CH}=\text{CH}-\text{CH}_2\right]_n \quad \text{丁苯橡胶}$$

例如,1,3-丁二烯可以与丙烯腈或苯乙烯共聚,形成丁腈橡胶和丁苯橡胶,也可以在不同条件下发生自身聚合,形成聚丁二烯或顺丁橡胶。

9.4 周环反应

到目前为止,我们已经讨论了有机化学中的两大类反应,即离子型反应和自由基反应。这里将讨论烯键参与的第三类有机反应,它们是通过环状过渡态进行的,不经过任何类型的中间体。在化学反应过程中,这种能形成环状过渡态的协同反应,统称为周环反应(pericyclic reactions)。周环反应主要包括环加成反应(cycloaddition reactions)、电环化反应(electrocyclic reactions)和 σ 迁移反应(sigmatropic reactions)等。这里只作简单的介绍。

9.4.1 烯反应

含有烯丙位氢的烯烃在催化剂作用下可以与不饱和化合物,如烯烃、醛酮等,发生加成反应,形成不饱和化合物的不饱和键的两端分别连接上氢原子和烯丙基,这种反应称为烯(Ene)反应。一般反应过程如下式所示:

$$\text{H}-\text{CH}_2-\text{CH}=\text{CH}_2 + \text{Y}=\text{X} \longrightarrow \text{CH}_2=\text{CH}-\text{CH}_2-\text{X}-\text{Y}-\text{H}$$

例如,

$$\text{CH}_3\text{CH}=\text{CH}_2 + \text{CF}_3\text{CHO} \xrightarrow{\text{AlCl}_3} \text{CH}_2=\text{CH}-\text{CH}_2-\text{CH(OH)}-\text{CF}_3$$

反应认为是通过下述过渡态进行的:

$$\text{[环状过渡态: H}\cdots\text{O(AlCl}_3\text{)}=\text{C(H)(CF}_3\text{)]}$$

该反应的逆过程成为逆烯(retro-ene)反应。

9.4.2　环加成反应

两分子乙烯在光照条件下，可以生成环丁烷：

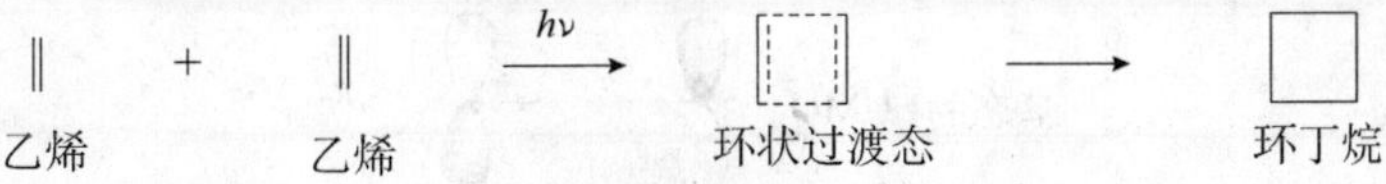

乙烯 + 乙烯 $\xrightarrow{h\nu}$ 环状过渡态 ⟶ 环丁烷

像这样由两个或多个 π 体系相互作用，通过环状过渡态生成环状分子的反应叫做环加成反应。在此反应中，反应物的 π 键消失转变成 σ 键，故环加成反应是 n"π"电子向 n"σ"电子的转变，其中 $n \geqslant 2$。

对于环加成反应，可以按照反应物的 π 电子数进行分类。分别称为[2+2]环加成、[4+2]环加成等。其主要类型如下所示：

反应名称	成环类型	反应举例
2+2 环加成	四元环	
[4+2]环加成	六元环	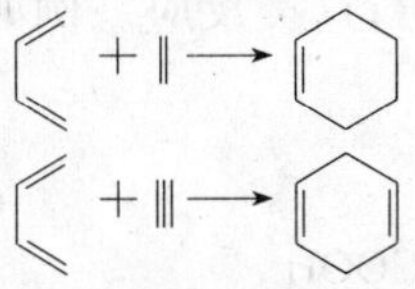
[2+2+2]环加成	六元环	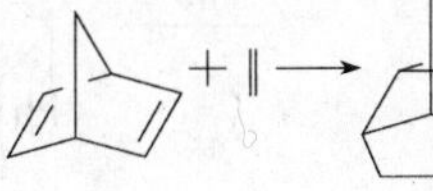

1. [2+2]环加成反应

[2+2]环加成反应是一步完成的。反应时，两分子烯烃互相靠近，形成环状过渡态，然后转化为新的分子，即旧共价键的断裂与新共价键的生成是同时发生的，这样的反应被称为协同反应(concerted reactions)。其反应规律可用前线轨道法中的分子轨道对称守恒原理进行解释。分子中对电子的束缚较为松弛的 HOMO 轨道，具有给电子的性质，而 LUMO 是空轨道，有接受电子的性质。

在加热条件下进行[2+2]环加成反应时，一个乙烯分子的 HOMO 与另一个乙烯分子的 LUMO 发生位相重叠，即一个乙烯分子的 π 轨道与另一分子乙烯的 π^* 轨道位相重叠。因 π 和 π^* 对称性相反，不能成键，所以[2+2]热环加成反应是对称禁阻的(图 9.2)。

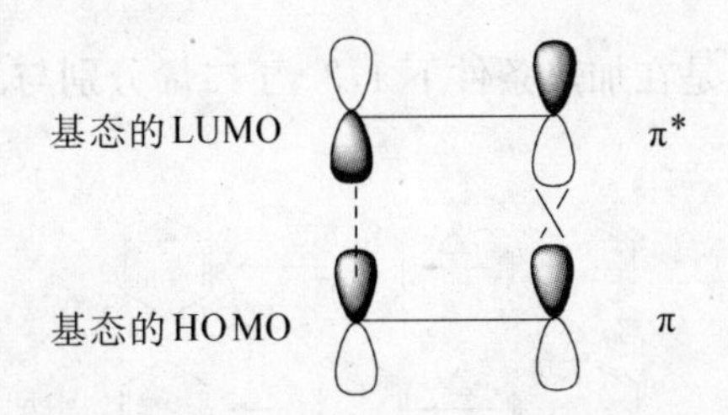

图 9.2　对称禁阻的[2+2]热环加成反应

在光照下，[2+2]环加成反应是对称允许的。在光作用下，一个乙烯分子发生电子跃迁，成为激发态，此时乙烯分子的 HOMO 为 π^* 轨道，另一基态分子的 LUMO 也是 π^* 轨道，两者间的叠加是对称允许的(图 9.3)。所以，[2+2]的环加成反应须在光照条件下进行。

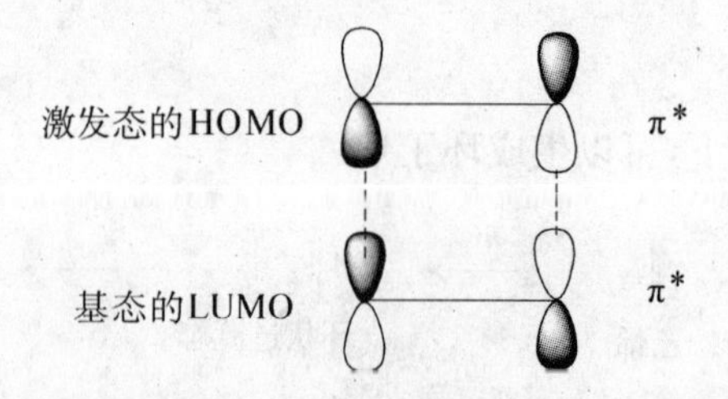

图9.3 对称允许的[2+2]光环加成反应

根据上述反应原理，当两个不相同的烯烃分子进行[2+2]光环加成时，所得产物将是混合物：

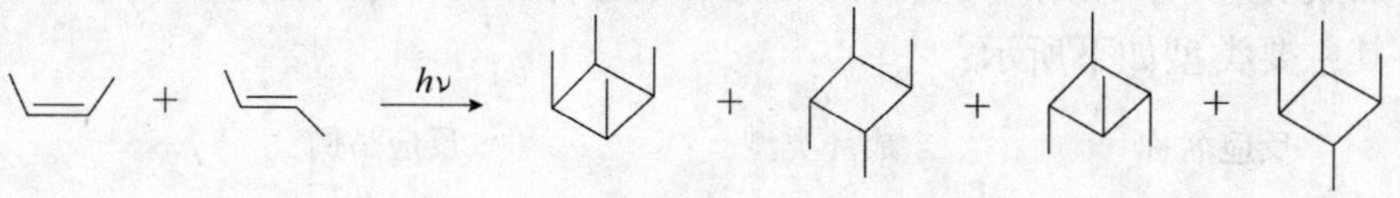

烯烃的衍生物也能进行这类反应。例如，在光照下，(*E*)-肉桂酸通过[2+2]光环加成，生成下列化合物：

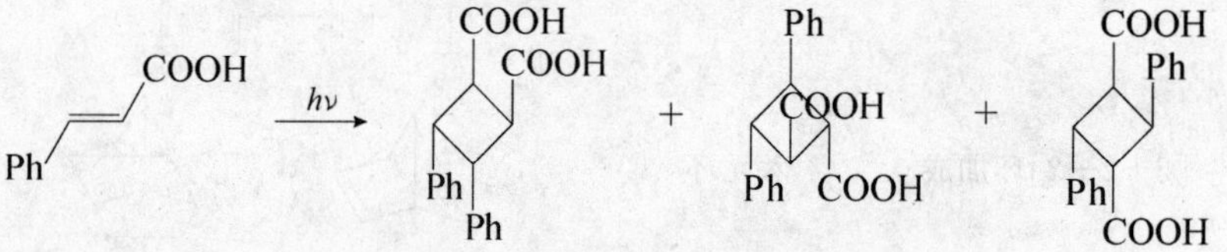

烯烃与烯酮类化合物也能发生[2+2]光环加成反应，例如：

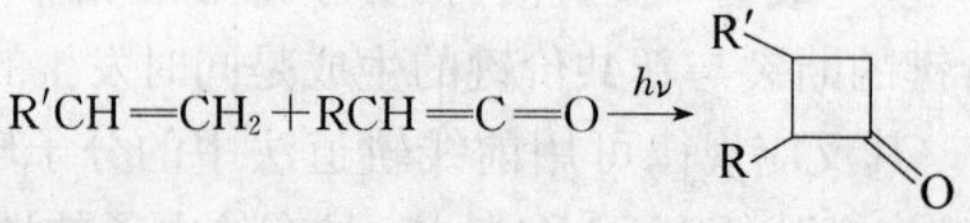

$$R'CH{=}CH_2 + RCH{=}C{=}O \xrightarrow{h\nu}$$

如果两个双键处于同一分子中，在某些情况下也会发生[2+2]光环加成：

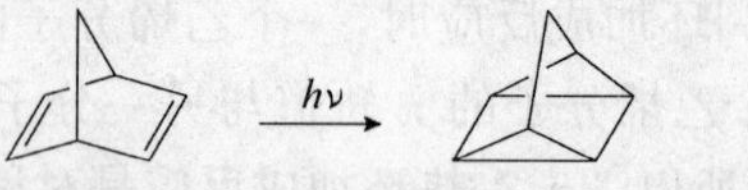

2. [4+2]环加成

最简单的[4+2]环加成，是在加热条件下1,3-丁二烯分别与乙烯或乙炔反应生成环己烯或1,4-环己二烯：

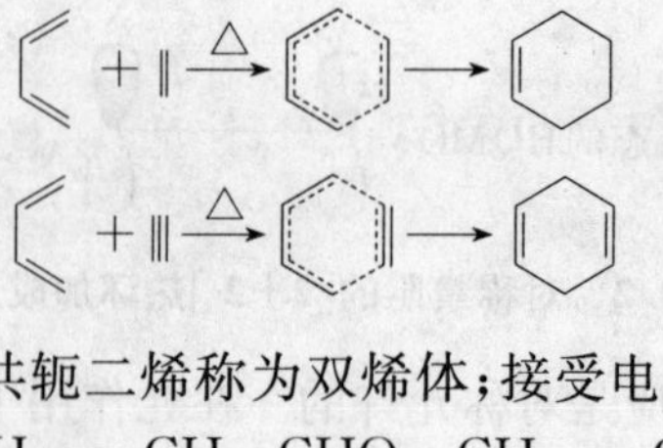

在上述反应中，提供电子的共轭二烯称为双烯体；接受电子的单烯烃称为亲双烯体。例如，乙烯、乙炔或其衍生物 $CH_2{=}CH{-}CHO$、$CH_2{=}CH{-}COOH$ 或 $CH_2{=}CH{-}CH{=}CH_2$ 等都可以充当亲双烯体。当亲双烯体上连有—CHO、—COOH、—CN等吸电子基团时，有利于反应的进行。由于此类反应是由德国化学家 O. Diels 和 K. Alder 于 1928 年

研究1,3-丁二烯和顺丁烯二酸酐的相互作用时发现的,故称此类反应为Diels-Alder反应,又叫双烯合成反应。Diels-Alder反应属于[4+2]热环加成,它不仅在理论上而且在有机合成上都具有重要意义。

1,3-丁二烯及其衍生物和乙烯及其衍生物的热环加成时,其轨道重叠有两种方式:一是共轭二烯的HOMO(ψ^2)和乙烯的LUMO(π^*)重叠,另一个是共轭二烯的LUMO(ψ^3)和乙烯的HOMO(π)重叠,两种重叠都是对称允许的(图9.4)。

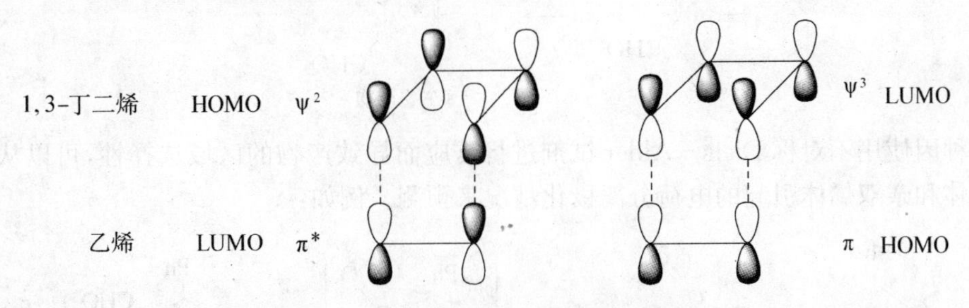

图9.4 对称允许的[4+2]热环加成反应

另一方面,在光照下上述反应是对称禁阻的。因为光照使丁二烯分子激活,乙烯的HOMO(π轨道)与丁二烯的LUMO(ψ^4)或者乙烯的LUMO(π^*)与丁二烯的HOMO(ψ^3)间的叠加,都是对称禁阻的,如图9.5所示。

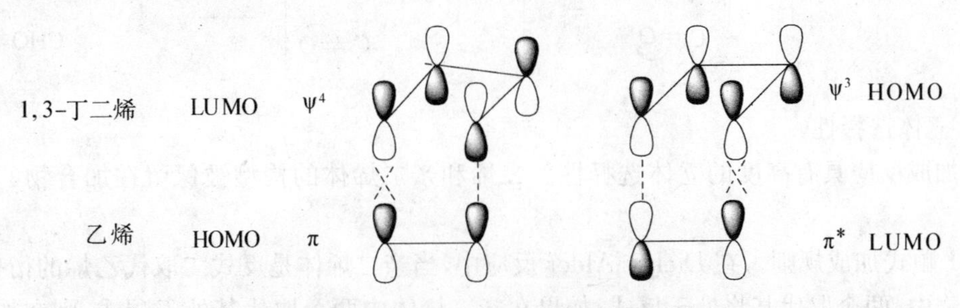

图9.5 对称允许的[4+2]光环加成反应

许多π电子数目满足4+2的化合物都可以发生Diels-Alder热环加成反应。

总结上述事实,可以得到如表9.1所示的环加成规律。

表9.1 环加成规律

π电子数	反应条件	反应方式	π电子数	反应条件	反应方式
$4n+2$	加热	允许	$4n$	加热	允许
$4n+2$	光照	禁阻	$4n$	光照	禁阻

从一些特定构型的亲双烯体在受热或光照下形成的产物的立体化学,可以看出上述环加成反应具有高度的区域选择性和立体选择性,而且取代基的性质对二烯体与亲二烯体的反应活性有明显的影响。下面以反应式来具体说明。

1)区域选择性

对于含有取代基的链状反应物,在双烯环加成中有两种可能的取向。例如,1-取代的二烯体与1-取代的亲二烯体可以生成邻位和间位加合物,而2-取代的二烯体与1-取代亲二烯体能够产生间位和对位加合物。但是实际上,1-取代的二烯优先生成邻位加合物,而2-取代衍生物则有利于对位加合物的生成。例如：

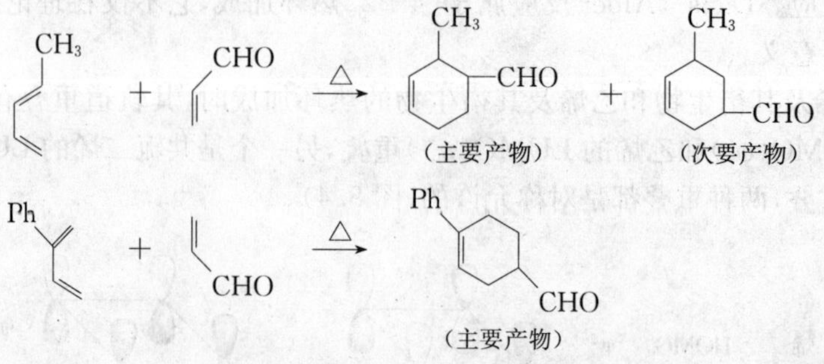

（主要产物） （次要产物）

（主要产物）

这种因使用不对称 Diels - Alder 试剂进行反应而导致产物的区域选择性，可以从取代基对双烯体和亲双烯体引起的电荷分离极化情况来预测。例如：

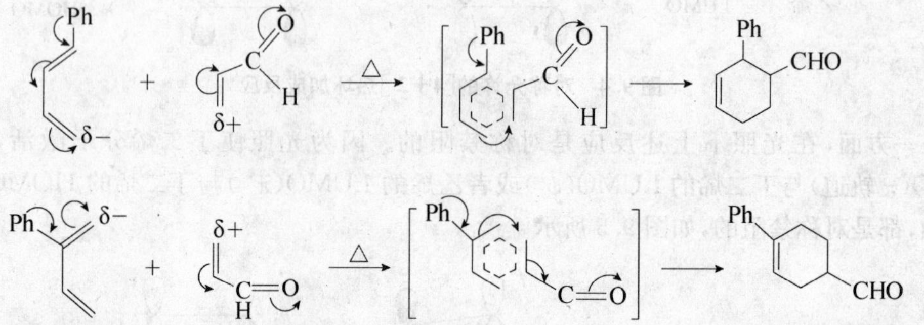

2）立体选择性

环加成反应具有高度的立体选择性。二烯和亲二烯体的构型被保留在加合物的立体结构中。

（1）顺式加成规则　在 Diels - Alder 反应中，当亲二烯体是反式二取代乙烯的衍生物时，在加合物中，两个取代基将处于反式；如果在亲二烯体中两个取代基处于顺式，则在加合物中它们仍以顺式存在。例如，环戊二烯与互为异构体的顺丁烯二甲酸二甲酯和反丁烯二甲酸二甲酯进行反应，则分别生成顺式和反式加合物：

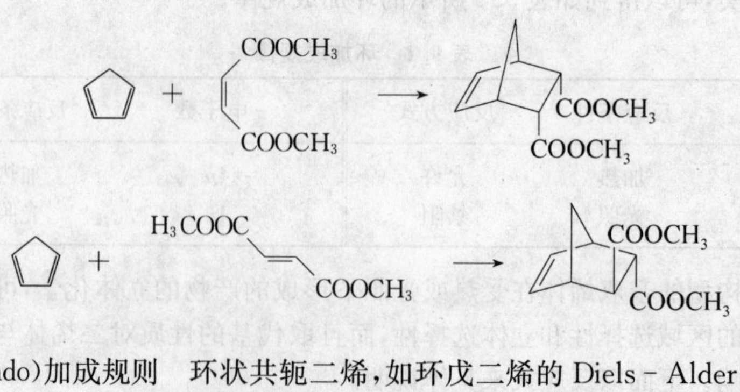

（2）内向(endo)加成规则　环状共轭二烯，如环戊二烯的 Diels - Alder 反应将生成刚性的二环化合物。如果亲二烯体是取代乙烯，可能生成两种构型的异构体。当加合物中的取代基与最短的二环桥（在这里是亚甲基）处于分子的反侧时，这类化合物具有内向构型(endo configuration)。如果最短的桥和取代基在分子的同侧，则为外向构型(exo configuration)。虽然外向构型通常是更稳定的异构体，但 Diels - Alder 反应的加合物一般是内向构型。例如：

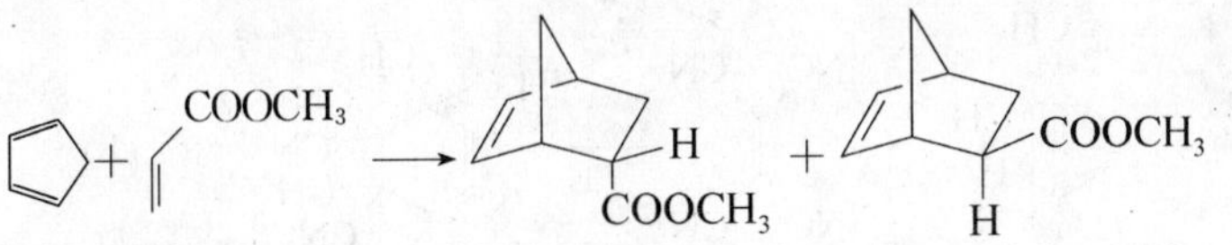

$$\text{环戊二烯} + CH_2{=}CHCOOCH_3 \longrightarrow \text{内向}(76\%) + \text{外向}(24\%)$$

内向(76%)　　外向(24%)

优先形成内向异构体的原因,被认为是二烯和亲二烯体的 π 轨道之间存在次级相互作用的结果。在过渡态中,π 轨道之间的次级叠加作用有利于过渡态的稳定,故导致内向产物的形成(图 9.6)。这种定向使形成内向异构体比形成外向异构体的活化能稍低,反应较快。

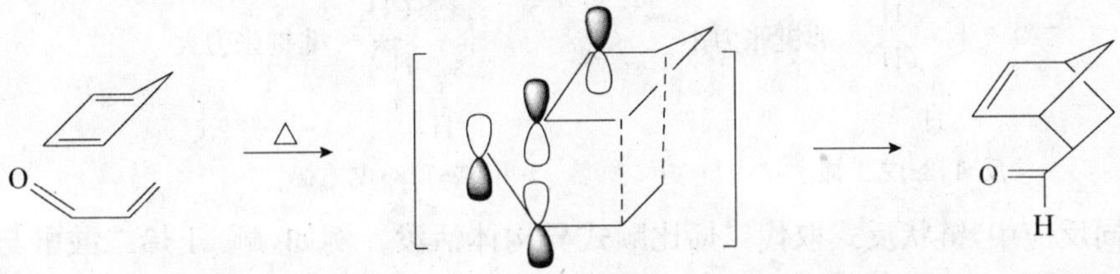

过渡态　　内向产物

图 9.6　Diels - Alder 反应中二烯体与亲二烯体优先形成内向定向过渡态

3）反应物的反应活性

在反应中二烯体的作用是提供电子,当二烯分子中有给电子取代基时,通常能增加二烯分子的反应活性;反之,吸电子取代基会降低二烯的活性。另外,二烯体的构型也会对反应的难易产生一定的影响。

由于 Diels - Alder 反应是协同反应,亲二烯体必须同时与二烯的两端发生作用。为了使反应能够顺利发生,二烯必须采取 S -顺式构象。如果二烯采取 S -反式构象,那么亲二烯体将不能在同一时间去接近二烯的两端。

0.28 nm　　0.38 nm

S-顺式　　S-反式

虽然 S -反式构象比 S -顺式稳定,但在进行反应时,S -反式须转变成 S -顺式后才能进行反应。如果 S -顺式无法形成,则反应不能进行。因此下列环状二烯Ⅰ和Ⅱ不能作为 Diels - Alder 反应的二烯体使用,而Ⅲ可以用作二烯体。

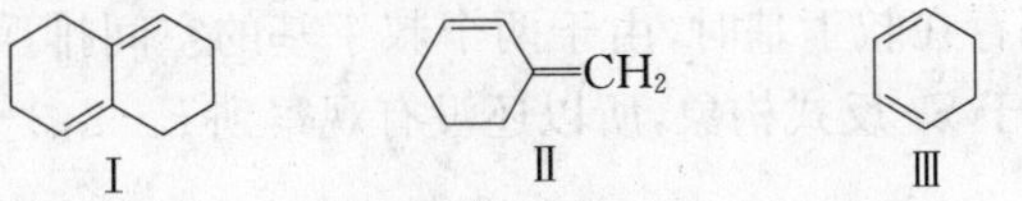

CH_2

Ⅰ　　Ⅱ　　Ⅲ

在链状取代二烯中,取代基的位置、大小和数目等,因对二烯体采取 S -顺式构象的影响不同,故对双烯合成反应的速率将产生不同的影响。例如,四氰基乙烯与反- 1,3 -戊二烯的反应(a)比与 4 -甲基- 1,3 -戊二烯的反应(b)快 10^3 倍。

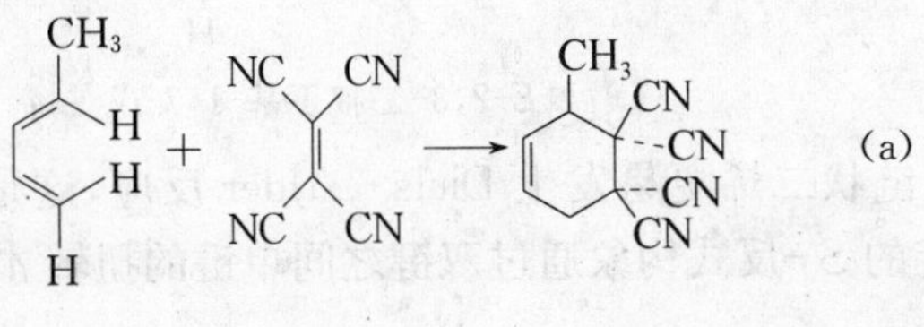

CH_3 H H H + NC CN NC CN ⟶ CH_3 CN CN CN CN　(a)

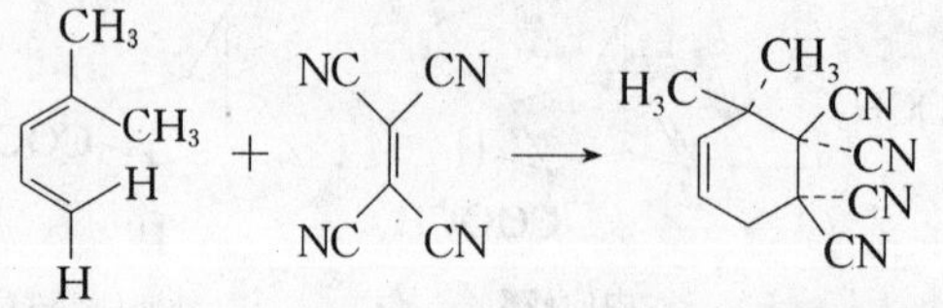

(b)

这是因为后者分子内的4位上的甲基与1位上的氢原子之间的非键张力的相互作用不利于该分子采取 S-顺式构象，使 S-顺式构象在二烯中的平衡比值较小，故反应速率较慢。

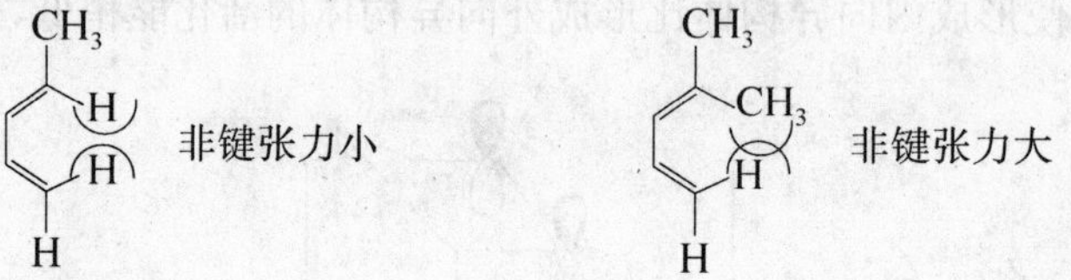

非键张力小　　非键张力大

反-1,3-戊二烯　　4-甲基-1,3-戊二烯

在协同反应中，链状反式取代二烯比顺式异构体活泼。例如，顺-丁烯二酸酐与反-1-苯基丁二烯的反应比与顺式异构体的反应快 $10^2 \sim 10^3$ 倍。当一个较大的取代基处于顺位时，反应速率比未取代的二烯（丁二烯）还要小。例如，顺丁烯二酸酐与 Z-5,5-二甲基-1,3-己二烯的反应和1,3-丁二烯相比，相对反应速率小于0.05（1,3-丁二烯为1）。

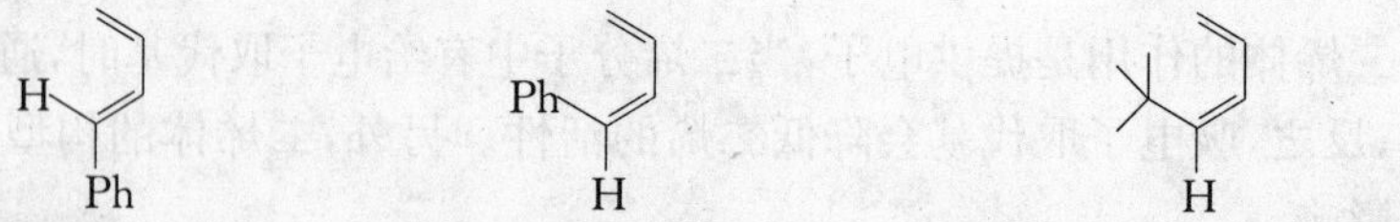

反-1-苯基丁二烯　　顺-1-苯基丁二烯　　Z-5,5-二甲基-1,3-己二烯

然而，2-取代二烯通常增大二烯合成反应的速率。例如，顺丁烯二酸酐与2-叔丁基-1,3-丁二烯的反应比与1,3-丁二烯快27倍。因为叔丁基使 S-顺式构象比 S-反式构象更稳定，使其更易生成而有利于反应的进行。

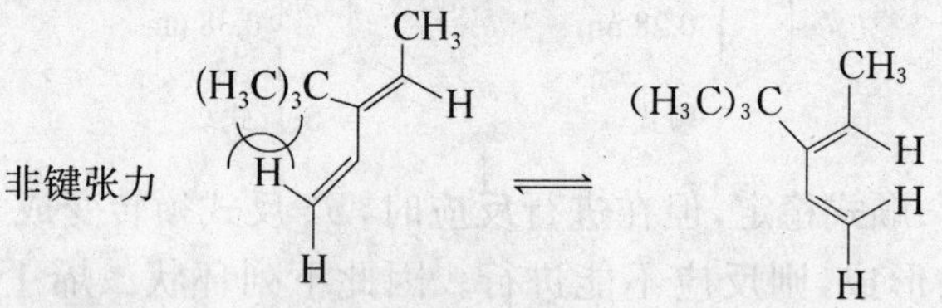

非键张力

S-反式构象　　S-顺式构象

但在C2和C3上都存在叔丁基时，由于两个叔丁基的空间排斥，不利于分子中两个乙烯基处于 S-顺式，而倾向于 S-反式构象，所以还没有观察到 E-2,3-二叔丁基-1,3-戊二烯能发生二烯合成的例子。

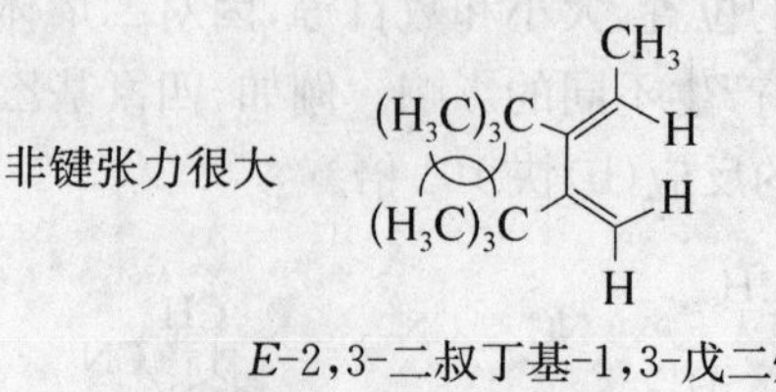

非键张力很大

E-2,3-二叔丁基-1,3-戊二烯

S-顺式环状二烯比链状二烯更易发生 Diels - Alder 反应，这是因为链状二烯进行反应时，需要把一般比较稳定的 S-反式构象通过双键之间单键的扭转才能得到所需要的 S-顺式

构象，这种扭转需要一定的能量。例如，环戊二烯很活泼，通过Diels－Alder反应能自身二聚成三环化合物：

30℃

对于链状二烯，这种情况较难发生。

亲二烯体的活性依赖于反应对电子的要求。在亲二烯体中，吸电子取代基促使反应加速进行。例如，四氰基乙烯作为亲二烯体比环戊二烯作为亲二烯体要快 4.6×10^8 倍。但是，当二烯体本身缺乏电子时，则亲二烯体中有供电子基反而对加成有利。

9.4.3　电环化反应

链型共轭体系的两个尾端碳原子之间 π 电子环化形成 σ 单键的单分子反应或其逆反应，称为电环化反应。反应的结果是减少了一个 π 键，形成了一个 σ 键。例如，1，3－丁二烯在光照下，可以生成环丁烯：

$h\nu$

1,3-丁二烯　　环丁烯

1，3－丁二烯环化成环丁烯时，要求 C1—C2 和 C3—C4 两个键绕着各自键轴旋转 90°，使 C1 和 C4 间形成一个新的 σ 键，如图 9.7 所示。

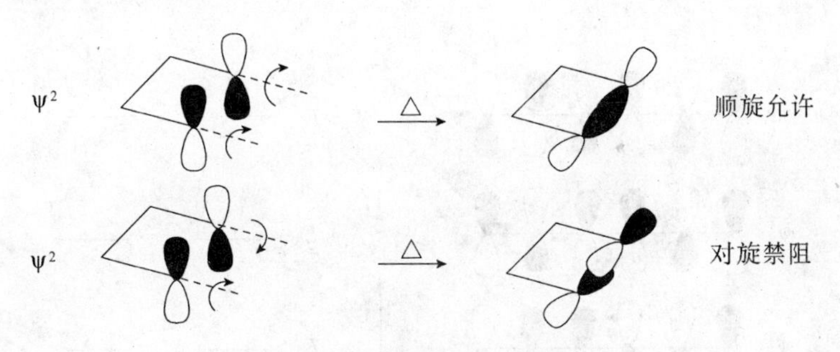

图 9.7　丁二烯的加热环合

此时存在两种旋转方式，一种是两个键按同方向进行旋转，称为顺旋；另一种是两个键按相反方向进行旋转，称为对旋。对于旋转方向的选择，取决于能量最高的电子占有轨道(HOMO)。丁二烯在基态时的 HOMO 是 ψ^2，在顺旋时丁二烯 C1 和 C4 上的 p 轨道变成环丁烯的 sp^3 轨道，其对称性保持不变，反应是对称性允许的。旋转时，C1 的 p 轨道或 sp^3 轨道的正(或负)的一瓣，始终接近 C4 的 p 轨道或 sp^3 轨道正(或负)的一瓣，可以同位相重叠成键。随着旋转角度增大，p 轨道逐渐变成 sp^3 轨道，C1 和 C4 间的轨道正的重叠也随之增大，π 键逐渐破裂，σ 键逐渐形成，从而使体系的总能量降低。而在对旋时，C1 的 p 轨道或 sp^3 轨道正(或负)的一瓣始终与 C4 的 p 轨道或 sp^3 轨道负(或正)的一瓣接近，因此，对旋是轨道对称性禁阻的。

另一方面，在光照下丁二烯分子将被激发。根据分子轨道理论，此时 HOMO 上的一个电子被激发到邻近的 LUMO 轨道上，形成 $\psi^1\psi^2\psi^3$ 的电子状态，使 ψ^3 由原来的 LUMO 变成 HOMO。此时的环化反应由 ψ^3 决定，顺旋是禁阻的，对旋是允许的，如图 9.8 所示。

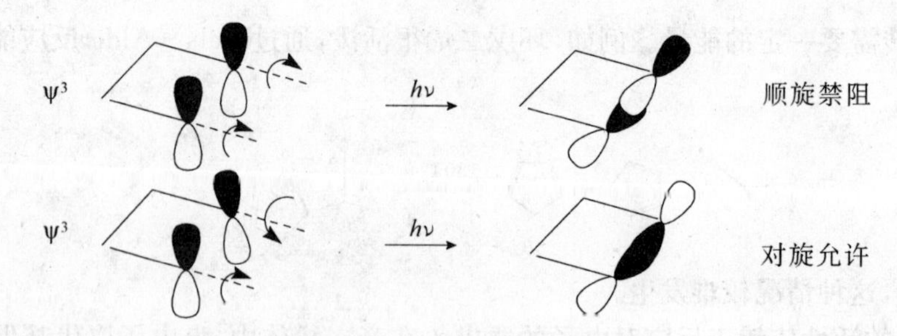

图 9.8 丁二烯的光照环合

实际上，其它含有 $4n$ 个 π 电子的共轭多烯烃，其电环化反应的方式与 1,3-丁二烯的基本相同，如：

H_3C, $COOCH_3$, CH_3, $COOCH_3$ ←(△, 顺旋)— $COOCH_3$, CH_3, CH_3, $COOCH_3$ —(hν, 对旋)→ CH_3OOC, $COOCH_3$, CH_3, CH_3

CH_3, CH_3 —(△, 顺旋)→ CH_3, CH_3 ←(hν, 对旋)— H, H_3C, H, H_3C

对于含有 $4n+2$ 个 π 电子的共轭多烯化合物，反应规律刚好与此相反。例如，共轭己三烯共有六个 π 分子轨道，基态时 ψ^3 为 HOMO，而激发态时 ψ^4 成为 HOMO，具体情况如图 9.9 所示。

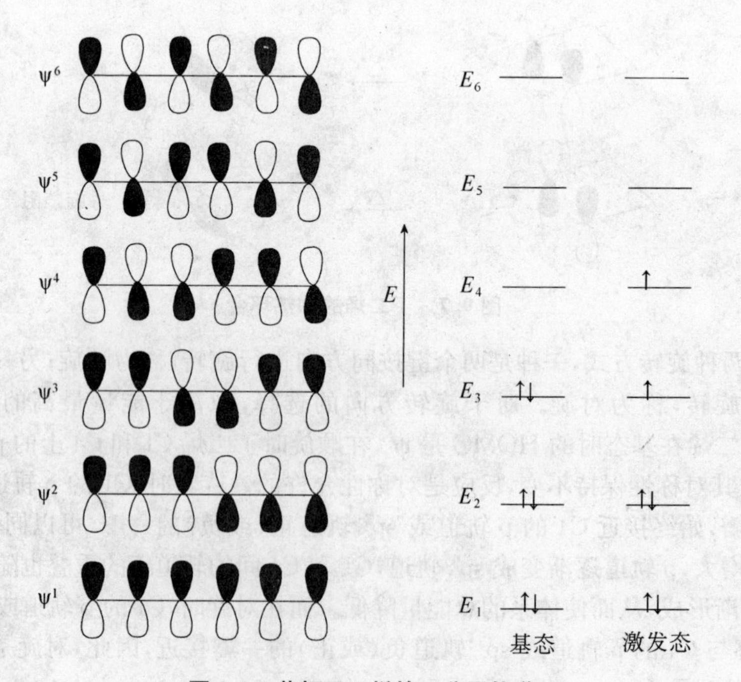

图 9.9 共轭己三烯的 π 分子轨道

当共轭己三烯进行热反应时，ψ^3 为 HOMO，若要对称性允许，C1 和 C6 的 p 轨道必须进行对旋才能生成 σ 键，而顺旋是轨道对称性禁阻的。与此相反，共轭己三烯进行光反应时，ψ^4

成为 HOMO,因此顺旋是轨道对称性允许的,如图 9.10 所示。

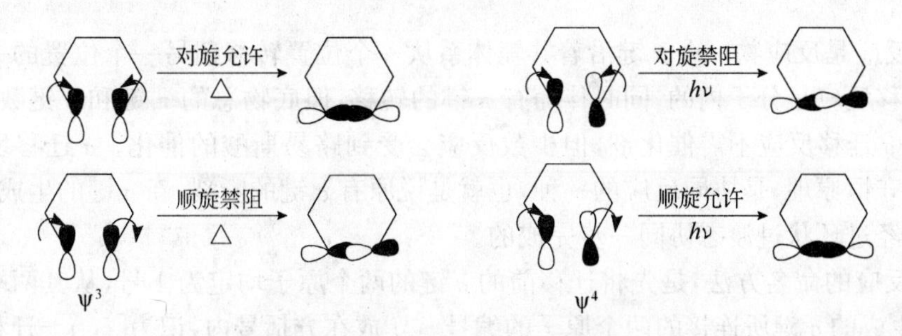

图 9.10　1,3,5-己三烯的电环化反应

其它含有 $4n+2$ 个 π 电子的共轭多烯的电环化反应一般也遵守上述规律。

综上所述,电环化反应的空间过程取决于反应中开链异构体 HOMO 的对称性。如果共轭多烯烃含有 $4n$ 个 π 电子(n 为零或正数),则其热化学反应按顺旋方式进行,光化学反应按对旋进行;如果共轭多烯含有 $4n+2$ 个 π 电子,则进行的方式与上述恰好相反。这种环化规则称为 Woodward - Hoffmann 规则。

不过在具体化学反应中,除了要考虑轨道对称性以外,还需注意反应物结构中可能存在的立体位阻因素。例如,顺-3,4-二甲基环丁烯受热开环时,虽然存在两种顺旋方式,但都给出相同的开环产物(Z, E)-2,4-己二烯;而反-3,4-二甲基环丁烯的两种顺旋方式,理论上可以得到两种不同的异构体,(Z, Z)-和(E, E)-2,4-己二烯,但实际上只得到了(E, E)-2,4-己二烯一种产物,这种现象可以从(Z, Z)-2,4-己二烯的空间位阻较大加以解释。

CH_3　H　175℃　CH_3　H　175℃　CH_3　H

(Z, E)-2,4-己二烯

CH_3　H　175℃　CH_3　H

(E, E)-2,4-己二烯　　　(Z, Z)-2,4-己二烯

从以上讨论可以看出,电环化反应是一种可逆反应,具有高度的区域选择性和立体专一性。因此,这类反应在天然有机化合物和结构特殊的有机化合物的合成中非常重要。例如,将环辛四烯和顺-丁烯二酸酐经过开环、[4+2]和[2+2]环加成反应,可以得到结构比较复杂的化合物。

hν　　hν

9.4.4 σ迁移反应

σ迁移反应是反应物一个σ键沿着共轭体系从一个位置转移到另一个位置的一类周环反应。通常迁移反应是分子内的，同时伴随有π键的转移，但底物总的π键和σ键数保持不变。一般情况下σ迁移反应不需催化剂，但少数反应会受到路易斯酸的催化。σ迁移反应符合分子轨道对称守恒原理，是协同反应的一种，也就是说原有σ键的断裂，新σ键的生成，以及π键的转移都是经过环状过渡态协同一步完成的。

σ迁移反应的命名方法，是先将迁移前的σ键的两个原子均定为1号，从其两端分别开始编号，把新生成的σ键所连接的两个原子的编号 i、j 放在方括号内，记为[i, j]-迁移。习惯上 $i<j$。因此，上面图示的反应是一个迁移反应。也可以将迁移的取代基原子写在前面，写成诸如迁移反应的形式。

[1,3]-迁移或 H[1,3]-迁移

[1,5]-迁移

[3,3]-迁移

1. [1, j]σ迁移

根据前线轨道理论，假定反应中发生迁移的σ键首先发生均裂，生成一个氢原子(或碳自由基)和一个奇数碳的共轭体系自由基，而反应的实质是氢原子(或碳自由基)在奇数碳自由基的共轭体系上发生的迁移。反应中真正涉及的是奇数碳共轭体系中含有单电子的前线轨道，即最高占有分子轨道(HOMO)，而且反应的立体选择性也完全取决于该HOMO的对称性。基态时，它是一个非键轨道，具有以下所示的分子轨道示意图，其中的数字与上面所述的数字含义相同。

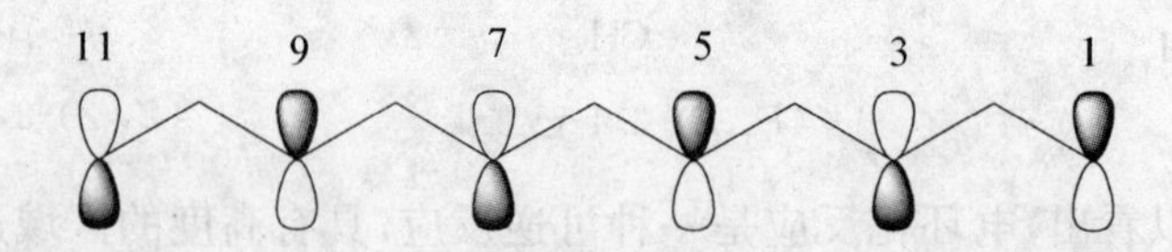

可以看出，该前线轨道中，所有偶数碳上的电子云密度都为零，而奇数碳上的电子云密度数值相等，位相交替变化。奇数碳共轭体系又可以分为两类，即 $4n+1$ 类型和 $4n-1$ 类型；前者的HOMO具有镜面对称性，而后者具有镜面反对称性。

在激发态时，电子发生跃迁，这两种类型的镜面对称性会发生转换，前者具镜面反对称性，后者具镜面对称性。例如，$4n-1$ 类型的烯丙基自由基的π分子轨道为 ψ^1、ψ^2 和 ψ^3，在基态时，ψ^2 为HOMO，C1和C3的p轨道位相相反；而在激发态时，ψ^3 成为HOMO，C1和C3的p轨道位相相同。$4n+1$ 类型的戊二烯基自由基的π分子轨道为 ψ^1、ψ^2、ψ^3、ψ^4 和 ψ^5，在基态时，ψ^3 为HOMO，C1和C5的p轨道位相相同；在激发态时，ψ^4 成为HOMO，C1和C5的p轨道位相相反。具体情况如图9.11所示。

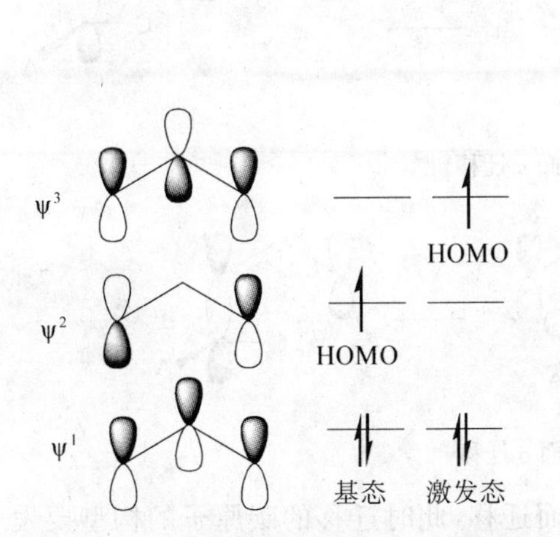

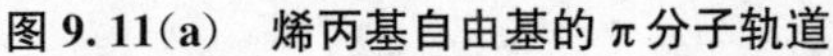

图 9.11(a)　烯丙基自由基的 π 分子轨道

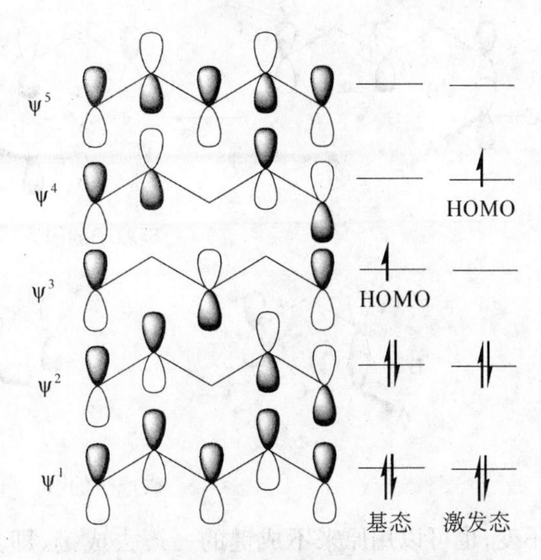

图 9.11(b)　戊二烯基自由基的 π 分子轨道

由于 σ 迁移反应是符合分子轨道对称守恒原理的反应,因此形成新的 σ 键时,必须发生同位相的重叠。

1) 氢原子的[1, j]σ 迁移

σ 迁移存在两种方式,即同面迁移和异面迁移。同面迁移是指原子或原子团迁移前后的 σ 键在共轭平面的同一侧;异面迁移则是迁移前后的 σ 键在共轭平面的异侧。

以 $4n+1$ 类型 π 共轭体系中氢原子的迁移为例,基态时,HOMO 呈镜面对称,同面迁移是允许的,异面迁移是对称性禁阻的,如[1, 5]迁移;对于 $4n-1$ 类型情况则正好相反,如[1, 3]迁移。也就是说,在加热情况下,氢原子的[1, 5]同面 σ 迁移是对称性允许的,反应可以顺利进行;而[1, 3]同面 σ 迁移是对称性禁阻的,反应不易发生。虽然氢原子的[1, 3]异面 σ 迁移是对称性允许的,由于空间位置的限制,实际上这类迁移很难发生。

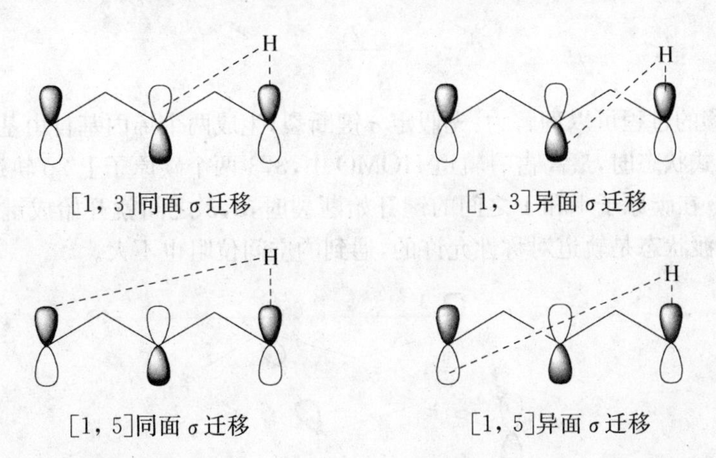

在光照下,由于 π 共轭体系的 HOMO 轨道的对称性发生改变,使得氢原子的[1, 3]同面 σ 迁移是对称性允许的。在这种情况下,氢原子一般以[1, 5]异面方式发生 σ 迁移反应。

2) 碳原子的[1, j]σ 迁移

实际上,碳原子的同面迁移也遵守上述规律。但是,由于碳自由基的 2p 轨道两瓣的位相是相反的,在迁移时,可以用原来成键的一瓣去交盖,即同面迁移,此时迁移的碳原子的构型保

碳原子的[1, 5]同面 σ 迁移

碳原子的[1, 3]异面 σ 迁移

持不变；也可以用原来不成键的一瓣去成键，即异面迁移，此时迁移的碳原子的构型要发生翻转。

实验结果与理论推测是完全一致的。例如：

C[1, 3]异面迁移

2. 碳原子的[3, 3]σ 迁移

最简单的[3, 3]σ 迁移为：

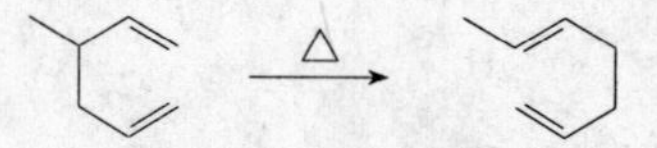

[3, 3]σ 迁移的过程可以理解为：先假定 σ 键断裂，生成两个烯丙基自由基的过渡态，当两个自由基处于椅式状态时，最高占有轨道 HOMO 中，3,3′两个碳原子上 2p 轨道的对称性是匹配的，可以重叠。在碳原子 1 和 1′之间的键开始断裂时，3,3′之间就开始成键，协同完成迁移反应。这样的过渡状态是轨道对称性允许的，遇到的空间位阻也不大。

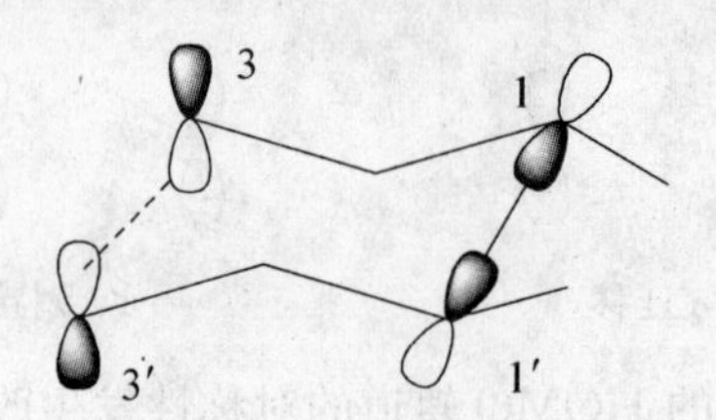

[3, 3]迁移是常见的[*i*, *j*]σ 键迁移方式。最典型的[3, 3]σ 迁移反应是 Cope 重排和克莱森(Claisen)重排。

1) Cope 重排

反-3,4-二甲基-1,5-己二烯有两个手性碳原子，经 Cope 重排理论可以得到(*E*, *E*)和

(Z, Z)两种 2,6-辛烯的异构体。由于空间位阻的影响,实际上主要产物为(E, E)-2,6-辛烯。

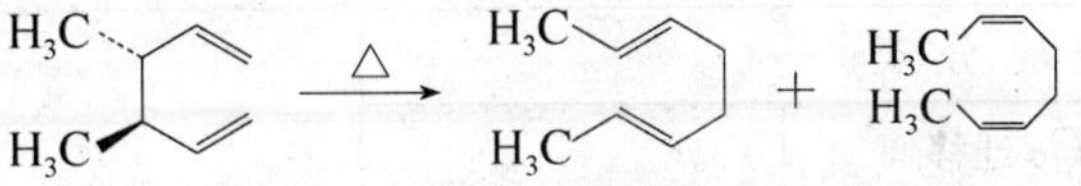

主要产物　次要产物

与此类似,顺-3,4-二甲基-1,5-已二烯经 Cope 重排仅得到(Z, E)-2,6-辛烯。

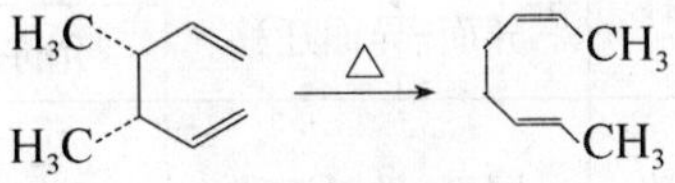

这说明反应过渡态采取了椅式构象:

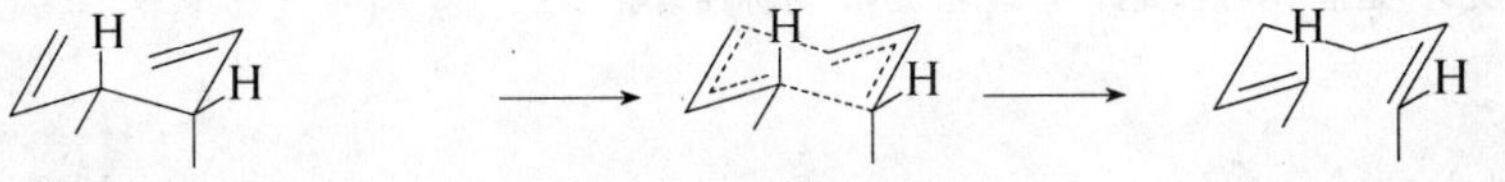

顺-3,4-二甲基-1,5-已二烯　椅式过渡态　(Z, E)-2,6-辛烯

2) Claisen 重排

这是一种有碳氧键参加的[3, 3]迁移反应。

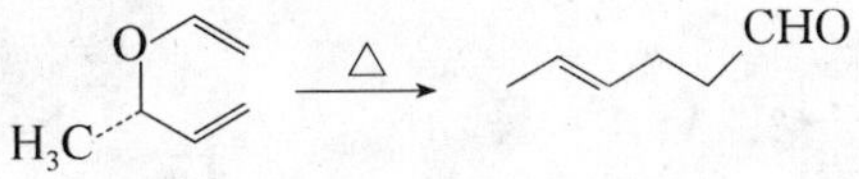

苯酚的烯丙醚加热时,烯丙基迁移到邻位碳原子上,γ碳原子与苯环的邻位相连接。

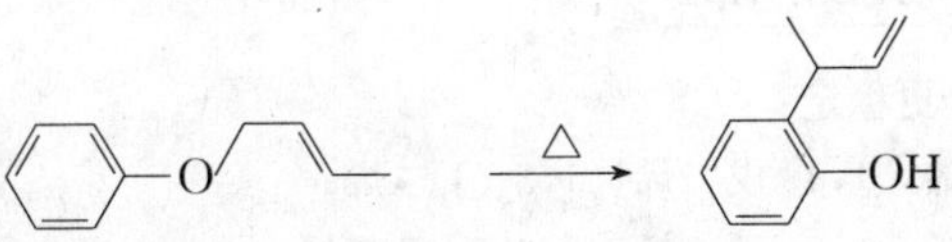

在邻位全部被占据的情况下,全得到对位产物。

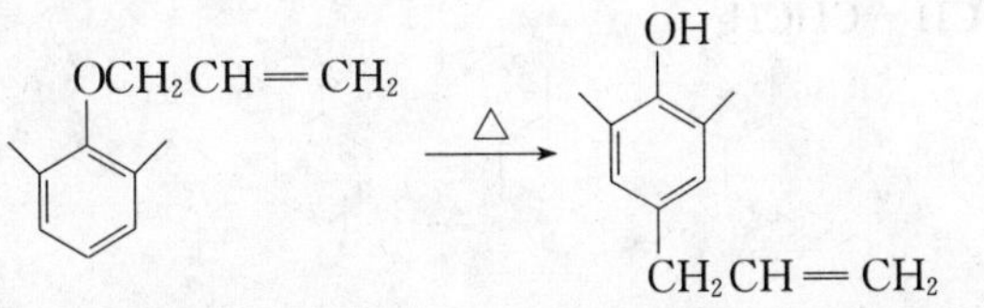

我们发现若邻位是叔丁基时,在重排过程中可以发生脱叔丁基的反应。

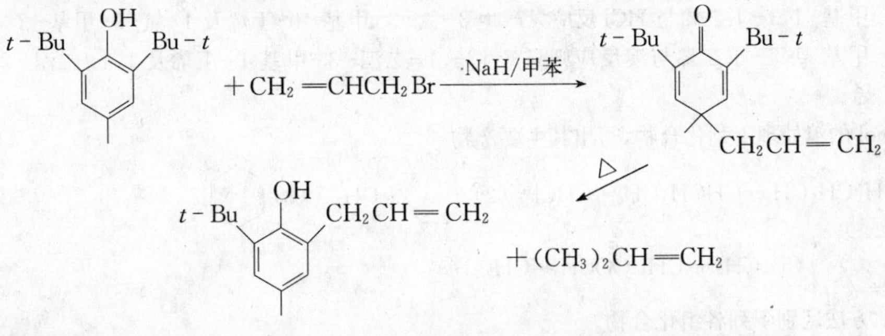

$$+ CH_2=CHCH_2Br \xrightarrow{NaH/甲苯}$$

$$+ (CH_3)_2CH=CH_2$$

综上所述,$[i, j]\sigma$ 迁移反应的选择性规则可总结如表 9.2 所示。

表 9.2 $[i, j]\sigma$ 迁移反应的选择性规则

<table>
<tr><td colspan="4">参加环型过渡态的π电子数 $(1+j)$ 或 $(i+j)$</td><td colspan="2" rowspan="4">$4n+2$</td><td colspan="2" rowspan="4">$4n$</td></tr>
<tr><td colspan="4">反应分类</td></tr>
<tr><td rowspan="2">$H[1, j]$
σ迁移</td><td colspan="2">$C[1, j]\sigma$ 迁移</td><td rowspan="2">$C[i, j]\sigma$ 迁移</td></tr>
<tr><td>构型保持</td><td>构型翻转</td></tr>
<tr><td rowspan="2">同面迁移</td><td rowspan="2">同面迁移</td><td rowspan="2">异面迁移</td><td rowspan="2">同面-同面迁移
异面-异面迁移</td><td>Δ</td><td>$h\nu$</td><td>Δ</td><td>$h\nu$</td></tr>
<tr><td>允许</td><td>禁阻</td><td>禁阻</td><td>允许</td></tr>
<tr><td rowspan="2">异面迁移</td><td rowspan="2">异面迁移</td><td rowspan="2">同面迁移</td><td rowspan="2">同面-异面迁移</td><td>Δ</td><td>$h\nu$</td><td>Δ</td><td>$h\nu$</td></tr>
<tr><td>禁阻</td><td>允许</td><td>允许</td><td>禁阻</td></tr>
</table>

注：表内"允许"是指"对称性允许"，"禁阻"是指"对称性禁阻"。

习 题

9-1 用反应式或结构式解释下列术语。

(1) 共轭加成 (2) [2+2]环加成 (3) 协同反应 (4) 速率控制与平衡控制

(5) Ene 反应 (6) Diels-Alder 反应、双烯体与亲双烯体

9-2 完成下列反应式。

(1) $CH_2=CHF + HCl \longrightarrow ?$

(2) $CF_3CH=CH_2 + HCl \longrightarrow ?$

(3) 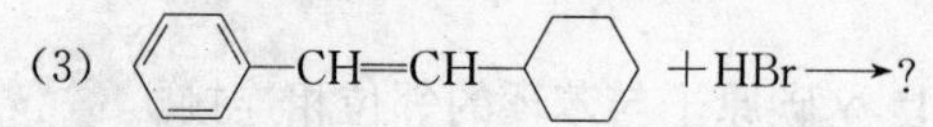 $+ HBr \longrightarrow ?$

(4) $(CH_3)_3CCH=CH_2 \xrightarrow{H_2SO_4/H_2O} ?$

9-3 下列各组烯烃中，哪一个更稳定？

(1) 2-甲基-1,3-丁二烯 1,4-戊二烯 1,3-丁二烯

(2) 2-乙基-1,3-己二烯 1,3-己二烯 1,3,5-己三烯

(3) $CH_2=CH-CH=CH_2$ $CH_3CH=CH-CH=CH_2$ $CH_3CH_2CH=CH_2$

$CH_3CH=CH-CH=CHCH_3$

(4) 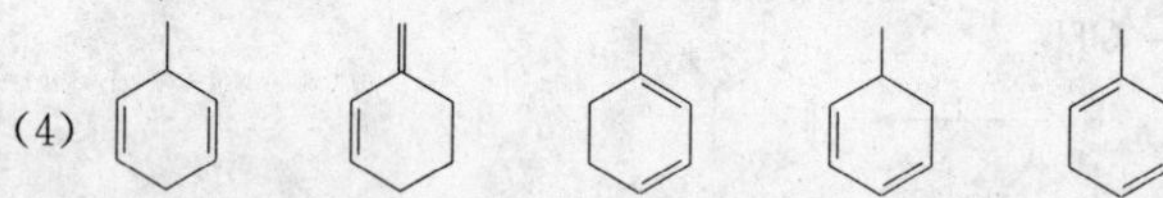

9-4 写出下列反应产物。

$CH_2=CH-CH=CH-CH=CH_2 + HBr(1\ mol) \longrightarrow ?$

9-5 说明下列事实。

(1) 2-甲基-1,3-丁二烯与 HCl 反应只产生 3-氯-3-甲基-1-丁烯及 1-氯-3-甲基-2-丁烯。

(2) 2-甲基-1,3-丁二烯与溴反应则只产生 3,4-二溴-3-甲基 1-丁烯及 1,4-二溴-2-甲基-2-丁烯。

9-6 用 1 mol 的溴处理下列化合物，写出其主要产物。

(1) $CH_3CH_2CH=CHCH_2CH=CHCl$ (2) 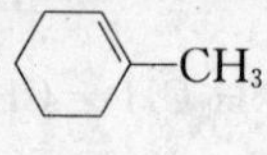 $-CH_3$ (3)

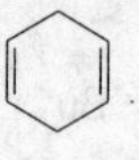

(4) 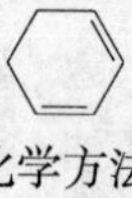 (5) $CH_2=CHCOOCH=CH_2$

9-7 用化学方法区别下列各组化合物。

(1) 3-甲基丁烷 3-甲基-1-丁炔 3-甲基-1-丁烯

(2) 1-己炔 2-己烯 己烷 氮气

(3) 乙烯基乙炔 1,3-丁二烯 1-戊烯-2-炔

(4) 乙基环己烷 1-环己基丙炔 环己基乙炔

9-8 写出1,3-丁二烯与下列试剂反应的主要产物。

(1) Cl_2(1 mol) (2) HBr(1 mol) (3) Br_2(2 mol) (4) HBr(2 mol)

(5) H_2(2mol)/Ni (6) O_3/Zn, H_2O (7) $Cl_3C—CH═CH_2$/加热

(8) 2-炔-丁二甲酸二甲酯/加热

9-9 三个分子式为$C_{10}H_{16}$的化合物,经臭氧氧化和还原水解后分别生成a、b、c,请分别写出它们原来的结构。

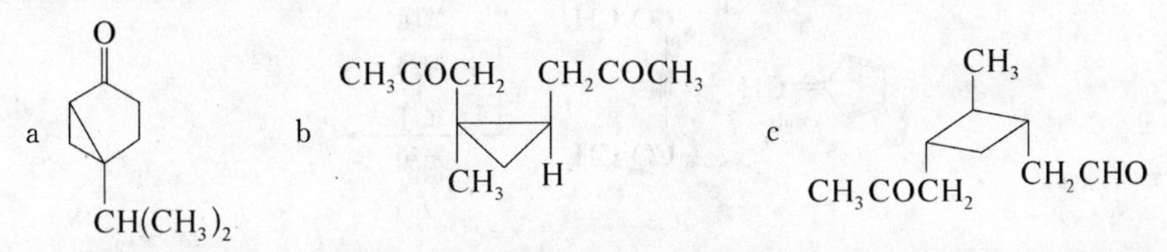

9-10 1,3-丁二炔能否与乙烯发生Diels-Alder反应?为什么?能否发生[2+2]环加成?若能反应,请写出产物结构。

9-11 指出下列反应产物的双烯体和亲双烯体。

(1) Cl (2) H_3C, COOH (3) OOCCH$_3$, CN (4)

9-12 完成下列反应或者给出反应条件。

(1) $CH_2═CH—CH═CHCH_3 + CH_2═CH—CN \xrightarrow[\triangle]{} ?$

(2) $\xrightarrow{?}$ O, O

(3) $\xrightarrow[2)\ Zn,\ H_2O]{1)\ O_3}$?

(4) $\xrightarrow[\triangle]{}$?

(5) $\xrightarrow[\triangle]{}$?

(6) CH_3, CH_3 $\xrightarrow{h\nu}$?

(7) H, H $\xrightarrow{?}$ H, H, H, H $\xrightarrow{?}$ H, H

(8) + CO_3H, Cl $\xrightarrow{Na_2CO_3}$?

9-13 排列下列双烯体或亲双烯体进行[4+2]环加成反应时速率的大小。

(1) 1,3-丁二烯　2-甲基-1,3-丁二烯　2-甲氧基-1,3-丁二烯　2-氯-1,3-丁二烯

(2) 顺丁烯二酸酐　$CH_2=CHCN$　$CH_3C\equiv CCH_3$　$CH_3OOCC\equiv CCOOCH_3$

(3)

9-14 用前线轨道理论解释反应在加热条件下不能发生，而在光照下能发生的原因，写出反应产物。

$$\text{C}_5\text{H}_4{=}CH_2 + CH_3O_2C{-}C\equiv C{-}CO_2CH_3 \;\begin{cases}\xrightarrow[\text{加热}]{\text{禁阻}} \\ \xrightarrow[\text{光照}]{\text{允许}}\end{cases}$$

第10章 芳环的化学

苯环存在于许多有机化合物的结构之中,是重要的有机官能团。虽然苯环碳原子的成键方式与烯键碳原子类似,苯环与烯键的性质仍显示出明显的差别。这种性质差别与苯环的大π共轭体系密切相关。

10.1 苯环的结构特征与反应性

在有机化合物中,最简单的芳香烃是苯,其分子式为 C_6H_6。1865 年,凯库勒提出了苯的环状结构式,如图 10.1(a),虽然凯库勒式不能科学地表达苯分子的真实结构,但因其直观易懂,目前仍在采用。

根据量子化学的描述,苯分子的 6 个碳原子都进行 sp^2 杂化,形成三个 sp^2 杂化轨道,其中两个轨道分别与相邻的两个碳原子的 sp^2 杂化轨道相互重叠形成 6 个碳碳 σ 键,另一个 sp^2 杂化轨道分别跟氢原子的 1s 轨道进行重叠,形成 6 个碳氢的 σ 键。每个碳原子中未参与杂化的一个 2p 轨道则在垂直于 σ 键分子平面的方向进行侧向叠加,形成一个 6 电子的大 π 键,成键的情况可用图 10.1(b)表示,具体结构也可以用图 10.1(c)结构式表示。

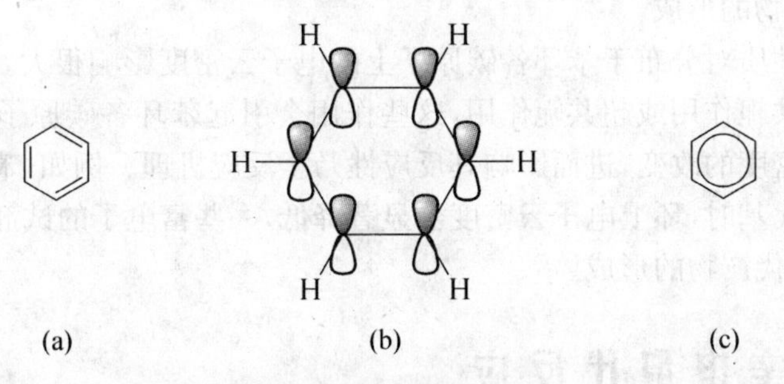

图 10.1 苯环的结构示意图

苯分子具有平面的正六边形结构,各个键角都是 120°,六角环上碳碳之间的键长都是 $1.397\,0\times10^{-10}$ 米。它既不同于一般的 C—C 单键(键长为 $1.541\,0\times10^{-10}$ 米),也不同于一般的 C═C 双键(键长为 $1.331\,0\times10^{-10}$ 米)。从苯与高锰酸钾溶液和溴水都不起反应这一事实和测定的碳碳键键长的实验数据来看,充分说明苯环上碳碳间的共价键应是一种介于单键和双键之间的独特的键。

1931 年,E. Hückel 用简化的分子轨道理论计算了单环多烯烃的 π 电子能级,提出一个单环多烯烃要具有芳香性,必须满足三个条件:

第一,成环原子共平面或接近于平面,平面扭转不大于 0.1 nm;

第二,环状闭合共轭体系;

第三,环上 π 电子数为 $4n+2$($n=0$、1、2、3、…);

符合上述三个条件的单环化合物,可能具有特殊的热稳定性,即芳香性。这一推论就是Hückel规则。

规则表明,对平面状的单环共轭多烯来说,具有$(4n+2)$个π电子的分子,可能具有特殊芳香稳定性。以苯分子为例,苯环上6个碳原子的p轨道经过线性组合,可以形成6个π分子轨道。Hückel计算结果表明,这些π分子轨道的能级分布情况如图10.2所示。很显然,分子内6个2p电子可以全部填充在能级低于2p原子轨道的三个π分子轨道,即成键分子轨道中,而不必填充到能级高于2p原子轨道的三个π^*反键轨道中,因而可以使分子体系的能量明显降低。

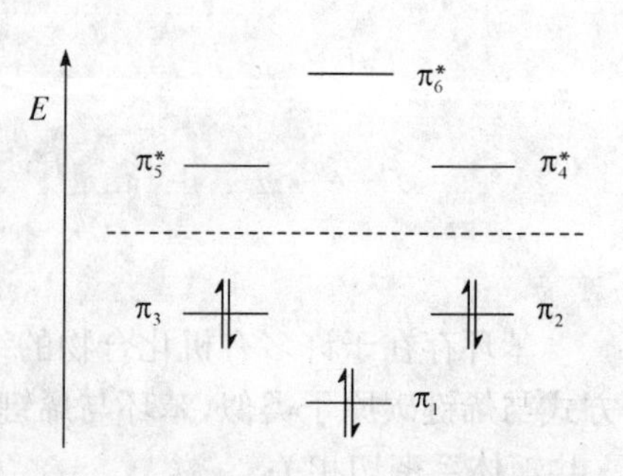

图10.2 苯分子的π轨道能级分布图

磁共振实验技术的发展,对决定某一化合物是否具有芳香性起了重要的作用,并对芳香性的本质有了进一步的了解。因此,芳香性更广泛的含义为:分子必须是共平面的封闭共轭体系;键长发生了平均化;体系较稳定(有较大的共振能);从实验看,易发生环上的亲电取代反应,而不易发生加成反应;在磁场中,能产生感磁环流效应;从微观上看,π电子数符合$4n+2$规则。

对具有芳香性的苯及其同系物而言,它们的结构特点是,一方面分子具有类似惰性气体分子的电子结构,另一方面,与饱和碳氢化合物相比,分子的不饱和度很高。鉴于芳香烃分子内大π键的电子云分布于分子平面的上下两侧,电子云密度较高,且距离原子核较远,因此这些分子较易与缺电子的试剂接近并发生化学反应。与烯烃等不饱和烃不同的是,亲电试剂与大π键结合后,为了不破坏芳香烃分子内的大π共轭体系,一般接着会发生消除而不是加成反应,最终导致取代产物的形成。

取代基的电子性质对分布于苯环各碳原子上的电子云密度影响很大。取代基与苯环大π键之间常常会产生共轭作用或超共轭作用,这些作用会引起苯环各碳原子以及侧链取代基中心原子上的电子云密度的改变,进而影响其反应性乃至反应机理。例如,苯环上连接有诸如硝基等强吸电子的取代基时,环上电子云密度会显著降低,一些富电子的试剂可以接近苯环并发生亲核进攻,导致取代产物的形成。

10.2 苯的亲电取代反应

苯分子具有4个不饱和度,是高度不饱和的化合物。它与亲电试剂(electrophilic reagent,简写为E)间通常发生取代反应,习惯上将这种芳香环氢原子被亲电试剂取代的反应叫芳香族亲电取代反应。芳香族亲电取代反应主要包括卤代、硝化、磺化、烷基化和酰基化等,绝大多数含苯环的芳香族化合物都可以进行上述反应。这些反应是制备带官能团的芳香族化合物的关键步骤,在有机合成上占有相当重要的地位。

$$C_6H_6 + E^+ \longrightarrow C_6H_5E + H^+ \qquad E^+: X^+,\ NO_2^+,\ R^+,\ RCO^+,\ SO_3$$

10.2.1 卤代反应

苯在铁或三卤化铁存在下和氯(溴)发生作用,苯环上的氢原子可以被卤素原子取代生成氯(溴)苯,这类反应称为卤代反应(halogenation)。

$$C_6H_6 + X_2 \xrightarrow{\text{Fe 或 } FeX_3} C_6H_5X + HX \qquad X: Cl, Br$$

实际生产中用铁粉作催化剂,卤素与铁易发生如下反应:

$$2Fe + 3X_2 \longrightarrow 2FeX_3$$

铁盐的作用是作为 Lewis 酸与卤素形成配合物,从而促使卤素分子发生极化,并进一步提供发生亲电取代反应需要的卤素正离子。

$$X{-}X + FeX_3 \rightleftharpoons \overset{\delta+}{X}\cdots X\cdots \overset{\delta-}{FeX_3}$$

苯环加上一个卤素正离子后生成碳正离子,原来苯环中六个 π 电子中的两个电子已经与卤素原子成键,剩下的四个 π 电子分布在由五个碳原子所组成的共轭体系之中。在这个体系中,正电荷不是局限在一个碳原子上,而是分散在共轭体系中,该碳正离子又称为 σ-配合物(σ-complex)。

$$\overset{\delta+}{X}{-}X\cdots\overset{\delta-}{FeX_3} + C_6H_6 \longrightarrow [\,\text{σ-配合物共振式}\,] + FeX_4^-$$

然后该 σ-配合物在 FeX_4^- 作用下失去一个质子生成卤苯。

$$[C_6H_6X]^+ + FeX_4^- \xrightarrow{-H^+} C_6H_5X + FeX_3 + HX$$

芳香烃与亲电试剂的反应活性一般比烯烃的低得多。烯烃与溴或氯的加成反应在通常情况下很容易发生,不需要催化剂的参与。但是,芳香烃的反应一般需要在 Lewis 酸催化下才能顺利进行。此外,与烯烃不同,苯环和卤素反应后生成的 σ-配合物与卤负离子作用,不是发生加成而是失去质子恢复为苯环。这是因为失去质子恢复苯环的芳香体系是一个热力学和动力学都非常有利的放热反应,很容易进行。因此,在卤代反应中,σ-配合物的生成通常是反应的决速步骤。

碘的反应活性很低,一般情况下不易与芳香烃直接发生亲电取代反应。实际上,芳香烃的碘代反应一般需要在氧化剂(如硝酸、碘酸)的存在下才能进行。氧化剂可以把还原性的副产物碘化氢重新氧化成为碘,继而产生更多的碘正离子去参与反应。由于这个反应很慢,通常碘苯是通过苯胺的重氮化产物在 KI/CuI 作用下反应来制备的。氟的亲电反应性很强,它与苯的反应十分剧烈,一般难以控制,因此氟苯也是经过重氮化产物在 KBF_4 作用下分解得到的。

$$C_6H_6 + I_2 \xrightarrow{HNO_3} C_6H_5I + H_2O$$

$$C_6H_5NH_2 \xrightarrow[HX]{NaNO_2} C_6H_5N_2X \xrightarrow[CuX]{NaX} C_6H_5I$$

这种先加成后消除的反应也可以在某些烯烃化合物中发生,如异丁烯与氯的反应除加成产物外还能得到取代产物。

$$(CH_3)_2C{=}CH_2 + Cl_2 \longrightarrow (CH_3)_2C(Cl)CH_2Cl + (CH_3)_2C{=}CHCl + CH_2{=}C(CH_3){-}CH_2Cl$$

6%　　30%　　87%

其它一些烯烃与氯也能生成取代产物。

烷基苯与氯气在 Lewis 酸催化下可以进行苯环上的氯代反应，生成邻或对氯烷基苯。而硝基苯的反应则主要产生间氯硝基苯。

$$C_6H_5CH_3 + Cl_2 \xrightarrow{Fe 或 FeX_3} o\text{-}ClC_6H_4CH_3 + p\text{-}ClC_6H_4CH_3$$

$$C_6H_5NO_2 + Cl_2 \xrightarrow{Fe 或 FeX_3} m\text{-}ClC_6H_4NO_2$$

单取代苯与溴的反应也可以在适当条件下进行。例如：

$$C_6H_5OH + Br_2 \xrightarrow{HOAc} p\text{-}BrC_6H_4OH + HBr$$

$$C_6H_5NO_2 + Br_2 \xrightarrow{Fe 或 FeX_3} m\text{-}BrC_6H_4NO_2$$

10.2.2 硝化反应

苯在由浓硫酸和浓硝酸组成的混酸作用下，苯环上的氢原子被硝基取代，生成硝基苯。这一过程称为硝化反应(nitration)。

$$C_6H_6 + HNO_3 \xrightarrow[50\sim60℃]{H_2SO_4} C_6H_5NO_2 + H_2O$$

在硝化反应中，进攻试剂是硝基正离子 NO_2^+，它具有线形结构，亲电性很强。在硝酸水溶液中，硝酸电离后一般以硝酸根负离子存在。实验证明，在无水硝酸中，质子化的硝酸会解离出硝基正离子，但浓度较低。浓硫酸的存在有助于硝基正离子的生成：

$$2H_2SO_4 + HONO_2 \rightleftharpoons NO_2^+ + H_3O^+ + 2HSO_4^-$$

硝基正离子进攻苯环后生成 σ-配合物，后者失去质子得到取代产物。

$$C_6H_6 \xrightarrow{NO_2^+} \left[\sigma\text{-complex}\right] \xrightarrow{-H^+} C_6H_5NO_2$$

单硝化后苯环上电子云密度明显降低，不容易继续硝化。但如果提高硝酸的浓度以及反应温度，硝基苯可以进一步消化，形成间二硝基苯。若要使间二硝基苯继续硝化，不但反应条件更为剧烈，而且产率也大为降低。

$$C_6H_5NO_2 \xrightarrow[H_2SO_4]{发烟\ HNO_3} m\text{-}C_6H_4(NO_2)_2\ (80\%) \xrightarrow[发烟\ H_2SO_4,110℃,5天]{发烟\ HNO_3} 1,3,5\text{-}C_6H_3(NO_2)_3\ (45\%)$$

甲苯的硝化反应比苯的快很多，且很容易得到三硝基化产物 2,4,6-三硝基甲苯，俗称 TNT(trinitrotoluene)，这是一种很有名的常用炸药，存储和运输都较安全，在雷管等起爆剂引发下会发生爆炸。

$$C_6H_5CH_3 \xrightarrow[H_2SO_4]{发烟\ HNO_3} 2,4,6\text{-}(O_2N)_3C_6H_2CH_3$$

10.2.3 磺化反应

苯与发烟硫酸在室温下反应，生成苯磺酸，这一过程称为磺化反应(sulfonation)。

$$C_6H_6 + H_2SO_4 \xrightarrow{75℃} C_6H_5SO_3H + H_2O$$

磺化反应的机理与硝化反应类似，亲电试剂为三氧化硫分子：

$$C_6H_6 + \overset{\delta+}{S}O_2{=}O^{\delta-} \rightleftharpoons [C_6H_6SO_3^-]^+ \underset{}{\overset{-H^+}{\rightleftharpoons}} C_6H_5SO_3^- \xrightarrow{HOSO_2OH} C_6H_5SO_3H + OSO_2OH^-$$

连有给电子取代基的苯衍生物有时可用浓硫酸或浓度更低的硫酸磺化。在这种情况下，进攻试剂可能为 $H_2\overset{+}{O}SO_2OH$。

$$2H_2SO_4 \rightleftharpoons H_2\overset{+}{O}SO_2OH + SO_4H^-$$

$$ArH + H_2\overset{+}{O}SO_2OH \longrightarrow \overset{+}{Ar}(H)(SO_3H) \xrightarrow{-H^+} ArSO_3H + H_2O$$

常用的磺化试剂除浓硫酸、发烟硫酸外，还有氯磺酸和液体三氧化硫等。

$$C_6H_6 + ClSO_3H \longrightarrow C_6H_5SO_3H + HCl$$

在氯磺酸过量的情况下，磺化产物可以最终转化为苯磺酰氯。该反应是在苯环上引入一个氯磺酰基，因此被称为氯磺化反应。

$$C_6H_6 + 2ClSO_3H \longrightarrow C_6H_5SO_2Cl + HCl + H_2SO_4$$

氯磺酰基非常活泼,通过它可以合成许多芳香磺酰胺化合物,在染料、农药和医药合成上用途很大。

与卤化及硝化反应不同,磺化反应是一个可逆反应。磺化反应的逆反应叫做水解反应或去磺酸基反应。磺化反应之所以可逆,是因为从反应过程中生成的σ-配合物脱去质子和脱去SO_3两步反应的活化能相差不大。而在硝化反应和卤代反应中,从相应的σ-配合物脱去NO_2^+或X^+的活化能大于脱去质子的活化能,反应速率相差很大,因此反应几乎可以认为是不可逆的。若在磺化后的反应混合物中通入过热水蒸气或将芳基磺酸与稀硫酸一起加热,可以脱去磺酸基。苯磺酸是一种强酸,其钠盐在水中的溶解度很大。

苯磺酸一般不容易进一步磺化,但在过量的磺化剂和更剧烈的反应条件下,苯磺酸也可以进一步磺化生成间二苯磺酸和1,3,5-苯三磺酸。

10.2.4 傅-克反应

芳香烃在Lewis酸(无水氯化铝、氯化铁、氯化锌、氟化硼等)和无机酸(氟化氢、磷酸、硫酸等)存在下的烷基化和酰基化反应统称为傅-克(Friedel-Crafts)反应。这是一个很有用的制备烷基芳香烃和芳香酮的好方法,广泛用于有机合成中。

1. *傅-克烷基化反应*

在无水氯化铝或其它酸性催化剂作用下,苯可以和卤代烃、烯烃、醇反应,生成烷基苯。

$$C_6H_6 \xrightarrow[\text{或 } CH_2=CH_2/AlCl_3/HCl \text{ 或 } C_2H_5OH/H_2SO_4]{C_2H_5Cl/AlCl_3} C_6H_5CH_2CH_3$$

烷基化反应的进攻试剂被认为是碳正离子:

$$R{-}X + AlCl_3 \longrightarrow R^+ + [AlCl_3X]^-$$

$$R{-}OH + H_2SO_4 \longrightarrow R^+ + H_2O + HSO_4^-$$

$$R{-}CH=CH_2 + HCl + AlCl_3 \longrightarrow R\overset{+}{C}HCH_2 + AlCl_4^-$$

由于反应中产生碳正离子中间体,因此反应过程中常有重排现象发生。例如,氯丁烷与苯在无水三氯化铝催化下反应,生成了两种烷基化产物:

$$C_6H_6 + CH_3CH_2CH_2CH_2Cl \xrightarrow[0℃]{AlCl_3} \underset{65\%}{C_6H_5CH(CH_3)CH_2CH_3} + \underset{35\%}{C_6H_5CH_2CH_2CH_2CH_3} + HCl$$

烷基化反应一般难以有选择性地停留在生成一取代产物,常常得到多取代的混合产物,这是由于反应生成的烷基苯的反应活性大于苯的活性所致。因此,在普通反应条件下,烷基化反应产物往往是多取代产物。要得到单烷基苯需要用大大过量的苯作为反应原料。

烷基化反应还是一个可逆反应,三氯化铝不仅催化正反应,也催化逆反应。这一现象的存在使烷基化反应产物复杂。

$$2\ C_6H_5CH_3 \underset{}{\overset{AlCl_3}{\rightleftharpoons}} C_6H_6 + p\text{-}CH_3C_6H_4CH_3$$

由于烷基化反应中存在着多取代、重排和可逆异构化等现象,在应用这个反应时要注意反应条件的控制以减少副产物的形成。

2. 傅-克酰基化反应

在无水三氯化铝存在下,苯与酰氯或酸酐反应生成芳基酮,这一过程称为傅-克酰基化反应。这是合成芳基酮的重要方法之一。

$$C_6H_6 + CH_3COCl \xrightarrow{AlCl_3} C_6H_5COCH_3 + HCl$$

$$C_6H_6 + (CH_3CO_2)O \xrightarrow{AlCl_3} C_6H_5COCH_3 + CH_3COOH$$

酰基化反应的进攻试剂是酰基碳正离子:

$$RCOCl \underset{}{\overset{AlCl_3}{\rightleftharpoons}} RC(=OAlCl_3)Cl \rightleftharpoons RC^+{=}O + AlCl_4^-$$

酰基碳正离子不会发生重排,因此酰基化产物没有重排产物生成。此外,酰基化反应一般不生成二酰基化产物,并且反应是不可逆的。与烷基化反应不同,酰基化反应的产物中含有羰基,它与 $AlCl_3$ 可形成配合物,反应过程中需要消耗等量的催化剂。因此用酰卤作酰化剂时,催化剂应过量一倍。而用酸酐作酰化剂时,催化剂应过量两倍。这是因为酸酐分子中存在着两个羰基。这两个羰基在产物中都能与催化剂形成配合物。在后处理过程中,该配合物遇水分解释放出芳香酮。

$$C_6H_6 + RC^+{=}O \xrightarrow[-H^+]{AlCl_3} C_6H_5C(=O\cdots AlCl_3)R \xrightarrow{H_2O} C_6H_5COR + HCl + Al(OH)_3$$

不过应注意的是,一些具有特殊结构的酰氯在三氯化铝作用下生成的酰基正离子会发生脱羰反应,形成稳定性较高的烷基正离子。例如,新戊酰氯的酰化反应常伴随叔丁基化产物的生成,反应温度升高,有利于脱羰反应的进行。

$$C_6H_6 + (CH_3)_3CCOCl \xrightarrow{AlCl_3} C_6H_5COC(CH_3)_3 + C_6H_5C(CH_3)_3$$

10.2.5 曼尼西反应

一些含有 α-活泼氢的醛、酮等可以与甲醛及胺(伯胺、仲胺或氨)反应,结果导致一个 α-活泼氢被胺甲基取代,这一反应过程被称为胺甲基化反应,所得到的产物称为曼尼西(Mannich)碱。除了醛、酮外,一些富电子芳香烃,如苯胺和苯酚等,也可以发生类似的胺甲基化反应。例如：

$$\text{(OH, 对甲基苯酚)} + CH_2O + R_2NH \xrightarrow{H^+} \text{(OH, } CH_2NR_2 \text{, 对甲基苯酚衍生物)}$$

10.2.6 芳香族亲电取代反应机理

在芳环上进行亲电取代反应时，首先是亲电试剂进攻苯环，生成能量较高的中间体 σ-配合物，σ-配合物失去一个质子后转变成稳定的芳环结构：

$$C_6H_6 + E^+ \longrightarrow \underset{\pi\text{-配合物}}{[C_6H_6 \cdot E^+]} \longrightarrow \underset{\sigma\text{-配合物}}{\left[\text{(+)}C_6H_6E \longleftrightarrow \text{(+)}C_6H_6E \longleftrightarrow \text{(+)}C_6H_6E \right]} \longrightarrow C_6H_5E + H^+$$

该反应过程的反应坐标如图 10.3 所示。

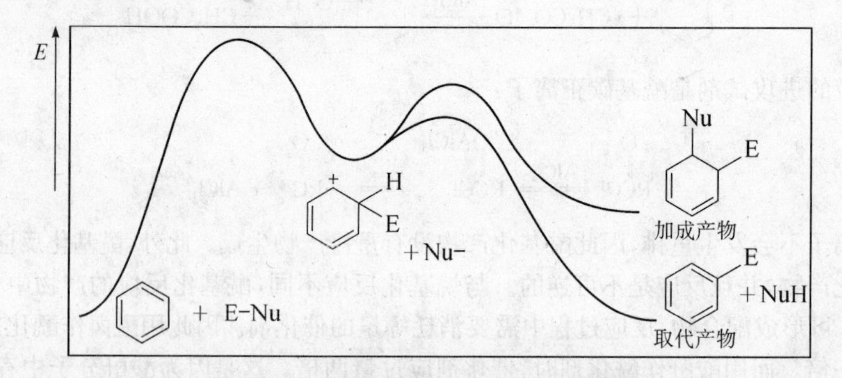

图 10.3 芳香亲电取代反应的反应坐标图

卤素与芳香烃的反应与和烯烃的加成类似，它可能会与芳香烃先生成一个 π-配合物，而后在 Lewis 酸的作用下转化成 σ-配合物。反应第二步是 σ-配合物失去一个质子后转变成稳定的芳环结构。一般来说，这是一个快反应，活化能较第一步小得多。但在磺化反应和烷基化反应中，由于它们是一个可逆的反应，因此，这两步反应的活化能垒相差不大。

10.3 亲电取代反应的定位规律

10.3.1 定位规律

在一取代苯的亲电取代反应中，新导入的取代基可以取代原有取代基的邻位、间位或对位上的氢原子，生成三种不同的二取代产物。但实际上在任何一个具体的反应中，这些位置上的氢原子被取代的机会并不均等，并且反应的速率也不相同。第二个取代基进入苯环的位置和速率常常取决于苯环上原有取代基的性质。因此，通常把苯环上的第一个取代基称为定位基(orientation group)。

对不同的单取代苯而言，在进行某一亲电取代反应时，按照反应产物的分布和反应速率的快慢,可以分成三种情况:第一种情况是取代反应产物中邻位和对位异构体占优势,反应速率比苯的快;第二种情况是取代反应产物中间位异构体占优势,反应速率比苯的慢;第三种情况是取代反应产物中邻位和对位异构体占优势,但反应速率比苯的慢。

根据这三种情况,可以把常见的定位基分成三大类。

第一类:邻对位定位基,又称活化基,它使苯环活化,如—OH、—$NHCOCH_3$、—CH_3和—$C(CH_3)_3$。

第二类:也是邻对位定位基,但使苯环钝化,如—F、—Cl、—Br、—I。

第三类:间位定位基,又称钝化基,它使苯环钝化,如—N^+R_3、—NO_2、—CN、—SO_3H、—COR、—COOH、—CF_3。

从取代基结构上看,邻对位定位基与苯环直接相连的原子上都只有单键(苯基例外),间位定位基与苯环直接相连的原子上有双键或正电荷(CF_3 例外)。

10.3.2　定位规律的理论根据

1. 单取代苯的亲电取代反应

单取代苯的亲电取代反应机理与苯的相似,活性中间体也是σ-配合物。生成邻、间、对取代产物的三个反应平行竞争进行。与三种产物相对应的σ-配合物中,哪一种的稳定性较大,那么反应所需的活化能相应较小,因而反应速率较快,相应产物在总产物中所占的比例也较高。这种σ-配合物与苯在同一个反应中生成的σ-配合物相比,如稳定性较高,则取代基使苯环活化,如果稳定性较低,则取代基使苯环钝化。

甲苯在亲电取代反应中生成的三种σ-配合物的结构可用共振式表示:

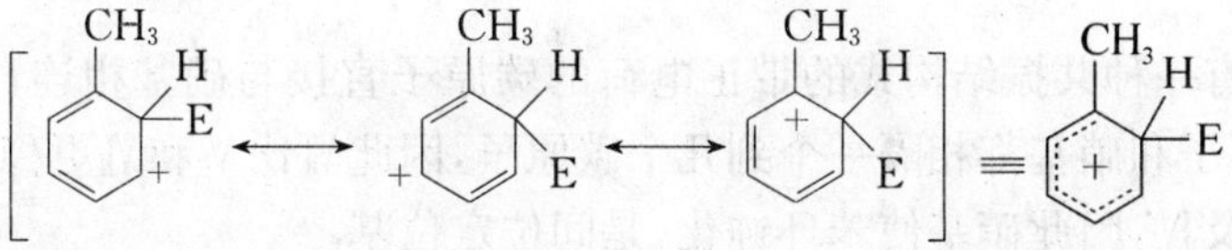

CH₃ H E … Ⅰ

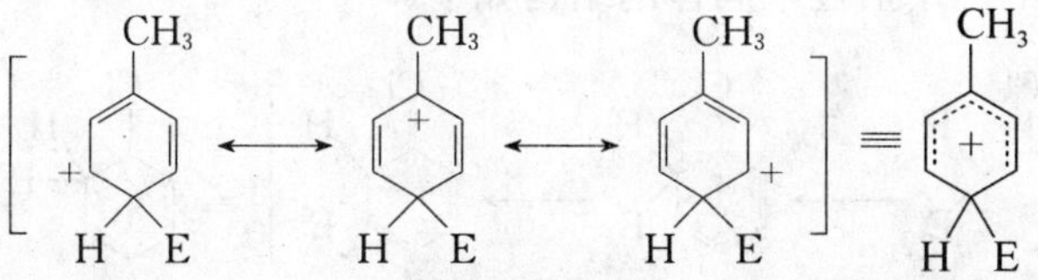

Ⅱ

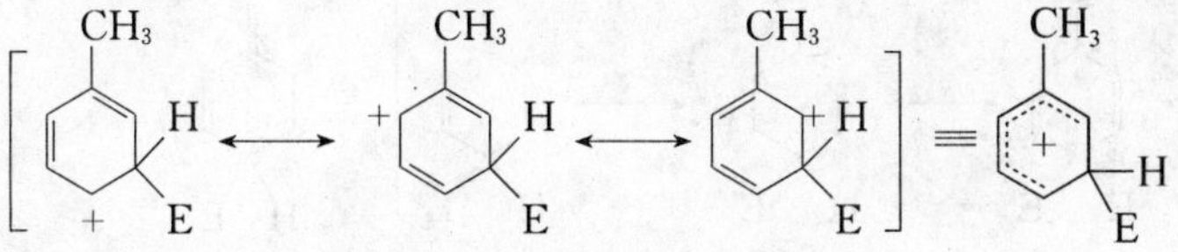

Ⅲ

当亲电试剂 E^+ 进攻邻位或对位时,生成的σ-配合物的三种共振结构式中有一种是叔碳正离子,其它两种是仲碳正离子;而 E^+ 进攻间位时,三种共振结构式都是仲碳正离子,因此Ⅰ和Ⅱ比Ⅲ更稳定,取代产物中应以邻位和对位异构体为主,即甲苯是邻对位定位基。

苯在同一反应中生成的σ-配合物,是三个仲碳正离子的共振杂化体:

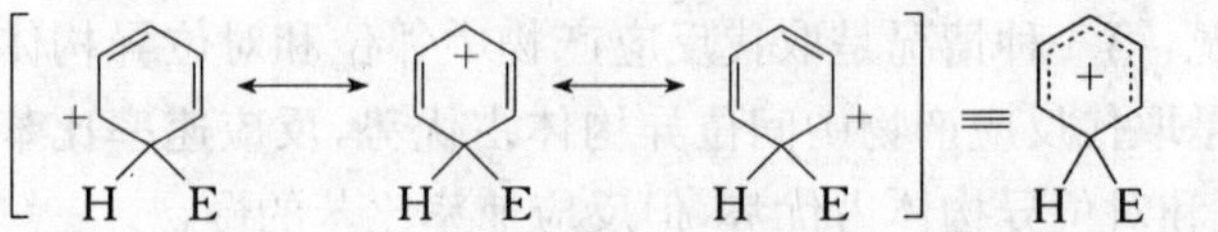

Ⅳ

因此，Ⅰ和Ⅱ比Ⅳ更稳定。虽然Ⅲ也是三个仲碳正离子的共振杂化体，但甲苯有偶极矩，其方向是由甲基指向苯环，电荷重心偏向苯环。偶极的存在使Ⅲ缺电子的程度有所缓解，其稳定性增加。因此，甲基使苯环活化。

甲基的主要作用是通过它的超共轭效应影响σ-配合物的相对稳定性，另外甲基的体积比氢原子大，对于亲电试剂在邻位进攻，存在一定的位阻作用。其它烷基的定位效应与甲基相似，烷基的体积增加，其位阻效应也更显著。

硝基苯在亲电取代反应中生成的三种碳正离子的结构可用共振式表示：

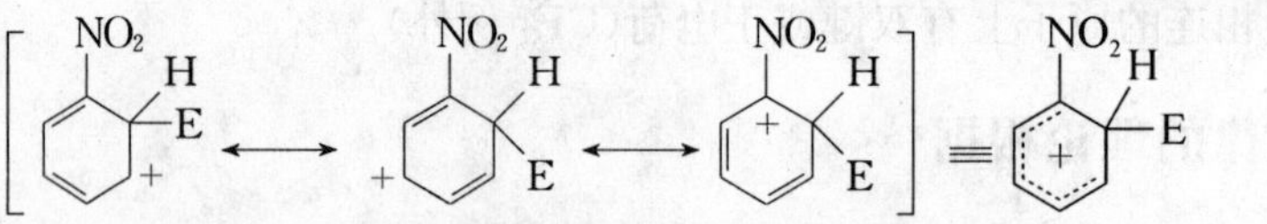

Ⅴ

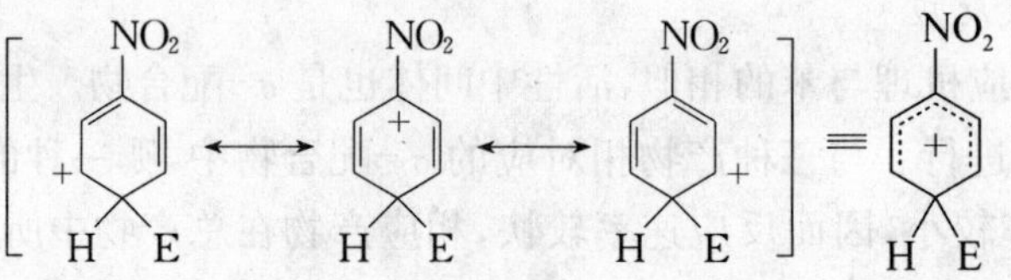

Ⅵ

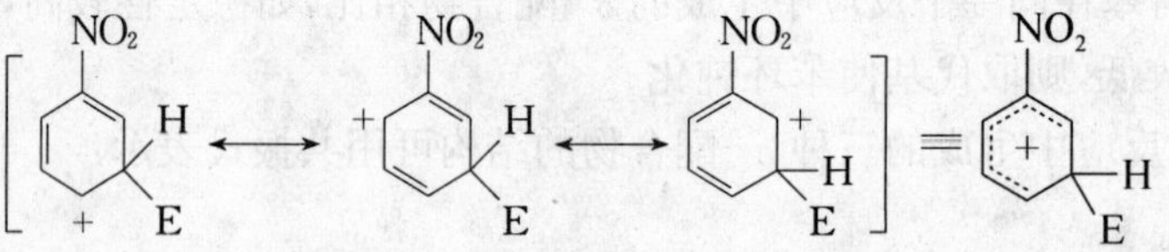

Ⅶ

碳正离子Ⅴ和Ⅵ中均有一种共振结构式的带正电荷的碳原子直接与硝基相连，而在碳正离子Ⅶ中，带正电荷的碳原子和硝基都相隔一个到几个碳原子，因此Ⅶ比Ⅴ和Ⅵ更稳定。但硝基的存在使Ⅶ的稳定性不及Ⅳ，因此硝基使苯环钝化，是间位定位基。

氯苯在亲电取代反应中的三个活性中间体的结构如下：

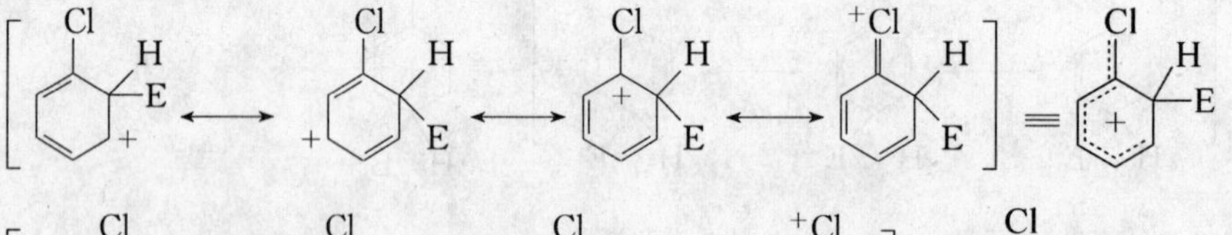

Ⅷ

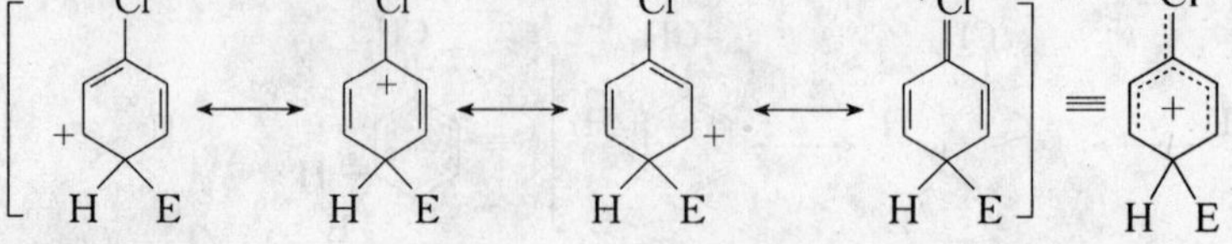

Ⅸ

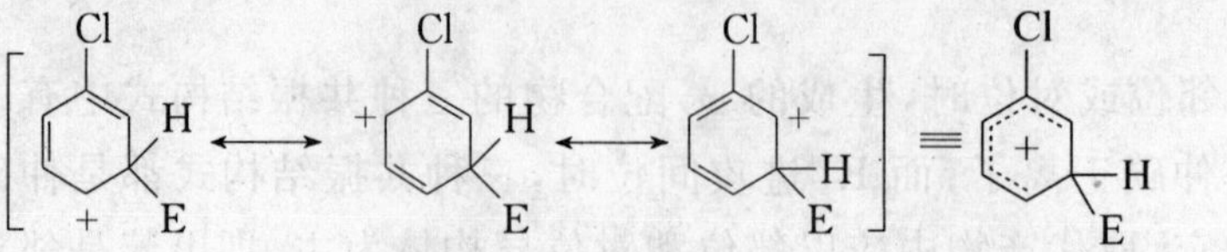

Ⅹ

Ⅷ和Ⅸ都是四种经典结构式的共振杂化体，其中三种经典结构式的正电荷分布在碳原子上，另一种经典结构式的正电荷分布在氯原子上；Ⅹ是三种经典结构式的杂化体，每种经典结构式的正电荷都分布在碳原子上，因此，Ⅷ和Ⅸ比Ⅹ更稳定，氯原子表现为邻对位定位基。

2. 二取代苯的亲电取代反应

苯环上已经有两个取代基的情况下，可以在考虑两个取代基定位效应的基础上来推断第三个取代基进入苯环的位置。具体分下面几种情况来说明。

(1) 两个取代基的定位效应相同，第三个取代基进入苯环的位置由这两个取代基共同决定，并无矛盾。例如：

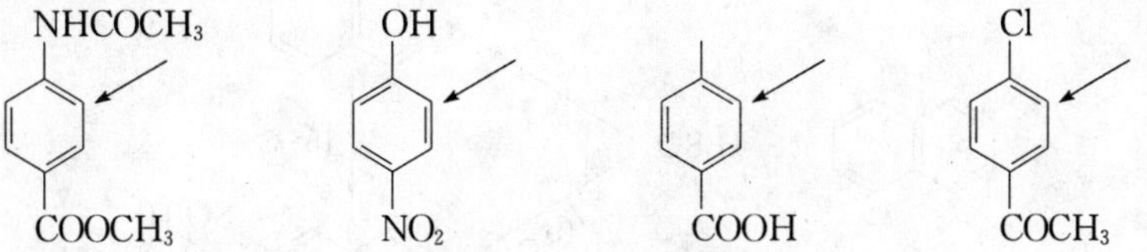

$NHCOCH_3$　$COOCH_3$　OH　NO_2　COOH　Cl　$COCH_3$

(2) 当两个取代基为同类、其定位效应不一致时，第三个取代基进入苯环的位置主要决定于定位效应较强的一个。例如：

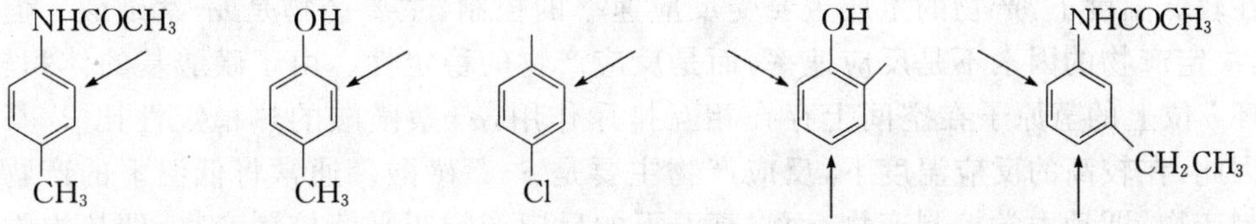

$NHCOCH_3$　CH_3　OH　CH_3　Cl　OH　$NHCOCH_3$　CH_2CH_3

(3) 如果两个取代基不同类、定位效应也不一致时，第三个取代基进入苯环的位置主要决定于邻、对位定位基。其主要原因是邻、对位定位基有致活作用使反应加快，活化能较低。例如：

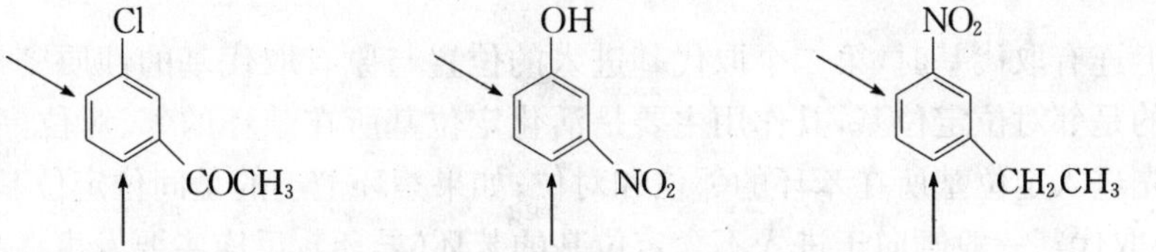

Cl　$COCH_3$　OH　NO_2　NO_2　CH_2CH_3

10.4 稠环芳香烃的亲电取代反应

稠环芳香烃特征的化学性质也是与亲电试剂发生取代反应。在反应过程中，较活泼的氢原子常常优先被取代。萘环电子云密度高于苯环，因此更容易发生亲电取代反应。萘的 α 位比 β 位活泼，在较低温度下 α 氢优先被取代。例如：

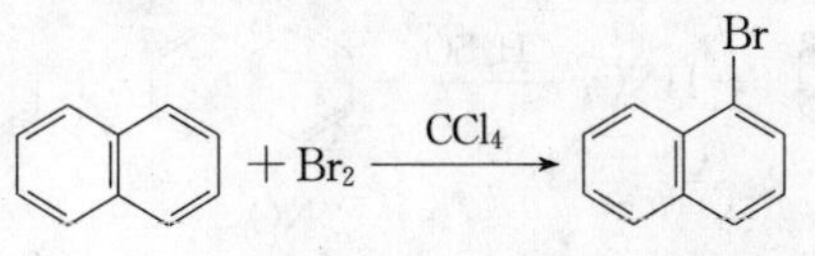

$$+Br_2 \xrightarrow{CCl_4}$$ Br

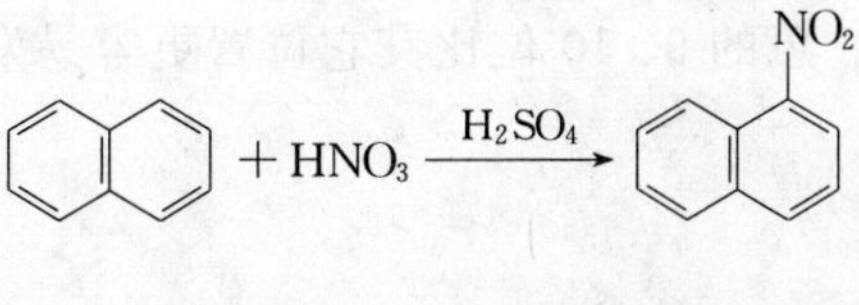

$$+HNO_3 \xrightarrow{H_2SO_4}$$ NO_2

在工业上，α-硝基萘主要用于制备α-萘胺。α-萘胺是合成偶氮染料的中间体。

$$\text{1-硝基萘}\ (NO_2)\xrightarrow{Zn/HCl}\text{1-萘胺}\ (NH_2)$$

萘的磺化反应同苯的磺化反应一样，也是可逆反应，其产物与反应条件直接相关。

$$\text{萘} + H_2SO_4 \xrightarrow{80℃} \alpha\text{-萘磺酸}\ (SO_3H) \xrightarrow{165℃} \beta\text{-萘磺酸}\ (SO_3H)$$

$$\text{萘} + H_2SO_4 \xrightarrow{165℃} \beta\text{-萘磺酸}\ (SO_3H)$$

由于α位活性比β位大，生成α-萘磺酸的反应速率比生成β-萘磺酸的反应速率快，因此在较低温度下，产物的生成主要受反应速率的控制，主要产物是α-萘磺酸。但在高温下，决定产物的因素不是反应速率，而是反应产物的稳定性。由于磺酸基的体积较大，与异环α位上的氢原子在空间上存在相互排斥作用，α-萘磺酸的热稳定性比β-萘磺酸差。因此，在较高的反应温度下，反应产物主要是β-萘磺酸。通常将低温下的产物叫速率控制产物，即动力学控制产物；而将高温下的反应产物叫平衡控制产物，即热力学控制产物。

由于磺化反应是可逆反应，生成α-萘磺酸的反应速率快，但磺酸基脱下来的速率也快；β-萘磺酸生成速率慢，磺酸基脱下来的速率也慢。因此高温下α-萘磺酸可以转化为β-萘磺酸。

当萘环上连有取代基时，第二个取代基进入的位置与原有取代基的性质密切相关。如果萘环上连接的是邻对位定位基，其作用主要是活化定位基所在苯环的邻、对位，所以第二个取代基一般优先进入定位基所在苯环的邻位和对位；如果萘环上连的是间位定位基，由于其钝化作用，第二个取代基一般倾向于进入不含定位基的苯环（异环），反应主要发生在异环的5位和8位。例如：

$$\text{1-甲基萘}\ (CH_3) + HNO_3 \xrightarrow{H_2SO_4} \text{1-甲基-4-硝基萘}\ (CH_3, NO_2) + \text{1-甲基-2-硝基萘}\ (CH_3, NO_2)$$

$$\text{1-硝基萘}\ (NO_2) + HNO_3 \xrightarrow{H_2SO_4} \text{1,5-二硝基萘}\ (NO_2, NO_2) + \text{1,8-二硝基萘}\ (NO_2\ NO_2)$$

蒽的化学性质类似于萘。蒽的9、10位比其它位置更容易发生取代、加成及氧化反应。其主要化学反应如下所示：

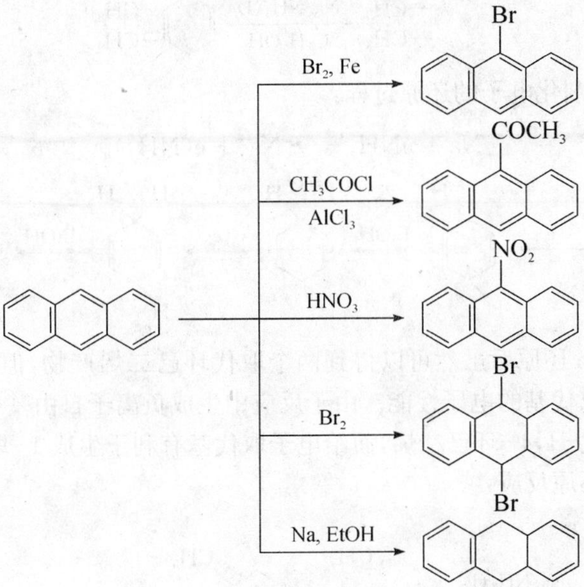

Br_2, Fe

CH_3COCl / $AlCl_3$

HNO_3

Br_2

Na, EtOH

与蒽相似,菲的9、10位也比其它位置活泼。其主要化学反应如下所示:

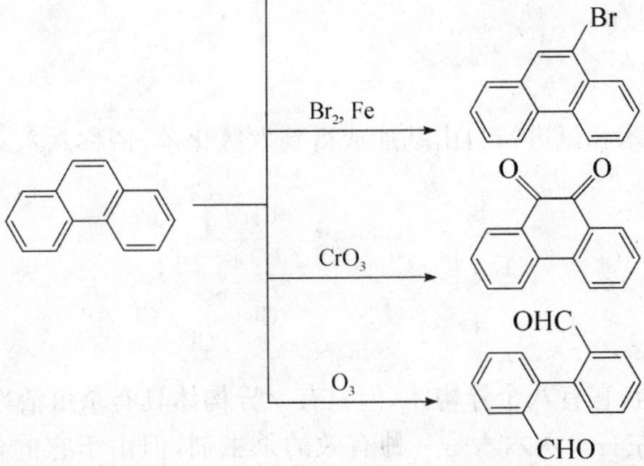

H_2, CuO/CrO_3

Br_2, Fe

CrO_3

O_3

10.5 加成反应

10.5.1 加氢反应

一般而言,芳香烃的化学性质比烯烃的要稳定得多,只有在高温高压及催化剂作用下才能进行加氢,产物为环己烷类衍生物。

$$\text{C}_6\text{H}_6 + H_2 \xrightarrow[\text{高压}]{\text{Pt, 175℃}} \text{C}_6\text{H}_{12}$$

除了过渡金属催化加氢外,苯环芳香烃还可以被碱金属液氨体系还原为1,4-环己二烯衍生物,该反应被称为Birch还原反应。

$$\text{邻二甲苯} \xrightarrow[C_2H_5OH]{Na/NH_3(l)} \text{1,2-二甲基-1,4-环己二烯}$$

这个反应经过一个溶剂化电子的还原过程：

$$Na + nNH_3 \longrightarrow Na^+ + e(NH_3)_n$$

$$\text{苯} \xrightarrow{e} \text{负离子自由基} \xrightarrow{EtOH} \text{自由基} \xrightarrow{e} \text{负离子} \xrightarrow{EtOH} \text{1,4-环己二烯}$$

单取代苯经 Birch 还原后虽然可以得到两个取代环己二烯产物，但通常其中一个异构体是主要的，这取决于取代基的电子性能。由于反应中生成负离子自由基中间体，吸电子取代基将有利于生成 3-取代-1,4-环己二烯，而给电子取代基有利于生成 1-取代-1，4-环己二烯。例如，甲苯和氯苯的还原反应：

$$\text{甲苯} \xrightarrow[C_2H_5OH]{Na/NH_3(l)} \text{负离子自由基} + \text{负离子自由基} \longrightarrow \longrightarrow \text{1-甲基-1,4-环己二烯}$$

$$\text{氯苯} \xrightarrow[C_2H_5OH]{Na/NH_3(l)} \text{负离子自由基} + \text{负离子自由基} \longrightarrow \longrightarrow \text{3-氯-1,4-环己二烯}$$

10.5.2 加氯反应

在紫外光作用下，苯和氯进行自由基加成得到六氯化苯，俗称六六六。

$$\text{苯} + Cl_2 \xrightarrow{h\nu} C_6H_6Cl_6$$

六六六是一种农药，它有八个异构体，但只有 γ 异构体具有杀虫活性。这种异构体的含量在混合物中仅占 18%左右。六六六是一种有效的杀虫剂，但由于它的化学性质过于稳定，不易在环境中被微生物等降解，残存毒性大，目前已基本被高效的有机磷农药所代替。

10.6 氧化反应

10.6.1 环氧化

苯环对氧化剂很稳定，很难被氧化。但在特殊条件下也能发生氧化开环反应。例如，苯在高温下可以被 V_2O_5 催化氧化为顺丁烯二酸酐（俗称马来酸酐），氧化剂是空气中的氧气。

$$\text{苯} + O_2 \xrightarrow[400\sim450^\circ C]{V_2O_5} \text{顺丁烯二酸酐}$$

在类似反应条件下，萘被氧化破裂一个环，得到邻苯二甲酸酐。它是许多合成树脂、增塑剂、染料等的重要化工原料。

$$\text{萘} + O_2 \xrightarrow[400\sim450℃]{V_2O_5} \text{邻苯二甲酸酐}$$

稠环芳香烃在适当的条件下，可被氧化成醌。

$$\text{萘} \xrightarrow[10\sim15℃]{CrO_3/HAc} \text{1,4-萘醌}$$

$$\text{蒽} \xrightarrow[H_2SO_4]{K_2Cr_2O_7} \text{9,10-蒽醌}$$

10.6.2 侧链氧化

烷基苯被氧化时，苯环一般可以保留而发生侧链 C—H 键的氧化。只要有苄基氢原子存在，不论烷基链有多长，在剧烈条件下，氧化反应的结果都是生成苯甲酸衍生物。具体情况已经在第 6 章中涉及。

$$C_6H_5CH_2CH_2CH_3 \xrightarrow{KMnO_4} C_6H_5COOH$$

然而，如果侧链烷基不含有 α-氢原子，侧链也不容易氧化。例如，叔丁基苯在较剧烈的氧化条件下苯环被破坏，产物为三甲基乙酸。

$$C_6H_5C(CH_3)_3 \xrightarrow[H_2SO_4]{K_2Cr_2O_7} (CH_3)_3C\text{—}COOH$$

10.7 亲核取代反应

卤代苯不像普通的脂肪卤代烃(如苄基卤代烃、烯丙基卤代烃、烷基卤代烃)那样容易与亲核试剂发生卤素原子的取代反应。这是因为，一方面卤原子与苯环之间形成 p-π 共轭体系加强了碳卤 σ 键，另一方面苯环是富电子环，不易被能提供电子对的负离子或分子(亲核试剂，简写为 Nu)进攻。然而，当芳环上有强吸电子基(如—NO_2)存在时，卤代芳香烃较易发生亲核取代反应。一般反应过程如下所示：

$$ArX + Nu^- \longrightarrow Ar\text{—}Nu + X^-$$

例如，氯苯中氯原子的邻、对位有强吸电子的硝基时，水解反应较易发生。苯环上硝基个数越多，水解反应越容易进行。

邻硝基氯苯 $\xrightarrow[130℃]{Na_2CO_3}$ 邻硝基苯酚钠 $\xrightarrow{H^+}$ 邻硝基苯酚

2,4-二硝基氯苯 $\xrightarrow[100℃回流]{Na_2CO_3}$ 2,4-二硝基苯酚钠 $\xrightarrow{H^+}$ 2,4-二硝基苯酚

2,4,6-三硝基氯苯 $\xrightarrow[35℃]{Na_2CO_3}$ 2,4,6-三硝基苯酚钠 $\xrightarrow{H^+}$ 2,4,6-三硝基苯酚

反应机理如下：

邻硝基氯苯 $\xrightarrow{OH^-}$ （HO、Cl 加成的负离子中间体，NO_2）$\xrightarrow{-Cl^-}$ 邻硝基苯酚

从上述反应机理可以看出，在氯原子的邻位或对位有强吸电子基时，会使反应中间体(meisenheimer，迈森海默配合物)的负电荷分散，使中间体的稳定性增加，反应活化能降低，因而有利于取代反应的发生。该反应过程称为 S_NAr 反应机理。

此外，一些环上无强吸电子取代基的卤代苯在强碱作用下也能发生取代反应。例如，氯苯在强碱 $NaNH_2$ 作用下生成苯胺：

$$C_6H_5-Cl \xrightarrow{NaNH_2,\ NH_3} C_6H_5-NH_2$$

然而，人们发现对氯甲苯在上述条件下反应，除了得到对甲苯胺外，还有间甲苯胺生成。

对氯甲苯 $\xrightarrow{NaNH_2,\ NH_3}$ 对甲苯胺 + 间甲苯胺

进一步研究表明，上述反应不是一个简单的亲核取代反应，实际上是经过质子交换、消除反应生成苯炔(benzyne)中间体，再发生亲核加成，质子化，最终得到产物苯胺：

氯苯 $\xrightarrow{NH_2^-}$ 邻位碳负离子（Cl）$\longrightarrow$ 苯炔 $\xrightarrow{NH_2^-}$ 邻位碳负离子（NH_2）$\xrightarrow{NH_3}$ 苯胺

上述历程称为苯炔反应机理。

10.8 单电子转移(SET)反应

一些富电子的芳香烃与硝化试剂反应时,反应过程中产生了自由基中间体。研究表明,一些富电子芳香烃的硝化反应并不是按照上面述及的亲电取代反应历程,而是通过单电子转移引发的自由基历程进行的,一般反应过程如下所示:

$$ArH + NO_2^+ \xrightarrow{SET} ArH^{+} + NO_2 \longrightarrow Ar^{+}\langle^{H}_{NO_2} \xrightarrow{B} ArNO_2 + HB^{+}$$

例如,2,5-二叔丁基对二甲氧基苯与硝酸盐在冰醋酸中反应,生成了33%的同位硝化产物和66%的乙酸酯,后者被认为是反应生成的亚硝酸酯与乙酸交换产生的。

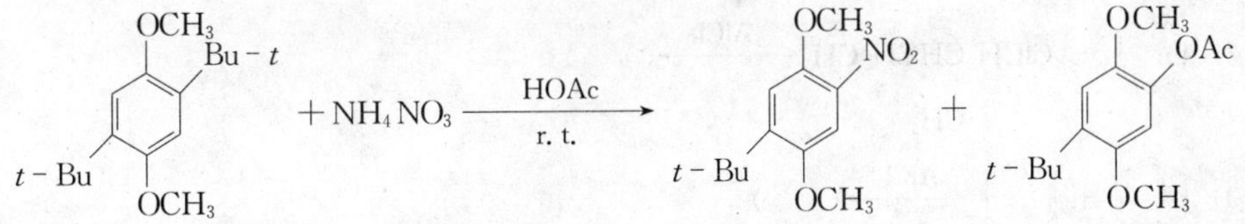

$$\text{2,5-二叔丁基对二甲氧基苯} + NH_4NO_3 \xrightarrow[r.t.]{HOAc} \text{硝化产物} + \text{乙酸酯}$$

在芳香族的亲核取代反应中,人们也发现了单电子转移引发的反应实例。例如,Bunnett等发现5-碘-1,2,4-三甲苯与K/NH_3(液)在低温下的反应,是通过如下过程进行的:

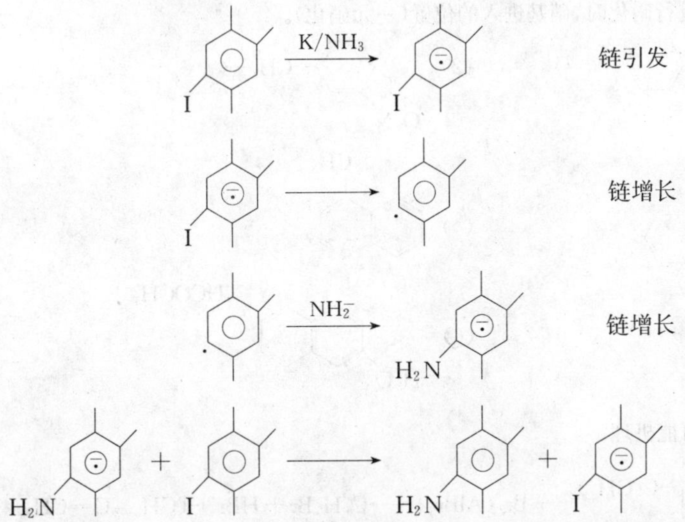

$$ArI \xrightarrow{K/NH_3} [ArI]^{\cdot -} \quad \text{链引发}$$

$$[ArI]^{\cdot -} \longrightarrow Ar^{\cdot} \quad \text{链增长}$$

$$Ar^{\cdot} \xrightarrow{NH_2^-} [ArNH_2]^{\cdot -} \quad \text{链增长}$$

$$[ArNH_2]^{\cdot -} + ArI \longrightarrow ArNH_2 + [ArI]^{\cdot -}$$

该过程是一个由单电子转移过程引发的自由基链式取代反应,因此被称为$S_{RN}1$历程。

习 题

10-1 指出下列各组化合物发生亲电取代反应的活性大小。

(1) 间氯甲苯　甲苯　苯　氯苯

(2) 氯苯　溴苯　甲氧基苯　*N*,*N*-二甲基苯胺

(3) 苯　萘　蒽

(4) 甲苯　邻二甲苯　间二甲苯　对二甲苯　均三甲苯

10-2 写出下列化合物进行溴化反应的主要产物。

(1) 甲苯　　(2) 苯酚
(3) 叔丁苯　　(4) 对甲苯酚
(5) 乙酰苯胺　　(6) 间二甲苯

10-3 写出苯与氯气反应形成六六六的可能历程，指出其中热力学最稳定的异构体，用构象式表示。

10-4 写出甲苯与三氧化硫反应形成对甲苯磺酸的机理，解释为什么对甲苯磺酸在酸性水溶液中加热回流会重新转化成甲苯。

10-5 苯基具有一定的吸电子诱导效应。解释为什么在亲电取代反应中，联苯的反应活性反而比苯的高，且主要产物为邻位和对位异构体(试用共振结构解释)。

10-6 完成下列反应式。

(1) 乙苯（$C_6H_5CH_2CH_3$） $+ Br_2$ —光照→ (　　)；—Fe→ (　　)

(2) 苯 $+ ClCH_2CH(CH_3)CH_2CH_3 \xrightarrow{AlCl_3}$ (　　)

(3) 苯 + 环己烯 $\xrightarrow{AlCl_3}$ (　　)

(4) 萘 $\xrightarrow[Pt]{2H_2}$ (　　) $\xrightarrow[H_2SO_4]{K_2Cr_2O_7}$ (　　)

10-7 指出下面各化合物进行硝化时，硝基进入的位置(一元硝化)。

(1) O_2N-联苯（4-硝基联苯）　　(2) 3-硝基二苯甲烷（O_2N-C_6H_4-CH_2-C_6H_5）

(3) 苯甲酸苯酯（$C_6H_5COOC_6H_5$）　　(4) 1-甲基萘（CH_3）

(5) 2-萘甲腈（CN）　　(6) 萘环上带 $NHCOCH_3$ 和 H_3C 取代基的化合物

10-8 试写出下列反应的可能机理。

$$C_6H_5C(CH_3)_3 + Br_2(AlBr_3) \longrightarrow C_6H_5Br + HBr + (CH_3)_2C{=}CH_2$$

10-9 二乙苯有三个异构体A，B和C。A硝化后得3个一硝基衍生物；B硝化后得一个一硝基衍生物；C得到两个一硝基衍生物。试写出A，B和C的构造式。

10-10 以苯、甲苯或二甲苯为主要有机原料合成下列化合物。

(1) 正丁苯　(2) 叔丁苯　(3) 4-硝基-2-溴苯甲酸　(4) 3-硝基-4-溴苯甲酸
(5) 5-硝基间苯二甲酸　(6) 对溴苯磺酸

10-11 写出下列反应的主要产物。

(1) 2-萘酚（OH） $\xrightarrow{1\ mol\ Br_2}$

(2) [1-naphthol] $\xrightarrow{1\ mol\ Br_2}$

(3) [anthracene] $\xrightarrow{HNO_3/H_2SO_4}$

(4) [benzene] + [succinic anhydride] $\xrightarrow{AlCl_3}$

10-12　指出下列化合物与氢氧化钠水溶液反应的活性大小,并从反应机理角度进行解释。

[chlorobenzene]　[o-nitrochlorobenzene, Cl, NO_2]　[m-nitrochlorobenzene, Cl, NO_2]　[p-nitrochlorobenzene, Cl, O_2N]　[2,4-dinitrochlorobenzene, Cl, O_2N, NO_2]

10-13　苯磺酸与氢氧化钠共热是工业上制备苯酚的重要方法之一,试解释反应的过程。

$$C_6H_5SO_3H \xrightarrow[\triangle]{NaOH} C_6H_5OH$$

10-14　乙酸苯酚酯在无水三氯化铝作用下,可以转化为邻羟基苯乙酮。写出该反应的具体过程。

$$C_6H_5OCOCH_3 \xrightarrow{AlCl_3} o\text{-}HOC_6H_4COCH_3$$

第11章 碳卤键的化学

卤素处于元素周期表的第七主族，与其它原子成键时化合价一般为负一价。烃类化合物分子中的氢原子被卤素取代后形成的化合物称为卤代烃。存在于自然界的卤代烃很少，绝大多数是人工合成得到的。由于碳原子和卤原子的电负性不同，碳卤键属于极性共价键。

卤代烃的化学性质与卤素原子的性质、卤素原子的数目以及烃基的结构都有密切的联系。一般来说，单卤代烃因分子内存在极性的 C—X 键，化学性质比相应的烃活泼得多，能发生多种化学反应，同时转化成各种其它类型的化合物，成为有机合成中的重要试剂。另一方面，一些多卤代烃的化学性质相当稳定，常被用作溶剂、致冷剂、灭火剂、麻醉剂和防腐剂等。

11.1 碳卤键的热稳定性

碳卤键的热稳定性主要取决于卤素原子的性质，同时还在不同程度上受到卤代程度以及烃基结构的影响。对卤代烷烃而言，碳卤键的离解能(kJ/mol)分别为：

CH_3—X　　451.9(F)，351.8(Cl)，292.9(Br)，221.8(I)；

CH_3CH_2—X　444.1(F)，340.7(Cl)，288.7(Br)，225.9(I)。

很显然，碳氟键的键能是所有碳卤键中最高的，而碳碘键的键能则是最低的。氟碳化合物的热稳定性通常很高，不易分解。氯代烃则在高温下会发生均裂分解，碘代烷在较低温下或遇光就可以发生均裂分解。

碳卤键的热稳定性还与分子中的卤代程度有关。对 C—Cl 而言，随着碳原子上的氯原子增加，其离解能逐渐降低；与此不同，对 C—F 而言，随着碳原子上的氟原子增加，其离解能逐渐升高。例如，六氟乙烷在 400～500℃时也不发生变化，聚四氟乙烯由于其耐高温、耐酸、耐碱等特性，常被用作电磁搅拌磁心的外壳以及炊事用具不粘锅的内衬等。

烃基的结构对碳卤键的热稳定性也有一定的影响，一般叔烷基的热稳定性相对较低，仲烷基的次之，伯烷基的相对稳定。

11.2 碳卤键的反应性

对单卤代烃分子，分子内的 C—X 键具有明显的极性。例如，卤甲烷分子的偶极矩及键长分别为：

偶极矩 μ(Debye)　1.82(F)，1.94(Cl)，1.79(Br)，1.64(I)；

键长(pm)　　139(F)，176(Cl)，194(Br)，214(I)；

由于氟原子的电负性最大，所以 C—F 的极性最强，其偶极矩之所以小于 C—Cl 键，是因为前者键长较短。在通常情况下，碳原子与卤素相连后，所带的正电荷密度大小取决于卤素原子的电负性大小，也就是说，C—F 键的极性最大，其碳原子理应最容易受到富电子亲核试剂的进攻而发生取代反应。然而实际上，卤代烃与亲核试剂的反应活性大小顺序通常为：RF < RCl < RBr < RI。这说明决定碳卤键的反应活性大小的主要因素不是键的极性大小，而是键的离解能大小。

此外，碳卤键的反应活性与卤原子相连的烃基结构有密切的关系。

饱和卤代烃分子中的烃基结构对卤代烃的反应行为有明显的影响。通常位阻小的碳卤键易受到亲核试剂的进攻，发生取代反应。另一方面，亲核试剂不易直接接近位阻大的碳卤键的中心碳原子，而是与 β-碳上的氢原子作用，导致消除反应的发生。例如：

$$CH_3Br + C_2H_5O^- \longrightarrow CH_3OC_2H_5 + Br^-$$
$$(CH_3)_3CBr + C_2H_5O^- \longrightarrow (CH_3)_2C{=}CH_2 + Br^-$$

当饱和卤代烃的 α-或 β-碳上的氢原子被电负性的基团取代后，其碳卤键的反应性会发生显著的变化。一般来说，α-碳原子上连接有 N、O、S 等含有孤电子对的杂原子时，碳卤键的反应性明显提高；与此不同，α-碳原子上连接其它卤素原子时，碳卤键的反应性反而会有所降低。卤素的 β-位碳上连有 N、S 等含有孤电子对的杂原子基团时，由于可以发生邻基参与作用，也可以加速碳卤键的断裂。例如，甲基氯甲醚、芥子气 $(ClCH_2CH_2)_2S$ 等分子的 C—Cl 键极易发生水解反应，产生氯化氢。而二氯甲烷、三氯甲烷等则相当稳定，常被用作溶剂。

处于烯丙基和苄基位上的碳卤键的反应活性明显要高于普通饱和碳卤键。这是因为前者的离解能较低，且碳卤键断裂后生成的烯丙基或苄基正离子因可以形成 p-π 共轭体系而能量较低。与此类似，处于其它不饱和键 α-位的碳卤键，其活性也非常高。例如，氯代丙酮、氯乙腈、氯乙酸乙酯等比相应的饱和氯代烃更易与亲核试剂发生取代反应。

与此不同的是，与 sp^2 杂化碳原子直接相连的碳卤键，其反应性一般很低。这是因为分子内存在卤原子的 p 电子与不饱和的烯键或芳环之间的 p-π 共轭作用，这种作用会使 C—X 键键长缩短、碳卤键的离解能提高、偶极矩减小。也就是说，共轭作用会降低分布在碳原子上的正电荷密度。例如氯乙烯、氯苯等分子中的 C—Cl 键相当不活泼，不易发生取代反应，与硝酸银醇溶液共热，也无卤化银沉淀产生。

11.3 碳卤键的常见化学反应

11.3.1 脂肪族亲核取代反应

卤代烷能与各种类型的亲核试剂反应，使得分子中的卤原子被其它原子或基团所取代，生成各种不同的取代产物。例如：

$$RX \xrightarrow{NaOR'} ROR' + NaX$$
$$RX \xrightarrow{NaCN/ROH} RCN + NaX$$
$$RX \xrightarrow{NH_3} RNH_2 + HX$$
$$RX \xrightarrow{NaOH/H_2O} ROH + NaX$$
$$RX \xrightarrow[EtOH]{AgNO_3} RONO_2 + AgX\downarrow$$

卤代烷与氢氧化钠(钾)的水溶液共热,卤原子被羟基取代生成醇。此反应也称为卤代烷的水解,可用于制备醇类。

卤代烷与氰化钠(钾)在醇溶液中反应,卤原子被氰基取代生成腈。由于产物比反应物多一个碳原于,因此该反应在有机合成中可作为增长碳链的方法之一。腈在酸性条件下水解生成羧酸。

卤代烷与醇钠或氨反应可制备醚类和胺类。其中与醇钠反应是合成混合醚的重要方法,称为 Williamson 合成法。

卤代烷与硝酸银的醇溶液作用生成卤化银沉淀,此反应常用作鉴别卤代烃的一个简便方法。

上述反应的共同特点都是带孤对电子的分子(如 NH_3)或负离子(如 HO^-、RO^-、CN^-、NO_3^- 等)进攻卤代烷中带部分正电荷的 α-碳原子而引起的反应。这些试剂的电子云密度较高,具有较强的亲核性,能提供一对电子与 α-碳原子形成新的共价键,故被称为亲核试剂。由亲核试剂进攻而引起的取代反应叫做亲核取代反应,用符号 S_N(nucleophilic substitution)表示。卤代烷的亲核取代反应可用下列通式表示:

$$Nu^-: + R-\overset{\delta+}{CH_2}-\overset{\delta-}{X} \longrightarrow R-CH_2-Nu + X^-:$$

(Nu^-:亲核基团;X^-:离去基因)

1. 亲核取代反应的历程

人们在研究卤代烷的水解反应动力学后发现,卤代烷的水解可以按照不同的反应历程进行,典型的历程分为单分子和双分子反应历程。单分子反应历程是指,在决定反应速率的步骤中,反应速率只与一种反应物即卤代烷的浓度成正比。单分子亲核取代反应常用 S_N1 来表示(S 代表 substitution, N 为 nucleophilic,"1"为单分子)。同理,双分子反应历程是指,在决定反应速率的步骤中,反应速率与卤代烷和亲核试剂两种反应物的浓度成正比。双分子亲核取代反应常用 S_N2 来表示("2"代表双分子)。

1) 双分子反应历程(S_N2)

溴甲烷在氢氧化钠水溶液中的水解反应是按 S_N2 历程进行的,反应速率既与溴甲烷的浓度成正比,也与亲核试剂 HO^- 的浓度成正比,在动力学上属于二级反应。

$$\upsilon = k[CH_3Br][OH^-]$$

S_N2 反应是一个基元反应,取代过程通过形成过渡态(transition state)一步完成。例如:

$$HO^- + H_3C-Br \longrightarrow \left[\overset{\delta-}{HO}\cdots CH_3 \cdots \overset{\delta-}{Br}\right]^{TS} \longrightarrow HO-CH_3 + Br^-$$

在反应过程中,O—C 键的形成和 C—Br 键的断裂是同时进行的。在形成过渡状态时,亲核试剂 HO^- 进攻带有部分正电荷的 α-C 原子,此时 O—C 键部分形成,C—Br 键由于受到 HO^- 进攻的影响,则同时逐渐伸长和变弱,但并没有完全断裂。与此同时,甲基上的三个氢原子也向溴原子一方逐渐偏转，这时碳原子同时和OH及Br部分键合，进攻试剂羟基中的氧原子、中心碳原子和离去基团Br差不多在一条直线上，而碳和其它三个氢原子则在垂直于这条线的平面上，OH与Br在平面的两边，这个过程中体系的能量达到最大值，即处在过渡态，当HO^-继续接近碳原子生成O—C键，溴原子则继续远离碳原子，最后生成溴离子。反应由过渡状态转化生成产物时，甲基上的三个氢原子也完全偏到溴原子的一边，整个过程是连续的，旧键的断裂和新键的形成是同时进行和同时完成的，好像雨伞在大风中被吹得向外翻转一样。这类反应进程中的能量变化如图11.1所示。

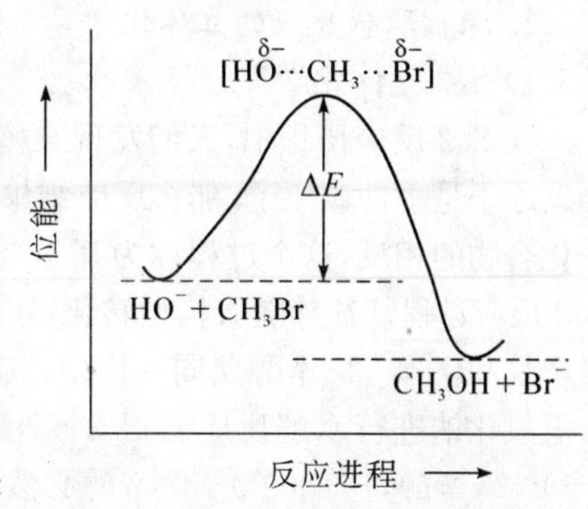

图11.1 S_N2反应历程中的能量变化

2）单分子历程(S_N1)

实验表明，叔丁基溴在氢氧化钠水溶液中的水解反应速率仅与叔丁基溴的浓度成正比，与亲核试剂HO^-的浓度无关，在动力学上属于一级反应。

$$v = k\left[(CH_3)_3CBr\right]$$

由此推测该反应分两步进行，第一步是C—Br键发生异裂，生成碳正离子和溴负离子，第二步是碳正离子和HO^-结合生成醇，即：

$$(CH_3)_3C\text{—}Br \xrightarrow{\text{慢}} \left[(CH_3)_3\overset{\delta+}{C}\cdots Br^{\delta-}\right] \longrightarrow (CH_3)_3C^+ + Br^-$$

TS−1　　碳正离子

$$(CH_3)_3C^+ + HO^- \xrightarrow{\text{快}} \left[(CH_3)_3\overset{\delta+}{C}\cdots\overset{\delta-}{OH}\right] \longrightarrow (CH_3)_3C\text{—}OH$$

TS−2

首先，叔丁基溴在极性溶剂分子的作用下，C—Br键逐渐伸长到达过渡态TS-1，然后发生异裂形成碳正离子中间体。这一步涉及共价键的断裂，活化能ΔE_1较高，反应较慢。接着形成的碳正离子中间体立即与HO^-结合，经过渡态TS-2形成醇。这一步活化能ΔE_2通常较低，反应较快。因此决定整个反应速率的是第一步，即C—X键的离解，也是过渡态势能最高点的一步，这一步反应只涉及一种分子，所以该反应称为单分子亲核取代反应(即S_N1)。反应的能量变化如图11.2所示。

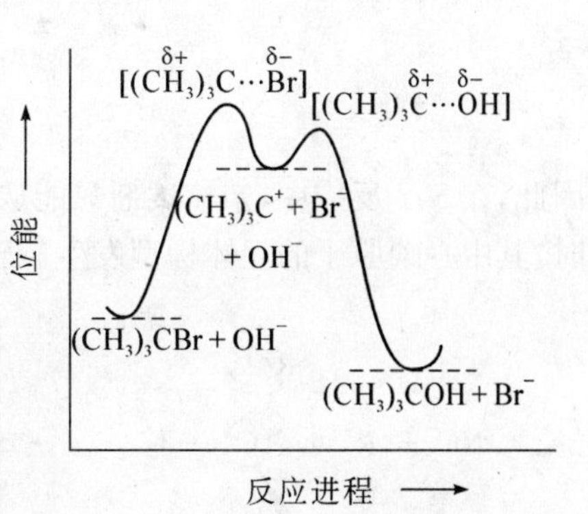

图11.2 S_N1反应历程中的能量变化

值得一提的是，S_N1反应过程中生成的碳正离子是反应的中间产物，中间产物有的可以用物理方法检验出来乃至分离出来，而S_N2反应从原料变到产物(包括中间产物)是一个连续的变化过程，过渡状态是其间所经过的无数状态之一，分子在极短的时间内通过这一点，不能用实验方法检验出来。

2. 亲核取代反应的立体化学

1) S_N2 立体化学

在 S_N2 反应历程中，人们发现亲核试剂总是从离去基团的背面进攻中心碳原子。如果中心碳原子是手性碳原子，那么反应结果会导致中心碳原子的构型发生翻转，即产物的构型与原来化合物的相反，这个过程称为瓦尔登转化（Walden inversion）。大量立体化学的事实证明，S_N2 反应过程往往伴随着构型转化，Walden 转化是 S_N2 反应的标志之一。例如，已知(－)-2-溴辛烷和(－)-2-辛醇属同一构型，其比旋光度分别为－34.2°和－9.9°。将(－)-2-溴辛烷与氢氧化钠进行水解反应制得 2-辛醇，经实验测定，此 2-辛醇的比旋光度为＋9.9°，即为(＋)-2-辛醇，这个(＋)-2-辛醇必然是(－)-2-辛醇的对映体，其反应为：

$$HO^- + H(C_6H_{13})(H_3C)C—Br \longrightarrow HO—C(C_6H_{13})(CH_3)H + Br^-$$

(－)-2-溴辛烷 －34.2°　　(＋)-2-辛醇 ＋9.9°　　(－)-2-辛醇 －9.9°

目前，这种现象已经可以从前线分子轨道理论加以合理地解释。以上述反应为例，反应过程中起主要作用的 HOMO 是亲核试剂 HO^- 中央原子的 2p 轨道，LUMO 轨道则是 C—Br 键的 σ^* 反键轨道。

$$HO^- + C—Br \longrightarrow HO—C + Br^-$$

HO^- 从背面进攻 C—Br 键时，分子轨道的叠加组合是对称性匹配的：

HOMO　LUMO

而从前面进攻时，分子轨道的叠加组合是对称性不允许的：

LUMO

HOMO

因此，在 S_N2 反应中，亲核试剂只能从背面进攻碳原子。当反应物经过过渡态最后转化为产物时，其中心碳原子的立体构型发生翻转。

$$Nu^- + R'R''RC—L \longrightarrow \left[\overset{\delta-}{Nu}\text{---}C(R)(R')(R'')\text{---}\overset{\delta-}{L}\right] \longrightarrow Nu—C(R)(R'')R' + L^-$$

2) S_N1 立体化学

在 S_N1 反应中，反应的决速步骤是碳卤键的异裂反应，由此产生的中间体碳正离子具有对称的平面构型（sp^2 杂化），亲核试剂可以从该平面的两侧进攻，而且机会基本均等，因此得到的通常是外消旋产物。这种有 50% 的产物发生构型转化的过程，被称为外消旋化（racemization）。

$$\text{R}'\text{R}''\text{RC}^+ + \text{Nu}^- \longrightarrow \text{Nu—C(R)(R')(R'')} + \text{(R)(R')(R'')C—Nu}$$

构型转化　　构型保持

理论上讲,产物的外消旋化可以作为 S_N1 反应立体化学的特征。但在大多数实际情况中,取代产物并不是完全发生外消旋化,仍有一部分发生构型的翻转,使产物具有一定的旋光性。例如,α-氯乙苯在水中进行水解反应时,得到83%外消旋化,17%构型发生转化。此反应以 S_N1 历程进行,中间体是碳正离子,它存在的寿命取决于本身的稳定性以及所用亲核试剂的活性和浓度大小。如果碳正离子本身稳定性差、它一经生成就立刻与亲核试剂发生反应,这时卤离子还来不及离开正碳中心足够远,在一定程度上产生了屏蔽作用,阻碍了亲核试剂从卤素一侧进攻的机会,因而试剂从离去基团背面进攻的机会较多。因此,在得到外消旋化产物的同时,还有相当数量的构型翻转。

由于传统的 S_N2 历程中的过渡态并未得到直接的实验证明,近年来研究工作者倾向于用离子对的概念统一来说明亲核取代反应的历程:

$$\text{RX} \rightleftharpoons [\text{R}^+ \text{X}^-] \rightleftharpoons [\text{R}^+ \| \text{X}^-] \rightleftharpoons [\text{R}^+] + [\text{X}^-]$$

紧密离子对　　溶液分隔离子对　　自由离子

在紧密离子对中,RX是电离生成的碳正离子和 X^- 离子的电荷相反而紧靠在一起形成的,因此仍能保持原来的构型。它们周围分别被溶剂分子所包围,亲核试剂只能从背面进攻,得到的是构型转化的产物。

在溶剂分隔离子对中,碳正离子和 X^- 离子不及紧密离子对那么紧密,即有少数溶剂分子进入两个离子之间,把它们分隔开来。溶剂分子作为亲核试剂与碳正离子结合,则产物的构型保持不变。其它亲核试剂从背面进攻,则引起构型转化。一般说来,后者多于前者,取代结果是部分外消旋化。如果反应物全部解离成自由离子后再进行反应,由于生成碳正离子具有平面结构,亲核试剂的两边进攻机会均等,只能得到完全外消旋化的产物。每一种离子对在反应中的比例取决于卤代烷的结构和溶剂的性质。

典型 S_N1 反应的基本特征是得到外消旋产物,比较产物与反应物之间旋光性的变化,将有助于初步鉴别反应历程是 S_N1 还是 S_N2。除了外消旋产物以外,S_N1 反应常伴随着重排产物的产生。这是因为 S_N1 反应经过碳正离子中间体,它可能会发生分子重排生成一个较稳定的碳正离子。例如:

$$(CH_3)_3C\text{—}CH_2Br \xrightarrow[S_N1]{C_2H_5OH} (CH_3)_3C\text{—}CH_2^+ \xrightarrow{\text{重排}} H_3C\text{—}\overset{+}{C}(CH_3)\text{—}CH_2CH_3$$

$$H_3C\text{—}\overset{+}{C}(CH_3)\text{—}CH_2CH_3 \xrightarrow{C_2H_5OH} H_3C\text{—}C(CH_3)(OC_2H_5)\text{—}CH_2CH_3$$

$$H_3C\text{—}\overset{+}{C}(CH_3)\text{—}CH_2CH_3 \xrightarrow{-H^+} (CH_3)_2C\text{=}CHCH_3$$

3. 影响亲核取代反应的因素

上文我们讨论了 S_N1 和 S_N2 两种亲核取代反应历程，这两种历程在反应中可以互相竞争。那么，反应究竟以哪一种历程为主呢？其影响因素是多方面的，主要包括卤代烷中烷基的结构、进攻试剂的亲核性大小、溶剂的极性大小、离去基团(X)的性质等。

1）烷基结构

卤代烷烷基的电子效应和立体效应对取代反应都有明显的影响。

(1) 对 S_N2 反应的影响　甲基溴、乙基溴、异丙基溴和叔丁基溴在极性较小的无水丙酮中与碘化钾反应(S_N2)时的相对反应速率列于表 11.1 中。

表 11.1　卤代烷按 S_N2 历程反应时的相对反应速率

卤代烷	S_N2 反应相对速率
CH_3Br	150
CH_3CH_2Br	1
$(CH_3)_2CHBr$	0.01
$(CH_3)_3CBr$	0.001

从表 11.1 中可看出，它们的活性大小顺序为 $CH_3Br > CH_3CH_2Br > (CH_3)_2CHBr > (CH_3)_3CBr$。这是由于 S_N2 是一步完成的反应，决定反应速率的关键是其过渡态是否容易形成。烷基虽然是给电子基团，在这类反应中其电子效应的影响较小，烷基产生的立体位阻是主要影响因素。当 α－C 周围取代的烷基越多，拥挤程度将越大，对反应产生的立体阻碍也将加大，进攻试剂必须克服这种立体阻碍才能接近碳中心。卤代烷和亲核试剂反应所受空间位阻的影响大小如下所示：

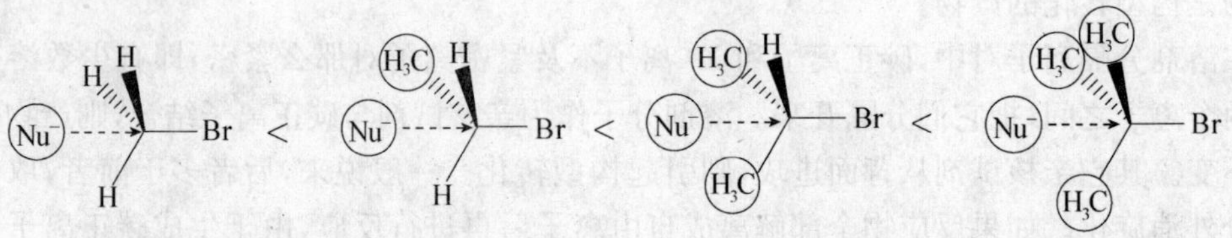

因此，从立体效应来说，随着 α－C 上烷基的增加，S_N2 反应的速率将依次下降。

当伯卤代烷的 β 位上有侧链烷基时，反应速率也有明显的降低。表 11.2 中列出了不同卤代烷发生 S_N2 反应的相对速率大小。

表 11.2　卤代烷按 S_N2 历程反应时的相对反应速率

卤 代 烷	S_N2 反应相对速率 ($C_2H_5O^-/C_2H_5OH$，55℃)
CH_3CH_2Br	1
$CH_3CH_2CH_2Br$	0.28
$(CH_3)_2CHCH_2Br$	0.03
$(CH_3)_3CCH_2Br$	0.000 004 2

(2) 对 S_N1 反应的影响　当反应按照 S_N1 历程进行时，α－C 上连有的烃基增多，其反应速率也增加。表 11.3 列出了不同结构的溴代烷在甲酸溶液中 100℃时发生 S_N1 反应的相对速率。

表 11.3　卤代烷在甲酸溶液中反应的相对速率

卤 代 烷	S_N1 反应相对速率
CH_3Br	1.0
CH_3CH_2Br	1.7
$(CH_3)_2CHBr$	45
$(CH_3)_3CBr$	10^3

从表 11.3 可看出，它们的活性大小顺序为 $CH_3Br < CH_3CH_2Br < (CH_3)_2CHBr < (CH_3)_3CBr$。这是因为碳正离子的形成是 S_N1 反应的决速步骤。凡是能够稳定碳正离子的各种因素，均有利于 S_N1 的进行。中心碳原子上所连接的给电子基团，能分散碳正离子上的正电荷，提高碳正离子的稳定性，从而有利于 S_N1 的进行。表 11.3 的数据显示，烷基通过其给电子超共轭效应分散了中心碳原子上的正电荷。除了电子效应外，中心碳原子上取代基的空间效应对 S_N1 的速率影响也不容忽视。空间阻碍大的底物经过渡态形成碳正离子后，中心碳原子由原来的 sp^3 杂化变成 sp^2 杂化，键角由原来的 109.5°增大为 120°，空间张力减小，因而有利于 S_N1 反应的发生。

综上所述，可以知道，伯卤代烷容易按 S_N2 历程进行反应，叔卤代烷容易按 S_N1 历程进行反应，仲卤代烷介于两者之间，故可以按 S_N2 也可以按 S_N1 历程反应，这完全取决于具体的反应条件。

但应该指出的是，当卤原子连在桥头碳上时，虽然也是叔卤代烷，但由于桥环体系的刚性，无法形成平面构型的碳正离子，故难以按 S_N1 历程反应。此外，由于 C—X 键的背后是环系，空间位阻大，也难按 S_N2 历程反应。例如，7，7-二甲基-1-氯双环[2、2、1]庚烷与 $AgNO_3$ 的醇溶液回流 48 小时或与 30%KOH 醇溶液回流 21 小时，都未见 AgCl 生成。这是由于亲核试剂从背面接近碳的可能性几乎不存在，所以不容易进行 S_N2 反应。而按 S_N1 进行就首先要离解为碳正离子，但由于桥环体系的牵制，桥头碳难于伸展为平面构型，因此很难形成碳正离子，即很难发生 S_N1 反应。

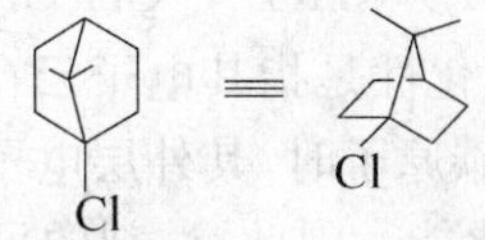

Cl ≡ Cl

2) 离去基团的影响

在 S_N2 和 S_N1 反应中，均涉及离去基团 L 带着一对电子脱离中心碳原子的过程。无论是 S_N2 或 S_N1 反应，脱离下来的 L^- 愈稳定，则 C—L 键愈容易发生断裂。卤代烷中的四种卤负离子的稳定性顺序为 $F^- < Cl^- < Br^- < I^-$。所以，卤代烷的反应活性顺序是 $RI > RBr > RCl \gg RF$。这也可从 C—X 键的键能和可极化性来解释，两者的作用是一致的。I^- 无论作为亲核试剂还是作为离去基团都表现出高的反应活性。

另外，磺酸根负离子由于体系内存在共轭效应可使负电荷得到分散，故较为稳定，也是很好的离去基团。相反，碱性很强的基团如 HO^-、RO^-、H_2N^- 等的能量较高，以至于几乎不可能从 ROH、ROR、RNH_2 中直接离去。但在酸性条件下，ROH 或 ROR′中氧与质子配合生成鎓盐，使离去基团(H_2O 或 R′OH)的稳定性增加，才可能进行取代反应。

3）亲核试剂的影响

在 S_N1 反应中，反应速率主要取决于 R—X 的离解，与亲核试剂的亲核性大小基本无关。但在 S_N2 反应中，亲核试剂参与了过渡态的形成，其亲核性大小对反应速率将产生相当大的影响。一般来说，亲核试剂的亲核能力越强，形成中间过渡态所需的活化能就越低，S_N2 反应的趋势就越大。例如：

$$CH_3OCH_3 \xleftarrow[\text{很慢}]{CH_3OH} CH_3I \xrightarrow[\text{快}]{CH_3O^-} CH_3OCH_3$$

这是由于 CH_3O^- 的亲核能力比 CH_3OH 强，有利于发生 S_N2 反应。试剂亲核性的大小与它所带电荷的性质、碱性、体积和可极化性的大小等因素有关。

（1）所带电荷的性质　带负电荷的亲核试剂一般比相应的中性分子的亲核性强，例如，$RO^- > ROH$、$HO^- > H_2O$ 等。

（2）碱性　亲核试剂都属于路易斯碱，其亲核能力的大小一般与其碱性的强弱相对应，即碱性越强，其亲核性也越大。例如，同属第二周期中的元素所组成的一些试剂，它们的亲核性大小次序是 $R_3C^- > R_2N^- > RO^- > F^-$；对以氧原子为中心的亲核试剂，它们的亲核性和碱性强弱次序都是 $C_2H_5O^- > HO^- > C_6H_5O^- > CH_3COO^-$。

需注意的是，亲核性与碱性是两个不同的概念，亲核性是代表试剂与带正电荷碳原子结合的能力，碱性是代表试剂与质子结合的能力。它们的强弱次序有时并不完全一致。例如，对同一族元素来说，情况比较复杂。以第七族为例，在质子性溶剂（水、醇等）中，卤离子的亲核能力次序为 $I^- > Br^- > Cl^- > F^-$，而碱性强弱次序正好相反 $I^- < Br^- < Cl^- < F^-$。这是由于卤离子与质子溶剂之间的氢键影响了卤离子的亲核性，其中 F^- 与质子溶剂之间形成的氢键最强，因此与其它卤离子相比，它的亲核性降低得最显著。然而，在二甲亚砜（DMSO）、*N*，*N*-二甲基甲酰胺（DMF）等非质子极性溶剂中，卤离子的碱性和亲核性次序是一致的，即 $I^- < Br^- < Cl^- < F^-$。

（3）体积　亲核试剂的体积对其亲核性也有较大的影响。体积大的亲核试剂进攻中心碳原子遇到的空间阻碍就大，不利于取代反应的进行。如烷氧基负离子的碱性强弱次序为 $(CH_3)_3CO^- > (CH_3)_2CHO^- > CH_3CH_2O^- > CH_3O^-$，但它们在 S_N2 反应中的亲核性强弱次序则正好相反，即 $(CH_3)_3CO^- < (CH_3)_2CHO^- < CH_3CH_2O^- < CH_3O^-$。

（4）可极化性　亲核试剂的可极化性是指其电子云在外界电场影响下变形的难易程度。易变形者可极化性就大，它进攻中心碳原子时，其外层电子云就容易变形而伸向中心碳原子，从而降低了形成过渡态时所需的活化能。因此，试剂的可极化性越大，其亲核性也越强。例如，卤离子的可极化性和亲核性次序为 $I^- > Br^- > Cl^- > F^-$，CH_3S^- 和 CH_3O^- 的可极化性和亲核性大小为 $CH_3S^- > CH_3O^-$（因为原子半径 S > O）。

4）溶剂的影响

溶剂的极性对卤代烷的取代反应历程有较大的影响，一般来说，溶剂的极性增大将有利于反应往过渡态电荷增加或集中的方向进行。溶剂极性增大，有利于卤代烃的 S_N1 反应的进行。这是因为反应物 R—X 在转化为过渡态时，碳卤键的异裂会导致过渡态电荷有所增加，极性大的溶剂更易使过渡态溶剂化。

$$RX \longrightarrow [\overset{\delta+}{R}\cdots\overset{\delta-}{X}] \longrightarrow R^+ + X^-$$

在卤代烃的 S_N2 反应中，增加溶剂的极性，对反应不利。因为在形成过渡态时，由原来电荷比较集中的亲核试剂变成电荷比较分散的过渡态。因此，增加溶剂的极性，反而使电荷集中的亲核试剂溶剂化，而不利于 S_N2 过渡态的形成。

$$HO^- + RX \longrightarrow [\overset{\delta-}{HO}\cdots\overset{\delta+}{R}\cdots\overset{\delta-}{X}] \longrightarrow ROH + X^-$$

例如，$C_6H_5CH_2Cl$ 的水解反应，在水中时按 S_N1 历程进行，而在极性较小的丙酮中则按 S_N2 历程进行。

然而，值得指出的是，溶剂的性质对亲核取代反应历程的影响是比较复杂的。除了极性因素外，溶剂的其它性质对反应的影响也十分显著。

4. 邻基参与

α-溴代丙酸在 Ag_2O 存在下与稀的 NaOH 水溶液反应，得到产物乳酸构型保持不变。导致这一反应结果产生的主要原因是邻位羧酸根离子的存在。在反应过程中，手性碳邻近的羧酸根负离子参与了反应，它首先从溴原子的背面进攻，生成内酯中间产物，此时手性碳的构型发生了第一次翻转；接着 HO^- 从内酯环的反面进攻手性碳原子得到乳酸，手性碳的构型发生了第二次翻转，其净结果是构型保持。

$$CH_3CH(Br)COO^- \xrightarrow[Ag_2O]{稀OH^-} CH_3CH(Br\cdots\overset{\oplus}{Ag})COO^- \xrightarrow{-AgBr} \text{(三元环内酯)} \xrightarrow{OH^-} CH_3CH(OH)COO^-$$

这种分子内邻近基团参与反应的现象，被称为邻基参与(neighboring group participation)。

除羧基外，芳基、—OH、—OR、—NHCOR、—X 等基团处于离去基团的邻近位置时，也可以借助它们的 π 电子或未共用电子对进行邻基参与。邻基参与在有机化学中是一种相当普遍的现象，它能解释许多用简单的 S_N1 或 S_N2 历程不能说明的实验事实。

11.3.2 消除反应

卤代烷因存在极性的碳卤键，使碳原子带有部分正电荷，这种作用会进一步削弱 β-C 原子上的碳氢建，使 β-H 周围的电子云密度降低，酸性增大。因此，卤代烃分子在 NaOH(或 KOH)的醇溶液中加热，会脱去一分子卤化氢生成烯烃。

$$\underset{\overset{|}{\overset{\delta+}{H}}\ \leftarrow HO^-}{RCH}-\underset{\overset{|}{X^{\delta-}}\ \to Na^+}{\overset{\delta+}{CH_2}} \xrightarrow[\triangle]{ROH} RCH=CH_2 + NaX + H_2O$$

这种从一个分子中脱去一个简单分子(如 H_2O、HX、NH_3 等)的反应叫做消除反应。用符号 E(elimination)表示。通过消除反应可以在分子中引入双键，因此卤代烷的消除是制备烯烃的常用方法。

当含有两个或两个以上 β-C 原子的卤代烷发生消除反应时，将按不同方式脱去卤化氢，生成不同的烯烃。大量研究结果表明，许多消除反应的主要产物是脱去含氢较少的 β-C 原子上的氢，生成双键碳原子上连有最多烃基的烯烃。这个规律称为查依采夫(A. M. Saytzeff)规律。例如：

$$CH_3\overset{\beta}{C}H(H)-\overset{\alpha}{C}H(Br)-\overset{\beta}{C}H_2(H) \xrightarrow[\triangle]{NaOH/C_2H_5OH} \underset{81\%}{CH_3CH=CHCH_3} + \underset{19\%}{CH_3CH_2CH=CH_2}$$

由于被消除的卤原子和β-C上的氢原子处于邻位，这种形式的消除反应称为1,2-消除反应，又称为β-消除反应。消除反应比较复杂，根据反应中共价键破裂和生成的次序大致可分为三种历程。

1. 单分子消除反应历程(E1)

与S_N1反应一样，E1反应也是分两步进行的。例如：叔丁基溴在氢氧化钠溶液中发生消除反应：

$$(CH_3)_3CBr \xrightarrow{慢} [(CH_3)_3\overset{\delta+}{C}\cdots\overset{\delta-}{Br}] \longrightarrow (CH_3)_3C^+ + Br^-$$

$$CH_3-\overset{CH_3}{\overset{|}{C}}H^+-CH_2-H + OH^- \xrightarrow[-HOH]{快} (CH_3)_2C=CH_2$$

$$\upsilon = k[(CH_3)_3CBr]$$

整个反应的速率取决于第一步中叔丁基溴的浓度，与试剂HO^-的浓度无关，故称为单分子消除反应历程，用E1表示。

与S_N1反应历程不同，E1历程的第二步中HO^-不是进攻碳正离子生成醇，而是夺取碳正离子的β-H后生成烯烃。显然，E1和S_N1这两种反应历程是相互竞争、相互伴随发生的。例如，在25℃时，叔丁基溴在乙醇溶液中反应得到81%的取代产物和19%的消除产物：

$$(CH_3)_3CBr + C_2H_5OH \xrightarrow{25℃} \underset{81\%}{(CH_3)_3COC_2H_5} + \underset{19\%}{(CH_3)_2C=CH_2}$$

从E1反应历程可以看出，不同卤代烷的反应活性次序和S_N1相同，即：

$$R_3C-X > R_2CH-X > RCH_2-X$$

同样，E1历程也要经过碳正离子中间体，所以也会有重排反应的发生。例如：

$$(CH_3)_3CCH_2Br \xrightarrow{C_2H_5OH} (CH_3)_2\underset{CH_3}{\underset{|}{C}}-CH_2^+ \xrightarrow{重排} (CH_3)_2\overset{+}{C}-CH_2CH_3 \xrightarrow[E1]{-H^+} (CH_3)_2C=CHCH_3$$

$$(CH_3)_2\overset{+}{C}-CH_2CH_3 \xrightarrow[S_N1]{C_2H_5OH} (CH_3)_2\underset{OC_2H_5}{\underset{|}{C}}-CH_2CH_3$$

2. 双分子消除反应历程(E2)

E2反应过程与S_N2也很相似，是一步完成的。碱试剂进攻卤代烷分子中β-碳上的氢原子，X带着一对电子离开，同时在两个碳原子之间生成π键。例如，溴乙烷在氢氧化钠乙醇溶液的作用下发生消除反应：

$$OH^- + H-CH_2-CH_2-Br \xrightarrow[\triangle]{乙醇} [\overset{\delta-}{HO}\cdots H\cdots CH_2\cdots CH_2\cdots\overset{\delta-}{Br}] \longrightarrow H_2O + CH_2=CH_2 + Br^-$$

$$\upsilon = k[CH_3CH_2CH_2Br][HO^-]$$

整个反应速率既与卤代烷的浓度成正比，也与碱的浓度成正比，故称为双分子消除反应历程，用E2表示。

与 S_N2 反应不同,E2 历程中 HO^- 不是进攻 α-碳原子生成醇,而是夺取 β-氢原子生成烯烃。显然,E2 与 S_N2 这两种反应历程也是相互竞争、伴随发生的。例如:

$$(CH_3)_2CHCH_2Br \xrightarrow{RO^-} \underset{60\%}{(CH_3)_2C{=}CH_2} + \underset{40\%}{(CH_3)_2CHCH_2OR}$$

随着 α-碳原子上的烷基数目增加,意味着空间位阻加大和 β-氢原子增多,通常不利于亲核试剂进攻 α-碳原子,而有利于进攻 β-氢原子,因而有利于 E2 反应。所以在 E2 反应中,不同卤代烷的反应活性次序和 E1 相同,即:

$$R_3C{-}X > R_2CH{-}X > RCH_2{-}X$$

3. 单分子共轭碱消除反应历程($E1_{cb}$)

在强碱作用下,反应物可以很快先失去一个 β-氢原子形成一个碳负离子,而后再失去卤负离子,生成 π 键:

$$-\overset{H}{\overset{|\beta}{\underset{|}{C}}}-\overset{|\alpha}{\underset{|}{C}}-X \xrightarrow[\text{快}]{C_2H_5O^-} -\overset{\ominus}{\underset{|}{\ddot{C}}}-\overset{|\alpha}{\underset{|}{C}}-X \xrightarrow[\text{慢}]{-X} -\underset{|}{C}{=}\underset{|}{C}-$$

由于这种反应过程是通过反应物的共轭碱进行的,故通常把这种反应叫作单分子共轭碱消除反应,以 $E1_{cb}$ 表示。$E1_{cb}$ 反应历程与 E1 的相似,为两步反应,但中间产物为碳负离子,决定反应速率的是碳负离子失去卤离子的一步。因此,按 $E1_{cb}$ 历程进行的反应也是单分子反应,但在反应过程中,它是与 E2 相竞争的,只是由于大部分碳负离子一般不很稳定,故 $E1_{cb}$ 远远不如 E2 反应那样普遍。简单的 RX 不会发生 $E1_{cb}$ 反应,只有在 β 碳原子上连有$-NO_2$、$-C{=}O$、$-CN$等强吸电子取代基时,反应才能按照 $E1_{cb}$ 历程进行,这里只作简单介绍。

取代反应和消除反应是互相竞争性的反应,由于亲核试剂(如 HO^-、RO^-、CN^- 等)本身也是碱,所以卤代烷发生亲核取代反应的同时也可能发生消除反应,而且每种反应都可能按单分子历程和双分子历程进行。因此,卤代烷与亲核试剂作用时可能主要有四种反应历程,即 S_N1、S_N2、E1、E2。究竟哪种历程占优势,主要由卤代烷烃的结构、亲核试剂的性质(亲核性、碱性)、溶剂的极性以及反应的温度等因素决定。

一般说来,叔卤代烷易发生消除反应,伯卤代烷易发生取代反应,而仲卤代烷则介于两者之间。试剂的亲核性强但碱性弱,如 CN^-,将有利于取代反应;反之,试剂的碱性强而亲核性弱,如叔丁醇钾,将有利于消除反应。溶剂的极性强有利于取代反应,反应的温度升高有利于消除反应。

从这里也可以看出,有机化学反应是比较复杂的,受许多因素的影响。在进行某种类型的反应时,往往还伴随其它反应的发生。在得到一种主要产物的同时,还有副产物的生成。为了使主要反应顺利进行,以得到高产率的主要产物,应当仔细地分析反应的特点及各种因素对反应的影响,严格控制反应条件。

11.3.3 与碱金属和碱土金属的反应

卤代烷能与一些还原性金属直接化合,生成一种由碳原子与金属原子直接相连的化合物,这类化合物称为有机金属化合物。有机金属化合物中最重要的是有机镁和有机锂化合物,它们都是强碱，也是强亲核试剂，在有机合成上占有很重要的地位。

1. 与金属镁的反应

在常温下，将镁屑放在无水乙醚中，滴加卤代烷，卤代烷与镁作用生成有机镁化合物，该产物不需分离即可直接用于有机合成反应，习惯上将这类有机镁化合物称为格林尼亚试剂(Grignard reagent)，简称格氏试剂。

$$RX + Mg \xrightarrow{\text{无水乙醚}} RMgX$$

格氏试剂生成的难易程度和烷基的结构以及卤素的种类有关。格氏试剂目前被认为是通过自由基反应生成的，因此，卤代烃的碳卤键的离解能大小对反应能否顺利进行有决定性的作用。对饱和卤代烃而言，反应活性次序大小为：RCl < RBr < RI；对不饱和卤代烃，常见的有卤代乙烯和卤代苯，反应活性较低，一般需要在较高温度下才能顺利反应。

格氏试剂在溶液中存在烷基卤化镁与二烷基镁的平衡。在多数情况下，是烷基卤化镁的形式占优势，因此一般用 RMgX 来表示。

$$2RMgX \rightleftharpoons R_2Mg + MgX_2$$

这是卤代烷的一个重要反应。乙醚的作用是与格氏试剂配合生成稳定的溶剂化产物：

$$(C_2H_5)_2O \dashrightarrow \underset{X}{\overset{R}{Mg}} \dashleftarrow O(C_2H_5)_2$$

如果制备的格氏试剂需在较高的温度下进行，可用其它沸点较高的醚，如丁醚、戊醚或四氢呋喃(THF)来代替乙醚，如：

$$\text{3-BrC}_6\text{H}_4\text{Cl} + Mg \xrightarrow[\triangle]{THF} \text{3-(MgBr)C}_6\text{H}_4\text{MgCl}$$

格氏试剂的性质非常活泼，能与多种含活泼氢的化合物作用，生成相应的烃。

$$RMgX \xrightarrow{R'OH} MgX(OR') + RH$$

$$RMgX \xrightarrow{H_2O} RH + MgX(OH)$$

$$RMgX \xrightarrow{RC\equiv CH} RH + RC\equiv CMgX$$

$$RMgX \xrightarrow{HX} RH + MgX_2$$

上述反应不仅说明通过格氏试剂可制得烃，也说明格氏试剂与含活泼氢的化合物的反应几乎是定量的。在有机分析中，常用含活泼氢的化合物与 CH_3MgI 作用生成的甲烷的体积来计算活泼氢的个数(一个甲烷分子相当于一个活泼氢)。

由于格氏试剂遇水就分解，所以在制备格氏试剂时必须用无水溶剂和干燥的反应器，操作时也要采取隔绝空气中湿气的措施。在制备和使用格氏试剂过程中，须注意避免使用其它含活泼氢的化合物。

格氏试剂是有机合成中用途极广的一种有机金属试剂，其中 C—Mg 键是强极性键，通常可以作为碳中心的亲核试剂与一些无机物(如 CO_2 等)及多种典型的有机化合物，如羰基化合物，进行亲核加成反应，来制备醇、醛、酮及羧酸等各种有机物。相关内容将在后面的章节中介绍。

2. 与金属锂的反应

卤代烷与金属锂作用生成有机锂化合物:

$$C_4H_9X + 2Li \xrightarrow{\text{石油醚}} C_4H_9Li + LiX$$

有机锂化合物的性质与格氏试剂很相似,反应性能更为活泼,且溶解性比格氏试剂好,除能溶于醚外,还可溶于苯、环己烷、石油醚等溶剂中。有机锂也可与金属卤代烷作用生成各种有机金属化合物,其中较重要的反应包括与碘化亚铜的作用得到二烷基铜锂:

$$2RLi + CuI \xrightarrow{\text{乙醚}} R_2CuLi + LiI$$

二烷基铜锂是一种很好的烷基化试剂,它与卤代烃作用可生成烷烃、烯烃或芳香烃:

$$CH_3(CH_2)_4I + (CH_3)_2CuLi \longrightarrow CH_3(CH_2)_4CH_3 + CH_3Cu + LiI$$

$$C_6H_5\text{—}Br + (CH_3)_2CuLi \xrightarrow{\text{乙醚}} C_6H_5\text{—}CH_3$$

$$H_3C\text{—}C_6H_{10}\text{—}Br + (CH_2\text{=}C(CH_3))_2CuLi \xrightarrow{\text{乙醚}} H_3C\text{—}C_6H_{10}\text{—}C(CH_3)\text{=}CH_2$$

二烷基铜锂的优点在于,它不影响反应物上带有的羰基、—COOH、—COOR、—CONHR等基团,产率较高,故可广泛用于合成。特别是乙烯型卤代烃与 R_2CuLi 反应时,R 取代卤素位置而保持原来的几何构型不变。例如:

$$(H_{17}C_8)HC\text{=}CH(I) + (C_4H_9)_2CuLi \xrightarrow{\text{乙醚}} (H_{17}C_8)HC\text{=}CH(C_4H_9)$$

(*E*)-1-碘-1-癸烯 → (*E*)-5-十四烯

3. 与金属钠的反应

卤代烷与金属钠作用,生成的有机钠化合物立即与卤代烷反应生成烷烃。

$$RX + 2Na \longrightarrow RNa + NaX$$
$$RNa + RX \longrightarrow R\text{—}R + NaX$$

例如:

$$2CH_3CH_2CH_2Br + Na \longrightarrow CH_3CH_2CH_2CH_2CH_2CH_3 + 2NaBr$$

这类反应可以从卤代烷(主要是伯卤代烷)来制备含偶数碳原子且结构对称的烷烃,称为 Wurtz 反应。

11.3.4 芳香族亲核取代反应

芳环上一般电子云密度较大,亲核试剂难于接近,同时直接连在芳环上的碳卤键的反应性较低,因此,通常卤代芳香烃的亲核取代反应要比卤代烷烃的难以进行。但是,当芳环上存在较强的吸电子基团(如 NO_2、CN、SO_2R 等)时,反应也能发生。例如:

$$C_6H_5Cl + NaOH \xrightarrow{350℃} C_6H_5OH \qquad o\text{-}NO_2C_6H_4Cl + NaOH \xrightarrow{160℃} o\text{-}NO_2C_6H_4OH$$

$$C_6H_5Cl + NH_3 \xrightarrow[\text{加压}]{Cu_2O,200℃} C_6H_5NH_2$$

$$\text{2-硝基-4-硝基氯苯}(O_2N, NO_2, Cl) + NH_3 \xrightarrow{170℃} \text{2,4-二硝基苯胺}(O_2N, NO_2, NH_2)$$

11.3.5 还原反应

卤代烷中卤素可被多种试剂还原为烷烃，还原反应的主要历程包括负氢试剂的取代、过渡金属催化的氢解反应和自由基反应。氢化铝锂是常见的负氢试剂，它是个很强的还原剂，对水很敏感，遇水分解放出氢气，因此反应需在无水介质中进行。例如：

$$LiAlH_4 + H_2O \longrightarrow H_2 + Al(OH)_3 + LiOH$$

$$n\text{-}C_8H_{17}Br \xrightarrow[THF]{LiAlH_4} n\text{-}C_8H_{18}$$

硼氢化钠($NaBH_4$)是比较温和的试剂，它的优点在于比氢化锂铝更有选择性。在季铵盐作相转移催化剂的条件下，硼氢化钠能顺利地还原卤代烃。苄溴、苄氯、溴代正辛烷等化合物在聚乙二醇相转移催化下可用硼氢化钠还原。在还原过程中，分子内同时存在的羧基、氰基、酯基等基团可以保留不被还原。硼氢化钠可溶于水，呈碱性，比较稳定，能在水溶液中反应而不易被水分解。

在第八副族过渡金属，如Pd/C存在下，卤代烷的催化氢解反应可以顺利进行。除了还原性金属，如Zn/CH_3COOH和Na/NH_3(液)等，可以通过自由基反应还原碳卤键外，一个很有效的试剂是三丁基锡化氢，它在自由基引发剂作用下，能高选择性地还原碳卤键。

$$RX \xrightarrow{H_2,\text{催化剂}} RH + HX$$

$$CH_3CH_2CH(Br)CH_3 \xrightarrow{Zn,\ HOAc} CH_3CH_2CH_2CH_3$$

$$C_6H_5\text{—}CH_2CH_2CH_2Br + (n\text{-}C_4H_9)_3SnH \xrightarrow[25℃]{C_2H_5OH} C_6H_5\text{—}CH_2CH_2CH_3 + (n\text{-}C_4H_9)_3SnBr$$

11.3.6 氧化反应

卤代烃对普通的氧化剂很稳定，一般不发生氧化反应。但是，二甲亚砜、氧化叔胺等试剂在适当的碱协同作用下，可以将较活泼的卤代烃氧化成醛。

$$CH_2{=}CH(CH_2)_6CH_2I \xrightarrow[150℃]{DMSO,\ NaHCO_3} CH_2{=}CH(CH_2)_6CHO \quad 83\%$$

$$Br\text{—}C_6H_4\text{—}COCH_2Br \xrightarrow[r.t.]{DMSO,\ NaHCO_3} Br\text{—}C_6H_4\text{—}COCHO \quad 84\%$$

反应过程如下所示：

$$CH_3SOCH_3 + RCH_2X \longrightarrow (CH_3)_2S^+\text{—}O\text{—}CH_2R\ X^- \xrightarrow{B} CH_2^-(CH_3)S^+\text{—}O\text{—}CHR(H)\ X^- \longrightarrow RCHO + CH_3SCH_3$$

近年来，运用聚合物氧化剂氧化卤代烃得到了广泛的研究。如用30%的过氧化氢水溶液处理国产D301大孔弱碱性阴离子交换树脂，制备了大孔型氧化三甲胺树脂，能将各类卤代烃氧化成醛。

$$\text{Ⓟ}-C_6H_4-CH_2N(CH_3)_2 \xrightarrow[HAc]{H_2O_2} \text{Ⓟ}-C_6H_4-CH_2\overset{+}{N}(CH_3)_2(\rightarrow O^-) \xrightarrow{RCH_2X} RCHO + \text{Ⓟ}-C_6H_4-CH_2N(CH_3)_2$$

反应是通过取代-消除方式进行的，具体反应过程如下：

$$\text{Ⓟ}-C_6H_4-CH_2\overset{+}{N}(CH_3)_2\rightarrow O^- + XCH_2R \xrightarrow{\text{取代}} \text{Ⓟ}-C_6H_4-CH_2\overset{+}{N}(CH_3)_2-O-CHRX^-$$

$$\xrightarrow[\text{消去}]{OH^-} \text{Ⓟ}-C_6H_4-CH_2NHX(CH_3)_2 + RCHO \xrightarrow[2)\ H_2O_2/HAc]{1)\ NaOH} \text{Ⓟ}-C_6H_4-CH_2\overset{+}{N}(CH_3)_2\rightarrow O^-$$

11.3.7 偶联反应

溴乙烯或溴苯、碘苯等活性较低的卤代烃在过渡金属催化下，可以与一些富电子芳香化合物或不饱和烯、炔烃发生偶联反应，这类反应已经成为当前有机化学中选择性形成C—C键的最重要反应之一。其中，钯催化的苯硼酸与卤代芳香烃的Suzuki偶联反应由于具有反应条件温和、有机硼试剂低毒以及稳定性好，底物适用范围广、产物易于处理、具有立体和区域选择性等特点，在碳-碳偶联反应中占有重要地位，一直是合成联苯类化合物的有效方法，广泛应用于天然产物、药物中间体以及功能材料的合成中。例如：

$$R-C_6H_4-Br + C_6H_5-B(OH)_2 \xrightarrow[Base]{Pd(OAc)_2/Ph_3P} R-C_6H_4-C_6H_5$$

溴乙烯或卤代苯与苯乙烯或不饱和羰基化合物在金属钯催化下可以形成新的C—C键，该反应被称为赫克(Heck)反应。例如：

$$H_2C{=}CH-R + X-C_6H_5 \xrightarrow[+Base-HX]{Pd-(PPh_3)_4} R-CH{=}CH-C_6H_5$$

$$H_2C{=}CH-R + X-CH{=}CH-R' \xrightarrow[+Base-HX]{Pd-(PPh_3)_4} R-CH{=}CH-CH{=}CH-R'$$

溴乙烯或卤代苯与炔烃在金属钯或亚铜催化下可以形成新的C—C键，该反应被称为Sonogashira反应。

$$C_6H_5-X + HC{\equiv}C-R' \xrightarrow[CuI,\ R_3N]{(Ph_3P)_2PdCl_2} C_6H_5-C{\equiv}C-R'$$

$$R'(R'')C{=}C(R''')-X + {\equiv}C-R \xrightarrow[CuI,\ Et_2NH]{Pd(PPh_3)_4} R'(R'')C{=}C(R''')-C{\equiv}C-R$$

在上述反应中，碘苯的活性最高，次之为溴苯，氯苯的反应活性最低，通常反应较难进行。

此外，卤代苯在过渡金属催化下，还可以与有机胺、硫醇等亲核试剂发生取代反应，形成芳香胺和硫醚等产物。

11.3.8 亲卤反应

与单卤代烃不同的是，一些多卤代烃化合物可以与亲核试剂发生亲卤反应，而不是通常的亲核取代反应。常见的亲核试剂主要包括碳负离子，R_3P 及一些含氧、硫、氮等类型的亲核试剂。例如：

$$PhSNa + CF_2Br_2 \longrightarrow PhSCF_2Br$$

$$R_2NH + ClCF_2CF_2I \xrightarrow{NaH} R_2NCF_2CF_2I$$

反应的引发步骤是亲核试剂直接进攻卤素原子，形成一个碳负离子。具体过程如下所示：

$$PhS^- + Br-CF_2Br \longrightarrow PhSBr + CF_2Br^-$$

$$CF_2Br^- \longrightarrow CF_2{:} + Br^-$$

$$PhS^- + CF_2{:} \longrightarrow PhSCF_2^- \xrightarrow{CF_2Br_2} PhSCF_2Br + CF_2Br^-$$

烯胺与全卤代氟氯乙烷的亲卤反应生成 α,β-不饱和酮。反应可以在不存在 UV 光照或引发剂的情况下自发进行。

$$\text{1-(哌啶基)环戊烯} + CF_2ClCCl_3 \xrightarrow{Et_3N} \text{2-(1-Cl-2-}CF_2Cl\text{亚乙基)烯胺} \xrightarrow{H_3O^+} \text{2-[Cl(}CF_2Cl\text{)C=]环戊酮} + \text{2-[}CF_2Cl\text{(Cl)C=]环戊酮}$$

众多的实验现象和结果表明，亲卤反应一般都经过生成烯烃或卡宾中间体的形式以阴离子链式机理进行。但近来有学者在研究硫亲核试剂（如 PhSNa）与1,1,1-三氟三氯乙烷的反应时，除了检测或分离到那些能被这种阴离子链式机理所解释的中间体和产物外，还检测到一些难以用此机理来解释的相关中间体和产物，从而提出了亲卤反应按自由基机理进行反应的可能性。

习题

11-1 用简便的化学方法鉴别下列各组化合物。

(1) 1-溴-1-戊烯　3-溴-1-戊烯　4-溴-1-戊烯

(2) 对-氯甲苯　苄氯和 β-氯乙苯

(3) 3-溴环己烯　氯代环己烷　碘代环己烷　甲苯　环己烷

11-2 写出1-溴丁烷与下列试剂反应生成的主要产物的结构式。

(1) NaOH（水溶液）　(2) KOH，乙醇，△　(3) Mg，无水乙醚

(4) (3)的产物 + D_2O　(5) NaCN（醇-水）　(6) $NaOC_2H_5$

(7) 苯/$AlCl_3$　(8) $AgNO_3$，醇，△　(9) Na，△

(10) NaI 在丙酮中

11-3 写出下列反应的产物。

(1) $C_2H_5MgBr + CH_3C \equiv CH \longrightarrow$

(2) $p\text{-}ClC_6H_4CHClCH_3 + H_2O \xrightarrow{NaHCO_3}$

(3) $o\text{-}(CH)C_6H_4CH_2Cl + KCN \xrightarrow{醇}$

(4) 1-甲基-1-溴环己-2-烯 $+ KOH \xrightarrow{醇}$

(5) $PhMgBr(3\ mol) + PCl_3 \longrightarrow$

(6) $(CH_3)_3CBr + NaCN \xrightarrow{醇-水}$

(7) 环己烯 $+ NBS \xrightarrow{CCl_4}$

11-4 卤代烷与氢氧化钠在水与乙醇混合液中进行反应，下列反应情况中哪些属于 S_N2 历程，哪些属于 S_N1 历程？

(1) 一级卤代烷速率大于三级卤代烷；

(2) 碱的浓度增加，反应速率无明显变化；

(3) 两步反应，第一步是决速步骤；

(4) 增加溶剂的含水量，反应速率明显加快；

(5) 产物的构型 80%消旋，20%转化；

(6) 进攻试剂亲核性愈强，反应速率愈快；

(7) 有重排现象；

(8) 增加溶剂含醇量，反应速率加快。

11-5 写出下列亲核取代反应产物的构型式，反应产物有无旋光性？并标明 *R* 或 *S* 构型，它们是 S_N1 还是 S_N2？

(1) $C(H)(H_3C)(D)Br + NH_3 \xrightarrow{CH_3OH}$

(2) $C(CH_3)(I)(C_3H_7)(C_2H_5) + H_2O \xrightarrow{\triangle}$

11-6 氯甲烷在 S_N2 水解反应中加入少量 NaI 或 KI 时反应会加快很多，为什么？

11-7 请按进行 S_N2 反应活性下降次序排列下列化合物。

(1) 环己基$-CHBr-CH_3$　　环己基$-CH_2Br$　　环己基$-C(CH_3)_2Br$

(2) $CH_3CH_2CH_2CH_2Br$　$CH_3CH_2CH(CH_3)—CH_2Br$　$CH_3CH_2—C(CH_3)_2—CH_2Br$

(3) $C_5H_9—I$　$C_5H_9—Cl$　$C_5H_9—Br$

(4) $NO_2—C_6H_4—CH_2Cl$　$Cl—C_6H_4—CH_2Cl$　$C_6H_5—CH_2Cl$

11-8 完成以下制备。

(1) 用1-碘丙烷制备下列化合物。

① 异丙醇　② 1,1,2,2-四溴丙烷　③ α-溴丙醇

④ 二丙醚　⑤ 1,3-二氯-2-丙醇　⑥ 2,3-二氯丙醇

(2) 用苯或甲苯制备。

① 1-苯基-1,2-二氯乙烷　② 1,2-二苯乙烷

③ $O_2N—C_6H_4—CCl_3$

(3) 由适当的酮锂试剂制备。

① 2-甲基己烷　② 1-苯基-2-甲基丁烷　③ 甲基环己烷

(4) 由溴代正丁烷制备。

① 1-丁醇　② 2-丁醇　③ 1,1,2,2-四溴丁烷

11-9 下面所列的每对亲核取代反应中，哪一个反应更快，为什么？

(1) $(CH_3)_3CBr + H_2O \xrightarrow{\triangle} (CH_3)_3C—OH + HBr$

$CH_3—CH_2—CH(CH_3)—Br + H_2O \xrightarrow{\triangle} CH_3CH_2—CH(CH_3)—OH + HBr$

(2) $CH_3CH_2CH_2Br + NaOH \xrightarrow{H_2O} CH_3CH_2CH_2OH + NaBr$

$CH_3—CH_2—CH(CH_3)—Br + NaOH \xrightarrow{H_2O} CH_3CH_2CH(CH_3)OH + NaBr$

(3) $CH_3CH_2Cl + NaI \xrightarrow{丙酮} CH_3CH_2I + NaCl$

$(H_3C)_2CHCl + NaI \xrightarrow{丙酮} (H_3C)_2CHI + NaCl$

11-10 下列化合物在浓KOH醇溶液中脱HX，试比较反应速率。

(1) $CH_3CH_2CH_2Br$　$CH_3CH_2CHBrCH_3$　$CH_3CH_2—CBr(CH_3)_2$

(2) Br, CH_3　$CHC(CH_3)_2$, Br, CH_3

11-11 用五个碳以下的醇或氯苯合成下列化合物。

(1) $CH_2=CHCH_2CH_2CH(CH_3)_2$

(2) C_6H_5—CH(CH_3)—CH═CH_2

11-12 2,3-二氯戊烷在叔丁醇钠的叔丁醇溶液中进行消除反应,得到两对几何异构体,请说明原因及其反应过程。

11-13 2-甲基-2-氯,2-溴和2-碘丁烷和甲醇反应的速率不同,可得到的产物都是2-甲基-2-甲氧基丁烷,2-甲基-1-丁烯和2-甲基-2-丁烯的混合物,用反应机理来解释这些结果。

11-14 考虑2-碘-丙烷和下列各对亲核试剂反应,预测每一对中的哪一个产生的S_N/E比例更大?

(1) SCN^- 或 OCN^-　　(2) I^- 或 Cl^-

(3) $N(CH_3)_3$ 或 $P(CH_3)_3$　　(4) CH_3S^- 或 CH_3O^-

11-15 解释以下结果:

已知3-溴-1-戊烯与C_2H_5ONa在乙醇中的反应速率取决于[RBr]和[$C_2H_5O^-$],产物是3-乙氧基-1-戊烯。但是当它与C_2H_5OH反应时,反应速率只与[RBr]有关,除了产生3-乙氧基-1-戊烯,还生成1-乙氧基-2-戊烯。

11-16 分子式为C_4H_8的化合物(A),加溴后的产物用NaOH/乙醇处理,生成C_4H_6(B),(B)能使溴水褪色,并能与$AgNO_3$的氨溶液发生沉淀,试推出(A)、(B)的结构式并写出相应的反应式。

11-17 某烃C_3H_6(A)在低温时与氯作用生成$C_3H_6Cl_2$(B),在高温时则生成C_3H_5Cl(C)。使(C)与碘化乙基镁作用得C_5H_{10}(D),后者与NBS作用生成C_5H_9Br(E)。使(E)与氢氧化钾的酒精溶液共热,主要生成C_5H_8(F),后者又可与丁烯二酸酐发生双烯合成得(G),写出各步反应式,以及(A)~(G)的构造式。

11-18 某卤代烃(A),分子式为$C_6H_{11}Br$,用NaOH乙醇溶液处理得(B) C_6H_{10},(B)与溴反应的生成物再用KHO-乙醇处理得(C),(C)可与丙烯醛进行Diels-Alder反应生成(D),将(C)臭氧化及还原水解可得丁二醛和乙二醛,试推出(A)、(B)、(C)、(D)的结构式,并写出所有的反应式。

11-19 解释下列实验结果。

(1) 溴化苄与水在甲酸溶液中反应生成苯甲醇,速率与[H_2O]无关,在同样条件下对甲基苄基溴与水的反应速率是前者的58倍。

(2) 苄基溴与$C_2H_5O^-$在无水乙醇中反应生成苄基乙基醚,速率取决于[RBr]和[$C_2H_5O^-$],同样条件下对甲基苄的反应速率仅是前者的1.5倍,相差无几。

试说明①溶剂极性;②试剂的亲核能力;③取代基效应对上述反应产生的影响。

第12章 有机化合物的结构表征方法

12.1 经典表征方法与波谱分析法

表征有机化合物的结构，是有机化学研究工作的重要内容之一。过去，主要以化学方法来测定，样品用量大，费时、费力，且受准确度和样品量的限制，是一项繁复甚至难以完成的工作。如测定胆固醇的结构式耗时 39 年(1889—1927)，且后经 X 射线衍射法证明其中有错误。而鸦片中吗啡碱的结构测定，从 1805 年开始，直至 1952 年才完成。对于极难获得而量极微少的复杂有机物，化学分析方法就显得无能为力。

而利用现代波谱分析方法，仅需要微量样品，就能够快速地测定一些较简单化合物的结构，有时甚至能获得其聚集状态及分子间相互作用的信息。有机化学中应用最广泛的波谱分析方法是紫外光谱(UV)、红外光谱(IR)、核磁共振谱(NMR)和质谱(MS)，前三者为分子吸收光谱。而质谱是化合物分子经高能粒子轰击形成荷电离子，在电场和磁场的作用下按质荷比大小排列而成的图谱，不属吸收光谱。

一定波长的光与分子相互作用后被吸收，用特定仪器记录下来就是分子吸收光谱。分子吸收电磁波从较低能级激发到较高能级时，其吸收光的频率与吸收能量之间的关系如下：

$$E = h\nu$$

式中，E 为光子的能量，J；h 为 Planck 常数，其值为 6.63×10^{-34} J·s；ν 为频率，Hz。频率与波长及波数的关系为：

$$\nu = c/\lambda = c\tilde{\nu}$$

或

$$\tilde{\nu} = \nu/c = 1/\lambda$$

式中，c 为光速，其大小为 3×10^{10} cm·s^{-1}；λ 为波长，cm；$\tilde{\nu}$ 为波数，表示 1 cm 长度中波的数目，单位为 cm^{-1}。

电磁波谱包含了从波长很短、能量高的 X 射线(约 10^{-2} nm)到波长较长、能量低的无线电波(约 10^{12} nm)。分子结构不同，由低能级向高能级跃迁所吸收光的能量不同，因而可形成各自特征的分子吸收光谱，并以此来鉴别已知化合物或待测定化合物的官能团与结构。电磁波类型及其对应的波谱分析方法见表 12.1。

表 12.1 电磁波谱与相应的波谱分析方法

电磁波类型	波长范围	激发能级	分析方法
无线电波	0.1 ～1 000 m	原子核自旋	核磁共振谱(NMR)
微波	0.3～100 mm	电子自旋	电子自旋共振谱(ESR)

(续表)

电磁波类型	波长范围	激发能级	分析方法
红外线	0.8～300 μm	振动与转动	红外吸收光谱(IR)
紫外-可见光	200～800 nm	n及共轭π电子	紫外-可见光吸收光谱(UV-Vis)
远紫外线	10～200 nm	σ及孤立π电子	真空紫外光谱
X射线	0.01～10 nm	内层电子	X射线光谱

12.2　紫外-可见光谱

12.2.1　基本原理

紫外-可见光谱通常是指波长为200～800 nm的近紫外-可见光区的吸收光谱。若控制光源，使入射光按波长由短到长的顺序依次照射样品分子时，价电子就吸收与激发能相应波长的光，从基态跃迁到能量较高的激发态。将吸收强度随波长的变化记录下来，得到的吸收曲线即为紫外-可见吸收光谱，亦简称紫外光谱。紫外光谱能给出分子中所含共轭体系的结构信息。其特点是灵敏，测试便捷价廉，但给出的信息量较少。

紫外光谱图的横坐标一般以波长表示(单位为nm)；纵坐标为吸收强度，多用吸光度A、摩尔吸收系数ε或$\lg\varepsilon$表示。吸光强度遵守Lambert-Beer定律：

$$A=\lg(I_0/I)=\lg(1/T)=\varepsilon cl$$

式中，A为吸光度；I_0为入射光强度；I为透射光强度；T为透过率(以百分数表示)；ε为摩尔吸收系数，是指浓度为1 mol·L^{-1}的溶液在厚度为1 cm的吸光池中，于一定波长下测得的吸光度，单位为L·mol^{-1}·cm^{-1}(通常省略)；c为溶液浓度，单位为mol·L^{-1}；l为液层厚度，单位为cm。文献中报道的化合物紫外吸收光谱数据为最大吸收波长及相应的摩尔吸收系数。一般将处于吸收曲线峰顶的波长表示为λ_{max}，是出现最大吸收时的波长。

图12.1是丙酮的紫外光谱图，其中有两个吸收峰：一个是$\pi\rightarrow\pi^*$跃迁，其λ_{max}位于187 nm；另一个是$n\rightarrow\pi^*$跃迁，λ_{max}位于207 nm。而当在普通条件下测定紫外光谱时，由于氧气在低于200 nm以下区域有吸收而覆盖了所有其它吸收带，故为了能观察到200 nm的吸收带(如丙酮的位于187 nm的λ_{max})，必须使用氮气保护下的分光光度计或真空紫外检测技术。

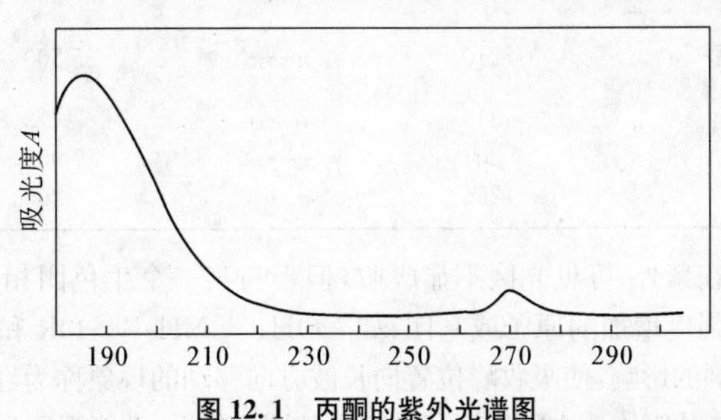

图12.1　丙酮的紫外光谱图

12.2.2 电子跃迁类型与吸收谱带

价电子有三种类型：形成单键的σ电子，形成不饱和的键的π电子，杂原子(氧、硫、氮、卤素等)上的未成键的n电子。各种电子吸收紫外光以后，由稳定的基态向激发态(反键轨道)的跃迁，主要有以下四种类型。

(1) $\sigma \to \sigma^*$跃迁　是σ电子由能级最低的σ成键轨道向能级最高的σ^*反键轨道的跃迁，需较高的能量，因其波长小于150 nm，故在近紫外光区无吸收。

(2) $n \to \sigma^*$跃迁　含有—OH，—NH_2，—S，—X等基团的饱和烃衍生物，其杂原子上的n电子被激发到σ^*轨道，$n \to \sigma^*$跃迁所需能量比$\sigma \to \sigma^*$低，但大部分吸收仍在远紫外区。

(3) $n \to \pi^*$跃迁　当分子中含有由杂原子形成的不饱和键(如C═O、C≡N)时，杂原子上的未成键的n电子跃迁到π^*轨道。$n \to \pi^*$跃迁所需能量最低，产生的紫外吸收波长最长，但属于禁阻跃迁，吸收强度弱，通常$\varepsilon < 200$。

(4) $\pi \to \pi^*$跃迁　由不饱和体系的π电子跃迁到π^*反键轨道所致。孤立双键的$\pi \to \pi^*$吸收峰仍在远紫外区，对研究分子结构意义不大。但共轭双键的$\pi \to \pi^*$跃迁随共轭体系增大向长波移动(红移)，且ε值较大，为强吸收，是研究最广的跃迁类型。

12.2.3 特征官能团的紫外光谱

吸收紫外光引起电子跃迁的基团称为生色团。一般是具有不饱和键的基团，如C═C、C═O、C═N等，主要发生$\pi \to \pi^*$及$n \to \pi^*$跃迁。表12.2列出了一些生色团的吸收峰位置。

表12.2　一些生色团的紫外吸收峰位置

生色团	代表化合物	λ_{max}/nm	跃迁类型	ε_{max}	溶剂
>C═C<	乙烯	165	$\pi \to \pi^*$	15 000	正己烷
—C≡C—	乙炔	173	$\pi \to \pi^*$	6 000	气体
>C═O	丙酮	279	$n \to \pi^*$	15	正己烷
—COOH	乙酸	204	$n \to \pi^*$	41	甲醇
—COCl	乙酰氯	220	$n \to \pi^*$	100	正己烷
—COOR	乙酸乙酯	204	$n \to \pi^*$	60	水
—$CONH_2$	乙酰胺	214	$n \to \pi^*$	63	水
>C═C—C═C<	1,3-丁二烯	214	$\pi \to \pi^*$	20 900	正己烷
>C═C—C═O	丙烯醛	210	$\pi \to \pi^*$	25 500	水
		315	$n \to \pi^*$	13.8	乙醇
Ar—	苯	204	$\pi \to \pi^*$	7 900	正己烷
		256	$\pi \to \pi^*$	200	正己烷

助色团是指本身在紫外-可见光区不显吸收，但当与某一个生色团相连接后，可使吸收峰移向长波方向且吸收强度增加的原子或基团，如—OH、—NH_2、—OR和—X等。

由于取代基或溶剂的影响，使吸收峰位置向长波方向移动的现象称为红移；反之，则为蓝移。当共轭体系长度增加或共轭体系中的氢原子被多数基团取代后，都能观测到吸收峰的红移。

12.2.4 紫外谱图解析

紫外吸收光谱反映了分子中生色团和助色团的特性，主要用来推测不饱和的基团的共轭关系，以及共轭体系中取代基的位置、种类和数目等。单独用紫外光谱图一般不能确定分子结构，其应用有一定的局限性。但若与其它波谱配合，对许多骨架比较确定的分子，如萜类、甾族、天然色素、各种染料以及维生素等结构的鉴定，还是起着重要的作用的。

对一未知化合物的紫外光谱图，可依经验规律先进行初步解析：化合物若在 220～700 nm 无吸收，说明分子中不存在共轭体系，也不含 Br、I、S 等杂原子，在 210～250 nm 有强吸收（$\varepsilon=10\,000\sim25\,000$），说明有两个双键的共轭体系，如共轭双烯或 α,β-不饱和醛、酮等；在 250～290 nm 有中等强度吸收（$\varepsilon=200\sim2\,000$），可能含有苯环，峰的精细结构是苯环的特征吸收；在 250～350 nm 有弱吸收（$\varepsilon=10\sim100$），可能含 $n\rightarrow\pi^*$ 跃迁基团，如醛、酮的羰基或共轭羰基；在 300 nm 以上有高强度吸收，可能有长链共轭体系，若吸收强度高并具有明显的精细结构，可能是稠环芳香烃、稠杂环芳香烃或其衍生物。

12.3 红外光谱

12.3.1 基本原理

在波数为 4 000～400 cm^{-1}（波长为 2.5～25 μm）的红外光照射下，有机分子吸收红外光会发生振动能级跃迁，所测得的吸收光谱称为红外吸收光谱（infrared spectrum），简称红外光谱（IR）。红外光谱图中，横坐标通常为波数或波长，表示吸收峰位置；纵坐标为透过率 T（以百分数表示），表示吸收强度。

每种有机化合物都有其特定的红外光谱，就像人的指纹一样。根据红外光谱图上吸收峰的位置和强度可以判断待测化合物是否存在某些官能团。

化学键将各种原子连接组成分子。化学键总是不停地振动着，近似一个弹簧，可以进行伸缩振动和弯曲振动。伸缩振动发生在沿化学键所在的直线上（仅化学键的长度变化），有对称伸缩振动和反对称伸缩两种方式。弯曲振动则偏离化学键所在的直线（仅化学键的键角变化），有面内弯曲和面外弯曲两种形式。化学键的 6 种振动形式见图 12.2。

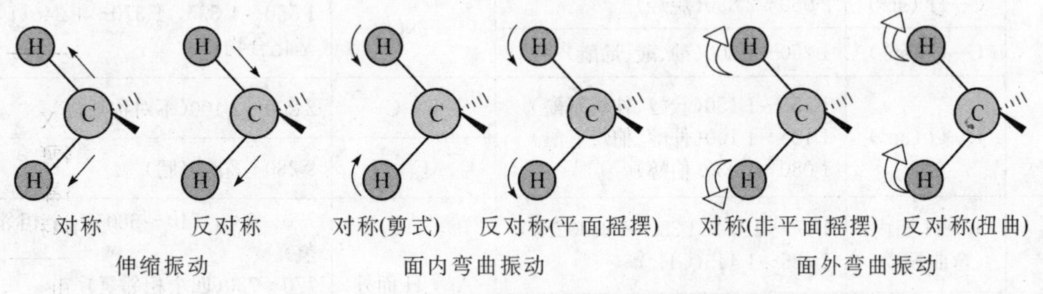

图 12.2 有机分子中键的伸缩振动和弯曲振动

两个原子的振动可以近似地看成用弹簧连接在一起的两个小球的简谐振动。根据 Hooke 定律，可得其振动频率为：

$$\nu = 1/2\pi c[k/\mu]^{1/2}$$

式中,μ 为折合质量;k 为化学键的力常数,$N \cdot cm^{-1}$,折合质量 μ 与组成化学键的两个原子的相对质量间存在下述关系式:

$$\mu = (m_1 m_2)/(m_1 + m_2)$$

式中,m_1 和 m_2 代表成键原子的质量,单位为 g(克)。

由上式可以导出:键的振动频率与力常数(与化学键强度有关)的平方根成正比,而与成键原子折合质量的平方根成反比。化学键越强,成键原子质量越小,键的振动频率越高。同一类型的化学键,由于分子内部及外部所处环境(电子效应、氢键、空间效应、溶剂极性、聚集状态)不同,力常数并不完全相同,因此,吸收峰的位置也不尽相同。此外,只有引起分子偶极矩发生变化的振动才会出现红外吸收峰,如对称炔烃的 C≡C 键和反式对称的 C═C 键的伸缩振动无偶极矩变化,无红外吸收峰。化学键极性越强,振动时偶极矩变化越大,吸收峰就越强。

12.3.2 有机化合物基团的红外吸收特征频率

同类化学键或官能团的吸收频率总是出现在特定波数范围内。这种能代表某基团存在并有较高强度的吸收峰,称为该基团的特征吸收峰,简称特征峰。其最大吸收对应的频率称为基团的特征频率。表 12.3 中列举了各类有机化合物基团的特征频率。

表 12.3 常见有机化合物基团的特征频率

	化学键类型	特征频率/cm^{-1}(化合物类型)	化学键类型	特征频率/cm^{-1}(化合物类型)
伸缩振动	—O—H	3 600~3 200(醇、酚) 3 600~2 500(羧酸)	>C═C<	1 680~1 620(烯烃)
	—N—H	3 500~3 300 (胺、亚胺,其中伯胺为双峰) 3 350~3 180(伯酰胺,双峰) 3 320~3 060(仲酰胺)	>C═O	1 750~1 710(醛、酮) 1 725~1 700(羧酸) 1 850~1 800, 1 790~1 740(酸酐) 1 815~1 770(酰卤) 1 750~1 730(酯) 1 700~1 680(酰胺)
	C—H (sp)	3 320~3 310(炔烃)		
	C—H (sp^2)	3 100~3 000(烯烃、芳香烃)	C═N—	1 690~1 640(亚胺、肟)
	C—H (sp^3)	2 950~2 850(烷烃)	—NO_2	1 550~1 535, 1 370~1 345(硝基化合物)
	C—O (sp^2)	1 250~1 200(酚、酸、烯醚)		
	C—O (sp^3)	1 250~1 150(叔醇、仲烷基醚) 1 125~1 100(仲醇、伯烷基醚) 1 080~1 030(伯醇)	—C≡C— —C≡N	2 200~2 100(不对称炔烃) 2 280~2 240(腈)
弯曲振动	C—H 面内弯曲振动	1 470~1 430, 1 380~1 360(CH_3) 1 485~1 445(CH_2)	Ar—H 面外弯曲振动	770~730, 710~680(五个相邻氢) 770~730(四个相邻氢) 810~760(三个相邻氢) 840~800(两个相邻氢) 900~860(隔离氢)
	═C—H 面外弯曲振动	995~985, 915~905(单取代烯) 980~960(反式二取代烯) 690(顺式二取代烯) 910~890(同碳二取代烯) 840~790(三取代烯)	≡C—H 面外弯曲振动	660~630(末端炔烃)

人们通常把4 000～1 500 cm^{-1}称为特征频率区,因为该区域里的吸收峰主要是特征官能团的伸缩振动所产生的。而把1 500～400 cm^{-1}称为指纹区,该区域吸收峰通常很多,而且不同化合物差异很大。特征频率区通常用来判断化合物是否具有某种官能团,而指纹区通常用来区别或确定具体化合物。

12.3.3 影响红外吸收的主要因素

依据基团特征频率区中出现的吸收峰,我们可以推测被测样品中含有什么样的官能团。如羰基的伸缩振动约为1 730 cm^{-1}左右。但仅仅知道有羰基是不够的,因为还需要确定化合物属于醛、酮、羧酸或其衍生物。表12.4列出了几种有代表性的羰基化合物的羰基伸缩振动峰的波数值。

表12.4 几种有代表性的羰基化合物的羰基伸缩振动峰位置

化合物	丙酮	乙醛	乙酸乙酯	乙酰氯	乙酸酐	乙酰胺	苯甲醛	二苯酮
$\tilde{\nu}_{C=O}/cm^{-1}$	1 715	1 730	1 740	1 800	1 820, 1 780	1 685	1 690	1 665

由表12.4可以看出,同为含有羰基的化合物,其羰基的特征吸收峰的位置还要受到分子结构和外界条件的影响,所以在解析有机物的红外光谱图时,除了知道红外特征谱带的吸收位置与强度外,还应了解影响它们的因素。这里仅讨论主要结构因素中的诱导效应和共轭效应。

(1) 诱导效应　由于基团的电负性不同,引起化学键电子云分布发生变化,改变化学键力常数,从而影响基团吸收频率,称为诱导效应。羰基为极性基团,电子云偏向氧原子一端。吸电子取代基的诱导效应会引起成键电子密度向键的几何中心靠近,相当于增加了双键性,因而增大了键的力常数,导致羰基的伸缩振动吸收谱带移向高频位置(如表12.4中乙醛右侧的三种化合物);而给电子基团的影响则刚好相反,如丙酮。

(2) 共轭效应　共轭效应使体系的电子云密度平均化,结果单键变短,双键变长,双键的力常数变小,故导致羰基的伸缩振动吸收谱带移向低频位置(如表12.4中的最后面三种化合物)。

当同时存在诱导效应与共轭效应时,吸收谱带的位移方向取决于占主导地位的基团性质。如氮原子的共轭效应强于诱导效应,故酰胺的羰基的伸缩振动吸收谱带低于乙醛;而氯和氧原子的共轭效应大于诱导效应,故酰氯和乙酸乙酯中羰基的伸缩振动吸收谱带移向高频区。

12.3.4 常见有机化合物红外光谱举例

1. 烷烃

烷烃没有官能团,其红外光谱较简单。图12.3是正己烷的红外光谱,其中2 960～2 860 cm^{-1}是甲基的C—H伸缩振动吸收峰,1 467 cm^{-1}和1 380 cm^{-1}分别是亚甲基和甲基C—H的弯曲振动吸收峰,721 cm^{-1}是$(CH_2)n$, $n \geqslant 4$时直链烷烃亚甲基的C—H面内摇摆吸收峰。其它直链烷烃的红外光谱都与正己烷的非常相似。当分子中存在异丙基或叔丁基时,1 380 cm^{-1}的吸收峰常裂分为双峰,前者两峰强度相近,后者低波数吸收峰强。如图12.4是2,2-二甲基戊烷的红外光谱图,甲基C—H的弯曲振动分裂为1 393 cm^{-1}和1 365 cm^{-1}两个强度不等的峰。

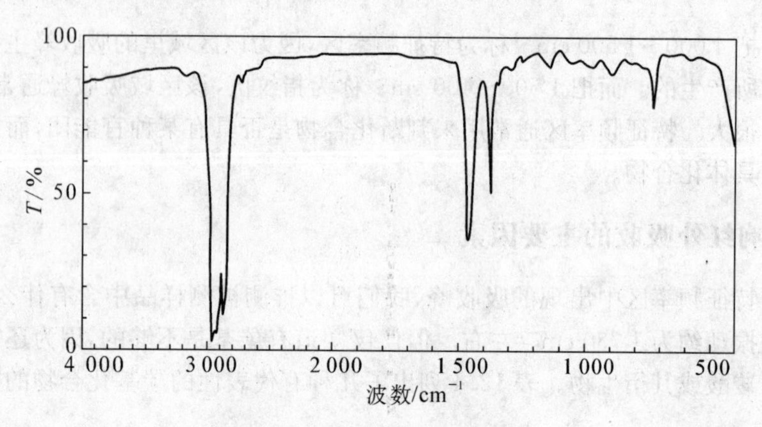

图 12.3 己烷的红外光谱图

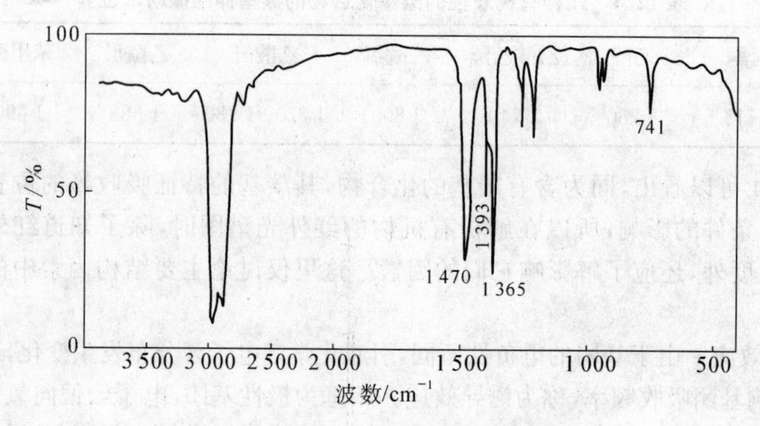

图 12.4 2,2-二甲基戊烷的红外光谱图

2. 烯烃

烯烃═C—H 的伸缩振动吸收峰在 3 100～3 000 cm^{-1} 出现强吸收峰。不对称烯烃 C═C 伸缩振动在 1 680～1 620 cm^{-1} 有中等强度吸收峰。另外，不同取代烯烃的═C—H 在 990～690 cm^{-1} 区域有面外弯曲振动吸收峰。图 12.5 是 1-己烯的红外光谱，3 080 cm^{-1} 处吸收峰是═C—H 伸缩振动，1 642 cm^{-1} 吸收峰是 C═C 伸缩振动，993 cm^{-1} 和 910 cm^{-1} 的两个吸收峰是单取代烯烃的═C—H 面外弯曲振动吸收峰。

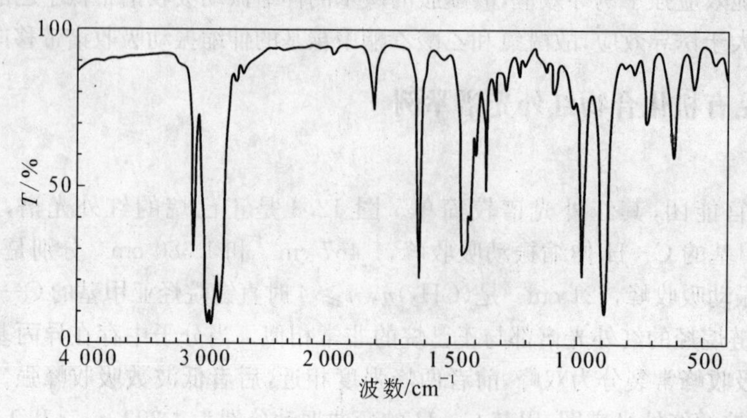

图 12.5 1-己烯的红外光谱图

3. 炔烃

末端炔烃≡C—H 伸缩振动吸收峰通常出现在 3 300 cm^{-1}附近。该峰强而尖,易与醇羟基或氨基在相同位置的吸收峰区分开。不对称炔烃在 2 150 cm^{-1}附近有中等强度的C≡C伸缩振动吸收峰。另外,末端炔烃≡C—H 弯曲振动吸收峰通常在 630 cm^{-1}出现强而宽的吸收峰。图 12.6 是 1-己炔的红外光谱图。

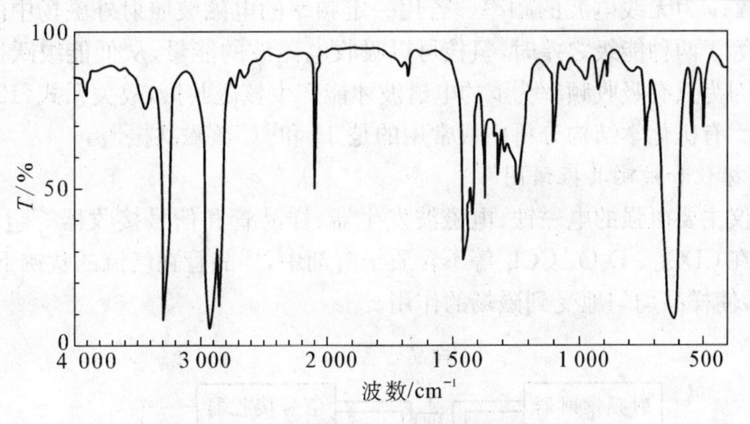

图 12.6　1-己炔的红外光谱图

12.4　核磁共振谱

12.4.1　基本原理

核磁共振(nuclear magnetic resonance,简称 NMR)现象在 1945 年被美国的 F. Bloch 和 E. Purcell领导的研究组分别发现,他们分享了 1952 年诺贝尔物理学奖。核磁共振是处于磁场中的分子内的自旋核与无线电波作用后,核自旋能级发生跃迁而产生的吸收波谱。核磁共振谱主要提供分子中自旋核(^1H、^{13}C等)原子数目、类型乃至键合环境等丰富而重要的信息,有时甚至可以直接确定分子的立体结构,是目前有机化学工作者测定分子结构的最有力的工具之一。

1. 原子核的自旋与核磁共振

不同原子核的自旋状况不同,可用自旋量子数 I 表示。质量数为奇数的自旋量子数为半整数,其中^1H、^{13}C、^{15}N、^{19}F、^{29}Si、^{31}P 等原子核的自旋量子数 I 为 1/2,其自旋核的电荷呈球形分布,最适宜核磁共振检测。

由于原子核带正电,当自旋量子数不为零的原子核发生旋转时,便形成感应磁场,产生磁矩。自旋量子数为 1/2 的核有两种自旋方向。当有外磁场存在时,两种自旋的能级出现裂分,用+1/2 表示与外磁场方向相同的状态,自旋核能量稍低;用−1/2 表示与外磁场方向相反的状态,自旋核能量略高。两种能级之差为 ΔE,见图 12.7。

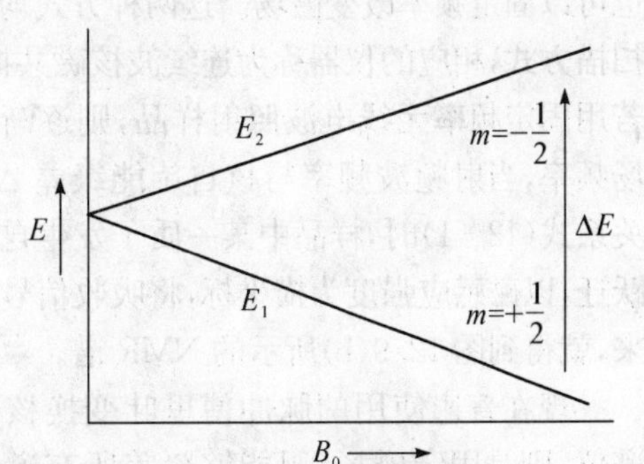

图 12.7　$I=1/2$ 的原子核的两种取向与外磁场 B_0 的关系

ΔE 与外磁场感应强度(B_0)成正比,其关系式如下:

$$\Delta E = \gamma \frac{h}{2\pi} B_0 = h\nu \tag{12-1}$$

$$\nu = \frac{\gamma B_0}{2\pi} \tag{12-2}$$

式中，γ 称为磁旋比，是核的特征常数，对于^{1}H 核而言，其值为 $2.675 \times 10^8\ \mathrm{A \cdot m^2 \cdot J^{-1} \cdot s^{-1}}$；$h$ 为 Plank 常数；ν 为无线电波的频率。若用一定频率的电磁波照射外磁场中的氢核，当电磁波的能量恰好等于两种能级之差时，氢核可以吸收电磁波的能量，从低能级跃迁到高能级，发生核磁共振。因为只有吸收频率为 ν 的电磁波才能产生核磁共振，故关系式(12-1)为产生核磁共振的条件。有机化学结构分析中最常用的是^{1}H 和^{13}C 核磁共振谱。

2. 核磁共振仪和核磁共振谱图

核磁共振仪主要由强的电磁铁、电磁波发生器、样品管和信号接收器等组成，见图 12.8。被测样品溶解在 $CDCl_3$、D_2O、CCl_4 等不含质子溶剂中，样品管在气流的吹拂下悬浮在磁铁之间并不停旋转，使样品均匀地受到磁场的作用。

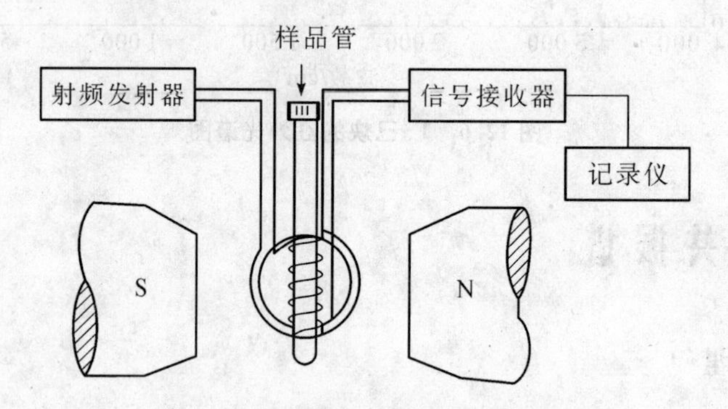

图 12.8 核磁共振波谱仪示意图

核磁共振是磁性核在磁场中的吸收光谱，其电磁波照射频率与发生共振的外加磁场关系如表 12.5 所示。

表 12.5 核磁共振的电磁波照射频率与外加磁场的关系

电磁波照射频率/MHz	60	90	100	200	300	600
共振所需外加磁场感应强度/T	1.409	2.114	2.349	4.697	7.046	14.092

测量核磁共振谱时，可以固定磁场改变频率，也可以固定频率改变磁场。这两种方式均为连续扫描方式，相应的仪器称为连续波核磁共振谱仪。若用固定频率无线电波照射样品，则逐渐改变磁场频率，当射频波频率与核自旋能级差 ΔE 符合关系式(12-1)时，样品中某一质子发生自旋能级跃迁，以磁感应强度为横坐标，将吸收信号记录下来，就得到图 12.9(b)所示的 NMR 谱。

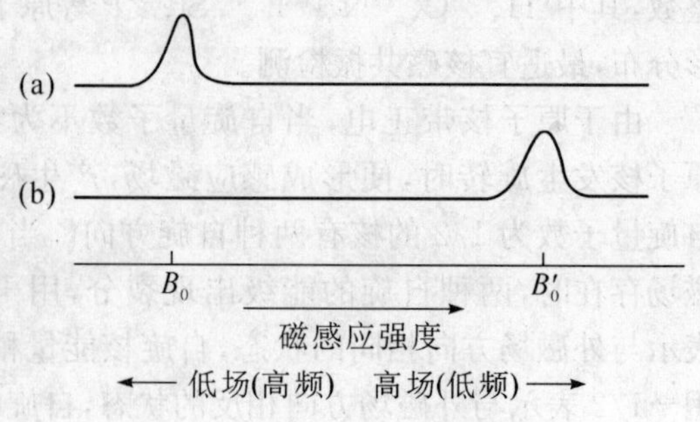

图 12.9 核磁共振谱示意图

(a) 独立质子的信号在 B_0 处出现；
(b) 有机化合物中质子在高磁场 ($B'_0 > B_0$) 处出现

现在普遍使用的脉冲傅里叶变换核磁共振谱仪，则是固定磁场，用能够覆盖所有磁性核的短脉冲(约 10^{-5} s)无线电波照射样品，让所有磁性核同时发生跃迁，信号经计算机处理得到脉冲傅里叶变换核磁共振谱。其最大优点是可以在短时间内进行多次脉冲信号叠加，使用更少样品可以得到更清晰的图谱。

一张 NMR 谱图，通常可以给出四种重要的结构信息：化学位移、自旋裂分、耦合常数和峰面积(积分线)，如图 12.10 所示。峰面积大小与质子数成正比，可由阶梯式积分曲线高度求出(现在通常将峰面积的积分值直接用数据标注在谱图下方)。

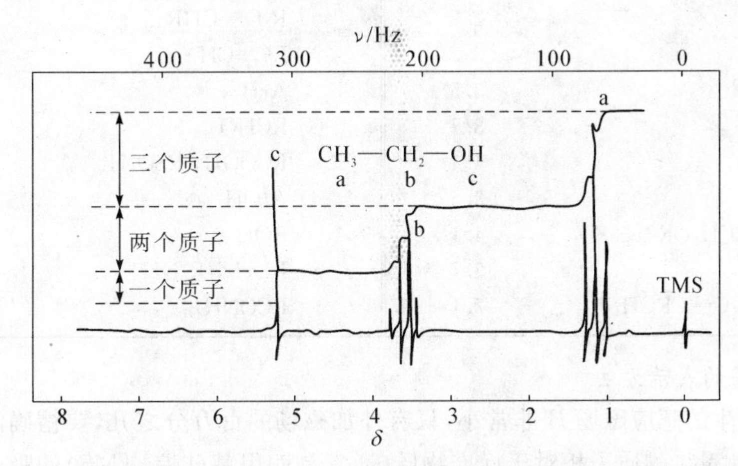

图 12.10 乙醇的[1]H NMR 谱与它的三种质子的积分曲线

12.4.2 化学位移

1. 化学位移的产生

化学位移是由核外电子的屏蔽效应引起的。根据关系式(12-2)，质子的共振磁感应强度只与质子的磁旋比及电磁波照射频率有关。符合共振条件时，样品中全部^{1}H 核都发生共振，只产生一个单峰，如图 12.9(a)所示。若是这种情况，共振信号对测定有机化合物的结构毫无意义。但实验证明，在相同频率照射下，化学环境(指质子周围电子云密度分布)不同的质子在不同磁感应强度处出现吸收峰。这是因为，质子在分子中不是完全裸露的，而是被价电子包围。在外加磁场作用下，核外电子在垂直于外加磁场的平面内绕核旋转，产生与外加磁场方向相反的感应磁场 B'，使质子实际感受到的磁感应强度为：

$$B_{实} = B_0 - B' = B_0 - \sigma B_0 = B_0(1-\sigma) \tag{12-3}$$

式中，σ 为屏蔽常数。核外电子对质子产生的这种作用称为屏蔽效应。质子周围电子云密度越大，屏蔽效应越大。只有增加磁感应强度才能使其发生共振吸收，如图 12-9(b)所示。反之，若感应磁场与外加磁场方向相同，质子实际感受到的磁场为外加磁场和感应磁场之和，这种作用称为去屏蔽效应。此时，只有减小外加磁场感应强度，才能使质子发生共振吸收。因此，质子发生核磁共振的实际条件应为：

$$\nu = \frac{\gamma}{2\pi} B_{实} = \frac{\gamma}{2\pi} B_0(1-\sigma) \tag{12-4}$$

因此，不同化学环境的质子，受到不同程度的屏蔽效应，因而在核磁共振谱的不同位置上出现吸收峰，这种吸收峰位置上的差异表现为化学位移，常见质子的化学位移值列于表 12.6 中。可以用化学位移来鉴别或推测有机化合物的结构。

表 12.6 不同类型质子的化学位移 δ 值

质子类型	化学位移	质子类型	化学位移
RCH_3	0.9	$ArCH_3$	2.3
R_2CH_2	1.2	$RCH{=}CH_2$	4.5～5.0
R_3CH	1.5	$R_2C{=}CH_2$	4.6～5.0
R_2NCH_3	2.2	$R_2C{=}CHR$	5.0～5.7
RCH_2I	3.2	$RC{\equiv}CH$	2.0～3.0
RCH_2Br	3.5	ArH	6.5～8.5
RCH_2Cl	3.7	RCHO	9.5～10.1
RCH_2F	4.4	RCOOH，RSO_3H	10～13
$ROCH_3$	3.5	ArOH	4～5
RCH_2OH，RCH_2OR	4.1	ROH	0.5～6.0
$RCOOCH_3$	3.7	RNH_2，R_2NH	0.5～5.0
$RCOCH_3$，$R_2C{=}CRCH_3$	2.1	$RCONH_2$	6.0～7.5

2. 化学位移的表示方法

核外电子产生的感应磁场 B' 非常小，只有外加磁场的百万分之几，要精确测定其数值相当困难，而精确测量待测质子相对于标准物质（通常是四甲基硅烷，TMS）的吸收频率却比较方便。化学位移用 δ 来表示，其定义为：

$$\delta=\frac{\nu_{样品}-\nu_{TMS}}{\nu_0}\times 10^6 \tag{12-5}$$

式中，$\nu_{样品}$ 及 ν_{TMS} 为样品及 TMS 的共振频率；ν_0 为操作仪器选用的频率。

选用 TMS 为标准物主要因为它是单峰，而且屏蔽效应很大，其信号出现在高场，不会与常见化合物的 NMR 信号重叠；TMS 的化学性质稳定，沸点低易于除去。按 IUPAC 的建议将 TMS 的 δ 值定为零，一般化合物质子的吸收峰都在它的左边，即低场一侧，δ 值为正值。

12.4.3 影响化学位移的主要因素

由前文分析可知，化学位移来源于核外电子对核产生的屏蔽效应，因而影响电子云密度的因素都将影响化学位移。影响最大的是诱导效应和磁各向异性效应。

1. 诱导效应

源于核外成键电子的电子云密度对所研究的质子产生的屏蔽作用，为局部屏蔽效应，主要受基团电负性的影响。电负性大的基团吸电子能力强，可以使邻近质子周围的电子云密度降低，屏蔽效应随之降低，使质子共振信号移向低场，δ 值增大。相反，供电子基团使邻近质子周围的电子云密度增大，屏蔽效应增强，质子共振频率移向高场，δ 值减小。例如，CH_3X 中质子化学位移随 X 电负性增加而向低场移动，见表 12.7。

表 12.7 CH_3X 中质子化学位移随 X 电负性变化的情况

CHX	$(CH_3)_4Si$	HCH_3	CH_3CH_3	CH_3I	CH_3Br	CH_3Cl	CH_3OH	CH_3F
X电负性	1.8	2.1	2.5	2.5	2.8	3.1	3.5	4.0
δ	0	0.23	0.88	2.16	2.68	3.05	3.50	4.26

2. 磁各向异性效应

源于分子中其它质子或基团的核外电子(多为 π 键和共轭体系)对所研究的质子产生的屏蔽作用,为远程屏蔽效应。

构成化学键的电子,在外加磁场作用下,产生一个各向异性的磁场,使处于化学键不同空间位置上的质子受到不同的屏蔽作用,即磁各向异性。处于屏蔽区域的质子信号移向高场,δ 值减小。处于去屏蔽区域的质子信号则移向低场,δ 值增大。

1) 双键上的质子

π 电子体系在外加磁场的影响下产生环电流,如图 12.11 所示。因为双键上质子处于 π 键环电流产生的感应磁场与外加磁场一致的区域(这个区域一般称为去屏蔽区),存在去屏蔽效应,故烯烃双键上质子的 δ 值位于稍低的磁场处,δ = 4.5 ~ 5.7。羰基碳上的质子与碳碳双键的相似,在外加磁场作用下,羰基环电流产生感应磁场,羰基碳上的质子也处于去屏蔽区,存在去屏蔽效应。同时,由于电负性较大的氧原子的诱导效应,所以—CHO 质子的 δ 值较大(δ =9.5 ~ 10.1),位于低场处。

苯环的大 π 键电子所产生的感应磁场,使其对位于苯环上下两侧的质子受到较强的屏蔽效应,而处于苯环外侧的质子则受到较强的去屏蔽效应。因此,苯环(和芳环)上的质子也在低场共振。

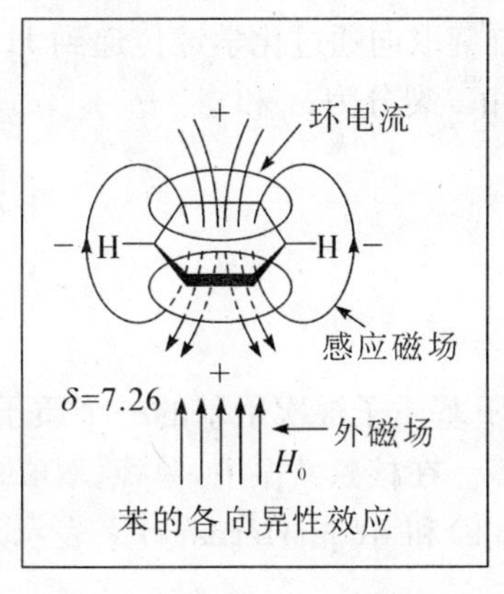

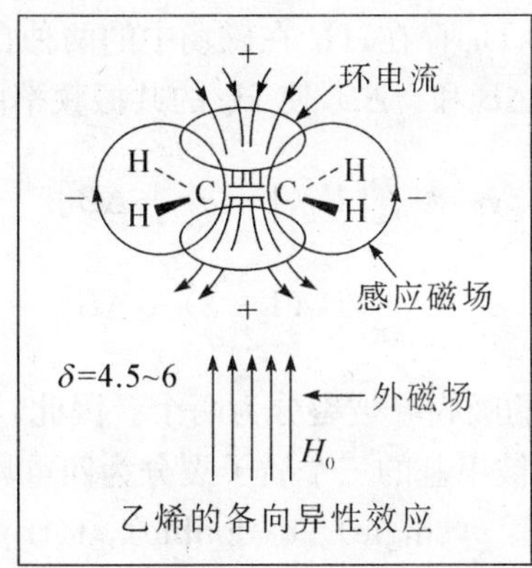

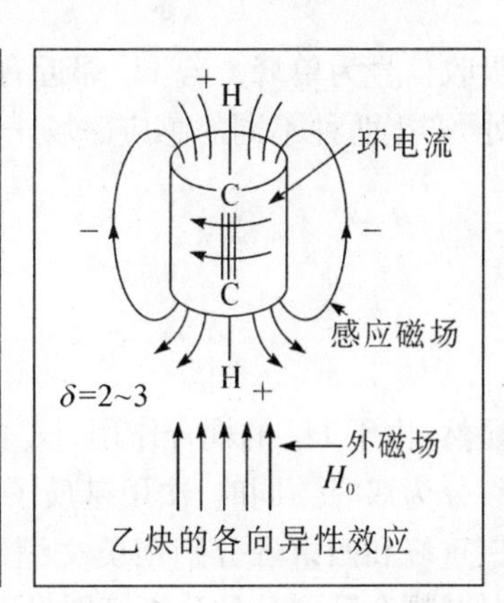

图 12.11 苯、乙烯和乙炔在外磁场中的各向异性

2) 叁键碳上的质子

由于碳碳叁键是直线形,π 电子云围绕碳碳 σ 键的键轴呈桶形分布,形成桶形环电流,其产生的感应磁场在叁键轴线方向正好与外磁场方向相反。而叁键碳上质子正好在叁键轴线上,处于屏蔽区,如图 12.11 所示,所以其受到的屏蔽效应较强。虽然炔氢是与电负性较强的 sp 杂化碳原子相连,但其 δ 值却比双键碳上质子的 δ 值低。≡C—H 上质子信号出现在较高场 (δ = 2.0 ~ 3.0)。

12.4.4 自旋耦合与自旋裂分

1. 自旋耦合的产生

在 1,1 -二氯乙烷的核磁共振谱图中,甲基(CH_3)和次甲基(CH)的共振峰都不是单峰,而分别为双重峰和四重峰(图 12.12)。这种现象是由甲基和亚甲基上氢原子核所产生的微弱的感应磁场引起的,这种化学环境不同的相邻原子核之间的相互作用现象,叫做自旋耦合。由于自旋耦合引起的谱线增多的现象叫做自旋裂分。

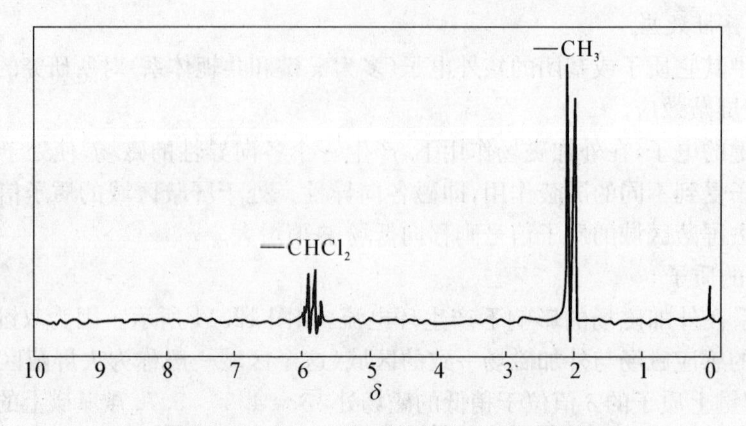

图 12.12 1,1-二氯乙烷的^{1}H NMR 谱图

现以 H_a—C—C—H_b 为例，讨论自旋耦合的起因。若 H_a 邻近无 H_b 存在，依关系式(12-4)，H_a 的工作频率为：

$$\nu = \frac{\gamma}{2\pi}B_0(1-\sigma)$$

吸收信号为单峰。若 H_a 邻近有 H_b 存在，H_b 在磁场中的两种自旋取向通过化学键传递到 H_a 处，产生两种不同的感应磁场 $+\Delta B$ 和 $-\Delta B$，使 H_a 的共振频率由 ν 裂分为 ν_1 和 ν_2：

$$\nu_1 = \frac{\gamma}{2\pi}[B_0(1-\sigma)+\Delta B]$$

$$\nu_2 = \frac{\gamma}{2\pi}[B_0(1-\sigma)-\Delta B]$$

显然，由于 H_b 的耦合作用，H_a 的吸收峰被裂分为两个。因此，甲基质子被次甲基的一个质子裂分为双峰。同时，次甲基质子被甲基的三个质子裂分为四重峰。在核磁共振中，单峰、双峰、三重峰和四重峰分别用英文缩写 s(single)、d(double)、t(triple)和 q(quarternary)来表示。对其耦合及裂分的分析简图见图 12.13。

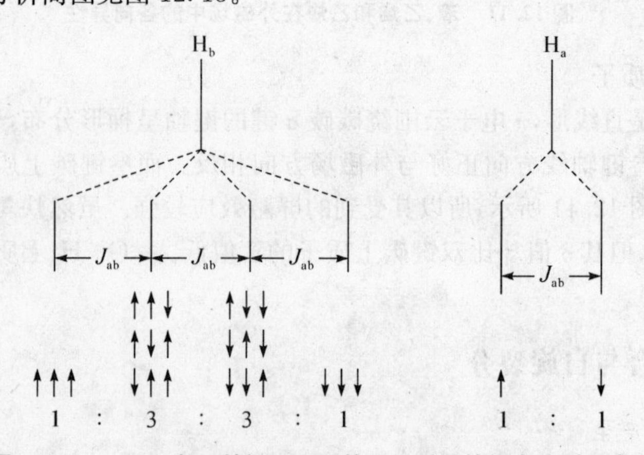

图 12.13 1,1-二氯乙烷^{1}H NMR 的两组质子的耦合分裂示意图

2. 耦合常数

自旋裂分所产生谱线的间距称为耦合常数，一般用 J 表示，单位为 Hz。根据相互耦合质子间所间隔共价键数的多少，可将耦合作用分为同碳耦合(^2J)、邻碳耦合(^3J)和远程耦合。耦

合常数的大小表示耦合作用的强弱,与两个作用核之间的相对空间位置有关。对饱和体系而言,相隔单键数超过三个以上的耦合作用通常很小,J 值趋于零。N、O、S 等电负性大的杂原子上质子容易电离,能进行快速交换而通常不参与耦合。

3. *化学等价核和磁等价核*

在 NMR 谱图中,化学环境相同的核表现出相同的化学位移,这种化学位移相同的核称为化学等价核。例如,在氯乙烷分子中,甲基的三个质子是化学等同的,亚甲基两个质子也是化学等同的。分子中的一组核,若不但化学位移相同,且对组外任一磁性核的耦合常数也都相同,则这组核称为磁等价核。如 CH_2F_2 中的两个质子为磁等价核,因为它们不但化学位移相等,而且两个质子对每个 F 原子的耦合常数也相同。而 1,1-二氟乙烯分子(Ⅰ)中的两个质子为化学等同核,但因 $^3J_{H_aF_a} \neq {^3J_{H_bF_a}}$,$H_a$ 与 H_b 属于磁不等价核。与此类似,对硝基苯甲醚分子(Ⅱ)中的 H_a 与 H'_a、H_b 与 H'_b 属于化学等价核,而不属于磁等价核。

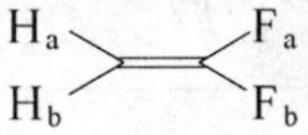

(Ⅰ)

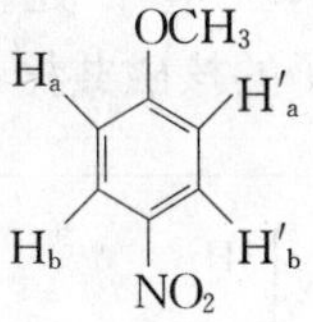

(Ⅱ)

磁等价核之间的耦合作用不产生峰的裂分,只有磁不等价核之间的耦合才会产生峰的裂分。

4. *一级谱图和 $n+1$ 规律*

当两组或几组质子的化学位移差 Δv 与其耦合常数 J 之比至少大于 6 时,相互之间耦合较简单,呈现一级图谱。一级图谱特征如下:①耦合裂分峰的数目符合 $n+1$ 规律,n 为相邻的磁等价氢核的数目;②各峰强度比符合二项式展开系数之比;③每组峰的中心位置为该组质子的化学位移;④各裂分峰等距,裂距即为耦合常数 J。

12.4.5 ^{1}H NMR 谱图解析举例

谱图解析时,首先看清谱图中有几组峰,来确定化合物有几种氢核,再由各组峰的积分面积确定各组氢核的数目,然后根据化学位移判断氢核化学环境,最后根据裂分情况和耦合常数确定各组质子之间的相互关系。

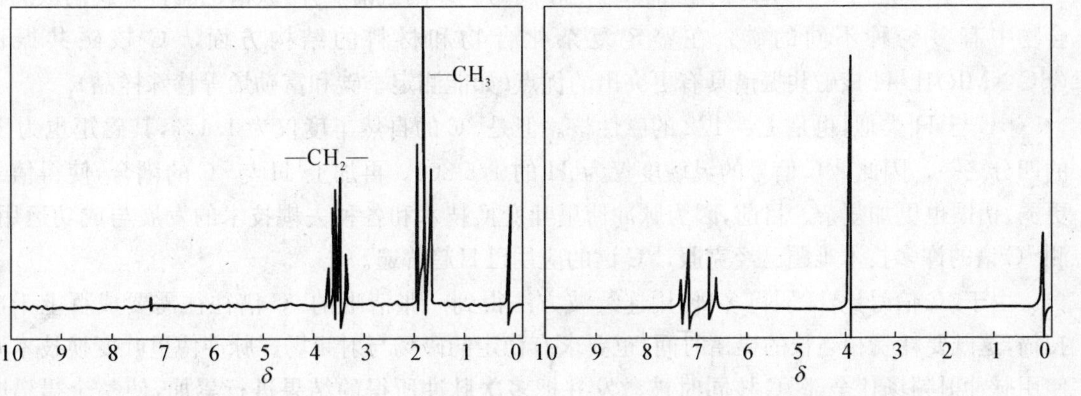

(a)　(b)

图 12.14 溴乙烷(a)和 2,3,4-三氯苯甲醚(b)的^{1}H NMR 谱图

图12.14(a) 为溴乙烷的^1H NMR谱图，其中甲基上的质子被亚甲基分裂成三重峰，而亚甲基质子则被甲基裂分成四重峰。

图12.14(b)为2,3,4-三氯苯甲醚的^1H NMR谱图，$\delta=3.9$处的单峰是甲基质子，$\delta=6.7$处的双峰为甲氧基邻位的苯环质子，$\delta=7.25$处的双峰为甲氧基间位的苯环质子，它们彼此裂分成双峰，这种由两组双峰组成的对称峰型在对位二取代苯化合物的谱图中相当常见。

图12.15(a)为2-氯丁烷的^1H NMR谱。由于受到氯原子吸电子诱导效应的影响，出现在$\delta=3.97$的最低场的为C_2上一个质子的信号，因其与C_1上3个质子以及C_3上两个质子的耦合，C_2上质子被裂分成多重峰(理论上为$4\times3=12$重)。$\delta=1.71$处的吸收峰属于仲碳C_3上的两个质子，其化学位移值略大于C_1质子($\delta=1.50$)。C_4上的三个质子远离氯原子，其质子的化学位移仅为1.02。受到相邻质子的耦合，C_1、C_3和C_4上的质子分别裂分为双峰、多重峰和三重峰。

图12.15(b)为正丙醚的^1H NMR谱，受到氧原子吸电子诱导效应的影响，C_1上两个质子的信号出现在低场($\delta=3.37$，三重峰)处。随着与氧原子距离增加，C_2(多重峰，$\delta=1.59$)和C_3(三重峰，$\delta=0.93$)上质子的核磁共振信号逐渐移向高场。

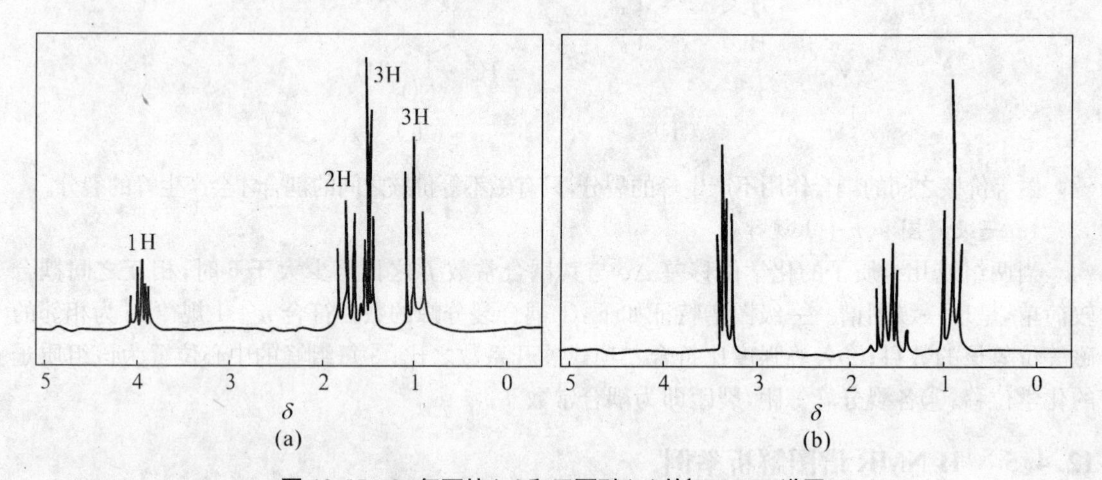

图12.15 2-氯丁烷(a)和正丙醚(b)的^1H NMR谱图

12.4.6 ^{13}C核磁共振谱简介

^{13}C NMR谱与^1H NMR的基本原理是相同的。如同氢谱一样，碳谱也能告诉我们被测化合物中有多少种不同的碳。在鉴定复杂化合物和材料的结构方面，^{13}C核磁共振谱(^{13}C NMR)比^1H核磁共振谱具有更突出的优点(如能测定季碳和富勒烯等特殊样品)。

^{13}C与^1H类似，也是$I=1/2$的磁性核。但是^{13}C的自然丰度仅为1.1%，其磁矩也为^1H的四分之一。因此，^{13}C信号的灵敏度仅为^1H的1/5 800。再加上^1H与^{13}C的耦合，使得信号更弱，谱图也更加复杂。目前，因为脉冲傅里叶变换技术和各种去耦技术的发展与成功运用，测^{13}C谱的许多技术难题已经克服，^{13}C谱的应用已日趋普遍。

由于^{13}C信号比^1H弱得多，使用连续波方法得到一张清晰的^{13}C谱往往需要成百上千次扫描，这既要耗费相当长的摄谱时间，也要求有稳定的磁场与射频场。脉冲傅里叶变换技术则使用脉冲射频场让全部^{13}C核同时被激发并把多次脉冲所得的结果进行累加，使整个摄谱时间大为缩短。

测定碳谱除了应解决^{13}C信号弱的问题外，还要解决^1H对^{13}C的耦合对谱图的严重影响。

为此发展了多种去耦技术。噪声去耦也称宽带去耦，是目前较常采用的一种去耦技术。测谱时，以一定频率范围的另一个射频场照射，使分子中所有^{1}H核都处于饱和状态，这样每种碳都表现为单峰。在核数目相同的情况下，^{13}C的信号强弱顺序一般为伯碳＞仲碳＞叔碳＞季碳(因为NOE之故)。与^{1}H谱显著不同的是，^{13}C信号通常出现在δ值为0～240的广阔区域内(通常羰基碳$\delta>170$，芳环碳和烯键碳的δ在100～160，炔键碳和与杂原子相连碳的δ在40～100，其它脂肪碳原子的δ值一般小于40)，因此，碳谱很少出现谱峰重叠的现象，因而更易解析。

此外，偏共振去耦技术是将质子去耦频率放在稍稍偏离质子共振区外，这样得到的谱图，远程耦合不存在，只留下耦合最强的信号并且耦合常数缩小，即所观察到的耦合常数比真实耦合常数小，表观耦合常数的大小与去耦功率及去耦频率偏离共振点的位置有关。这样可以仅保留下与碳直接相连的氢的耦合，即甲基碳为四重峰，亚甲基碳为三重峰等。

不失真的极化转移技术(distortionless enhancement by polarization transfer，DEPT)采用可将灵敏度高的H核磁化转移到低灵敏度的C核上，提高C核观测的灵敏度，有效地利用异核间的耦合对C信号进行调制，让连有偶数氢的碳和连有奇数氢的碳分别显示为正峰和倒峰。

这些方法为利用^{13}C谱来推断被测样品的结构提供了更大的方便。图12.16为2,2,4-三甲基-1,3-戊二醇的^{13}C噪声去耦谱图，虽然三种不同甲基的氢谱重叠在一起，其^{13}C谱则可以完满分开。

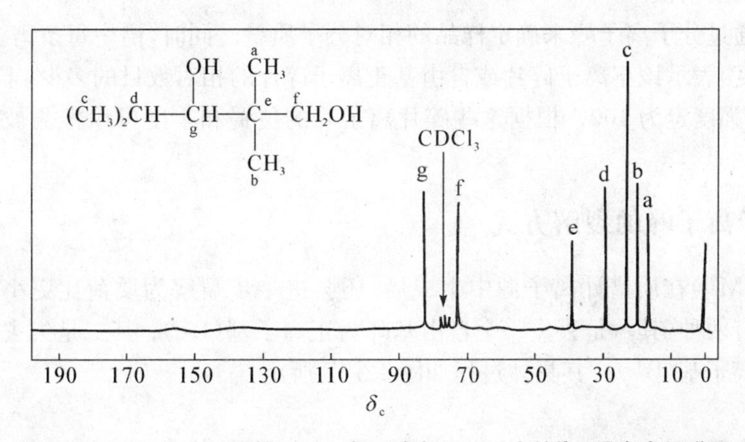

图 12.16　2,2,4-三甲基-1,3-戊二醇在$CDCl_3$中的^{13}C噪声去耦谱图

图12.17为樟脑的DEPT谱图。图中，最上边的谱线(0°)给出了所有碳的信号；第二条线(45°)无季碳信号；第三条谱线(90°)只给出了次甲基碳信号；第四条谱线(135°)中CH和CH_3为正(朝上)而CH_2为负(朝下)信号。综合这些谱图信息，就可解析出谱图中全部碳的归属。

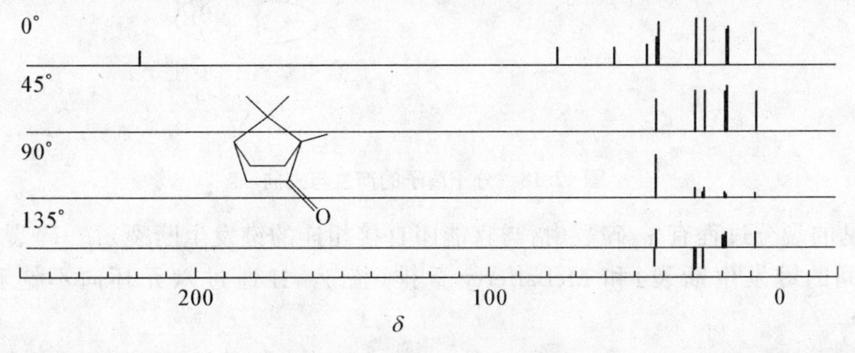

图 12.17　樟脑的DEPT谱图

12.5 质谱

12.5.1 基本原理

质谱具有用样量少(小于 10^{-3} mg)、快速、准确的特点。与前面二种光谱分析法的原理完全不同,质谱(mass spectroscopy, MS)中发生的不是分子中能级的跃迁,而是分子在气态时的碎裂。

在质谱计中,被测样品在高真空条件下汽化,经高能粒子流(通常为电子,也可用 CH_4、NH_3、Ar、Xe 等)轰击,失掉一个价电子而生成分子离子($M^{\dagger}$)。不同相对分子质量的化合物产生的分子离子,其质荷比(m/z,即质量与所带电荷之比)是不同的;这些高能分子离子通常是不稳定的,可以根据原化合物的碳架和官能团的不同,进一步裂分为各种不同的碎片。在电场和磁场的作用下,分子离子和各种碎片离子可以按质荷比大小排列并用照相或电子方法将所产生的信号记录下来,便形成了一个化合物的质谱。一般来说,进入收集器的碎片所带的电荷均为+1,所以 m/z 实际上就是碎片的质量。中性分子由于不带电荷而不会被加速,它们将被真空设备抽出质谱仪。

这样可以通过分子离子峰来确定样品的相对分子质量。同时,谱中每条谱线的强度(相对强度称之为丰度)表示该正离子碎片或自由基正离子碎片的相对数目的多少,丰度最高的峰称为基峰,其相对强度定为100。根据这些碎片离子峰的位置和丰度可以推测被测样品的分子结构。

12.5.2 分子离子峰的裂解方式

分子离子($M^{\dagger}$)在质谱计离子源中生成后,还会进一步裂解为质荷比更小的碎片。其主要的裂解方式有两种:其一是丢失一个自由基降为正离子基($B^{\dagger}$);其二是失去一个中性分子降为另一个正离子基($B^{\dagger}$)。其具体过程如图12.18所示。

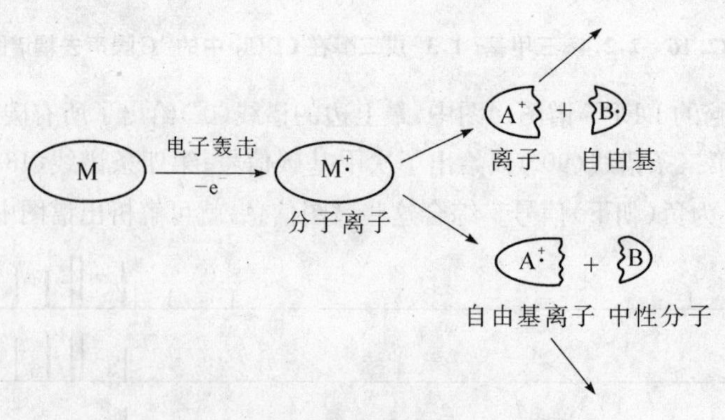

图12.18 分子离子的产生与去向

最常见的裂分过程有 α-碎裂(指与官能团直接相连的键发生断裂)、β-碎裂(指 α-与 β-碳原子间的键发生断裂)和 McLafferty 重排(指 γ-H 通过六元环向不饱和体系迁移)等。

α-碎裂

β-碎裂

McLafferty 重排

通常一些稳定的碳正离子如烯丙基或苄基正离子、酰基正离子、连有杂原子的正离子等碎片离子具有较大丰度。

以戊烷的质谱图(图 12.19)为例，图中 $m/z=72$ 的峰为戊烷的分子离子峰(molecular ion peak)，分子离子的 m/z 值给出分子质量。一般来说，质谱图中 m/z 最大的峰应为分子离子峰，较小的 m/z 值代表分子的其它碎片离子峰(fragment ion peak)。

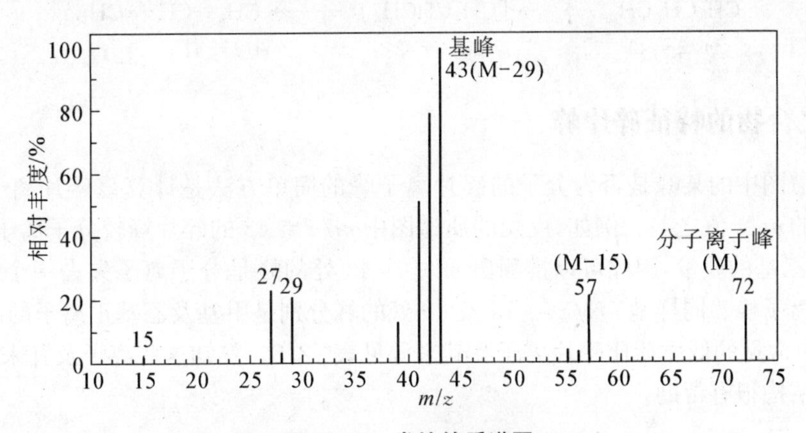

图 12.19　戊烷的质谱图

在质谱裂解过程中，除了生成分子离子外，最大量的还是分子离子结构中不稳定键断裂生成的碎片离子，有些碎片离子还能进一步发生键的断裂。不同碎片离子的相对丰度与分子结构有密切关系，高丰度的碎片离子代表分子离子中易于裂解的部分，反之亦然。而分子离子是否容易裂解和在何处断裂取决于化学键的强度及其碎片的稳定性，即在裂解过程中，较弱的化学键易断裂，易形成稳定碎片的断裂方式也优先。基峰所代表的碎片离子一般是整个分子中最稳定的碎片离子。

分子离子断裂成碎片离子或碎片离子进一步断裂成更小的碎片离子是按照一定规律进行的。因此，了解质谱裂解机理并掌握质谱裂解规律，对确定分子结构有重要意义。如果在质谱图中有 m 个主要碎片峰，并且代表着分子中不同的部分，则由这些碎片峰就可以粗略地把分子骨架拼接起来。

戊烷分子离子中 C—C 键强度几乎相同，但是 C_2—C_3 键较 C_1—C_2 键易断裂，因为前者断裂后形成丙基正离子和乙基自由基(或丙基自由基和乙基正离子)，而后者将裂解成丁基正离子和甲基自由基(或丁基自由基和甲基正离子)，不如前者稳定。C_2—C_3 键断裂形成 $m/z=43$ 和 29 的碎片，而 C_1—C_2 键断裂形成 57 和 15 的碎片，从谱图中 $m/z=43$ 的基峰也表明 C_2—C_3 键优先断裂。戊烷分子离子及其些碎片离子的形成见图 12.20。

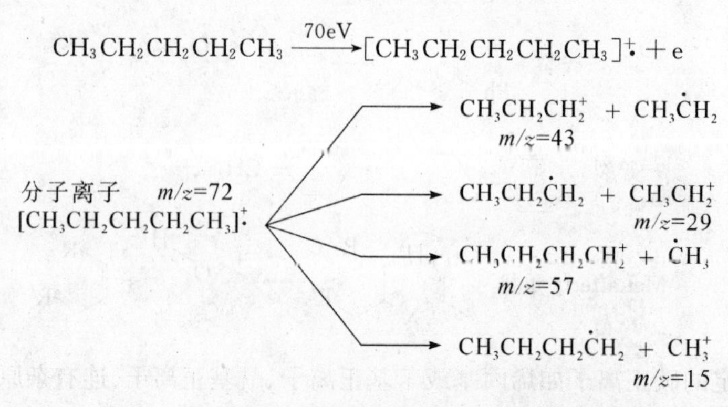

图 12.20 戊烷分子离子及其主要碎片离子的形成

在质谱图中经常会出现 $M-1$ 及 $M-2$ 峰,这是因为碎片离子在进一步裂解过程中失去一个或两个氢自由基:

$$\underset{m/z=43}{CH_3CH_2CH_2^+} \xrightarrow{-H\cdot} \underset{m/z=42}{[CH_3CHCH_2]^{+\cdot}} \xrightarrow{-H\cdot} \underset{m/z=41}{\overset{+}{C}H_2-CH=CH_2}$$

12.5.3 化合物的特征碎片峰

判断质谱图中的某峰是否为分子的碎片离子峰的简单方法是计算该碎片离子的 m/z 值与分子离子的 m/z 值之差。例如,戊烷的质谱图中 $m/z=43$ 的碎片峰较分子离子峰小 29,而 29 正是一个乙基的质量,因此可以推测出 $m/z=43$ 处的峰是分子离子失去一个乙基自由基形成的碎片离子峰。同样地,$m/z=15$ 及 29 处的峰分别是甲基及乙基正离子的碎片峰。

MS 图中常见的低质荷比碎片离子及其来源见表 12.8。熟知这些离子及其来源对解析质谱图并推导结构很有帮助。

表 12.8 常见低质荷比碎片离子及其来源

m/z	碎片离子	可能来源	m/z	碎片离子	可能来源
15	CH_3^+	甲基,烷基	56	$C_3H_6N^+$, $C_4H_8^+$	环胺,环烷,戊基酮
27	$C_2H_3^+$	烯	57	$C_4H_9^+$, $C_2H_5CO^+$	丁基,环醇,丙酸酯
29	CHO^+, $C_2H_5^+$	醛,酚,呋喃	58	$CH_3COCH_3^{+\cdot}$, $(CH_3)_2NCH_2^+$	甲基酮,叔胺
30	NO^+, $CH_2=NH_2^+$	硝基,脂肪胺	59	$C_3H_7O^+$, $COOCH_3^+$	醇,醚
31	$CH_2=OH^+$, CH_3O^+	醇,醚缩醛,甲酯	60	$CH_2C(OH)_2^+$, $C_2H_4S^+$	羧酸,硫醚
34	H_2S^+	硫醇,硫醚	61	$CH_3C(OH)_2^+$	乙酸酯
39	$C_3H_3^+$	烯,炔,芳基	63	$C_5H_3^+$	芳基
41	$C_3H_5^+$	烷基,烯	64	$C_5H_4^+$	芳基
43	CH_3CO^+, $C_3H_7^+$	乙酰基,烷基	65	$C_5H_5^+$	芳基
45	$COOH^+$, $C_2H_5O^+$, CHS^+	脂肪酸,乙氧基,硫醇,硫醚	71	$C_3H_7CO^+$	酮,酯
47	CH_3S^+, $CH_2=SH^+$	硫醇,硫醚	73	$CO_2C_2H_5^+$, $(CH_3)_3Si^+$	乙基酯,三甲基硅烷
50	$C_4H_2^+$	芳基	77	$C_6H_5^+$	芳基
51	$C_4H_3^+$	芳基			
55	$C_4H_7^+$, $C_3H_3O^+$	烷,烯,环酮			

（续表）

m/z	碎片离子	可能来源	m/z	碎片离子	可能来源
78	$C_6H_7^+$	芳基	128	HI^+	碘化物
91	$C_7H_7^+$	苄基	146	O, $\overset{+}{O}H$, O	邻苯二甲酸酯
94	$C_6H_6O^+$	苯醚			
105	$C_6H_5CO^+$，$CH_3C_6H_4CH_2^+$	苯甲酰基			
127	I^+	碘化物			

12.5.4 MS 谱图解析

1) 未知物分子式确定

分子离子和碎片离子通常只带一个电荷，因此，质荷比通常即表示相对分子质量或碎片的质量。高分辨质谱仪能精确测出百万分之一的质量差别。例如 CO，N_2 和 C_2H_4 的精确相对分子质量分别为 27.994 9，28.006 2 和 28.031 3。因此，通过高分辨质谱可以测定有机化合物的精确相对分子质量，进而确定分子式。

2) 分子离子峰的确定

分子离子峰的辨认有一定规律性。

(1) 分子离子峰的丰度一般按芳香烃、共轭烯烃、脂环烃、直链烷烃及支链烷烃的碳骨架次序或按酮、胺、酯、醚、羧酸、醛、卤代烃及醇的官能团次序减弱。

(2) 分子离子的质量数要符合氮律，即含奇数个氮的化合物的相对分子质量是奇数，不含氮或含有偶数个氮的化合物的相对分子质量是偶数。

(3) MS 谱图中，分子离子峰应该位于高质荷比区域。比分子离子峰高出一两个质荷比单位处常常伴有 $M+1$ 或 $M+2$ 的小峰，如 $M+1$ 峰是 ^{13}C 在自然界中的元素丰度的 1.1%，所以 $M+1$ 峰的强度通常比分子离子峰的强度要小得多。若化合物含有 n 个碳原子，由于 ^{2}H 的元素丰度很小，可以忽略，$M+1$ 峰的强度应归属为分子离子峰的 $n\times1.1\%$。由于氯和溴的同位素在自然界中的丰度很大($^{35}Cl:^{37}Cl$ 接近 3∶1，$^{79}Br:^{81}Br$ 接近 1∶1)，所以同位素峰很明显。这样，依据高质荷比峰簇的特点和同位素知识，可推测出分子式。

(4) 比分子离子少 4～13 个质量单位处不会出现碎片离子峰。即分子离子峰前面有一空白区，这有助于确定分子离子峰。

3) 推测未知化合物的结构

根据质谱裂分的一般规律和碎片峰的丰度可以推测被测化合物的结构。如能结合其它谱学方法所测图谱进行综合分析，就更容易确定其完整结构了。

习题

12-1 按照由高至低的顺序，试比较下列化合物的 UV(E_2 带)λ_{max} 波长。

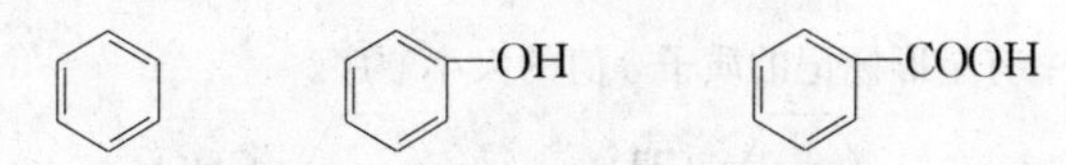

12-2 有 A、B 两种环己二烯，A 的 UV 的 λ_{max} 为 256 nm(摩尔吸光系数 $\varepsilon=800$)；B 在210 nm以上无吸收峰。试写出 A、B 的结构。

12-3 对于下列各组化合物，你认为哪些用 UV 区别较合适？哪些用 IR 区别较合适？为什么？

(1) $CH_3CH{=}CH{-}CH_3$ 和 $CH_2{=}CH{-}CH{=}CH_2$

(2) $CH_3C{\equiv}CCH_3$ 和 $CH_3CH_2C{\equiv}CH$

(3) $CH_3O{-}CH_2{-}CH_3$ 和 $CH_3O{-}CH{=}CH_2$

(4) =O 和 —OH

12-4 比较化合物水杨醛和间羟基苯甲醛中 C═O 键伸缩振动的 IR 波数大小，并说明原因。

12-5 下列化合物中，哪个的 IR 具有以下特征：1 700 cm^{-1} (s)，3 020 cm^{-1} (m→s)？

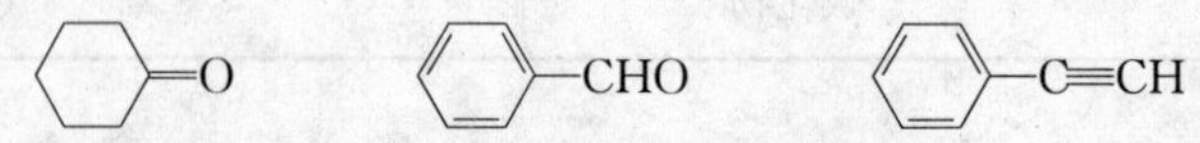

12-6 化合物 A(C_4H_8O)，经催化加氢后生成 B($C_4H_{10}O$)。试根据 IR 图(a)、(b)推断出 A、B 的结构式。

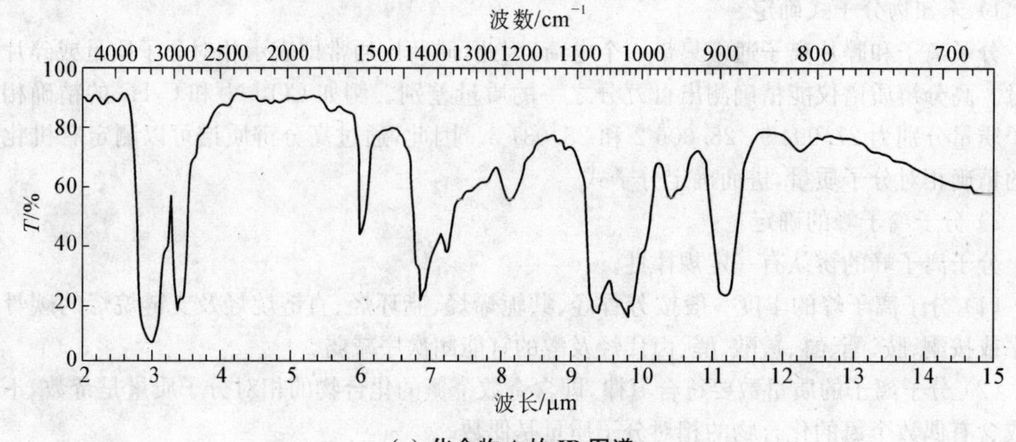

(a) 化合物 A 的 IR 图谱

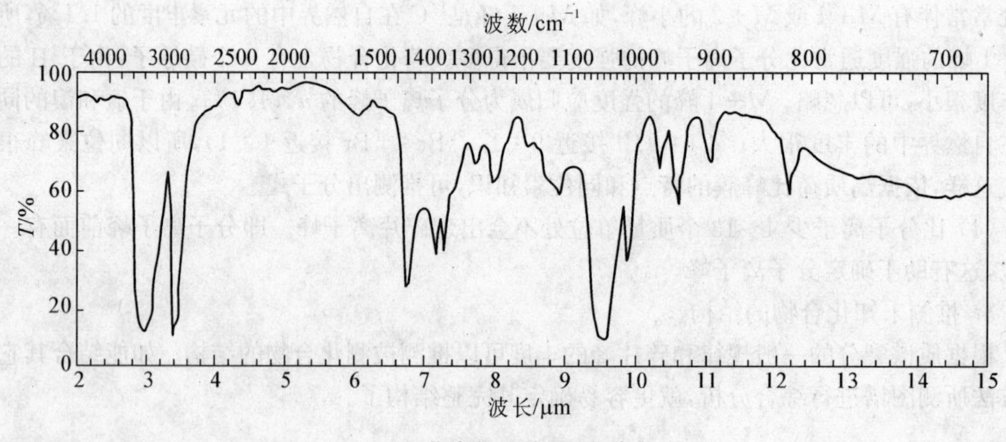

(b) 化合物 B 的 IR 图谱

12-7 化合物 A ($C_5H_3NO_2$)，其 IR 给出 1 725 cm^{-1}、2 210 cm^{-1}、2 280 cm^{-1} 吸收峰，推测 A 最可能的结构式。

12-8 排列下列化合物中有星形标记的质子 δ 值的大小顺序。

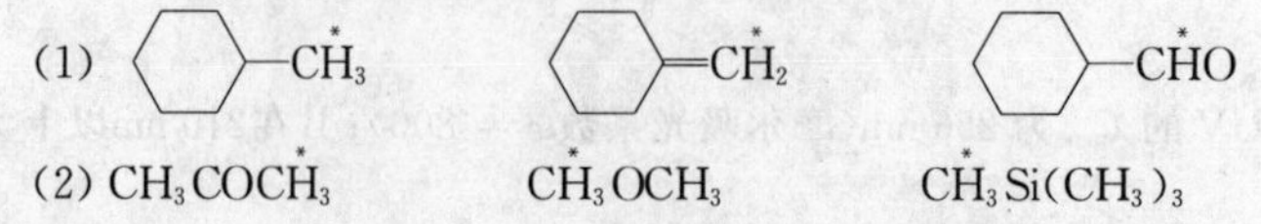

(2) $CH_3CO\overset{*}{C}H_3$ $\overset{*}{C}H_3OCH_3$ $\overset{*}{C}H_3Si(CH_3)_3$

12-9 指出下列各化合物中的 ^1H NMR 信号数以及各信号裂分的峰数。

$CH_3CH(CH_3)—CHClCH_2Cl$　　$CH_3CH(OH)CH_2CH_3$　　O　CH_3　　Cl　Cl　H_3C　CH_3

12-10 下列化合物的^1H NMR只有两个单峰，试画出各化合物的结构式。

$C_3H_5Br_3$　C_2H_5SCl　$C_3H_8O_2$　$C_3H_6O_2$　$C_5H_{10}Br_2$

12-11 化合物$C_{10}H_{12}O$的MS中有m/z为15、43、57、91、105、148的峰，试推出此化合物的结构式。

12-12 根据下列各分子式和^1H NMR数据(括号内表示信号裂分数和强度比)，试推断其结构。

(1) $C_4H_6Cl_2O_2$：δ 1.4(t, 3H)；4.3(q, 2H)；6.9(s, 1H)

(2) $C_6H_{12}O_2$：δ 1.4(s, 3H)；2.1(s, 1H)；

12-13 $C_8H_{18}O$的^1H NMR图中只在δ1.0处出现一组信号，请推断此化合物的结构。

12-14 在一种蒿科植物中分离出分子式为$C_{12}H_{10}$的化合物“茵陈烯”，UV在$\lambda_{max}=239$ nm处有吸收峰；IR只在2 210 cm^{-1}及2 160 cm^{-1}处出现强吸收峰；^1H NMR给出：$\delta=1.8$(s, 3H)，$\delta=2.3\sim2.5$(s, 2H)，$\delta=6.8\sim7.5$(m, 5H)。试推测“茵陈烯”的可能结构。

12-15 在查尔酮的MS谱图中，主要离子峰为m/z值208(M^+)、131、105、103和77。试解析其裂分途径。查尔酮的分子结构如下所示：

O　查尔酮

参考文献

[1] 邢其毅,等.基础有机化学.北京:高等教育出版社,2003.
[2] 高鸿宾.有机化学.北京:高等教育出版社,2005.
[3] 徐寿昌.有机化学.北京:高等教育出版社,2001.
[4] 曾绍琼.有机化学.北京:高等教育出版社,2004.
[5] 胡宏文.有机化学.北京:高等教育出版社,2001.
[6] 荣国斌.大学有机化学基础.上海:华东理工大学出版社,2006.
[7] 闻韧.药物合成反应.北京:化学工业出版社,2003.
[8] JIE JACK LI.有机人名反应.荣国斌,译.上海:华东理工大学出版社,2003.
[9] HERBERT O. HOUSE.现代合成反应.花文廷,等,译.北京:北京大学出版社,1985.
[10] 曹晨忠.有机化学中的取代基效应.北京:科学出版社,2003.
[11] 任有达.酸碱理论及其在有机化学中的应用.北京:人民教育出版社,1979.
[12] 余世超,麻生明.Ru催化的C—H键的活化反应.有机化学,2002,22(5),307—317.
[13] 林国强,等.手性合成——不对称反应及其应用.北京:科学出版社,2003.
[14] 李润卿.有机结构波谱分析.天津:天津大学出版社,2002.
[15] 迪迪埃.阿斯特吕克.现代芳香烃化学——概念合成及应用.张书圣,等,译.北京:化学工业出版社,2005.
[16] Armin de Meijere, François Diederich. Metal-Catalyzed Cross-Coupling Reactions. Berlin: Wiley-VCH, 2004.
[17] Sweeney JB. Aziridines: epoxides' ugly cousins? Chem. Soc. Rev., 2002,31,247-258.
[18] Florian Monnier and Marc Taillefer. Catalytic C—C, C—N, and C—O Ullmann-Type Coupling Reactions: Copper Makes a Difference. Angew. Chem. Int. Ed., 2008,47,3096-3099.
[19] 精细化学品辞典编辑委员会(日本).精细化学品辞典.禹茂章,等,译.北京:化学工业出版社,1987.
[20] Graham Solomons TW. Organic Chemistry. 8th Ed. New York: John Wiley & Sons, Inc. 2004.
[21] John McMurry. Organic Chemistry. 6th Ed. Salt Lake: Brooks/Cole. 2004.
[22] Paula Yurkanis Bruice. Organic Chemistry. 4th Ed. New Jersey: Prentice Hall, 2005.
[23] Marye Anne Fox and James K. Whitesell. Organic Chemistry. 2nd Ed. Sudbury: Johns and Bartlett Publishers, Inc. 1997.

附录 国内外与《有机化学》相关的重要期刊杂志

中文期刊杂志

1)《有机化学》

2)《化学学报》

3)《高等学校化学学报》

4)《合成化学》

英文期刊杂志

一、ScienceDirect (SD)数据库

网址:http://www.sciencedirect.com/

1) Catalysis Communications (催化通讯)

2) Journal of Molecular Catalysis A: Chemical (分子催化 A:化学)

3) Tetrahedron (T) (四面体)

4) Tetrahedron: Asymmetry (TA) (四面体:不对称)

5) Tetrahedron Letters (TL) (四面体快报)

6) Applied Catalysis A: General (应用催化 A)

二、ACS Publications (美国化学会)数据库

网址:http://pubs.acs.org/

1) Journal of the American Chemical Society (JACS) (美国化学会志)

2) Organic Letters (OL) (有机快报)

3) The Journal of Organic Chemistry (JOC) (美国有机化学)

4) Journal of Medicinal Chemistry (JMC) (美国药物化学)

5) Chemical Review (化学评论)

三、Wiley 出版社数据库

网址:http://www3.interscience.wiley.com/

1) Angewandte Chemie International Edition (德国应用化学)

2) Advanced Synthesis & Catalysis (ASC) (先进合成催化)

3) Chemistry-A European Journal (欧洲化学)

4) Chinese Journal of Chemistry (中国化学)

5) European Journal of Organic Chemistry (欧洲有机化学)

6) Heteroatom Chemistry (杂原子化学)

四、Royal Society of Chemistry (RSC) (英国皇家化学会)

网址:http://www.rsc.org/Publishing/Journals/Index.asp

1) Green Chemistry (绿色化学)

2) Chemical Communications (CC) (化学通讯)

3）Chemical Society Reviews（化学会评论）
4）Journal of the Chemical Society（化学会志）
5）Organic & Biomolecular Chemistry（OBC）（有机与生物化学）

五、EBSCOhost 数据库

网址：http://search.china.epnet.com/
1）Synthetic Communications（合成通讯）
2）Letters in Organic Chemistry（LOC）
3）Current Organic Synthesis
4）Current Organic Chemistry

六、Springer 数据库

网址：http://springe.lib.tsinghua.edu.cn/
1）Molecules（分子）
2）Monatshefte für Chemie/Chemical Monthly（化学月报）
3）Science in China Series B：Chemistry（中国科学 B）
4）Catalysis Letts（催化快报）

七、Ingent 出版社数据库

网址：http://www.ingentaconnect.com/
1）Journal of Chemical Research（JCR）（化学研究杂志）
2）Canadian Journal of Chemistry（加拿大化学）
3）Current Organic Chemistry
4）Mini-Reviews in Organic Chemistry
5）Letters in Organic Chemistry

八、Thieme 数据库

网址：http://www.thieme-connect.com/
1）Synlett（合成快报）
2）Synthesis（合成）

九、日本化学会期刊

网址：http://www.csj.jp/journals/bcsj/index.html
1）Chemistry Letters(CL)（化学快报）
2）Bullitin Chemical Society of Japan（日本化学会会志）

本书是按照化学与化工学科教学指导委员会制定的《普通高等学校本科化学专业规范》中涉及的知识要点编写的。全书共分二十二章,内容包括:有机化合物的分类和命名,有机化合物的结构理论,有机分子的弱相互作用与物理性质,有机化学中的取代基效应,有机化合物的酸碱性,碳氢键的化学,有机化学中的同分异构现象,简单烯键与炔键的化学,共轭烯键的化学,芳环的化学,碳卤键的化学,有机化合物的结构表征方法。每章后面还附有一定数量的习题。

本书可作为普通高等院校的理科、工科和医科等专业的师生作为有机化学课程学习的教材,也可作为其它各相关专业读者学习有机化学的参考书。

“十一五”国家重点图书·化学与应用化学丛书·
普通高等教育化学类专业规划教材——系列书目

书　名	主编(学校)
《无机化学》	穆　劲(华东理工大学)
《无机化学实验》	徐志珍(华东理工大学)
《有机化学》(上册、下册)	龚跃法、聂　进(华中科技大学)
《有机化学实验》	陈东红(华中科技大学)
《物理化学》	陈六平、童叶翔(中山大学)
《物理化学实验》	陈六平、童叶翔(中山大学)
《分析化学》	王海水、杭义萍(华南理工大学)
《分析化学实验》	刘建宇、王海水(华南理工大学)
《定量化学分析》	胡　坪(华东理工大学)
《波谱解析法(第二版)》	潘铁英、张玉兰、苏克曼(华东理工大学)
《有机合成》	杨光富(华中师范大学)
《高等有机化学基础(第三版)》	荣国斌(华东理工大学)
《精细化学品化学》	李祥高、冯亚青(天津大学)
《材料化学》	黄可龙(中南大学)
《环境化学》	高士祥(南京大学)
《环境化学实验》	高士祥(南京大学)
《糖化学基础》	陈国荣(华东理工大学)